렌드 라이징

RED RISING
by Pierce Brown

레드

RED RISING

라이징

피어스 브라운

이원열 옮김

황금가지

내게 걷는 법을 알려 준 아버지에게

차 례

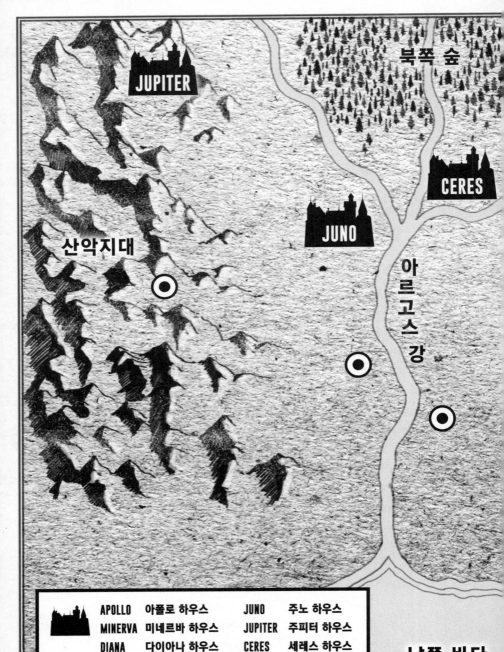

북쪽 숲

JUPITER

CERES

산악지대

JUNO

아 르 고 스 강

APOLLO	아폴로 하우스	JUNO	주노 하우스
MINERVA	미네르바 하우스	JUPITER	주피터 하우스
DIANA	다이아나 하우스	CERES	세레스 하우스
MARS	마르스 하우스		

알려지지 않은 곳들

남쪽 바다

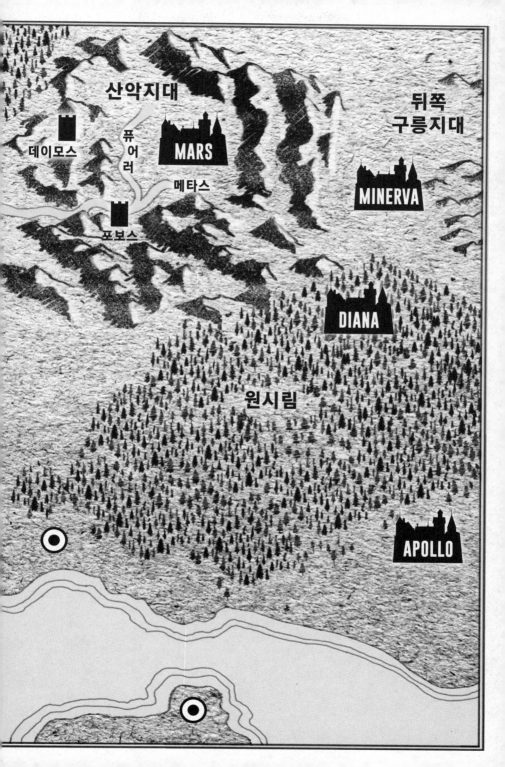

내 뜻대로였다면 난 평화롭게 살았을 것이다.

그러나 내 적들이 전쟁을 일으켰다.

나는 그들의 아들 딸 중 가장 강한 1200명을 지켜본다.

인정사정없는 '골드' 남자가 거대한 대리석 기둥 사이에서 하는 말을 듣는다.

내 마음을 괴롭히는 불꽃을 가지고 온 짐승의 말을 듣는다.

　"모든 인간은 평등하게 창조되지 않았다."

그가 단언한다. 키가 크고 고압적인, 독수리 같은 남자다.

　"약한 자들이 너희를 속였다. 그들은 온유한 자들이 지구를 받
　을 거라고 말할 것이다. 강자가 약자를 보살펴야 한다고 말이
　다. 그것이 민주주의의 허울 좋은 고상한 거짓말이다. 인류에게
　독이 된 암이다."

그의 눈이 모여 있는 학생들을 꿰뚫을 듯 바라본다.

　"너희와 나는 '골드'다. 우리는 최종진화형이다. 우리는 인간의
　살무더기들 위에 높이 솟아 우리보다 하등한 '컬러'들을 인도한
　다. 너희들은 이런 유산을 물려받았다."

그는 말을 끊고 강당의 얼굴들을 살펴본다.

"하지만 그건 공짜가 아니다. 권력은 스스로 손에 넣어야 하는 것이다. 부(富)는 쟁취하는 것이다. 통치, 지배, 제국은 피를 주고 사는 것이다. 흉터가 없는 너희들은 아무것도 가질 자격이 없는 어린애들이다.

너희는 고통을 모른다. 너희들은 너희 조상들이 너희를 이렇게 높은 곳에 올려놓기 위해 어떤 희생을 치렀는지 모른다. 하지만 곧 알게 될 것이다. 곧 우리는 왜 골드가 인류를 통치하는지 너희들에게 가르쳐줄 것이다. 그리고 약속하는데, 너희들 중에서, 권력에 적합한 사람들만이 살아남을 것이다."

하지만 나는 골드가 아니다. 나는 '레드'다.

그는 나 같은 사람들은 약하다고 생각한다.

그는 내가 어리석고, 허약하고, 인간 이하라고 생각한다.

나는 궁궐에서 자라지 않았다.

나는 초원에서 말을 타거나 벌새 혀로 만든 음식을 먹지 않았다.

나는 이 거친 세상의 가장 깊은 곳에서 버려졌다.

칼을 갈 듯 증오에 갈렸다. 사랑에 의해 강해졌다.

그는 틀렸다.

그들 중 누구도 살아남지 못할 것이다.

1부

노예

화성에서 자라는 꽃이 있다.

그 꽃은 붉고 강하고 우리의 흙에 잘 맞는다.

이름은 헤만서스다. '피의 꽃'이라는 뜻이다.

제1장

헬다이버

　나에 대해서 가장 먼저 알아야 할 사실은 내가 우리 아버지의
아들이라는 점이다. 그리고 그들이 아버지를 잡으러 왔을 때, 나는
아버지가 시키신 대로 했다. 나는 울지 않았다. 소사이어티에서 체
포 장면을 방영했을 때 울지 않았다. 골드들이 아버지 재판을 했
을 때도 울지 않았다. '그레이'들이 아버지 목을 맸을 때도 울지 않
았다. 그래서 어머니는 나를 때리셨다. 본래 키어런 형이 냉정한
역할을 맡았어야 했다. 형보다 어린 내가 울어야 마땅했다. 하지만
조그만 이오가 아버지의 왼쪽 부츠에 헤만서스를 꽂고 자기 아버
지 옆으로 달려갔을 때 형은 여자아이처럼 울어 댔다. 여동생 리
애나는 내 옆에서 애도의 말을 읊조렸다. 나는 그냥 지켜보며 아
버지가 춤을 추다 돌아가셨지만 무용화를 신지 않고 돌아가신다

는 게 애석하다고만 생각했다.

화성은 중력이 약하다. 그래서 목을 부러뜨리려면 발을 끌어내려야 한다. 그건 가족이나 친척들에게 시킨다.

프라이수트 안에서 내 몸의 악취가 느껴진다. 일종의 나노플라스틱으로 된 옷으로, 튀긴다는 뜻의 이름만큼이나 덥다. 머리부터 발끝까지 통째로 감싸는 옷이다. 아무것도 들어오지 않고, 아무것도 나가지 않는다. 특히 열기는 빠지지 않는다. 눈에 들어가는 땀을 닦을 수 없다는 게 최악이다. 땀은 헤드 밴드에서 흘러나와 발뒤꿈치 쪽에 고이는데, 끔찍이도 따갑다. 오줌 냄새는 말할 것도 없다. 늘 오줌을 싸게 된다. 튜브를 통해 물을 많이 마셔야 하기 때문이다. 카테터를 삽입할 수도 있는 것 같다. 우리는 악취를 맡는 쪽을 선택했다.

클로우드릴 꼭대기를 타고 가는데 우리 클랜의 드릴러들이, 컴으로 수다를 떠는 게 귓속에서 들린다. 나는 아주 커다란 금속 손 같은 기계를 타고 혼자 깊은 터널로 들어간다. 땅을 움켜쥐고 뜯어내는 기계다. 나는 이 기계의 바위를 녹이는 손가락을 드릴 꼭대기의 시트에서 조종한다. 이게 팔이라면 팔꿈치가 있을 법한 자리다. 시트에서 90미터 정도 밑에 있는 촉수 같은 여러 드릴들을 조종하는 컨트롤 장갑에 내 손가락을 넣고 조종한다. 사람들은 헬다이버가 되려면 혓바닥처럼 날름거리는 불길만큼이나 손가락 움직임이 빨라야 한다고 말한다. 내 손가락은 그보다 더 빠르다.

16

귓속에선 사람들 목소리가 들리지만 나는 깊은 터널 안에 혼자 있다. 내 존재 전체가 진동, 메아리치는 내 숨소리, 짙고 독한 열기뿐이라 뜨거운 오줌으로 된 두꺼운 이불 속에 단단히 싸여 있는 것만 같다.

이마에 두른 진홍색 땀 밴드에서 땀이 또 한 번 강물처럼 흘러내려 눈으로 들어간다. 녹슨 것 같은 색의 내 머리카락처럼 눈도 빨개진다. 손을 뻗어 땀을 닦아내려고도 해 봤지만, 그때마다 프라이수트의 얼굴 유리판만 헛되이 긁을 뿐이었다. 지금도 땀을 닦고 싶다. 3년이 지났는데도 땀 때문에 가렵고 따가운 것은 몹시 괴롭다.

시트 주위의 터널 벽은 동그란 고리 모양의 불빛을 받아 유황 같은 노란색 범벅이 되어 있다. 내가 오늘 파낸 좁은 수직 갱도를 올려다보면 불빛이 위로 갈수록 희미해지는 것이 보인다. 위에서는 귀중한 헬륨-3이 액체 은처럼 빛나지만, 나는 내 드릴의 열기를 찾아 어둠을 뚫고 기어오는 살무사들이 있는지 그림자 속을 보고 있다. 놈들은 수트도 뚫고 깨물고 들어온다. 알을 낳을 수 있는 가장 따뜻한 곳으로 파고들려는 것이다. 보통 그곳은 사람의 배다. 난 물려 본 적이 있다. 지금도 그 짐승의 꿈을 꾼다. 마치 기름으로 된 굵은 덩굴 같은 검은 녀석이다. 자라면 굵기가 허벅지만 해지고 길이는 사람 키 세 배까지 자라지만, 우리가 두려워하는 건 새끼들이다. 새끼들은 독을 얼마나 써야 하는지를 모른다. 이놈들의 조상은 내 조상과 마찬가지로 지구에서 왔다. 그리고 화성과 깊은 터널이 놈들을 변화시켰다.

깊은 터널 속에 있으면 기분이 으스스하다. 외롭다. 요란한 드릴 소리를 뚫고 내 친구들의 목소리가 들린다. 전부 나보다 나이가 많다. 하지만 그들보다 500미터 아래의 어둠 속에 있는 나는 그들을 볼 수는 없다. 그들은 높은 곳에서 작업한다. 내가 판 터널 입구 근처에서 드릴 작업을 하고, 고리와 끈을 이용해 터널 벽을 따라 내려오며 매달린 채로 헬륨-3의 핏줄처럼 가느다란 광맥에서 채취 작업을 한다. 그들은 1미터 길이의 드릴로 작업하며 쭉정이들을 캔다. 그 작업 역시 미친 듯한 발재주와 손재주가 필요하지만, 이 크루에서 돈을 벌어오는 사람은 나다. 나는 헬다이버다. 헬다이버는 타고나야 할 수 있다. 그리고 아무도 나보다 어린 헬다이버를 알지 못한다.

난 3년째 광산에서 일하고 있다. 다들 13살 때부터 일을 시작한다. 고추가 설 나이면 일도 할 수 있는 나이이다. 적어도 나롤 삼촌의 말에 따르면 그렇다. 하지만 내가 결혼한 건 6개월 전이니, 삼촌이 왜 그런 말을 하셨는지는 모르겠다.

나는 컨트롤 디스플레이를 들여다보며 새 광맥 주위에 클로우 드릴의 손가락을 밀어 넣는다. 이오가 내 머릿속에서 춤을 추듯 자꾸 생각이 난다. 이오. 어렸을 때 우리가 이오를 불렀던 별명이 아닌 다른 존재로 이오를 생각하기가 어려울 때가 있다.

조그만 이오, 숱 많은 빨간 머리 아래에 숨은 작디작은 여자아이. 진짜 빨간색이 아닌, 녹슨 것 같은 빨간색이다. 내 주위의 돌처럼, 우리 집처럼, 화성처럼 빨간색. 이오도 16살이다. 그리고 이오는 나처럼 레드 광부 클랜, 노래와 춤과 흙의 클랜 출신이지만, 공기로 된 존재 같은 사람이다. 별들을 자수처럼 묶어 놓는 높은 하늘 말이다. 내가 별을 본 적이 있다는 건 아니다. 광산 출신 레드는 아무도 별을 보지 못한다.

조그만 이오. 우리 클랜의 다른 여자아이들은 14살이 되면 다 결혼한다. 사람들은 이오도 결혼시켜 버리고 싶어 했다. 하지만 이오는 배급을 적게 받아가며 내가 남자의 결혼 가능 연령인 16살이 될 때까지 기다렸다가 손가락에 끈을 감았다. 이오는 자기는 어렸을 때부터 우리가 결혼할 거라는 걸 알았다고 했다. 나는 몰랐다.

"잠깐, 잠깐, 잠깐!"

컴 채널에서 나롤 삼촌이 날 다그친다.

"대로우, 기다려 이놈아!"

내 손가락이 그대로 멈춘다. 삼촌은 다른 팀원들과 함께 저 위 높은 곳에서 내가 작업하는 것을 헤드 유닛을 통해 보고 있다.

"뭣 때문에 그래요?"

짜증이 난다. 난 방해받는 게 싫다.

"저 꼬마 헬다이버가 뭣 때문에 그러느냐는군."

발로우 영감이 키득거린다.

"가스 포켓 때문에 그런다, 이 녀석아. 기다려. 네가 폭발을 일으켜 우리 전부를 지옥으로 날려 버리기 전에 특이한 점이 없나 확인하도록 스캔크루를 부르는 중이다."

19

나롤 삼촌이 쏘아붙인다. 삼촌은 200명이 넘는 우리 크루의 '헤드토크'다.

"저 가스 포켓 말인가요? 저건 작은 거잖아요. 가스 여드름이라고 하는 게 낫겠네요. 제가 알아서 할 수 있어요."

"드릴을 1년 타더니 알 건 다 안다고 생각하나 봐! 불쌍한 멍청이 꼬마 같으니. 우리의 골드 지도자들의 말을 기억하라고, 젊은 친구. 인내와 복종. 용기의 대부분은 곧 인내야. 인간성의 대부분은 곧 복종이고. 연장자들의 말을 들어."

발로우가 냉담하게 말하는 경구를 듣자 어처구니가 없다는 표정이 저절로 나온다. 내가 할 수 있는 일을 연장자들이 할 수 있다면 말을 들을 가치가 있을지도 모른다. 하지만 그들은 손도 생각도 느리다. 가끔 그들이(특히 우리 삼촌이) 나도 자기들처럼 되기를 바라는 것 같다는 생각이 들 때가 있다.

"한창 일이 잘되던 중이었다고요. 가스 포켓이 있다고 생각하신다면, 그냥 뛰어 내려가서 핸드스캔할게요. 쉬워요. 시간 끌 필요 없어요."

조심해야 한다고 설교하겠지. 조심해서 잘된 적이 있기라도 했다는 듯이. 우린 정말 오랫동안 월계관을 한 번도 타지 못했다.

"이오를 과부로 만들고 싶으냐? 난 상관없어. 이오는 어리고 예쁘니까. 저 포켓을 드릴로 뚫고 이오는 내게 남겨 주렴. 내가 늙고 뚱뚱하긴 해도, 내 드릴은 아직 구멍을 뚫을 수 있거든."

발로우의 웃음소리가 수신기 잡음 때문에 갈라져 들린다. 위에

20

있는 드릴러 200명의 웃음소리가 함께 들려온다. 컨트롤을 쥔 내 주먹 관절이 하얘진다.

"삼촌 말을 들어, 대로우. 확인 결과가 나올 때까지 물러서는 게 나아. 시간은 있어."

키어런 형이 말한다. 나보다 세 살 많답시고 자기가 아는 게 더 많고 현명하다고 생각한다. 형은 조심할 줄밖에 모른다.

"시간? 젠장, 몇 시간은 걸려."

내가 쏘아붙인다. 이번에는 그들 모두가 나와 의견이 다르다. 그들은 전부 틀렸고, 느리고, 한 번만 과감하게 움직이면 월계관을 손에 넣을 수 있다는 걸 이해하지 못한다. 그보다 더한 것은, 그들이 나를 의심하고 있다는 것이다.

"삼촌은 겁쟁이처럼 굴고 있어요."

컴 반대편에선 침묵이 흐른다.

남자를 겁쟁이라고 부르는 것은 그의 협조를 얻는 좋은 방법은 아니다. 이 말은 하지 말았어야 했는데.

"내 생각엔 네가 스캔하는 게 나을 것 같아. 안 그러면 감마가 확실히 이기지. 월계관을, 음, 100번째로 가져가게 될걸."

나롤 삼촌의 아들인 사촌 로런 형이 크게 말한다.

월계관. 라이코스 지하의 광산 식민지에는 스물네 개의 클랜이 있다. 4분기마다 한 번씩 월계관을 준다. 그걸 타면 먹지도 못할 만큼의 음식을 받는다. 피울 버너도 늘어난다. 지구에서 수입한 퀼트를 받는다. 소사이어티의 품질 보증이 찍힌 호박색 맥주도 받는다. 월계관은 곧 승리를 의미한다. 감마 클랜 말고 다른 클랜이 이 겼던 것을 기억하는 사람은 아무도 없다. 그래서 우리처럼 그보다 못한 클랜들은 늘 할당량 정도만 채운다. 겨우 근근이 먹고 살 정 도다. 이오는 월계관이란 매달아 놓은 당근, 닿을락말락하면서도 결국 잡을 수 없는 당근이라고 말한다. 우리가 사실은 얼마나 부 족한지, 우리가 그 사실에 대해 할 수 있는 일이 얼마나 미미한지 를 깨달을 정도로만 먼 거리에 있다는 것이다. 우리는 개척자여 야 했다. 이오는 우리를 노예라고 부른다. 난 그저 우리가 언제나 충분히 노력하지 않는다고만 생각한다. 늙은이들 때문에 큰 위험 부담을 하지 않는 것이다.

"로런, 월계관 이야기는 꺼내지도 마. 가스를 건드리면 우린 그 끔찍한 월계관이랑은 영영 안녕이야."

나롤 삼촌이 으르렁거린다.

발음이 분명하지 않다. 컴을 통해 술 냄새가 느껴질 정도다. 센 서 팀을 불러 자기 일을 떠넘기고 싶어 한다. 아니면 무서운 거다. 저 술꾼은 두려워서 오줌을 싸면서 태어났다. 뭐가 두려운 거지? 우리의 지배자인 골드들? 그 하인들인 그레이들? 그걸 아는 사람 이 누구지? 몇 명 되지 않는다. 누가 거기에 관심을 갖지? 그보다 더 적다. 사실 삼촌에게 관심을 가져 준 사람은 단 한 명이었다. 삼 촌이 그 사람의 발을 당겼을 때 그 사람은 죽었다.

삼촌은 약하다. 삼촌은 조심스럽고 술을 과하게 마신다. 아버지 에 비할 바가 못 된다. 삼촌은 눈을 깜박일 때 한참 꼭 감고 있다가 뜬다. 마치 매번 눈을 뜨고 다시 세상을 보는 것이 고통스러운 것 같다. 나는 깊은 광산 속에서 그를 믿지 않는다. 사실 어디에서든 믿지 않는다. 하지만 어머니는 내게 삼촌 말씀을 들으라고 하실 것이다. 연장자들을 존중해야 한다는 걸 일깨워 주실 것이다. 난 결혼을 했는데도, 내가 우리 클랜의 헬다이버인데도 어머니는 '네 물집은 아직 굳은살이 되지 않았단다.'라고 하실 것이다. 내 얼굴에 흐르는 땀만큼이나 나를 화나게 하는 말이지만, 나는 고분고분 따를 것이다.

"알았어요."

내가 웅얼웅얼 대답한다.

난 드릴 피스트를 꽉 쥐고 삼촌이 깊은 터널 위의 안전한 방 안에서 스캔크루를 부르는 것을 듣는다. 몇 시간은 걸릴 것이다. 계산을 해 본다. 마감까지 8시간이 남았다. 감마를 이기려면 나는 1시간당 156.5킬로그램의 속도로 계속 캐야 한다. 스캔크루가 여기에 도착해서 작업을 마치려면 아무리 빨라도 2시간 30분은 걸린다. 그러면 그때부터 나는 시간당 227.6킬로그램을 캐내야 한다. 불가능하다. 하지만 내가 계속 작업을 하고, 그 지겨운 스캔을 까 버린다면 월계관은 우리 것이다.

나롤 삼촌과 발로우가 우리가 얼마나 목표에 가까이 왔는지 알기는 하는 걸까 싶다. 아마 알 것이다. 그저 위험을 부담할 만한 가치가 있는 일은 없다고 생각하는 거겠지. 신의 뜻이 우리의 기회를 까 버릴 거라 생각하는 거겠지. 감마가 월계관을 차지한다. 이제까지 늘 그래 왔고, 앞으로도 늘 그럴 테니까. 람다에 있는 우리들은 근근이 먹고 살 정도의 식량만 갖고, 안락함을 위한 물건은 거의 없다시피 하다. 여기서 나아지지도, 더 나빠지지도 않는다. 계급을 바꿔 보려고 시도하는 위험을 무릅쓸 만큼 가치가 있는 일은 없다. 내 아버지는 밧줄 끝에 매달려서야 그 사실을 깨달았다.

목숨을 걸 만큼 가치 있는 일은 없다. 목에 건 끈에 매달아 둔, 머리카락과 실크로 만든 결혼반지가 가슴에 닿는 게 느껴진다. 나는 이오의 갈비뼈를 생각한다.

이번 달에는 이오의 피부 밑으로 가느다란 갈비뼈 몇 개가 더 드러나 보일 것이다. 이오는 나 몰래 감마 가족들을 찾아다니며 음식 찌꺼기를 구걸할 것이다. 나는 모르는 척 행동할 것이다. 하지만 그래도 우리는 배가 고플 것이다. 나는 열여섯이고 아직도 키가 크는 중이라 너무 많이 먹는다. 이오는 자기는 늘 입맛이 별로 없다고 거짓말할 것이다. 어떤 여자들은 음식이나 사치품을 구하려고 권력의 허수아비들(정확히 말하면 그레이들)에게 몸을 팔기도 한다. 그들은 우리 광산 식민지에 있는 소사이어티의 주둔군들이다. 이오는 내게 밥을 먹이려고 몸을 팔지는 않을 것이다. 그러진 않겠지? 하지만 다시 한 번 생각해 본다. 나는 이오에게 밥을 먹이기 위해서라면 무슨 짓이든 할 텐데…….

드릴 가장자리 아래를 내려다본다. 내가 판 구멍의 바닥까지는 꽤 멀다. 녹은 바위와 쉿쉿거리는 드릴밖에 없다. 하지만 난 내가 무슨 일을 하는지도 모르는 사이 어느새 스트랩을 풀고 스캐너를 손에 든 채 드릴 손가락이 있는 100미터 아래로 뛰어내리고 있다. 낙하 속도를 낮추려고 수직 갱도벽과 드릴의 길고 떨리는 몸체 사이로 앞뒤로 발길질을 한다. 근처에 살무사 둥지가 없는지 확인하고 드릴 손가락 바로 위에 있는 기어를 잡는다. 드릴 열 개는 달아올라 빛을 내고 있다. 일렁이는 공기 때문에 모든 것이 일그러져 보인다. 얼굴로 열기를 느낀다. 열기가 눈을 찌르고, 뱃속과 불알 속에서 아픔이 느껴진다. 신중하지 않으면 이 드릴에 뼈까지 녹을 수도 있다. 난 신중하지 않다. 다만 재빠를 뿐.

나는 한 손 한 손 내려간다. 스캐너를 가스 포켓까지 낮춰서 검사할 수 있도록 나는 드릴 손가락 사이로 발을 아래로 하고 들어간다. 열기가 참을 수 없을 정도다. 이건 실수였어. 컴에서 내게 소리 지르는 목소리들이 들린다. 마침내 가스 포켓에 충분히 가까이 다가갔을 때 드릴 하나에 몸이 거의 스칠 뻔한다. 손에 든 스캐너가 가스 포켓을 읽으며 불빛이 깜박거린다. 내 수트가 부글거리고, 타 버린 시럽처럼 뭔가 달콤하고 날카로운 냄새가 난다. 헬다이버에게 있어 이건 죽음의 냄새다.

제2장

거주 구역

내 수트는 이곳의 열기를 감당할 수 없다. 바깥쪽 레이어는 거의 다 녹아 버렸다. 곧 두 번째 레이어도 녹을 것이다. 그때 스캐너가 깜빡이고, 나는 여기 내려 왔던 목적을 달성했다. 양손을 번갈아가며 위로 뻗으며 내 몸을 끌어올려 지독한 열기에서 벗어나 재빨리 위로 올라간다. 그때 무언가에 걸린다. 드릴 손가락 근처에 있는 기어 중 하나에 부츠 한쪽이 끼었다. 갑자기 패닉에 빠진 나는 숨을 훅 들이마신다. 속에서 두려움이 치민다. 부츠 힐이 녹는 게 보인다. 첫 번째 레이어가 녹아 버렸다. 두 번째 레이어가 부글거린다. 다음 차례는 내 살이다.

억지로 길게 숨을 쉬고 목구멍으로 올라오려는 비명을 밀어 누른다. 칼을 기억해 낸다. 등에 멘 칼집에 접어 넣어둔 슬링블레이드를 꺼낸다. 기계에 낀 팔다리를 자르고 출혈, 감염을 막도록 상처를 지질 때 쓰는 큰 각도로 휘어 있는 칼이다. 바로 지금 같은 때 쓰는 물건이다. 사람들은 몸이 끼게 되면 대부분 패닉에 빠지기 때문에, 슬링블레이드는 서툰 손재주로 다루도록 만들어진 위험한 반달 모양의 무기다. 공포에 사로잡힌 지금조차 내 손은 서툴지 않다. 나는 슬링블레이드를 세 번 휘둘러 살이 아닌 나노플라스틱을 잘라낸다. 세 번째로 휘두르며 손을 아래로 뻗어 다리를 빼낸다. 그러면서 주먹 관절이 드릴 가장자리에 살짝 스친다. 타는 듯한 고통이 손으로 전해진다. 살이 타는 냄새가 나지만, 나는 이제 위로 올라가고 있다. 지옥 같은 열기를 피해 기어오르고 있다. 시종일관 웃으며 내 시트로 다시 기어들어간다. 울고 싶은 기분이다.

삼촌이 옳았다. 내가 틀렸다. 하지만 절대 삼촌이 그 사실을 알게 하지는 않을 것이다.

"멍청한 놈."

삼촌이 던지는 안부 인사다.

"미쳤어! 끔찍하군. 미쳤어!"

로런 형이 흥분해서 외친다.

"가스는 최저 수준이에요. 이제 다시 드릴 작업해요, 삼촌."

내가 말한다.

호루라기 소리가 울리자 헐백들이 나를 끌어올린다. 나는 야간 교대 근무자가 쓰도록 드릴을 깊은 터널 속에 놔둔 채 밖으로 나온다. 내가 올라가는 것을 도와주려고 사람들이 1킬로미터 깊이의 터널 속으로 내려 준 줄을 지친 손으로 낚아챈다. 손등의 덴 상처에서 진물이 나오고 있지만, 나는 터널 밖으로 완전히 나갈 때까지 줄을 타고 조금씩 기어오른다. 키어런 형과 로런 형이 나와 함께 걸어가서 가장 가까운 그래브리프트에서 다른 일행들과 합류한다. 천장에는 노란 불빛들이 거미처럼 매달려 있다.

직사각형 모양의 그래브리프트에 가니 우리 클랜과 감마 클랜의 300명이 이미 금속 난간 밑에 발가락을 끼우고 있다. 나는 화가 나서 침을 뱉는 삼촌을 피해 간다. 아까 부렸던 재주 때문에 수십 명이 내 등을 두드려 준다. 나처럼 젊은 사람들은 우리가 월계관을 탔다고 생각한다. 내가 한 달 동안 캐낸 헬륨-3 원광량이 얼마나 되는지 그들은 안다. 감마에서 캔 것보다 많다. 멍청한 늙은이들은 투덜거리며 우리가 바보라고만 한다. 나는 손을 감추고 발가락을 오므린다.

중력이 변화하고 우리는 위로 치솟는다. 일을 시작한 지 일주일도 되지 않은 감마의 얼뜨기 하나가 난간 밑에 발가락을 끼우는 걸 깜빡했다. 그래서 엘리베이터가 6킬로미터를 수직으로 날듯 올라가는 동안 그놈은 공중에 떠 있다. 귀가 아프다.

"감마 멍청이 하나가 둥둥 떠다니고 있군."

발로우가 람다 클랜들을 향해 웃으며 말한다.

하찮아 보이겠지만, 감마 녀석이 바보짓을 하는 걸 보면 늘 즐겁다. 그들은 월계관 때문에 음식이든 버너든 뭐든지 더 많이 받는다. 우린 그들을 경멸하게 된다. 하지만 원래 그런 법인지도 모

28

른다. 이제는 감마 사람들이 우리를 경멸하게 될까.

더는 못 봐주겠다. 나는 그 꼬맹이의 녹처럼 붉은 프라이수트를 붙잡고 끌어내린다. 꼬맹이라. 우습군. 나보다 겨우 세 살 더 어릴까 말까 한데.

녀석은 죽도록 지쳐 있지만, 내 프라이수트의 붉은 핏자국을 보자 녀석의 몸이 굳는다. 내 시선을 피한다. 내 손의 화상을 본 사람은 녀석이 유일하다. 내가 윙크를 했더니 수트 안에다 똥이라도 지리는 것 같다. 누구나 가끔 그럴 때가 있다. 내가 처음으로 헬다이버를 만났을 때가 기억난다. 나는 그가 신이라고 생각했다.

그는 이젠 죽고 없다.

우리는 가장 높은 곳에 있는 창고에 올라왔다. 콘크리트와 금속으로 된 큰 회색 동굴 같은 곳이다. 우리는 수트의 머리부분을 열고 녹은 드릴과는 먼 세상의 차갑고 신선한 공기를 마신다. 우리들의 몸에서 나는 악취와 땀냄새 때문에 곧 이곳은 화장실 같아진다. 먼 곳에서 불빛들이 깜박이며 창고 반대편에 있는 자기 수평트램 트랙에 들어가지 말라는 신호를 보낸다.

녹 같은 붉은 수트를 입고 비틀거리며 줄을 지어 수평트램 쪽으로 간다. 감마들과 섞이지는 않는다. 사람들 중 절반은 등에는 람다의 L이, 절반은 지팡이 같이 생긴 감마가 짙은 빨강색으로 새겨져 있다. 진홍색 헤드토크가 두 명. 핏빛 빨강 헬다이버가 두 명.

닳은 콘크리트 바닥을 터덜터덜 걸어가는 우리들을 허수아비 간부들이 지켜본다. 그들은 단순하고 낡은 그레이 듀로아머를 자기들 머리 모양만큼이나 단정치 못하게 입고 있다. 평범한 칼날은 막을 수 있는 장비다. 어쩌면 이온 블레이드도 막을 수 있을지 모른다. 펄스블레이드나 레이저(razor, 면도칼이라는 뜻 — 옮긴이)라면 종이처럼 갈라 버릴 것이다. 하지만 우린 그런 무기는 홀로캠에서만 보았다. 그레이들은 힘을 과시하려고 들지조차 않는다. 무기는 옆구리에 대롱대롱 매달아 놓고만 있다. 그들은 무기를 쓸 필요가 없을 거라는 걸 알고 있다.

복종은 최상의 덕목이다.

그레이들의 대장인 어글리 댄이 내게 조약돌을 던진다. 점잖은 척하는 개자식이다. 피부는 태양빛에 노출되어 그을렸지만, 그의 머리는 자기 컬러의 다른 사람들과 마찬가지로 회색이다. 가는 잡초 같은 머리카락이 잿더미에 넣고 굴렸다 꺼낸 얼음조각 같은 두 눈 위로 드리워져 있다. 숫자 '4'안에 곧은 선을 몇 개 그려 넣은 것 같이 생긴 네모 모양의 그레이의 상징이 양 손과 손목에 새겨져 있다. 그레이들이 다 그렇듯 그는 잔인하고 냉혹하다.

내가 듣기로는 어글리 댄이 유라시아(거기가 어디인지는 모르겠다.)의 전선에서 팔을 잃자 군대에서는 그를 퇴역시켰지만 그에게 새 팔을 사 주고 싶어 하지 않았다고 한다. 그는 이제 구형 대체품을 달고 있다. 그가 팔을 부끄러워하며 신경 쓴다는 걸 알기 때문에, 나는 내가 그의 팔을 흘끗 보는 것을 그가 눈치채도록 한다.

"짜릿한 하루를 보냈더구나, 애야. 넌 이제 용감한 영웅이 된 거 아니겠니, 대로우? 난 늘 네가 용감한 영웅이 될 거라고 생각해 왔지."

그의 목소리는 내 프라이수트 안의 공기만큼이나 퀴퀴하고 짙다.

"당신이 영웅이죠."

나는 턱으로 그의 팔을 가리키며 말한다.

"그리고 넌 네가 영리하다고 생각하겠지?"

"그냥 레드죠, 뭐."

"너희 집 꼬마 새에게 내 안부 좀 전해다오. 이젠 괴롭혀도 될 만큼 무르익었던데. 비록 레드지만 말이야."

그가 내게 윙크를 하며 자기 이를 핥는다.

"새는 한 번도 본 적 없어요."

HC에서 본 게 전부다.

"허, 그것 참."

그는 빙그레 웃는다. 내가 돌아서자 그가 묻는다.

"잠깐, 어디 가냐? 너보다 훌륭한 분들에게 절을 하고 가는 게 적절하지 않겠어?"

그는 자기 동료들을 보며 낄낄거린다. 그의 조롱에 신경 쓰지 않고 나는 돌아서서 깊이 절을 한다. 삼촌은 내 모습을 보고 넌더리를 내며 고개를 돌린다.

우리는 그레이들을 뒤로하고 계속 간다. 나는 절하는 건 괜찮지만, 기회만 있다면 아마 어글리 댄의 목을 갈라 버릴 것이다. 이건 마음이 내키면 토치쉽을 타고 금성에 다녀오겠다고 말하는 거나 비슷한 얘기다.

"이봐요, 다고, 다고! 얼마나 캤어요?"

로런 형이 감마의 헬다이버를 부르며 묻는다. 다고는 전설이다. 다른 다이버들은 그저 잠시 반짝 성공을 거뒀던 것에 불과하다. 그런 그보다 내가 더 나을지도 모른다.

창백하고 깡마른 다고는 늘 히죽거리는 표정을 짓고 다닌다. 그는 긴 버너를 붙여 물고 구름 같은 연기를 내뿜으며, 천천히 말한다.

"몰라."

"말해 봐요!"

"관심 없어. 원석으로 잰 채취량은 절대 중요한 게 아니야, 람다."

"아니긴 뭐가 아니야! 이번 주에 얼마나 캤어요?"

로런 형은 우리와 함께 트램에 올라타며 묻는다. 다들 버너에 불을 붙이고 연기를 뿜고 있다. 하지만 우리는 모두 귀를 쫑긋 세우고 듣고 있다.

"9821킬로."

감마 녀석 하나가 자랑한다. 그 말을 듣고 나는 몸을 뒤로 기대고 미소를 짓는다. 젊은 람다들이 환호하는 소리가 들린다. 나이 든 사람들은 반응하지 않는다. 난 이번 달에 이오가 설탕을 가지고 뭘 할까 생각하느라 바쁘다. 우린 이제까지 설탕을 받아 본 적이 없다. 카드 게임을 해서 딴 적이 있을 뿐이다. 그리고 과일. 월계관을 따면 과일을 받는다고 들었다. 이오는 아마 자기에겐 소사이어티가 주는 상은 필요없다는 걸 증명해 보이려고 배고픈 아이들에게 다 나눠 줄 것이다. 나? 나라면 과일을 먹고 배를 불린 다음 정치를 생각할 것이다. 하지만 이오는 신념에 대한 열정이 있다. 나는 이오를 제외한 그 어떤 일에도 특별한 열정은 없는데.

트램이 출발하자 다고는 느릿느릿 말한다.

"그래도 이기진 못할 거야. 대로우는 하룻강아지지만, 똑똑한 놈이니 그 정도는 알 거야. 안 그래, 대로우?"

"어리든 아니든, 내가 험악한 당신을 이겼어요."

"확실해?"

"틀림없죠. 월계관은 우리 거예요. 이번에는 당신 누이들을 우리 거주 구역으로 보내서 설탕을 얻어가게 하세요."

나는 윙크를 하고 그에게 키스를 날린다. 내 친구들은 웃으며 프라이수트 앞 뚜껑으로 손바닥을 친다.

다고는 나를 지켜본다. 잠시 후에 그는 버너를 깊이 빤다. 버너는 밝게 빛나며 빠르게 타들어간다.

"이게 너야."

그는 내게 말한다. 30초 후에 버너는 껍질만 남는다.

수평트램에서 내린 다음 다른 크루들과 함께 플러시에 들어간다. 춥고 매캐한 곳으로, 남자 수천 명이 몇 시간 동안 땀을 흘리고 오줌을 쌌던 프라이수트를 벗고 에어 샤워를 하러 들어가는 금속으로 된 좁은 우리 같은 곳이다. 여기서는 딱 그런 장소다운 냄새가 난다.

나는 수트를 벗고 헤어캡을 쓰고는, 가까운 곳에 있는 투명한 튜브에 알몸으로 걸어 들어간다. 플러시 안엔 튜브 수십 개가 늘어서 있다. 여기선 춤을 추지도, 뽐내며 재주넘기를 하지도 않는다. 유일한 동지애는 탈진이다. 손으로 허벅지를 부드럽게 두드리는 소리가 쉭쉭거리는 샤워 소리와 함께 리듬을 만들어 낸다.

내가 들어간 튜브의 문이 스윽 닫히며 음악 소리가 멀어진다. 모터에서 익숙한 웅웅 소리가 들려온다. 곧 기체가 엄청나게 몰려오고, 공기를 빨아들이는 소리가 울린다. 항균 물질을 가득 머금은 공기가 기계 위에서 요란한 소리와 함께 내 몸으로 쏟아지며 죽은 피부와 더러운 것들을 튜브 바닥의 배수구로 쓸어낸다. 아프다.

샤워를 마친 후, 월계관 댄스가 공식적으로 시작되기 전까지 술을 마시고 춤을 추려고 공유지의 술집에 가는 로런 형과 형이랑 헤어진다. 자정에 허수아비들이 식료품 수당을 나눠주고 월계관 수상 클랜을 발표할 것이다. 자정 전과 후에 주간 근무를 하는 우리들을 위한 춤추는 순서가 있다.

전설에 따르면 마르스 신은 눈물의 아버지이자, 춤과 류트의 적이었다고 한다. 눈물의 아버지라는 부분은 나도 동의한다. 하지만 화성(마르스) 지하에 건설된 최초 식민지 중 하나인 이 라이코스 식민지의 우리들은 춤과 노래와 가족의 사람들이다. 우리는 그 전설에 침을 뱉고 우리의 생득권을 스스로 만들었다. 우리를 지배하는 소사이어티에 맞서 펼칠 수 있는 하나의 저항이다. 우리가 조금이라도 허리를 꼿꼿이 펼 수 있게 해 준다. 우리가 고분고분 땅을 파는 한 그들은 우리가 춤을 추거나 노래를 하는 것에는 관심이 없다. 우리가 그들 컬러의 다른 사람들을 위해 이 행성을 정비해 두는 한에는 괜찮다. 하지만 우리가 있을 곳이 어디인지 상기시키기 위해, 그들은 노래 한 곡, 한 가지 춤만은 금지시키고 어길 경우 사형에 처할 수 있도록 했다.

내 아버지가 마지막으로 추셨던 춤이 그것이었다. 내가 그 춤을 본 것은 단 한 번뿐이었다. 그 노래를 들은 것도 한 번뿐이다. 머나먼 계곡, 안개, 잃어버린 연인, 눈에 보이지 않는 집으로 우리를 데려다 줄 죽음의 신에 대한 노래를 나는 어렸을 때는 이해하지 못했다. 한 여인이 식료품을 훔친 자기 아들이 교수형에 처해지는 동안 그 노래를 불렀다. 어렸던 나는 저게 무슨 뜻일까 하고 궁금해 했다. 그녀의 아들은 키 큰 소년으로 자랄 수도 있었겠지만, 도무지 뼈에 살이 붙을 만큼의 음식을 구할 수가 없었다. 아들이 죽고 나자 그 다음은 어머니였다. 라이코스 사람들은 그 모자를 위해 잦아드는 장송곡을 연주했다. 그것은 주먹으로 가슴을 두드리는 비극적인 행동이다. 소리는 천천히, 천천히 잦아들었다. 이제 뛰지 않는 여인의 심장처럼, 가슴을 두드리던 사람들의 주먹도 멈추었고, 모두 해산했다.

그날 밤 나는 그 소리가 자꾸 생각났다. 나는 우리 집의 작은 부엌에서 혼자 울었다. 아버지가 돌아가셨을 때는 울지 않았는데 왜 지금 울고 있을까 싶었다. 차가운 바닥에 누워 있는데 우리 집 문을 부드럽게 긁는 소리가 들려왔다. 문을 열어 보자 작은 헤만서스 봉오리가 붉은 흙 위에 놓여 있었다. 아무도 보이지 않았고 이오의 작디작은 발자국만 흙 위에 남아 있었다. 사람이 죽고 나서 이오가 꽃을 가져다 준 건 그때가 두 번째였다.

노래와 춤이 우리의 핏속을 흐르고 있다 보니, 내가 이오를 사랑한다는 걸 노래와 춤을 통해서 처음으로 깨달았다는 사실은 놀랄 일은 아닌 것 같다. 나는 조그만 이오가 아닌, 예전의 그녀가 아닌, 지금의 이오를 사랑하고 있었다. 이오는 내 아버지가 교수형에 처해지기 전부터 나를 사랑했다고 한다. 하지만 내 심장이 몇 번이나 멈추는 것 같았던 곳은 녹슨 것처럼 붉은 그녀의 머리가 빙빙 돌고, 그녀의 발이 치터 소리에 따라, 그녀의 엉덩이가 드럼에 맞춰 움직이던 연기 자욱한 술집이었다. 공중제비나 옆으로 재주넘기 같은 걸 했기 때문은 아니었다. 젊은 사람들의 춤에 툭하면 들어가는, 자랑삼아 하는 바보 같은 동작은 없었다. 이오의 춤은 우아하고 당당한 움직임이었다. 내가 없다면 이오는 음식을 먹지 않을 것이다. 이오가 없다면 나는 살지 않을 것이다.

내가 이렇게 말한다고 이오가 놀랄 수도 있겠지만, 이오는 우리 클랜 사람들의 정신이다. 우리의 삶은 쉽지 않다. 우리는 우리가 알지도 못하는 사람들을 위해 희생해야 한다. 우리는 남들을 위해 화성을 준비해 두려고 땅을 파도록 되어 있다. 그래서 우리 중에는 못된 마음을 먹고 사는 사람들도 있다. 하지만 이오의 친절함, 웃음, 맹렬한 의지는 우리의 고향과 같은 곳에서 나올 수 있는 최상의 무언가이다.

나는 공유지에서 터널을 통해 고작 400미터 떨어진 곳에 있는 우리 가족이 사는 거주지에 가서 이오를 찾는다. 전체 거주지는 공유지를 둘러싼 스물네 개의 작은 거주지로 이루어져 있다. 옛 광산의 암벽을 파서 만든, 벌집 같은 집들이 모여 있는 곳이다. 우리의 천장, 바닥, 집 전체가 돌이고 흙이다. 클랜은 거대한 가족이다. 이오는 우리 집에서 엎어지면 코 닿을 곳에서 자랐다. 처남들은 내 형제들과 마찬가지다. 장인어른은 잃어버린 내 아버지나 다름없다.

큰 동굴의 천장에 잔뜩 얽힌 전선은 검고 붉은 덩굴로 이루어진 정글 같은 모습을 하고 있다. 공유지의 중앙 산소 시스템에서 보내는 공기의 순환에 따라 이 정글에 매달린 불빛들이 부드럽게 흔들린다. 거주지 중심부에는 거대한 홀로캔이 매달려 있다. 각 면마다 이미지가 나타나는 육면체 모양이다. 꺼진 픽셀들도 있고 이미지는 뿌옇고 흐리지만, 그 물건은 단 한 번도 고장난 적도, 꺼진 적도 없다. 홀로캔은 창백한 불빛으로 옹기종기 모인 우리의 집들을 비춘다. 소사이어티가 보내오는 비디오다.

우리 가족이 사는 집은 거주지 맨 아래층에서 100미터 높이에 있는 바위를 파서 만든 집이다. 바닥에서 가파른 길을 올라야 갈 수 있다. 도르래와 밧줄을 사용해서 거주지 가장 높은 곳까지 올라갈 수도 있긴 하다. 노인이나 병약자만 이걸 사용한다. 우리 거주지에는 두 가지 모두 드물다.

우리 집엔 방이 몇 개 없다. 이오와 나는 최근에야 우리끼리 쓸 수 있는 방을 얻었다. 형의 가족은 방을 두 개 쓰고, 어머니와 여동생이 다른 방 하나를 같이 쓴다.

라이코스의 람다 클랜은 전부 우리 거주지에 산다. 넓은 터널을 통해 1분만 걸어가면 한쪽에는 오메가, 다른 쪽에는 입실론 클랜이 나온다. 우리는 모두 연결되어 있다. 감마만 빼고 말이다. 그들은 공유지에서 산다. 술집들, 수리 부스들, 실크 가게들, 시장들 위에서 산다. 허수아비들은 우리의 가혹한 세상의 황량한 표면에 더 가까운, 그 위의 요새에서 산다. 오도가도 할 수 없는 여기에 남겨진 죄수 같은 우리들에게 지구에서 식량을 가져다주는 포트가 표면에 있다.

내 위의 홀로캔에서 인류가 악전고투하는 이미지가 흘러나온다. 곧이어 소사이어티의 업적들이 휙휙 지나가며 음악이 고조된다. 소사이어티의 상징이 화면을 불태울 듯 나타난다. 세 면에 평행한 막대가 세 개씩 붙은 황금 피라미드가 원 안에 들어 있는 모양이다. 소사이어티의 나이 많은 군주인 옥타비아 오 룬의 목소리가 태양계 안의 행성들과 위성들을 식민지화하는 데 뒤따르는 인류의 악전고투를 설명한다.

"인류의 시작에서부터, 종으로서의 우리의 이야기는 부족 간의 전쟁의 이야기였다. 시험과 희생, 자연의 한계를 거역하는 용기의 이야기였다. 이제 의무와 복종을 통하여 우리는 하나가 되었지만, 우리의 싸움은 달라지지 않았다. 모든 컬러들의 아들딸들은 다시 한 번 희생을 요구받고 있다. 전성기를 맞은 우리는 우리 최고의 씨앗들을 별들로 보냈다. 우리가 어디서 가장 먼저 번성해야 할까? 금성? 수성? 화성? 해왕성과 목성의 위성들?"

나이를 먹지 않는 그녀의 제왕다운 시선이 HC에서 아래로 내려가며 그녀의 목소리는 근엄해진다. 그녀의 두 손등에 선명히 새겨진 골드의 상징이(날개 달린 원 한가운데에 점이 찍힌 것이다.) 빛난다. 팔뚝 양 옆에는 금빛 날개가 새겨져 있다. 그녀의 황금빛 얼굴에 완벽하지 않은 점이라곤 딱 한 군데뿐이다. 오른쪽 광대뼈를 따라 나 있는 긴 초승달 모양 흉터이다. 그녀의 아름다움은 잔인한 맹금류의 그것 같다.

"인류 중 가장 강한, 화성의 용맹한 레드 개척자들이여, 그대들은 인류의 진전을 위해 희생하고, 미래를 위한 길을 닦는 데 희생한다. 인류가 지구와 달을 넘어 영생을 향해 나아가는 데 있어 처음으로 치르는 대가가 그대들의 목숨과 피다. 그대들은 우리가 갈 수 없는 곳을 간다. 그대들은 다른 사람들이 고통을 겪지 않도록 그대들이 고통을 겪는다.

나는 그대들에게 경의를 표한다. 나는 그대들을 사랑한다. 그대들이 캐내는 헬륨-3은 지구화 작업의 생명선이다. 곧 이 붉은 행성에는 숨 쉴 수 있는 공기와 살 수 있는 땅이 생길 것이다. 그리고 곧, 화성이 거주 가능한 곳이 되면, 그대 용맹한 개척자들이 우리들 더 연약한 컬러들을 위해 붉은 행성의 준비를 마치면, 우리는 그대들과 함께할 것이고, 그대들은 그대들의 노고로 만든 하늘 아래서 최고의 존경을 받을 것이다. 그대들의 땀과 피가 지구화 작업의 연료가 된다!

용맹한 개척자들이여, 복종이 최상의 덕목이라는 것을 늘 기억하라. 무엇보다도 복종, 존경, 희생, 계급······."

집 부엌은 비어 있지만 침실에서 이오의 소리가 들린다.

"그 자리에 멈춰! 무슨 일이 있어도 이 방 안은 보지 마."

문 안에서 이오가 명령한다.

"알았어."

난 멈춰 선다.

1분 후 이오는 얼굴이 상기된 채 헐레벌떡 나온다. 머리카락에는 먼지와 거미줄이 잔뜩 묻어 있다. 나는 이오의 엉킨 머리를 쓸어 준다. 이오는 바이오실크를 만드는 웨버리에 있다 왔다.

"너 플러시 안 들어갔구나."

내가 미소 지으며 말한다.

"시간이 없었어. 가져올 게 있어서 웨버리에서 몰래 빠져나와야 했거든."

"뭘 가져왔는데?"

이오는 다정한 미소를 짓는다.

"내가 너한테 모든 걸 다 털어놓는 여자라서 네가 나랑 결혼한 건 아니라는 사실을 잊지 마. 그리고 저 방엔 들어가지 마."

나는 문으로 달려든다. 이오는 나를 막고 내 땀 밴드를 눈 위로 끌어내린다. 이마를 내 가슴에 대고 민다. 나는 웃으며 밴드를 치우고는, 이오의 어깨를 잡고 그녀의 눈을 볼 수 있도록 뒤로 민다.

"들어가면 어쩔 건데?"

나는 한쪽 눈썹을 치켜 올리고 묻는다.

이오는 미소만 지으며 고개를 옆으로 기울인다. 나는 금속으로 된 문에서 물러선다. 나는 망설이지도 않고 녹아내린 수직 갱도로 뛰어들기도 하지만, 무시할 수 있는 경고가 있고 무시할 수 없는 경고가 있다.

이오는 발뒤꿈치를 들고 내 코에 키스한다.

"착해. 네가 길들이기 쉬울 줄 알고 있었어."

순간 이오가 내 화상 냄새를 맡고 코에 주름을 잡는다. 이오는 나를 지나치게 걱정해 주지도, 나무라지도 않는다. 그저 걱정이 살짝 묻어나는 목소리로 "사랑해."라고 말할 뿐이다.

이오는 내 주먹 관절에서 손목까지 난 상처에서 녹은 프라이수트 조각들을 집어낸다. 항생제와 신경핵을 바른 뒤 웹랩을 단단히 매 준다.

"그건 어디서 났어?"

내가 묻는다.

"내가 너한테 설교하지 않으니까, 너도 쓸데없는 건 묻지 마."

나는 이오의 코에 키스하고, 이오의 왼손 넷째손가락에 감긴 가느다란 머리카락 띠를 가지고 장난친다. 실크를 섞어 엮은 내 머리카락이 이오의 결혼반지이다.

"오늘 밤에 너를 놀래 줄 일을 하나 준비했어."

이오가 말한다.

"나도."

나는 월계관을 생각하며 말한다. 나는 내 땀 밴드를 이오 머리 위에 왕관처럼 얹는다. 축축해서 이오는 코를 찡그린다.

"음, 생각해 보니 놀래 줄 일이 두 개 있어, 대로우. 네가 미리 생각해 놓지 않았다는 게 유감이다. 내가 알았다면 나한테 각설탕 하나나 새틴 시트나…… 첫 선물과 잘 어울릴 커피까지도 가져왔을지 모르는데."

"커피! 너 네 남편이 어떤 컬러라고 생각하는 거야?"

나는 웃는다. 이오는 한숨을 쉰다.

"다이버에겐 어떤 혜택도 없지, 아무것도. 미치고, 고집 세고, 무모하며……."

"손재주가 좋은?"

나는 손으로 이오의 스커트 옆을 쓸어 올리며 짓궂은 미소를 짓는다.

이오는 미소를 지으며 내 손이 거미라도 되는 것처럼 찰싹 때려 밀어낸다.

"그런 장점이 있긴 하네. 여자들한테 이러쿵저러쿵 떠드는 소리 듣기 싫으면 장갑 껴. 어머님은 벌써 출발하셨어."

제3장

월계관

우리는 다른 사람들과 손을 잡고 거주 지역에서 터널 길을 지나 공유지까지 걸어간다. 금빛 달이 우리 위의 HC에서 웅웅 소리를 낸다. 골드라면 높은 곳에 있기 마련이다. 레드 채굴 크루와 '오렌지' 기술자 그룹을 죽인 끔찍한 폭탄 테러 영상을 보여 준다. '아레스의 아들들'의 짓이라고 한다. 그들이 쓰는 아레스의 괴상한 상형 문자, 정수리 부분에 스파이크가 태양빛 모양으로 폭발하듯 붙어 있는 잔인한 투구가 불타는 것처럼 화면에 떠올라 있다. 스파이크에서는 피가 떨어진다. 참혹하게 죽어 있는 아이들이 나온다. 아레스의 아들들은 부족 살인자들, 혼란을 가져오는 자들이라고 규탄받는다. 소사이어티의 그레이 경찰과 군인들이 폐허를 치운다. 폭발 사건 피해자들 몇 명을 나르는 민첩한 '옐로우' 의사들과 함께

'옵시디언(흑요석 —옮긴이)' 컬러의 군인 두 명, 내 덩치의 두 배 가까이 되는 거구의 남녀들이 화면에 등장한다.

라이코스에는 아레스의 아들들이 없다. 그들의 헛된 전쟁은 우리들과는 관계가 없다. 하지만 테러리스트의 왕인 '아레스'에 대한 정보를 신고하면 보상이 주어진다는 방송이 또 나온다. 우린 그 방송을 천 번 정도는 들었지만 지금도 사실이 아닌 것처럼 느껴진다. 아들들은 우리가 잘못된 처우를 받고 있다고 생각해서 여기저기를 폭파한다. 의미 없는 화풀이다. 그들이 입히는 피해는 다른 컬러들을 위해 화성을 준비시키는 작업을 늦춘다. 인류에게 피해가 된다.

터널 길에서 남자아이들은 천장에 손이 닿는지를 놓고 서로 겨루고, 거주 지역 사람들은 즐겁게 월계관철의 댄스를 향해 걸어간다. 우리는 가면서 월계관철 노래를 부른다. 황금의 들판에서 자기 신부를 발견하는 남자의 이야기를 담은 뚝 떨어지는 멜로디의 노래다. 어린 남자아이들이 벽을 딛고 달리거나 연달아 재주를 넘으려다 얼굴부터 땅에 떨어지거나 여자아이에게 질 때면 웃음소리가 들려온다.

긴 통로에 전등들이 매달려 있다. 멀찍한 곳에서는 술에 취한 나롤 삼촌이 우리 다리 옆에서 춤추는 아이들을 위해 치터를 연주한다. 서른다섯 살에 삼촌은 이미 노인이다. 삼촌조차 영원히 얼굴을 찌푸리고 있을 수만은 없다. 어깨에 멘 악기를 엉덩이에 얹고 있어 울림판과 팽팽한 여러 금속줄은 천장을 향하고 있다. 오른손

엄지로 줄을 훑어 내리고, 집게손가락을 내려 줄을 퉁기거나 엄지로 한 줄만 칠 때도 있다. 왼손으로는 계속 한 줄 한 줄 짚으며 베이스 라인을 연주한다. 치터로 애절하지 않은 소리를 내기란 미쳐 버릴 정도로 어렵다. 내 손가락으로는 비극적인 음악밖에 연주할 수 없지만, 나롤 삼촌의 손가락은 다른 음악도 연주해 낸다.

삼촌은 아버지가 내게 가르쳐 줄 기회가 없었던 춤을 가르쳐 주며 치터를 쳐 주곤 했다. 췄다간 사형 당하는 금지된 춤까지도 가르쳐 주었다. 낡은 광산에서였다. 삼촌은 내가 휙휙 돌면서 매끄럽게 움직일 때까지 회초리로 내 발목을 때렸다. 나는 소드처럼 긴 금속을 손에 들고 춤을 추었다. 내가 춤을 제대로 춰 내면 삼촌은 내 눈썹에 입을 맞추고 내가 아버지의 아들이 맞다고 했다. 오래된 터널에서 아이들과 잡기 놀이를 할 때 내가 이겼던 건 삼촌에게 춤을 배웠기 때문이었다.

"골드들은 쌍쌍이 춤을 추고, 옵시디언들은 셋이서 춤을 추고, 그레이들은 열두 명씩 춤을 춘다. 우리는 혼자 춤 춰. 헬다이버들은 혼자서만 드릴 작업을 하니까. 소년이 남자가 되는 것도 혼자서만 할 수 있는 거다."

삼촌이 했던 말이다.

그때가 그립다. 내가 어려서 삼촌 숨결에서 나는 지독한 술 냄새를 가지고 삼촌을 재단하지 않았던 시절이었다. 그때 나는 열한 살이었다. 겨우 5년 전인데도 전생의 일 같다.

람다 사람들이 내 등을 두드려 주고, 제빵사 바를로는 눈썹을

45

추켜세워 보이며 이오에게 주먹만 한 빵을 던져 주기까지 한다. 월계관 이야기를 들은 것이 분명하다. 이오는 나중에 먹으려고 치마 허리춤에 빵을 넣으며 의아한 눈으로 나를 본다.

"너 바보처럼 웃고 있어. 뭐한 거야?"

이오가 내 옆구리를 꼬집으며 말한다. 나는 어깨를 으쓱하며 웃음기를 거두려고 노력해 본다. 불가능하다. 이오는 의심쩍다는 듯 말한다.

"음, 뭔가 아주 자랑스러운 일이 있는 것 같은데."

형의 아들과 딸, 그러니까 내 조카들이 타닥타닥 걸어간다. 세 살배기 쌍둥이인 아이들은 자기 어머니와 내 어머니를 조금 앞서 갈 정도로 빠르게 걸어간다.

우리 어머니의 미소는 삶을 겪어 본 여자의 그것이다. 가장 밝을 때조차 사려 깊은 정도인 미소다.

"화상을 입었나 보구나, 얘."

어머니가 장갑을 낀 내 손을 보고 말씀하신다. 목소리는 느리고 아이러니하다.

"물집이 잡혔어요. 좀 심해요."

이오가 나 대신 대답하자 어머니는 어깨를 으쓱하신다.

"얘 아빠는 더 심하게 다친 적도 있었다."

나는 어머니 어깨에 팔을 두른다. 모든 여자들이 아들들에게 가르쳐 주는, 우리 클랜 사람들의 노래를 가르쳐 주실 때에 비해 어깨가 더 가늘어졌다.

"지금 혹시 걱정해 주신 거예요, 어머니?"

"걱정? 내가? 바보 같은 녀석."

내 질문에 어머니는 천천히 미소를 지으며 한숨 쉬신다. 나는 어머니 뺨에 키스한다.

공유지에 가 보니 클랜 사람들 중 절반 정도는 이미 취해 있다. 우리 클랜은 춤을 추는 사람들이자 술에 취하는 사람들이다. 허수 아비들은 우리가 술을 마시도록 내버려 둔다. 별 이유도 없이 사람을 목매달면 거주지에서 불평이 좀 나올 것이다. 하지만 우리에게 금주를 명령한다면? 수습하는 데 한 달은 걸릴 것이다. 이오는 우리가 증류하는 곰팡이와 그렌델이 화성에서 나오는 것이 아니며, 술로 우리를 노예로 만들기 위해 여기에 가져다 심은 것이라고 믿는다. 어머니가 새로 술을 만드실 때마다 이오는 이 이야기를 꺼낸다. 그러면 어머니는 보통 한 모금 꿀꺽 마시고 이렇게 대답하신다.

"내 주인이 인간인 것보다는 술인 편이 낫지. 이 사슬은 맛이라도 달거든."

우리가 받을 월계관 상자에 든 시럽을 넣으면 술은 더욱 달콤해질 것이다. 술에 넣을 수 있는 향이 들어 있다. 베리도 있고, 계피라 불리는 것도 있다. 어쩌면 금속이 아니라 나무로 만든 새 치터를 손에 넣을 수 있을지도 모른다. 가끔 나무 치터를 준다. 내 치터는 낡고 닳아빠졌다. 너무 오래 쳤다. 하지만 아버지가 쓰시던 악기다.

우리 앞쪽의 공유지에서 음악 소리가 더 커진다. 퍼커션 즉흥 연주와 요란하게 울리는 치터가 어우러진 외설적인 노래들이다. 오메가와 입실론 사람들도 합세해서, 유쾌하게 서로 밀쳐 대며 술집들 쪽으로 간다. 술집 문들은 전부 열려 있어서 술집 안의 연기와 소리가 공유지의 광장으로 피어오른다. 공유지 둘레에 테이블이 죽 놓여 있고, 가운데의 교수대 주위 공간은 춤을 출 수 있도록 비워 놓았다.

위로 몇 층 정도는 감마 사람들의 집이 있고, 그 위에는 보급품 창고, 가파른 벽이 있다. 높은 천장에는 나노글라스 뷰포트가 있는 푹 꺼진 모양의 금속 돔이 있다. 우린 거길 포트라고 부른다. 우리를 관리하는 사람들이 살고 잠을 자는 요새다. 거길 넘어서면 거주가 불가능한 우리 행성의 표면이 나온다. 나는 HC에서만 본 척박한 황무지다. 우리가 캐는 헬륨-3이 거기를 바꾸어 놓을 거라고 한다.

월계관철의 댄서, 저글러, 가수들은 이미 할 일을 시작했다. 이오는 로런 형과 키어런 형을 보고 소리쳐 부른다. 그들은 소기 드롭 근처의 길고 붐비는 테이블에 있다. 우리 클랜에서 제일 나이가 많은 올 리퍼가 취한 사람들에게 재미있는 이야기를 들려주고 있다. 그는 오늘밤 테이블에서 술에 취해 정신을 잃었다. 아쉽다. 내가 마침내 월계관을 우리 클랜으로 가져오는 모습을 그가 봤으면 했는데.

모두 입에 넣을 수 있을 만큼 음식이 넉넉한 때가 거의 없는 우리들의 잔치에서는 술과 춤이 주가 된다. 내가 앉기도 전에 로런 형이 술을 머그컵에 따라 준다. 로런 형은 남들 머리에 우스꽝스러운 리본을 달고 싶어서 늘 남들에게 술을 먹이려 한다. 로런 형이 이오가 디오 옆에 앉을 수 있도록 길을 비켜 준다. 처형인 디오는 얼굴만 보면 이오랑 쌍둥이 같다.

로런 형은 이오의 오빠 리엄이 이오를 사랑하듯 이오를 사랑하지만, 난 형이 내 처형에게 빠졌던 것만큼이나 이오에게 빠졌던 적이 있다는 걸 알고 있다. 사실 형은 내 아내가 열네 살이 되었을 때 한쪽 무릎을 꿇고 청혼했다. 하지만 한편으로, 남자애들 절반 정도는 이오에게 청혼했다. 걱정할 필요는 없었다. 이오는 자신의 선택을 분명히 했다.

키어런 형의 아이들이 형에게 기어오른다. 형수가 형의 입술에 키스를 하고, 나는 형의 눈썹에 키스를 하고 그 붉은 머리를 헝클어뜨린다. 아내들은 웨버리에서 하루 종일 거미벌레 실크를 수확했는데, 어떻게 다들 이렇게 사랑스러운 모습인지 모르겠다. 난 미남으로 태어났다. 얼굴은 각이 지고 늘씬하다. 하지만 광산에서 일하느라 내 모습은 변했다. 나는 키가 크고 아직도 자라는 중이다. 머리카락은 지금도 오래된 피 같은 색이고, 옥타비아 오 룬의 눈동자가 금색이듯 내 눈동자는 녹슨 붉은색이다. 피부는 팽팽하고 희지만 여기저기 흉터가 나 있다. 화상, 베인 자국들이다. 나는 머지않아 다고처럼 독한 모습, 아니면 나롤 삼촌처럼 지친 모습이 될 것이다.

하지만 여자들은 우리들이, 내가 이해할 수가 없는 존재들이다. 그들은 웨버리에도 불구하고, 아이들을 낳는 데도 불구하고 사랑스럽고 힘이 넘친다. 그들은 무릎 아래까지 내려오는 레이어드 스커트와 대여섯 가지 종류의 빨간색 블라우스를 입는다. 다른 건 입는 법이 없다. 늘 빨간색이다. 그들은 클랜의 심장이다. 그들이 월계관 상자들에 든 수입품 나비모양 매듭, 리본, 레이스를 달면 얼마나 더 아름다워 보일까.

나는 내 손의 상징을 만져 본다. 뼈 같은 질감이다. 크로스해칭이 된 투박한 붉은 원에 화살이 하나 그려져 있다. 내게 어울린다. 이오에겐 어울리지 않는다. 이오의 머리와 눈은 우리들의 색깔이지만, 그녀는 홀로캔에 나오는 골드 컬러라 해도 좋을 외모다. 이오는 그럴 자격이 있다. 그때 엄마가 만든 술을 벌컥 들이켜는 로런 형의 머리를 이오가 세게 때리는 것이 보인다. 신이 사람들을 여기저기 배치하시는 거라면, 이오의 자리는 잘 잡아 주셨다. 하지만 이오 뒤쪽을 보자 나의 미소는 사라진다. 뛰어다니는 댄서들 위로, 빙글빙글 도는 100벌 정도의 스커트와 발을 구르는 부츠, 박수 치는 손 틈으로, 차갑고 높은 교수대에서 해골 하나가 흔들리는 것이 보인다. 다른 사람들은 알아보지 못한다. 내게 있어서 그건 그림자다. 내 아버지의 운명을 상기시킨다.

땅을 파는 게 우리 일이지만, 우리는 죽은 이들을 묻지 못하도록 되어 있다. 이것 역시 소사이어티의 법이다. 내 아버지는 두 달 동안 매달려서 흔들려야 했다. 그들은 아버지의 해골을 내려 뼈를 갈았다. 나는 여섯 살이었지만 첫 날에 아버지를 끌어 내리려 했다. 삼촌이 나를 막았다. 나는 내 아버지의 시체에 가까이 가지 못하게 한 삼촌을 미워했다. 나중에는 삼촌이 나약하다는 걸 알게 되었고, 그 때문에 삼촌을 다시 미워하게 되었다. 아버지는 무언가를 위해 돌아가셨다. 한편 나롤 삼촌은 살아서 술을 마시며 인생을 낭비했다.

"개는 미친 사람이야. 너도 언젠가 알게 될 거다. 미쳤고 똑똑하고 고결해. 나롤이 내 형제 중 최고야."

아버지가 이런 말씀을 하신 적이 있다.

지금의 나롤 삼촌은 형제 중 마지막으로 남은 사람일 뿐이다.

나는 아버지가 악마의 춤을 하시리라곤 생각하지 못했다. 노인들은 그걸 교수형이라고 부른다. 아버지는 언어와 평화를 사랑하는 분이셨다. 하지만 아버지는 자유와 우리들이 만든 법에 신념을 두셨다. 아버지가 남긴 유산은 댄서의 반란이다. 댄서의 반란은 아버지와 함께 교수대에서 죽었다. 남자 아홉이 동시에 팔다리를 버둥거리며 악마의 춤을 추었고, 마지막까지 버틴 사람은 아버지였다.

대단한 반란도 아니었다. 그들은 평화로운 저항을 하면 소사이어티가 식량 배급을 늘려 주리라 생각했다. 그래서 그들은 그래브 리프트 앞에서 리핑 댄스를 추고, 드릴이 작동하지 않도록 기계 부품을 조금 빼냈다. 그 전략은 실패했다. 음식을 더 얻을 수 있는 유일한 방법은 월계관을 따내는 것이다.

11시가 되자 삼촌이 치터를 들고 앉는다. 크리스마스 무렵의 바보처럼 술에 취한 삼촌은 심술궂은 눈빛으로 나를 본다. 삼촌은 이오에겐 친절한 말을 건네고 이오도 상냥하게 대답하지만, 나와는 말을 섞지 않는다. 모두 이오를 사랑한다.

장모님이 오셔서 내 뒤통수에 키스하고 아주 큰 목소리로 "소식 들었다, 멋진 청년. 월계관! 네 아버지 아들이 맞구나."라고 말씀하시자 삼촌이 동요한다.

"왜 그러세요, 삼촌? 배에 가스라도 찼어요?"

내 질문에 화가 났는지 삼촌의 콧구멍이 확 넓어진다.

"이 건방진 꼬맹이가!"

삼촌이 테이블 위로 몸을 날리고, 곧 우리는 바닥에서 주먹과 팔꿈치로 치고받으며 뒹군다. 삼촌은 덩치가 크지만 나는 삼촌을 쓰러뜨리고 다친 손으로 삼촌의 코를 때린다. 장인어른과 형이 나를 끌어낸다. 나롤 삼촌은 내게 침을 뱉는다. 침이라기보다는 피와 술이다. 우린 각자 테이블 양 끝에 앉아 계속 술을 마신다. 어머니가 어이없다는 듯 눈알을 굴리신다.

"월계관을 얻으려고 아버지가 한 일이 아무것도 없다는 게 끔찍하게 억울한 거야. 아버진 그냥 일하러 간 게 전부니까."

로런 형이 자기 아버지 이야기를 한다.

"끔찍한 겁쟁이, 자기 무릎 위에 월계관이 떨어진다 해도 어떻게 잡아야 할지 모를 거야."

장인어른이 내 머리를 두드려 주고 자기 딸이 화상 입은 내 손을 테이블 밑에서 치료해 주는 것을 보신다. 나는 다시 장갑을 낀다. 장인어른이 내게 윙크하신다.

허수아비들이 도착할 때쯤에는 이오도 왜 월계관을 가지고 난리를 치는지 눈치 챘지만, 내가 바랐던 것처럼 흥분하지는 않았다. 이오는 두 손으로 스커트를 비틀며 내게 미소 짓는다. 하지만 미소보다는 찡그림에 더 가까운 표정이다. 이오가 왜 그렇게 걱정스러워하는지 이해할 수 없다. 다른 클랜들은 아무도 걱정하지 않는다. 경의를 표하러 오는 사람들이 많다. 다고를 제외하고 헬다이버들은 전부 다녀간다. 다고는 빛나는 감마 테이블이 모여 있는 곳, 술보다 음식이 많은 유일한 곳에 사람들과 함께 앉아서 버너를 피우고 있다.

"얼른 저 재수 없는 놈이 평범한 보급품을 먹게 됐음 좋겠어. 다고는 하층민 식사를 맛본 적이 없잖아."

로런 형이 키득거린다.

"그런데도 여자보다 말랐어."

형이 덧붙인다.

나는 로런 형과 함께 웃으며 변변찮은 빵 한 조각을 이오 쪽으로 민다.

"기운 내. 오늘밤은 축하 시간이야."

내 말에 이오가 대답한다.

"나 배 안 고파."

"빵에 계피가 올라가 있어도 배 안 고플까?"

곧 계피가 올라갈 것이다.

이오는 내가 모르는 무언가를 알고 있기라도 한 듯 희미한 미소를 짓는다.

12시에 그래브부츠를 신은 허수아비들 한 무리가 포트에서 내려온다. 그들의 아머는 조잡하고 얼룩이 져 있다. 대부분은 어린애들이거나 지구의 전쟁에서 퇴역한 늙은이들이다. 하지만 그건 중요한 게 아니다. 그들은 버클로 찬 총집에 썸퍼와 스코처를 넣고 다닌다. 그 무기들을 실제로 쓰는 걸 본 적은 없다. 우리에겐 쏠 수 있는 스코처라고는 한 개도 없다. 이오가 하나 훔치고 싶어 하지 않는 건 아니지만.

그래브부츠를 신은 허수아비들이 떠다니는 것을 보는 이오의 턱 근육이 불끈거린다. 광산 치안 판사 티모니 쿠 폿지누스가 그들과 합류했다. 그는 체격이 아주 작은 머리가 구릿빛인 남자로, 컬러는 '페니(정확히 말하면 코퍼)'다.

"주목, 주목, 더러운 녹슨 빨강 놈들아!"

어글리 댄이 크게 말한다. 그들이 우리 위를 떠다니자 축제 분위기에 침묵이 내려앉는다. 폿지누스 치안 판사의 그래브부츠는 저급한 물건이라 그는 노인병에 걸린 사람처럼 공중에서 불안정하게 돌아다닌다. 폿지누스가 매니큐어를 칠한 작은 손을 펼치고, 그래브리프트를 타고 허수아비들이 더 내려온다.

"동료 개척자들이여, 축하하는 것을 보니 정말 좋군요. 솔직히 고백하자면 말이죠, 난 여러분이 즐기는 행복의 소박한 성격을 좋아합니다."

그는 킥킥거린다.

"단순한 음료. 단순한 음식. 단순한 춤. 아, 그토록 즐거워하다니 여러분은 얼마나 훌륭한 영혼을 지녔습니까. 나 역시 그렇게 즐거워하고 싶어요. 나는 요즘은 행성 밖으로 나가서 좋은 햄과 파인애플 타르트를 먹고 '핑크' 사창가에 가도 즐거움을 찾지 못해요! 얼마나 슬픈 일입니까. 여러분의 영혼은 이렇게 즐기는데 말이죠. 내가 여러분처럼 될 수만 있다면. 하지만 내 컬러는 내 컬러고, 나는 코퍼로서 데이터, 관료제, 관리의 지루한 삶을 사는 저주를 받았습니다."

그는 혀를 찬다. 그의 그래브부츠가 움직이자 그의 구릿빛 곱슬머리가 아래위로 흔들린다.

"하지만 그 이야기를 하자면, 할당량은 전부 충족되었습니다. 무와 치만 빼고요. 그러므로 무와 치에게는 이번 달에는 소고기, 우유, 향료, 위생용품, 편의 도구, 치과 치료가 제공되지 않습니다. 귀리와 필수품만 제공됩니다. 지구 궤도에서 오는 우주선이 식민지에 가져올 수 있는 보급품의 양은 한정되어 있다는 걸 아시지요. 귀한 자원입니다! 성과를 내는 사람들에게 돌아가야 합니다. 다음 분기에는 무와 치가 덜 꾸물거릴지도 모르지요!"

무와 치는 나롤 삼촌이 걱정했던 것과 같은 가스 폭발 사고로 여남은 명을 잃었다. 그들은 꾸물거리지 않았다. 죽었다.

그는 진짜 중요한 이야기를 꺼내기 전에 잠시 쓸데없는 이야기를 지껄인다. 월계관을 꺼내 손가락으로 집어 높이 들어 보인다. 가짜 금을 칠해 놓은 거지만, 그래도 작은 가지가 반짝이기는 한다. 로런 형이 나를 쿡 찌른다. 나롤 삼촌이 노려본다. 나는 시선을 의식하며 몸을 뒤로 기댄다. 젊은 사람들이 나를 따라한다. 아이들은 모든 헬다이버들을 우러러본다. 하지만 이오가 늘 말하듯이 나이든 사람들도 나를 본다. 나는 그들의 자존심, 그들의 귀한 아들이다. 나는 이제 진짜 남자가 어떻게 행동하는지 그들에게 보여줄 것이다. 나는 이겼다고 펄쩍펄쩍 뛰지 않을 것이다. 그냥 미소 지으며 고개를 끄덕여야지.

"화성의 네로 오 아우구스투스를 대신하여 생산성과 이번 달의 탁월함, 승리에의 불굴의 용기와 복종, 희생의 월계관을 시상하는 것은 나의 큰 영광입니다……."

감마가 월계관을 탄다.

우리는 받지 못한다.

제4장

선물

월계관으로 장식된 상자들이 감마에게 내려가는 것을 보며 나는 이게 정말이지 얼마나 영리한 방법인가 생각한다. 그들은 우리가 월계관을 받게 해 주지 않을 것이다. 계산이 맞지 않는다는 건 그들에겐 상관없다. 젊은이들은 비명을 지르며 반항하고 노인들은 지친 지혜가 담긴 똑같은 말을 내뱉으며 투덜거린다는 것도 그들에게 상관없다. 이건 그저 그들의 권력을 보여 주는 것일 뿐이다. 이것은 그들의 권력이다. 그들이 승리자를 결정한다. 태어날 때 정해진 순서에 따라 하는 게임이다. 이것이 계급을 유지시킨다. 우리를 아등바등 애쓰게 만들지만, 결코 모의를 꾸미지는 못하게 한다.

실망스러운 결과에도 불구하고, 우리 중 일부는 소사이어티를 탓하지 않는다. 그들은 선물을 받는 감마를 비난한다. 한 인간이 품을 수 있는 증오의 양은 한정되어 있나 보다. 그리고 자기 아이들의 갈비뼈가 티셔츠 위로 드러나는데, 이웃이 고기 스튜와 설탕 바른 타르트로 배를 채우고 있으면 아버지로선 그들 외의 다른 사람을 증오하기란 힘들다. 이웃이 음식을 나눠 줄 거라고 생각하는 사람이 있을지 모르겠지만, 이웃은 나눠 주지 않는다.

삼촌은 나를 향해 어깨를 으쓱해 보이고 다른 사람들은 얼굴이 벌게져서는 화를 낸다. 로런 형은 허수아비나 감마들을 공격이라도 할 것 같은 모습이다. 하지만 이오는 이 일로 내가 부글부글 끓도록 하지 않는다. 내가 분노로 주먹을 꽉 쥐어서 관절이 하얗게 되도록 두지 않는다. 이오는 내 성질을 내 어머니보다도 잘 알고, 분노가 치솟기 전에 흘려보내는 방법을 알고 있다. 이오가 내 팔을 잡는 것을 보고 어머니가 부드럽게 미소 지으신다. 어머니는 이오를 정말 사랑하신다.

"나랑 춤추자."

이오가 속삭인다. 이오는 치터와 드럼을 다시 연주하라고 외친다. 이오도 잔뜩 화가 난 건 분명하다. 이오는 소사이어티를 나보다도 더 증오한다. 하지만 이것이 내가 내 아내를 사랑하는 이유다.

곧 치터가 내는 빠른 음악 소리가 커지고 노인들은 손바닥으로 테이블을 친다. 레이어드 스커트들이 날린다. 사람들이 발로 박자를 맞추며 스텝을 밟는다. 나는 아내를 꼭 잡고, 클랜들은 온 광장에서 춤을 추며 흘러들어와 우리와 함께 춤을 춘다. 우리는 땀을 흘리고 웃으며 분노를 잊으려 애쓴다. 우리는 함께 컸고, 이제는 어른이다. 그녀의 눈에서 나는 내 마음을 본다. 그녀의 숨결에서 나는 내 영혼을 듣는다. 그녀는 내 땅이다. 그녀는 내 친족이다. 내 사랑.

이오는 웃으며 나를 끌어낸다. 우리는 둘만 있으려고 사람들 틈을 천천히 빠져나온다. 그런데 둘만 있게 되었는데도 이오는 멈추지 않는다. 나를 끌고 금속으로 된 통로, 낮고 어두운 천장을 지나 여자들이 힘들게 일하는 웨버리로 이어지는 낡은 터널로 간다. 지금은 교대시간이 아니다.

"우리 어디로 가는 거야?"

내가 묻는다.

"기억하는지 모르겠는데, 너한테 줄 선물이 있어. 그리고 네 선물이 날아간 걸 사과하면 주둥이를 때려 줄 거야."

피처럼 붉은 헤만서스가 벽에서 삐죽 튀어나온 것을 보고 나는 재빨리 꺾어 건네준다.

"내 선물이야. 정말로 널 놀라게 해 주려고 했어."

이오는 키득거린다.

"좋아. 안쪽 절반은 내 거야. 바깥쪽 절반은 네 거. 안 돼! 뜯지 마. 내가 네 몫까지 가질 거니까."

나는 그녀가 든 헤만서스 향기를 맡는다. 녹, 어머니가 만든 변변치 못한 스튜 같은 악취가 난다.

웨버리에 들어가니 갈색과 검은 털이 난 허벅지만큼 굵은 거미

벌레들이 뼈만 있는 것 같은 긴 다리로 우리 주위에서 줄을 잣는다. 대들보 위를 기어 다니는 거미 벌레들의 가느다란 다리는 뚱뚱한 배와는 비율이 잘 맞지 않는다. 이오는 웨버리의 제일 높은 층으로 나를 데리고 간다. 낡은 금속제 대들보는 거미줄로 덮여 있다. 나는 위아래의 생물들을 보며 떤다. 나는 살무사들은 이해하지만 거미 벌레들은 이해하지 못한다. 소사이어티를 만든 사람들이 만든 생물들이다. 이오는 웃으며 나를 벽 쪽으로 데리고 가 두꺼운 거미줄 막을 젖히고 녹슨 금속제 덕트를 보여 준다.

"환기용이야. 벽에 바른 모르타르가 일주일쯤 전에 떨어져서 이게 드러났어. 오래된 관이야."

"이오, 들키면 채찍을 맞을 거야. 이러면 안 되는 거잖……."

이오가 내 코에 키스한다.

"난 그 사람들이 이 선물까지 망치게 하지는 않을 거야. 따라와, 헬다이버. 이 터널엔 녹은 드릴 같은 건 하나도 없다고."

이오를 따라 이리저리 휘어지는 작은 갱도들을 한참이나 지나서 통풍구 같은 쇠창살을 통해 나가니 사람한테서 나지 않는 소리가 들리는 세상이 나온다. 어둠 속에서 웅웅 울리는 소리가 난다. 이오가 내 손을 잡는다. 여기서 내게 익숙한 것은 이오의 손뿐이다.

"이게 뭐야?"

나는 이오에게 무슨 소리냐고 묻는다.

"동물들."

이오는 대답하고 나를 낯선 밤으로 끌고 들어간다. 발밑엔 뭔가 부드러운 것이 있다. 나는 불안해하며 이오에게 끌려 나간다.

"잔디. 나무. 대로우, 나무들이야. 우린 숲에 들어온 거야."

꽃향기. 어둠 속에서 불빛이 보인다. 녹색 배를 지닌 반짝이는 동물들이 검은 어둠 속에서 파닥이며 날아다닌다. 보는 각도에 따라 색이 변하는 날개가 달린 커다란 벌레들이 그림자 속에서 떠오른다. 동물들에겐 색깔과 생명이 넘쳐난다. 나비 한 마리가 내 손에 닿을 정도로 가까이 지나가자 나는 숨을 참고 이오는 웃는다.

이 모든 것들은 우리의 노래에 등장하지만, 우리는 이것들을 HC에서만 보아 왔다. 내가 본 그 어떤 것과도 닮지 않은 색깔이라 나는 믿기가 힘들 지경이다. 내 눈이 보아 온 것은 흙, 드릴의 불꽃, 레드들, 콘크리트와 금속의 회색뿐이었다. 나는 HC라는 창문을 통해 색깔을 보았다. 하지만 이 풍경은 다르다.

떠다니는 동물들의 색깔에 눈이 덴 것 같다. 나는 떨고 웃으며 손을 뻗어 어둠 속에서 내 앞을 떠다니는 생물들을 만져 본다. 어린아이로 돌아가 동물들을 두 손으로 감싸 보고, 실내의 투명한 천장을 올려다본다. 천장은 하늘을 향해 뻗은 투명한 비눗방울 같이 생겼다.

하늘. 한때는 그저 단어에 불과했던 말이다.

화성의 표면은 보이지 않지만, 표면에서 보는 풍경은 볼 수 있다. 매끈한 검은 하늘에서 별들이 우리 거주지 천장에 매달린 전구처럼 부드럽고 우아하게 빛난다. 이오는 별들 틈에 낄 수 있을 것 같은 모습이다. 나를 지켜보는 이오의 얼굴은 환히 빛난다. 내가 무릎을 꿇고 풀 향기를 들이마시는 것을 보며 그녀가 웃는다. 풀에 대한 기억이 없는데도 달콤하고 향수를 불러일으키는 묘한 냄새가 난다. 근처의 덤불과 나무들 속에서 동물들이 응응 소리를 내고, 나는 이오를 끌어내려 처음으로 눈을 뜬 채 키스한다. 통풍구에서 나오는 바람으로 나무와 나뭇잎이 부드럽게 흔들린다. 나는 잔디로 된 침대 위, 별로 된 지붕 아래에서 아내와 사랑을 나누며 소리, 냄새, 풍경을 들이마신다.

"저게 안드로메다 은하계야."

사랑을 나눈 후 함께 누웠을 때 이오가 말해 준다. 동물들이 어둠속에서 쩍쩍 소리를 낸다. 내 위에 있는 하늘은 무서운 존재다. 너무 집중해서 들여다보면, 중력을 잊고 하늘로 떨어질 것 같은 기분이 든다. 전율이 척추를 타고 흐른다. 나는 구석진 곳, 터널, 갱도의 존재다. 광산이 나의 집이고, 내 마음속 일부는 생물과 드넓은 공간이 있는 이 낯선 방에서 달아나 안전한 곳으로 가고 싶어 하고 있다.

이오가 몸을 굴려 나를 보고 흐르는 강처럼 내 가슴에 난 증기 흉터를 만진다. 더 내려가면 살무사가 내 배를 물어서 난 흉터가 나올 것이다.

"엄마가 안드로메다에 관한 이야기를 해 주셨어. 브리지라는 허수아비가 준 잉크로 그림도 그려 주셨고. 브리지가 늘 엄마를 좋아했던 것 알지."

함께 누워 있다가 이오가 심호흡을 한다. 나는 이오에게 뭔가 계획이 있구나, 지금 이 순간 말하려고 아껴 둔 것이 있구나 하고 눈치 챈다. 이 장소는 이 말을 위한 준비 과정이었다.

"네가 월계관을 탔다는 걸 우리 모두 알아."

"달래주지 않아도 돼. 난 이제 화 안 났어. 상관없어. 이걸 보고 나니, 그런 건 아무래도 상관없어."

내 말에 이오가 날카롭게 묻는다.

"무슨 소리야? 여느 때보다 더 중요해진 거야. 넌 월계관을 탔지만, 그 사람들은 네가 월계관을 갖게 해 주지 않았어."

"상관없어. 이곳은……."

"이곳은 이렇게 존재하지만, 그 사람들은 우리를 여기 오지 못하게 해, 대로우. 그레이들은 자기들끼리만 쓰는 거야. 우리랑 같이 쓰지 않고."

나는 당황해서 묻는다.

"그레이들이 왜 우리랑 같이 써야 해?"

"우리가 만들었으니까. 우리 거니까!"

"그래?"

낯선 생각이다. 내가 지닌 것이라곤 가족과 내 자신뿐이다. 다른 건 전부 소사이어티의 것이다. 여기에 개척자들을 보내느라 돈을 쓴 건 우리가 아니었다. 그들이 없었다면 지금 우리는 다른 인류들처럼 지구에서 죽어 가고 있을 것이다.

"대로우! 그 사람들이 우리에게 어떤 짓을 했는지 깨닫지도 못할 정도로 너는 레드인 거야?"

"말조심해."

내가 엄하게 말하자 이오의 턱이 씰룩거린다.

"미안해. 그저…… 우리는 쇠사슬에 묶여 있어. 우린 식민지 주민이 아니야. 음, 물론 맞긴 하지. 하지만 우린 노예라고 하는 게 더 정확해. 우린 음식을 구걸해. 주인의 식탁에서 음식찌꺼기를 달라고 구걸하는 개들처럼 우린 월계관을 달라고 구걸해."

그 말에 내가 쏘아붙인다.

"넌 노예일지도 모르지. 하지만 난 아니야. 난 구걸하지 않아. 내가 벌지. 나는 헬다이버야. 나는 희생하고, 인류를 위해 화성을 준비하려고 태어났어. 복종에는 고귀함이 있어……."

이오가 양손을 든다.

"너 말하는 꼭두각시야? 그 사람들이 하는 끔찍한 말들을 그대로 내뱉고. 너희 아버지는 바로 알고 계셨어. 완벽한 분은 아니었지만, 제대로 알고 계셨다고."

이오는 풀을 한 줌 집더니 땅에서 뜯어낸다. 일종의 신성 모독 같아 보인다.

"우린 이 땅이 우리 거라고 주장할 권리가 있어, 대로우. 우리의 피와 땀이 이 흙을 적셨어. 그런데도 여긴 골드들, 소사이어티의 것이야. 얼마 동안이나 이래 왔지? 개척자들이 채굴하고 죽어간 게 100년, 150년은 되었나? 우리의 피, 그들의 명령. 우리를 위해 땀 한 방울도 흘린 적 없는 컬러들, 먼 지구의 왕좌에 편안히 앉아 있는 컬러들, 화성에 와 본 적도 없는 컬러들을 위해서 우린 이 땅

을 준비하고 있어. 그게 삶의 이유가 될 만한 일이야? 다시 말할
게. 아버님은 제대로 알고 계셨어."

나는 이오를 향해 고개를 흔들어 보인다.

"이오. 아버지는 '제대로 알고 계셨기 때문에' 스물다섯 살도 되
기 전에 돌아가셨어."

"아버님은 약하셨어."

"그게 도대체 무슨 뜻으로 하는 말이지?"

얼굴로 피가 몰린다.

"아버님이 너무 자제하셨다는 뜻이야. 아버님은 옳은 꿈을 가지
셨지만, 그 꿈을 실현하기 위해 싸우지는 않으셨기 때문에 돌아가
신 거야."

"지켜야 할 가족이 있었잖아!"

"그래도 너보다 약하셔."

"조심해."

내가 쏘아붙이자 이오가 딱하다는 듯 웃는다.

"조심하라고? 라이코스의 미친 헬다이버, 대로우가 하는 말이
야? 아버님은 조심스럽고 순종적으로 타고 나셨어. 하지만 너는?
너랑 결혼할 때 나는 그렇지 않다고 생각했는데. 다른 사람들은 네
가 두려움을 모른다고 생각해서, 네가 기계 같다고 해. 다들 눈이
먼 거지. 두려움이 너를 묶고 있다는 걸 사람들은 못 보는 거야."

이오는 갑자기 부드러운 모습을 보이며 헤만서스 꽃으로 내 쇄
골을 훑는다. 이오는 기분의 영향을 많이 받는다. 꽃은 그녀가 손

가락에 끼고 있는 결혼반지와 같은 색이다.

나는 몸을 굴려 팔꿈치를 땅에 대고 엎드려서 그녀를 본다.

"그냥 말해. 원하는 게 뭐야?"

"넌 내가 왜 널 사랑하는지 알아, 헬다이버?"

"내 유머 감각 때문에."

이오는 건조하게 웃는다.

"네가 자신이 월계관을 탈 수 있을 거라고 '생각했기' 때문이야. 아주버님이 네가 오늘 어쩌다 화상 입었는지 얘기해 줬어."

나는 한숨을 쉰다.

"비겁한 놈. 맨날 떠들고 다녀. 난 그런 짓은 형이 아니라 동생들이 하는 거라고 생각했는데."

"아주버님은 겁이 났어, 대로우. 네 생각처럼 널 걱정해서 그랬던 게 아니야. 너한테 겁이 났던 거야. 네가 한 일을 아주버님은 할 수 없으니까. 아주버님은 그럴 생각조차 못할 사람이야."

이오는 늘 내게 말을 빙빙 돌려 한다. 나는 이오가 그토록 좋아하는 추상적인 이야기들이 싫다.

"그래서 너는 내가 위험을 감수하고도 해야 할 일들이 있다고 생각한다고, 내가 그렇게 생각한다고 믿어서 나를 사랑하는 거야? 아니면 내게 야망이 있어서?"

나는 추측해 본다.

"네가 머리가 좋아서."

이오가 나를 놀린다.

이오 때문에 나는 다시 한 번 물어본다.

"넌 내가 뭘 했으면 좋겠어, 이오?"

"행동. 난 네가 아버님의 꿈을 위해 너의 재능을 사용했으면 좋겠어. 사람들이 너를 지켜보고, 너를 따라 하는 걸 너도 보잖아. 난 네가 이 땅, 우리의 땅을 우리 손에 넣는 일이 위험을 감수할 만한 일이라고 생각했으면 좋겠어."

"얼마나 큰 위험?"

"네 목숨. 내 목숨."

나는 비웃는다.

"너 그렇게 나를 없애 버리고 싶어?"

"네가 말하면 사람들은 들을 거야. 정말이지, 그렇게 간단한 일이라니까. 사람들은 전부 어둠 속을 인도해 줄 목소리를 갈구하고 있어."

"대단하군. 그러면 나는 여러 사람과 함께 목매달리겠네. 난 아버지의 아들이니까."

"넌 목매달리지 않을 거야."

나는 너무 거칠게 웃는다.

"내 아내는 정말 확신이 강하다니까. 난 목매달릴 거야."

이오는 한숨을 쉬며 실망해서 뒤로 눕는다.

"넌 순교자가 될 운명이 아니야. 넌 이게 왜 중요한지 몰라."

"음? 좋아, 그럼 말해 봐, 이오. 죽는 건 왜 중요한데? 난 순교자의 아들일 뿐이야. 그러니까 아버지가 나를 아빠 없는 아이로 만들면서 이뤄낸 게 뭔지 말해 봐. 그 모든 끔찍한 슬픔에서 생긴 좋은 일이 뭐가 있는지 말해 봐. 내가 춤추는 법을 아버지가 아닌 삼촌한테 배워서 더 좋았던 게 뭔지 말해 봐.

아버지가 돌아가셔서 네 식탁에 음식이 올라갔어? 그 문젤 빼고라도 우리들의 인생이 조금이라도 나아진 게 있어? 대의를 위한 죽음은 아무것도 이룰 수 없어. 우린 그저 아버지의 웃음을 빼앗겼을 뿐이야."

눈물이 내 눈을 태우는 듯하다.

"우린 아버지, 남편을 빼앗겼을 뿐이야. 그래서, 인생이 공평하지 않다고 해서, 그게 뭐? 우리에게 가족이 있다면 중요한 것은 가족뿐이야."

이오는 입술을 핥고 천천히 시간을 두고 대답한다.

"죽음은 네 말처럼 공허한 게 아니야. 공허함이란 자유가 없는 삶이야, 대로우. 공허함이란 공포, 상실의 공포, 죽음의 공포에 묶여 사는 삶이지. 공포의 사슬을 끊으면 우리를 골드들이나 소사이어티에 묶어 놓는 사슬도 끊을 수 있어. 상상할 수 있어? 화성이 우리 것이 될 수 있어. 여기서 노예가 되고, 여기서 죽었던 식민지 개척자들의 것이 될 수 있다고."

투명한 천장으로 보이는 밤이 사라져 가며 이오의 얼굴이 더 잘 보인다.

"네가 다른 사람들을 자유로 인도한다면. 네가 할 수 있는 일들을, 대로우. 네가 일어나게 만들 수 있는 일들을 말이야."

이오는 말을 멈춘다. 그녀의 눈이 빛나는 것이 보인다.

"그 생각을 하면 난 짜릿해져. 너는 정말 많은 것들을 줄 수 있는데, 넌 목표를 너무나 낮게 잡아."

"젠장, 계속 똑같은 말만 하네. 넌 꿈을 위해 죽는 게 가치가 있다는 거잖아. 나는 그렇지 않다고 하고. 넌 서서 죽는 게 낫다는 거지. 난 무릎을 꿇고 사는 게 낫다고 하고."

나의 비통한 대답에 이오가 쏘아붙인다.

"넌 지금 살고 있는 것도 아니야! 우린 기계의 마음을 가지고 기계의 삶을 사는 기계 인간이야……."

"그리고 심장도 기계야? 내가 그래?"

"대로우……."

내가 갑자기 묻는다.

"넌 뭘 위해 살아? 나를 위해서? 가족과 사랑을 위해서야? 아니면 어떤 꿈을 위해서야?"

"그냥 '어떤 꿈'이 아니야, 대로우. 나는 내 아이들이 자유로운 존재로 태어날 거라는 꿈을 위해 살아. 내 아이들이 자기가 원하는 존재가 될 수 있을 거라는 꿈. 아이들이 자기 '아버지'가 준 땅을 가지게 될 거라는 꿈."

"난 널 위해 사는데."

내가 슬프게 말하자 이오가 내 뺨에 키스한다.

"그러면 넌 더 나은 것을 위해 살아야 돼."

우리 사이에는 길고 끔찍한 침묵이 이어진다. 이오는 자기 말이 내 마음을 얼마나 아프게 하는지, 자기가 얼마나 쉽게 나를 뒤틀 수 있는지 이해하지 못한다. 내가 이오를 사랑하는 것처럼 이오가 나를 사랑하지 않기 때문이다. 이오의 마음은 너무 높다. 내 마음 은 너무 낮다. 내가 이오에게 부족한 걸까?

"나한테 줄 다른 선물이 있다고?"

대화의 주제를 바꾸지만 이오는 고개를 가로젓는다.

"나중에. 해가 뜬다. 최소한 한 번은 같이 해 뜨는 걸 보자."

우리는 말없이 누워 불로 만든 밀물처럼 빛이 하늘에 스며드는 걸 지켜본다. 그동안 꿈꿀 수 있었던 그 무엇과도 다른 광경이다. 저 너머의 세상이 빛으로 변하고 방 안의 나무들의 녹색, 갈색, 노란색이 드러나고, 나는 눈꼬리에 눈물이 차오르는 걸 막을 수가 없다. 이것은 아름다움이다. 이것은 꿈이다.

음침한 회색 덕트로 돌아오는 동안 나는 말이 없다. 눈에는 눈물이 남아 있고, 내가 본 장엄함이 사라지자 나는 이오가 내게 원하는 게 뭔지 궁금해진다. 내가 슬링블레이드를 쥐고 반란을 일으키길 원하는 걸까? 그러면 나는 죽을 것이다. 내 가족은 죽을 것이다. 이오가 죽을 것이고, 그 무엇도 내게 이오를 위험에 처하게 만들지는 못한다. 이오도 그건 안다.

웨버리로 통하는 덕트를 나서며 이오의 다른 선물이 뭘까 곰곰이 생각해 본다. 내가 먼저 몸을 굴려 덕트에서 빠져 나오고, 이오에게 손을 뻗는데 느릿한 목소리가 들린다. 느끼한 지구 억양이다.

"우리 정원에 레드들이 있군. 놀라운데."

제5장

첫 노래

어글리 댄이 허수아비들 셋을 데리고 서 있다. 모두 탁탁 소리를 내는 썸퍼를 손에 들고 있다. 그들 중 두 명은 웨버리 대들보의 금속 난간에 기대 있다. 그들 뒤로는 뮤와 입실론 여자들이 벌레들이 만든 실크를 긴 은 막대에 감는다. 그들은 어리석게 굴지 말라고 말하듯 끈질기게 내게 고개를 가로젓는다. 우리는 허락된 구역을 벗어났다. 태형을 받겠지만, 내가 저항하면 죽게 될 것이다. 그들은 이오를 죽이고 나를 죽일 것이다.

"대로우⋯⋯."

이오가 속삭인다.

나는 이오와 허수아비들 사이에 자리를 잡지만 싸우지는 않는다. 별들을 한 번 본 것 때문에 그들이 우리를 죽일 수 있도록 행

71

동하지는 않을 것이다. 내가 항복한다는 걸 그들이 알 수 있도록 두 손을 들어 보인다.

"헬다이버들. 제일 센 개미도 결국 개미에 불과하지."

어글리 댄이 키득대며 허수아비들에게 말하더니, 내 배에 썸퍼를 휘두른다. 살무사에게 물리고 부츠 발에 차인 것 같다. 나는 숨을 헐떡이며 금속 난간에 두 손을 얹으며 쓰러진다. 전기가 내 핏줄을 타고 스르르 흐른다. 목구멍으로 올라오는 담즙의 맛이 느껴진다.

"한번 휘둘러 봐, 헬다이버."

댄이 짐짓 다정하게 속삭인다. 그는 썸퍼를 내 앞에 던져 놓는다.

"부탁이야. 한번 휘둘러 봐. 책임지라고 하지 않을게. 남자들끼리 재밌게 한번 노는 거지 뭐. 신나게 한번 휘둘러 봐."

"해 버려, 대로우!"

이오가 외친다.

나는 바보가 아니다. 나는 항복의 뜻으로 두 손을 들고, 댄은 실망했다는 듯 한숨을 쉬며 자석 수갑을 내 손목에 채운다. 이오는 내가 어떻게 하길 원했던 거지? 그들은 이오에게도 수갑을 채우고 웨버리에서 감옥까지 우리를 끌고 간다. 이오는 그들에게 욕을 한다. 채찍으로 맞게 될 것이다. 하지만 채찍만으로 끝날 것이다. 내가 썸퍼를 집어 들지 않았기 때문이다. 내가 이오의 말을 듣지 않았기 때문이다.

포트의 감옥에서 사흘을 갇혀 있다가 다시 이오를 본다. 브리지가 우리를 데리고 나온다. 그는 나이가 좀 많고 친절한 편인 허수아비이다. 서로 만지게도 해 준다. 이오가 내게 침을 뱉고 나의 무력함을 욕할까 하는 생각이 든다. 하지만 이오는 내 손가락을 잡고 내 입술에 키스할 뿐이다.

"대로우."

이오의 입술이 내 귀를 스친다. 숨결은 따뜻하고, 갈라진 입술은 떨리고 있다. 나를 껴안는 이오는 허약하다. 창백한 피부로 감싸놓은 철사 같은 작은 소녀. 이오의 다리가 떨린다. 내 품에 안긴 그녀는 몸서리를 친다. 해가 뜨는 것을 지켜보았을 때 이오의 얼굴에서 보였던 따스함은 희미해진 기억처럼 달아나 버렸다. 하지만 이오의 눈과 머리카락 외의 다른 것은 내 눈에 잘 들어오지도 않는다. 나는 이오를 감싸 안고 붐비는 공유지에서 사람들이 중얼거리는 소리를 듣는다. 우리 친척과 클랜들의 얼굴들이 교수대 끝에 서 있는 우리들을 지켜본다. 우리는 여기서 태형을 당할 것이다. 노르스름한 빛 아래서 그들의 시선을 받고 있으니 어린아이가 된 기분이다.

이오가 내게 사랑한다고 말할 때는 마치 꿈꾸는 것 같다. 이오의 손은 내 손을 떠나지를 못한다. 하지만 이오의 눈에는 뭔가 이상한 것이 있다. 그들은 이오에게 채찍질만 할 텐데, 이오는 마치 이 만남이 우리의 마지막인 것처럼 말한다. 그럼에도 이오의 눈은 슬프지만 두려움은 담겨 있지 않다. 이오가 작별 인사를 하는 것을 본다. 내 심장에 악몽이 다가온다. 악몽이 못처럼 내 척추를 긁고 지나가는 가운데 이오가 내 귀에 경구를 속삭인다.

"사슬을 끊어, 내 사랑."

그리고 누가 내 머리카락을 잡고 끌어 이오에게서 떼어 낸다. 이오의 얼굴에 눈물이 줄줄 흐른다. 나 때문에 흐르는 눈물이지만 나는 아직 그 이유를 이해하지 못하고 있다. 생각을 할 수가 없다. 세상이 빙빙 돈다. 나는 물에 빠져 죽어 간다. 거친 손들에 떠밀려 나는 무릎을 꿇었다가 붙들려 일어난다. 공유지가 이렇게 조용해진 건 처음 본다. 나를 데리고 돌아다니는 사람들의 발소리가 울린다.

허수아비들이 나를 내 헬다이버 프라이수트에 밀어넣는다. 코를 찌르는 냄새를 맡으니 내가 안전하고, 상황을 통제하고 있다는 생각이 든다. 하지만 사실은 그렇지 않다. 그들은 나를 이오로부터 끌고 가 공유지 한가운데로 들어가서 교수대 가장자리에 던진다. 금속제 계단은 녹슬고 얼룩이 져 있다. 나는 양손으로 계단을 잡고 교수대 꼭대기를 올려다본다. 헤드토크 24명이 가죽 끈을 하나씩 들고 있다. 그들은 플랫폼 맨 위에서 나를 기다린다.

"오, 이런 일은 정말 끔찍스럽지요, 친구들. 우리 모두를 보호해 주는 법을 어기겠다고 결심하는 사람이 나올 때마다, 우리를 하나로 묶어 주는 유대에 상처가 갑니다."

풋지누스 치안 판사가 외친다. 그는 공중을 떠다니고, 그의 코퍼 그래브부츠가 내 위에서 웅웅 소리를 낸다.

"가장 어린 사람이라 해도, 가장 훌륭한 사람이라 해도 법의 적용을 받습니다. 질서의 적용을 받지요! 법과 질서가 없다면 우리는 짐승이 될 겁니다! 복종이 없다면, 규율이 없다면, 식민지란 없을 겁니다! 그리고 몇 안 되는 식민지들은 무질서로 인해 산산조각이 나버릴 겁니다! 인류는 좁은 지구에만 갇히게 될 겁니다. 인류는 종말이 올 때까지 지구라는 행성에서만 뒹굴게 될 겁니다. 그러나 질서! 규율! 법! 이것들이 바로 우리 인간에게 힘을 주는 것들입니다."

그의 말은 평소보다 더욱 웅변적이다. 폿지누스는 누군가에게 자신의 지적 능력을 뚜렷이 인식시키려 하고 있다. 계단에서 올려다보았다가 내가 직접 두 눈으로 볼 거라고 생각조차 해 본 적이 없었던 모습을 본다. 그를 보자니, 그의 머리카락과 상징이 뿜는 빛을 넋을 잃고 보자니 눈이 아프다. 골드가 있다. 이런 누추한 곳에서 보니, 그는 내가 상상했던 천사들의 모습이다. 금색과 검은색으로 된 망토를 두르고 있다. 태양을 몸에 감고 있다. 그의 가슴팍에서는 사자가 으르렁거리고 있다.

그의 얼굴은 나이 들어 보인다. 엄하고, 권력만이 가득하다. 뒤로 빗어 넘긴 머리카락은 빛이 난다. 그의 얇은 입술에는 미소도 찡그림도 없고, 내가 볼 수 있는 유일한 주름은 오른쪽 광대뼈를 따라 난 흉터다.

그런 흉터는 골드 중에서도 가장 높은 골드들만 지녔다는 걸 나도 HC에서 보아서 알고 있다. 그들은 '흉터를 입은 비할 데 없는 자들'이라고 한다. 지배 컬러의 남녀 중 교육기관을 졸업한 사람들이다. 그 기관에서는 언젠가 인류가 태양계의 모든 행성들을 식민지화할 수 있게 해 줄 비밀을 가르쳐 준다.

그는 우리에게는 말을 걸지 않는다. 그는 키가 크고 마른 다른 골드에게 말한다. 워낙 말라서 처음에는 난 그가 여자라고 생각했을 정도였다. 흉터 없는 얼굴에 뺨의 색을 살려내고 얼굴의 주름을 가리기 위한 묘한 크림을 발랐다. 입술에서는 빛이 난다. 그의 머리카락은 반짝이지만, 옆에 있는 주인의 머리카락과는 다른 느낌이다. 그의 모습은 그로테스크하다. 그는 자신이 아니라 우리가 그렇다고 생각하는 모양이다. 경멸조로 공기 냄새를 맡는다. 연상의 골드는 우리가 아닌 그에게 부드럽게 이야기한다.

그가 우리에게 이야기할 이유가 무엇이겠는가? 우리는 골드의 말을 들을 자격이 없다. 나는 그를 바라보고 싶은 생각도 거의 들지 않는다. 레드인 나의 눈으로 보는 것만으로 금색과 검은색으로 된 그의 화려한 옷을 더럽히는 것 같은 기분이다. 수치심이 스멀스멀 몰려오고, 나는 그 이유를 깨닫는다.

그의 얼굴은 내가 아는 얼굴이다. 식민지들의 모든 남녀가 다 알 얼굴이다. 옥타비아 오 룬을 제외하면, 그는 화성에서 가장 얼굴이 많이 알려진 사람이다. 네로 오 아우구스투스다. 화성의 대총독이 내가 태형을 받는 것을 보러 수행원을 대동하고 왔다. 까마귀(정확히 말하면 옵시디언) 두 명이 조용히 그들 뒤에 떠 있다. 그들의 컬러와 같은 색의 해골 투구를 쓰고 있다. 나는 땅을 파기 위해 태어났다. 그들은 사람을 죽이기 위해 태어났다. 나보다 키가 60센티미터 이상 크다. 거대한 손에는 손가락이 여덟 개씩 달려 있다. 전쟁을 위해 길러낸 컬러고, 그들을 지켜보고 있으면 우리 광산에 우글거리는 냉혈 살무사들을 보고 있는 것 같다. 둘 다 파충류들이다.

그의 수행원은 열 명이 넘고, 그의 견습생으로 보이는 몸집이 더 작은 다른 골드도 하나 있다. 그는 대총독보다도 더 아름답고, 마르고 여성적인 골드를 싫어하는 것처럼 보인다. 까마귀들에 비하면 작디작은 체구의 '그린'들로 이루어진 HC 카메라 크루가 있다. 그들의 머리색은 짙다. 녹색 눈, 손에 있는 녹색 상징과는 다르다. 녹색 눈은 잠시도 가만히 있지 못하고 흥분으로 반짝거린다. 헬다이버를 본보기로 삼을 기회는 흔치 않으니, 그들은 나를 구경거리로 삼은 것이다. 다른 광산 식민지들은 몇 곳이나 이걸 지켜보고 있을까. 대총독이 여기 와 있을 정도라면 아마 전부 다 보고 있을 것이다.

그들은 쇼를 위해 방금 입혔던 내 프라이수트를 다시 벗긴다. 위의 HC 디스플레이에 나온 내 모습이 보인다. 목에 건 끈에 결혼반지가 달려 있는 것도 보인다. 나는 스스로 느끼기보다 더 어리고 말라 보인다. 그들은 나를 끌고 계단을 올라가서 아버지가 매달렸던 올가미 옆의 금속 박스 위에 몸을 숙이게 한다. 그들이 나를 찬 금속 위에 눕히고, 나는 몸을 떨며, 참으려고 두 주먹을 꽉 쥔다. 채찍의 합성 가죽 냄새가 난다. 헤드토크 한 명이 기침하는 소리가 들린다.

"영원히 정의가 이루어지게 합시다."

폿지누스가 말한다.

그리고 채찍질이 시작된다. 총 48번이다. 부드러운 채찍질이 아니다. 내 삼촌이 때릴 때도 마찬가지다. 살살 때릴 수는 없다. 채찍이 매서운 소리를 내며 살 속으로 파고든다. 슬프게 우는 것 같은 기묘한 소리를 내며 공기를 가르고 날아온다. 공포의 음악이다. 다 맞을 때쯤 되니 눈이 제대로 보이지 않는다. 나는 두 번 정신을 잃었다가 깨어나고, 깨어날 때마다 내 척추가 드러나서 HC에 나오고 있을까 하는 생각이 든다.

이건 쇼다. 그들의 권력을 보여 주기 위한 쇼다. 그들은 허수아비인 어글리 댄이 나를 동정하고 딱하게 생각하는 것처럼 연기하게 만든다. 그는 카메라에 잡힐 정도로 큰 소리로 내 귀에다 대고 격려의 말을 속삭인다. 마지막 채찍이 내 등을 가르자, 그는 마치 다음 채찍을 막으려는 듯이 끼어든다. 잠재의식적으로 나는 그가 나를 구했다고 생각한다. 고맙다. 그에게 키스하고 싶다. 그가 구원이다. 하지만 내가 48대를 다 맞았다는 건 알고 있다.

그러더니 그들은 나를 옆으로 끌고 간다. 내 피는 치우지 않는다. 난 분명히 비명을 질렀을 것이다. 분명히 수치스럽게 굴었을 것이다. 그들이 내 아내를 데려오는 소리가 들린다.

"어린 사람조차, 아름다운 사람조차, 정의를 피할 수는 없습니다. 우리가 질서와 정의를 지키는 것은 모든 컬러들을 위한 일입니다. 질서와 정의가 없다면 무정부 상태가 됩니다. 복종이 없다면, 혼돈이죠! 인간은 방사능으로 더러워진 지구의 모래 위에서 죽어 갈 것입니다. 저주받을 바다의 물을 마셔야 할 것입니다. 통합이 이루어져야 합니다. 영원히 정의가 이루어지게 합시다."

광산 치안 판사 폿지누스의 말은 거짓말 같다.

내가 맞아서 피투성이가 된 것을 불쾌하게 여기는 사람은 없다. 그러나 이오를 교수대 위로 끌고 가자 비명 소리들이 들린다. 욕을 내뱉는 사람들도 있다. 내가 사흘 전에 이오에게서 보았던 빛이 빠져나간 지금도 이오는 아름답다. 나를 보며 얼굴에 눈물을 흘리는 지금도 그녀는 천사다.

작은 모험 때문에 이 모든 일을 당해야 한다니. 그녀가 사랑하는 남자와 별들 아래서 하룻밤을 보낸 것 때문에 이렇게 되다니. 하지만 이오는 차분하다. 공포라는 게 있다면 그건 내 안에 있다. 이상한 기운이 감도는 게 느껴지기 때문이다. 그들이 차가운 박스에 이오를 눕히자 이오의 피부가 긴장한다. 이오가 움찔한다. 내 피가 좀 더 따뜻하게 덥혀 놓았더라면 좋았을 텐데.

그들이 이오에게 채찍질을 할 때 나는 보지 않으려 애쓴다. 하지만 그녀를 저버리는 것이 더 마음 아프다. 이오가 나와 눈을 맞춘다. 채찍이 떨어질 때마다 그녀의 루비 같은 두 눈이 경련을 일으킨다.

'곧 다 끝날 거야, 내 사랑. 곧 우린 우리 생활로 돌아갈 거야. 채찍질만 견디고 나면 우린 모든 걸 되찾을 거야.'

하지만 이오가 저렇게 여러 번 계속 되는 채찍질을 견뎌낼 수 있기는 한가?

"그만해요."

나는 내 옆의 허수아비에게 말한다.

"그만해요!"

나는 그에게 빈다.

"뭐든 다 할게요. 복종할게요. 내가 대신 다 맞을게요. 얼른 그만해, 이 끔찍한 개자식들! 그만해!"

대총독이 나를 내려다보지만, 땀구멍 하나 없는 그의 금빛 얼굴에는 관심은 전혀 담겨 있지 않다. 난 그저 개미들 중 가장 피투성이인 개미에 불과하다. 내가 희생하면 그는 감동할 것이다. 내가 스스로를 낮추고, 사랑을 위해 불속에 뛰어들면 그는 동정심을 느낄 것이다. 불쌍히 여길 것이다. 보통 그런 식으로 되는 것 아닌가?

"각하, 그녀의 벌을 제게 주십시오!"

내가 애원한다.

"제발 부탁드립니다!"

내 아내의 눈에서 무엇인가 나를 무섭게 만드는 것이 보이기에 나는 빈다. 그들에게 맞아 등에 피투성이 채찍 자국이 생기는 가운데, 이오의 눈에는 투지가 떠오른다. 이오 안에서 분노가 차오르는 게 보인다. 이오가 두려워하지 않는 데는 이유가 있다.

"안 돼, 안 돼, 안 돼. 안 돼, 이오, 제발, 하지 마!"

나는 이오에게 애원한다.

"저 몹쓸 것의 입을 막도록 해라! 대총독님의 귀를 따갑게 만드는구나."

폿지누스가 명령한다. 브리지가 내 입에 돌멩이 하나를 밀어 넣는다. 나는 컥컥거리며 운다.

열세 번째로 채찍이 날아들자, 내가 하지 말라고 웅얼거리는 가운데 이오는 마지막으로 내 눈을 바라보고는 노래를 시작한다. 조용하고 애절한 소리다. 버려진 갱도에 바람이 불 때 깊은 광산이 속삭이는 것 같은 노래다. 죽음과 애도의 노래, 금지된 노래다. 나는 예전에 딱 한 번 들어 본 노래다.

이 일로 그들은 이오를 죽일 것이다.

이오의 목소리는 부드럽고 진실하다. 이오 자신만큼 아름답지는 않다. 목소리가 세이렌의 이 세상 것 같지 않은 부름처럼 공유지에 메아리치며 차오른다. 채찍질이 잠시 멈춘다. 헤드토크들은 몸을 부르르 떤다. 허수아비들조차 가사를 듣자 슬픈 듯 고개를 절레절레 흔든다. 미녀가 불타는 모습을 보는 걸 진심으로 좋아하는 남자들은 거의 없다.

폿지누스는 난처해하며 아우구스투스 대총독 쪽을 보고, 황금 그래브부츠를 신은 대총독은 더 가까이서 보려고 내려온다. 그의 고결한 눈썹 위에서 그의 머리카락이 빛난다. 높은 광대뼈가 빛을 받는다. 마치 벌레에게서 갑자기 나비 날개가 돋기라도 했다는 듯 그의 금색 눈이 내 아내를 살핀다. 그가 권력이 넘치는 목소리로 말하자 그의 흉터가 씰룩인다.

"노래 부르게 해라."

그는 잔뜩 흥미가 생긴 것을 숨길 생각도 하지 않고 폿지누스에게 말한다.

"각하, 하지만……."

"자신의 의지로 불 속에 몸을 내던지는 동물은 인간뿐이다, 코퍼. 이 광경을 즐겨라. 다시 보지 못할 것이다."

카메라 크루에게는 이렇게 말한다.

"계속 찍어라. 참아 줄 수 없는 부분은 나중에 편집할 것이다."

그의 말을 들으니 이오의 희생이 너무나 헛되게 느껴진다.

하지만 내겐 이오가 그 순간보다 더 아름다워 보인 적이 없었다. 차가운 권력을 앞에 둔 그녀는 불이다. 이 여자는 사자 갈기 같은 붉은 머리를 하고 연기 자욱한 술집에서 춤추었던 여자다. 이 여자는 내게 자기 머리털로 결혼반지를 짜 주었던 여자다. 이 여자가 죽음의 노래를 불러서 죽기로 선택한 여자다.

내 사랑, 내 사랑아
겨울이 봄의 하늘을 위해 죽었을 때의
울음을 기억해
그들은 으르렁거리고 또 으르렁거렸지
우리는 우리의 씨앗을 움켜쥐고
그들의 탐욕에 맞서서
노래의 씨를 뿌렸네

그리고

계곡 아래에서

사신이 낫을 휘두르는 소리를 들어봐,

사신이 휘두르는 소리를

사신이 휘둘러

계곡 아래에서

사신이 휘두르는 소리를 들으렴

겨울의 이야기는 끝이 났어

아들아, 내 아들아

골드가 철의 고삐로 지배하던 때의

사슬을 기억해

우리는 으르렁거리고 또 으르렁거렸지

몸을 비틀고 소리를 질렀어

우리의 것을 위하여,

더 나은 꿈이 있는 계곡을 위하여

결국 이오의 목소리가 커지고 노래의 가사가 끝나자, 나는 내가
그녀를 잃었다는 걸 알 수 있다. 이오는 더 중요한 무엇이 되었다.
그리고 내가 이해하지 못했다는 그녀의 말이 옳았다.

"진기한 옛 노래구나. 하지만 네가 아는 건 그것뿐이냐?"

이오의 노래가 끝나자 대총독이 묻는다. 그의 눈은 이오를 향해

있지만 그는 큰 소리로 관중들을, 다른 식민지에서 지켜볼 사람들을 향해 말한다. 그의 수행원들은 이오의 무기인 노래를 비웃는다. 노래란 건 허공에 퍼지는 음표들일 뿐 아닌가? 그의 권력에 대항하기에는 폭풍 앞의 성냥개비만큼이나 무력하다. 그는 우리를 수치스럽게 만든다.

"너희들 중 저 여자와 함께 노래를 하려는 사람들이 있는가? 부탁한다, 여기……."

그가 자기 조수를 보자 조수는 입 모양으로 이곳의 이름을 알려준다.

"라이코스의 용감한 레드들이여, 원한다면 지금 그녀와 함께 노래를 하라."

나는 돌을 물고 있어 숨쉬기도 힘들다. 돌 때문에 어금니가 빠질 것 같다. 눈물이 얼굴로 줄줄 흘러내린다. 관중들은 아무 목소리도 내지 않는다. 어머니가 분노로 몸을 떠는 게 보인다. 형은 형수를 끌어당겨 안는다. 나롤 삼촌은 땅만 노려본다. 로런 형이 흐느낀다. 그들은 모두 여기 있고, 모두 조용하다. 모두들 겁을 먹고 있다.

"아쉽게도, 각하, 저렇게 열성적인 사람은 오직 저 아이 하나뿐입니다."

폿지누스가 잘라 말한다. 이오는 오직 나만 바라본다.

"저 아이와 같은 의견을 가진 사람은 극히 드물고 동조하는 자도 없다는 게 분명합니다. 절차를 계속 진행할까요?"

대총독은 느긋하게 말한다.

"그래. 난 아르코스와 약속이 있네. 저 반항적인 계집이 계속 소리를 지르지 않도록 목을 매달게."

제6장

순교자

나는 이오를 위해 반응하지 않는다. 나는 분노다. 나는 증오다. 모든 것이다. 하지만 나는 그들이 이오를 데려다 목에 밧줄을 거는 동안에도 이오의 시선을 되받아준다. 브리지를 올려다보니 그는 얼른 내 입에서 돌을 빼 준다. 내 이에는 돌이킬 수 없는 상처가 났다. 허수아비 브리지의 눈에 눈물이 차오른다. 나는 그를 내버려 두고 멍한 채 비틀거리며 교수대 아래로 간다. 이오가 죽어가며 나를 볼 수 있게 하기 위해서다. 이건 이오의 선택이다. 나는 끝까지 그녀와 함께할 것이다. 손이 떨려온다. 뒤의 관중들이 흐느끼는 소리가 난다.

"정의가 이루어지기 전에 마지막 말은 누구를 향해 할 테냐?"

폿지누스가 이오에게 묻는다. 그는 카메라를 위해 동정심을 연출한다.

나는 이오가 내 이름을 부르리라 생각하고 준비했지만 이오는 내 이름을 말하지 않는다. 이오의 시선은 내 눈을 떠나지 않지만, 이오는 자기 언니를 부른다.

"디오 언니."

이오의 말이 허공에서 떨린다. 지금 이오는 두려워하고 있다. 처형이 교수대 계단을 오르지만 나는 반응하지 않는다. 나는 이오를 이해할 수는 없지만, 질투하지는 않을 것이다. 지금 중요한 건 내가 아니다. 나는 이오를 사랑한다. 이오는 선택을 했다. 나는 이해하지는 못하지만 이오가 내 사랑 외에 다른 것을 느끼며 죽게 하지는 않을 것이다.

처형은 의식이 없다시피 한 채 발을 계속 헛디뎌, 교수대로 올라가는 것을 어글리 댄이 도와준다. 이오의 말은 내겐 들리지 않는다. 하지만 처형은 내가 영영 잊지 못할 신음을 내뱉는다. 흐느끼며 나를 본다. 내 아내가 그녀에게 무슨 말을 한 걸까? 여자들은 울고 있다. 남자들은 눈을 비빈다. 처형을 이오에게서 떼 놓으려고 실신까지 시켜야 하지만, 처형은 흐느끼며 이오의 발을 잡고 매달린다. 대총독이 고개를 끄덕인다. 하지만 그는 이오가 아버지처럼 목 매달리는 걸 지켜볼 정도의 관심조차 없다.

"더 나은 것을 위해 살아."

이오가 입모양으로 말한다. 이오는 주머니에 손을 넣어 내가 주었던 헤만서스를 꺼낸다. 납작하게 뭉개져 있다. 그러고는 이오는 모여 있는 모든 사람들에게 큰 소리로 외친다.

"사슬을 끊어요!"

이오 발밑의 문이 열린다. 이오는 아래로 떨어지고, 한순간 머리카락이 이오의 머리 위로 붉은 꽃이 피듯 확 떠오른다. 그러곤 이오는 두 발을 허공에서 휘두르며 떨어진다. 이오의 가느다란 목이 막힌다. 눈이 엄청나게 커진다. 내가 이오를 여기서 구해 줄 수만 있다면. 내가 지켜 줄 수만 있다면. 하지만 이 세상은 내게 차갑고 힘들다. 내가 틀고 싶은 것처럼 틀어지지가 않는다. 나는 약하다. 나는 내 아내가 죽는 것, 내 헤만서스가 그녀의 손에서 떨어지는 것을 지켜본다. 그 모습이 전부 카메라에 담긴다. 나는 이오의 발목에 키스하려고 뛰어간다. 나는 이오의 다리를 잡는다. 이오가 고통스러워하게 하지 않을 것이다.

화성은 중력이 약해서, 목을 부러뜨리려면 발을 잡아당겨야 한다. 그건 가족이나 친척들에게 시킨다.

곧 아무 소리도 나지 않는다. 밧줄이 삐걱거리는 소리조차 사라진다.

내 아내는 너무 가볍다.

어린 여자아이에 불과했다.

곧 잦아드는 장송곡의 쿵쿵 소리가 시작된다. 주먹으로 가슴을 두드리는 소리다. 수천 명이 함께한다. 쿵쾅거리는 심장 박동처럼 빠르게 시작한다. 느려진다. 1초에 한 번. 5초에 한 번. 10초에 한 번. 그리고 사라진다. 낡은 터널에서는 깊은 바람이 부는 통곡하는 듯한 소리가 나고, 애도하는 군중은 손바닥에 쥐었던 먼지처럼 사라진다.

그리고 골드들은 날아가 버린다.

장인어른, 로런 형, 키어런 형이 밤새 우리 집 문 앞에 같이 앉아 있다. 그들은 나와 함께 있어 주기 위해 왔다고 한다. 하지만 그들은 나를 지키려고, 내가 죽는 일이 없도록 하려고 와 있는 것이다. 나는 죽고 싶다. 리애나가 웨버리에서 훔쳐온 실크로 어머니가 내 상처를 싸 주신다.

"신경핵을 건조하게 해 두지 않으면 흉터가 생겨."

그깟 흉터가 뭐라고? 정말이지 아무래도 좋은 일이다. 이오가 볼 수 없는데, 내가 왜 신경을 써야 하지? 이오는 내 등을 손으로 쓸어 주지 않을 것이다. 이오가 내 흉터에 키스해 주는 일은 결코 없을 것이다.

이제 이오는 없다.

고통을 느끼고 내 아내를 잊기 위해 우리 침대에 똑바로 누웠다. 하지만 잊을 수가 없다. 지금도 그녀는 교수대에 매달려 있다. 아침이 되면 광산으로 가는 길에 그녀 앞을 지나칠 것이다. 곧 그녀에게서 악취가 날 것이고, 곧 썩을 것이다. 내 아름다운 아내는 너무나 밝게 빛났기 때문에 오래 살 수가 없었다. 그녀의 목이 부러지던 느낌이 아직도 내 손에 느껴진다. 밤이 된 지금 손이 떨려 온다.

어린 시절에 집 밖으로 몰래 빠져나갈 수 있도록 오래전에 침실 돌 벽에 파 둔 숨겨진 터널이 하나 있다. 그 터널을 지금 사용한다. 비밀 통로로 빠져나와서, 내가 나가는 걸 가족과 친척들이 약한 불빛 속에서 보지 못하도록 몰래 집에서 기어 내려간다.

거주지는 조용하다. HC만 제외하고 조용하다. 내 아내가 죽는 모습이 사운드트랙에 맞춰 나오고 있다. 그들의 의도는 불복종이 헛되다는 걸 보여 주겠다는 것이다. 그 점에서는 성공적이지만, 비디오엔 다른 점도 있다. 내가 태형을 받는 모습, 이오가 맞는 모습이 나오고 이오의 노래를 처음부터 끝까지 들려 준다. 이오가 죽어 가는 동안 노래가 다시 한 번 배경으로 깔린다. 노래가 이 비디오에 잘못된 느낌을 주는 것 같다. 만약 이오가 내 아내가 아니었더라도 나는 영상에서 순교자, 잔인한 남자들의 밧줄에 의해 조용해진 어린 소녀의 예쁜 노래를 보았을 것이다.

HC 화면이 잠시 까매진다. 예전에는 한 번도 이런 일이 없었다. 옥타비아 오 룬이 등장해 늘 하는 말을 한다. 거대한 화면에 내 아내가 다시 나타난다. 마치 누가 방송국을 해킹이라도 한 것 같아 보일 정도다.

"사슬을 끊어요!"

이오가 외친다. 이오가 사라지고 화면은 까매진다. 화면이 지직거리고, 다시 이오가 나온다. 이오가 다시 한 번 외친다. 다시 까매진다. 일반 방송이 나오다가, 마지막으로 이오의 외침이 나오고 내가 이오의 다리를 당기는 모습이 나온다. 그러고는 잡음.

공유지로 가는 길은 조용하다. 야간 근무자들이 곧 돌아올 것이다. 그때 부스럭 소리가 나더니 한 남자가 길에 들어서 내 앞을 막아선다. 그림자 속에서 삼촌의 얼굴이 나를 흘끔거린다. 삼촌 머리 위에 매달린 전구 하나가 삼촌 손의 술병과 낡디낡은 빨간 셔츠를 비춘다.

"넌 네 아버지 아들이 맞아, 조그만 놈이. 어리석고 헛되구나."

난 주먹을 쥔다.

"날 막으러 오셨어요, 삼촌?"

삼촌은 투덜거린다.

"젠장, 난 형이 자기 목숨을 버리는 것도 막지 못했어. 너희 아버지는 너보다 나은 사람이었는데 말이다. 더 자제력이 있었어."

난 앞으로 한 걸음 나간다.

"삼촌 허락 같은 건 필요 없어요."

"그래, 이 햇병아리 같은 놈아, 허락은 필요 없지."

삼촌은 한 손으로 머리를 쓸어 넘긴다.

"그래도, 지금 하려는 짓은 하지 마라. 너희 어머니가 무너져 버릴 거야. 넌 네가 어머니 몰래 빠져나왔다고 생각하고 있는 모양인데, 형수님도 아신다. 나한테 얘기하셨어. 나한테 그러더구나, 너도 내 형처럼, 네 아내처럼 죽을 거라고."

"어머니가 아셨다면 날 막으셨겠죠."

"아냐. 너희 어머니는 남자들이 실수를 하도록 내버려 둔다. 하지만 이건 네 아내가 원했을 일은 아니야."

나는 손가락으로 삼촌을 가리킨다.

"삼촌은 아무것도 몰라요. 이오가 뭘 원했는지 삼촌은 전혀 모른다고요."

이오는 순교자가 된다는 게 뭔지 내가 이해하지 못할 거라고 했다. 이오에게 나도 이해한다는 걸 보여 줄 것이다.

삼촌은 어깨를 으쓱하며 말한다.

"알았다. 그럼 너랑 같이 걸어가 주마. 네 머릿속엔 돌덩이만 가득하니까."

삼촌이 키득거린다.

"우리 람다들은 정말 올가미를 사랑하지."

삼촌은 내게 술병을 던져 주고, 나는 머뭇거리며 삼촌 옆에서 걷는다.

"너희 아버지가 자그마한 저항을 벌이려 했을 때, 나는 그러지 말라고 설득해 봤지. 가사와 춤에는 흙먼지 정도의 의미밖에 없다고 말했어. 맞붙어 보기도 했지. 내가 한 방 깠어. 그러곤 너희 아버지한테 얻어맞고 뻗어 버렸지."

삼촌은 느릿한 라이트를 한 방 날려 보인다.

"살다 보면 그럴 때가 있어, 저 사람은 이미 마음을 굳혔구나, 거기에 반대하는 건 저 사람을 모욕하는 거구나 하고 깨닫게 되는 순간이."

나는 술을 한 모금 마시고 병을 돌려준다. 술은 평소보다 진하고 맛이 묘하다. 이상하다. 삼촌은 내가 술을 다 마시게 한다.

"마음을 굳혔니? 물론 그렇겠지. 깜빡했다, 너한테 춤추는 법을 가르쳐 준 사람이 난데."

삼촌이 자기 머리를 톡톡 두드리며 말한다.

"살무사만큼이나 고집스럽다고 표현하지 않았어요?"

나는 살짝 미소를 지으며 조용하게 말한다.

난 잠시 말없이 삼촌과 같이 걷는다. 삼촌이 내 어깨에 손을 얹는다. 가슴에서 흐느낌이 나오려 해서 나는 꿀꺽 삼켜 버린다.

"이오가 날 버렸어요. 버리고 가 버렸어요."

내가 속삭인다.

"이유가 있었을 거야. 걔는 멍청한 애가 아니었잖아."

공유지에 들어가자 눈물이 흐른다. 삼촌이 한쪽 팔로 나를 감싸고 정수리에 키스한다. 삼촌이 해 줄 수 있는 건 그게 전부다. 삼촌은 애정을 잘 표현하지 못하는 성격이다. 삼촌 얼굴은 창백하고 마치 귀신 같다. 서른다섯인데 이렇게나 늙고 지쳤다. 흉터 때문에 윗입술이 비뚤어졌다. 숱이 많은 머리에는 흰머리가 희끗희끗 보인다.

"계곡에 가면 내 안부를 전해다오. 내 형제들에게 건배를, 내 아내에게 키스를 전해줘. 특히 댄서에게."

삼촌이 내게 귓속말을 한다. 수염이 내 목에 까칠하게 와 닿는다.

"댄서?"

"보면 알 거야. 할아버지 할머니를 만나거든, 우리는 지금도 그분들을 위한 춤을 춘다고 전해드려. 우리도 곧 간다고 말씀드려."

삼촌은 걸어가다 멈춰 서서 돌아보지 않고 묻는다.

"사슬을 끊으라 했지?"

"네."

삼촌은 나를 흔들리고 있는 내 아내와 함께 공유지에 남겨두고 돌아간다. 교수대로 걸어가는 나를 캔에 있는 카메라들이 지켜보고 있다는 사실을 나는 알고 있다. 계단은 금속이라 삐걱대는 소리를 내지 않는다. 매달린 이오는 마치 인형 같다. 얼굴은 분필처럼 하얗고, 위에 있는 환풍기가 거친 소리로 돌아가는 것에 따라 머리카락이 조금씩 움직인다.

나는 광산에서 훔쳐온 슬링블레이드로 밧줄을 끊고, 거친 밧줄 끝부분을 잡고 그녀의 몸을 부드럽게 내린다. 아내를 두 팔에 안고 광장에서 웨버리까지 천천히 함께 걸어간다. 야간 근무자들은 근무 마지막 시간이다. 여자들은 내가 이오를 데리고 환기구로 가는 것을 말없이 지켜본다. 리애나가 보인다. 어머니처럼 키가 크고 조용한 내 동생은 매서운 눈초리로 나를 지켜보지만, 아무것도 하지 않는다. 다른 여자들도 마찬가지다. 그들은 내 아내가 어디 묻혔는지 떠들고 다니지 않을 것이다. 그들은 말하지 않을 것이다. 첩자들에게 주는 초콜릿도 마다할 것이다. 세 세대에 걸쳐, 매장된 사람은 딱 다섯 명뿐이었다. 그리고 늘 누군가는 그 일로 인해 목매달렸다.

이것은 사랑의 행동의 극치이다.

이오를 위한 침묵의 레퀴엠이다.

여자들이 울기 시작한다. 내가 지나가자 그들은 손을 뻗어 이오와 나의 얼굴을 만지고, 환기구를 여는 것을 도와준다. 나는 아내를 끌고 금속으로 된 좁은 공간을 지나 우리가 별들 아래서 사랑을 나누었던 곳, 그녀가 자기 계획을 이야기하고 나는 귀 기울이지 않았던 곳으로 데려간다. 나는 생명이 빠져나간 그녀의 몸을 안고, 우리가 행복했던 장소에 있는 나를 그녀의 영혼이 어디에선가 보고 있기를 빈다.

나는 나무 밑동 가까운 곳에 구멍을 판다. 우리 땅의 흙이 잔뜩 묻은 내 손은 그녀의 머리카락처럼 붉다. 나는 그녀의 손을 잡고 결혼반지에 입을 맞춘다. 헤만서스의 바깥쪽 부분을 그녀의 심장 위에 얹고, 안쪽 부분은 떼어 내 내 심장 가까운 곳에 넣는다. 그리고 그녀의 입술에 키스하고 흙을 붓는다. 하지만 다 끝내기도 전에 흐느끼게 된다. 그녀의 얼굴을 덮은 흙을 걷고 다시 키스하고, 인공 비눗방울 지붕 밖으로 붉은 해가 떠오르는 게 보일 때까지 그녀를 안는다. 이곳의 색깔들이 내 눈을 덴 것처럼 만들고 나는 눈물을 멈출 수가 없다. 몸을 떼자 내 헤드밴드가 그녀의 주머니에서 삐죽 튀어나온 것이 보인다. 내 땀을 받으라고 그녀가 내게 만들어 준 것이다. 이제 나는 그것으로 눈물을 닦으며 가지고 나온다.

거주지에 돌아온 나를 보자 형은 내 얼굴을 때린다. 로런 형은 말을 할 수가 없고, 장인어른은 털썩 앉아서 벽에 기대 있다. 그들은 자기들이 내게 도움이 되지 못했다고 생각한다. 장모님의 울음 소리가 들린다. 어머니는 말없이 내게 아침을 차려 주신다. 기분이 좋지 않다. 숨 쉬기가 힘들다. 리애나가 늦게 들어와 어머니를 거 들고, 식사를 하는 내 머리에 내 머리카락 냄새를 맡을 수 있을 만 큼 길게 키스를 한다. 접시에서 입으로 음식을 옮기며 한 손만 써 야 한다. 어머니가 거칠고 못 박인 두 손바닥 사이에 내 한 손을 끼고 계시다. 어머니는 나를 보는 대신 내 손을 보신다. 마치 이 손이 작고 부드러웠던 때가 기억나는데 어쩌다 이렇게 단단해졌 을까 생각하시는 것 같다.

식사를 마치자마자 어글리 댄이 찾아온다. 나는 끌려가고 어머 니는 식탁 앞에 그냥 앉아 계신다. 어머니의 눈은 내 손이 있었던 자리에만 고정되어 있다. 어머니는 시선을 들지 않으면 이 일이 일어나지 않을 거라고 생각하시는 것 같다. 나의 어머니조차 참고 견딜 수 있는 데엔 한계가 있다.

아침 9시에 사람들이 전부 모이기 전에 나를 매달 것이다. 왠지 어지럽다. 심장의 감각이 묘하다. 느리다. 대총독이 내 아내에게 했던 말이 메아리치듯 들리는 것 같다.

"너의 힘은 이게 전부냐?"

우리들은 노래하고, 춤추고, 사랑하는 사람들이다. 그것이 우리 의 힘이다. 하지만 우리는 땅도 판다. 그리고 우리는 죽는다. 죽는 이유를 선택할 수 있는 경우는 드물다. 그 선택은 힘이다. 그 선택 이 우리의 유일한 무기가 되어 왔다. 하지만 그것만으론 부족하다.

그들은 내게 유언을 하게 한다. 난 처형을 부른다. 처형의 눈은 충혈된 채 부어 있다. 자기 동생과는 정말 다른, 나약한 사람이다.

"이오의 유언이 뭐였어?"

내 입은 느리고 이상하게 움직이지만 처형에게 묻는다.

처형은 어머니 쪽을 본다. 어머니는 마침내 여기까지 따라오셨지만 지금 보니 고개를 가로젓고 계신다. 우리 가족이 내게 말해주지 않고 있는 게 있다. 내가 알기를 원하지 않는 것이 있다. 내가 죽기 직전인데도 감추는 비밀이 있다.

"널 사랑한다고 했어."

난 그 말을 믿지 않지만 미소를 짓고 처형의 이마에 키스한다. 질문을 더 하면 처형이 감당할 수 없다. 그리고 난 어지럽다. 말하기가 힘들다.

"이오에게 안부 전해줄게."

나는 노래하지 않는다. 나에게 잘 맞는 것들은 따로 있다.

내 죽음은 무의미하다. 그것이 사랑이다.

하지만 이오가 옳았다. 나는 이걸 이해하지 못한다. 이건 내 승리가 아니다. 이건 이기적이다. 이오는 더 많은 것들을 얻기 위해 살라고 했다. 이오는 내가 싸우기를 원했다. 하지만 난 지금 이오가 원했던 것에도 불구하고 이렇게 죽어 가고 있다. 고통 때문에 포기해 버렸다.

자살하는 사람들이 스스로의 어리석음을 깨달을 때 그러듯 나는 패닉에 빠진다.

너무 늦었다.

내 아래의 문이 열리는 게 느껴진다. 내 몸이 떨어진다. 밧줄 때문에 내 목의 피부가 벗겨진다. 척추에서 삐걱거리는 소리가 난다. 바늘들이 내 요추를 꿰뚫는다. 형이 비틀거리며 앞으로 나온다. 나를 삼촌이 형을 밀쳐낸다. 삼촌은 윙크를 한 번 하더니 내 발을 잡고 당긴다.

그들이 나를 매장하지 않길 바란다.

2부

다시 태어나다

계곡에 있는 우리의 죽은 가족들에게서
악령들을 쫓아내기 위해
악마 가면을 쓰는 축제가 있다.
가면에 붙은 황철광*이 반짝거린다.

* fool's gold, 색이 금과 비슷해서 혼동하는 일이 많음 — 옮긴이

제7장

라자러스

죽음의 순간에 내게 보이는 건 이오가 아니다. 우리 친족들은 죽을 때 사랑했던 사람들이 보인다고 믿는다. 우리가 사랑했던 이들이 장작불 연기와 스튜 향이 공기 중에 짙게 감도는 녹색 계곡에서 우리를 기다린다. 그 계곡에는 그곳을 안전하게 지키는, 이슬이 묻은 모자를 쓴 노인이 하나 있는데, 그 노인과 우리의 가족들이 함께 서서 우리를 기다린다. 그들이 선 돌길 양 옆으로는 양들이 풀을 뜯는다. 그곳의 안개는 신선하고 꽃은 달콤하고, 땅에 묻힌 사람은 돌길을 조금 더 빨리 지나간다고들 한다.

하지만 내 사랑은 보이지 않는다. 계곡도 보이지 않는다. 어둠속에서 빛나는 유령 같은 불빛들만 보인다. 압력이 느껴지고, 내가 땅 밑에 묻혀 있다는 걸 알 수 있다. 광부라면 누구나 알 것이다.

난 소리 없이 비명을 지른다. 입 안에 흙이 들어온다. 패닉에 사로
잡힌다. 숨을 쉴 수도 움직일 수도 없다. 땅이 나를 끌어안고 있다.
나는 손으로 마구 할퀴어 마침내 풀려나와, 공기를 느끼고 산소를
들이마시고 헐떡이며 흙을 뱉어낸다.

몇 분 지나서야 무릎 위로 시선을 든다. 나는 버려진 광산에 쭈
그리고 앉아 있다. 버려진 지 오래지만 아직도 통풍 시설과 연결
되어 있는 낡은 터널이다. 흙냄새가 난다. 내 무덤 옆에 불 하나가
지펴져 있어서 벽에 기묘한 그림자가 어린다. 이오의 무덤 위로
떠오르던 태양이 그랬듯, 그 불 때문에 내 눈이 타는듯 아프다.

난 죽지 않았다.

이런 깨달음이 드는 데까지는 생각보다 시간이 오래 걸린다. 하
지만 내 목 둘레에는 밧줄에 쓸린 피투성이 상처가 있다. 채찍질
로 생긴 등의 상처에는 흙이 들어가 있다.

그렇지만 난 죽지 않았다.

나롤 삼촌이 내 발을 살살 끌어내렸다. 하지만 허수아비들이 게
으르지 않았다면 분명 확인을 했을 것이다. 허수아비들이 게을렀
을 거라고 생각해도 무리는 아니지만, 뭔가 다른 게 있다. 교수대
로 걸어갈 때 나는 굉장히 멍한 상태였다. 지금도 내 몸 속에 뭐가
있다는 게 느껴진다. 마치 약에 취한 것처럼 무기력하다. 나롤 삼
촌이 한 거다. 삼촌이 내게 약을 먹였다. 그리고 나를 묻었다. 하지
만 왜? 그리고 내 몸을 끌어내리면 체포되게 될 텐데 그 일로부터
는 어떻게 달아나려고 했을까?

불꽃 너머의 어둠에서 낮게 우르르 울리는 소리가 나자 그 대답을 얻게 되리라는 것을 알 수 있다. 바퀴 여섯 개 달린 금속 딱정벌레 같은 텀블러가 긴 터널의 높은 곳을 기어 넘어온다. 내 앞에 멈추자 텀블러 앞쪽 그릴에서 쉭 하며 증기가 나온다. 라이트 열여덟 개가 내 시야를 불태우듯 빛난다. 양 옆으로 누군가가 내리더니, 헤드라이트 빛을 가로질러 나를 잡으러 온다. 난 망연자실해서 저항도 하지 못한다. 그들의 손은 광부들처럼 못이 박여 있다. 얼굴엔 옥토버나흐트 악마 가면을 쓰고 있다. 하지만 그들은 나를 부드럽게 대한다. 텀블러의 해치까지 나를 끌고 가는 게 아니라 이끌어 준다.

텀블러 안에는 핏빛처럼 붉은 구형 조명이 있다. 나는 나를 무덤에서 데려온 두 사람들을 마주보고 금속으로 된 닳은 1인용 의자에 앉는다. 여자의 가면은 흰색과 금색이고, 악마처럼 뿔이 달려 있다. 눈구멍 밖으로 그녀 눈의 무서운 번쩍임이 새어나온다. 다른 한 사람은 소심한 남자다. 호리호리하고 조용하고, 나 때문에 겁을 먹은 것처럼 보인다. 으르렁거리는 박쥐 얼굴 가면으로도 그의 수줍은 시선은 가려지지 않는다. 그리고 손을 숨기는 것도 그렇다. 나롤 삼촌은 내게 춤을 가르쳐 줄 때 손을 숨기는 게 겁먹은 사람의 특징이라고 늘 우겼다.

"당신들 아레스의 아들들이죠?"

내가 짐작해 본다.

약골은 움찔 놀라는 반면 여자의 눈은 비웃는 듯하다.

"그리고 너는 '라자러스'지."(라자러스는 성서의 '나사로'를 말한다. 나사로는 예수의 기적으로 다시 살아난 사람이다 ―옮긴이)

그녀의 목소리는 차갑고 나른하다. 고양이가 잡은 쥐를 가지고 놀듯 귀를 가지고 노는 목소리다.

"난 대로우예요."

"아, 네가 누군진 우리도 알아."

여자의 말에 약골이 놀라 횡설수설한다.

"쟤한테 아무 말도 하지 마, 하모니! 돌아갈 때까지 쟤랑 이야기를 나누라고 댄서가 지시한 것도 아니고."

"고맙다, 랄프."

하모니는 약골에게 한숨을 내쉬고는 고개를 절레절레 흔든다.

자기 실수를 깨달은 약골은 불편한 듯 자기 자리에서 몸을 이리저리 움직이지만, 난 그에겐 관심을 아예 끊은 상태였다. 여기선 저 여자가 왕이다. 약골의 가면과는 달리 그녀의 가면은 못생긴 노파 얼굴이다. 지구의 몰락한 도시에 있는, 아이들의 뼈에서 뽑은 골수로 수프를 만든 마녀들 중 하나다.

"꼴이 말이 아니구나."

하모니가 손을 뻗어 내 목을 만진다. 나는 그녀의 손을 꽉 움켜쥔다. 그녀의 뼈는 헬다이버의 손에서는 속이 빈 플라스틱처럼 부러지기 쉽고 약하다. 약골이 썸퍼를 잡으려 하지만 하모니가 그에게 진정하라는 몸짓을 한다.

"내가 왜 안 죽었죠?"

그렇게 묻는 내 목소리는 목 매달리고 난 뒤라 금속 위로 자갈을 끄는 것 같이 들린다.

"아레스가 너에게 맡길 임무가 있으니까, 꼬마 헬다이버야."

내가 손을 꽉 쥐자 그녀는 움찔 놀란다.

"아레스……."

폭발, 잘려 나간 팔다리, 혼돈의 이미지가 떠오른다. 아레스. 그가 어떤 임무를 원할지 나는 안다. 그가 요구할 때 내가 뭐라고 대답할지도 알 수 있을 정도로 나는 멍한 상태다. 내 마음은 이 삶이 아닌 이오에게 가 있다. 나는 껍질뿐이다. 왜 내가 지상에 남아 있지 못했을까?

"이제 내 손 놔 줄래?"

하모니가 묻는다.

"가면 벗으면 놓을게요. 안 그러면 계속 잡고 있을 거예요."

그녀는 웃으며 가면을 벗는다. 그녀의 얼굴은 낮과 밤이다. 오른쪽은 피부가 이리저리 뒤틀리고 늘어나서 부드러운 강 같은 흉터를 이루고 있다. 증기에 덴 거다. 낯익은 흉터지만, 여자에게 난 것은 본 적이 없다. 여자가 드릴팀에 들어가는 일은 드물다.

하지만 놀라운 것은 화상을 입지 않은 쪽 얼굴이다. 그녀는 아름답다. 심지어 이오보다도 더 아름답다. 부드러운 피부는 우유처럼 희고, 튀어나온 광대뼈는 섬세하다. 그렇지만 그녀는 너무나 차갑고, 분노에 차 있고 잔인하게 보인다. 아래 치아들은 고르지 않고 손톱 관리는 제대로 되어 있지 않다. 부츠에 칼들을 넣어 두고 있다. 내가 손을 잡았을 때 움찔하며 아래쪽으로 손을 뻗는 걸 보고 알았다.

랄프라는 약골은 평범한 못생긴 얼굴이다. 길고 날카로운 가무잡잡한 얼굴, 더럽고 사이사이가 벌어진 치아. 버려진 터널을 달리는 동안 그는 텀블러의 윈도우 해치 밖을 내다본다. 터널을 지나자 조명이 있는 고속 주행용 포장 도로 터널이 나온다. 나는 이 레드들을 모른다. 이들의 손에 레드의 상징이 새겨져 있긴 하지만 나는 이들을 믿지 않는다. 그들은 람다나 라이코스가 아니다. 실버들일지도 모른다.

마침내 해치 밖으로 다른 다용도 트럭과 텀블러들이 보인다. 난 여기가 어디인지 모르지만, 그보다 더 나를 괴롭히는 것은 가슴속에서 부풀어 오르는 슬픔이다. 더 멀리 갈수록, 생각을 더 오래 할수록 고통이 더 심해진다. 내 결혼반지를 만져 본다. 이오는 지금도 죽은 채이다. 이 차를 타고 가는 그곳에서 나를 기다리고 있지 않다. 이오는 살아남지 못했는데 왜 나는 살아남았지? 난 이오의 발을 왜 그렇게 세게 당겼던 걸까? 이오도 살 수 있었을까? 뱃속이 블랙홀이 된 기분이다. 가슴에 엄청나게 무거운 것이 얹힌 것 같고, 지나가는 트럭 앞으로 뛰어내리고 싶어 견딜 수가 없다. 이미 죽음을 찾으려고 시도해 본 적이 있다면 죽음이란 쉽다.

하지만 뛰어내리지는 않는다. 하모니와 랄프와 함께 그저 앉아 있다. 이오는 내가 더 많은 것을 갖길 원했다. 진홍색 헤드밴드를 꽉 움켜쥔다.

낡은 장비를 든 더러운 허수아비들이 지키는 검문소가 나오니 터널 도로가 조금 넓어진다. 전기 문에는 전류가 흐르고 있지조차 않다. 그들은 우리 앞에서 가던 텀블러 양옆을 스캔하고는 보내 준다. 우리 차례가 되자 나는 랄프와 마찬가지로 불편해져서 앉은 채 몸을 이리저리 뒤척인다. 백발의 허수아비가 텀블러 양쪽을 스캔하고 대문 안으로 들어가라고 손짓하자 하모니가 경멸하듯 키득거린다.

"우린 패스코드를 가지고 있어. 노예들에겐 뇌가 없지. 광산 허수아비들은 얼간이들이야. 그레이 엘리트나 옵시디언 괴물들은 조심해야 돼. 하지만 걔들은 여기서 시간 낭비를 하진 않지."

이 모든 일이 골드의 속임수가 아니며, 하모니와 랄프는 우리의 적이 아니라고 믿으려고 애써 본다. 텀블러는 주 터널 도로에서 빠져나와 공유지보다 별로 크지 않은 막다른 곳으로 들어간다. 창고들이 있다. 내부에는 눈에 따가운 황 전등이 매달려 있다. 전구들 중 절반은 망가졌다. 처음 보는 페인트로 그려 놓은 괴상한 상징이 있는 창고 근처의 차고 위에서 전구 하나가 커졌다 꺼졌다 깜박인다. 우린 그 차고로 들어간다. 문이 닫히고, 하모니는 텀블러에서 내리라는 손짓을 한다.

"즐거운 우리 집. 이제 댄서를 만날 때가 됐어."

제8장

댄서

댄서는 나를 꿰뚫어본다. 그는 키가 거의 나만큼 큰데, 이건 드문 일이다. 하지만 그는 덩치가 크고 엄청나게 나이가 많다. 아마 40대인 것 같다. 관자놀이 쪽엔 흰머리가 있다. 목에는 나란히 난 흉터가 여남은 개 있다. 나는 저런 흉터를 본 적이 있다. 살무사가 문 자국이다. 왼팔은 축 늘어진 채 매달려 있다. 신경을 다친 것이다. 하지만 그의 두 눈이 나를 사로잡는다. 대부분의 사람들보다 눈빛이 더 밝고, 녹슨 것 같은 빨강이 아니라 진짜 빨간색이 맴돈다. 미소는 아버지처럼 자애롭다.

"우리가 누구인지 궁금하겠지."

댄서가 부드럽게 말한다. 덩치는 크지만 목소리는 편안하다. 레드 여덟 명이 그와 함께 있다. 하모니를 빼고는 전부 남자들인데,

흠모하는 눈으로 그를 바라본다. 내 생각엔 전부 광부들 같고, 모두 우리 같은 사람들이 지닌 흉터와 강한 손을 가지고 있다. 행동에서는 우리 동족들만의 우아함이 보인다. 이들 중에 누군가는 분명 점퍼와 보스터였을 것이다. 춤을 출 때 벽을 따라 달리고 재주를 넘는 사람들을 우리는 점퍼와 보스터라고 부른다. 헬다이버도 있을까?

"궁금해 하지 않아요. 저 끔찍한 녀석은 벌써 한 시간 전에 눈치 챘어요."

하모니는 단어를 혀로 굴리며 천천히 말한다. 그녀는 댄서 주위를 돌아 지나며 나를 보면서 댄서의 손을 꼭 쥔다.

댄서가 그녀에게 부드럽게 미소를 짓는다.

"아. 그렇겠지, 그렇지 않았다면 아레스가 우리에게 위험을 무릅쓰고 그를 여기로 빼내 오라고 하지 않았을 테니. '여기'가 어딘지 아니, 대로우?"

"상관없어요."

내가 작게 말한다. 나는 벽, 사람들, 흔들리는 전구를 둘러본다. 모든 것이 너무나 차갑고 더럽다.

"중요한 건……."

난 말을 끝맺지 못한다.

이오 생각을 하니 내 목소리가 끊겨 버린다.

"……중요한 건 당신들이 내게 원하는 게 있다는 거죠."

"그래, 그것도 중요한 문제지. 하지만 그건 나중에 얘기해도 돼.

난 네가 서 있다는 게 놀랍다. 네 등의 상처가 더러워졌구나. 흉터가 지지 않으려면 항균제와 피부약이 필요하겠다."

댄서가 말한다. 그의 손이 내 어깨에 닿는다.

나는 내 셔츠 자락에서 바닥으로 떨어지는 핏방울 두 개를 지켜본다. 무덤에서 기어 나올 때 상처가 다시 벌어졌다.

"흉터는 상관없어요. 이오는…… 죽은 거 맞죠?"

"응, 죽었다. 우린 이오는 구하지 못했어, 대로우."

"왜요?"

"그럴 수가 없었어."

"왜요?"

나는 다시 묻는다. 나는 그를 노려보고, 그의 추종자들을 노려보며 한 단어 한 단어를 힘주어 내뱉는다.

"당신들은 나를 구했잖아요. 당신들은 이오도 구할 수 있었어요. 당신들이 원했을 사람은 이오였어요. 순교자. 이오는 이런 일에 마음이 있었어요. 아레스는 딸이 아니라 아들만 원하는 건가요?"

"순교자들은 차고 넘쳐."

하모니가 하품하며 말한다.

나는 뱀처럼 앞으로 슥 나아가 그녀의 목을 잡는다. 분노가 파도처럼 내 얼굴을 휩쓸고 지나가 감각이 없어지고, 눈에 눈물이 차오르는 게 느껴진다. 사람들이 나를 둘러싸고 스코처를 쓸 준비를 하고 스코처에서 위잉 소리가 난다. 내 목덜미에 누가 스코처를 들이 댄다. 차가운 총구가 느껴진다.

"놔 줘! 인마, 놓으라고!"

누가 소리친다.

나는 그들에게 침을 뱉고, 하모니를 한 번 흔든 다음 옆으로 밀친다. 하모니는 바닥에 쭈그리고 앉아 발길질을 하더니, 번쩍이는 칼을 손에 들고 일어선다.

댄서가 비틀거리며 우리 사이에 들어선다.

"그만해! 둘 다! 대로우, 제발!"

"네 여자는 몽상가였어, 인마. 물에다 불을 얹는 것처럼 쓰잘머리 없었지……."

하모니가 댄서 건너편에서 내게 침을 뱉는다.

"하모니, 네 끔찍한 주둥이 좀 닥쳐. 그 몹쓸 것들도 치우고."

댄서가 짖듯이 말한다. 스코처들이 조용해진다. 긴장된 침묵이 깔리고, 댄서는 나와 이야기하려고 몸을 기울인다. 그의 목소리가 낮아진다. 내 호흡은 빠르다.

"대로우, 우린 친구야. 우린 친구다. 난 아레스를 대신해서 대답할 수는 없다. 왜 아레스가 네 아내를 구하도록 우리를 돕지 못했는지 말이야. 난 그저 그의 수족 중 하나에 불과해. 난 고통을 씻어낼 수는 없다. 네 아내를 네게 다시 데려와줄 수 없어. 하지만, 대로우, 나를 봐. 나를 보렴, 헬다이버."

나는 그를 본다. 피처럼 빨간 그의 눈을 똑바로 쳐다본다.

"내가 할 수 있는 일이 많지 않아. 하지만 네게 정의를 가져다줄 수는 있다."

댄서는 하모니에게 가서 무어라 속삭인다. 우리가 친구가 되어야 한다는 이야기인 것 같다. 우린 친구가 되지는 않을 것이다. 하지만 나는 그녀의 목을 조르지 않겠다고 약속하고 그녀는 나를 칼로 찌르지 않겠다고 약속한다.

그녀는 다른 사람들을 남겨 두고 말없이 나를 데리고 좁은 금속 복도를 지나 손잡이를 비틀어 여는 작은 문으로 안내한다. 녹슬어가는 통로에 우리 발소리가 울린다. 방은 작고 테이블과 의약품이 가득하다. 그녀는 내게 옷을 벗게 하고 차가운 테이블 하나에 앉아 내 상처를 깨끗이 닦는다. 상처 난 내 등에서 흙을 닦아내는 그녀의 손길은 부드럽지 않다. 나는 비명을 지르지 않으려고 애쓴다.

"넌 바보야."

그녀는 깊은 상처에서 돌을 긁어내며 말한다. 나는 고통 때문에 숨을 몰아쉬며 뭐라 말을 하려 해 보지만, 그녀는 내 등에 손가락을 집어넣어 내 말을 끊는다.

"네 아내 같은 몽상가들에겐 한계가 있어, 꼬마 헬다이버."

그녀는 내가 대답을 하지 못하도록 한다.

"그걸 이해해 줘. 그들이 가진 힘은 죽음뿐이야. 그들이 더 괴롭게 죽을수록 그들의 목소리는 더 커지고, 메아리는 더 깊어져. 하지만 네 아내는 자신의 목적을 달성했어."

이오의 목적. 너무나 차갑고, 멀고, 슬프게 들린다. 미소와 웃음으로 이루어진 내 소녀의 의미가 죽음밖에 없었다는 것 같다. 하모니의 말이 내 마음 깊이 새겨진다. 나는 쇠창살을 노려보다가 고개를 돌려 그녀의 화난 눈을 보며 묻는다.

"그럼 당신의 목적은 뭐죠?"

그녀는 흙과 피가 잔뜩 묻은 두 손을 든다.

"너랑 같아, 꼬마 헬다이버. 꿈을 이루는 것."

하모니는 흙투성이인 내 등을 닦고 항균제를 준 다음에 웅웅거리는 발전기들 옆에 있는 방으로 데리고 간다. 허름한 막사 안에는 간이침대와 액체로 씻는 시설들이 쭉 늘어서 있다. 하모니는 나보고 씻으라고 하고 나간다. 샤워는 무시무시한 일이었다. 플러시의 공기보다 부드럽긴 하지만, 나는 물에 빠져 죽을 것 같은 기분, 황홀경과 고통이 섞인 기분 사이를 오간다. 김이 솟아오르고 등이 찌르는 듯 아파질 때까지 온수 노즐을 세게 올린다.

깨끗해진 나는 그들이 나를 위해 준비해 둔 이상한 옷을 입는다. 내게 익숙한 점프수트나 집에서 만든 옷이 아니다. 마치 다른 컬러가 입는 옷처럼 매끈하고 고상한 옷감이다.

반쯤 옷을 입었을 때 댄서가 방으로 들어온다. 그는 왼발을 질질 끌며 걷는다. 거의 그의 왼쪽 팔만큼이나 쓸모가 없다. 하지만 그는 인상적인 사람이다. 발로우보다 덩치가 크고, 그의 나이와 목의 살무사 흉터에도 불구하고 나보다 잘생겼다. 주석 그릇을 든 그가 간이침대에 앉으니 그의 체중 때문에 침대가 삐걱거린다.

"우린 너의 목숨을 구했다, 대로우. 그러니 네 삶은 우리 거야. 너도 동의하니?"

"날 구한 건 우리 삼촌이에요."

댄서는 콧방귀를 뀐다.

"그 술꾼? 그가 그나마 가장 잘한 일은 우리에게 네 이야기를 해 준 거야. 네가 어렸을 때 얘기해 줬어야 했는데, 그는 널 비밀로 지켰다. 너희 아버지가 돌아가신 이후 그는 우리 정보원으로 활동해 왔어."

"삼촌은 지금 교수형 당했나요?"

"널 끌어내려서? 아닐 거다. 그놈들의 낡은 카메라를 끌 수 있는 방해 전파 발신기를 우리가 줬거든. 그는 유령처럼 일했어."

나롤 삼촌. 헤드토크지만 술에 취한 바보. 나는 늘 삼촌이 나약하다고 생각했다. 지금도 삼촌은 나약하다. 강한 남자라면 삼촌처럼 술을 마시거나 늘 그렇게 씁쓸해 하지는 않을 것이다. 하지만 삼촌은 내가 경멸했던 것 같은 사람은 결코 아니었다. 하지만 왜 이오를 구해 주지 않았던 걸까?

"꼭 우리 끔찍한 삼촌이 당신에게 빚이라도 진 것처럼 말씀하시네요."

"그는 자기 동족들에게 빚을 졌지."

나는 이 단어를 듣고 비웃는다.

"동족이라. 가족은 있어요. 클랜은 있죠. 거주지와 광산이 있을지도 몰라요. 하지만 동족? 동족이라. 그리고 당신은 마치 당신이 내 대변인이라도 된듯 말하네요. 내 생명에 당신이 무슨 권리라도 가진 것처럼요. 하지만 당신은 그냥 바보예요. 당신들, 아레스의 아들들 전부. 부수는 것밖에 못하는 바보들. 화가 나서 살무사 둥지를 걷어차는 아이들처럼."

센 척하며 이야기하는 내 목소리에서 조금씩 힘이 빠진다.

내가 하고 싶은 게 그거다. 난 걷어차고 마구 때리고 싶다. 내가 그를 모욕하고, 그들을 증오할 이유가 없는데도 아들들에게 침을 뱉는 이유도 그것이다.

댄서의 잘생긴 얼굴이 조금 비뚤어지며 지친 듯한 미소를 짓는다. 나는 그제야 그의 늘어진 팔이 얼마나 약한지 깨닫는다. 근육질인 오른팔보다 가늘고, 꽃 뿌리처럼 휘어 있다. 하지만 말라죽은 것 같은 팔다리에도 불구하고 그에겐 위협적이며 뒤틀린 면이 있다. 그건 하모니의 공격성처럼 겉으로 드러나지는 않는다. 내가 그를 비웃고, 그와 그의 꿈을 경멸하자 드러난다.

"우리가 레드 중 가장 뛰어난 사람들을 광산에서 끄집어낼 수 있도록 정보를 주고, 남다른 레드들을 찾는 걸 도와주는 정보원들이 있다."

"그럼 우릴 볼 수 있다는 거네요."

댄서는 엄한 얼굴로 미소를 짓고 침대에서 그릇을 하나 꺼낸다.

"대로우, 네가 그런 남다른 사람인지 알아볼 수 있게 게임을 하나 해 보자. 만약 네가 이기면, '로우레드'들은 거의 본 적이 없는 걸 볼 수 있는 곳으로 데려가주마."

로우레드. 이런 말은 처음 들어본다.

"내가 지면요?"

"그렇다면 넌 남다른 놈이 아니고, 골드들이 이번에도 승리하는 거지."

그 생각을 하니 움찔하게 된다.

그는 그릇을 들고 룰을 설명한다.

"그릇 안에는 카드 두 장이 있다. 하나엔 저승사자의 낫이 그려져 있다. 다른 하나엔 양이 있다. 낫을 집으면 네가 지고, 양을 집으면 네가 이긴다."

맨 마지막 부분을 말하는 그의 목소리가 조금 흔들리는 걸 나는 눈치챈다. 이건 테스트다. 운이랑은 상관이 없다는 뜻이다. 그렇다면 내 머리를 시험해 보려는 게 분명하고, 뭔가 속임수가 있다는 얘기가 된다. 이 게임으로 내 머리를 시험해 볼 수 있는 유일한 방법은 카드가 두 장 다 낫인 경우다. 조작할 수 있는 변수는 그것 하나뿐이다. 간단하다. 나는 댄서의 잘생긴 눈을 들여다본다. 이건 불공평한 게임이고, 난 그런 것엔 익숙하다. 난 보통 규칙대로 한다. 하지만 이번엔 아니다.

"할게요."

나는 그릇에 손을 넣고 카드 한 장을 꺼낸다. 카드를 나 말고 다른 사람은 볼 수 없도록 조심한다. 낫이다. 댄서의 시선은 내 눈을 떠날 줄을 모른다.

"내가 이겼어요."

내 말에 그가 카드를 보려고 손을 뻗지만, 나는 그가 잡기 전에 카드를 입에 넣는다. 그는 내가 뽑은 카드를 보지 못한다. 댄서는 내가 카드를 씹는 것을 지켜본다. 나는 카드를 삼키고 그릇에 남아 있는 카드를 꺼내 그에게 던진다. 낫이다.

"양 카드가 워낙 맛있어 보여서요."

"충분히 이해할 수 있는 일이지."

붉은 눈동자를 반짝이며 그는 그릇을 옆으로 치운다. 위협적으로 군 적이 한 번도 없었다는 듯이 그는 따스한 캐릭터로 돌아온다.

"우리가 왜 우리를 아레스의 아들들이라고 부르는지 아니, 대로우? 로마 사람들에게 있어 마르스는 전쟁의 신이었다. 따뜻한 가정을 지키는 무공의 신이었지. 뭐, 고결한 일이야. 하지만 마르스는 사기였어. 아레스라는 그리스 신을 로마 사람들이 그럴싸하게 바꿔놓은 거거든."

댄서는 버너를 하나 붙여 물고 내게도 하나를 건넨다. 발전기가 다시 웅웅 소리를 내고, 버너의 연기가 내 폐 속을 맴돌자 나도 발전기 소리와 비슷한 멍한 상태가 된다.

"아레스는 개자식이었어. 분노, 폭력, 거친 충동, 대학살을 관장하는 사악한 신이었지."

"그럼 그 신의 이름을 딴 당신들은 소사이어티의 진상을 지적하고 있는 거군요. 귀엽기도 하지."

"비슷한 거야. 우리들이 역사를 잊는 게 골드들에겐 더 좋지. 그리고 우리들은 대부분 역사를 잊었거나 아예 배운 적이 없었어. 하지만 난 골드들이 어떻게 수백 년 전에 권력을 잡았는지 알고 있어. 그들은 그걸 정복이라고 불렀지. 그들은 자기에게 맞서는 자들은 다 잔인하게 죽였어. 도시들을, 대륙들을 학살했다. 불과 몇 년 전에 세계 하나를 잿더미로 만들어 버렸지. 레아 말이야. '애시로드'가 핵 공격을 해서 흔적도 남기지 않고 없애 버렸어. 그들은 아레스의 분노로 행동했어. 그리고 이제는 우리가 그 분노의 아들들이다."

"당신이 아레스예요?"

나는 속삭이듯 묻는다. 세계라니. 그들은 세계들을 파괴했다. 하지만 레아는 지구에서 화성보다 훨씬 멀다. 아마 토성의 위성 중 하나인 것 같다. 왜 그렇게 먼 곳에 있는 세계에 핵 공격을 하지?

"아니, 난 아레스가 아니야."

"하지만 아레스의 편이잖아요."

"나는 하모니와 내 동족의 편일 뿐, 다른 그 누구의 편도 아니야. 대로우, 난 너와 비슷해. 난 타이로스 식민지의 광부들, 땅을 파는 클랜에서 태어났지. 다른 점은 내가 세상을 더 잘 안다는 것뿐이야."

내가 짜증스러운 표정을 짓자 그는 얼굴을 찡그린다.

"넌 내가 테러리스트라고 생각하는구나. 그렇지 않아."

"아니라고요?"

그는 뒤로 기대며 버너를 죽 빤다.

"벼룩이 가득한 테이블이 있다고 생각해 봐. 벼룩들은 얼마나 높은지 모르는 곳까지 계속 껑충껑충 뛰겠지. 그런데 사람이 와서 유리병을 엎어 놨다고 치자. 그러면 벼룩들은 뛰었다가 유리병 바닥에 부딪히고, 그 이상으로는 뛰지 않겠지. 사람이 병을 치운다 해도, 벼룩들은 익숙해진 높이 이상으로는 뛰지 않아. 아직도 유리 천장이 있다고 믿으니까. 우리는 높이 뛰는 벼룩들이야. 얼마나 높이 뛰는지 이제 보여 주지."

그가 연기를 내뿜는다. 연기 너머로 보이는 그의 눈이 버너 끝처럼 이글이글 빛난다.

댄서는 곧 쓰러질 듯한 복도를 지나 원통형 금속 엘리베이터로 나를 데려간다. 엘리베이터는 녹슨 묵직한 물건이다. 타고 위로 위로 올라가는 동안 끽끽 소리가 난다.

"네 아내가 헛되이 죽은 게 아니란 걸 알아야 해, 대로우. 방송 하이재킹을 도운 그린들이 있어. 우리는 해킹으로 이 행성 전역의 HC에서 진짜 버전을 방송했다. 이 행성에 있는 수십만 개 광산 식민지와 도시에 있는 사람들이 네 아내의 노래를 들었어."

"허풍 떠시네요. 식민지 수는 그 절반도 안 돼요."

내가 투덜거린다.

그는 내 말을 무시한다.

"그들은 네 아내의 노래를 들었고, 벌써 네 아내를 페르세포네 라고 부르고 있어."

나는 움찔하며 그의 쪽을 본다. 아니야. 내 아내의 이름은 그게 아니다. 그녀는 그들의 상징이 아니다. 그녀는 허풍스러운 이름을 지닌 이런 산적들과 한 패가 아니다.

"걔 이름은 이오예요. 그리고 걘 라이코스 사람이에요."

"이제 그녀는 그녀 동족의 사람이다, 대로우. 그리고 그들은 죽음의 신이 어느 여신을 가족에게서 훔쳐 왔다는 오래된 이야기를 기억해. 하지만 그녀를 훔친 다음에도, 죽음은 그녀를 영원토록 지킬 수는 없었어. 그녀는 겨울이 끝날 때마다 돌아오는 봄의 여신이었지. 인간의 모습을 한 아름다움은 무덤에서조차 삶을 만질 수 있어. 사람들은 너의 아내가 그렇다고 생각해."

"걘 안 돌아와요."

나는 대화를 끝내려고 이렇게 말한다. 이 사람과 토론을 하는 건 무의미하다. 그는 그냥 자기 할 말만 한다.

엘리베이터가 멈추고 우리는 작은 터널로 들어간다. 터널을 따라 가다 보니 좀 더 매끈한 금속으로 된, 관리가 더 잘 된 다른 엘리베이터가 나온다. 아들들 두 명이 스코처를 들고 지키고 서 있다. 곧 우리는 또 위로 올라간다.

"그녀가 돌아오진 않겠지만, 그녀의 아름다움, 그녀의 목소리는 영원히 메아리 칠 거다. 그녀는 자기 자신을 넘어선 어떤 것을 믿었고, 그녀의 죽음은 그녀가 살아 있을 때는 갖지 못했던 힘을 그녀의 목소리에 주었어. 그녀는 너의 아버지처럼 순수했다. 우리, 그러니까 너와 나는, (그는 자기 검지 뒤쪽으로 내 가슴을 건드린다.) 우리는 더러워. 우리에겐 피가 어울려. 손이 거칠지. 마음이 더럽고. 크게 보자면 우리는 그들보다 못한 존재들이야. 하지만 전쟁에 나서는 우리 같은 사람들이 없다면, 라이코스 밖에 있는 사람은 이오의 노래를 듣지 못했을 거야. 우리의 거친 손이 없다면, 순수한 마음을 가진 사람들의 꿈은 결코 이루어지지 않을 거야."

나는 그의 말을 끊는다.

"요점만 얘기해요. 나한테 시키고 싶은 게 있을 거 아니에요."

"넌 죽으려고 했던 적이 있지. 다시 해 보고 싶니?"

"내 소망은……."

내가 원하는 게 뭐지?

"난 아우구스투스를 죽이고 싶어요."

나는 내 아내의 죽음을 명령하던 차가운 금색 얼굴을 떠올리며 말한다. 우리에게 굉장히 거리를 둔, 무정한 얼굴이었다.

"이오가 죽어 누워 있는데 그가 살아 있는 건 말도 안 돼요."

나는 치안 판사 폿지누스와 어글리 댄을 생각한다. 난 그들도 죽일 것이다.

"그럼 복수를 원하는 거구나."

댄서가 한숨을 쉰다.

"내가 복수를 할 수 있게 해 준다고 했잖아요."

"난 '정의'를 주겠다고 했다. 복수란 공허한 거야, 대로우."

"복수는 나를 채워 줄 거예요. 대총독을 죽일 수 있게 도와줘요."

엘리베이터가 빨라진다. 귀가 먹먹해진다. 위로, 위로, 위로 올라간다. 이 엘리베이터는 얼마나 높이 올라갈까?

"대로우, 넌 목표를 너무 낮게 잡았어. 아우구스투스 대총독은 화성의 중요한 골드 중 하나에 불과해."

댄서는 내게 색안경을 준다. 내 가슴 속에서 심장이 쿵쾅쿵쾅 뛰고, 나는 머뭇거리며 색안경을 쓴다. 우리는 지상으로 가고 있다.

"넌 시야를 넓혀야 돼."

엘리베이터가 멈춘다. 문이 열린다. 나는 장님이 된다.

색안경 뒤의 내 동공은 빛에 적응하려고 작아진다. 드디어 눈을 뜰 수 있게 되었을 때, 나는 빛나는 거대한 전구나 불꽃같은 광원이 보일 거라고 생각한다. 하지만 아무것도 보이지 않는다. 먼, 불가능에 가까운 광원에서 온 빛이 사방에 퍼져 있다. 내 안에 있는 어떤 인간적 본능이 이게 어떤 힘인지 내게 알려 준다. 태고부터 생명의 근원이 되어 온 힘이다. 태양. 햇빛. 나는 손을 떨며 댄서와 함께 엘리베이터에서 내린다. 그는 말이 없다. 그가 말을 한다 해도 내 귀에 들리기나 할까 모르겠다.

우리는 묘한 방에 서 있다. 내가 상상했던 그 어떤 곳과도 다르다. 발밑에는 단단하지만 금속도 바위도 아닌 물질이 있다. 나무다. HC에 나오는 지구의 모습에서 본 적이 있다. 나무 위에는 천 가지 빛깔의 카펫이 펼쳐져 있고, 내 발에 닿는 감촉이 부드럽다. 내 주위의 벽은 삼나무로 되어 있고 나무와 사슴 조각이 새겨져 있다. 먼 곳에서 부드러운 음악이 들려온다. 나는 음악을 따라 방 안으로 더 깊이, 빛을 향해 들어간다.

유리가 붙은 큰 벽이 보인다. 유리로 들어온 햇빛이 자동으로 연주되는 흰 키가 달린 낮은 검은 악기를 비춘다. 천장은 높고 세 벽에는 긴 유리 창문이 달려 있다. 모든 것이 너무나 매끈하다. 악기 뒤, 유리 뒤에는 내가 이해할 수 없는 것이 있다. 나는 비틀거리며 창문 쪽으로, 빛 쪽으로 다가가 무릎을 꿇고 창문에 양손을 꼭 댄다. 나는 길게 한 번 신음한다.

"이제 이해하겠지. 우린 속은 거야."

댄서가 말한다.

창문 너머에는 도시가 펼쳐져 있다.

제9장

거짓말

높은 탑들, 공원들, 강들, 정원들, 분수들로 이뤄진 도시다. 꿈의 도시다. 가장 엄혹한 사막처럼 황폐한 곳이라던 붉은 행성에 세워진, 푸른 물과 녹색 생명의 도시다. 여긴 그들이 HC로 우리에게 보여 주는 화성이 아니다. 사람이 살 수 없는 곳이 아니다. 거짓말, 부유함, 엄청난 풍부함으로 이뤄진 곳이다.

이 엽기적인 모습에 나는 숨이 턱 막힌다.

남자 여자들이 날아다닌다. 그들은 반짝이는 골드와 실버다. 하늘에서 보이는 컬러는 골드와 실버뿐이다. 그들은 그래브부츠를 신고 신들처럼 날아다닌다. 우리 광산에서 그레이들이 신는 어설픈 그래브부츠보다 훨씬 우아한 기술로 만든 물건이다. 젊은 남자 하나가 내가 선 창문 앞을 날아간다. 피부에서는 윤이 나고, 머리

채가 뒤로 흩날린다. 그는 와인 두 병을 들고 근처의 탑이 있는 공원으로 향하고 있다. 그는 취해 있다. 그가 휘청이는 걸 보니 드릴 보이의 프라이수트에 달린 공기 조절 장치가 고장난 걸 봤을 때가 생각난다. 그는 산소가 부족해서 춤추듯 몸을 씰룩거리며 죽어 갔다. 이 골드는 바보처럼 웃으며 유쾌하게 스핀을 한다. 나보다 전혀 나이가 많아 보이지 않는 여자애들 네 명이 떠서 키득거리며 그를 뒤쫓아 즐겁게 날아간다. 그 애들이 입고 있는 딱 붙는 옷은 마치 액체로 만들어진 듯 그들의 젊은 몸을 타고 뚝뚝 떨어지는 것 같은 모습이다. 그 애들은 어느 정도는 내 나이로 보이지만, 끔찍할 정도로 멍청해 보인다.

이해가 가지 않는다.

그 사람들 너머로는 우주선들이 신호등이 늘어선 대로를 따라 휙휙 날아다닌다. 댄서가 '립 윙스'라고 부른 작은 우주선들이 제일 복잡한 공중 요트들을 에스코트한다. 땅에는 넓은 대로 위로 돌아다니는 남녀들이 보인다. 낮은 곳엔 자동차들이 있고, 컬러 코드에 따른 램프들이 있다. 옐로우, '블루', 오렌지, 그린과 핑크. 수백 가지 톤으로 너무나 복잡한 계층을 이루는 수십 컬러들을 보여 준다. 너무나 낯설어서 이것이 인간의 것이라고 생각하기가 힘들다. 거대하고 유리로 된 건물이나 돌로 된 건물들을 길들이 관통하고 있다. 하지만 HC에서 보았던 로마 인들의 건물을 떠올리게 만드는 것들이 많다. 지금 이 건물들은 인간이 아닌 신들을 위해 지은 것들이다.

도시는 내 시야의 거의 끝까지 뻗어 있다. 그 너머로는 화성의 붉고 황량한 지표면이 펼쳐져 있고, 군데군데 녹색 잔디와 살아남으려고 기를 쓰는 숲이 보인다. 하늘은 파랗고 별들이 떠 있다. 테라포밍은 완료되었다.

이것은 미래다. 앞으로도 몇 세대 동안은 이렇게 되지 않을 거라고 했다.

내 삶은 거짓이었다.

옥타비아 오 룬은 라이코스에 있는 우리들에게 우리가 화성의 개척자라고, 우리는 인류를 위해 희생하는 용감한 사람들이라고, 인류를 위한 우리의 고생은 곧 끝날 것이라고 몇 번이나 말했는지 모른다. 화성이 거주 가능한 곳이 되면 더 약한 컬러들이 곧 이곳으로 올 거라고 했다. 그러나 그들은 이미 와 있었다. 지구는 화성으로 왔고, 개척자라는 우리들은 지하에 남아 노예처럼 고생하며, 이…… 이 제국의 기반을 만들고 유지하기 위해 고통을 겪고 있었다. 우리는 이오가 늘 말했던 것처럼 소사이어티의 노예들이다.

댄서는 내 뒤의 의자에 앉아 내가 말을 할 수 있게 될 때까지 기다린다. 그가 단어 하나를 말하자 창문들이 어두워진다. 도시가 보이긴 하지만, 태양이 내 눈을 멀게 할 것처럼 강하게 비추지는 않는다. 우리 뒤에 있는 피아노라는 이름의 납작한 악기가 음울한 멜로디를 속삭인다.

나는 조용히 말한다.

"그들은 우리가 인간의 유일한 희망이라고 했는데. 지구에는 인구가 넘쳐난다고, 모든 고통과 희생이 인류를 위한 거라고 했는데. 희생은 좋다고 했어요. 복종은 최상의 덕목이라고…….”

웃으며 날아가던 골드는 근처의 탑에 도착했다. 그는 여자아이들과 그녀들이 퍼붓는 키스에 항복한다. 곧 그들은 와인을 마시고 즐길 것이다.

댄서가 설명해 준다.

“지구에는 인구가 넘쳐나지 않아, 대로우. 700년 전에 그들은 루나라고 하는 지구의 위성을 손에 넣었다. 지구의 중력과 대기를 뚫고 우주선을 보내기는 정말 어렵기 때문에, 루나를 통해서 지구는 태양계의 행성과 위성들을 식민지로 삼았지.”

“700년이라고요?”

갑자기 아주 멍청해진 기분이 들며 숨이 턱 막힌다.

“루나에서는 효율성과 질서가 가장 중요해졌지. 우주에서는 허파를 가진 모든 사람은 거기 나가 있을 이유가 있어야 해. 그래서 점차 컬러라는 게 생겼고, 레드들이 인류를 위한 연료를 모으러 화성으로 보내졌다. 다른 행성들과 위성들을 테라포밍하는 데 필요한 헬륨-3이 화성에 제일 많았기 때문에 광산 식민지들이 생겼어.”

적어도 그건 거짓말이 아니었군.

“다른 행성들과 위성들도 테라포밍되었나요?”

댄서는 의자에 앉아 있다.

“작은 위성들은 됐어. 행성들도 거의 다. 물론 거대 가스 행성들은 말고. 루나의 돈 많은 사람들은 식민화 초기에 지구는 자기들의 이익을 내버리는 곳일 뿐이라는 걸 깨달았어. 루나가 태양계를 식민화해 가는데도, 루나는 지구의 국가들에게 세금을 내야 했고 지구 회사들의 소유였어. 하지만 지구에 있는 국가와 회사들이 계속 소유권을 주장할 수는 없었지. 그래서 루나는 반란을 일으켰어. 골드와 그들의 소사이어티가 지구의 국가들을 상대로 반란을 일으킨 거야. 지구는 맞서 싸웠고, 졌다. 그게 정복이었어. 루나를 태양계의 권력지이자 교역의 요충지로 만든 건 경제였다. 그리고 소사이어티는 그때부터 변해서 지금과 같은 상태가 되었지. 레드들의 등 위에 세워진 제국 말이야."

나는 저 아래서 여러 컬러들이 돌아다니는 것을 본다. 그들은 작고, 키로 구분하기가 쉽지 않다. 내 눈은 저렇게 먼 곳을 보는 것에도, 이렇게 강한 빛을 보는 것에도 익숙하지가 않다.

"레드들은 500년 전에 화성으로 보내졌다. 다른 컬러들은 300년 정도 전에 왔고, 우리 조상들은 그때도 지하에서 고통을 겪고 있었지. 그들은 테라포밍이 덜 되어, 대기를 담은 반구를 덮은 도시들에서 살았지. 다른 곳들은 천천히 테라포밍되고 있었고. 이제 반구들은 다 없어졌고 화성에선 어떤 인간이라도 살 수 있어.

'하이레드'들은 시설 관리, 환경미화, 곡식 수확, 공장 노동 같은 일들을 하며 산다. 로우레드들은 우리처럼 지하에서 태어난 사람들이지. 진정한 노예들. 도시에서는 춤을 추는 레드들은 사라진다. 자기 생각을 입 밖에 내는 사람들도 사라지고. 고개를 숙여 절하고, 소사이어티의 규칙을 따르고, 다른 컬러들이 모두 그러듯 그

안에서 자기들의 역할을 받아들이는 레드들만이 비교적 자유롭게 계속 살아가지."

그는 구름 같은 연기를 내뿜는다.

나는 내 몸에서 빠져나가, 내 눈이 아닌 다른 눈으로 여러 세상들을 식민화하고 인류가 변화하는 것을 지켜보는 것 같은 기분이다. 역사의 중력이 내 동족들을 노예 상태로 끌어들였다. 우리는 소사이어티의 밑바닥, 흙이다. 이오는 진실을 몰랐으면서도 늘 비슷한 이야기를 설파했다. 이오가 이걸 알았다면 얼마나 더 열정적으로 이야기했을까? 우리의 존재는 이오가 상상할 수 있었던 것보다 훨씬 더 나빴다. 아레스의 아들들이 싸우며 지니는 신념을 이해하기가 어렵지 않다.

난 고개를 절레절레 흔든다.

"500년. 이게 우리의 끔찍한 행성이군요."

내 말에 댄서가 동의한다.

"땀과 고생을 통해 이렇게 만들어졌지."

"그러면 이걸 되찾아오려면 뭐가 필요할까요?"

"피."

댄서는 내게 거주지의 도둑고양이 같은 미소를 지어 보인다. 이 남자의 아버지 같은 미소 뒤에는 짐승이 있다.

이오가 옳았다. 폭력이 필요하다.

이오는 목소리였다. 우리 아버지와 마찬가지였다. 그러면 나는 무엇이 되어야 하나? 복수하는 손? 그토록 순수하고 사랑으로 가득했던 사람이 내가 이런 역할을 맡기를 원했다는 걸 이해하기가 어렵다. 하지만 이오는 그랬다. 나는 아버지의 마지막 춤을 생각한다. 엄마, 동생, 형, 로런 형, 장인어른, 장모님, 나롤 삼촌, 발로우, 내가 사랑하는 모든 사람들을 생각한다. 그들이 얼마나 힘들게 살지, 얼마나 빨리 죽을지 나는 알고 있다. 그리고 이제 그 이유를 안다.

내 두 손을 내려다본다. 댄서의 말대로 베이고, 흉터가 나고, 화상을 입은 손들이다. 이오가 내 손에 키스해 주었을 때 내 손은 사랑에 의해 부드러워졌다. 이제 이오가 죽고 없으니, 내 손은 증오에 의해 단단해진다. 나는 관절이 만년설만큼 하얗게 될 때까지 세게 주먹을 꽉 쥔다.

"내 임무가 뭐죠?"

제10장

조각가

나는 자기의 젊은 남편을 무척이나 사랑하는, 미소를 잘 짓는 열다섯 살짜리 여자아이와 함께 자랐다. 남편이 광산에서 화상을 입고 상처가 곪자, 그녀는 감마 클랜 남자에게 몸을 팔고 항생제를 얻었다. 그녀는 자기 남편보다 더 강했다. 그녀의 남편은 몸이 나은 다음 자기를 위해 어떤 일이 있었는지 알게 되자, 광산에서 슬링블레이드를 슬쩍해 와서 그 감마를 죽였다. 그 다음에 어떤 일이 벌어졌는지는 짐작하기 어렵지 않다. 그녀의 이름은 라나였고 나롤 삼촌의 딸이었다. 그녀는 이제 죽고 없다.

난 하모니가 펜트하우스라고 부르는 곳에서 댄서가 준비하는 동안 HC를 보며 라나를 생각한다. 손가락을 움직여 여러 채널을 넘긴다. 그 감마조차 가족이 있었다. 그는 나처럼 땅을 팠다. 그는 나처럼 태어났고, 나처럼 고생을 했고, 그 역시 태양을 본 적이 없다. 그는 소사이어티로부터 작은 약통을 하나 받았을 뿐인데, 그 효과를 보라. 그들은 얼마나 영리한가. 친족처럼 지내야 할 사람들 사이에 얼마나 큰 증오를 만들어 내는가. 하지만 클랜들이 지표면에서 어떤 사치스러운 일이 존재하는지 알았다면, 그들이 얼마나 많은 것들을 훔쳐 갔는지 알았다면 그들은 내가 느끼는 증오를 느낄 것이고, 하나가 될 것이다. 내 클랜은 성격이 화끈한 사람들이다. 그들이 반란을 일으킨다면 어떤 모습일까? 아마 다고의 버너와 비슷할 것이다. 뜨겁게 타오르지만 재만 남을 때까지 빨리 타 버릴 것이다.

나는 댄서에게 왜 아들들이 내 아내의 죽음을 광산에 보여 주었는지 묻는다. 그러는 대신 로우레드들에게 지표면의 부유함을 보여 주지 않은 이유는 무엇인가? 분노의 씨앗을 뿌릴 수 있을 텐데.

"왜냐하면 지금 시절엔 반란을 일으켜도 며칠 만에 제압되거든. 우린 다른 길을 가야 한다. 제국은 안에서부터 파괴하지 않으면 파괴할 수가 없어. 그걸 기억해라. 우리는 테러리스트가 아니라 제국을 무너뜨리는 사람들이야."

댄서가 내가 해야 할 일을 이야기했을 때 나는 웃었다. 내가 그걸 할 수 있을지 모르겠다. 나는 작은 점 하나에 불과하다. 화성에는 도시가 1000개 정도 있다. 달의 맨틀을 부술 수 있는 무기를 지닌 거대한 금속 우주선들이 선단을 이루어 행성들을 오간다. 먼 루나에서는 11킬로미터 이상 높은 건물들이 지어진다. 거기서 독립 영사 옥타비아 오 룬이 사령관, 집정관들과 함께 통치한다. 토성의 위성 레아를 잿더미로 만든 애시 로드가 그녀의 부하다. 그녀는 '올림픽 나이트' 열둘, 흉터를 입은 비할 데 없는 자들의 부대, 별들만큼이나 많은 옵시디언들을 거느리고 있다. 그리고 그 옵시디언들은 엘리트들뿐이다. 그레이 군인들이 도시를 돌아다니며 질서를 확립하고, 계급에 따라 복종하도록 단속한다. '화이트'들은 정의를 중재하고 그들의 철학을 들이민다. 핑크들은 하이컬러들의 집에서 시중을 들고 쾌락을 제공한다. 옐로우들은 의학과 과학을 연구한다. 그린들은 기술을 발전시킨다. 블루들은 우주 항해를 한다. 코퍼들은 관료다. 모든 컬러에겐 각자의 용도가 있다. 모든 컬러들은 골드를 지원한다.

HC에서는 내가 존재하는 줄도 몰랐던 컬러들이 나온다. 패션을 보여 준다. 황당하고 유혹적이다. 몸을 변형하고 인공적 물질을 주입했다. 여자들의 피부는 너무나도 매끄럽고 윤이 나고, 가슴은 너무나 둥글고, 머리는 너무나 광이 난다. 이오나 내가 알았던 다른 여자들과는 다른 종으로 보인다. 남자들은 기형적일 정도로 근육질이고 키가 크다. 인위적인 힘을 지닌 팔과 가슴이 툭 튀어나와 있고, 그들은 여자아이들이 새 장난감을 자랑하는 것처럼 자기 근육을 뽐낸다.

나는 라이코스의 람다 헬다이버다. 하지만 이 모든 것에 비하면 그게 무슨 의미가 있을까?

"하모니가 왔군. 갈 때가 됐다."

댄서가 문 앞에서 말한다.

"난 싸우고 싶어요."

나는 하모니, 댄서와 함께 그래브리프트를 타고 내려가며 댄서에게 말한다. 그들은 내 상징을 조작해서, 하이레드의 상징처럼 더 밝게 빛나도록 만들었다. 나는 하이레드가 입는 헐렁한 옷을 입고 길거리를 문질러 닦는 장비를 들고 있다. 좀 더 밝은 붉은색으로 보이기 위해 머리를 염색하고 눈에는 콘택트렌즈를 꼈다. 좀 덜 지저분해 보인다.

"이런 임무는 싫어요. 더 나쁜 건, 난 이걸 할 수 없다는 거라고요. 누군들 할 수 있겠냐마는."

"해야 될 일이 있다면 뭐든지 다 하겠다고 네가 말했잖아."

댄서가 말한다.

"하지만 이건……."

그가 내게 준 임무는 미친 짓이지만, 내가 겁을 먹는 것은 그것 때문이 아니다. 내가 이오가 알아볼 수 없는 존재로 변할 거라는 게 공포스럽다. 나는 옥토버나흐트 이야기에 나오는 악마가 될 것이다.

"스코처나 폭탄을 주세요. 이 일은 다른 사람에게 맡기고."

하모니가 한숨을 쉰다.

"우린 이걸 시키려고 널 데려온 거야. 오직 이 일만을 위해서. 아들들이 탄생한 이래 이게 아레스 최대의 목표였어."

"이제까지 몇 명이나 데려왔어요? 나한테 떠맡기려는 이 일을 이제까지 몇 명이나 시도해 봤는데요?"

하모니는 댄서 쪽을 본다. 그가 아무 말이 없자, 그녀가 대신 짜증을 내며 대답해 버린다.

"'조각'을 통과하지 못한 사람이 우리가 아는 것만 97명······."

"끔찍하군요. 그 사람들은 어떻게 됐어요?"

난 욕을 내뱉는다.

"죽었어. 안 죽은 사람들은 죽여 달라고 부탁하더라."

그녀가 담담하게 답한다.

"삼촌은 내가 목매달려 죽도록 내버려 두는 게 나았을지도 모르겠네요."

애써 웃는 내 어깨를 댄서가 잡아끈다.

"대로우, 이리 와, 이쪽이야. 다른 사람들은 실패했을지 몰라도, 넌 다를 거야, 대로우. 난 직감으로 알 수 있어."

밤하늘과 주위로 솟은 건물들을 처음으로 올려다보니 다리가 후들거린다. 어지러워진다. 세상이 축에서 벗어난 것처럼, 넘어질 것 같은 느낌이 든다. 모든 게 너무나 탁 트여 있어서, 도시가 하늘로 굴러떨어질 것 같아 보일 정도다. 나는 내 발을 보고 거리를 보며 공유지에서 거주지로 가는 터널 통로에 있다고 상상하려 애쓴다.

요크톤이라는 이 도시의 밤거리는 묘한 곳이다. 인도와 거리를 따라 빛나는 구체가 매달려 있다. 여기는 이 도시의 하이테크 구역인 모양이다. HC 영상이 대로 일부를 따라 시냇물처럼 흐른다. 그래서 무빙 워크를 걷는 사람들, 대중교통을 탄 사람들은 거의 다 고개를 지팡이 손잡이처럼 숙이고 있다. 화려한 조명 때문에 밤도 거의 낮처럼 밝다. 더 다양한 컬러들이 보인다. 이 구역은 깨 끗하다. 레드 환경미화원들 여럿이 길을 박박 문질러 닦는다. 이곳 에 뻗어 있는 차도과 인도는 완벽하게 질서를 갖추고 있다.

우리가 걸어야 하는 길에는 희미한 붉은 선이 그려져 있다. 넓은 길에 나 있는 가느다란 선이다. 우리의 길은 다른 사람들 길과 는 달리 움직이지 않는다. 코퍼 여자 한 명이 우리 길보다 더 넓은 길을 따라 움직인다. 그녀가 가는 곳마다 그녀가 좋아하는 프로그램이 나온다. 골드 뒤를 걸을 때는 예외다. 그때는 HC가 모두 조용해진다. 하지만 골드들은 대부분 걷지 않는다. 그들에겐 그래브부 츠와 마차 사용이 허락된다. 필요한 면허증이 있으면 코퍼, 옵시디언, 그레이, 실버들도 받을 수 있지만, 면허증으로 받는 부츠는 상당히 조잡한 물건이다.

내 앞의 땅에 물집 연고 광고가 나타난다. 이상할 정도로 날씬한 여자가 레이스 달린 붉은 가운을 벗는다. 적절하게도 알몸이 된 그녀는 자기 몸의 어느 부위에 연고를 바른다. 어떤 여자도 저 곳에 물집이 난 적은 없었을 것만 같다. 나는 얼굴을 붉히며 넌더리가 나서 시선을 돌린다. 내가 알몸을 본 여자는 단 한 명뿐이기 때문이다.

"점잖은 행동은 그만두는 게 좋을 거야. 그러다간 네 컬러보다도 더 안 좋은 낙인이 찍힐 거야."

하모니가 충고한다.

"역겨워요."

"저건 광고란다, 애야."

하모니가 짐짓 다정한 목소리로 무시하듯 말하고는 댄서와 함께 낄낄거린다.

나이든 골드 하나가 머리 위에 나타난다. 내가 본 그 어떤 인간보다도 나이가 많다. 우리는 그녀가 지나가는 동안 고개를 숙인다.

"지상에 사는 레드들은 임금을 받게 되어 있어. 많지는 않아. 하지만 돈을 받고, 그들을 의존적으로 만들 수 있을 정도의 대접은 받아. 그들은 자신들이 가진 얼마 안 되는 돈을 자기들이 필요하다고 생각하도록 세뇌 받은 물건을 사느라 써 버리지."

댄서가 옆에 다른 사람들이 없을 때 설명해 준다.

"일 안 하는 사람들도 마찬가지고."

하모니가 화난 소리로 말한다.

"그럼 그들은 노예는 아니네요."

내 말에 하모니가 답한다.

"아, 노예 맞아. 그 개자식들의 고무젖꼭지를 빠느라 노예 상태로 살지."

댄서가 우리와 보조 맞추기를 힘들어해서, 나는 그가 말할 때 걸음을 늦춘다. 하모니는 짜증난 것 같은 소리를 낸다.

"골드들은 자신들의 삶을 더 편하게 만들기 위해 모든 구조를 짜두었어. 대중을 즐겁게 하고 달래려고 쇼들을 만들지. 지구 기준으로 매달 7일이 되면 돈과 물건들을 나눠 줘서 수 세대에 걸쳐 의존적으로 만들어. 우리에게 자유와 닮은 것을 주기 위한 상품들을 만들지. 폭력이 골드에게 있어서 스포츠라면, 교묘한 조종은 거의 예술 행위나 다름없어."

우리는 지정된 보행로가 따로 없는 로우컬러 구역으로 들어간다. 가게들 앞에는 전자 녹색 빛이 한 줄 쭉 나 있다. 어떤 가게들에서는 일주일 치 급료를 내면 한 시간 동안 한 달짜리 대체현실을 체험하게 해 준다고 한다. 재빠른 녹색 눈을 가진 자그마한 남자 두 명이 내게 오스길리아스라는 곳의 여행 체험을 권한다. 그들의 빡빡 민 머리에는 금속 스파이크가 달려 있고, 계속 변하는 디지털 코드가 포함된 문신이 되어 있다. 은행 서비스를 제공하는 곳, 몸을 변형시키는 곳, 간단한 개인용 위생 제품을 파는 곳들도 있다. 그들은 숫자와 이니셜이 들어간, 내가 이해할 수 없는 말들을 외친다. 이렇게 소란스러운 모습은 처음 본다.

핑크색 불이 켜진 성매매 업소를 보니 나는 얼굴이 화끈거린다. 쇼윈도 안의 남녀들을 봐도 마찬가지다. 각자 번쩍이는 가격표를 장난스럽게 실에 매달아 놓고 있다. 가격은 수요에 따라 그때그때 변한다. 건장한 여자가 나를 부르고, 댄서는 돈의 개념을 설명해 준다. 라이코스에서는 물건과 술과 버너와 용역을 통한 거래만 했다.

도시의 일부 블럭들은 상위 컬러들 전용이다. 그런 구역에 들어가려면 허가 배지를 착용해야 한다. 나는 골드나 코퍼 구역에 그냥 걸어 들어갈 수는 없다. 하지만 코퍼는 언제나 레드 구역에 들어가 바나 성매매 업소를 이용할 수 있다. 그 반대 경우는 절대 불가능이다. 이렇게 거칠고 무질서한 '바자'조차 마찬가지다. 바자는 거래가 벌어지고, 시끄럽고, 체취와 음식 냄새, 자동차 매연이 진하게 감도는 떠들썩한 곳이다.

우리는 바자 깊숙이 걸어 들어간다. 하이테크 구역의 탁 트인 대로에 있을 때보다 이곳의 뒷골목에 들어오니 더 안전한 기분이 든다. 난 아직은 광활한 공간이 마음에 들지 않는다. 머리 위의 별을 보면 겁이 난다. 바자에도 빛이 있고 사람들은 바삐 움직이지만 더 어둡다. 건물들은 서로 딱 붙어 있는 것 같은 모습이다. 골목 높은 곳에서는 100여 개의 발코니가 갈비뼈 모양을 하고 있다. 머리 위로 보행로들이 어지러이 얽혀 있고, 우리 주위에는 각종 장비들의 깜박이는 불빛이 가득하다. 여긴 더 습하고 더럽다. 순찰을 도는 허수아비들도 더 적다. 댄서는 바자에는 옵시디언들조차도 가서는 안 되는 곳들이 있다고 말한다.

"사람들이 가장 밀집되어 있는 곳이 인간성이 가장 쉽게 무너지는 곳이지."

내 얼굴을 아는 사람이 아무도 없고, 내가 여기 왜 왔는지 아무도 관심이 없는 군중 속에 있으려니 기분이 이상하다. 라이코스였다면, 나랑 함께 자란 남자애들이 나를 밀쳤거나, 어렸을 때 내가 쫓아다니고 몸싸움을 했던 여자아이들과 우연히 마주쳤을 텐데. 여기서는 다른 컬러들이 길에서 나와 몸을 마구 부딪히면서도 사과하는 척도 하지 않는다. 이곳은 도시다. 난 여기가 싫다. 외롭다.

"우리야."

댄서가 나를 어두운 출입구 쪽으로 손짓해 부른다. 석제문 표면에서는 날아다니는 용 모양의 전자 불빛이 희미하게 빛나고 있다. 코 수술을 한 덩치 큰 '브라운'이 우리를 막는다. 우리는 금속으로 된 그의 코가 쿵쿵거리며 콧방귀를 뀌기를 기다린다. 그는 댄서보다도 크다.

그가 내 머리카락 냄새를 쿵쿵 맡더니 으르렁거린다.

"저 녀석 머리는 염색한 거군. 로우레드가 분명해."

그는 벨트에 스코처를 차고 있다. 손목 안에는 칼을 차고 있다. 손을 움직이는 걸 보면 알 수 있다. 다른 덩치 큰 남자가 계단에서 나타난다. 그는 안구에 보석 장치를 달고 있어서, 빛의 각도가 제대로 맞으면 작은 루비가 반짝거린다. 나는 그의 갈색 눈과 보석을 쳐다본다.

"이놈 왜 이래? 한판 붙고 싶은가? 계속 노려보면 네놈 간을 떼어내서 시장에서 팔 거야."

덩치가 침을 뱉는다. 내가 싸움을 걸고 있다고 생각하나 보다. 난 그냥 루비가 신기했을 뿐이었다. 그가 나를 위협하자, 나는 그에게 미소를 짓고 윙크를 해 보인다. 광산에서 했을 법한 행동이다. 그가 칼을 꺼내든다. 이 위에선 룰이 다른가 보다.

"꼬마야, 계속 덤벼 봐라. 어디 한번 해 봐. 계속 덤벼 보라고."

"미키가 우릴 기다리고 있어."

댄서가 그에게 말한다. 코 수술한 남자의 친구가 내가 어린아이인 것처럼 내려다보려고 하는 걸 나는 지켜본다. 코 수술이 히죽히죽 웃으며 댄서의 다리와 팔을 힐끔거린다.

"미키란 사람 몰라, 병신아."

그는 자기 친구를 보며 묻는다.

"너 미키란 사람 알아?"

"아니. 여기 미키란 사람 없어."

그 말에 댄서는 재킷 안의 스코처에 손을 얹는다.

"다행이군. 너희가 미키를 모르니까, 너는 미키에게 나의…… 너그러운 친구가 미키를 만나지 못한 이유를 설명할 필요가 없겠군."

댄서는 그들이 총 손잡이에 새겨진 그림을 볼 수 있도록 재킷을 들춘다. 아레스의 투구다.

그림을 보자 코 수술은 침을 꿀꺽 삼키더니 "빌어먹을." 하고 말하더니 두 사람은 서로 먼저 문을 열려다 부딪혀 넘어진다.

"초, 초, 총은 맡기고 들어가."

스코처를 반쯤 치켜든 다른 사람 셋이 우리 쪽으로 다가온다. 하모니가 조끼를 벌려서 배에 묶어 둔 폭탄을 보여 준다. 깜박거리는 기폭 장치를 날렵한 붉은 손가락으로 굴려 보이며 말한다.

"아니, 그럴 필요 없어."

코 수술은 침을 삼키고 고개를 끄덕인다.

"그래, 그럴 필요 없어."

건물 안은 어둡다. 연기와 맥동하는 조명으로 가득한 어둠이다.

내가 있던 광산과 비슷하다. 음악이 고동친다. 남자들이 앉아 술마시고 버너를 피우는 테이블들 사이에는 유리 기둥이 서 있다. 유리 안에서는 여자들이 춤을 춘다. 물갈퀴가 달린 묘한 발가락과 늘씬한 허벅지를 음악에 맞춰 흔들며 물속에서 고통스러운 듯 움직이는 여자들도 있다. 다른 여자들은 금빛 연기나 은색 페인트에 둘러싸여 쿵쿵거리는 멜로디에 맞춰 몸을 빙빙 돌린다.

덩치들이 몇 명 더 와서 우리를 무지갯빛 물로 만든 것 같아 보이는 뒤쪽에 있는 테이블로 안내한다. 거기 있던 마른 남자 하나가 아주 괴상한 사람들 몇을 데리고 물러난다. 나는 처음에는 그들이 괴물이라고 생각했지만, 자세히 살펴볼수록 더 혼란스럽다. 그들은 인간이다. 하지만 그들은 다르게 만들어졌다. 다른 식으로 조각되었다. 이오보다 나이가 많지 않은 예쁜 어린 여자아이가 앉아서 에메랄드빛 눈으로 나를 본다. 그녀의 등에는 흰독수리의 날개가 달려 있다. 열이 올랐을 때 꾸는 꿈에 나오는 존재 같다. 그녀는 꿈속에 그대로 있어야 했겠지만 현실에 있다. 그녀와 같은 사람들이 연기와 기묘한 조명 속에 느긋하게 앉아 있다.

조각가 미키는 수술용 메스 같은 남자다. 비뚤어진 미소를 지녔고, 검은 머리를 기름이 고인 웅덩이처럼 머리 한쪽으로 드리우고 있다. 연기에 둘러싸인 자수정 가면 문신이 그의 왼손을 감싸고 있다. 그것은 '바이올렛'(창조적인 컬러)의 상징이라 늘 모습이 변한다. 그는 면이 바뀌는 작은 전자 퍼즐 큐브를 한 손에 들고 있다. 정상적인 형태보다 더 가늘고 긴 그의 손가락은 빠르다. 손가락이 열두 개다. 굉장히 흥미롭다. 나는 HC에서조차 예술가를 본 적이 없다. 예술가들은 화이트만큼이나 드물다.

그는 큐브에서 눈을 떼지 않고 말한다.

"아, 댄서. 네가 발을 끄는 소리를 듣고 너인 줄 알았어."

그는 눈을 가늘게 뜨고 자기 손 안의 큐브를 바라본다.

"그리고 하모니. 자기야. 문 안으로 들어올 때부터 자기 냄새가 나더라. 그런데 그 폭탄은 참 무시무시하군. 다음에 진정 장인의 솜씨가 필요할 일이 생기면 미키를 찾도록 해. 알겠지?"

"믹."

댄서는 꿈에 나올 것 같은 사람들이 앉은 테이블 한쪽에 앉는다. 하모니는 연기 때문에 조금 어지러워하는 게 눈에 띈다. 나는 더 안 좋은 걸 피우는 데 익숙해져 있다.

"자, 하모니, 내 사랑. 아직도 이 병신을 포기하지 않은 거야? 내 패밀리에 낄 생각은 없어? 응? 날개를 달아 줄까? 날카로운 손톱은 어때? 꼬리? 뿔…… 너는 뿔을 달면 정말 무서워 보일 거야. 내 실크 침대 시트 안에 있으면 더욱 무서울 텐데."

미키가 살랑거리자 하모니가 비웃는다.

"영혼을 조각해서 네 안에 들여 봐. 그러면 혹시 모르지."

"아, 레드가 되어야 영혼을 가질 수 있다면 나는 포기할래."

"그럼 본론으로 들어가지."

"너무 갑작스럽잖아, 자기야. 대화는 예술의 한 형식, 또는 만찬과 같은 거야. 적절할 때 적절한 코스가 나와야지."

143

그의 손가락이 큐브 위를 날아다닌다. 전자주파수에 맞춰 큐브를 돌리지만, 변하기 전에 맞추기엔 그의 손가락이 너무 느리다. 그는 아직도 시선을 들지 않았다.

"너한테 제의할 게 있어, 미키."

댄서가 참지 못하고 말한다. 그는 큐브를 노려본다.

미키는 씩 비뚤어진 미소를 짓는다. 시선은 들지 않는다. 댄서가 다시 한 번 말한다.

"메인 코스로 바로 가자는 거야, 병신아? 어디 한번 제안해 봐."

댄서는 미키의 손에서 큐브를 낚아챈다. 테이블은 조용해진다. 우리 뒤의 덩치들은 발끈하고, 음악은 계속 울려 댄다. 내 심장은 차분하다. 나는 제일 가까이 서 있는 덩치가 허벅지에 차고 있는 스코처를 본다. 미키는 천천히 시선을 들고 비뚤어진 미소로 긴장을 깬다.

"어쩌자는 거지, 친구?"

댄서가 하모니에게 고개를 까닥하자 그녀는 미키에게 작은 상자를 건넨다.

"선물이야? 이러지 않아도 되는데. 싸구려군. 레드란 정말 취향이 안 좋은 컬러야."

미키는 상자를 살핀다. 그는 상자를 열었다가 공포에 질려 헉하고 숨을 몰아쉰다. 그는 놀라서 테이블에서 일어나며 상자를 쾅 닫는다.

"이 멍청한 빌어먹을 개자식들. 이게 뭐야?"

"뭔지 너도 알잖아."

"너 이걸 여기 가져온 거야? 어떻게 손에 넣었지? 제정신이야?"

미키는 몸을 앞으로 기울인다. 쉭쉭거리는 그의 목소리만 울린다. 미키는 자기 주인을 이토록 흔들리게 만든 것이 무언가 싶어 상자를 보는 자기 부하들을 흘낏 본다.

댄서가 미소를 짓는다.

"제정신이냐고? 우린 끔찍할 정도로 미쳤어. 그리고 이걸 얼른 달아야 해."

미키는 웃기 시작한다.

"단다고?"

댄서는 나를 가리킨다.

"쟤한테."

미키는 자기 부하들에게 외친다.

"나가! 나가라고, 이 멍청한 알랑쟁이들아! 너희들 말이야……
이 또라이들아! 나가!"

그의 부하들이 종종걸음으로 나가자, 그는 상자를 열고 속에 든 것을 테이블 위에 쏟아낸다. 골드의 상징인 금 날개 둘이 테이블에 떨어진다.

댄서가 앉는다.

"여기 있는 이 친구를 골드로 만들어 줘."

제11장

광기

"넌 미쳤어."

"고마워."

하모니가 미소를 짓는다.

"너 말을 잘못한 것 같은데. 부탁이니 다시 한 번 말해 줘."

미키가 댄서에게 말한다.

"네가 여기 있는 이 젊은 친구에게 저걸 달아 준다면 아레스는 네가 이제까지 본 적도 없는 큰돈을 지불하겠어."

"불가능해."

미키가 잘라 말한다. 그는 나를 보며 처음으로 나를 가늠해 본다. 내 키에도 불구하고 그는 별 감흥이 없는 것 같다. 그의 잘못은 아니다. 한때 나는 내가 클랜에서 미남이라고 생각했다. 강하고,

근육질이라고. 여기 위로 올라와 보니 나는 피부는 창백하고, 비쩍 말랐고, 어리고 흉터가 있다. 그는 테이블에 침을 뱉는다.

"불가능해."

하모니는 어깨를 으쓱한다.

"전에도 한 적 있어."

"누가 했어? 어디 한번 말해 봐. 아니, 난 그런 미끼는 안 물어."

그가 고개를 돌린다.

"재능 있는 사람이."

하모니가 놀리듯 말한다.

미키는 몸을 앞으로 더 굽힌다. 그의 가느다란 얼굴엔 땀구멍 하나 없다.

"불가능하다니까. 날개에 맞는 DNA를 뇌에서 뽑아내야 돼. 골 드들은 두개골에 표식이 있다는 걸 알아? 물론 몰랐겠지. 전두 피 질에 자기 계급을 보여 주는 데이터칩이 달려 있다는 건 알아? 시 냅스 연결, 분자 결합, 추적 장치, 품질 통제 위원회도 있어. 트라 우마와 연상 판단도 있지. 우리가 저 녀석의 몸을 완벽하게 만들 었다고 쳐. 그래도 문제가 있어. 저 녀석을 더 똑똑하게 만들어 줄 수는 없어. 쥐를 사자로 만들 수는 없다고."

"쟤는 사자처럼 생각할 수 있어."

댄서가 담담하게 말한다.

"오호! 사자처럼 생각할 수 있다고."

미키가 비웃는다.

"그리고 이건 아레스가 원하는 일이야."

댄서의 목소리는 싸늘하다.

"아레스. 아레스. 아레스. 아레스가 뭘 원하는지는 중요하지 않아, 이 원숭이 같은 놈아. 과학은 집어치워. 저 녀석의 육체적, 정신적 능력은 아마 빌어먹을 화장실 청소부 정도밖에 안 될 거라고. 모습만 봐도 골드가 될 수 없는 놈이잖아. 다른 종족이야! 쟤는 로우레드야!"

"난 라이코스의 헬다이버예요."

내 말에 미키는 눈썹을 추켜세운다.

"오호! 헬다이버! 대단하구만! 헬다이버이시라고!"

그는 나를 놀리지만, 갑자기 나를 전에 본 적이 있는 것처럼 눈을 가늘게 뜬다. 내가 태형을 당하는 모습은 방송되었다. 내 얼굴을 아는 사람들이 많다. 그가 내뱉는다.

"이런, 젠장."

"내 얼굴을 알아보시는군요."

그는 바이럴 비디오를 가져다 틀고 화면과 내 얼굴을 번갈아가며 본다.

"너 네 여자친구랑 같이 죽은 것 아니었어?"

"아내예요."

내가 쏘아붙인다.

미키는 내 말을 무시한다. 그의 턱 근육이 피부 아래에서 꿈틀거린다. 그가 댄서를 보며 말한다.

"넌 구세주를 만들려는 거로군. 댄서, 이 개자식. 너의 지독한 이상을 위해 메시아를 만들려고 하는 거야."

나는 그런 식으로는 생각해 본 적이 없었다. 피부에 소름이 돋는 불편한 느낌이 든다.

"응."

이게 댄서의 답이다.

"내가 쟤를 골드로 만들면, 쟤를 가지고 뭘 할 건데?"

"쟤는 교육기관에 지원할 거야. 합격하겠지. 거기서 '흉터를 입은 비할 데 없는 자들'의 지위에 오를 만큼 좋은 성적을 거둘 거야. 그렇게 되고 나면 훈련을 받아서 집정관, 특사, 정치가, 검찰관, 뭐든 다 될 수 있어. 쟤는 높은 지위에 오를 거야. 높을수록 더 좋지. 그러면 아레스의 이상을 위해 아레스가 요구하는 일을 할 자리에 오르겠지."

"맙소사."

미키는 중얼거리며 하모니를 보았다가 댄서를 본다.

"쟤가 진짜배기 흉터를 입은 비할 데 없는 자가 되길 원하는구나. '브론즈'는 아니고?"

브론즈는 퇴락한 골드다. 같은 계급이지만 열등한 외모, 혈통, 능력 때문에 멸시 당한다.

"브론즈는 아니야."

댄서가 분명히 말한다.

"'픽시'는?"

"우린 쟤가 골드 중 쓸모없는 놈들처럼 나이트클럽에 가고 캐비어를 먹길 바라는 게 아니야. 우린 쟤가 선단을 지휘하길 원해."

"선단이라니. 너희들은 미쳤어. 미쳤다고."

한참 후에 미키의 보라색 눈이 내 눈을 본다.

"꼬마야, 저 사람들은 너를 죽이려고 하고 있어. 너는 골드가 아니야. 넌 골드가 할 수 있는 일을 할 수 없어. 그들은 우리를 지배하기 위해 태어난 살인자들이야. 너는 골드를 만나 본 적이나 있니? 물론 그들은 지금 보기엔 예쁘고 평화로워 보이지. 하지만 정복 때 어떤 일이 있었는지 알아? 골드들은 괴물들이야."

그는 고개를 가로저으며 심술궂게 웃는다.

"교육기관은 학교가 아니야. 골드들이 정신과 몸이 가장 강한 사람을 찾을 때까지 서로 죽고 죽이는 선택의 장소지. 너. 는. 죽. 어."

미키의 큐브가 테이블 반대쪽 끝에 놓여 있다. 나는 아무 말 없이 큐브로 걸어간다. 나는 이 큐브의 원리는 모르지만, 이 세상의 퍼즐에 대해서는 안다.

"꼬마야, 뭐하니? 그건 장난감이 아니야."

미키가 안쓰러워하며 한숨을 쉰다.

"광산에서 일해 본 적 있어요? 자기 오줌이랑 땀 속에 앉아서, 뱃속에 파고들어 알을 낳고 싶어 하는 살무사들을 걱정하면서, 12도 각도로 단층선을 파면서, 가스 포켓을 건드리지 않도록 80퍼센트 회전 동력을 내고 55퍼센트 추진력을 유지하느라 머리를 굴려 본 적 있어요?"

"그건⋯⋯."

클로우드릴을 다루는 데 익숙한 내 손가락이 움직이는 걸 보며, 삼촌에게 배운 춤 솜씨가 스며든 내 손을 보며 그의 목소리는 사그라진다. 나는 큐브를 만지며 허밍을 한다. 1분에서 3분 정도, 시간이 좀 걸리긴 한다. 하지만 나는 퍼즐을 익히고 주파수에 따라 쉽게 맞춰 낸다. 퍼즐에 다른 레벨이 있는 것 같다. 수학적인 수수께끼다. 나는 수학은 모르지만 패턴은 안다. 나는 퍼즐을 풀어내고 잇따라 네 개를 더 풀어낸다. 큐브는 내 손 안에서 구형으로 변한다. 미키의 눈이 커진다. 나는 퍼즐을 미키에게 던진다. 그는 자신의 열두 손가락으로 퍼즐을 만지며 내 손을 지켜본다.

"불가능해."

그가 중얼거린다.

"진화."

하모니가 대답한다.

댄서가 미소를 짓는다.

"이제 가격을 의논할 차례군."

제12장

조각

내 삶은 엄청난 고통이 된다.

내 양손의 손가락과 손목을 잇는 뼈에 상징이 부착되어 있다. 미키는 내가 달고 있던 레드 상징을 제거하고 상처 자리에 새 피부와 뼈를 자라게 한다. 그리고 훔쳐온 피하 데이터칩을 내 전두엽에 심는다. 그 충격 때문에 내가 죽어서 심장을 다시 뛰게 해야 했다고 한다. 그럼 나는 두 번 죽은 거다. 내가 2주일 동안 혼수상태였다고 하지만, 내게 있어서는 그냥 꿈 한 번 꾼 것에 불과했다. 나는 이오와 함께 계곡에 있었다. 이오가 내 이마에 키스하자, 나는 깨어나서 꿰맨 자국과 통증을 느꼈다.

미키가 침대에 누워 있는 나를 테스트한다. 그는 통에 담긴 대리석 조각들을 색깔에 따라 분류된 다른 통들에 옮겨 담도록 시킨다. 평생 내내 그 짓을 하는 것 같은 기분이다.

"자기야, 우린 지금 시냅스를 형성시키는 거야."

그는 내게 단어 퍼즐을 풀게 하고 글을 읽게 하려 하지만, 나는 글을 읽을 줄 모른다. 미키가 키득거린다.

"교육기관에 들어가려면 읽는 법을 배워야 할걸."

꿈을 꾸다 깨는 것은 잔인한 일이다. 꿈에서는 이오가 나를 달래주지만, 일어나고 보면 이오는 찰나의 기억에 불과하다. 미키가 임시로 만든 의료실에 누워 있는 나는 텅 비어 있다. 이온 살균기가 내 침대 옆에서 웅웅 소리를 낸다. 모든 게 다 흰색이지만, 미키의 클럽에서 틀어 놓은 쿵쿵거리는 음악소리가 들린다. 그의 밑에 있는 여자들이 내 기저귀를 갈아 주고 내 소변 주머니를 비워 준다. 아무 말도 하지 않는 여자아이가 하루에 세 번씩 나를 씻겨 준다. 그녀의 팔은 길고 호리호리하고, 액체 테이블에 미키와 함께 앉아 있는 모습을 처음 보았을 때 그녀의 얼굴은 부드럽고 슬펐다. 그녀의 등에 달린 날개는 진홍색 리본으로 묶여 있다. 그녀는 나와 절대 눈을 마주치지 않는다.

미키는 내 신경 수술 흉터를 치료하면서 계속 시냅스 연결을 발달시키도록 한다. 그는 나를 '자기'라고 부르면서 늘 웃고 미소 지으며 내 이마를 슬쩍 만진다. 그가 자신의 쾌락을 위해 빚어 낸 그의 천사들 중 하나가 된 것 같은 기분이다.

"하지만 두뇌만으로 만족해선 안 돼. 널 아이언 골드로 만들려면 네 로우레드 육체에다 해야 할 일이 많아."

미키가 말한다.

"아이언 골드가 뭔데요?"

"골드들의 조상을 아이언 골드라고 불러. 그들은 강한 사람들이었지. 지구의 군대와 공화국의 선단들을 짓밟는 순양 전함에 당당하게, 무시무시한 모습으로 서 있었어. 대단한 존재들이었지."

그가 먼 곳을 보는 듯한 눈을 한다.

"수 세대에 걸쳐 인종개량을 하고 생물학적 조작을 해서 만들어낸 사람들이야. 다윈설을 강제한 셈이지."

그는 잠시 말이 없다. 그의 마음에 분노가 차오르는 것 같다.

"그들은 조각가들이 절대 골드 인간의 아름다움을 재현할 수 없을 거라고 말하지. 품질 통제 위원회는 우리를 비웃어. 개인적으로는 나는 너를 인간으로 만들고 싶지 않아. 인간은 너무나 약해. 인간은 망가지지. 인간은 죽어. 난 언제나 신을 만들고 싶었어."

그는 짓궂게 미소를 지으며 디지털 패드에 스케치를 한다. 그는 패드를 돌려 내가 어떤 살인자가 될 것인지 보여 준다.

"그러니 조각으로 널 전쟁의 신으로 만드는 거라고 안 될 건 또 뭐야?"

미키는 내 등, 화상 입은 자리에 이오가 붕대를 감아 준 내 손의 피부를 교체한다. 이건 내 진짜 피부는 아니라고 한다. 피부의 기반이 될 동종의 물질이라고 한다.

"화성의 중력은 지구의 0.3배에 불과하기 때문에 네 뼈는 약해, 이 연약한 아가야. 그리고 넌 칼슘이 부족한 식사를 해 왔어. 골드의 평균적인 골밀도는 지구인의 자연적인 골밀도보다 다섯 배 강해. 그러니까 우린 네 뼈를 여섯 배 더 강하게 만들어야 해. 교육기관에서 살아남고 싶거든 너는 철로 만든 사람이 되어야 해. 재미있을 거야! 너한테. 나한테가 아니라."

미키는 나를 다시 조각한다. 언어로 표현할 수도, 이해할 수도 없을 정도의 고통이다.

"신이 생기려면 누군가 만들어야 하는 법."

다음 날 그는 내 팔의 뼈를 강화한다. 그리고 갈비뼈, 척추, 어깨, 발, 골반, 얼굴도 작업한다. 내 힘줄과 근육 세포의 인장력도 변화시킨다. 다행히 이 마지막 수술을 하는 몇 주 동안은 나를 계속 재워 놓는다. 정신을 차려보니 그의 여자들이 나를 둘러싸고 살을 새로 배양시키고 엄지손가락으로 내 근육을 마사지하고 있다.

내 피부가 서서히 회복된다. 내 몸은 퀼트 이불 같다. 그들은 근육 성장과 힘줄 재생을 돕기 위해 내게 합성 단백질, 크라에틴, 성장 호르몬을 먹이기 시작한다. 밤이면 내 몸이 떨리고 가려워서 나는 새로운, 예전보다 작은 땀구멍으로 땀을 흘린다. 변형된 신경이 새 조직과 변형된 두뇌와 함께 기능하는 법을 익혀야 하기 때문에, 통증을 가라앉혀 줄 정도로 센 진통제는 먹을 수가 없다.

가장 심한 밤이면 미키가 내 옆에 앉아 이야기를 들려준다. 그때서야 나는 그를 좋아하게 되고, 그가 비정상적인 소사이어티에 의해 비뚤어진 괴물이 아니라고 생각하게 된다.

"내 일은 창조하는 거야, 꼬마야."

어둠 속에 함께 앉아 있던 어느 날 밤 그가 말한다. 기계들의 불빛이 그의 얼굴을 이상한 그림자로 감싼다.

"난 어렸을 때는 그로브라는 곳에 살았어. 네가 서커스 문화라고 생각할 수도 있을 법한 곳이야. 매일 밤 구경거리가 있었지. 색채와 소리와 춤이 있는 행사였어."

"그것 참 끔찍했겠네요. 광산 생활처럼요."

내가 빈정거림에 그는 부드럽게 미소를 짓고, 그의 눈은 먼 그곳을 향한다.

"네가 보기엔 호화로운 생활 같을 수도 있겠구나. 그렇지만 그로브엔 광기가 있었어. 그들은 우리에게 알약을 먹였지. 그 약을 먹으면 우리는 먼지로 된 날개로 행성들 사이를 날아가 목성의 요정왕과 유로파(목성의 위성 중 하나 — 옮긴이)의 깊은 곳에 사는 인어들을 만날 수 있었지. 내 정신은 늘 내 몸에서 떠나 있었어. 평화란 없었지. 광기는 끝이 없었어."

그러더니 그는 손뼉을 쳤다.

"그리고 지금 나는 내가 열에 들떠 꾸었던 꿈에서 본 것들을 조각하지. 내가 늘 바랐던 것처럼. 네 꿈도 꾸었던 것 같아. 결국엔 그들은 내가 꿈을 꾸지 않았더라면 하고 바라겠지."

"좋은 꿈이었나요?"

"뭐가?"

"내가 나왔던 꿈."

"아니, 아니. 악몽이었어. 지옥에서 온 남자, 불의 연인이 나오는 꿈이었지."

그는 잠시 말이 없다.

"왜 이렇게 끔찍한 거죠? 삶. 이 모든 것이요. 그들은 왜 우리가 이런 일을 하게 만들까요? 왜 그들은 우리가 자기들의 노예인 것처럼 다룰까요?"

"권력."

"권력은 실재하는 게 아니에요. 그냥 말에 불과한 거죠."

미키는 조용히 생각해 보더니 가느다란 어깨를 으쓱한다.

"그들은 인류는 언제나 노예였다고 말하겠지. 자유는 우리를 욕정과 탐욕의 노예로 만들어. 그들은 자유를 가져가고 우리에게 꿈을 꾸는 삶을 주지. 그들은 희생, 가족, 공동체의 삶을 줘. 그리고 사회는 안정적이고. 기근은 없어. 대량 학살도 없어. 대규모 전쟁도 없어. 그리고 골드들은 싸울 때는 룰에 따르지. 그들은…… 유명한 가문들이 싸울 때는 고결하게 싸워."

"고결하다고요? 그들은 내게 거짓말을 했어요. 내가 개척자라고 했다고요."

"네가 노예라는 걸 알았다면 더 행복했겠니? 아닐걸. 하이레드들이 알았던 사실을 알았다고 해서 더 행복해졌을 사람은 화성 땅 밑에 있는 10억 명의 로우레드들 중 하나도 없어. 자기가 노예라는 사실 말이지. 그러니까 거짓말을 하는 게 더 낫지 않니?"

"노예를 만들지 않는 게 더 낫죠."

내가 준비가 되자 그는 내 몸에 더 강한 중력 시뮬레이션을 주기 위해 포스제너레이터를 내 수면 튜브에 넣는다. 이런 고통은 처음이다. 몸이 아프다. 압박을 받고 변화를 겪는 내 뼈와 피부와 근육이 비명을 지르는 듯하다. 약을 먹고서야 비명 소리가 둔한, 영원히 계속되는 신음 소리 정도로 잦아든다.

나는 며칠 동안 잔다. 집과 가족 꿈을 꾼다. 매일 밤 이오가 또다시 목 매달리는 모습을 보다가 잠에서 깬다. 이오가 내 마음속을 오간다. 그들이 내 주의를 딴 데로 돌려놓으려고 HC 몰입 마스크를 주지만, 그래도 나는 침대 안 내 옆의 그녀의 온기가 그립다.

나는 서서히 진통제를 줄여 간다. 내 근육은 내 골밀도에 아직 익숙해지지 않아서, 나는 내내 선율과 같은 통증을 느낀다. 내게 진짜 음식을 주기 시작한다. 미키는 내 침대 끝에 앉아 잠들 때까지 머리를 쓰다듬어 준다. 그의 손가락이 거미 다리 같은 느낌이 난다는 건 난 개의치 않는다. 그가 나를 일종의 예술 작품, 그의 예술품으로 생각한다는 것도 상관없다. 그는 내게 햄버거라는 것을 주었다. 무척 마음에 든다. 내 식단은 붉은 고기, 진한 크림, 빵, 과일, 채소로 이루어져 있다. 평생 이렇게 잘 먹어 본 적이 없다.

"너에겐 칼로리가 필요해. 넌 날 위해 정말 강하게 버텨 줬어. 잘 먹으렴. 넌 이런 음식을 먹을 자격이 있어."

미키가 어르듯 말한다.

"내 상태가 어때요?"

"아, 힘든 건 끝났어, 자기야. 넌 훌륭한 청년이야. 댄서가 다른 조각가들이 이런 일을 시도했을 때의 절차를 촬영한 테이프를 보

158

여 줬어. 아, 다른 조각가들은 정말 어설프고, 다른 시술 대상들은 정말 약하더라. 하지만 넌 강하고 난 훌륭해."

그는 내 가슴을 톡톡 친다.

"네 심장은 종마의 심장 같아. 나는 그런 심장은 처음 봐. 너 어렸을 때 살무사한테 물린 적이 있는 모양이지?"

"네, 물렸어요."

"그럴 거라 생각했어. 네 심장은 독의 영향에 맞서기 위해 적응을 해야 했던 거야."

"내가 물렸을 때 삼촌이 독을 거의 다 빨아내 줬는데요."

미키가 웃는다.

"아냐. 그건 근거 없는 믿음이야. 독은 입으로 빨아낼 수 없어. 그 독은 지금도 네 핏줄을 타고 흐르고 있어. 계속 살고 싶으면 더 강해져야 한다고 네 심장에게 윽박지르고 있지. 넌 특별해, 마치 나처럼 말이야."

"그럼 난 여기서 죽진 않을까요?"

이 질문을 겨우 입 밖에 낸다.

미키는 웃는다.

"그럼! 안 죽어! 우린 이제 그 시점은 지났어. 통증은 있을 거야. 하지만 생명을 잃을 만한 위협의 시기는 지나갔어. 곧 우리는 신으로 변한 인간을 얻게 될 거야. 골드가 된 레드. 네 아내조차 너를 알아보지 못할 거야."

내가 내내 두려워했던 게 바로 그거였다.

그들이 내 눈을 떼고 골드의 눈을 주자, 나는 감정이 메말라 버린 것 같은 기분이다. 시신경을 '기증자'의 눈에 다시 연결하는 간단한 수술이라고 미키는 말한다. 그가 미용 목적으로 수십 번이나 해 봤던 간단한 일이라고 한다. 어려운 것은 전두엽 수술이었다고 한다. 나는 생각이 다르다. 물론 고통스럽긴 하다. 하지만 새 눈을 달고 나니, 전에는 볼 수 없던 것들이 보인다. 모든 게 더 또렷하고, 날카롭고, 참기에 더 고통스럽다. 난 이 과정이 싫다. 이건 골드들이 더 우월하다는 걸 확실히 알려 주는 과정이다. 나를 육체적으로 그들과 동등하게 만들기 위해서는 이렇게 많은 절차가 필요하다. 우리가 그들을 섬기는 것도 놀랄 일이 아니다.

이건 내 것이 아니다. 이중 내 것은 아무것도 없다. 내 피부는 너무 부드럽고, 너무 윤기가 흐르고, 너무나 흠이 없다. 흉터가 없는 내 몸을 알아볼 수가 없다. 내 두 손의 손등을 알아볼 수가 없다. 이오는 나를 못 알아볼 것이다.

미키는 다음엔 내 머리카락을 손본다. 모든 게 다 바뀐다.

몇 주에 걸쳐 몸을 바꾼다. 날개 달린 소녀 이비와 천천히 방 안을 걸으며 나는 혼자 생각에 잠긴다. 이비나 나나 별로 말을 하고 싶지 않다. 둘 다 각자의 고민거리가 많아서, 우리는 미키가 와서 우리가 함께 아이를 만들면 정말 예쁜 아이가 생길 거라고 달콤하게 속삭일 때 말고는 침묵을 지킨다.

하루는 미키가 무려 골동품 치터를 가져다준다. 공명판이 플라스틱이 아닌 나무로 된 악기다. 그가 내게 해 준 일 중 가장 친절한 일이다. 나는 노래는 하지 않지만, 라이코스의 엄숙한 노래들을 연주한다. 광산 밖의 사람은 들어본 적이 없을 내 클랜의 전통 민요들이다. 미키와 이비가 가끔 앉아서 연주를 듣는다. 나는 미키가 진절머리나는 사람이라고 생각하지만, 그가 음악을 이해하는 것 같다는 느낌이 든다. 음악의 아름다움과 중요성을 이해하는 것 같다. 연주가 끝나면 그는 아무 말도 하지 않는다. 나는 그때도 그가 좋아진다. 평화롭다.

"음, 넌 내가 처음 생각했던 것보다는 더 진지한 것 같네."
어느 날 아침 내가 일어나자 하모니가 말한다.
"뭐 하다 왔어요?"
나는 눈을 뜨며 묻는다.
그녀는 내 눈을 보자 움찔한다.
"기증자들을 찾았지. 네가 여기 있다고 세상이 멈추는 건 아니야. 우리에겐 할 일이 많이 있었어. 미키 말로는 네가 걸을 수 있다고 하던데?"
"난 점점 더 강해지고 있어요."
그녀는 나를 살피며 짐작한다.
"충분히 강하지는 않겠지. 넌 아기 기린 같은 모습이야. 내가 손봐주지."
하모니는 나를 미키의 클럽 아래에 있는 유황색 전구가 켜진 지저분한 체육관으로 데려간다. 맨발에 닿는 찬 돌바닥의 느낌이 좋다. 하모니는 자기 팔을 잡으라고 해 주지 않는다. 균형 감각이 돌아와서 다행이다. 하모니는 어두운 체육관 가운데로 오라고 손짓한다.

"널 위해서 이걸 샀어. 이건 집중 기계야."

하모니가 어두운 공간 한가운데에 있는 장비 두 개를 가리킨다. 은빛 기계는 지난 세기에 기사들이 입던 갑옷을 떠올리게 한다. 두 금속 와이어 사이에 매달려 있다.

나는 기계 안에 몸을 넣는다. 건조한 젤이 내 발, 다리, 몸통, 팔, 목을 감싸서 머리만 자유로운 상태가 된다. 내 움직임을 돕기 위한 기계지만, 아주 작은 자극에도 반응한다. 근육을 키운다는 건 근육을 쓰는 것이고, 그건 곧 근육을 강렬하게 움직여서 섬유 조직에 미세한 상처를 낸다는 것에 다름 아니다. 내가 느끼는 고통은 젖산에 의한 게 아니라, 격렬한 운동을 한 다음에 느끼는 고통이다. 근육이 상처 난 곳을 치유하면 근육이 붙어난다. 집중 기계는 이런 과정을 가능하게 해 주려고 만들어진 장비다. 악마가 만든 물건이다.

하모니는 기계의 얼굴 덮개를 내 눈 앞에 덮는다.

내 몸은 체육관에 있지만, 화성의 거친 지형 위를 움직이는 내 자신이 보인다. 나는 집중 기계의 저항에 맞서 다리를 움직이며 달린다. 저항은 하모니의 기분이나 시뮬레이션 상황에 따라 증가한다. 덤불을 뚫고 표범들과 경주하는 지구의 정글을 탐험할 때도 있고, 사람들이 살기 전의 울퉁불퉁한 루나의 지면을 달리기도 한다. 하지만 나는 늘 내 고향인 화성으로 돌아와 붉은 흙 위를 달리고 거친 협곡을 뛰어넘는다. 가끔 하모니가 다른 기계에 들어가 나와 함께 경쟁하며 달린다.

하모니는 나를 거칠게 밀어붙이고, 가끔 나를 무너뜨리려는 속셈인가 싶을 때도 있다. 하지만 나는 무너지지 않는다.

"운동을 하다가 토하지 않으면 진짜 노력하는 게 아니야."

그녀가 말한다.

고문과 같은 나날들이다. 발부터 목덜미까지 통증 때문에 온몸이 괴롭다. 미키의 핑크들이 매일 마사지를 해 준다. 이 세상에 그보다 더 큰 기쁨은 없지만, 하모니와 훈련을 시작하고 사흘 뒤부터 나는 일어날 때 침대에 토한다. 나는 경련하고 몸을 떨고, 욕하는 소리를 듣는다. 미키가 외치고 있다.

"이건 과학이야, 이 사악한 마녀야. 쟤는 예술 작품이 될 거야. 하지만 네가 페인트가 마르기도 전에 물을 부으면 그럴 수가 없어. 쟬 망치지 마!"

"쟤는 완벽해져야 돼. 댄서, 쟤한테 조금이라도 약점이 있으면 다른 아이들이 쟤를 신입 드릴보이처럼 도살해 버릴 거라고."

하모니의 말에 미키는 우는소리를 한다.

"쟤를 도살하는 건 너잖아! 네가 쟤를 망치고 있어! 쟤의 몸은 근육 파손을 견딜 수 없어."

"쟤는 훈련에 반대하지 않았어."

하모니가 지적한다.

"왜냐하면 쟤는 자기가 반대할 수 있다는 걸 모르니까! 댄서, 하모니는 이 일에 관련된 생물 역학을 이해하지 못해. 쟤가 내 아이를 망치지 못하게 해."

"쟤는 네 아이가 아니거든!"

하모니가 비웃는다.

미키의 목소리가 부드러워진다.

"댄서, 대로우는 종마와도 같아. 옛날 지구에 있던 종마. 강요하는 만큼 열심히 달리는 아름다운 짐승. 종마는 달리지. 달려. 또 달려. 달리지 못하게 될 때까지. 심장이 폭발할 때까지."

잠시 침묵이 흐르다 댄서의 목소리가 들린다.

"아레스는 가장 뜨거운 불이 가장 강한 강철을 만든다고 내게 말한 적이 있지. 계속 밀어붙여."

내 두 스승의 말을 우연히 듣게 된 나는 그들에게 화가 난다. 내가 약하다고 생각하는 미키에게, 나를 자신의 도구로 생각하는 댄서에게. 하모니만이 나를 화나게 하지 않는다. 그녀의 목소리, 그녀의 눈은 내 자신의 영혼에서 느끼는 것과 같은 분노로 부글부글 끓는다. 지금은 그녀에게 댄서가 있을지 몰라도, 그녀는 누군가를 잃은 적이 있다. 그녀의 얼굴에서 흉터가 없는 부분을 보면 나는 알 수 있다. 그녀는 댄서나 그의 주인인 아레스처럼 책략을 꾸미는 사람이 아니다. 그녀는 나와 비슷하다. 다른 모든 것들을 하찮은 것으로 만드는 분노로 가득 차 있다.

그 날 밤 나는 운다.

164

그 뒤 며칠 동안 그들은 내게 단백질 합성과 근육 재생을 더 빠르게 해 줄 약을 먹인다. 내 근육 세포가 처음 입은 외상에서 회복되자, 그들은 예전보다 나를 더 강하게 훈련시킨다. 미키조차 그렇다. 그의 눈 밑에는 다크서클이 졌고 안색이 나쁘지만, 그는 반대하지 않는다. 그는 최근 몇 주 동안은 좀 멀어졌고, 이제 내게 이야기를 들려 주지 않는다. 마치 내가 완전한 상태로 되어 가자 그는 자신의 창조물이 두려워진 것 같다.

하모니와 나 사이에 대화는 거의 없지만, 우리의 관계는 미묘하게 변한다. 우리가 비슷한 존재라는 것에 대한 근본적인 이해가 있다. 하지만 내 몸이 강해지자, 광산에서 단련된 여자인 하모니조차 나를 따라잡기 힘들다. 겨우 2주 뒤의 일이다. 우리 능력의 차이가 계속 벌어진다. 한 달이 지나자 그녀는 나에겐 어린아이 같다. 그래도 내 발달은 멈추지 않는다.

내 몸이 바뀌기 시작한다. 몸이 두꺼워진다. 집중 기계 안에서 내 근육은 강해지고 불거지고, 난 이제 하이그래브에서 웨이트 운동을 해서 보충한다. 서서히 힘이 쌓인다. 내 어깨는 넓어지고 둥글어진다. 팔뚝에 힘줄이 솟는 것이 보이고, 단단하고 밀도 높은 근육이 갑옷처럼 내 몸통을 감싼다. 내 몸 중 제일 힘센 부분이었던 손까지도 집중 기계 안에서 더 강해진다. 한 번 꽉 쥐기만 해도 나는 돌멩이를 가루로 만들 수 있다. 미키는 그걸 보자 아래위로 껑충껑충 뛴다. 이제 아무도 나와 악수를 하지 않는다.

화성에서 움직일 때 빠르고 그 어느 때보다 민첩한 느낌이 들

수 있도록 하이그래브에서 잔다. 속근 섬유가 형성된다. 내 손은 번개처럼 움직이고, 체육관에서 사람 모양을 한 펀칭 백을 치면 펀칭 백은 스코처에 맞은 것처럼 날아간다. 이제 펀칭 백을 꿰뚫는 펀치를 날릴 수 있다.

내 몸은 픽시도 브론즈도 아닌, 최상 계급인 골드의 몸이 되어 간다. 이것은 태양계를 정복한 인종의 몸이다. 내 손은 괴상하다. 골드의 손이 원래 그렇듯 매끈하고 햇볕에 잘 그을린, 손재주가 뛰어난 손이다. 하지만 내 손은 내 몸의 다른 부분과 균형이 맞지 않을 정도로 힘이 세다. 만약 내가 칼이라면 손이 내 날이다.

변화하는 것은 내 몸만이 아니다. 자기 전에 나는 처리 속도 강화제를 잔뜩 넣은 강장제를 마시고 녹음된 책들을 빠른 속도로 듣는다. 『컬러스』, 『일리아드』, 『율리시스』, 테베 희곡들, 『드라코닉 레이블스』, 『아나바시스』 등이다. 『몬테 크리스토 백작』, 『파리대왕』, 『캐스털리 부인의 속죄』, 『1984』, 『위대한 개츠비』 같이 금지된 작품들도 듣는다. 아침에 일어나 보니 3000년 간의 문학과 법과 역사를 아는 상태가 되어 있었다.

내 마지막 수술 후 두 달이 지나자 미키의 병실에서 보내는 마지막 날이 찾아온다. 하모니는 운동을 하고 나서 나를 방에 데려다 주며 함께 미소를 짓는다. 뒤에선 음악이 쿵쿵 울린다. 미키의 댄서들은 오늘 밤 최고조에 달해 있다.

"네 옷을 가져다줄게, 대로우. 댄서와 나는 너와 같이 저녁을 먹으며 축하하고 싶구나. 이비가 널 씻겨 줄 거야."

하모니는 나와 이비만 남겨 놓고 나간다. 그녀의 얼굴은 언제나 그렇듯 오늘 밤에도 내가 HC에서 본 적 있는 눈이라는 것처럼 조용하다. 나는 내 머리를 잘라 주는 그녀를 거울로 지켜본다. 거울 위에 조명이 하나 있을 뿐 방 안은 어둡다. 빛이 위에서 비쳐오다 보니 그녀는 천사처럼 보인다. 순결하고 순수해 보인다. 하지만 그녀는 순결하지도, 순수하지도 않다. 그녀는 핑크다. 그들은 쾌락을 위해 핑크를 길러낸다. 가슴과 엉덩이의 곡선을 위해, 팽팽한 복부와 통통한 입술을 위해. 그렇지만 이비는 소녀이고, 그녀의 불꽃은 아직 꺼지지 않았다. 그녀와 비슷한 소녀를 구하지 못했던 때가 생각난다.

그리고 나는? 거울에 비친 내 자신의 모습을 보고 있기가 힘들다. 난 악마가 어떤 모습인지 아는데, 지금 내가 그런 모습이다. 난 오만하고 잔인한, 내 아내를 죽인 것과 같은 부류의 남자다. 나는 골드다. 그리고 나는 골드처럼 차갑다.

내 눈은 금괴처럼 빛난다. 피부는 부드럽고 매끈하다. 골격은 더 강해졌다. 내 탄탄한 몸통이 꽉 차 있는 게 느껴진다. 금발을 다 자르자 이비는 뒤에 서서 나를 쳐다본다. 그녀의 공포가 느껴지고, 나도 속으로는 두렵다. 난 이제 더 이상 인간이 아니다. 육체적으로는 나는 인간 이상의 존재가 되었다.

"아름답네요."

이비가 내 골드 상징을 만지며 조용히 말한다. 상징은 그녀의 깃털 달린 날개보다 훨씬 작다. 원형 상징은 내 양 손등에 달려 있다. 그녀의 날개가 내 피부를 따라 휙 내려오며 내 손목뼈 옆을 큰 낫처럼 스친다.

난 이비의 흰 날개를 보며 그녀는 자기 등에 달린 날개가 얼마나 추하다고 생각할지, 얼마나 날개가 싫을지 깨닫는다. 뭔가 다정한 말을 해 주고 싶다. 그녀가 미소를 지을 수 있다면 미소 짓게 만들어 주고 싶다. 그녀가 아름답다고 말해 주고 싶지만, 그녀는 남자들이 자신에게 이런저런 대가를 바라며 그렇게 말하는 삶을 살아 왔다. 그녀는 나 같은 소년은 믿지 않을 것이다. 그리고 나는 그녀가 한 말도 믿지 않는다. 이오는 아름다웠다. 난 지금도 춤을 출 때 그녀의 뺨이 발갛게 되던 것을 기억한다. 그녀는 거친 생활의 모든 다채로움을 다 가지고 있었다. 자연의 투박한 아름다움이었다. 나는 인간이 생각하는 아름다움이라는 것의 개념이다. 부드럽게 만들어 인간의 형상으로 빚은 것이다.

이비가 내 정수리에 키스하고 빠른 걸음으로 방에서 나가고, 나는 혼자 남아 거울에 비친 HC를 본다. 그녀는 내가 자기 날개에서 깃털을 하나 떼서 내 가슴 주머니에 넣어둔 것은 모르고 있었다.

HC를 보는 게 지겹다. 난 이제 그들의 역사를 알고, 매일매일 더 많이 배우고 있다. 하지만 나는 실내에 있는 게 지겹다. 미키의 클럽에서 쾅쾅 울리는 음악, 그가 피우는 민트향 잎사귀 냄새가 지겹다. 그가 자기네 편으로 데려왔다가 큰돈을 제시하는 사람이 나오면 팔아 버리는 여자애들을 보는 게 지겹다. 사람들의 커다란 눈이 멍해지는 걸 보는 게 지겹다. 여기는 라이코스가 아니다. 여기엔 사랑도, 가족이나 신뢰도 없다. 여긴 지긋지긋하다.

"얘야, 토치쉽 선단을 이끌어도 될 것 같은 모습이구나."

미키가 문간에서 말한다. 그는 버너 냄새를 풍기며 슬쩍 방 안으로 들어온다. 그는 가느다란 막대기 같은 손가락으로 내 가슴 주머니에서 이비의 깃털을 꺼내 자기 손가락 관절 위로 이리저리 굴린다. 깃털로 내 골드 상징을 한 번씩 건드린다.

"나는 날개가 제일 좋아. 너는 안 그러니? 인간의 고귀한 열망에게 바치는 것이지."

그는 앉아서 거울을 보고 있는 내 뒤로 다가온다. 그는 내가 자기 소유물이라도 되는 것처럼 두 손으로 내 어깨를 짚고 내 정수리에 턱을 얹고 머리에 대고 말한다. 그가 나를 자기 소유물로 보고 있다는 건 쉽게 드러난다. 그는 왼손으로 내 오른손의 상징을 만지더니 손을 계속 내 손등 위에 둔다.

"네가 훌륭하다고 말했지. 이제 네가 날아오를 시간이야."

"당신은 여자들에게 날개를 달아 주지만, 날게 해 주지는 않죠. 안 그래요?"

내가 묻는다.

"개들이 난다는 건 불가능해. 개들은 너보다 모자란 것들이야. 그리고 나는 개들에게 그래브부츠 라이센스를 사 줄 돈은 없어. 그래서 개들은 나를 위해 춤추는 거야. 하지만 너, 너는 날아오를 거야. 그렇지, 훌륭한 녀석?"

나는 그를 노려보지만 아무 말도 하지 않는다. 그의 입술이 벌

169

어지더니 미소를 짓는다. 나 때문에 불안해졌기 때문이다. 난 늘 그를 불안하게 만들었다.

"당신은 내가 무섭죠."

내 말에 그는 웃는다.

"내가 너를? 오호! 애야, 내가 지금 겁을 먹었다고?"

"네. 당신은 이제껏 세상 돌아가는 걸 알고 있다는 것에 익숙해져 있었어요. 당신은 저 사람들과 똑같이 생각해요."

나는 거울에 비친 HC 영상 쪽으로 고개를 까닥여 보인다.

"모든 게 확고하게 정해져 있다. 질서가 잘 잡혀 있다. 바닥에 레드가 있고, 다른 모든 사람들은 우리의 등을 밟고 서 있었죠. 지금 당신은 나를 보며, 우리가 땅속 생활을 끔찍이 마음에 들어 하지는 않는다는 걸 깨닫고 있어요. 레드가 떠오르고 있어요, 미키."

"오, 넌 갈 길이 멀⋯⋯."

나는 팔을 뻗어 그가 움직일 수 없도록 그의 두 손목을 잡는다. 그는 내게 붙잡힌 채 몸을 뒤틀며 거울에 비친 나를 바라본다. 헬다이버의 손아귀 힘보다 센 것은 없다. 나는 금색 눈으로 거울 속의 그의 보라색 눈을 쳐다보며 미소를 짓는다. 그에게선 공포의 냄새가 난다. 원초적 두려움이다. 사자에 의해 구석에 몰린 쥐와도 같다.

"이비에게 잘해 줘요, 미키. 춤추라고 시키지 말아요. 편안하게 지내게 해 주지 않으면 내가 돌아와서 당신 몸에서 손을 떼 낼 거예요."

제13장

나쁜 일들

마테오는 늘씬하고 키가 큰 핑크다. 팔다리는 길고, 군살없는 얼굴은 아름답다. 그는 노예다. 아니면 육체적 쾌락을 위한 노예였던 적이 있다. 하지만 그는 물의 제왕처럼 걷는다. 걸음걸이에 아름다움이 있다. 손짓에는 매너와 우아함이 있다. 그는 장갑 끼는 것을 좋아하고, 먼지가 조금만 있어도 코를 킁킁거린다. 육체를 관리하는 것이 늘 그의 인생의 목적이었다. 그래서 그는 팔, 다리, 몸통, 은밀한 부위에 모낭 제거제를 바르도록 나를 도와주는 것이 이상한 일이라고 생각하지 않는다. 하지만 나에겐 이상하다. 일을 다마쳤을 때, 그와 나는 둘 다 욕을 하고 있다. 나는 따가워서, 그는 나에게 어깨를 맞아서다. 주먹으로 쳤을 뿐인데 그만 어깨가 빠져버렸다. 난 아직 내 자신의 힘을 모른다. 그리고 핑크들이란 참 연약하게 만들어졌다. 그가 장미라면 나는 가시다.

"걸음마하는 아기처럼 반질반질하네, 이 가만히 있을 줄 모르는 아가 같으니."

마테오가 한숨을 쉬며 하는 말은 정말이지 적절하다.

"최신 루나 패션에 딱 맞게 됐어. 자, 이제 눈썹을 좀 만져 볼까…… 아, 네 눈썹은 곰팡이를 갉아먹는 애벌레 수준이야. 그리고 코털을 뽑고, 각질을 좀 손보고, 새로 심은 매끈한 그 치아를 미백하고…… 사실, 지금 네 이는 겨자랑 민들레가 섞여 있는 것처럼 누런색이야…… 새 치아를 단 한 번이라도 닦은 적이 있긴 하니? 그리고 블랙헤드를 제거하고(헬륨-3을 채굴하는 것과 비슷한 작업이 될 거야.) 피부 톤을 좀 수정하고 멜라토닌을 주입하면, 넌 끝내주게 골드다운 모습이 될 거야."

난 그의 어리석은 말을 듣고 코웃음 친다.

"난 지금도 골드 같은 모습이에요."

"넌 브론즈 같아 보여! 골드를 알아보는 눈이 없는 사람이나 그렇게 생각하겠지! 골드보다는 카키에 더 가까운, 막돼먹은 사생아들 중 하나 같다고. 넌 완벽해져야 돼."

"당신은 정말 우라지게도 이상한 작자군요, 마테오."

그는 나를 찰싹 때린다.

"말조심해! 골드는 그런 징그러운 광산 속어를 쓰느니 차라리 죽음을 택할 거야. '우라지게도'라는 말 대신 '지독하게'라는 말을 써라. 그리고 '깐다'고 하지 말고 '후려친다'고 해. 네가 '우라질'이라는 말을 입에 담을 때마다 난 네 '주둥이'가 아닌 '입'을 때려 줄 거야. 그리고 '깐다'나 '주둥이'라는 말을 쓰면, 네 음낭을 걷어차 주지. 난 음낭에 대해서는 잘 알 거든. 네 그 지긋지긋한 억양을 안 고쳐도 차 버릴 거야. 지독한 쓰레기통에서 태어난 것 같은 말투라고."

그는 얼굴을 찌푸리더니 양손을 날씬한 자기 엉덩이에 얹는다.

"그 다음에는 네게 매너를 가르쳐 줘야 해. 그리고 문화, 문화도. '굿맨'."

"나도 매너 알아요."

"신께 맹세코, 정말이지 네 욕하는 버릇은 물론이고 사투리도 반드시 버리도록 만들어야겠어."

그는 내 단점들을 늘어놓으며 나를 쿡쿡 찌른다.

"당신 매너를 좀 배워 봐야겠군요, 엉덩이 아저씨."

내가 낮게 내뱉는다.

그는 내 장갑 하나를 벗겨서 내 얼굴을 찰싹 때린 다음, 병 하나를 손에 들고 내 목을 향해 든다. 나는 웃는다.

"네 흐느적거리는 새 몸에다 헬다이버의 반사적 반응 능력을 얼른 되찾아 넣어야 할 거야."

나는 병을 본다.

"내가 죽을 때까지 쿡쿡 찌를 건가요?"

"이건 폴리엔 소드야, 굿맨. 레이저라고도 하지. 머리카락처럼 부드럽다가도, 유기적 자극 한 번이면 다이아몬드보다도 더 단단해져. 펄스실드를 벨 수 있는 유일한 물건이지. 채찍이었다가 갑자기 완벽한 소드로 변해. '젠틀맨', 즉 골드의 무기지. 골드 아닌 다른 컬러가 이걸 지니면 사형 당해."

"그냥 병이잖아요, 이 멍청……."

그가 내 목을 세게 눌러 나는 컥컥거린다.

"그리고 너는 네 매너로, 내가 레이저를 꺼내 너에게 도전하게 만들었어. 무례한 네놈의 목숨을 순식간에 끊어 버릴 수도 있었지. 가축우리 같은 네 고향에서도 명예를 걸고 주먹으로 싸운 적이 있을지도 모르지. 그때의 너는 벌레였어. 개미였다고. 골드들은 조금만 도발해도 칼을 들고 싸워. 너 같은 사람들은 전혀 모르는 종류의 명예를 가지고 있어. 네 명예는 네 개인의 명예였지. 그들의 명예는 개인, 가족, 행성의 명예야. 그게 차이점이야. 그들은 더 많은 것을 걸고 싸우고, 피가 다 흐르고 난 뒤에도 용서하지 않아. 흉터를 입은 비할 데 없는 자들이 특히 그렇지. 매너, 굿맨. 네가 내 샴푸 병에서 네 몸을 지키는 법을 배우기 전까지는, 매너가 너를 지켜줄 거야."

나는 목을 문지르며 말한다.

"마테오……."

그가 한숨을 쉬며 대답한다.

"응?"

"샴푸가 뭐예요?"

마테오의 교육을 받는 것보다는 미키의 조각실을 한 번 더 가는 게 나왔을 것 같다. 적어도 미키는 나를 두려워하기는 했다.

다음 날 아침, 댄서는 내게 새 이름을 붙이려 한다.

"너는 먼 소행성단에서 온 비교적 덜 알려진 가족의 아들이 될 거다. 곧 너희 가족은 우주선 충돌 사고로 죽게 될 거고. 너는 유일한 생존자고, 그들의 빚과 낮은 위상을 물려받는 유일한 사람이 되는 거야. 그의 이름, 즉 너의 이름은 카이우스 오 안드로메두스야."

"그건 후려쳐요. 난 대로우 아니면 안 해요."

그는 머리를 긁는다.

"대로우는…… 특이한 이름인데."

"당신은 아버지가 내게 주신 머리, 어머니가 남겨 주신 눈, 내가 태어난 컬러를 포기하게 만들었어요. 그러니 그분들이 주신 이름은 지킬 거예요. 대로우란 이름을 쓸 방법을 찾아보세요."

"네가 골드 같이 굴지 않았을 때가 더 마음에 들었는데."

댄서가 투덜거린다.

"자, 골드처럼 식사하는 데 있어서 제일 중요한 부분은 천천히 먹는 거야."

마테오는 댄서가 내게 처음으로 세상을 보여 주었던 펜트하우스의 테이블에 함께 앉으며 말한다.

"넌 트리말키오(로마 시대의 인물로 사치스런 향연을 주최한 것으로 유명했던 대부호 ──옮긴이)의 연회 같은 만찬에 참석할 일이 많을 거야. 그럴 때는 일곱 코스가 나온다. 애피타이저, 수프, 생선, 고기, 샐러드, 디저트, 술."

그는 은식기가 잔뜩 놓인 작은 쟁반을 가리키며, 각 식기의 사용법을 설명한다.

그러고는 이렇게 말한다.

"식사 중에 소변이나 대변을 봐야 해도, 참아. 골드는 신체 기능을 통제할 수 있어야 해."

"그럼, 이 멋쟁이 골드들은 똥도 싸면 안 되는 거예요? 혹시 똥도 금으로 된 똥을 싸는 건 아닌가 궁금하네요."

마테오는 장갑으로 내 손등을 때린다.

"그렇게도 레드를 보고 싶은 마음이 간절하면, 골드들 앞에서 말실수를 해라, 굿맨. 그러면 그들은 모든 인간의 피가 어떤 색깔인지 기꺼이 네게 일깨워 줄 거야. 매너와 자제력! 너에겐 둘 다 없어."

그는 고개를 절레절레 흔든다.

"그럼, 이 포크가 어디에 쓰는 건지 말해 봐."

그의 엉덩이를 찌를 때 쓰는 거라고 말하고 싶지만, 나는 한숨을 쉬고 정답을 댄다.

"생선을 먹을 때 쓰는 거지만, 생선뼈가 요리에 들어 있을 때만 사용해요."

"생선 중에 얼마만큼을 먹는 거지?"

"전부 다요."

나는 어림짐작으로 대답해 본다.

"아니야! 너 내 말을 듣긴 한 거야?"

그는 소리를 지르더니 작은 손으로 머리카락을 움켜쥐고 심호흡을 한다.

"이 얘길 또 해 줘야 돼? 브론즈들이 있어. 골드들이 있어. 그리고 픽시들이 있지."

그는 내가 이어서 말하도록 기다린다.

"픽시들은 자제력이 없어요. 그들은 권력이 주는 모든 것을 즐기지만, 그걸 누릴 만한 자격은 전혀 없어요. 그들은 태어나고, 쾌락을 좇아요. 맞죠?"

"맞는 게 아니라 으뜸가는 대답이다. 그럼 골드에게 기대되는 것은 뭐지? 흉터를 입은 비할 데 없는 자들에게서는?"

"완벽함."

"그 말은?"

골드의 억양을 흉내내는 내 목소리는 차갑다.

"그건 통제를 의미하죠, 굿맨. 자제력. 나는 악습에게 통제권을 빼앗기지 않는 한, 타락을 즐길 수 있습니다. 만약 골드를 이해하기 위한 열쇠란 게 있다면, 그 열쇠는 통제의 모든 형태를 이해하는 데 있습니다. 생선을 먹되, 그 맛이 내 결심을 제압했거나 내 미각을 노예로 만들지 않았다는 것을 보여 주기 위해 20퍼센트는 남깁니다."

"내 말을 듣고 있긴 했나 보군."

다음 날 펜트하우스의 홀로미러에서 골드 억양을 연습하고 있는데 댄서가 찾아온다. 내 앞에 내 머리의 3D 영상이 떠 있는 것이 보인다. 이가 이상하게 움직이며 발음을 굴리려는 내 혀를 깨물곤 한다. 여러 수술이 모두 끝난 지 벌써 몇 달이 지났는데도, 난 아직 내 몸에 익숙해져 가는 중이다. 내 이는 내가 처음 생각했던 것보다 더 크다. 골드들은 그들의 끔찍한 똥구멍에 금으로 된 자갈을 처박고 있는 것처럼 말한다는 것도 따라하기 어려운 점이다. 그래서, 골드가 된 내 모습을 보면서 말하면 골드의 말투를 따라하는 게 더 쉬워진다. 거만함이 더 쉽사리 찾아온다.

"'r'을 더 부드럽게 해. 'r' 앞마다 'h'가 있다고 생각하고 읽어."

댄서가 말한다. 그는 앉아서 내가 데이터패드를 읽는 소리에 귀를 기울인다. 그의 버너를 보니 고향 생각이 난다. 라이코스에 왔던 아우구스투스 대총독이 어떤 모습이었는지 기억하고 있다. 그의 침착함이 기억난다. 인내심 있게, 생색내듯 예의를 갖추던 것이 기억난다. 이죽거리던 것도.

"'l' 발음은 더 길게."

"네가 가진 힘이 고작 그것뿐이냐?"

나는 거울을 보며 말한다.

"완벽하군."

댄서는 장난스럽게 몸을 부르르 떨며 칭찬한다. 그는 멀쩡한 손으로 무릎을 두드려 박수를 친다.

"조금만 있으면 난 꿈도 우라질 골드들처럼 꾸게 되겠죠."

난 넌더리를 내며 말한다.

"'우라질'이라고 말하면 안 되지. '지독한'이라고 해라."

나는 그를 노려본다.

"만약 내가 거리에서 나를 봤다면, 난 나를 증오했을 거예요. 나는 슬링블레이드로 나를 입에서부터 똥구멍까지 갈라 버린 다음 시체를 태우고 싶었을 거예요. 이오는 나를 보면 토했을 거예요."

댄서가 웃는다.

"넌 아직 어리구나. 맙소사. 네가 얼마나 어린지 난 가끔 잊어버릴 때가 있어."

그는 부츠에서 술병을 꺼내 조금 마신 다음 내게 던져 준다.

나는 웃으며 한 모금 마신다.

"내가 지난번에 술을 마셨을 때는 나롤 삼촌이 내게 약을 먹였죠. 광산이 어떤 곳인지 잊어버린 것 아니에요? 난 어리지 않아요."

댄서는 얼굴을 찌푸린다.

"널 모욕하려던 건 아니었어, 대로우. 넌 네가 할 일이 뭔지는 이해하고 있지만, 왜 그렇게 해야 하는지 이해 못하고 있다는 말이었어. 하지만 넌 아직도 균형감을 잃고 스스로를 재단해. 바로 지금, 넌 아마 골드가 된 네 자신을 보면 속이 메슥거리겠지. 맞아?"

"맞아요."

나는 길게 한 모금 쭉 마신다.

"하지만 넌 배역을 연기하고 있는 것뿐이야, 대로우."

그가 손가락 하나를 씰룩거리자 반지 밑에서 칼날이 슥 나온다.

난 반사 반응을 되찾았고, 그가 나를 해치려 한다고 생각했다면 그 칼날을 그의 입안에 쑤셔 넣을 수 있을 정도로 재빠르다. 하지만 난 그가 칼날로 내 집게손가락을 긋도록 내버려둔다. 피가 배어 나온다. 붉은 피다.

"네 진정한 모습이 무엇인지 기억할 필요가 있을 때를 위해서."

"고향 냄새가 나네요. 엄마는 살무사를 잡아 피 수프를 만들곤 하셨어요. 그 맛에 비해 크게 떨어지지 않네요."

나는 손가락을 빨며 말한다.

"아마(亞麻)빵을 찍어 먹고, 오크라꽃에 뿌려 먹고?"

"어떻게 아세요?"

내 질문에 댄서가 웃는다.

"우리 엄마도 그러셨거든. 댄스 때도 먹고, 월계관철에 우승자를 발표하기 전에도 먹고. 늘 감마를 까대면서 먹었지."

"감마를 위해 건배."

나는 웃으며 한 모금 더 마신다.

댄서는 나를 지켜본다. 그의 얼굴에서 결국 미소가 사라지고 그의 눈은 싸늘해진다.

"마테오가 내일 네게 춤을 가르쳐 줄 거야."

"당신이 해 줄 줄 알았는데요."

그는 다친 다리를 탕 두들긴다.

"춤춰 본 지 좀 됐다. 오이코스 최고의 댄서였는데. 난 깊은 터널 속의 바람처럼 움직일 수 있었지. 우리 중 최고의 댄서는 늘 헬다이버들이었어. 나도 몇 년 정도 헬다이버였다."

"그럴 것 같았어요."

"알고 있었니?"

나는 그의 흉터들을 가리킨다.

"살무사들을 떼는 걸 도와줄 드릴보이들이 주위에 없는 헬다이버들만이 저렇게 여러 번 물리죠. 나도 물렸어요. 적어도 그 덕택에 심장은 더 커졌다더군요."

그는 고개를 끄덕이고, 눈이 아련해진다.

"클로우드릴의 노즐을 수리하다가 뱀굴에 떨어졌어. 덕트 근처에 있었는데 내가 못 봤던 거지. 위험한 놈들이었다."

그가 무슨 말을 하려는지 알겠다.

"새끼들이었군요."

그는 고개를 끄덕인다.

"새끼들은 독이 약해. 다 자란 놈들보다 독이 훨씬 약해서, 내 몸 안에 알을 낳으려고 파고드는 놈들은 아니야. 하지만 한번 물었다 하면 자기가 가진 독을 다 써 버려. 다행히 우리에겐 해독제가 있었어. 감마들이랑 물물교환을 했거든."

라이코스에는 해독제가 없다.

그는 내 쪽으로 몸을 기울인다.

"우린 널 살무사 새끼들이 있는 둥지 안으로 던져 넣는 거야, 대로우. 알아 둬라. 지금부터 3개월 뒤에 입학 테스트가 있다. 너는 마테오에게 받는 레슨과 더불어, 나에게도 지도를 받게 될 거야.

181

하지만 네가 계속 스스로를 재단하는 걸 그만두지 않는다면, 앞으로도 네 변장한 모습을 계속 증오한다면, 넌 테스트에서 떨어질 거야. 합격한다면 더 나쁜 일이 생길 거다. 합격 후에 실수를 해서, 교육기관에서 들통나겠지. 그럼 모든 게 다 까이는 거야."

나는 앉은 자세를 바꾼다. 이번에는 새로운 공포가 느껴진다. 이오가 알아보지 못하는 존재가 된다는 공포가 아닌, 더 원초적인 공포다. 내 적들에 대한 원초적 공포. 그들은 어떤 존재일까? 그들이 비웃고 조롱하는 것은 나도 이미 보았다.

나는 댄서의 무릎을 탁 친다.

"그들이 내 정체를 알아내도 괜찮아요. 그들은 내게서 빼앗아갈 수 있는 건 이미 빼앗아갔어요. 그렇기 때문에 나는 당신이 사용할 수 있는 무기인 거예요."

그 말에 댄서가 쏘아붙인다.

"틀렸어. 넌 무기 이상이기 때문에 쓸모가 있는 거야. 네 아내가 죽으며 네게 준 것은 복수심만이 아니야. 이오는 너에게 자신의 꿈을 주었다. 넌 그 꿈을 지키는 사람이야. 그 꿈을 만드는 사람이야. 그러니 분노와 증오를 뱉고 다니지는 말아라. 하모니가 무슨 말을 하든, 넌 그들에게 맞서 싸우는 게 아니야. 넌 이오의 꿈, 지금도 살아 있는 이오의 가족들과 네 동족들을 위해서 싸우는 거야."

"그게 아레스의 의견인가요? 그러니까, 당신 의견이에요?"

"난 아레스가 아니야."

댄서가 다시 한 번 말한다. 난 그 말을 믿지 않는다. 그의 부하들이 댄서를 바라보는 눈길, 하모니마저도 그를 존중하는 것을 다 봤기 때문이다.

"네 자신을 들여다 봐, 대로우. 그러면 너는 네가 나쁜 일들을 해야 하는 좋은 사람이라는 걸 깨닫게 될 거야."

관절이 익숙한 흰 빛이 될 때까지 주먹을 꽉 쥔다. 흉터가 없는 내 손의 감촉이 묘하다.

"그래요. 내가 이해 못하겠는 게 그 부분이에요. 내가 좋은 사람이라면, 내가 왜 나쁜 일들을 하고 싶어 하겠어요?"

제14장

안드로메두스

마테오는 내게 춤을 가르쳐 줄 수가 없다. 형식에 맞춰 추는 골드의 춤 다섯 가지를 내게 보여 주자 그걸로 끝이 났다. 삼촌이 가르쳐 줬던 춤에 비하면 골드의 춤에서는 파트너를 다루는 것이 더 중요하지만, 동작은 비슷하다. 나는 다섯 가지 춤 모두 마테오보다 더 솜씨 있게 춰 낸다. 나는 자랑하려고 눈가리개를 한 채 음악 없이 기억에만 의존해서 다섯 가지 춤을 연달아 춰 보인다. 나롤 삼촌에게 춤을 배우며 오직 춤과 노래만으로 보낸 밤이 천 번은 될 것이다. 몸의 움직임을 기억하는 내 솜씨는 장인에 가깝다. 지금의 새 몸으로도 마찬가지다. 내 예전 몸이 할 수 없던 것들도 할 수 있다. 근섬유의 수축이 다르고, 힘줄은 더 멀리까지 뻗고, 신경 전달 속도는 더 빠르다. 흐르듯 움직이는 동안 근육들에서 달콤한 화끈거림이 느껴진다.

폴레미테스라는 춤은 향수를 불러일으킨다. 마테오는 내가 빙글빙글 도는 스텝을 밟을 때 막대기를 들도록 한다. 막대기를 든 팔은 레이저를 들고 싸우는 것처럼 바깥 방향으로 뻗게 한다. 몸을 움직이는 동안에도 과거의 메아리가 들린다. 광산의 진동, 내 클랜의 냄새가 느껴진다. 난 이 춤을 전에 본 적이 있고, 다른 누구보다 더 잘 추었다. 내 몸은 이 춤, 불법인 리핑 댄스와 너무나 비슷한 이 춤에 딱 맞다.

춤을 다 추고 나자 마테오는 화가 나 있다.

"너 지금 나랑 게임하자는 거니?"

"그게 무슨 말이죠?"

그는 나를 노려보며 발을 톡톡 구른다.

"너 광산을 떠나 본 적이 없다고?"

"알잖아요."

"소드나 실드를 가지고 싸워 본 적도 없어?"

"없긴요, 해 봤어요. 스타크루저 지휘도 해 봤고, 집정관들이랑 식사도 했죠."

나는 웃으며 왜 이러느냐고 묻는다.

"이건 게임이 아니야, 대로우."

"내가 이게 게임이라고 했어요?"

나는 혼란스럽다. 내가 그를 화나게 할 행동을 했나? 나는 긴장을 풀어 보려고 웃는다. 그건 실수였다.

"웃음이 나와? 야, 네가 맞붙는 건 소사이어티야. 그런데 웃어? 먼 곳에 있는 개념이 아니야. 차가운 현실이야. 만약 그들이 네 정체를 알게 되면, 그들은 단순히 네 목을 매달지는 않을 거야."

그는 공허한 표정을 짓는다. 마치 어떻게 될지 굉장히 잘 알고 있는 것 같다.

"나도 알아요."

그는 내 말을 무시한다.

"옵시디언들이 너를 잡아서 화이트들에게 넘길 거야. 그들은 어두운 감방으로 널 데려가서 고문할 거고. 그들은 너의 눈을 뽑고, 너를 남자이게 하는 부위들은 다 잘라 낼 거야. 그들은 더 정교한 기술도 가지고 있지만, 그들이 노리는 게 정보만은 아니라는 데 내기를 걸어도 좋아. 정보를 원하는 거라면, 그들은 입을 열게 만드는 약도 가지고 있으니까. 네가 모든 걸 다 털어놓고 나면, 그들은 나, 하모니, 댄서를 죽일 거야. 그리고 그들은 살갗을 벗겨 내는 플레시필러로 너희 가족을 죽이고, 네 조카들의 머리를 짓밟을 거야. 그런 것들은 HC에서 보여 주지 않아. 행성들을 지배하는 사람들이 네 적일 경우, 결과란 그런 거라고. '행성들'이라고 했다, 꼬마야."

뼛속까지 서늘해지는 게 느껴진다. 나도 그런 건 안다. 마테오는 왜 내게 저런 말을 자꾸 하는 걸까? 난 이미 겁먹었는데. 겁먹고 싶지 않지만 겁이 난다. 내 임무가 나를 통째로 집어삼키고 있다.

"그러니 다시 한 번 물어보자. 넌 정말 댄서가 말하는 그런 사람이니?"

나는 말문이 막힌다. 아. 나는 아레스의 아들들 사이에는 깊은 신뢰가 존재할 것이고 그들은 모두 한마음일 거라 생각해 왔다. 여기에 틈이 있었다. 마테오는 댄서의 협력자지만 친구는 아니다. 내 춤을 보고 마테오는 의심을 품게 되었다. 그 순간 깨닫는다. 마테오는 미키가 나를 조각하는 걸 보지 못했다. 그는 내가 한때 레드였다는 걸 오직 댄서의 말만 듣고 믿고 받아들인 것이다. 정말 어려운 일일 것이다. 내가 춤추는 모습에 마테오가 내가 골드로 태어났다고 생각하게 만드는 무언가가 있었나 보다. 폴레미데스라는 마지막 춤 때문이었던 것 같다.

"나는 데일의 아들 대로우예요. 라이코스의 람다의 헬다이버. 나는 다른 사람이었던 적이 한 번도 없어요, 마테오."

그는 팔짱을 낀다.

"너 만약 나한테 거짓말하는 거라면⋯⋯."

"난 로우 컬러들에게 거짓말하지 않아요."

그날 저녁에 나는 내가 추었던 춤이 무엇인지 검색해 본다. '폴레미데스'는 그리스 어로 '전쟁의 아이'라는 뜻이다. 나롤 삼촌의 춤이 강하게 떠올랐던 춤이 이것이다. 이 춤은 골드의 전쟁 춤이다. 나중에 전쟁과 레이저 사용 동작을 쉽게 익힐 수 있도록 어린 아이들에게 가르쳐 두는 춤이다. 전쟁 중인 골드들의 홀로를 보니 심장이 덜컥 내려앉는다. 그들은 여름의 노래처럼 싸운다. 우레 같고 무시무시한 옵시디언들과는 다르다. 신선한 바람 속으로 날아오르는 새 같다. 그들은 둘씩 짝을 이뤄서 이리저리 방향을 틀고 춤을 추며 적들을 죽인다. 옵시디언들과 그레이들이 가득한 벌판을 낫을 갖고 놀듯이 누빈다. 그들에게 쏟아지는 몸들은 마치 누런 겨가 아니라 피를 뿌리는 곡식 줄기인 것 같다. 그들의 금빛 갑옷이 빛난다. 그들의 레이저가 번쩍인다. 그들은 인간이 아니라 신이다.

그런데 나는 저들을 파괴해야 한다고?

그날 밤 나는 실크로 된 침대에서 잠을 설친다. 이오의 헤만서스에 키스를 하고 한참 뒤에야 나는 잠이 들고, 아버지의 꿈을 꾼다. 아버지를 잘 알면서 어른이 되었다면 어땠을까. 아버지의 술 취한 동생이 아니라 아버지에게서 춤을 배웠으면 어땠을까. 눈을 떠 보니 진홍색 헤드밴드를 손에 꼭 쥐고 있다. 내 결혼반지를 붙들듯 꼭 잡고 있다. 이 모든 것이 고향 생각을 나게 만든다.

하지만 이걸로는 부족하다.

나는 겁이 난다.

아침 식사를 하고 있는데 댄서가 찾아온다.

"네가 알면 좋아할 소식이 있다. 우리 해커들이 2주일 동안 품질 통제 위원회의 클라우드를 해킹해서, 카이우스 오 안드로메두스의 이름을 대로우 오 안드로메두스로 바꾸었다."

"잘됐네요."

"할 말이 그것뿐이냐? 이게 얼마나…… 아니, 됐다."

그는 고개를 가로젓고 키득키득 웃는다.

"대로우. 정말 어느 컬러인지 알기 힘든 이름이야. 의아해할 사람들이 좀 있을 거다."

나는 공포를 감추려 어깨를 으쓱한다.

"그럼, 그들의 지독한 테스트를 박살내 버리죠. 그러면 전혀 신경 쓰지 않을 테니."

"골드다운 말이군."

다음 날 마테오가 날 우주선에 태워 요크톤에서 멀지 않은 이슈타르의 마구간으로 데려간다. 바닷가로, 언덕 위로 녹색 들판이 펼쳐진 곳이다. 난 이렇게 넓은 장소엔 처음 와 본다. 나는 내 앞에서 땅이 휘어나가는 모습은 처음 본다. 진짜 수평선이나 지평선을 본 적도 없고, 마테오가 우리 레슨을 위해 준비해 둔 짐승들처럼 무서운 동물들도 처음 본다. 그들은 발을 쿵쿵 구르고 콧김을 내뿜는다. 꼬리를 흔들며 무시무시한 누런 이빨을 드러낸다. 말이다. 나는 이오의 안드로메다 이야기에도 불구하고 늘 말이 무서웠다.

"괴물들이에요."

나는 마테오에게 속삭인다.

"그렇지만, 젠틀맨들은 저런 걸 타. 격식을 차려야 하는 상황에서 망신을 당하지 않으려면 말을 잘 타야 해."

마테오가 속삭인다.

나는 말을 타고 지나가는 다른 골드들을 본다. 오늘 마구간에 온 골드는 셋뿐이고, 모두 마테오 같은 하인을 대동하고 있다. 핑크와 브라운들이다.

"이런 상황? 알았어요, 알았어. 난 저 짐승을 타겠어요."

나는 발굽으로 땅을 긁는 거대한 검은 종마를 가리킨다.

마테오는 미소를 짓는다.

"너한텐 이놈이 더 어울려."

마테오는 망아지를 준다. 크지만, 망아지는 망아지다. 여기선 사교적으로 말을 주고받지는 않는다. 다른 사람들은 경쾌하게 말을 타고 지나치며 고개를 들고 인사를 하지만, 거기까지다. 그러니 그들의 미소만 봐도 내가 얼마나 우스꽝스러운 모습인지 알 수 있다. 나는 승마에 잘 적응하지 못한다. 마테오와 내가 잡목림 속의 길로 들어갈 때 내가 탄 망아지가 갑자기 속도를 내자 더욱 힘들어진다. 잡목림 밖으로 빠져 나올 때 나는 말에서 뛰어내려 잔디 위에 교묘하게 착지한다. 먼 곳에서 누군가 웃는다. 머리가 긴 여자아이다. 그녀는 내가 아까 가리켰던 종마를 타고 있다.

"넌 도시에만 있는 게 나을지도 모르겠다, 픽시."

그녀가 내게 외치더니 말을 발로 차 몰고 사라진다. 무릎을 꿇고 있던 나는 일어나 멀어지는 그녀의 모습을 지켜본다. 석양보다도 더 황금빛인 그녀의 머리가 뒤로 흩날린다.

제15장

테스트

댄서와 함께 두 달 동안 마인드 트레이닝을 한 뒤 테스트를 받게 된다. 나는 외우지 않는다. 난 댄서와 함께 있을 때는 무언가를 배우지조차 않는다. 그와 하는 것은 내 마음이 패러다임 변화에 적응하는 것을 도와주는 훈련이다. 예를 들어, 물고기의 왼쪽에 비늘이 3453개, 오른쪽에 3453개가 있다면, 물고기의 어느 쪽에 비늘이 제일 많은가? 바깥쪽이다. 이런 걸 추정적 사고라고 한다. 내가 댄서를 처음 만났을 때, 낫 카드를 먹어 버려야 한다는 걸 알아차린 게 이런 사고를 통해서였다. 내가 아주 잘할 수 있는 일이다.

댄서와 그의 친구들이 내게 가짜 배경을 만들어 주고, 가짜 가족과 가짜 인생도 만들어 줄 수 있지만 테스트를 조작해서 나를 합격시킬 수는 없다는 게 아이러니하게 느껴진다. 그래서 훈련을 시작한 지 3개월 뒤, 나는 밝은 방에서 쉴 새 없이 스타일러스로 옥 팔찌를 두드려 대는 시끄러운 쥐새끼 같은 골드 여자아이 옆에 앉아 테스트를 받는다. 어쩌면 저 여자애도 테스트의 일부인지도 모르겠다. 걔가 다른 곳을 보고 있을 때 나는 스타일러스를 낚아채 내 소매 속에 숨긴다. 나는 라이코스의 헬다이버. 그러니 나는 멍청한 여자아이가 눈치도 못 채게 스타일러스를 훔칠 수 있다. 그녀는 마법이라도 일어난 것처럼 멍하니 주위를 둘러보더니 징징거리기 시작한다. 새 스타일러스를 주지 않아서, 그녀는 울면서 뛰어나간다. 나중에 '페니 프록터'가 자기 데이터패드를 보며 나노카메라로 찍은 영상을 돌려본다. 그는 나를 보며 미소 짓는다. 이런 특질은 훌륭하다고 여겨지는 모양이다.

황금 레이저 같은 여자아이는 마음에 안 드는 모양이다. 복도에서 내 옆을 휙 지나가며 내 귀에다 경멸하듯 "커터"라고 내뱉는다. 마테오는 내가 아직 남들과 어울릴 준비가 되지 않았으니 누구와도 이야기하지 말라고 했다. 그래서 나는 아주 레드다운 대답을 내뱉을 뻔하지만 겨우 참아낸다. 그녀의 말이 계속 귀에 남는다. 커터. 목을 벤다. 마키아벨리적이다. 무자비하다. 그녀가 나를 어떻게 생각하는지 설명해 주는 말이다. 웃긴 것은, 아마 골드들은 대부분 이 말을 칭찬으로 볼 것이라는 점이다.

음악 같은 목소리가 나를 향한다.

"내 생각엔 방금 쟤가 널 칭찬한 것 같아. 그러니 쟤는 신경 쓰지 마. 복숭아처럼 예쁘지만, 속은 다 썩은 애야. 한 번 깨물어 본 적이 있거든. 무슨 말인지 알겠어? 맛있지만, 곧 썩은 내가 나. 그나저나 아까 그 솜씨는 멋졌어. 내 손으로 저 바보의 눈알을 뽑아 버리기 직전이었어. 그 지긋지긋한 두들기는 소리라니!"

빛나는 목소리는 그리스 시에서 뜯어낸 것 같은 젊은 남자의 것이었다. 그에게서는 거만함과 아름다움이 뚝뚝 떨어지는 것 같다. 완전무결한 품종이다. 나는 이제껏 저렇게 넓고 흰 미소를, 저렇게 매끈하고 윤기가 흐르는 피부를 본 적이 없다. 그는 내가 경멸하는 모든 것이다.

그는 내 어깨를 두드리고 어느 정도는 격식을 차려 소개할 때 하듯 내 손을 잡는다. 나는 살짝 세게 쥔다. 그의 손아귀 힘도 세지만, 그가 자기 힘이 더 세다는 걸 보여 주려 하자 나는 그가 손을 뺄 때까지 더 힘을 준다. 그의 눈에 걱정스러운 빛이 문득 어린다.

"이야, 네 손은 바이스 같은걸!"

그가 키득거린다. 그는 자기가 카시우스라고 재빨리 소개하고, 내게 말할 시간은 거의 주지 않는다. 다행이다. 내 말을 듣자 그가 눈썹을 찌푸렸기 때문이다. 내 억양은 아직 완벽하지 않다.

"대로우. 음, 컬러를 짐작하기 힘든 이름이네. 아……."

그는 데이터패드에서 내 개인사를 찾아본다.

"음, 유명 가문 출신이 아니구나. 먼 행성 촌구석 출신이잖아. 안토니아가 너한테 무례하게 굴 만도 했네. 하지만 테스트 잘 쳤는지 말해 주면 그건 용서해 줄게."

"아, 네가 날 용서해 준다고?"

그의 미간이 좁아진다.

"난 지금 친절하게 대하려고 하는 거야. 우리 벨로나 가문은 개혁가는 아니지만, 천한 곳에서도 좋은 사람이 나올 수 있다는 건 알아. 나랑 손을 잡자고, 친구."

그의 외모 때문에 나는 그를 도발해야 할 필요성을 느낀다.

"음, 난 테스트가 좀 더 어려울 줄 알았는데. 양초가 나온 문제는 틀린 것 같기도 하지만, 그거 말고는……."

카시우스는 너그러운 웃음을 지으며 나를 지켜본다. 그의 생기 넘치는 눈길이 내 얼굴 위에서 춤추고, 나는 그의 어머니가 아침에 황금 고데기로 그의 머리를 말아 주는 걸까 하는 생각이 든다.

"그런 손을 가졌으니, 너 레이저 솜씨가 엄청나겠다."

그가 내 말을 끌어내리려는 듯 말한다.

"나쁘지 않아."

나는 거짓말을 한다. 마테오는 내가 레이저를 만지지도 못하게 한다.

"겸손하군! 성직자들 손에 자라기라도 한 거야? 뭐, 상관없지. 난 체력 검사 후에 아게아에 갈 거야. 같이 갈래? 조각가들이 템테이션에 새로 온 아가씨들을 아주 훌륭하게 바꿔 놓았다던데. 그리고 트라이스트는 얼마 전에 그래브플로어를 설치했어. 그래브부츠 없이도 떠다닐 수 있어. 네 생각은 어때? 관심이 생겨?"

그는 자기 날개 하나를 톡톡 치며 윙크한다.

"거기 가면 복숭아들이 많아. 상한 건 하나도 없어."

"안타깝게도 나는 못 가."

그는 내가 먼 행성에서 온 촌놈이라는 게 기억났다는 듯이 펄쩍 뛴다.

"오. 걱정 마, 굿맨. 내가 전부 계산할게."

나는 예의 바르게 사양하지만, 그는 이미 가고 있다. 그는 가기 전에 내 데이터패드를 두드린다. 홀로스크린이 내 왼쪽 팔 안쪽을 비추며 깜박인다. 그의 얼굴과 우리가 나눈 대화에 대한 정보가 남았다. 그가 말한 클럽들의 주소, 아게아에 대한 자세한 참고 자료, 그의 가족 정보. 그의 이름은 카시우스 오 벨로나. 집정관 티베리우스 오 벨로나의 아들이다. 집정관은 소사이어티의 제6 선단 총사령관이고, 아마 화성에서 아우구스투스 대총독의 권력에 맞설 만한 유일한 사람일 것이다. 두 집안은 서로 미워하는 것 같다. 서로를 죽이는 몹쓸 버릇이 있는 듯하다. 정말이지 새끼 살무사 같은 자들이다.

나는 이 사람들을 만나면 무서울 거라고 생각했다. 그들이 작은 신들일 거라고 생각했다. 하지만 카시우스와 안토니아를 빼면 별로 인상적이지 않은 아이들이 많다. 내가 테스트를 받는 방에는 70명밖에 없다. 카시우스처럼 생긴 아이들도 있다. 하지만 모두 다 아름다운 건 아니다. 체격으로 보면 자부심만 과장된 어린애들이다. 그들은 어려움을 모른다. 아기들이다. 픽시와 브론지들이 대부분이다.

다음으로는 내 신체 조건을 테스트한다. 나는 흰 방에서 알몸으로 에어체어에 앉아 있고, 품질 통제 위원회의 코퍼 테스터들이 나노캠으로 나를 살핀다.

"잘 보길 바란다."

내가 말한다.

브라운 직원이 들어오더니 내 코에 무언가를 끼운다. 그의 눈에는 아무 표정도 없다. 싸울 의지도, 나에 대한 경멸도 없는 사람이다. 그의 피부는 창백하고 그의 움직임은 어색하고 어설프다.

그들은 내게 폐가 참을 수 있는 만큼 오래 숨을 참아보라고 한다. 10분. 아까 왔던 브라운이 다시 와서 내 코를 집었던 것을 뗀다. 다음은 숨을 들이쉬고 내쉬는 테스트다. 숨을 들이쉬었더니 갑자기 방 안에서 산소가 없어졌다는 것을 깨닫게 된다. 의자에 앉은 내 몸이 기울어지기 시작하자 산소가 돌아온다. 방을 아주 춥게 만들고 내가 통제가 안 될 정도로 몸을 떨 때까지 얼마나 걸리는지 잰다. 그러고는 내 심장이 힘들어질 때까지 얼마나 걸리나 보려고 방을 뜨겁게 만든다. 내 심장이 뇌로 충분한 혈액과 산소를 보내기 힘들어질 때까지 방의 중력을 높인다. 얼마나 흔들려야 내가 토하는지 보려고 방을 움직인다. 나는 90미터짜리 드릴을 타던 사람이라, 그들은 결국 내가 토하는 것을 보지 못하고 포기한다.

그들은 내 근육으로 흘러가는 산소, 내 심장 박동, 내 근섬유의 밀도와 길이, 내 뼈의 인장력을 측정한다. 하모니와 함께 지옥을 겪고 난 나에겐 공원에서 산책하는 것이나 마찬가지다.

공을 던지라고 시키더니, 나를 벽 앞에 세우고 둥근 기계로 작은 공을 쏘며 잡아보라고 한다. 내 헬다이버 손은 그들의 기계보다 빨라서, 그런 기술자를 불러와 공을 쏘는 속도를 엄청나게 높인다. 결국 나는 이마에 공을 맞고 잠시 정신을 잃는다. 그들은 그것도 측정한다.

눈, 귀, 코, 입 테스트를 하니 끝이다. 테스트를 마치고 나니 나는 묘하게 내 자신과 동떨어진 기분이 든다. 그들이 내 몸과 뇌를 테스트했지만 나를 테스트하지는 않은 것 같다. 나는 카시우스라는 녀석과 했던 것 말고는 개인적인 상호 작용을 전혀 하지 않았다.

나는 지치고 혼란스러운 상태로 라커룸에 비틀비틀 들어간다. 옷을 갈아입는 사람들이 몇 명 있어서 나는 내 옷을 들고 플라스틱 라커의 사람이 없는 쪽으로 간다. 이상한 휘파람 소리가 들린다. 내가 아는 곡이다. 내 꿈에 나오는 노래다. 이오가 죽을 때 흘렀던 노래다. 그 소리를 따라가니 라커 룸 구석에서 옷을 갈아입고 있는 여자아이가 있다. 셔츠를 입는 그 아이의 등은 근육질이다. 내가 소리를 내자 그 아이는 갑자기 돌아보고, 어색한 짧은 순간 나는 얼굴을 붉히고 서 있다. 골드들은 알몸을 드러내는 것을 어색해 하지 않는다. 하지만 내 반응을 숨길 수가 없다. 그 아이는 아름답다. 하트 모양 얼굴, 통통한 입술, 웃음을 던지는 눈. 그녀가 말을 타고 달려갈 때와 똑같은 웃음을 던지는 눈이다. 내가 망아지를 탔을 때 나를 픽시라고 불렀던 그 아이다.

그 아이가 눈썹 하나를 치켜 올린다. 나는 뭐라 말해야 할지 알 수 없어서, 패닉에 빠져 몸을 돌리고 최대한 빠른 걸음으로 라커룸에서 나온다.

골드라면 이런 행동을 하지 않았을 것이다. 하지만 집으로 돌아오는 셔틀을 타고 마테오와 함께 돌아오면서 나는 그 여자아이의 얼굴을 떠올린다. 걔도 얼굴을 붉혔다.

짧은 비행이다. 더 길면 좋았을 텐데. 나는 듀로글라스 바닥을 통해 화성을 지켜본다. 지구화되긴 했지만 날아가는 동안 초목은 드문드문 보인다. 화성 표면에는 계곡 안과 적도 주위에 녹색 띠가 형성되어 있다. 곰보 같은 표면에 길게 베인 녹색 흉터 같은 모습이다.

충돌 분화구에 물이 차서 거대한 호수들이 되었다. 그리고 북반구에 뻗어 있는 보렐리스 강에는 민물이 가득하고 기묘한 수중 생물이 우글거린다. 모래 바람이 표층 흙을 긁어 농경지로 날려 보내는 드넓은 평원. 옵시디언이 훈련하고 사는 극지방은 태풍과 얼음이 지배한다. 이제 화성 표면의 상당 부분은 기후가 온화하지만, 그곳의 공기는 인정사정 없이 차갑다고 한다.

화성에는 도시가 1000개 있고, 도시마다 총독이 있으며 대총독이 그들 모두를 주재한다. 각 도시는 광산 식민지 100개의 중심에 위치한다. 총독이 이 식민지들을 운영하고, 폿지누스 같은 광산 치안 판사가 일상적인 것들을 관리한다.

이렇게 광산이 많고 도시가 많으니, 대총독이 카메라 팀을 대동하고 나의 고향에 온 것은 우연한 일이었던 것 같다. 우연과 헬다이버라는 내 위치 때문이었을 거다. 그들은 나를 본보기로 삼으려 했다. 이오는 나중에 생각나서 덧붙인 것이다. 그리고 대총독이 그 자리에 없었다면 이오는 노래를 부르지 않았을 것이다. 인생의 아이러니란 매력적이지 않다.

"내가 합격한다면 말인데, 저 기관은 어떤 곳이죠?"

나는 창밖을 보며 마테오에게 묻는다.

"수업이 많겠지. 내가 어떻게 알아?"

"정보가 없어요?"

"없어."

"없다고요?"

"음, 조금은 알아. 세 종류의 사람이 졸업해. 흉터를 입은 비할 데 없는 자, '졸업생', '치욕을 당한 자'. 비할 데 없는 자들은 사회에서 높은 자리에 오를 수 있어. 졸업생도 올라갈 수 있지만 그럴 가능성은 비교적 제한되어 있고, 졸업생은 반드시 흉터를 얻어야 해. 치욕을 당한 자는 명왕성 같은 멀고 힘든 식민지로 가서 지구화의 첫 몇 년을 감독해야 해."

"어떻게 하면 비할 데 없는 자가 되죠?"

"랭킹 시스템이 있는 것 같아. 아마 경쟁을 하겠지. 나도 몰라. 하지만 골드는 정복을 기반으로 하는 종족들이야. 경쟁에 정복이 포함될 법 하지."

나는 한숨을 쉰다.

"정말 모호하네요. 당신은 가끔은 다리 없는 개 정도밖에 도움이 안 돼요."

"굿맨, 골드 사회에서 게임을 벌이려면 후원이 있어야 돼. 기관에서의 네 행동은 후원을 얻기 위한 긴 오디션 기능을 할 거야. 넌 견습 기간을 거쳐야 해. 힘 있는 후원자가 필요하고."

그는 씩 웃는다.

"그러니까 네가 우리의 목표를 이루는 걸 돕고 싶다면 넌 할 수 있는 한 끔찍하게 잘해야 돼. 네가 집정관의 견습생이 된다고 생각해 봐. 10년 후면 너도 집정관이 될 수 있어. 선단을 가질 수 있다고! 선단이 있으면 네가 뭘 할 수 있을지 상상해 봐, 굿맨. 상상해 보라고."

마테오는 그런 허황된 이야기를 절대 하지 않기 때문에, 그의 눈에 담긴 흥분에는 전염성이 있다. 나는 상상해 보게 된다.

제16장

기관

　고층 펜트하우스에서 마테오와 함께 문화 인식과 억양 조절을 연습하고 있는데 시험 결과가 나온다. 석양을 뒤로한 도시의 풍경이 보인다. 요크톤 수퍼노바의 모의 전쟁 스포츠 클럽에 대한 영리한 대답을 하고 있는데 데이터패드에 우선 순위 메시지가 들어오며 삑 소리가 난다. 나는 커피를 쏟을 뻔한다.

　"데이터패드가 다른 기계의 슬레이브가 됐어요. 품질 통제 위원회예요."

　내 말에 마테오가 벌떡 일어난다.

　"4분 정도 시간이 있을 거야."

　그는 하모니가 인체 공학적 의자에 앉아 책을 읽고 있는 스위트의 서재로 달려간다. 그녀는 튀어오르듯 일어나 순식간에 스위트에서 나온다. 나는 나와 내 가짜 가족의 홀로사진들이 침실과 펜트하우스 곳곳에 배치되어 있는지 확인한다. 고용 하인 네 명, 브라운 셋과 핑크 하나가 펜트하우스에서 집안일을 한다. 그들은 내 가짜 가족의 상징인 페가수스 제복을 입고 있다.

브라운 하나가 부엌으로 간다. 핑크 여성이 내 어깨를 마사지한다. 마테오가 내 방에서 내 구두를 닦는다. 물론 이런 일들을 하는 기계들이 있지만, 골드는 인간이 할 수 있는 일은 절대 기계로 하지 않는다. 권력을 써야 하니 말이다.

우주선은 멀리서 잠자리 같이 나타난다. 웅웅거리며 다가와서 내 펜트하우스 창문 앞을 맴돈다. 탑승구가 열리고 코퍼 양복을 입은 남자가 정중히 절한다. 나는 데이터패드로 듀로글라스 창문을 열고 남자는 떠서 안으로 들어온다. 화이트 세 명이 함께 온다. 모두 손에 흰 상징을 달고 있다. 학자 셋과 코퍼 관료다.

"귀하께서는 최근에 타계하신 리노스 오 안드로메두스 님과 렉서스 오 안드로메두스 님의 자제분이신 대로우 오 안드로메두스 님이 맞으십니까?"

"그렇다."

관료는 굉장히 공손한 한편 안달이 난 태도로 나를 위아래로 본다.

"저는 기관의 품질 통제 위원회의 본딜루스 쿠 탄크루스라 합니다. 죄송하지만 여쭈어야 할 질문들이 좀 있습니다."

우리는 오크로 된 내 부엌 식탁에 서로 마주 보고 앉는다. 그들은 내 손가락을 기계에 연결하고, 화이트 한 명은 내 동공과 다른 생리적 반응들을 분석할 안경을 쓴다. 내가 거짓말을 하면 이들이 알아차릴 것이다.

"진실을 말씀하실 때의 일반적인 반응을 재기 위해 통제 질문부터 시작하겠습니다. 안드로메두스 가문의 일원이십니까?"

"그렇다."

"골드이십니까?"

"그렇다."

나는 새빨간 거짓말로 그들의 통제 질문을 망쳐 놓는다.

"두 달 전 입학 시험을 보실 때 속임수를 쓰셨습니까?"

"아니다."

"시험 중 신경핵을 사용해 이해력과 분석 기능을 높이셨습니까?"

"아니다."

"네트워크 장비를 사용하여 실시간으로 외부 자원을 동원하셨습니까?"

나는 짜증스럽게 한숨을 쉰다.

"아니다. 방해 전파 발신기 때문에 불가능했을 것이다. 미리 조사를 잘 해 와서 내 시간을 낭비하지 않고 있다니 고맙구나, 코퍼."

그의 미소는 형식적이다.

"시험 문제를 미리 알고 계셨습니까?"

나는 이 시점에서 적절한 화난 반응을 보인다.

"아니. 이게 뭐하는 짓이냐? 난 너와 같은 사람들에게 거짓말쟁이라는 말을 듣는 데에는 익숙하지 않다."

"뛰어난 점수를 기록하신 모든 분들이 거치시는 절차입니다, 골드이시여. 부디 이해해 주십시오. 표준 편차에서 크게 벗어난 높은 성적을 기록하신 분들께는 모두 이렇게 질문을 드려야 합니다. 테스트 중 다른 사람의 기계 장치에 본인의 기계 장치를 슬레이브로 연결하셨습니까?"

그가 웅얼거린다.

"아니다. 아까 말했듯이 방해 전파 발신기가 있었다. 내 말을 듣긴 하는 거냐?"

그들은 내 혈액 샘플을 채취하고 뇌를 스캔한다. 결과가 즉시 나오지만, 코퍼는 결과를 알려 주지 않는다.

"원래 절차가 그렇습니다. 2주 안에 결과를 통보 받으실 겁니다."

4주 후에 결과가 온다. 나는 품질 통제 테스트를 통과했다. 나는 속임수를 쓰지 않았다. 그리고 그 빌어먹을 테스트를 본 지 무려 두 달이나 지나서야 점수를 알려 준다. 그들이 내가 속였다고 생각한 이유를 이제야 깨닫는다. 나는 한 문제를 틀렸다. 딱 한 문제. 100개 중에서. 댄서, 하모니, 마테오에게 결과를 알려 주니 그들은 멍하니 나를 쳐다보기만 한다. 댄서는 의자에 털썩 앉아 히스테릭하게 웃기 시작한다.

"빌어먹을. 우리가 해냈어."

댄서가 욕을 내뱉는다.

"쟤가 한 거지."

마테오가 그의 말을 정정한다.

1분 정도 지나서야 댄서는 정신을 차리고 샴페인을 한 병 가져오지만, 지금도 무언가 다른 것, 이상한 것을 보듯 그의 눈이 나를 보고 있는 게 느껴진다. 마치 자기가 창조한 것이 무엇인지 갑자기 이해할 수 없게 된 것 같다. 나는 주머니의 헤만서스 꽃을 만지고 목에 맨 결혼반지를 느껴 본다. 나를 창조한 건 그들이 아니라 그녀다.

나를 기관으로 에스코트할 하인이 오자 나는 펜트하우스에서 댄서와 작별인사를 한다. 악수를 할 때 그는 내 손을 꽉 잡고, 아버지가 목 매달리기 전에 나를 보았던 것 같은 표정으로 나를 본다. 안심시켜 주려는 표정이다. 하지만 그 뒤에는 걱정과 의심이 있다. 내가 이 아이가 세상에 나갈 수 있게 준비를 시켜 주었나? 내가 내 할 일을 했나? 아버지가 나를 그런 표정으로 보았을 때 아버지는 스물다섯이었다. 댄서는 마흔하나다. 그래도 다를 건 없다. 나는 키득키득 웃는다. 나롤 삼촌은 한 번도 나를 그런 눈으로 본 적이 없다. 내가 이오를 교수대에서 내릴 때조차 안 그랬다. 내 오른손 훅을 워낙 많이 맞아서 내가 뭐라고 대답할지 알기 때문일지도 모른다. 하지만 내 선생들과 아버지들을 생각해 보면, 내게 가장 큰 영향을 준 사람은 나롤 삼촌이다. 삼촌은 내게 춤을 가르쳐 주었다. 내게 어른이 되는 방법도 알려 주었다. 어쩌면 내 미래가 이렇게 될 것을 알았기 때문인지도 모른다. 그리고 내가 헬다이버가 되지 못하게 하려 했지만, 삼촌에게 배운 것들 때문에 나는 살아

남았다. 나는 이제 새로운 것들을 배웠다. 이번에는 새로 배운 것들로 살아남기를 빌어 보자.

댄서는 몇 달 전 내 손가락을 벴던 칼 반지를 준다. 하지만 L자 모양으로 보이도록 모양을 바꾸어 놓았다.

"그들은 이게 스파르타 인들이 방패에 달던 V자 모양이라고 생각할 거다. L은 라카다이모니아(스파르타의 옛 도시 이름 — 옮긴이)의 L이다."

하지만 L은 라이코스다. 람다.

하모니가 내 오른손을 잡고 레드 상징이 있던 자리에 키스해서 나는 놀란다. 상처 입지 않은 차가운 눈에는 눈물이 고여 있다. 그녀는 다른 눈으로는 울 수 없다.

"이비가 우리랑 같이 살기로 했어."

하모니가 말한다. 내가 이유를 묻기도 전에 하모니는 미소를 짓는다. 그녀의 얼굴에 미소가 떠오르니 이상하다.

"눈치 빠른 사람이 너 하나인 줄 알았어? 미키보다 우리가 이비에게 더 좋은 삶을 줄 거야."

마테오와 나는 서로 미소를 지어 보이고 절을 한다. 우린 적절하게 존칭으로 서로를 부르고 그가 손을 뻗는다. 그의 손은 내 손을 잡지 않고 내 주머니의 꽃을 낚아챈다. 내가 꽃을 잡으려 하지만 그는 내가 만난 사람 중 유일하게 나보다 빠른 사람이다.

"이건 못 가지고 가, 굿맨. 네 손의 결혼반지만으로도 이상해. 그 꽃은 너무 심해."

"그럼 꽃잎 하나만 줘요."

"네가 그럴 것 같았어."

그는 목걸이를 꺼낸다. 안드로메두스의 상징이다. 내 상징이라는 게 기억난다. 철로 되어 있다. 그는 목걸이를 내 손에 떨어뜨린다.

"그녀의 이름을 속삭여 봐."

이오라고 속삭이자 페가수스가 헤만서스 봉오리처럼 피어난다. 그가 가운데에 꽃잎을 놓자 페가수스는 다시 닫힌다.

"이건 너의 마음이야. 철로써 지켜."

"고마워요, 마테오."

나는 눈물을 그렁거리며 말한다. 그는 저항하지만, 나는 그를 들어올려 끌어안는다.

"내가 일주일 이상 살아남는다면 난 당신에게 감사해야겠죠, 나의 굿맨."

내가 그를 내려놓자 그는 얼굴을 붉힌다.

"성질 잘 억누르고. 매너, 매너. 그러고는 그들의 끔찍한 집을 불태워 버려."

그의 작은 목소리가 어두워진다.

화성의 시골을 가로지르는 셔틀에 앉아 페가수스를 꽉 쥔다. 땅 위로 녹색 부분이 손가락처럼 뻗어 있다. 저 땅을 파는 것만이 내 삶의 목적이었다. 지금 람다에선 누가 헬다이버가 되었는지 궁금하다. 로런 형은 너무 어리고, 발로우는 나이가 너무 많다. 키어런 형? 키어런에겐 다른 책임이 많다. 사랑해 줄 아이들이 있고, 우리

가족이 죽어가는 건 볼 만큼 봐 왔다. 그의 뱃속엔 불길이 없다. 리애나에겐 불길이 있지만 여성들은 광산에 못 들어간다. 아마 이오의 오빠인 데인이 되었을 것 같다. 거칠지만 똑똑하지는 않다. 전형적인 헬다이버다. 일찍 죽을 것이다. 그 생각을 하니 토할 것 같다.

그 생각 때문만은 아니다. 난 불안하다. 셔틀 안을 둘러보며 천천히 깨닫는다. 다른 젊은이들 여섯 명이 조용히 앉아 있다. 탁 트인 시선과 예쁜 미소를 지닌 늘씬한 남자아이 하나와 눈이 마주친다. 그는 아직도 나비를 보면 웃음을 터뜨리는 부류의 아이다.

"줄리언이야."

그가 자기소개를 하며 내 팔을 잡는다. 셔틀을 탈 때 데이터패드를 압수당했기 때문에 서로 자세한 정보를 교환할 수가 없다. 그래서 나는 그에게 내 맞은편 자리를 권한다.

"대로우라. 아주 흥미로운 이름이군."

"아게아에 가 본 적 있어?"

내가 줄리언에게 묻는다.

"물론."

그는 미소를 지으며 말한다. 그는 늘 미소 짓는다.

"아니, 넌 안 가 봤다는 거야? 그건 좀 이상한데. 난 그간 내가 아주 많은 수의 골드들과 알고 지냈다고 생각했는데, 하지만 그들 중에는 입학 테스트를 간신히라도 통과한 사람들도 거의 없어. 얼굴들로 점철된 멋진 신세계가 되지 않을까 걱정이군. 어쨌든 네가 아게아에 안 가 봤다는 건 부러운걸. 이상한 곳이야. 분명 아름답긴 하지만, 거기의 삶은 빨라. 그리고 헐값이지. 사람들이 그러더군."

"우리에겐 그렇지 않지."

그는 키득키득 웃는다.

"그래, 아마도. 정치놀음을 하지 않는다면 그렇겠지."

"난 노는 걸 별로 좋아하지 않아."

그의 반응을 느낀 나는 윙크를 하고 웃어서 심각한 분위기를 날린다.

"내기를 하지 않는다면 말이야, 이 친구야. 무슨 말인지 알겠어?"

"알지! 뭘 좋아해? 블러드체스? 그래브크로스?"

"아, 블러드체스는 괜찮지. 하지만 모의 전쟁이 최고야."

나는 골드답게 씩 웃으며 말하자 그가 동의한다.

"특히 네가 노타운 팬이라면!"

"아…… 노타운이라. 우리가 잘 지낼 수 있을지 모르겠군."

나는 얼굴을 찡그리며 말한다. 나는 엄지로 내 몸을 쿡 찌른다.

"요크톤."

내 말에 그가 웃는다.

"요크톤! 우리가 과연 잘 지낼 수 있을지 모르겠네!"

내가 미소를 짓고 있긴 하지만, 내가 속으로는 얼마나 차가운지 그는 모른다. 대화, 천박한 대화, 미소는 모두 사교의 패턴이다. 마테오는 나를 잘 가르쳐 주었지만, 줄리언도 괴물 같아 보이지 않는다는 점은 칭찬해 줘야겠다.

그는 분명 괴물일 것이다.

"내 형제가 아마 벌써 기관에 도착했을 거야. 아게아에 있는 우리 가족 땅에 벌써 가 있었거든. 분명 말썽을 피웠겠지!"

그는 자랑스럽게 머리를 절레절레 흔든다.

"내가 아는 사내 중 최고야. 프라이머스가 될 테니 두고 봐. 우리 아버지의 자랑거리지. 우리 가족 수가 얼마나 많은지 생각하면, 보통 일은 아니야!"

그의 목소리에 질투는 조금도 없고, 사랑만이 담겨 있다.

"프라이머스?"

"아, 기관에서 쓰는 말이야. '하우스'의 리더란 뜻이지."

하우스. 그건 뭔지 안다. 성격 특성에 어느 정도 기반해서 열두 개의 하우스로 우리를 분류한다. 모두 로마 신에게서 딴 이름이 붙어있다. 졸업 후에 '스쿨하우스'는 사회적 관계의 도구이자 사교 클럽이 된다. 기관에서 잘하면 힘 있는 가문을 섬기도록 연결해 준다. 소사이어티의 진정한 힘은 가문이다. 그들은 자신만의 군대와 선단을 가지고 있고, 군주의 군대에 힘을 보탠다. 충성심은 그들로부터 시작한다. 자신의 행성에 사는 사람들에 대한 사랑은 거의 없다. 오히려 경쟁을 시킨다.

"야, 이 개자식들아, 아직 싸움 안 끝났어?"

짓궂은 아이가 셔틀 구석에서 우리를 비웃는다. 어쩌나 칙칙한지 골드가 아니라 카키에 가깝다. 입술은 얇고 얼굴은 쥐를 쫓는 잔인한 매 같다. 브론지다.

210

"우리가 널 방해하고 있었나?"

나는 예의를 차렸지만 살짝 꼬집듯 비꼰다.

"교미하는 개 두 마리가 나를 방해하고 있냐고? 그럴싸한데, 그래. 개새끼들이 시끄럽다면 그렇지."

줄리언이 일어선다.

"사과해라, 똥개야."

"꺼져."

작은 아이가 말한다. 순식간에 줄리언은 어디에선가 흰 장갑을 꺼냈다.

"그걸로 내 엉덩이 닦아 주려고, 황금 호모 새끼야?"

아이의 말에 줄리언은 충격을 받았다.

"뭐? 이 야만인 같으니! 누가 너를 키운 거냐?"

"늑대들이 키웠지, 너희 어머니 보지에서 튀어나온 다음부터."

"짐승 같은 놈!"

줄리언은 작은 아이에게 장갑을 던진다. 난 지켜보며 이런 코미디도 없을 거라 생각한다. 이 아이는 라이코스에서 데려온 아이 같은 모습이다. 베타 클랜일 수 있겠다. 못생기고 짜증을 잘 내는 로런 형 같다. 줄리언은 어떻게 해야 할지를 몰라 결투를 신청한다.

"도전이다, 굿맨."

못생긴 아이는 왕자 나리에게 콧방귀를 뀐다.

"결투? 너 그렇게 기분이 상했어? 좋아. '통로'를 지난 다음에 너희 가문의 자존심을 다시 세워 주지, 좆같은 놈아."

그는 장갑으로 코를 푼다.

"왜 지금 하지 않고, 겁쟁이?"

줄리언이 말한다. 그는 날씬한 가슴을 잔뜩 부풀리고 있다. 아버지에게 배웠겠지. 아무도 그의 가문을 모욕하지는 못한다.

"너 멍청하니? 레이저들이 보여? 얼간아. 꺼져. 통로 다음에 결투하자."

"통로…… ?"

줄리언이 마침내 내가 생각하던 것을 묻는다.

앙상한 아이는 심술궂게 씩 웃는다. 쟤는 치아조차 카키색이다.

"그게 마지막 테스트야, 얼간아. 그리고 링 이쪽 편의 비밀 중 최고는 옥타비아 오 룬의 보지 주위에 있어."

"그럼 넌 그것에 대해 어떻게 알지?"

내가 묻는다.

"연줄이 있어. 그리고 난 그것에 대해 아는 게 아니라, 그걸 아는 거야. 이 꼴통아."

그의 이름은 세브로다. 그의 태도가 마음에 든다.

하지만 통로 이야기를 들으니 걱정이 된다. 줄리언이 우리 셔틀의 다른 아이와 이야기를 시작하는 것을 들으며 나는 내가 아는 것이 너무나 적다는 것을 깨닫는다. 그들은 테스트 점수 이야기를 한다. 그들의 낮은 점수와 내 점수는 엄청나게 차이가 난다. 나는 큰 소리로 자기들 성적을 이야기하는 것을 듣고 세브로가 코웃음 치는 것을 눈치 챈다. 어떻게 저렇게 낮은 점수로 합격했지? 반감이 든다. 세브로는 몇 점이었을까?

우리는 어둠 속에서 매리너스 협곡에 도착한다. 이것은 화성의 검은 표면에 난 거대한 상처 같은 지역으로, 보이지 않는 곳까지 뻗어 있다. 그 중심에 내 행성의 수도가 솟아 있다. 밤에 보니 보석으로 된 소드의 정원처럼 보인다. 옥상에서는 나이트클럽이 빛난다. 플로어는 압축된 공기로 되어 있다. 그래브믹서가 물리학으로 장난을 쳐서 몸이 많이 드러나는 옷을 입은 여자애들과 멍청한 남자애들이 올라갔다 떨어졌다 한다. 각 블록을 감싼 노이즈버블을 뚫고 지나니 전혀 다른 소리가 나는 세상이다.

기관은 아게아의 밤 구역을 지나 매리너스 협곡 8킬로미터 높이 절벽 안에 있다. 절벽은 식물이 문명을 요람처럼 감싸는 녹색 암석의 해일처럼 솟아 있다. 기관 자체는 흰 돌로 만들어져 있다. 원형 석조 기둥과 조각으로 이루어진, 뿌리까지 로마 같은 곳이다.

난 여기 와 본 적이 없다. 하지만 기둥은 본 적이 있다. 우리 비행의 목적지는 본 적이 있다. 그의 얼굴과 말을 생각하니 담즙이 위에서 목으로 올라오듯 씁쓸함이 차오른다. 관중을 훑던 그의 눈. 나는 HC에서 대총독이 계급들에게 연설하는 것을 몇 번 보았다. 곧 그의 입술에서 나오는 말을 직접 듣게 될 것이다. 곧 분노로 고통받게 될 것이다. 그를 다시 직접 만나게 되면 불길이 내 심장을 핥는 것을 느낄 것이다.

우리는 드롭 패드에 내려 드넓은 계곡이 내려다보이는 옥외 대리석 광장으로 안내 받는다. 밤 공기는 상쾌하다. 우리 뒤에는 아게아가 펼쳐져 있고, 앞에는 기관의 대문이 있다. 나는 1000명이 넘는 골드들과 함께 서 있다. 모두 그들 계급 특유의 자신만만함을 가지고 주위를 둘러보고 있다. 학교의 흰 벽 밖에서 친구로 지내던 사이들끼리 모여 있는 아이들이 많다. 나는 골드 계급이 이렇게 많을 줄은 몰랐다.

옵시디언들을 거느리고 골드 고문들과 함께 있던 키 큰 골드 남자 하나가 그래브부츠를 신고 대문 앞으로 떠오른다. 그의 얼굴을 알아보고, 그의 목소리를 듣고, 금괴 같은 그의 눈빛을 보자 내 심장이 싸늘해진다.

"환영한다, 골드의 아이들아."

네로 오 아우구스투스 대총독이 이오의 피부처럼 부드러운 목소리로 말한다. 불가사의할 정도로 큰 소리다.

"너희가 여기 와 있다는 게 얼마나 중대한 일인지 이해하리라 생각한다. 화성에 있는 1000개의 도시 중에서. 그 모든 위대한 가문들에서, 너희들은 선택된 소수이다. 너희들은 인류 피라미드의 정점이다. 오늘 너희는 우리 종족 중에서 최고의 계급에 속하기 위한 활동을 시작하게 된다. 너희 동료들이 너희처럼 금성, 지구의 동반구와 서반구, 루나, 거대 가스 행성의 위성들, 유로파, 그리스 소행성군, 트로이 소행성군, 수성, 칼리스토, 엔셀라두스와 세레스 연합, 먼 힐다의 개척자들의 기관에 서 있다."

내가 화성의 개척자라고 알았던 것이 바로 어제 일인 것 같다. 죽어 가는 지구를 떠나기 위해 안간힘을 쓰는 인류가 화성으로 올 수 있도록 고생을 했던 게 바로 어제 같다. 아, 나의 지배자들은 거짓말을 정말 잘했다.

아우구스투스 뒤 별들 속에서 무언가 움직이지만, 움직이는 것은 별이 아니다. 소행성이나 혜성도 아니다. 제6, 제5 선단이다. 화성의 함대다. 숨이 턱 막힌다. 제6 선단은 카시우스의 아버지가 지휘하고, 더 규모가 작은 5번 선단은 대총독이 직접 지휘한다. 우주선들 대부분은 아우구스투스나 벨로나에게 충성을 맹세한 가문들 소유다.

아우구스투스는 우리가, 그들이 지배하는 이유를 보여 준다. 나는 피부가 따끔거리는 느낌을 받는다. 나는 너무나 작다. 수십억 톤의 듀로스틸과 나노메탈이 하늘에서 움직이는데, 나는 화성 대기권 밖에 나가 본 적도 없다. 우주선은 잉크로 된 바다에 뜬 은색 얼룩 같아 보인다. 그리고 나는 그보다 너무나 더 작다. 하지만 저 얼룩들은 화성을 황폐하게 만들 수 있다. 위성 하나를 파괴할 수 있다. 얼룩이 잉크를 지배한다. 사령관이 각 선단을 지휘한다. 집정관은 선단 안의 중대를 지휘한다. 내가 그런 힘을 가지면 뭘 할 수 있을까…….

연설하는 아우구스투스는 거만하다. 나는 목구멍에 찬 담즙을 삼킨다. 내 적들은 닿을 수 없을 만큼 먼 곳에 있었기 때문에, 예전의 내 분노는 차갑고 조용한 형태였다. 지금은 내 안에서 타오른다.

"소사이어티에는 세 가지 단계가 있다. 야만기, 상승기, 타락. 위대한 자들은 야만기를 통해 떠오른다. 그들은 상승기를 지배한다.

215

그들은 자신의 타락으로 인해 쇠락한다."

그는 페르시아 인들이 어떻게 쇠락했는지 이야기하고, 로마 인들의 지배자들이 그들의 부모가 제국을 어떻게 얻어냈는지를 잊어서 무너져 내렸다고 이야기한다. 그는 이슬람 왕조와 유럽의 우유부단함과 중국의 지역주의와 미국의 자기혐오와 자기 거세에 대해 지껄인다. 다 고대의 이름들이다.

"우리의 야만기는 우리의 수도인 루나가 지구의 독재에 항거하고 민주주의와 고상한 거짓말, 즉 인간은 형제들이고 평등하게 만들어졌다는 말의 족쇄에서 자유로워졌을 때 시작되었다."

아우구스투스는 자신의 금빛 혀로 자신의 거짓말을 엮어 낸다. 그는 골드들의 괴로움을 이야기한다. 대중은 마차에 앉아 위대한 사람들이 끌고 가기를 바란다고 그는 다시 이야기한다. 그들은 우리가 더 이상 견딜 수 없을 때까지 위대한 사람들을 채찍질한다.

나는 다른 채찍질이 기억난다.

"인간은 평등하게 만들어지지 않았다. 우리 모두 아는 사실이다. 평균치들이 있다. 평균을 훌쩍 벗어나는 사람들이 있다. 추한 사람들이 있다. 아름다운 사람들이 있다. 우리가 모두 평등했다면 이런 일은 없었을 것이다. 그린이 의사 노릇을 할 수 없는 것처럼, 레드는 우주선을 지휘할 수 없다!"

그들이 민주주의라 부르는 암이 태어난 곳인 한심한 아테네를 보라고 하자 광장에는 웃음이 더 퍼진다. 아테네가 스파르타 앞에 쓰러진 것을 보라. 고상한 거짓말이 아테네를 약하게 만들었다. 고상한 거짓말은 아테네 시민들이 질투 때문에 그들이 지녔던 최고의 장군인 엘키비아데스에게 등을 돌리게 만들었다.

"지구의 국가들끼리도 서로 질투하게 되었다. 미합중국은 평등이라는 이런 생각을 힘으로 강요했다. 그리고 국가들이 힘을 합치자, 미국인들은 자신들이 미움 받는다는 것을 알고 놀랐다! 대중들이 질투했다! 모든 사람들이 평등하게 만들어졌다면 얼마나 멋진 꿈이 되었을까! 하지만 우리는 평등하지 않다.

우리는 고상한 거짓말에 맞서 싸운다. 하지만 전에 말했듯이, 지금 말하고 있듯이, 우리가 전쟁을 벌이는 다른 악이 있다. 그것은 보다 치명적인 악이다. 그것은 체제 전복적인 느린 악이다. 그것은 들불이 아니다. 그것은 암이다. 그 암은 타락이다. 우리의 소사이어티는 야만기를 거쳐 상승기로 왔다. 하지만 우리의 영적 조상들인 로마 인들처럼, 우리도 타락에 빠질 수 있다."

그는 픽시들 이야기를 한다.

"너희들은 인류 중 최상이다. 하지만 너희들은 애지중지 보살핌을 받아 왔다. 어린아이 같은 취급을 받았다. 너희가 다른 컬러로 태어났다면 너희들에겐 굳은살이 박였을 것이다. 흉터도 있었을 것이다. 고통을 알았을 것이다."

그는 자기가 고통을 안다는 듯 미소 짓는다. 나는 이 사람을 증오한다.

"너희는 고통을 안다고 생각한다. 너희는 소사이어티가 역사의 필연적인 힘이었다고 생각한다. 소사이어티가 역사의 끝이라 생각한다. 하지만 그런 생각을 했던 사람은 예전에도 많았다. 우리가 마지막이다, 정점이다 하고 생각했던 지배 계급들은 많았다. 그들은 물러지고 뚱뚱해졌다. 그들은 굳은 살, 흉터, 고난이 너희 남자아이들이 즐겨찾는 쾌락 클럽과 너희 여자아이들이 생일에 달라고 하는 고급 실크와 다이아몬드와 유니콘들을 지켜 왔다는 것을 잊었다.

희생을 치르지 않은 골드들이 많다. 그래서 그들에겐 이게 없는 것이다."

그는 오른뺨의 긴 흉터를 보여 준다. 옥타비아 오 룬에게도 같은 흉터가 있다.

"동등한 자들의 흉터다. 우리는 태어났다는 이유만으로 태양계의 주인이 된 게 아니다. 우리는, 흉터를 입은 비할 데 없는 자들은, 철과 같은 골드들은 우리의 노력으로 그렇게 된 것이다."

그는 자기 뺨의 흉터를 만진다. 내가 가까이 있었다면 흉터를 더 만들어 줬을 텐데. 내 주위의 어린아이들은 이 사람의 헛소리를 산소처럼 들이마신다.

"지금 이 순간, 이 행성의 광산에 있는 컬러들은 너희보다 더 단단하다. 그들은 굳은살을 지니고 태어났다. 흉터와 증오를 지니고 태어났다. 그들은 나노스틸처럼 단단하다. 다행히 그들은 또한 매우 어리석다. 예를 들어, 너희가 분명 들어보았을 이 페르세포네는 노래 한 곡을 부르는 게 교수형을 당할 가치가 있는 일이라 생각했던 멍청한 여자아이에 불과하다."

나는 피가 날 정도로 볼 안쪽을 깨문다. 내 아내가 저 개자식의 연설에 등장한다는 걸 알게 되자 피부가 분노로 떨려온다.

"이 여자아이는 영상이 새어 나갈 것이라는 사실조차 몰랐다. 그러나 고난을 기꺼이 겪겠다는 의지가 이 아이에게 힘을 주었다. 순교자는 벌과 같다. 그들의 유일한 힘은 죽음과 함께 온다. 너희들 중 죽이기 위해서가 아니라, 적을 해치려는 의도만으로 자신을 희생할 사람이 몇이나 되겠느냐? 한 명도 없다는 데 내기를 걸어도 좋다."

입 안에서 피 맛이 느껴진다. 나는 댄서가 준 칼 반지를 가지고 있다. 그러나 나는 호흡을 해 격분을 가라앉힌다. 나는 순교자가 아니다. 나는 복수가 아니다. 나는 이오의 꿈이다. 그래도 이오를 살해한 자가 고소해하고 있는데 아무것도 하지 않고 있자니 배신하는 것 같은 기분이다.

"너희들도 곧 내 소드로 흉터를 받게 될 것이다. 그러나 먼저 그 자격을 얻어야 한다."

그가 말을 맺는다.

제17장

징병

"아폴로 하우스인 리누스와 렉서스 오 안드로메두스의 아들이 여. 아폴로 하우스에 우선적으로 지원하겠느냐?"

따분한 골드 관리자가 묻는다.

골드가 충성하는 순서는 컬러, 가문, 행성, 하우스다. 하우스는 대부분 막강한 한두 가문이 지배한다. 화성에서는 아우구스투스 가문, 벨로나 가문, 아크로스 가문이 다른 가문들에게 영향력을 행사한다.

"아니요."

내가 대답한다.

그는 데이터패드를 살핀다.

"좋다. 너는 은어 지능 테스트를 잘 치룬 것 같으냐? 추론력을 시험하는 테스트였다."

"제 점수가 대변할 거라 생각합니다."

"내 말에 귀를 기울이지 않았구나, 대로우. 그 말은 감점요인이다. 나는 너에게 네 성적을 어떻게 생각하느냐고 물은 것이다."

"당신들의 테스트를 지독하게 엿먹인 것 같습니다."

그는 미소를 짓는다.

"아. 음, 그렇다. 그랬어. 머리를 쓰는 미네르바 하우스가 네게 맞을 수 있겠구나. 솔직하지 못한 점으로는 플루토, 자존심으로는 아폴로. 그래. 으음. 너를 테스트해 보마. 최선을 다해 응해 보아라. 테스트가 끝나면 인터뷰가 시작될 것이다."

테스트는 빠르다. 몰입 게임의 형태이다. 언덕에 내가 손에 넣어야 하는 잔이 있다. 장애물이 많다. 나는 최대한 합리적으로 장애물을 피하고, 작은 엘프가 내가 얻은 열쇠를 훔치자 분노를 숨기려 애쓴다. 하지만 매 단계마다 빌어먹을 방해, 불편함이 있다. 늘 예측 불가능한 것들이다. 늘 추론의 범위를 넘는 일이 생긴다. 결국 나는 잔까지 가긴 하지만, 짜증나는 마법사를 죽이고, 그 마법사의 마술 지팡이를 써서 엘프 종족 하나를 노예로 만들고 나서야 가능했다. 엘프들은 그냥 내버려 둘 수도 있었지만 나를 짜증나게 만들었다.

곧 면접관들이 시간차를 두고 들어온다. 그들은 '프록터'라 불리는 감독관들이다. 전부 흉터를 입은 비할 데 없는 자들이다. 기관 내의 하우스의 학생들을 가르치고 대표하도록 대총독이 선정한 사람들이다.

모든 걸 고려해 볼 때, 그들은 인상적이다. 사자 같은 머리를 한 거대한 흉터가 있는 남자의 옷깃에는 목성을 상징하는 번개무늬가 있다. 부드러운 금빛 눈을 지닌 아줌마 같은 여자도 있다. 재치 있어 보이는 남자의 옷깃에는 날개 달린 발 무늬가 있다. 그는 가만히 앉아 있지 못하고, 그의 어려 보이는 얼굴을 보니 내 손에 홀딱 반한 것 같다. 그는 나와 게임을 한다. 그가 손바닥을 위로 해서 양손을 내밀고, 나는 손바닥을 아래로 하고 그 위에 손을 내밀고 있는다. 그가 잽싸게 손을 올려 내 손바닥을 치는 게임이지만 그는 한 번도 맞추지 못한다. 그는 기뻐서 자기 손으로 박수를 치더니 떠난다.

둥글게 꼬인 머리카락을 한 아름다운 남자가 인터뷰하는데 이것 또한 묘한 경험이다. 그의 옷깃에는 활 무늬가 있다. 아폴로다. 그는 내가 스스로 얼마나 매력적이라고 생각하는지 묻고, 내가 그의 추정치에 못 미치는 대답을 하자 불쾌해한다. 그래도 내 생각에 그는 나를 좋아하는 것 같다. 내게 나중에 무엇이 되고 싶은지 묻기 때문이다.

"함대의 사령관입니다."

내가 대답한다.

"함대가 있으면 대단한 일들을 할 수 있지. 그러나 원대한 생각이다. 너희 가문에겐 너무 원대할지도 몰라. 더 나은 가문을 후원자로 둔다면 가능할지도 모르지. 그래, 그러면 가능해."

그는 한숨을 쉰다. 모든 단어를 고양이처럼 가르랑거리는 소리를 내며 발음한다. 그는 자기 데이터패드를 본다.

"그러나 너의 출신 배경으로는 그런 일은 쉽지 않다. 음. 행운을 빈다."

한 시간 정도 혼자 앉아 있었는데 뚱한 표정의 남자가 온다. 그의 불운한 얼굴은 마르고 뾰족하지만, 그에겐 흉터가 있고, 레이저 자루가 그의 엉덩이에 매달려 있다. 이름은 피치너다. 입에 껌을 물고 있다. 검정과 금색이 섞인 유니폼을 입고 있다. 신진대사물질 냄새가 희미하게 나지만 배가 불룩하다. 유니폼이 배를 거의 가리고 있다. 다른 여러 사람들처럼 그는 배지들을 달고 있다. 머리 두 개 달린 금색 늑대가 옷깃을 장식하고 있다. 소매에는 이상한 손 그림이 있다.

"나한테는 미친 개들을 주지. 나한테는 우리 종족 중에서 살인자들을 줘. 오줌과 네이팜과 식초가 가득한 놈들."

그는 코를 킁킁거리더니 말한다.

"너한테선 똥 냄새가 난다."

나는 아무 말도 하지 않는다. 그는 문에 기대서 문이 자기를 기분 나쁘게 했다는 듯 문을 향해 얼굴을 찌푸린다. 그리고 다시 나를 향해 상스럽게 코를 킁킁댄다.

"문제는, 우리 마르스(화성) 하우스는 언제나 나가떨어진다는 거야. 처음에는 기관을 장악하지. 그러다 네이팜이 다 타서 없어지는데 얼마나 걸리는지를 깨닫는데……."

그는 손가락을 튕긴다. 나는 할 말이 없다. 그는 한숨을 쉬며 의자에 털썩 앉는다. 그는 잠시 나를 지켜보다가 일어나서 내 얼굴을 때린다.

"너도 나를 때리면, 넌 집에 갈 수 있어, 픽시."

나는 그의 정강이를 걷어찬다.

그는 술 취한 나롤 삼촌처럼 웃으며 절름거린다.

나를 집으로 돌려보내지는 않는다. 플로트체어가 있고 철제 아이보리 격자 구조로 장식된 큰 벽이 있는 넓은 방으로 다른 아이들과 함께 들어간다. 격자무늬는 벽에 체크판을 형성하고 있다. 네모난 상자가 가로로 열 줄, 세로로 열 줄 있다. 다른 학생들 99명이 각자 자기 상자로 들어간다. 이 아이들이 일류 인재들, 최고 학생들이다. 나는 내 상자에서 위를 올려다본다. 여자아이의 두 발이 내 위 상자에서 달랑거린다. 내 상자 앞에 숫자와 글자가 나타난다. 내 수치다. 나는 아주 무분별하고, 직관과 충성도, 그리고 특히 분노에서 상위 아웃라이어에 해당한다.

객석에는 열두 개 그룹이 있다. 각 그룹은 플로트체어에 앉아 수직으로 선 금색 깃발을 둘러싸고 가까이 모여 있다. 궁수, 번개, 올빼미, 머리 두 개 달린 늑대, 뒤집힌 왕관, 삼지창 등이 보인다. 각 그룹마다 프록터가 한 명씩 붙는다. 그들만은 얼굴을 가리지 않았다. 다른 사람들은 의식용 가면을 썼다. 특색 없는 금색 가면이고, 자기 하우스의 동물을 조금 닮았다. 이런 일이 있을 줄 미리 알았다면 나는 핵폭탄을 가져 왔을 텐데. 저 사람들은 드래프터들이다. 가장 높은 남녀들이다. 집정관, 사령관, 호민관, 심판관, 총독들이 저기 앉아서 나를 지켜보고 있다. 자기 하우스로 뽑아 갈 새 학생들을 고르고, 시험을 통해 견습생으로 삼을 젊은 남녀를 찾고 있다. 폭탄 하나만 있었으면 골드들 중 가장 높고 똑똑한 사람들을 죽일 수 있었을 텐데. 내가 무분별해서 이렇게 생각하는 건지도 모르겠다.

거인 같은 유전자 조작 소년이 번개 그림이 있는 하우스에 선택되자 드래프트가 시작된다. 주피터(목성) 하우스다. 비정상적으로 아름답고 육체적으로 뛰어난 여자아이들, 남자아이들이 이어서 뽑힌다. 내가 짐작하기론 그 아이들은 아마 천재이기도 할 것이다. 다섯 번째 선택. 발에 날개가 달린 아기 같은 얼굴의 면접관이 금색 부츠를 타고 내가 있는 곳으로 올라온다. 머큐리(수성) 하우스의 드래프터 몇 명이 그와 함께 올라온다. 그들은 자기들끼리 조용히 이야기를 주고받다가 내게 질문을 한다.

"네 부모님은 누구시냐? 너희 가족이 이룬 것은 무엇이 있느냐?"

나는 그들에게 대단할 것 없는 가짜 가족 이야기를 한다. 그들 중 하나는 한참 전에 죽은 내 친척 하나를 높이 사는 것 같다. 하지만 그 프록터의 반대에도 불구하고, 그들은 나를 넘기고 광산 90개를 소유하고 화성 남쪽 대륙 하나의 지분을 가진 가문 출신의 다른 학생을 선택한다.

머큐리 프록터가 욕을 하더니 내게 얼른 미소를 지어 보인다.

"다음 라운드에도 네가 남아 있길 바란다."

225

그가 말한다.

다음으로 선택된 학생은 냉소를 짓는 섬세한 여자아이다. 집중하기가 어렵고, 가끔은 어떤 학생들이 선택 받고 있는지 보기가 어렵다. 우리는 묘한 방식으로 배치되어 있다. 열 번째로 뽑을 때 인터뷰에서 나를 때렸던 프록터가 내 쪽으로 떠 온다. 드래프터들 사이에 이견이 있다. 나를 열렬히 지지하는 사람이 두 명 있다. 한 명은 아우구스투스만큼 키가 크지만, 허리까지 내려오는 금발을 세 갈래로 나누어 땋고 있는 여자다. 두 번째는 몸집이 더 크고 키는 별로 크지 않다. 나이가 많다. 흉터와 두툼한 손의 주름을 보면 알 수 있다. 올림픽 나이트의 문장이 찍힌 반지를 낀 손이다. 얼굴을 보지 않아도 그가 누구인지 대번에 알 수 있다. 론 오 아르코스. 레이지 나이트, 화성에서 세 번째로 강력한 사람이다. 정치에 뛰어들어 왕관에 손을 뻗는 대신, 소사이어티의 계약을 안전하게 지킴으로써 소사이어티에 봉사하기로 선택한 사람이다. 그가 나를 가리키자 피처녀가 씩 웃는다.

나는 1000명 중에서 열 번째로 선택받았다.

제18장

동급생들

수다를 떠는 학생들과 함께 식당으로 걸어가는데 기운이 없어지는 기분이다. 지나치게 거창하다. 흰 대리석 바닥, 기둥, 석양 때 날아다니는 새들이 보이는 홀로스카이까지. 기관은 내가 생각했던 것과 달랐다. 아우구스투스에 의하면, 이 꼬마 신들에게는 힘든 수업이 될 것이다. 나는 속으로 코웃음을 친다. 이 녀석들을 1년 동안 광산에서 지내게 해 보라지.

테이블이 12개 있고, 테이블마다 100석이 준비되어 있다. 우리 이름들이 의자 위에 금색 글씨로 떠 있다. 내 이름은 테이블 앞부분 오른쪽에 있다. 뛰어남을 보여 주는 자리다. 1차로 드래프트된 학생들이다. 내 이름 오른쪽에 바 하나가 떠 있다. 왼쪽에는 '-1' 이 떠 있다. 처음으로 바를 다섯 개 얻는 사람이 그 하우스의 프라이머스가 된다. 훌륭한 행동을 하면 상으로 바를 하나 얻는다. 내 뛰어난 테스트 성적 때문에 첫 번째 바를 얻은 모양이다.

"멋지군, 커터가 프라이머스 경쟁에서 앞서 나가다니."

귀에 익은 목소리다. 테스트장에 있던 여자 아이다. 나는 그 아이의 이름을 읽는다. 안토니아 오 세베루스. 잔인하고 예쁜 외모다. 광대뼈가 높고, 히죽 미소를 짓고 있고, 눈에는 경멸을 담고 있다. 머리는 길고 풍성하고 마이더스의 손이 닿은 것 같은 금색이다. 증오하고 증오받기 위해 태어난 아이다. 그 아이의 이름 옆에는 '-5'가 떠 있다. 이 테이블에서 내 점수와 두 번째로 가까운 점수다. 테스트장에서 만났던 남자 아이 카시우스가 내 대각선 방향에 앉아 있다. 카시우스의 환한 미소 옆에서 '-6'이 빛난다. 그는 손으로 곱슬머리를 쓸어 넘긴다.

다른 남자 아이가 내 맞은편에 앉는다. '-1'과 금색 바가 그 아이 이름 옆에 떠 있다. 카시우스는 느긋하게 앉아 있는데 프라이엄이라는 이 아이는 칼날처럼 꼿꼿한 자세로 앉는다. 천상의 얼굴이다. 눈은 초롱초롱하다. 머리는 아주 단정하다. 키는 나만 하지만 어깨가 넓다. 나는 이보다 더 완벽한 인간은 본 적 없는 것 같다. 끔찍할 정도로 조각상 같다. 이 아이는 드래프트에는 없었다. 이른바 프리미어라는 학생이다. 이런 아이들은 드래프트될 수 없고, 부모가 하우스를 고른다. 나는 그 이유를 깨닫는다. 그의 가증스러운 어머니인 벨로나 하우스의 기수가 우리 행성의 위성 두 개를 가지고 있다.

카시우스는 나를 향해 키득거린다.

"운명이 우릴 다시 만나게 해 줬군. 그리고 안토니아. 내 사랑! 우리 아버지들이 손을 써서 우리를 붙여 놓으신 것 같은데."

안토니아는 비웃는다.

"고맙다는 인사 전해 드리는 것 잊지 않게 해 줘."

"토니! 그렇게 못되게 굴 필요 없잖아. 이제 착한 미녀답게 미소를 던져 줘."

그가 손가락을 까닥거리자 그녀는 가운뎃손가락을 들어 보인다.

"널 창밖으로 던져 버리는 게 낫겠어."

"쪽!"

카시우스는 그녀에게 키스를 날린다. 그녀는 무시한다.

"그래, 프라이엄, 너랑 나는 이 바보들이랑 부드럽게 놀아 줘야겠지, 안 그래?"

카시우스의 말에 프라이엄은 고지식하게 대답한다.

"아, 내가 보기엔 다들 훌륭한 사람들인데. 우린 그룹으로서 아주 잘 해 나갈 것 같아."

그들은 고급 언어로 이야기한다.

카시우스는 테이블 끝쪽을 보며 별명을 붙이기 시작한다.

"드래프트의 쓰레기들이 우리 발목을 잡지 않으면 말이지, 굿맨! 스크루페이스(찡그린 얼굴), 이유야 뻔하지. 클라운(광대), 저 어처구니없는 부푼 머리 때문에. 위드(잡초), 왜냐하면, 음, 말랐으니까. 어이! 넌 시슬(엉겅퀴)이야. 네 코가 엉겅퀴에 걸린 것 같이 생겼으니까. 그리고…… 저기 있는 브론지 같이 생긴 애 옆에 있는 작은 친구는, 페블(조약돌)이라고 하자."

"내 생각엔 쟤들이 너를 놀라게 할 것 같은데. 너나 나처럼 키가 크거나 운동을 잘하지 않을지는 몰라도, 만약 지성이라는 게 그 테스트로 측정할 수 있는 거라면 심지어 우리만큼 똑똑하지도 않을지 몰라도, 그들이 우리 그룹의 중추가 될 거라고 말하는 건 위선이 아니야. 세상의 소금 같은 거지. 좋은 부류야."

프라이엄은 테이블 끝 쪽의 아이들을 두둔한다.

셔틀에 있던 작은 아이 세브로가 테이블 제일 끝에 앉아 있는 게 보인다. 세상의 소금은 친구를 만들고 있지 않다. 나도 마찬가지다. 카시우스가 내 '-1'을 본다. 카시우스는 프라이엄이 자기보다 점수가 좋았다는 것은 인정하지만, 자기가 내 부모님 이름은 들어 본 적이 없다는 이야기는 하고 넘어간다.

"그래서, 친애하는 대로우, 어떻게 속임수를 쓴 거야?"

그가 묻는다. 보조개가 있는 곱슬머리 여자아이 아리아와 이야기하던 안토니아가 흘끗 본다.

나는 웃는다.

"아, 이것 참. 품질 통제 위원회가 나한테 왔었어. 내가 어떻게 속임수를 썼겠어. 불가능하지. 너는 썼어? 네 점수도 높은데."

나는 중급 언어를 쓴다. 프라이엄이 지껄이는 헛소리 같은 고급 언어보다 더 편하다.

"내가? 속임수라고! 아냐. 그냥 별로 노력을 안 했을 뿐이야. 정

신을 똑바로 차렸다면 나도 너처럼 여자애들이랑 덜 놀고 공부를
더 했을 텐데."

카시우스가 대답한다. 그는 자기가 노력만 했다면 나처럼 높은
점수를 받을 수 있었을 거라 말하려 하고 있다. 하지만 너무 바빠
서 별로 노력을 하지 못했다는 것이다. 내가 그와 친구가 되려면
그냥 넘어가 줘야 할 것이다.

"공부를 했다고?"

내가 묻는다. 나는 갑자기 그에게 망신을 주고 싶다는 충동을
느낀다.

"나는 공부 전혀 안 했는데."

공기가 서늘해진다.

해서는 안 되는 말이었다. 뱃속이 덜컥하는 기분이다. 매너.

카시우스의 얼굴이 안 좋아지고 안토니아는 히죽 웃는다. 나는
그를 모욕했다. 프라이엄은 얼굴을 찡그린다. 만약 내가 함대에서
커리어를 쌓고 싶다면 어쩌면 카시우스 오 벨로나의 아버지의 후
원이 필요할 수도 있다. 사령관의 아들. 마테오는 이걸 내게 주입
했다. 잊기가 얼마나 쉬운지. 함대는 권력이 있는 곳이다. 함대 아
니면 정부 아니면 군대다. 나는 정부는 싫고, 이런 종류의 모욕으
로 결투가 시작된다는 건 말할 것도 없다. 넘지 말아야 할 선이 얼
마나 얇은지 깨달으며, 공포가 내 척추를 타고 흐른다. 카시우스는
결투하는 법을 알고, 나는 새로 익힌 그 많은 기술들에도 불구하
고 결투하는 법을 모른다. 그는 나를 갈기갈기 찢어놓을 테고, 얼

굴을 보니 딱 그렇게 하고 싶은 것 같다.

나는 그에게 고개를 까닥해 보인다.

"농담이야. 왜 그래, 친구. 눈에서 피가 나도록 공부하지 않고 어떻게 내가 이렇게 높은 점수를 받았겠어? 나도 너처럼 좀 놀 걸 그랬어. 어쨌거나, 우린 지금 같은 곳에 와 있군. 공부를 한 게 내게 아주 도움이 됐어."

내가 평화를 제의하자 프라이엄이 찬성의 뜻으로 고개를 끄덕인다.

"꽤 열심히 했던 모양이군!"

카시우스가 내 기묘한 사과 표현을 알아보았다는 의미로 고개를 까닥하며 환성을 지른다. 난 그가 자존심에 눈이 멀어 내가 갑자기 사과하는 것을 알아차리지 못할 거라고 생각했다. 골드는 자존심은 강할지 몰라도 멍청하지는 않다. 골드는 아무도 멍청하지 않다. 이걸 기억해 둬야겠다.

그 후에 나는 마테오가 자랑스러워 할 일을 한다. 퀸이라는 여자 아이에게 치근덕거리고, 카시우스와 프라이엄과 친구가 되고 농담을 주고받는다. 아마 평생 한 번도 욕해 본 적이 없을 프라이엄은 타이투스라는 이름의 키 큰 야수 같은 아이에게 나를 소개시켜 준다. 타이투스는 목이 내 허벅지만큼 굵다. 악수를 할 때 그는 일부러 손을 지나치게 세게 잡는다. 내가 그의 손을 부러뜨릴 뻔하자 그는 놀라지만, 그의 손아귀 힘은 정말 세다. 그는 카시우스와 나보다도 키가 크고, 거인 같은 목소리를 지녔지만 내 손아귀

232

힘이 최소한 자기보다는 세다는 걸 깨닫자 씩 웃는다. 하지만 그의 목소리에는 좀 이상한 점이 있다. 분명히 경멸하는 기운이 있다. 시인 같은 외모와 말투를 지닌 로크라는 깃털 같은 남자 아이도 있다. 그의 느릿한 미소는 자주 보이지는 않지만 진심이다. 보기 드문 일이다.

"카시우스!"

줄리언이 부른다. 카시우스는 일어나서 자기보다 더 날씬하고 더 예쁜 쌍둥이를 한 팔로 안는다. 난 두 사실을 엮어서 생각해 보지 못했는데, 그들은 형제다. 이란성 쌍둥이다. 줄리언은 자기 형제가 아게아에 먼저 가 있다는 말은 했다.

"여기 이 대로우는 겉보기와는 달라."

줄리언이 아주 심각한 얼굴을 하고 테이블에서 말한다. 그는 연극하듯 행동하는 재주가 있다.

"너 설마……."

카시우스가 한 손으로 입을 가린다.

내 손가락이 스테이크 나이프를 스친다.

"맞아."

줄리언이 침통하게 고개를 끄덕인다.

카시우스가 고개를 절레절레 흔든다.

"안 돼. 쟤 설마 요크톤 팬만은 아니겠지? 줄리언, 사실이 아니라고 말해 줘! 대로우! 대로우, 어떻게 그럴 수가 있어? 걔네는 맨날 지잖아! 프라이엄, 듣고 있어?"

나는 사과한다는 뜻으로 양손을 든다.

"출생의 저주인가 봐. 자라 온 환경의 영향이지. 나는 약자를 응원하거든."

비웃는 투로 말하지 않는 데 성공했다.

"셔틀에서 나한테 털어놓았어."

줄리언은 나를 안다는 걸 자랑스러워 한다. 자기가 나를 안다는 걸 자기 형제가 안다는 걸 자랑스러워 한다. 그는 카시우스가 인정해 주길 원한다. 카시우스 역시 그걸 모르지 않아서, 부드럽게 칭찬을 해 준다. 줄리언은 하이드래프트 자리를 떠나 만족스러운 미소와 모난 어깨를 하고 자기 자리인 테이블 중간의 미드드래프트로 간다. 카시우스가 착한 축이라곤 생각하지 못했다.

내가 만난 아이들 중 나를 대놓고 싫어하는 사람은 안토니아 하나뿐이다. 그녀는 테이블의 다른 사람들처럼 나를 보지 않는다. 그녀에게선 아스라한 경멸만 느껴진다. 로크와 시시덕거리던 그녀는 내 시선을 느끼고 얼음같이 된다. 내가 느끼는 감정도 같다.

기숙사는 꿈에 나올 것 같은 곳이다. 계곡이 보이는 창문의 테두리에는 금이 둘러져 있다. 침대는 실크와 퀼트와 새틴으로 되어 있다. 누워 있으니 핑크 마사지사가 들어와 한 시간 동안 내 근육을 주물러 준다. 후에 내 욕구를 풀 나긋나긋한 핑크 세 명이 들어온다. 나는 그들을 카시우스의 방으로 보낸다. 유혹을 가라앉히기 위해 나는 찬물로 샤워를 하고 코린스 광산 식민지의 일꾼 가상체험에 푹 빠진다. 가상체험 속의 헬다이버는 예전의 나보다 솜씨가 별로지만, 덜컹거림과 시뮬레이션 열기, 어둠과 살무사가 어찌나 편안한지 나는 낡은 진홍색 천을 머리에 두른다.

음식이 더 온다. 아우구스투스는 말이 정말 많았다. 엄청나게 과장을 하며 지껄여 댄다. 이것이 그들이 생각하는 고생이란 것인가. 이오의 꽃이 든 로켓을 손에 쥔 채, 배가 부른 상태로 잠이 들려니 죄책감이 든다. 내 가족은 오늘 밤 배고픈 상태로 잠을 잘 것이다. 나는 이오의 이름을 속삭인다. 주머니에서 결혼반지를 꺼내 입 맞춘다. 고통을 느낀다. 그들이 그녀를 훔쳐갔다. 하지만 그러도록 한 것은 그녀다. 그녀가 나를 떠났다. 그녀는 내게 눈물과 고통과 갈망을 남겼다. 그녀는 내게 분노를 주기 위해 나를 떠났고, 아주 잠깐 동안이지만 그녀를 미워하지 않을 수가 없다. 비록 그 미움의 순간을 넘어서면 사랑밖에는 없지만 말이다.

"이오."

나는 속삭이고, 로켓이 닫힌다.

제19장

통로

나는 일어나며 토한다. 부른 내 배에 두 번째 주먹이 날아든다. 그리고 세 번째. 난 속이 비었고 거칠게 숨을 쉬고 있다. 내 토사물 속에 빠져 죽을 것 같다. 기침하며 발버둥친다. 달아나려고 해 본다. 한 남자가 손으로 내 머리카락을 잡고 벽에 던진다. 맙소사, 정말 힘이 세다. 그리고 그는 손가락이 몇 개 더 있다. 나는 칼 반지를 잡으려 하지만, 그들은 벌써 나를 복도로 끌고 나왔다. 이렇게 거칠게 다뤄진 건 처음이다. 새로운 몸조차 그들의 타격에서 회복하지 못한다. 검은 옷을 입은 사람 네 명이다. 까마귀들, 살인자들이다. 그들이 나에 대해 알아냈다. 그들이 내 정체를 안다. 끝났다. 다 끝났다. 그들의 얼굴은 표정이 없는 가면이다. 나는 식당에서 가져온 칼을 허리에서 꺼내 한 명의 사타구니를 찌르려 한다. 그때 그들 손목에서 금색이 번쩍이는 것이 보인다. 그들은 내가 칼을 떨어뜨릴 때까지 때린다. 이건 테스트다. 저 팔찌를 발급한 사람들이 이 옵시디언들에게 자기보다 높은 컬러의 사람을 때려도 되도록 허가한 것이다. 나에 대해 알아낸 것이 아니다. 테스트다. 이건 테스트다.

스터너를 사용할 수도 있었다. 구타에는 이유가 있다. 이건 대부분의 골드들이 한 번도 경험해 보지 못한 것이다. 그래서 나는 기다린다. 나는 몸을 웅크리고 그들이 나를 때리도록 둔다. 내가 저항하지 않자 그들은 자기들이 할 만큼 했다고 생각한다. 사실 그런 셈이다. 그들이 만족하고 그만둘 때쯤에는 나는 엉망이 되어 있다.

키가 거의 3미터 되는 남자들이 나를 끌고 복도를 걸어간다. 내 머리에는 가방을 씌웠다. 그들은 나를 겁주려고 기술은 쓰지 않고 있다. 여기 아이들 몇 명이 이런 육체적 힘을 느껴 보았을까 생각해 본다. 이렇게 비인간적인 대접을 받아 본 사람이 몇이나 될까? 그들이 끌고 가는 동안 가방에서는 죽음과 오줌의 냄새가 난다. 나는 웃기 시작한다. 내 끔찍한 프라이수트 같다. 그러자 가슴팍으로 주먹이 날아들어 나는 헐떡이며 쓰러진다.

두건에는 음향 장치도 달려 있다. 나는 숨을 크게 쉬고 있지 않은데, 내 숨소리는 실제보다 크게 들린다. 학생들이 1000명이 넘는다. 지금 나와 똑같은 운명을 겪고 있는 아이들이 수십 명은 될 텐데, 아무 소리도 들리지 않는다. 그들은 내가 다른 사람들 소리를 듣는 걸 원하지 않는다. 내가 혼자이고, 내 컬러가 아무 의미도 없다고 생각하게 하려는 것이다. 놀랍게도 나는 그들이 감히 나를 때렸다는 것이 불쾌하다. 내가 끔찍한 골드라는 걸 모르나? 그리고 웃음이 나오려는 걸 참는다. 효과적인 속임수다.

나를 들어올리더니 바닥에 세게 던진다. 진동과 배기가스 냄새가 느껴진다. 곧 우리는 떠오른다. 내 머리를 가린 가방의 어떤 부분이 방향 감각을 잃게 만든다. 우리가 어느 방향으로 날고 있는지, 얼마나 높이 떠올랐는지 알 수가 없다. 내 거친 숨소리는 끔찍해졌다. 숨이 가빠지는 걸 보니 이 가방은 산소도 차단하는 것 같다. 그래도 프라이수트보다 심하지는 않다.

시간이 흐른다. 한 시간? 두 시간? 우리는 착륙한다. 그들은 내 발목을 잡고 끌고 간다. 머리가 돌에 부딪혀 충격이 온다. 한참 지나서야 조명이 단 한 개만 켜져 있는 돌로 된 황량한 방에서 머리의 가방을 벗겨 준다. 누구 한 명이 벌써 와 있다. 까마귀들은 내 옷을 벗기고 소중한 페가수스 펜던트를 뜯어내더니 사라진다.

"여기 추워, 줄리언?"

나는 서서 더러운 붉은 헬다이버 땀 밴드를 쥐고 있던 왼손의 힘을 빼며 키득거린다. 내 목소리가 메아리친다. 우린 둘 다 알몸이다. 나는 오른쪽 다리를 저는 척한다. 이게 뭔지 알겠다.

"대로우, 너야? 너 괜찮아?"

줄리언이 묻는다.

"멀쩡해. 오른쪽 다리를 다치긴 했지만."

238

나는 거짓말을 한다.

줄리언도 왼손을 땅에 짚고 일어선다. 왼손을 주로 쓰는구나. 빛을 받으니 그는 키가 크고 약해 보인다. 구부러진 건초 같다. 하지만 내가 줄리언보다 훨씬 더 많이 맞았다. 어쩌면 난 갈비뼈에 금이 갔을지도 모른다.

"넌 이게 뭐라고 생각해?"

그가 묻는다.

"이게 통로인가 봐."

"하지만 그 사람들 거짓말을 했다고. 통로가 내일 있을 거라고 했어."

녹슨 경첩이 삐걱거리며 두꺼운 나무문이 열리고, 프록터 피치너가 껌풍선을 터뜨리며 걸어 들어온다.

"프록터! 저희에게 거짓말을 하셨습니다."

줄리언이 항의한다. 그는 자기 눈을 가리는 예쁜 머리칼을 손으로 쓸어낸다.

피치너의 거동은 느릿느릿하지만 눈은 고양이 눈 같다. 그가 한가하게 내뱉는다.

"거짓말은 너무 힘들어."

"저…… 어떻게 우릴 이렇게 다룰 수 있습니까! 당신은 내 아버지가 누군지 알 텐데요. 그리고 내 어머니는 '특사'입니다! 당장 당신들을 폭행 혐의로 기소할 수 있다고요. 그리고 당신들은 대로우의 다리도 다치게 했습니다!"

"지금은 새벽 1시야, 멍청아. 이제 내일이 된 거지."

피치너는 껌 풍선을 또 하나 입에 넣는다.

"그리고 여기엔 너희 두 사람이 있지. 안타깝게도, 너희 반에는 빈자리가 하나밖에 없다."

그는 화성의 늑대가 새겨진 금반지와 기관의 별 방패를 더러운 돌바닥에 던진다.

"애매모호하게 말할 수도 있었지만, 너희들은 머리가 잘 안 돌아가는 것 같군. 둘 중 하나만 살아서 나온다."

피치너는 들어왔던 문으로 다시 나간다. 문은 끽 소리를 내더니 쾅 닫힌다. 줄리언은 그 소리에 움찔한다. 나는 움찔하지 않는다. 우리 둘 다 반지를 노려본다. 방금 어떤 일이 일어났는지 알고 있는 사람이 이 방에서 나 하나뿐이라는 메스꺼운 느낌이 뱃속에서 든다.

"그들이 뭘 하려는 것 같아? 그들이 지금 우리에게……."

줄리언이 내게 묻는다.

"서로 죽이라고 시킨 거냐고? 응, 저들이 바라는 게 그거야."

내가 문장을 대신 끝맺는다. 목이 메어 오지만, 나는 이오의 결혼반지를 손가락에 단단히 차고 주먹을 쥔다.

"나는 저 반지를 낄 생각이야, 줄리언. 내가 가지게 해 주겠니?"

나는 그보다 크다. 키는 더 작지만 그건 상관없다. 줄리언에겐 가망이 없다.

"내가 가져야 돼, 대로우."

240

그가 웅얼거린다. 그가 고개를 든다.

"나는 벨로나 가문 출신이야. 저거 없이 집에 갈 수는 없어. 넌 우리가 누군지 아니? 넌 수치를 느끼지 않고 집에 갈 수 있어. 난 안 돼. 저건 너보다 나한테 더 필요해!"

"우린 집에 못 가, 줄리언. 한 명만 살아서 나가. 너도 들었잖아."

"그렇게 하지는 않을 거야……."

그가 말해 본다.

"그럴까?"

"제발. 제발. 대로우. 그냥 집에 가. 저건 너한테는 나만큼 필요하지 않아. 아니라니까. 카시우스…… 내가 성공 못 하면 카시우스는 정말 수치스러워 할 거야. 난 카시우스를 쳐다보지도 못할 거야. 우리 가족은 전부 흉터가 있어. 아버지는 사령관이야. 사령관! 사령관 아들이 통로조차 통과하지 못하면…… 휘하의 군인들이 어떻게 생각하겠어?"

"너희 아버지는 그래도 널 사랑하실 거야. 우리 아버지라면 그러실걸."

줄리언은 고개를 가로젓는다. 그는 심호흡을 하고 몸을 곧게 세우고 선다.

"나는 벨로나 가문의 줄리언 오 벨로나야, 굿맨."

나는 이러고 싶지 않다. 줄리언을 해치고 싶지 않은 마음이 이렇게 강한 이유를 나도 설명할 수 없다. 하지만 언제부터 내가 원하는 게 중요했담? 내 사람들에게 이게 필요하다. 이오는 행복과 목숨을 희생했다. 나는 내가 원하는 걸 희생할 수 있다. 나는 이 늘 씬한 어린 왕자를 희생시킬 수 있다. 나는 내 영혼조차 희생시킬 수 있다.

나는 줄리언 쪽으로 첫 발을 내딛는다.

"대로우…….."

그가 중얼거린다.

대로우는 라이코스에서는 친절했다.

나는 그렇지 않다. 이러는 내가 싫다. 눈앞이 뿌연 걸 보니 내가 울고 있는 모양이다.

사회의 규칙과 매너, 도덕은 사라졌다. 돌로 된 방, 같은 희귀한 물건을 필요로 하는 사람 두 명만 있으면 그렇게 된다. 그러나 상황 전환은 즉각 이뤄지지 않는다. 내가 줄리언의 얼굴을 치고 그의 피가 내 주먹에 묻어도, 이건 싸움 같지가 않다. 방은 조용하다. 어색하다. 나는 그를 때리는 것이 무례하게 느껴진다. 마치 연기하는 것 같다. 발에 닿는 돌은 차다. 피부가 따끔거린다. 숨소리가 메아리친다.

그들은 그의 시험 성적이 좋지 않았기 때문에 내가 그를 죽이길 원한다. 이건 어울리지 않는 조합이다. 나는 다윈의 낫이다. 자연이 겨를 벗겨 내는 방식이다. 나는 죽이는 법을 모른다. 사람을 죽여 본 적이 없다. 내겐 칼도, 썸퍼도, 스코처도 없다. 맨손으로 고기와 근육으로 된 이 아이의 피를 다 쏟아 내게 한다는 건 불가능하게 느껴진다. 나는 웃고 싶고 줄리언은 웃는다. 나는 차가운 방에서 벌거벗은 아이를 때리는 벌거벗은 아이다. 그가 주저하는 것은 명백하다. 그의 발은 춤추는 법을 기억하려는 사람처럼 움직인다. 하지만 그가 팔꿈치를 내 눈높이로 올리자 갑작스러운 공포가 밀려온다. 나는 그가 어떻게 싸우는지 모른다. 그는 낯선, 예술적인 방식으로 내게 건성으로 주먹을 날린다. 그는 머뭇거리며 느리게 움직이지만, 그의 소심한 주먹이 내 코를 때린다.

나는 분노에 사로잡힌다.

얼굴에 감각이 없어진다. 심장이 천둥처럼 친다. 목 안에서 무언가가 느껴진다. 핏줄이 오싹해진다.

나는 스트레이트로 줄리언의 코를 부러뜨린다. 맙소사, 내 손은 강하다.

그는 소리를 지르며 내게 덤비고, 묘한 각도로 내 팔을 붙잡는다. 팔에서 뚝 소리가 난다. 나는 그의 콧등에 이마를 갖다 박는다. 그의 목덜미를 잡고 다시 한 번 이마로 친다. 그는 몸을 빼내지 못한다. 한 번 더 친다. 뭔가 부서지는 소리가 난다. 피와 침 거품이 내 머리에 묻는다. 그의 이가 내 두피를 벤다. 나는 춤추듯 뒤로 떨어져 나가며 왼발을 뒤로 뺐다가, 몸을 돌리며 온 체중을 실어 오른손으로 그의 가슴을 친다. 내 헬다이버 주먹이 그의 강화된 갈비뼈를 부러뜨린다.

아주 큰 숨소리가 난다. 그리고 나뭇가지가 부서지는 것 같은 딱딱 소리가 난다.

그는 뒤로 쓰러진다. 나는 이마로 그를 받은 것 때문에 어지럽다. 화가 난다. 사물이 두 개로 보인다. 나는 비틀거리며 줄리언에게 간다. 뺨에서 눈물이 흘러내린다. 그는 경련하고 있다. 그의 금발을 잡아 보니 그의 몸은 이미 처져 있다. 젖은 황금 깃털 같다. 그의 코에서 피가 흘러나온다. 그는 조용하다. 더 이상 움직이지 않는다. 더 이상 미소 짓지 않는다.

나는 쓰러지며 그의 머리를 감싸 안고 내 아내의 이름을 중얼거린다. 그의 얼굴은 피로 된 꽃같이 되어 있다.

3부
골드

"이것이 네 슬링블레이드야, 애야.
이것이 너를 위해 땅의 핏줄을 긁어 낼 것이다.
살무사를 죽일 것이다.
날카롭게 벼려 두고, 네가 드릴에 갇히게 되면
팔다리 하나를 값으로 치르면
이것이 네 목숨을 구해 줄 것이다."
내 삼촌은 이렇게 말했다.

제20장

마르스 하우스

망가진 소년을 바라보는 내 영혼은 차분하다. 카시우스조차 이제 줄리언을 알아보지 못할 것이다. 내 마음에 텅 빈 공간이 새겨졌다. 떨리는 내 손에서 피가 차가운 돌로 떨어진다. 내 손의 금빛 상징을 따라 피가 흘러내린다. 나는 헬다이버지만, 눈물이 사라지고 나서도 계속 흐느낀다. 그의 피가 내 무릎에서 털 없이 매끈한 종아리로 뚝뚝 떨어진다. 붉다. 금빛이 아니다. 피로함이 내 가슴을 채울 때까지 흐느끼는 동안, 내 무릎은 돌을 느끼고 내 이마는 돌에 닿는다.

고개를 들어도 그는 죽은 채이다.

이건 옳지 않았다.

나는 소사이어티가 노예들을 가지고만 게임을 하는 줄 알았다.

틀린 생각이었다. 줄리언은 테스트에서 나만큼의 성적을 올리지 못했다. 육체적 능력이 나만 못했다. 그래서 그는 희생양이 되었다. 하우스마다 학생이 100명씩 있고, 아래의 50명은 위의 50명에게 죽임을 당할 목적만으로 여기 왔다. 이건 그저 끔찍한 테스트일 뿐…… 내겐 그렇다. 막강한 벨로나 가문조차 자기 자식들 중 능력이 떨어지는 아이를 지킬 수 없었다. 그게 중요한 점이다.

내 자신이 싫다.

그들이 내게 시킨 일이라는 걸 아는데도 선택같이 느껴진다. 내가 이오의 다리를 당기고 이오의 작은 척추가 부러지는 걸 느꼈을 때처럼 말이다. 내가 한 선택. 하지만 이오 때 다른 선택이 있었나? 줄리언 때는? 그들은 죄책감을 느끼게 하기 위해 우리에게 이런 걸 시키는 것이다.

돌과 벌거벗은 두 몸뚱이 말고는 피를 닦을 곳이 없다. 이건 내가 아니고, 내가 되고 싶은 사람이 아니다. 나는 아버지, 남편, 춤추는 사람이 되고 싶다. 땅을 파게 해 줘. 내 동족의 노래를 부르고 뛰고 돌고 벽을 따라 달리게 해 줘. 나는 금지된 노래는 절대 부르지 않을게. 일할게. 절할게. 내 손에서 피가 아닌 흙을 씻어 내게 해 줘. 나는 내 가족과 살고 싶을 뿐이야. 우린 충분히 행복했어.

자유의 대가는 너무 크다.

하지만 이오는 그렇게 생각하지 않았다.

빌어먹을 이오.

기다려 보지만, 아무도 내가 만든 난장판을 보러 오지 않는다.

문은 잠겨 있지 않다. 나는 줄리언의 눈을 감겨 준 다음 금반지를 끼고 알몸인 채 차가운 복도로 걸어나간다. 텅 비어 있다. 부드러운 불빛이 나를 끝없는 계단 위로 이끈다. 지하 터널의 천정에서 물이 떨어진다. 그 물로 몸을 씻으려 해 보지만, 피가 피부에 스미며 묽어질 뿐이다. 터널을 따라 아무리 가도 내가 저지른 일에서 탈출할 수 없다. 나는 내 죄와 함께 혼자 있다. 이것이 그들이 지배하는 이유다. 흉터를 입은 비할 데 없는 자들은 어두운 일은 평생 가져가는 거라는 것을 안다. 저지른 일에서 벗어날 수는 없다. 지배하려면 흉터를 입어야 한다. 이것이 그들의 첫 번째 교훈이다. 아니면 약한 자는 살 자격이 없다는 게 교훈인가?

나는 그들을 증오하지만 이해한다.

이겨라. 죄책감을 져라. 지배해라.

그들은 내가 인정사정없어지길 바란다. 그들은 내 기억력이 짧기를 원한다.

하지만 나는 다르게 자랐다.

내 동족의 노래는 모두 기억에 대한 노래다. 그러니 나는 이 죽음을 기억할 것이다. 내 동료 학생들에겐 짐이 되지 않겠지만 내겐 짐이 될 것이다. 짐이 변하도록 하면 안 된다. 그들처럼 되어선 안 된다. 나는 모든 죄, 모든 죽음, 모든 희생이 자유를 위한 것임을 기억할 것이다.

그러나 이제 나는 두렵다.

내가 다음 교훈을 견딜 수 있을까?

내가 아우구스투스처럼 차가운 척 할 수 있을까? 난 이제 그가 주저 없이 내 아내를 목 매달았다는 것을 안다. 그리고 왜 골드들이 지배하는지 이해하기 시작하고 있다. 그들은 내가 할 수 없는 일을 할 수 있다.

　나는 혼자 있지만, 곧 다른 사람들을 찾을 수 있을 거라는 걸 알겠다. 그들은 지금은 내가 죄책감에 푹 젖기를 바라고 있다. 그들은 내가 외롭고 애통해하기를 바란다. 그래서 내가 다른 승리자들을 만나면 안도를 느끼기를 바란다. 살인이 우리를 묶어 줄 것이고, 나는 다른 승리자들과 함께 있으면 죄책감을 덜 느끼게 될 것이다. 나는 다른 학생들을 사랑하지 않지만, 사랑한다고 생각하게 될 것이다. 나는 그들의 위안, 내가 사악하지 않다는 그들의 안심을 원하게 될 것이다. 그들도 같은 것을 원할 것이다. 우리를 가족으로 만들기 위한 것이다. 잔인한 비밀을 지닌 가족.

　내 생각이 옳았다.

　터널을 따라가니 다른 아이들이 있다. 시인 로크를 제일 먼저 발견한다. 그는 뒤통수에서 피를 흘리고 있다. 오른쪽 팔꿈치가 피로 미끈거린다. 나는 로크가 사람을 죽일 수 있을 거라고 생각하지 않았다. 누구의 피일까? 로크는 울어서 눈이 빨갛다. 다음은 안토니아다. 우리처럼 그녀도 알몸이다. 그녀는 조용하고 냉담하게 금으로 된 배처럼 떠가듯 움직인다. 그녀가 걷는 자리에 피로 된 발자국이 남는다.

카시우스를 발견하게 될까 봐 두렵다. 나는 그가 죽었기를 바란다. 그가 무섭기 때문이다. 그를 보면 댄서가 떠오른다. 잘생기고 잘 웃지만, 표면 바로 아래에 용이 숨어 있다. 하지만 그래서 무서운 건 아니다. 나를 증오하고, 나를 죽이고 싶어 할 이유가 있기 때문이다. 이제까지 내 인생에서 누구에게도 그럴 만한 이유는 없었다. 나를 증오한 사람은 없었다. 그는 사실을 알게 된다면 날 증오할 것이다. 그때 깨닫는다. 그런 비밀이 있는데 하우스가 어떻게 단단히 결속할 수 있을까? 불가능하다. 카시우스는 여기 있는 누군가가 자기 형제를 죽였다는 걸 알게 될 것이다. 친구를 잃은 아이들도 있으니, 하우스는 스스로를 잡아먹을 것이다. 소사이어티는 일부러 이렇게 했다. 그들은 혼돈을 원한다. 이것이 우리의 두 번째 시험일 것이다. 부족 내의 갈등.

우리 셋은 긴 나무 테이블이 놓인 동굴 같은 돌로 된 식당에 가서 다른 생존자들과 만난다. 횃불이 방 안을 밝히고 있다. 밤안개가 열린 창문으로 스르르 들어온다. 옛날이야기에 나오는 장소 같다. 중세라고 불리는 시대 말이다. 긴 방의 끝에는 대좌가 있다. 그 위에 거대한 돌이 있다. 가운데에는 금으로 된 프라이머스의 손이 새겨져 있다. 금색과 검정색 태피스트리가 양 옆을 덮고 있다. 태피스트리 위에서는 늑대 한 마리가 경고하듯 울부짖고 있다. 저 프라이머스의 손이 이 하우스를 갈가리 찢을 것이다. 이 작은 왕자들과 공주들은 모두 자기가 이 하우스를 이끄는 영광을 차지할 자격이 있다고 생각할 것이다. 그러나 그럴 수 있는 사람은 하나뿐이다.

다른 학생들과 함께 유령처럼 움직여, 거대한 성 같이 느껴지는 이곳의 돌 복도를 따라간다. 우리가 몸을 씻을 방이 있다.

통에서 얼음처럼 찬 물이 돌바닥 위로 흘러나온다. 이제 피가 물과 함께 오른쪽으로 흘러 돌 안으로 사라진다. 안개와 바위로 된 땅의 유령이 된 기분이다.

비교적 황량한 무기고에 우리가 입을 검정색과 금색으로 된 작업복이 놓여 있다. 각 학생들의 이름이 쓰인 작업복 꾸러미들이 있다. 옷깃과 소매에 금색의 울부짖는 늑대 상징이 있다. 나는 옷을 가지고 창고 같은 곳으로 들어가 혼자 입는다. 그리고 구석에 가서 말없이 앉아 있는다. 여기는 너무나 춥고 조용하다. 집에서 너무나 멀다.

로크가 나를 찾아낸다. 유니폼을 입은 그의 모습은 멋지다. 여름의 황금빛 밀 줄기처럼 늘씬하고, 광대뼈는 높고 눈은 따스하다. 그러나 그의 얼굴은 창백하다. 그는 엉덩이를 땅에 대고 내 앞에 몇 분 정도 앉아 있다가 손을 뻗어 내 손을 잡는다. 나는 손을 빼려 하지만, 그는 내가 자기를 볼 때까지 내 손을 잡고 있다.

"깊은 곳에 빠졌는데 수영하지 않으면 빠져 죽어. 그러니까 계속 수영해야겠지?"

그는 이렇게 말하고 가는 눈썹을 추켜세운다.

나는 억지로 키득 웃는다.

"시인의 논리네."

그는 어깨를 으쓱한다.

"별로 중요하진 않지. 그러니 사실을 말해 주지, 친구. 이게 시스템이야. 낮은 컬러들은 촉진제를 사용해 아이를 낳아. 빨리 낳지. 고작 5개월만 임신한 다음 분만을 유도할 때도 있어. 옵시디언을 제외하면 우리만 9개월 동안 기다렸다가 태어나. 우리 어머니들은 촉진제도, 진정제도, 핵도 받지 않아. 왜 그런지 자문해 본 적 있어?"

"순수한 제품을 낳기 위해."

"그것, 그리고 자연에게 우리를 죽일 기회를 주기 위해서야. 품질 관리 위원회는 골드 아이들 중 13.6213%가 돌이 되기 전에 죽어야 한다고 굳게 믿어. 가끔은 현실을 이 숫자에 맞출 때도 있어."

그는 가느다란 손을 펼친다.

"왜냐? 그들은 문명이 자연 선택을 약화시킨다고 믿기 때문이야. 그들은 우리가 약한 종이 되지 않도록 자연의 일을 하는 거야. 통로도 그 정책의 연장선상에 있는 것 같아. 이번엔 그들이 사용한 도구가 우리였다는 것뿐이지. 내…… 희생자……는, 그의 영혼에 축복이 있기를, 바보였어. 그는 무가치한 가문 출신에, 재치도, 지성도, 야망도 없었어."

그는 자기의 말에 얼굴을 찡그리다가 한숨을 쉬었다.

"그는 위원회가 가치 있다고 생각하는 걸 아무것도 가지고 있지 않았어. 그게 그가 죽어야 한 이유였어."

줄리언이 죽어야 할 이유가 있었던가?

로크의 어머니가 위원회에 있기 때문에 로크는 이런 사실을 알고 있다. 그는 자기 어머니를 혐오하는데, 그제야 나는 내가 그를 좋아해야 한다는 걸 깨닫는다. 그뿐 아니라, 그의 말이 내게 도피처가 된다. 그는 규칙에 반대하지만, 규칙을 따른다. 그건 가능하다. 내가 규칙을 바꿀 수 있는 힘을 얻을 때까지 나도 그렇게 할 수 있다.

"다른 애들 있는 데로 가자."

내가 일어서며 말한다.

식당에 가니 우리 이름이 의자 위에 금색 글씨로 떠 있다. 우리 시험 점수는 사라졌다. 우리 이름은 검은 돌의 프라이머스 손 아래에도 나타나 있다. 금색 글씨가 금색 손을 향해 떠오른다. 내가 손에 제일 가깝지만, 아직 갈 길이 멀다.

긴 나무 테이블에 몇몇이 모여서 함께 울고 있다. 다른 아이들은 양손으로 머리를 감싸고 벽에 기대 앉아 있다. 여자 아이 하나가 절뚝거리며 친구를 찾는다. 작은 세브로가 앉아서 먹고 있는 테이블 쪽을 안토니아가 노려본다. 식욕이 있는 사람은 물론 세브로뿐이다. 솔직히 나는 그가 살아남아서 놀랐다. 그는 작고 우리 중 99등이었고 마지막 드래프트에서야 뽑혔다. 로크가 제안한 규칙에 따르면 그는 죽었어야 했다.

거인 타이투스는 살아 있고 멍이 들었다. 그의 주먹은 더러운 정육점 도마 같다. 그는 다른 아이들과는 떨어져서 오만하게 서서 이게 아주 재미있다는 듯 씩 웃고 있다. 로크는 다리를 저는 여자 아이 레아와 조용히 이야기를 나눈다. 레아는 울면서 쓰러지며 반지를 내던진다. 크고 반짝이는 눈을 지닌 그녀는 사슴 같은 모습이다. 로크가 함께 앉아 손을 잡는다. 로크는 이 방에서는 독특한 평화로움을 지녔다. 그가 다른 아이를 목 졸라 죽일 때 얼마나 평화로운 모습이었을지 궁금하다. 나는 손가락에 낀 반지를 돌린다.

누가 뒤에서 내 머리를 가볍게 친다.

"어이, 친구."

"카시우스."

나는 고개를 끄덕인다.

"승리 축하해. 네가 머리만 좋은 게 아닐까 걱정했는데."

카시우스가 웃는다. 그의 금색 곱슬머리는 헝클어지지조차 않았다. 그는 한쪽 팔을 내게 두르고 코에 주름을 잡은 채 방 안을 살핀다. 그는 태연한 척 하고 있다. 그가 걱정하고 있는 게 느껴진다.

"아. 자기 연민처럼 추한 게 있을까? 저렇게들 울어 대다니."

그는 히죽 웃으며 코를 다친 여자 아이를 가리킨다.

"그리고 쟤는 방금 공격적으로 못생겨졌군. 원래 썩 예뻤던 것도 아니지만. 응? 응?"

나는 할 말을 잊었다.

"전쟁 신경증이야? 목을 맞았어?"

"지금은 별로 농담할 기분이 아닌 것뿐이야. 머리를 좀 맞았어. 어깨도 좀. 평소 상태가 아니야."

"어깨는 당장 고칠 수 있어. 다시 끼워 넣자."

그는 내가 저항하기도 전에 가볍게 내 빠진 어깨를 잡아 끼워 넣는다. 나는 고통 때문에 숨을 훅 들이쉰다. 그는 키득키득 웃는다.

"좋았어, 좋았어."

그는 바로 그 어깨를 탁 친다.

"나 좀 도와줄래?"

그는 왼손을 뻗는다. 탈구된 그의 손가락들은 번개 같은 모양이다. 나는 손가락을 똑바로 펴 준다. 내 손톱 밑에 자기 형제의 피가 끼어 있다는 걸 모르는 그는 아파하며 웃는다. 나는 숨을 헐떡이지 않도록 애쓰고 있다.

"아직 줄리언은 못 봤어, 친구?"

그가 마침내 묻는다. 프라이엄이 보이지 않으니 그는 중급 언어를 쓴다.

"못 봤어."

"음, 걔는 아마 부드럽게 싸우려 하고 있을 거야. 아버지는 우리에게 조용한 예술, 크라바트를 가르쳐 주셨어. 줄리언은 크라바트 천재야. 걔는 내가 더 잘한다고 생각하지만."

카시우스는 얼굴을 찌푸린다.

"걔는 내가 뭐든 더 잘한다고 생각해. 이해할 만한 일이지. 그래도 계속 격려해 줘야지. 말이 나왔으니 말인데, 넌 누굴 해치웠어?"

뱃속이 죄어든다.

나는 그럴듯한 거짓말을 지어낸다. 모호하고 지루한 이야기다. 어차피 그는 자기 이야기만 하고 싶어 한다. 어쨌든 카시우스는 이런 걸 위해 자라난 사람이다. 그와 같은 조용한 빛을 눈에 지닌 아이들이 열다섯 명 정도 된다. 사악한 게 아니라 그저 흥분한 것뿐이다. 이런 아이들을 조심해야 한다. 타고난 살인자이기 때문이다.

둘러보니 로크의 말이 맞았다는 걸 쉽게 알 수 있다. 거친 싸움은 많지 않았다. 이건 강제로 진행된 자연 선택이었다. 무리의 바닥에 있는 사람들이 꼭대기에 있는 사람들에게 살해당한다. 작은 로우드래프트 몇 명 빼고는 크게 다친 사람은 거의 없다. 자연 선택은 가끔은 놀랄 일을 일으킨다.

카시우스는 싸움은 쉬웠다고 한다. 그는 제대로, 공평하게, 빠르게 해치웠다. 붙자마자 10초 만에 손날로 쳐서 기도를 파괴했다. 손가락 부딪힌 각도가 안 좋았던 것뿐이었다. 끝내주는군. 나는 최고의 킬러의 형제를 시체로 만들었다. 공포가 내 안에 기어들어와 자리를 잡는다.

피치너가 어슬렁어슬렁 걸어 들어와 테이블에 앉으라고 명령하자 카시우스는 조용해진다. 의자 50개가 하나하나 찬다. 그리고 줄리언이 테이블에 와서 앉을 가능성이 사라져 갈 때마다 그의 얼굴은 조금씩 어두워진다. 마지막 의자가 차자 그는 움직이지 않는다. 내가 생각했던 것 같은 뜨거운 분노가 아니라, 차가운 분노가 뿜어져 나온다. 안토니아가 우리 건너편, 내 바로 맞은편에 앉아서 그를 지켜본다. 그녀는 입을 움직이지만 아무 말도 하지 않는다. 카시우스 같은 사람은 달랠 엄두가 나지 않는 사람이다. 그리고 나는 안토니아가 달래려고 해 보려는 부류의 사람이 아닐 거라 생각했다.

줄리언만 없는 게 아니다. 보조개와 곱슬머리를 가진 아리아도 어딘가 차가운 바닥에 축 늘어져 있다. 그리고 프라이엄이 없다. 화성의 위성의 상속자인 프리미어, 완벽한 프라이엄이 없다. 나는 그가 동갑내기 중에서는 태양계 최고의 검사라고 들었다. 맨주먹으로는 그다지 치명적이지 않았나 보다. 나는 지친 얼굴들을 둘러본다. 대체 누가 그를 죽였을까? 위원회가 잘못 매칭한 것이다. 프라이엄은 죽기로 되어 있었을 리가 없으니, 그의 어머니가 분명 발칵 뒤집어 놓겠지.

"우린 우리 중 최고를 제거하는 중이로군."

카시우스가 침착하게 중얼거린다.

"안녕, 재수없는 꼬맹이들아. 이제 너희들도 통로는 도태라고 불러도 좋다는 걸 조금은 깨닫고 있겠지."

피치너는 하품을 하고 두 발을 테이블에 올린다. 피치너는 레이저 자루로 사타구니를 긁는다.

그는 나보다 매너가 나쁘다.

"너희들은 이게 훌륭한 골드들을 낭비하는 거라고 생각할지 모르겠지만, 어린애 50명이 없어진다고 우리 머릿수에 타격이 온다고 생각한다면 너희는 백치다. 화성에는 골드가 100만 명이 넘는다. 태양계에는 1억이 넘어. 하지만 그들 전부가 흉터를 입은 비할데 없는 자들이 되는 건 아니잖니, 응?

그래도 이게 부도덕적이라고 생각한다면, 태어난 아이들 중

10% 이상을 죽였던 스파르타 인들을 생각해 봐라. 자연이 30%를 더 죽인다. 그에 비하면 우린 지독히 인도주의적이야. 지금 남은 600명 중 대부분은 지원자 중 상위 1%에 있던 학생들이야. 죽은 600명 중 대부분은 하위 1%였다. 낭비된 건 없어."

그는 키득거리며 놀라울 정도의 자신감을 가지고 테이블을 둘러본다.

"그 멍청이 프라이엄만 빼고 말이지. 응. 너희들이 배워야 할 교훈이 여기 있다. 프라이엄은 훌륭한 청년이었어. 아름답고, 강하고, 빨랐지. 열 명이 넘는 선생들이랑 밤낮으로 공부한 천재였어. 하지만 너무 응석받이로 자랐어. 그리고 누군가가…… 커리큘럼이 재미없어질 테니 누구인지는 말하지 않겠다만, 누군가가 프라이엄을 돌 위에 쓰러뜨리고, 죽을 때까지 기도를 발로 마구 밟았다."

그는 양손을 뒤통수에 댄다.

"자! 이게 너희의 새 가족이다. 마르스 하우스. 열두 개의 하우스 중 하나야. 너희가 화성에 사는데 마르스 하우스에 있다고 해서 특별한 것은 아니다. 금성에서 비너스(금성) 하우스에 있는 사람들도 특별하지 않아. 그냥 하우스에 들어간 것뿐이다. 무슨 말인지 알겠지. 기관을 졸업하면, 너희들은 견습직을 찾겠지. 날 자랑스럽게 해 주고 싶다면 벨로나, 아우구스투스, 아르코스 같은 가문에 들어가길 바란다. 마르스 하우스의 선배 졸업생들이 견습할 곳을 찾는 걸 도와줄 수도 있겠지. 자기 밑에서 견습하라고 제의할 수도 있고, 어쩌면 너희가 너무나 훌륭한 성적으로 졸업해서 남의 도움이 필요 없을 수도 있지.

하지만 이건 분명히 해 두자. 지금 당장은 너희들은 아기다. 멍청한 어린 아기들이야. 너희 부모가 너희에게 모든 걸 줬다. 다른 사람들이 너희 엉덩이를 닦아 줬어. 요리 해 주고, 대신 싸워 주고, 코흘리개 같은 너희들을 침대에 눕히고 이불을 덮어 줬다. 레드들은 섹스도 해 보기 전에 땅부터 판다. 너희들의 도시를 건설하고 연료를 찾고 너희 똥을 치워. 핑크들은 면도할 나이도 되기 전부터 남을 즐겁게 해 주는 기술을 배운다. 옵시디언들은 너희가 상상할 수 있는 최악의 지독한 삶을 산다. 성에, 철, 고통뿐이야. 그들은 자기들의 일을 위해 만들어진 종이고, 어린 나이부터 훈련을 받아. 너희 작은 왕자님 공주님들이 해야 했던 것이라곤 엄마 아빠를 작게 만든 것 같은 모습으로 차리고 앉아 매너를 익히고 피아노를 치고 말을 타고 운동을 즐긴 게 전부였다. 하지만 너희는 이제 기관, 마르스 하우스, 화성이라는 행정 구역, 너희의 컬러, 소사이어티 등등의 일원인 거다."

피치너는 느릿하게 히죽 웃는다. 핏줄이 튀어나온 손을 배에 얹고 있다.

"오늘 밤에 너희는 마침내 너희 손으로 무언가를 했다. 너희들과 똑같은 어린아이를 때렸다. 하지만 그건 몸 파는 핑크의 방귀 정도의 가치밖에 없는 일이다. 우리의 소사이어티는 바늘 끝에 올라 균형을 잡고 있다. 다른 컬러들은 기회만 있다면 너희의 지독한 심장을 몸에서 뜯어내 버릴 것이다. 그리고 실버들도 있지. 코퍼들. 블루들. 너희는 그들이 어린아이들에게 충성을 바칠 것 같으냐? 옵시디언들이 너희 같은 어린 똥개들을 따르겠느냐? 아기라도 죽이는 그놈들은 너희가 나약함을 보였다간 당장 너희를 귀여운 꼬마 노예로 삼을 거다. 그러니 나약함을 보여선 안 된다.”

“그래서, 기관은 우리를 터프하게 만드는 곳이라 이건가요?”

거대한 타이투스가 으르렁거린다.

“아니, 이 덩치 큰 멍청아. 여긴 너희를 영리하고, 잔인하고, 현명하고, 강하게 만드는 곳이다. 열 달 동안 너희들이 나이를 50살 더 먹게 만들고, 너희들의 선조가 어떤 일을 해서 너희에게 이 제국을 넘겨 주었는지 보여 주는 곳이다. 하던 말을 계속해도 될까?”

그는 껌풍선을 불고 여윈 손으로 배를 긁는다.

“자, 마르스 하우스. 그래. 우리는 오래된 가문들 일부와도 비견할 만한 자랑스러운 하우스다. 우린 정치인들, 집정관들, 법관들을 배출했다. 수성과 유로파의 현재 대총독, 호민관, 집정관 여남은 명, 판사 둘, 함대 사령관이 한 명 나왔다. 혹시 모르는 사람이 있을까 봐 말해 주자면 화성에서 세 번째로 강력한 가문인 아르코스 가문의 론 오 아르코스도 우리와의 관계를 유지하고 있다.

높은 사람들은 모두 새로운 인재를 찾고 있다. 그들은 다른 후보들 중에서 너희를 골라 인원을 채웠다. 그 중요한 남녀들에게 좋은 인상을 주면 여기서 나간 후 견습생이 될 수 있다. 이기면 너희는 하우스나 오래된 가문 안에서 견습직을 골라서 갈 수 있다. 심지어 아르코스 본인이 직접 너희를 고를 수도 있다. 만약 그렇게 되면 너희는 직위, 명성, 권력으로 가는 빠른 길에 들어서는 거다."

나는 몸을 앞으로 기댄다.

"이긴다고요? 뭘 이기는데요?"

그는 미소 짓는다.

"지금 너희는 매리너스 협곡 최남단에 있는 지구화된 외딴 계곡에 있다. 이 계곡의 성 열두 개에 하우스가 하나씩 있다. 내일 오리엔테이션을 마치고 나면 너희는 사용할 수 있는 모든 수단을 동원해 다른 학생들과 함께 이 계곡을 지배하기 위한 전쟁을 벌인다. 제국을 손에 넣고 지배하는 데 대한 사례 연구라고 생각해라."

흥분해서 소곤거리는 소리들이 들린다. 게임이다. 나는 교실에서 뭔가를 공부해야 될 거라고 생각했는데.

"승리한 하우스의 프라이머스가 되면 어떻게 되나요?"

안토니아가 금빛 곱슬머리를 손가락으로 꼬며 묻는다.

"그렇게 된다면 영광을 얻은 걸 환영한다, 얘야. 명성과 권력을 얻은 것을 환영하지."

그러면 나는 프라이머스가 되어야 한다.

우리는 수수한 저녁 식사를 먹는다. 피치너가 나가자 카시우스가 움직인다. 그의 목소리는 차갑고 어두운 유머로 가득하다.

"친구들, 다 같이 게임을 하자. 자기가 누굴 죽였는지 돌아가며 다 말하기. 내가 시작할게. 넥서스 오 셀린터스. 내가 지금 너희들 중에도 어렸을 때 알던 사람들이 있는 것처럼, 어렸을 때 알던 애였어. 난 손가락으로 걔 기도를 꺾었어."

262

아무도 말이 없다.

"왜들 이래. 가족끼리는 비밀이 없는 거야."

그래도 아무도 대답하지 않는다.

세브로가 제일 먼저 일어나서 나간다. 카시우스의 게임을 조롱한다는 것을 분명히 드러내는 행동이다. 제일 먼저 먹고, 제일 먼저 잔다. 나도 따라가고 싶다. 하지만 나는 카시우스가 게임을 포기하고 나가고 나서도 남아 평화로운 로크, 덩치 큰 타이투스와 잡담을 나눈다. 타이투스를 좋아하는 건 불가능하다. 그는 재미있지 않지만, 그에겐 모든 게 농담거리다. 미소를 짓고 있긴 해도, 나와 모두를 비웃는 것 같다. 나는 그를 때리고 싶지만 그는 그럴 이유를 주지 않는다. 그가 하는 모든 말에 악의란 전혀 없다. 그런데도 나는 그가 싫다. 마치 그는 나를 인간으로 생각하지 않는 것 같다. 그저 나는 장기 말이고 그래서 그가 나를 이리저리 움직일 때를 기다리고 있는 것 같다. 아니, 밀치고 다닐 때를. 다른 아이들처럼 열일곱, 열여덟 살이 되기를 깜빡 잊고 바로 어른이 된 사람이다. 키는 2미터가 훨씬 넘는다. 어쩌면 2미터 50센티미터일지도 모른다. 반면 나긋나긋한 로크는 여러 가지로 키어런 형을 떠올리게 한다. 형이 누군가를 죽일 수 있다면 말이지만. 로크의 미소는 친절하다. 그의 말에는 참을성이 있고 슬픈 듯하면서 지혜롭다. 예전과 마찬가지다. 다리 저는 아기 사슴 같이 생긴 레아라는 여자아이는 어딜 가나 로크를 따라다닌다. 로크는 레아를 참을성 있게 대한다. 나라면 저렇게는 못한다.

밤늦게 나는 학생들이 죽었던 곳을 찾아가 본다. 찾을 수가 없다. 계단이 사라졌다. 성이 삼켜 버렸다. 얇은 매트리스가 가득한 긴 공동 침실에서 휴식을 취한다. 우리 성 너머의 산악지대를 감싸고 움직이는 안개 속에서 늑대들이 울부짖는다. 나는 곧 잠이 든다.

제21장

우리의 영토

어두운 새벽에 피치너가 긴 공동 침실에서 자고 있는 우리를 깨운다. 우리는 투덜거리며 2층 침대에서 일어나 성 안의 탑에서 광장으로 나간다. 스트레칭을 하고 달리기를 시작한다. .37그래브에서는 쉽게 뛸 수 있다.

구름에서 부드러운 소나기가 내린다. 우리가 있는 작은 계곡에서 서쪽으로 50킬로미터, 동쪽으로 40킬로미터 떨어진 곳에 솟은 계곡의 벽은 높이가 6킬로미터다. 그 사이에 산, 숲, 강, 평원이 있는 환경계가 위치한다. 우리의 전쟁터다.

우리 땅은 산악지대에 있다. 이끼 덮인 언덕과 바위투성이 산꼭대기가 있고, 잔디가 무성한 U자 모양의 협곡이 있다. 안개가 지역 전체를 덮고 있다. 작은 언덕 위에 집에서 만든 퀼트처럼 뻗어 있는 울창한 숲조차 안개에 덮여 있다. 대접 모양의 협곡 가운데에 있는 강의 북쪽 언덕 위에 서 있다. 협곡의 반은 잔디고 반은 숲이다. 북쪽과 남쪽으로는 더 높은 언덕들이 반원 모양으로 협곡을 둘러싸고 있다. 나는 여기가 마음에 들었을 것이다. 이오도 좋아했을 것이다. 하지만 나는 이오가 없으니 높고 외딴 언덕 위의 우리 성의 모습만큼이나 외로운 느낌이 든다. 나는 우리의 헤만서스가 든 로켓을 찾는다. 둘 다 더는 가지고 있지 않다. 이 낙원에서 나는 공허한 기분이 든다.

언덕 위에 자리한 우리 성의 세 벽은 80미터 높이의 암벽 위에 서 있다. 성 자체는 거대하다. 벽 높이가 30미터다. 성벽에서 튀어나와 있는 정문은 작은 탑이 달린 요새다. 벽 안에 있는 우리의 사각형 탑은 북동쪽 벽의 일부이고 높이가 50미터다. 협곡 바닥에서부터 성의 서쪽 문까지 완만한 경사가 이어진다. 아성(牙城)의 반대편이다. 우리는 이 경사 위의 쓸쓸한 흙길을 달린다. 안개가 우리를 감싼다. 나는 차가운 공기를 즐긴다. 몇 시간 동안 자다 깨다하고 난 뒤라 정화되는 것만 같다.

여름의 해가 밝아 오며 안개는 타 없어진다. 지구 생물보다 날씬하고 빠른 새끼 사슴이 전나무 숲에서 풀을 뜯는다. 새들이 머리 위에서 빙글빙글 날아다닌다. 큰 까마귀가 한 마리 날며 으스스한 일들을 예고한다. 들에는 양들이 있고, 학생 50명이 줄맞춰서 피치너와 함께 달리는 높은 바위투성이 언덕에서는 염소들이 돌아다닌다. 우리 하우스의 다른 아이들의 눈에는 이것들이 지구의 동물들, 혹은 조각가들이 재미 삼아 만든 묘한 동물들로 보일지 모르겠다. 하지만 내 눈에는 음식과 옷만 보인다.

화성의 신성한 동물들이 우리 영역을 집으로 삼고 있다. 딱따구리가 떡갈나무와 전나무를 쫀다. 밤에는 고지대에서 늑대들이 울부짖고 낮에는 삼림 지대를 돌아다닌다. 강 근처에는 뱀들이 있다. 조용한 협곡에는 맹금류가 있다. 살인자들이 나와 함께 달린다. 난 참 대단한 친구들을 두었다. 로런 형이나 키어런이나 마테오가 있어서 내 뒤를 봐 줄 수만 있다면. 내가 믿을 수 있는 사람. 나는 늑대 가죽을 쓰고 늑대 무리에 낀 양이다.

피치너가 바위투성이 고지를 뛰어올라가자, 다리를 저는 여자아이 레아가 넘어진다. 피치너는 우리가 어깨동무를 하고 레아를 도울 때까지 느릿느릿 레아를 발로 찌른다. 로크와 내가 양쪽에서 레아를 부축한다. 타이투스는 히죽 웃고, 로크가 지치자 대신 도와주는 사람은 카시우스뿐이다. 그 다음엔 머리가 짧은 마르고 목소리가 험악한 폴룩스라는 남자 아이가 나를 대신한다. 두 살 때부터 버너를 피운 것 같은 목소리다.

숲과 들이 있는 여름의 계곡을 터덜터덜 걸어간다. 벌레들이 귀찮게 따라붙는다. 골드들은 땀을 뻘뻘 흘리지만 나는 아니다. 예전에 프라이수트를 입고 고생하던 것에 비하면 이건 얼음물로 목욕하는 거나 마찬가지다. 내 몸은 잘 다듬어져 있다. 카시우스, 세브로, 안토니아, 퀸(두 다리 달린 여자 아이, 아니 두 다리 달린 존재 중에서 저렇게 끔찍하게 빠른 사람은 처음 봤다.), 타이투스와 그의 새 친구 세

명은 다른 사람들을 멀찌감치 따돌릴 수 있을 것이다. 우리를 앞설 수 있는 건 그래브부츠를 신은 피치너뿐일 것이다. 그는 새끼 사슴처럼 뛰어다니다 진짜 새끼 사슴 하나를 쫓아가 레이저를 꺼내 휘두른다. 사슴 목에 레이저가 감기자 그는 날을 조여 사슴을 죽인다.

"저녁감이다. 끌고 와."

그가 씩 웃으며 말한다.

"성에서 더 가까운 데서 죽일 수도 있었잖아요."

세브로가 투덜거린다.

피치너는 머리를 긁으며 주위를 둘러본다.

"작고 못생긴 고블린이 내는 소리를 들은 게 나뿐인가…… 그런데 고블린이 어떤 소리를 내더라? 암튼 끌고 와."

세브로는 사슴 다리를 잡는다.

"젠장."

우리는 우리 성에서 남서쪽으로 5킬로미터 떨어진 바위 언덕 꼭대기에 올라간다. 정상에는 석제 탑이 있다. 우리는 탑에 올라가 전쟁터를 살핀다. 저 어디선가 우리 적들도 같은 일을 하고 있을 것이다. 전쟁의 무대는 우리가 눈으로 볼 수 있는 것보다 더 먼 남쪽까지 뻗어 있다. 서쪽 지평선에는 눈 덮인 산악지대가 있다. 남동쪽으로는 원시림이 풍경을 장악한다. 그 둘 사이에는 푸르른 평원이 있고, 남쪽으로 흐르는 거대한 아르고스 강이 그 평원을 가르며 지류들을 뻗고 있다. 평원과 강보다 더 남쪽에는 습지가 있다. 그 너머는 보이지 않는다. 푸른 하늘 2킬로미터 높이에는 거대한 산이 떠다닌다. 피치너는 그 산은 올림푸스라고 설명한다. 프록터들이 매년 학급들을 관찰하는 인공 산이다. 산 정상에서는 동화에 나오는 것 같은 성이 빛난다. 레아는 슬금슬금 다가와 내 옆에 선다.

"저건 어떻게 떠 있는 거야?"

그녀가 다정하게 묻는다.

나는 전혀 모르겠다.

북쪽을 본다.

우리 영역 북쪽은 광활한 야생의 끝자락이다. 강 두 개가 숲으로 덮인 계곡을 가르며 흐른다. 두 강이 남서쪽의 저지대로 V자를 그리고 있고, 결국 하나의 지류로 합쳐져 아르고스로 들어간다. 아직 안개가 있는 드라마틱한 언덕들과 협곡을 품은 야트막한 산들로 된 고지대가 계곡을 둘러싸고 있다.

"이건 포보스 탑이다."

피치너가 말한다. 탑은 우리 영역에서 멀리 남서쪽에 서 있다. 목말라하는 우리 옆에서 그는 물통을 들고 마시며 두 강이 계곡에서 V자를 이루며 만나는 곳을 가리킨다. 합류점 바로 너머의 낮은 산악 지대에 거대한 탑이 솟아 있다.

"그리고 저건 데이모스다."

그는 마르스 하우스 영역의 경계를 알려 주기 위해 허공에 선을 긋는다.

* * *

서쪽 강의 이름은 퓨어러다. 우리 성 바로 남쪽을 흐르는 강은 메타스다. 메타스에는 다리가 하나 있다. 적들이 우리 성까지 오려면 저 다리를 건너 V자 사이에 들어와서 계곡 안으로 와서 완만한 숲 지대를 지나 북동쪽으로 와야 할 것이다.

"지금 이거 장난하는 거죠?"

세브로가 피치너에게 묻는다.

"그게 무슨 뜻이지, 고블린?"

피치너가 껌 풍선을 터뜨린다.

"우리 영역은 핑크 창부들 거시기만큼 넓어요. 이 모든 산과 언덕을 봐요. 아무나 정문으로 걸어들어 올 수 있다고요. 저지대에서 우리 정문까지는 완벽하게 평평한 길이에요. 빌어먹을 다리 하나만 건너면 되고요."

"말하나마나한 이야기를 하고 있는 거냐? 난 정말이지 네가 마음에 안 든다, 더러운 꼬마 고블린."

피치너는 일부러 잠시 세브로를 노려보더니 어깨를 으쓱한다.

"그나저나, 나는 올림푸스에 있을 거다."

"그게 무슨 뜻이죠, 프록터?"

카시우스가 불쾌하다는 듯 묻는다. 그로서도 상황이 마음에 들지 않는다. 어젯밤 내내 죽은 형제를 생각하며 울어서 눈이 빨개지긴 했어도, 그는 지금도 인상적이다.

270

"너희 문제라는 뜻이다, 꼬마 왕자님. 내 문제가 아니야. 너희를 위해 뭘 해 줄 사람은 아무도 없어. 나는 너희의 프록터지 유모가 아니다. 여긴 학교야, 기억하지? 그러니까 거시기가 넓으면 정조 대라도 만들어 차렴."

다들 투덜거린다.

"더 나빴을 수도 있어. 저 불쌍한 놈들처럼 노출되어 있을 수도 있었지."

나는 적의 요새가 커다란 강을 따라 서 있는 안토니아 머리 뒤 쪽의 남쪽 평원을 가리킨다.

"저 불쌍한 놈들에게는 농작물과 과수원이라도 있지. 너희들에 겐⋯⋯."

피치너가 혼잣말처럼 말한다. 그는 자기가 죽인 사슴을 찾아 바위 아래를 본다.

"음, 고블린이 사슴을 버려 두고 왔으니 너희에겐 아무것도 없구나. 너희들이 배곯는 동안 늑대들이 먹겠군."

"우리가 늑대를 먹을 수도 있죠."

세브로가 중얼거린다. 우리 하우스의 다른 학생들이 이상하다는 표정으로 그를 본다.

우린 식량을 직접 구해야 한다.

안토니아가 저지대를 가리킨다.

"뭐하는 거지?"

구름 속에서 검은 드롭쉽이 내려온다. 우리와 멀리 있는 강가의

적 세레스 요새 사이의 평원 한가운데에 내려온다. 옵시디언 넷과 허수아비 여남은 명이 서서 지키고 브라운들은 햄, 스테이크, 비스킷, 와인, 우유, 꿀, 치즈를 포보스 탑에서 8킬로미터 떨어진 곳의 일회용 테이블에 늘어놓는다.

"분명 덫이야."

세브로가 코웃음 치자 카시우스는 한숨을 쉰다.

"고맙다, 고블린. 하지만 난 아침을 못 먹었어."

그의 무모한 눈 주위에 다크서클이 있다. 그는 동료들을 뚫고 나를 보며 미소를 지어 보인다.

"경주할래, 대로우?"

나는 놀라서 움찔했다가 미소를 짓는다.

"물론."

카시우스가 달린다.

난 내 가족을 먹여 살리기 위해 더 멍청한 일도 해 봤다. 내가 사랑하는 사람이 죽었을 때 더 멍청한 일들도 해 봤고. 가파른 언덕을 뛰어 내려가는 카시우스를 따라 내달린다.

배를 채우려 재빨리 움직이는 우리를 48명의 아이들이 지켜본다. 아무도 따라오지 않는다.

"꿀 바른 햄 한 조각 가져와라!"

피치너가 외친다. 안토니아는 우리를 멍청이라고 부른다. 산악지대를 지나 완만한 곳으로 들어갈 때쯤 드롭쉽이 떠 간다. .376그래브(지구 기준)에서 8킬로미터는 식은 죽 먹기다. 우리는 바위투성이 언덕을 재빨리 내려가 발목 높이로 풀이 자라 있는 저지대 평원에 들어가 전속력으로 달린다. 카시우스가 나보다 조금 빨리 테이블에 도착한다. 우리는 테이블 위의 얼음물 잔을 하나씩 든다. 내가 더 빨리 마시고 그는 웃는다.

"깃대에 세레스 하우스의 상징이 있는 것 같아. 세레스는 풍작의 여신이지."

카시우스는 녹색 평원 너머의 요새를 가리킨다. 우리와 성 사이의 몇 킬로미터 공간엔 나무가 몇 그루 있다. 성벽에서는 삼각 깃발들이 펄럭인다. 그는 포도를 한 알 입에 넣는다.

"먹기 전에 좀 더 살펴봐야겠어. 정찰을 해 보자."

"동감이야…… 하지만 여기 뭔가 이상해."

내가 조용히 말한다.

카시우스는 탁 트인 평지를 보며 웃는다.

"말도 안 돼. 위험한 게 있었다면 다가오는 게 보였겠지. 그리고 우리 둘보다 빠른 놈이 있을 것 같진 않아. 우린 내키면 저 성 대문 앞에 가서 똥이라도 눌 수 있어."

"뭔가 꺼림칙해."

나는 내 배를 만진다.

그렇지만 정말 뭔가 이상하다. 내 뱃속만 이상한 게 아니다.

강 요새와 우리 사이에는 6킬로미터의 공간이 있다. 오른쪽 먼 곳에서 강이 쏴 하고 흐른다. 정면은 평지다. 강 너머에는 산이 있다. 바람이 높은 잔디를 쓸고 가고 참새 한 마리가 바람을 타고 날아간다. 땅 쪽으로 낮게 날다가 휙 올라가 멀어진다. 나는 크게 웃고 테이블에 기댄다.

"잔디 속에 있어. 덫."

내가 속삭인다.

"자루를 훔쳐서 더 많이 가져갈 수 있어."

그가 크게 말하더니 덧붙인다.

"뭘까?"

"이 픽시 자식."

우리 둘 다 오리엔테이션 날부터 싸움을 시작해도 되는지 모르긴 하지만 그는 씩 웃는다. 뭐 어때.

우린 셋까지 세고 일회용 테이블 다리를 발로 차서 떼어내 무기로 쓸 1미터짜리 듀로플라스틱 봉을 손에 넣는다. 나는 미친 사람처럼 소리 지르며 참새가 날아올랐던 곳을 향해 카시우스와 나란히 달려간다. 세레스 하우스의 골드 다섯 명이 잔디 속에서 일어난다. 그들은 우리가 미친 듯이 달려들어 당황했다. 카시우스는 솜씨 좋은 검사답게 달려가며 첫 번째 아이의 얼굴을 친다. 나는 카시우스처럼 우아하지는 못하다. 어깨가 뻣뻣하고 쓰라리다. 나는 소리를 지르며 한 명의 무릎을 무기로 내리친다. 그는 울부짖으며 쓰러진다. 몸을 숙여 누군가 휘두르는 것을 피한다. 카시우스도 피한다. 우리는 둘이 함께 춤을 추듯 움직인다. 세 명 남았다. 하나는 내게 맞선다. 칼이나 몽둥이는 들고 있지 않다. 훨씬 더 관심이 가는 물건을 들고 있다. 물음표 모양의 소드다. 곡식을 수확할 때 쓰

274

는 슬링블레이드다. 그는 손등을 엉덩이에 얹고 흰 칼날을 레이저처럼 들고 있다. 이게 레이저였다면 난 죽었겠지만 이건 레이저가 아니다. 나는 그의 공격을 피하고, 카시우스를 공격하는 아이의 공격을 막아 준다. 내 상대 쪽으로 달려든다. 나는 그보다 훨씬 빠르고 내 손아귀 힘은 그의 힘에 비하면 듀로스틸 같다. 그래서 나는 그의 슬링블레이드와 칼을 뺏고 주먹으로 때려 쓰러뜨린다.

내가 슬링블레이드를 빙글빙글 돌리는 것을 보고 다치지 않은 마지막 소년은 항복해야 할 때라는 걸 안다. 카시우스는 .376그래브를 이용해 높이 뛰고, 불필요하게 몸을 돌리며 소년의 얼굴에 옆차기를 날린다. 라이코스에서 춤을 추고 뛰어오르는 사람들이 생각난다.

크라바트. 조용한 춤. 젊은 레드들이 뽐내며 추는 춤과 묘하게 닮았다.

소년들의 욕은 전혀 조용하지 않다. 나는 이 학생들에게 조금도 측은함을 느끼지 않는다. 이 아이들은 모두 전날 밤 누군가를 살해했다. 나처럼. 이 게임에서 결백한 사람은 없다. 단 하나 걱정되는 것은 카시우스가 자기 피해자를 해치우는 모습을 봤다는 사실이다. 그가 우아함과 능숙함을 대변한다면, 나는 분노와 가속도를 대변한다. 그가 내 비밀을 안다면 그는 1초 만에 나를 죽일 수 있을 것이다.

"식은 죽 먹기군! 너 정말 무시무시했어! 무기를 빼앗았잖아! 엄청나게 빠르게! 어제 우리가 짝이 되지 않아 정말 다행이군. 최곤데! 숨어 있던 멍청이들, 너희들은 할 말 있어?"

그가 노래하듯 말한다.

포로가 된 골드들은 우리에게 욕만 한다.

나는 그 아이들 앞에 서서 고개를 갸우뚱한다.

"뭔가에서 패배해 본 게 처음인가?"

대답이 없다. 나는 얼굴을 찌푸린다.

"정말 부끄럽겠군."

카시우스의 얼굴이 빛난다. 그는 잠시 형제의 죽음을 잊었다. 나
는 잊지 않았다. 공허한 어둠이 느껴진다. 아드레날린이 사라지자
사악함이 느껴진다. 이오가 원한 게 이거였나? 내가 이런 게임을
하는 것? 피치너가 박수를 치며 우리 머리 위로 날아온다. 그의 그
래브부츠가 금색으로 빛난다. 그는 햄을 물고 있다.

"추가 전력이다!"

그가 웃는다.

타이투스와 움직임이 빠른 남녀 대여섯 명이 고지대에서 우리
를 향해 달려온다. 반대편의 먼 강 요새에서 금빛 형태가 떠오르
더니 우리를 향해 날아온다. 머리를 짧게 자른 아름다운 여성이
피치너 옆에 자리를 잡는다. 세레스 하우스의 프록터다. 그녀는 와
인 병과 잔 두 개를 가져왔다.

"마르스! 피크닉이네!"

그녀가 피치너의 하우스 이름으로 그를 부른다.

"이 드라마는 누가 연출한 거지, 세레스?"

피치너가 묻는다.

"아, 아폴로겠지. 산에 있는 자기 땅에서 외롭게 지내잖아. 여기, 그의 진판델로 만든 와인이야. 작년 품종보다 훨씬 좋아."

"맛있군!"

피치너가 잘라 말한다.

"하지만 너희 애들이 잔디 속에 숨어 있었어. 우리가 이때 피크닉을 올 거라는 걸 미리 알기라도 했던 것 같이. 수상하지 않아?"

피치너의 말에 세레스의 프록터가 웃는다.

"사소한 일이지! 그런 세세한 걸 가지고!"

"세세한 이야기를 하나 해 주지. 올해는 내 아이 둘이 네 아이 다섯에 맞먹는 것 같아, 친구."

"저 예쁘장한 애들이? 허영 부리는 애들은 아폴로랑 비너스에 간 줄 알았는데."

세레스가 키득거린다.

"오호! 음, 너희 아이들은 정말 주부와 농부들 같이 싸우더라. 어울리는 하우스에 배정 받았지."

"아직 우리 애들을 판단하지 마, 비열한 놈아. 쟤들은 미드드래프트야. 하이드래프트들은 딴 데서 처음으로 고생을 맛보고 있지!"

"오븐 사용법 배우나? 우와. 제빵사들이 가장 훌륭한 통치자가 된다는 말은 나도 들었어."

피치너가 비꼬자 그녀는 그를 쿡 찌른다.

"이 악마. 네가 레이지 나이트 면접을 본 것도 이해가 간다. 정말 악당이야!"

우리가 땅에서 지켜보는 가운데 그들은 잔을 부딪친다.

세레스가 키득키득 웃는다.

"난 오리엔테이션 날이 정말 좋아. 머큐리가 주피터 시타델에 방금 쥐를 10만 마리 풀었어. 하지만 다이아나가 고자질을 해서 고양이를 1000마리 준비해 놨기 때문에 주피터는 준비가 되어 있었지. 주피터 아이들은 작년처럼 굶주리지 않을 거야. 고양이들이 바쿠스만큼 뚱뚱해질걸."

"다이아나는 창녀야."

피치너가 선언한다.

"착하게 굴어!"

"착하게 굴었어. 산 딱다구리가 든 커다란 남근 모양 케이크를 보내 줬거든."

"거짓말."

"진짜야."

"이 짐승!"

세레스는 그의 팔을 껴안는다. 나는 이 사람들의 자유연애적인 행동에 주목한다. 다른 프록터들이 연인이기도 할지 궁금하다.

"다이아나의 기지에는 구멍이 잔뜩 나겠네. 아, 소리가 정말 끔찍하겠어. 잘했어, 마르스. 사람들은 머큐리를 두고 장난꾸러기 사기꾼이라 하지만, 네 장난에는 늘 어떤…… 솜씨가 있어!"

"솜씨라고? 음, 올림푸스에서 너에게 써 볼 만한 속임수가 있을 것 같은데…….”

“만세.”

그녀가 도발적으로 다정한 소리를 낸다.

그들은 땀과 피를 흘리는 학생들 위를 떠다니며 다시 건배한다. 나는 웃음을 참을 수 없다. 이 사람들은 미쳤다. 텅 빈 끔찍한 황금 머릿속은 미쳐 있다. 어떻게 저들이 나의 지배자란 말인가?

“어이! 피치! 실례해요. 이 농부들은 어떻게 해야 되죠?”

카시우스가 위를 보고 외친다. 그는 다친 포로 한 명의 코를 찌른다.

“규칙이 뭐예요?”

“잡아먹어! 그리고 대로우, 그 커다란 낫 좀 내려 놔라. 네가 무슨 탈곡기도 아니고.”

나는 내려놓지 않는다. 고향에서 쓰던 슬링블레이드와 모양이 닮았다. 살상용이 아니기 때문에 슬링블레이드처럼 날카롭지는 않지만 무게 균형은 다르지 않다.

“우리 애들을 놔 주고 추수용 낫도 돌려줄 수도 있다는 건 다들 알겠지.”

세레스가 우리에게 제안한다.

“키스해 주면 놔 주죠.”

카시우스가 말한다.

“사령관 아들이야?”

그녀가 피치녀에게 묻자 피치녀는 고개를 끄덕인다.

"흉터를 입고 나면 해 달라고 하렴, 어린 왕자님. 그때까진 너와 농부에게 도망치라고 충고해 주고 싶구나."

그녀는 어깨 너머를 본다.

평원 저편에서 색칠한 말들이 달려오는 것이 보이기 전에 말발굽 소리부터 들린다. 말들은 세레스 하우스 성의 열린 대문에서 나오고 있다. 말을 탄 여자 아이들은 그물을 들고 있다.

"너는 말을 받았어! 말을! 정말 불공평하군!"

피치너가 불평한다. 우리는 달려서 간신히 숲까지 간다. 나는 처음 만났을 때부터 말이 싫었다. 지금도 나는 말이 무섭다. 말은 계속 콧김을 내뿜고 발을 구른다. 카시우스와 나는 숨을 헐떡인다. 어깨가 아프다. 타이투스가 데려온 아이들 중 두 명은 탁 트인 곳에서 뒤처졌다가 잡혔다. 대담한 타이투스는 말 한 마리를 쓰러뜨리고, 웃으며 부츠를 신은 발로 여자 아이 하나를 끝장내려 하고 있다. 세레스가 스턴피스트로 타이투스를 공격한 뒤 피치너에게 사과하고 화해한다. 스턴피스트 때문에 타이투스는 오줌을 지린다. 웃을 정도로 부주의한 사람은 세브로 하나뿐이다. 카시우스는 매너가 좋지 않다고 한마디 하지만 조용히 키득거린다. 타이투스가 눈치 챈다.

"죽여도 되는 거예요, 안 되는 거예요? 아니면 매번 전기 충격을 당해야 되는 겁니까?"

그날 밤 저녁 식사 중에 타이투스가 으르렁거린다. 우리는 바쿠스의 연회에서 남은 것을 먹는다.

"음, 목적은 죽이는 게 아니야. 그러니, 안 돼. 동기생들을 학살하고 다니지는 말자꾸나, 이 미친 원숭이야."

"전엔 죽였잖아요!"

타이투스가 항의한다.

"넌 대체 왜 그러는 거냐? 도태는 통로에서 끝났어. 이젠 더 이상 적자생존이 아니야, 이 미친, 멍청한, 덩치 큰 노새 같은 놈아. 좋은 아이들을 골라냈는데, 몇 명만 남을 때까지 계속 서로 죽이도록 하는 게 무슨 의미가 있겠어? 이젠 새로운 테스트를 통과해야 한다."

"무자비함은 이젠 용납이 안 된다는 건가요? 그런 말이에요?"

안토니아가 팔짱을 낀다.

"용납이 돼야 할 텐데."

타이투스가 씩 웃는다. 그는 저녁 내내 말을 쓰러뜨린 걸 자랑하고 있었다. 마치 그러면 그의 바지를 적셨던 오줌을 다들 잊게 되기라도 하는 것처럼 말이다. 사실 잊은 아이들도 있다. 타이투스는 벌써 사냥개 같은 패거리를 끌어 모았다. 타이투스는 카시우스와 나만큼은 조금 존중하는 것 같지만, 우리에게조차 히죽거리며 웃어 댄다. 피치너에게도 똑같이 대한다.

피치너는 꿀에 절인 햄을 들고 앉는다.

"명확히 해 두자, 얘들아. 이 물소 놈이 두개골을 짓밟고 다니지 않도록 말이야. 친애하는 안토니아, 무자비함은 용납된다. 누군가 사고로 죽는다면 그건 이해할 수 있다. 우리 중 가장 뛰어난 사람에게도 사고란 일어나니까. 하지만 너희는 스코처로 서로를 살해하지는 않을 거다. 이미 죽은 사람이 아니라면 성벽에 사람을 목매달지는 않을 거야. 치료가 긴박하게 필요할 경우에 대비해서 메드봇이 대기하고 있다. 거의 언제나 생명을 구할 수 있을 정도로 신속하지. 그러나 기억해라. 요점은 죽이는 게 아니야. 너희가 블라드 드라큘라처럼 무자비하다 해도 우린 신경 쓰지 않는다. 드라큘라는 그래도 패배했어. 요점은 이기는 거다. 우리가 원하는 건 이기는 거야."

그리고 잔인함을 보는 그 간단한 시험은 이미 과거의 일이다.

"우리는 너희들이 탁월함을 보여 주길 바란다. 알렉산더처럼. 카이사르, 나폴레옹, 메리워터처럼. 난 너희들이 군대를 관리하고, 정의를 분배하고, 식량과 갑옷을 조달하길 바란다. 바보라도 다른 사람의 배에 칼을 꽂을 수는 있어. 학교의 역할은 사람들을 죽이는 사람을 찾는 게 아니라 사람들을 이끌 사람을 찾는 거다. 그러니까, 이 멍청한 어린애들아, 요점은 죽이는 게 아니라 정복하는 거야. 그리고 적 부족이 11개 있는 게임에서 정복하려면 어떻게 하지?"

"한 번에 하나씩 해치워요."

타이투스가 일부러 이렇게 대답한다.

"아니다, 오우거."

"멍청이."

세브로가 혼자 킥킥 웃는다. 타이투스의 무리들은 기관에서 가장 작은 아이를 말없이 지켜본다. 으르렁거리며 위협하지 않는다. 얼굴을 씰룩거리지도 않는다. 그저 말없는 약속이다. 그들이 모두 천재라는 걸 기억하기가 쉽지 않다. 다들 너무 예뻐 보인다. 몸이 너무 탄탄하다. 천재라기엔 너무 잔인하다.

"오우거 말고는 짐작 가는 사람 없나?"

피치너의 질문에 아무도 대답하지 않는다.

"열두 개 부족을 하나로 만들어요. 노예로 만들어서."

마침내 내가 대답한다.

소사이어티와 똑같다. 다른 사람들의 등 위에 건설한다. 이건 잔인한 게 아니라 실용적인 거다.

피치너는 놀리듯 박수를 친다.

"훌륭하다, '리퍼.'(Reaper, '추수하는 사람'을 의미하는 동시에 큰 낫을 들고 다니는 '사신'을 의미하기도 한다. 여기서는 두 가지를 모두 의미하는 것 같다―옮긴이) 훌륭해. 프라이머스가 되기 위해 애쓰고 있나 보군."

마지막 말에 다들 조금 동요한다. 피치너는 테이블 밑에서 긴 상자를 꺼낸다.

"자, 신사 숙녀 여러분, 너희는 이걸 써서 노예를 만든다."

그는 우리의 스탠더드를 꺼낸다.

"이걸 보호해라. 너희의 성을 보호해라. 그리고 남들은 다 정복해라."

제22장

부족들

아침이 되니 피치너는 사라진 뒤다. 그의 의자에 스탠더드가 놓여 있다. 끝에 우리의 상징인 울부짖는 늑대가 달린, 30센티미터 길이의 쇠봉이다. 늑대의 발치에 뱀이 또아리를 틀고 있고, 그 아래엔 끝에 별이 달린 소사이어티의 피라미드가 있다. 1.5미터 길이의 오크 막대기가 봉의 끝에 달려 있다. 성이 우리의 집이라면, 스탠더드는 우리의 명예다. 이것을 적의 이마에 대면 우리는 적을 노예로 바꿀 수 있다. 다른 스탠더드를 이마에 대기 전까지 적의 이마에는 늑대 상징이 떠오르게 된다. 노예들은 우리의 분명한 명령에 복종해야만 한다. 그렇지 않으면 영원히 치욕을 당한 자가 된다.

나는 어두운 아침에 스탠더드 맞은편에 앉아 아폴로의 남은 음식을 먹는다. 안개 속에서 늑대 한 마리가 울부짖는 소리가 성벽의 높은 창문을 통해 들려온다. 키가 큰 안토니아가 제일 먼저 나타난다. 그녀는 외로운 탑이나 아름다운 금색 거미같이 미끄러지듯 들어온다. 나는 그녀의 성격이 어떤 쪽인지 아직 갈피를 잡지 못했다. 우리는 시선을 교환하지만 인사는 하지 않는다. 그녀는 프라이머스를 원한다.

그 다음으로는 카시우스와 목소리가 거친 폴룩스가 한가로이 들어온다. 폴룩스는 이불을 덮어 주는 핑크들 없이 잠자리에 들어야 한다고 투덜거린다.

"정말 못생긴 스탠더드 아니야? 색이라도 좀 칠했어야지. 분노와 피를 상징하는 빨간색으로 만들었어야 한다고 생각해."

안토니아가 불평한다.

카시우스는 막대기를 잡고 스탠더드의 무게를 가늠해 본다.

"별로 무겁지 않아. 금일 거라고 생각했는데."

그는 검은 돌 안의 황금 프라이머스 손을 감탄하며 바라본다. 그도 그걸 원한다.

"그리고 지도를 줬군. 멋진데."

돌로 된 새로운 지도가 벽 하나를 가득 메우고 있다. 우리 성 주위는 놀라울 정도로 세밀하게 나와 있다. 다른 부분은 그보다는 덜하다. 전쟁의 안개다. 카시우스는 내 등을 탁 치고 함께 먹기 시작한다. 그가 밤에 또 우는 소리를 내가 들었다는 걸 그는 모른다. 우리는 높은 탑에 있는 막사의 새 이층 침대를 같이 쓴다. 아직 본

탑에서 자는 아이들이 많다. 타이투스와 친구들은 사람 수가 얼마 되지 않는데도 낮은 탑을 차지했다.

세브로가 죽은 늑대의 다리를 끌고 들어올 때는 하우스 거의 전원이 일어난 뒤다. 벌써 내장을 빼고 가죽도 벗겨 놓았다.

카시우스가 우아하게 박수를 친다.

"고블린이 식량을 가져왔다! 음. 땔감이 필요하겠군. 불 피우는 법 아는 사람?"

세브로가 안다. 카시우스는 씩 웃는다.

"물론 알겠지, 고블린."

"양은 죽이기가 너무 쉬웠다는 걸 깨달은 모양이지? 무기는 어디서 구했어?"

내가 묻는다.

"가지고 태어났지."

그의 손톱은 피투성이다.

안토니아는 코를 찡그린다.

"너 대체 어디서 자랐어?"

세브로는 그녀에게 가운뎃손가락을 들어 보인다.

"아. 지옥에서 자랐구나."

안토니아는 콧방귀를 뀐다.

카시우스는 모두 테이블에 모이자 말한다.

"그래서…… 다들 눈치 챘겠지만, 누군가 바를 받아서 프라이머스가 될 때까지는 시간이 좀 걸릴 거야. 당연히, 나는 프라이머스가 선택될 때까지 우리에겐 리더가 필요하다고 생각하고 있었어."

그는 일어서서 재빨리 세브로에게서 멀어진다. 손가락을 스탠더드 끝에 얹는다.

"우리가 기능하려면 즉시 의견을 모아 결정을 해야 하니까."

"그리고 네 생각엔 너희 두 바보들 중에 누가 리더가 되어야 할 것 같은데?"

안토니아가 냉담하게 묻는다. 그녀의 큰 눈이 카시우스에서 내게로 향한다. 안토니아는 다른 아이들을 돌아보고 진한 시럽처럼 달콤한 목소리로 묻는다.

"지금 이 시점에서, 우리들 중에 다른 사람들보다 지도자에 더 적합한 사람이 있긴 있나?"

"쟤들은 저녁 식사……랑 아침 식사를 구해 왔잖아."

로크 옆에서 레아가 온순하게 말한다. 레아는 남은 피크닉 식량을 가리킨다.

"덫 속으로 달려 들어가면서 말이지……."

로크가 모두에게 상기시킨다.

안토니아는 현명한 척 고개를 끄덕인다.

"그래, 그래. 아주 현명한 지적이야. 성급함은 우리에게 해가 될 수 있어."

"……그렇지만 싸워서 이겼고."

로크가 마무리하자 안토니아가 노려본다.

"테이블 다리를 가지고 진짜 무기에 맞서서 말이야."

타이투스가 으르렁거리는 목소리로 그 말을 인정하면서 단서를 덧붙인다.

"하지만 그 다음에는 음식을 남겨두고 도망갔어. 그래서 우리에게 음식을 췄던 건 피치너였어. 쟤들은 음식을 배달하는 브라운처럼 적들에게 넘겨줬을 거야."

"그건 사실과 조금 다른 말인데."

카시우스의 말에 타이투스는 어깨를 으쓱한다.

"나는 네가 꼬마 픽시처럼 달아나는 걸 봤을 뿐이야."

카시우스는 차가워진다.

"매너 조심해, 굿맨."

타이투스는 두 손을 든다.

"난 그냥 의견을 말한 것뿐이야. 왜 그렇게 화가 났어, 작은 왕자님?"

"너, 매너를 조심해, 굿맨. 그렇지 않으면 우리는 말 대신 칼날을 주고받아야 할 거야. 내 말 잘 들었어, 타이투스 오 라드로스?"

카시우스는 약탈해 온 쇠스랑을 휘둘러 타이투스를 가리킨다.

타이투스는 카시우스의 시선을 받더니 시선을 내게 돌려 나를 카시우스와 같은 편으로 묶는다. 갑자기 카시우스와 나는 모두의 앞에서 한 부족이 되었다. 패러다임이란 이렇게 빨리 변한다. 정치라니. 나는 내가 약탈해 온 칼을 손가락 사이에서 한참 돌린다. 테이블 전체가 칼을 지켜본다. 특히 세브로가 유심히 본다. 레드인 나의 오른손은 헬륨-3을 100만 톤은 캐낸 재주 있는 손이다. 왼손으로는 50만 톤을 캤다. 평범한 로우레드의 손재주만 봐도 이 골드들은 놀랄 것이다. 내 손은 그들을 넋 나가게 만든다. 내 잽싼 손가락 사이에서 칼은 벌새 날개처럼 움직인다. 나는 차분한 모습이지만 머릿속은 바쁘다.

우리는 모두 살인을 해 봤다. 그게 기본 조건이었다. 지금은? 타이투스는 이미 자기는 살인을 하고 싶다는 걸 분명히 말했다. 나는 지금 그를 막을 수 있을 것이다. 칼로 목을 베면 된다. 하지만 그 생각을 했다가 칼을 떨어뜨릴 뻔한다. 내 손에서 이오의 죽음이 느껴진다. 죽어 가는 줄리언이 철퍽 쓰러지던 것이 기억난다. 나는 피를 참을 수가 없다. 특히 피가 필요하지 않은 것 같을 때는 더욱 그렇다. 나는 이 커다란 강아지를 물러서게 할 수 있다.

나는 차가운 눈으로 타이투스를 본다. 그는 천천히 미소를 짓고, 경멸은 거의 드러내지 않는다. 그는 내게 도전하고 있다. 그가 시선을 돌리지 않으면 나는 그와 싸우거나 해야 한다. 늑대들이 하는 행동 같다.

내 칼은 계속해서 돌아간다. 갑자기 타이투스가 웃는다. 그는 시선을 돌린다. 내 심장 박동이 가라앉는다. 내가 이겼다. 나는 정치가 싫다. 특히 알파가 가득한 방 안에서는.

"물론 들었지, 카시우스. 넌 3미터 앞에 서 있잖아."

타이투스가 싱긋 웃는다.

타이투스는 자기 무리가 있다 해도 공개적으로 카시우스와 나를 상대할 만큼 자기 힘이 세다고 생각하지는 않는 것 같다. 그는 우리가 세레스 아이들과 싸우는 걸 봤다. 하지만 이런 식으로 선이 그어져 버렸다. 나는 갑자기 일어서서 내가 카시우스와 한편이라는 걸 확실하게 한다. 타이투스는 기세를 잃는다.

"우리 둘 중 한 명이 리더가 되는 걸 원하지 않는 사람 있어?"

내가 묻는다.

"난 안토니아가 리더 되는 건 싫어. 나쁜 년이니까."

세브로가 말한다.

안토니아는 동감이라는 뜻으로 어깨를 으쓱하지만 고개를 갸우뚱한다.

"카시, 넌 왜 그렇게 급히 리더를 정하고 싶어 해?"

그녀가 묻는다.

"한 명의 리더가 없으면 분열되고, 각자 자기가 최선이라고 생각하는 일을 할 거야. 그러면 지겠지."

카시우스가 말한다.

"네가 생각하기에 최선인 일을 하지 않을 거란 말이겠지. 잘 알겠어."

그녀는 부드럽게 미소 지으며 고개를 끄덕인다.

"그렇게 우월한 척 하지 마, 안토니아. 심지어 프라이엄도 우리에겐 한 명의 리더가 필요하다고 동의했어."

"프라이엄이 누구야?"

타이투스가 웃음을 터뜨린다. 그는 한 번 더 자신에게 관심을 돌리려고 하고 있다. 화성의 모든 골드 아이는 프라이엄을 알고 있었다. 이제 타이투스는 누가 프라이엄을 죽였는지 분명히 하려고 하고, 다른 아이들은 주목한다. 그러나 나는 타이투스가 프라이엄을 죽이지 않았다는 걸 안다. 그들은 타이투스 같은 아이를 프라이엄과 붙이지 않았을 것이다. 약한 아이를 넣었을 것이다. 그러니 타이투스는 약자를 괴롭히는 사람이고 거짓말쟁이이기도 하다.

"아, 알겠어. 네가 프라이엄이랑 계획을 짰기 때문에, 무슨 일을 해야 하는지 안다는 거지, 카시우스? 우리 모두보다 네가 더 잘 안다고? 너의 지도가 없으면 우리가 무력해진다는 이야기지?"

안토니아가 테이블 쪽으로 손짓한다.

안토니아는 카시우스를 함정에 빠뜨렸다. 나도 함께 빠졌다.

"들어 봐, 얘들아, 너희들이 리드하고 싶은 마음이 간절한 건 나도 알아. 이해해. 우린 모두 천성이 리더니까. 이 방에 있는 모든 사람들은 다 타고난 천재고 대장이야. 하지만 그래서 프라이머스 실적 제도가 있는 거야. 바 다섯 개를 얻고 프라이머스가 될 준비가 되면 우리에겐 리더가 생길 거야.

그때까지는 우리 기다리는 게 어떨까. 카시우스나 대로우가 다섯 개를 얻으면, 리더가 되는 거야. 난 재들이 뭐라고 명령을 하든, 핑크처럼 고분고분하게, 레드처럼 단순하게 따를 거야."

안토니아는 다른 아이들에게 손짓한다.

"그때까지는 너희들 중 하나에게도 리더 자격을 얻을 기회가 있어야 한다고 생각해…… 그게 너희 커리어를 결정할 수도 있는 일이잖아!"

안토니아는 영리하다. 그리고 우리를 침몰시켰다. 이 방의 모든 아이는 분명 처음부터 좀 더 적극적으로 나갈 걸 그랬다고, 사람들이 자기를 주목하게 만들 기회가 다시 왔으면 좋겠다고 바라고 있을 것이다. 안토니아가 지금 그 기회를 주었다. 대혼란이 일어날 것이다. 그리고 안토니아가 프라이머스가 될 수도 있다. 쟤는 거미임이 분명하다.

"저것 봐!"

로크 옆에 있던 레아가 말한다.

성 아래에서 나팔이 울린다.

그 순간 스탠더드가 빛난다. 뱀과 늑대는 쇠를 벗고 빛나는 금이 된다. 그뿐 아니라 벽의 돌 지도도 살아난다. 우리의 늑대 깃발이 우리 성 모형 위에서 휘날린다. 세레스의 깃발도 휘날리고 있다. 지도에 다른 성들은 나와 있지 않지만, 발견하지 못한 하우스의 깃발들이 지도의 기호 설명표에서 펄럭이고 있다. 우리가 주위 지역을 정찰하면 곧 제자리를 찾아가겠지.

게임은 시작되었다. 그리고 이제 모두가 프라이머스가 되고 싶어 한다.

나는 왜 민주주의가 불법인지 알 것 같다. 일단 고함 소리가 울려퍼진다. 좌절. 망설임. 의견 충돌. 생각들. 정찰. 요새화. 식량 모으기. 덫 설치. 기습 공격. 습격. 방어. 공격. 폴룩스가 침을 뱉는다. 타이투스가 폴룩스를 때려눕힌다. 안토니아는 나간다. 세브로는 타이투스를 헐뜯는 말을 하고 어딘지 모를 곳으로 늑대를 끌고 가

버린다. 불은 피우지도 않았다. 마치 헤드토크가 몸이 안 좋아서 한 시간 동안 자리를 비울 때의 람다 드릴팀 같다. 나는 내가 드릴을 잘 다룬다는 걸 이렇게 해서 알게 되었다. 발로우가 버너를 피우러 슬쩍 빠져나간 사이에 내가 기계에 뛰어올라 내가 최선이라고 생각하는 대로 행동했다. 아이들이 싸우는 지금, 나는 그때와 똑같이 한다.

카시우스, 로크, 로크가 어딜 가든 따라다니는 레아는 나와 함께 온다. 하지만 아마 카시우스는 우리가 자기를 따라가는 거라고 생각할 것이다. 우리는 다른 아이들은 어찌할 바를 모를 것이고 그래서 결국 오늘은 아무것도 하지 않을 거라는 데 의견을 같이 한다. 그들은 성을 지키거나 땔감을 찾거나 스탠더드가 사라질까 봐 그 주위에 모여 있을 것이다.

난 뭘 해야 할지 모르겠다. 우리 적들이 살금살금 언덕을 넘어 우리에게 오고 있지 않은지 모르겠다. 그들이 마르스를 상대로 연합을 하고 있는지 모르겠다. 이 빌어먹을 게임을 어떻게 하는지도 모르겠다. 그러나 나는 왠지는 몰라도 다른 하우스들도 전부 이렇게 불화를 일으키고 있지는 않을 거라 생각한다. 우리 마르스 하우스는 의견 충돌을 더 잘 일으키는 것 같다.

나는 카시우스에게 우리가 뭘 해야 할 것 같은지 물었다.

"예전에 나는 우리 가문에게 결례를 범하는 멍청이에게 결투를 신청했지. 멋부리는 아우구스투스 놈이었어. 아주 꼼꼼하더군. 장갑을 단단히 조이고, 예쁜 머리를 뒤로 묶고, 아게아 무술 클럽에서 연습을 할 때마다 그랬듯 레이저를 휘둘렀어."

"그래서?"

"걔가 연습 삼아 레이저를 휘두르는데 덮쳐서 무릎을 찔렀어."

그는 레아가 못마땅해 하는 것을 눈치챈다.

"왜? 결투는 시작된 뒤였어. 나는 간교하지만 짐승은 아니야. 난 그냥 이긴 거야."

"너희 모두 그렇게 생각한다는 걸 알겠어."

내가 말한다.

"우리 모두 그런다고."

그들은 내가 말 실수한 것을 눈치 채지 못한다.

그의 말이 맞다. 우리 하우스는 이런 상태로는 적을 공격할 수 없지만, 우리가 준비한답시고 뛰어다니는 가운데 적이 우리를 공격해서 소사이어티에서 높은 자리에 올라가려는 내 희망을 박살낼 수 있다. 그러니까 정보가 필요하다. 우리는 적들이 북쪽 500미터 지점의 계곡에 있는지, 남쪽 15킬로미터 거리에 있는지 알아야 한다. 우리가 전장의 구석에 있는가, 가운데에 있는가? 적들은 고지대에 있는가? 고지대 북쪽에 있는가?

카시우스와 나는 의견이 같다. 우리는 정찰을 해야 한다.

우리는 두 그룹으로 나눈다. 카시우스와 나는 포보스로 간 다음 시계 반대 방향으로 움직인다. 레아와 로크는 데이모스로 가서 시계 방향으로 정찰한다. 해질녘에 만나기로 한다.

포보스 꼭대기에서는 한 명도 보이지 않는다. 저지대에는 말과 세레스 전사들은 없고, 남쪽의 고지대는 호수가 보이고 염소가 잔뜩 있다. 남동쪽에는 높은 난쟁이 산 위에 남쪽과 남동쪽으로 드넓은 숲이 펼쳐진 게 보인다. 저 숲에는 거인 군대라도 숨어 있을 수 있겠다. 일일이 조사해 볼 수는 없다. 나무가 시작하는 곳 근처에 가는 데만 반나절은 걸릴 것이다.

우리 성에서 10킬로미터 정도 떨어진 곳의 낮은 언덕 위에서, 길을 내려다보는 낡은 돌 요새를 발견한다. 안에는 요오드, 식량, 나침반, 밧줄, 듀로백 여섯 개, 칫솔, 유황 성냥, 간단한 붕대가 든 낡은 구명 장비가 있다. 우리는 투명한 듀로백에 이것들을 집어넣는다.

보급품이 계곡 여기저기에 숨겨져 있었군. 작은 구명 장비보다 더 중요한 것들이 숨겨져 있을 것이란 생각이 든다. 무기? 탈것? 갑옷? 테크놀로지? 막대기와 돌멩이와 금속 도구만으로 전쟁을 하게 할 수는 없을 것이다. 그리고 우리가 서로를 죽이는 걸 원하지 않는다면, 금속 무기를 곧 스턴 무기로 대체해야 할 것이다.

우리는 첫날에 햇볕에 심하게 탄다. 돌아오는 길에 안개가 피부를 식혀 준다. 타이투스와 이제 여섯 명이 된 그의 무리 역시 평원 지대를 습격했다가 소득 없이 돌아온 직후다. 염소를 두 마리 죽였지만 세브로가 사라졌기 때문에 요리할 불이 없다. 나는 성냥이 있다는 말을 하지 않는다. 카시우스와 나는 타이투스가 리더가 되고 싶다면 적어도 불은 정복할 수 있어야 한다고 의견을 같이했다. 어디에 있는지 모르지만 세브로도 분명 동의할 것이다. 타이투스의 아이들은 불꽃을 튀게 하려고 금속으로 돌을 치지만, 성의 돌은 불꽃을 튀기지 않는다. 프록터들이 영리하다.

타이투스의 무리는 불도 없으면서 찌꺼기, 즉 로우드래프트들에게 땔감을 모아오게 시킨다. 로크와 레아를 제외하고 모두 그날 밤 배를 곯는다. 그 애들에게는 우리의 비상식량을 나눠 주었다. 이 아이들은 골드지만 마음에 든다. 나는 스스로에게 내 부족을 만들기 위해서라는 변명을 하며 그들과 친해진다. 카시우스는 움직임이 빠른 미드드래프트 여자 아이 퀸이 쓸모 있을 거라고 생각한다. 하지만 카시우스는 예쁜 여자 아이들에 대해서라면 거의 언제나 그렇게 생각할 것이다.

부족은 커져 가고, 첫 번째 레슨이 벌써 진행 중이다.

안토니아는 땅딸막하고 심술궂은 곱슬머리 키피오라는 아이와 친구가 되고, 몇 개 그룹을 만들어 성에서 발견한 삽과 도끼로 무장시키고 데이모스와 포보스를 수비하도록 시킨다. 버릇없는 마녀일지는 몰라도 멍청하지는 않은 아이다. 그런데 그들이 잘 때 타이투스의 무리가 도끼를 훔치고, 나는 다시 생각을 바꾼다.

카시우스와 나는 함께 정찰한다. 세 번째 날, 우리는 먼 곳에서 연기가 피어오르는 것을 본다. 동쪽으로 20킬로미터 정도 떨어진 곳이다. 황혼 속의 횃불 같다. 적들의 정찰대도 우리처럼 나와 있을 것이다. 더 가까웠거나 말이 있었다면 우린 살펴봤을 것이다. 사람이 더 많았다면 밤새 움직이며 습격해서 노예를 만들 계획을 세웠을 것이다. 거리가 멀고 우리가 가진 것이 부족해서 그럴 수가 없다. 우리와 저 연기 사이에는 군대가 숨을 수 있는 계곡과 협곡들이 있다. 노출된 상태로 몇 킬로미터나 걸어야 할 평원도 있다. 우리는 가지 않는다. 말을 지닌 하우스들이 있는데 걸어갈 수는 없다. 카시우스에게는 말하지 않지만, 나는 겁이 난다. 고지대에 있으면 안전한 느낌이 들지만, 그 너머 바깥 풍경에는 정신병에 걸린 작은 신들이 떼 지어 돌아다니고 있다. 아직은 마주치고 싶지 않은 작은 신들이다.

집조차 안전하지 않기 때문에 다른 하우스들을 만난다고 생각하면 더 무서워진다. 옥타비아 오 룬이 늘 하는 말과 같다. 부족 전쟁이 일어날 때면 누구도 어떤 노력도 할 수 없다. 우리는 타이투스를 너무 오래 내버려 둘 수 없다. 타이투스는 벌써 레아와 퀸이 모은 베리들을 훔쳤다. 그리고 오늘 아침에는 같은 하우스의 일원을 자기 무리의 노예로 만들 수 있나 알아보려고 스탠더드를 퀸에게 써 보았다. 노예가 되지는 않았다.

"어떻게든 하우스를 하나로 묶어야 돼. 기관은 우리 여생 동안 같이 가는 거야. 우리가 지면 결코 자리를 얻을 수 없을 수도 있어."

북쪽 고지대를 정찰하며 카시우스가 내게 말한다.

"우리가 게임 중에 노예가 되면?"

그는 걱정스러운 표정으로 나를 본다.

"그보다 더 나쁜 일이 있을 수 있어?"

내게 동기 부여가 더 필요한 건 아니었는데.

"너희 아버지는 아마 승리하셨겠지. 프라이머스셨어?"

내가 묻는다. 사령관이 된 걸 보면 아마 승리했을 것이다.

"응. 승리하셨다는 건 늘 알고 있었지만, 여기 오기 전까지는 그게 어떤 의미였는지 전혀 몰랐어."

우리는 우리의 하우스를 다시 하나로 묶기 위해서는 타이투스가 없어져야 한다고 합의한다. 하지만 대놓고 싸우는 건 헛된 일이다. 그 기회는 첫날 왔다가 가 버렸다. 그의 부족이 너무 커졌다.

"자는 동안 죽이자. 너랑 나라면 할 수 있어."

카시우스가 제안한다.

그의 말을 들으니 섬뜩하다. 우리는 결정을 내리지는 않지만, 그 제안은 그와 내가 다른 생물이라는 걸 다시 일깨워 준다. 그런데, 정말 다른가? 그의 분노는 잔인하고 차갑다. 하지만 나는 그가 타이투스 근처에 있을 때조차 그의 분노를 다시 보지는 못한다. 그는 늘 미소 짓고 웃으며 타이투스 무리의 아이들이 습격을 나가지 않을 때면 경주와 레슬링을 하고 논다. 내가 내 적들과 그러듯 말이다.

아이들 대부분이 내가 남들을 경계한다고 생각하는 반면, 타이투스의 무리를 제외한 다른 아이들은 모두 카시우스를 사랑한다. 그는 심지어 퀸과 함께 슬그머니 빠져나가기 시작했다. 나는 퀸이 좋다. 퀸은 덫을 놓아 사슴을 잡고, 자기가 이로 물어 죽였다고 이야기했다. 증거도 보여 주었다. 사슴에 난 잇자국, 자기 이 사이와 잇몸에 낀 털을 보여 주었다. 우리는 우리 편 중에 예쁘게 생긴 세브로가 있구나 생각했는데, 허풍을 치던 퀸이 심하게 웃느라 더 이상 이야기를 잇지 못했다. 카시우스는 퀸이 이 사이에서 사슴 털을 빼는 것을 도와주었다. 나는 공들인 거짓말을 하는 사람을 좋아한다.

처음 며칠 동안 상황이 더 안 좋아진다. 아직 성에서 불을 피우지 못해서 다들 배가 고프고, 여자 아이들 둘이 성문 바로 앞의 강에서 목욕하다 말을 탄 세레스 아이들에게 잡혀가자 위생은 곧 잊힌다. 골드들은 고운 모공이 막히고 여드름이 생기자 당황한다.

"벌에 쏘인 것 같아! 아니면 멀리 있는 방사형 태양이거나!"

로크가 웃으며 카시우스와 내게 말한다.

나는 레드로 살았던 내내 그런 걸 지니고 살았지만 신기해 하는 척한다.

카시우스는 얼굴을 가까이 하고 구경한다.

"친구, 이건 정말이지……."

그때 로크가 카시우스의 얼굴에다 여드름을 터뜨리는 바람에 카시우스는 뒤로 휘청거리며 역겨워서 구역질을 한다. 퀸은 낄낄 웃으며 넘어진다.

카시우스가 정신을 차리자 로크가 말한다.

"가끔 이런 일들을 벌이는 목적이 궁금할 때가 있어. 이게 어떻게 우리 가치를 시험해 보고, 우리를 소사이어티를 지배하는 존재로 만드는 가장 효율적인 방법일 수가 있지?"

"결론은 내렸어?"

카시우스가 조심스럽게 묻는다. 카시우스는 지금 거리를 유지하고 있다.

"시인들은 절대 안 그래."

내 말에 로크가 싱긋 웃는다.

"대부분의 시인들과는 달리, 나는 가끔 결론을 내려. 나는 우리의 답을 찾았어."

"얼른 말해 봐."

카시우스가 채근하자 로크는 한숨을 쉰다.

"우리의 프리마돈나가 시켜야 내가 말할 줄 알았니? 그들이 우리를 여기에 데려온 것은 이 계곡은 골드가 지배하기 전의 인간 모습이기 때문이야. 분열되어 있지. 우리 부족 안에서조차 통합이 안 돼 있어. 그들은 우리 선조가 겪었던 과정을 우리도 겪길 원하는 거야. 한 걸음 한 걸음씩, 이 게임은 진화하며 우리에게 새로운 교훈을 가르칠 거야. 게임 안에서 계급이 생기겠지. 우리에겐 레드, 골드, 코퍼가 생길 거야."

"핑크도?"

카시우스가 희망을 품고 묻는다.

"말 되는군."

내가 말한다.

카시우스는 손가락의 늑대 반지를 돌리며 웃는다.

"아, 그건 정말 이상하겠군. 그런 일이 생겼다간 부모들이 날뛸 걸. 타이투스가 여자애들을 힐끗거리는 이유가 그걸지도 몰라. 걔는 장난감을 원하는 것 같아. 장난감 말이 나와서 말인데, 걔가 빅

300

수스를 어디로 보냈게?"

나는 웃는다. 타이투스를 따르는 아이들 중 아마 제일 위험한 아이일 빅수스와 다른 아이들은 포보스 탑의 높이를 이용해 평원을 정찰하고 세레스 하우스 습격을 준비하라는 타이투스의 명령을 받고 거의 두 시간 전에 떠났다.

"걔들과 붙으려면 빅수스를 우리 편으로 끌어들이는 게 제일 좋을 거야. 타이투스의 오른팔이니까."

내가 말한다.

로크는 다른 쪽으로 계속 생각을 이어간다.

"난…… 핑크는 잘 모르겠어."

로크가 말한다. 골드가 핑크가 된다는 것이 그에게는 불쾌한 생각이다.

"하지만…… 나머지는 간단해. 여긴 태양계의 축소판이야."

"내겐 칼로 깃발을 뺏는 게임 같은데. 그 게임 기억해?"

내가 대답한다. 나는 그 게임을 해 본 적은 없지만, 마테오와 함께 공부하며 이 아이들이 부모의 정원에서 어렸을 때 하던 게임들을 익혔다.

"음."

카시우스는 고개를 끄덕이며 짐짓 진지한 척 손가락으로 로크의 가슴을 민다.

"동감이야. 네 수다는 항문 속에나 간직해 둬, 로크. 위대한 지성인 우리 두 명이 결정했어. 이건 깃발 뺏는 게임이야."

로크는 웃는다.

"알았어. 모든 사람들이 나처럼 비유와 미묘함을 이해할 수는 없지. 그러나 근육질 친구들, 두려워하지 마. 어렵고 복잡한 일들이 생기면 내가 너희들을 이끌어 줄 테니까. 예를 들면, 난 우리의 첫 번째 테스트는 적들이 찾아오기 전에 우리 하우스를 다시 하나로 만드는 거라는 사실을 말해 줄 수 있어."

"젠장."

내가 난간 너머를 보며 중얼거린다.

"무슨 일 있어?"

카시우스가 묻는다.

"게임이 방금 시작된 모양이야."

나는 아래를 가리킨다.

계곡 너머 숲과 잔디 평원이 만나는 곳에서 빅수스가 여자 아이의 머리를 잡고 끌고 온다. 마르스 하우스의 첫 노예다. 나는 혐오감을 느끼기는커녕 질투가 난다. 저 아이를 내가 잡지 못해서 질투가 난다. 타이투스의 부하가 잡았으니 이제 타이투스의 말이 먹히게 되었다.

제23장

균열

우리 모두 같은 지붕 아래서 잠을 자긴 하지만, 불과 나흘 만에 하우스는 네 개 부족으로 분리된다. 제법 큰 소행성대를 소유한 가문 출신인 안토니아가 미드드래프트들을 얻었다. 수다 떠는 아이들, 징징거리는 아이들, 머리 좋은 아이들, 의존적인 아이들, 겁쟁이들, 고상한 척하는 아이들, 정치에 밝은 아이들이다.

타이투스는 주로 하이드래프트나 미드드래프트를 데리고 있다. 몸이 좋은 아이들, 폭력적인 아이들, 빠른 아이들, 용감한 아이들, 전형적인 지적인 아이들, 야망 있는 아이들, 기회주의자들. 마르스 하우스의 전형적인 선택이다. 피아노 신동인 조용한 카산드라를 타이투스가 데려갔다. 목소리가 거친 폴룩스, 쇠붙이를 살에 꽂아 넣는다는 생각만 해도 기뻐서 부르르 떠는 제정신이 아닌 빅수스도 마찬가지다.

카시우스와 내가 조금만 더 정치적이었다면 우리는 타이투스에게서 하이드래프트들을 훔쳐올 수 있었을 것이다. 젠장, 우리에게 복종해야 한다고 말만 했더라면 모두 우리를 따랐을지도 모른다. 카시우스와 내가 잠시 동안은 가장 강했으니까. 그러나 우리는 타이투스에겐 겁을 줄 시간을, 안토니아에겐 아이들을 조종할 시간을 주었다.

"빌어먹을 안토니아."

내가 말한다.

카시우스는 웃으며 금빛 머리를 흔든다. 우리는 고지대를 따라 동쪽으로 가면서 보급품이 더 숨겨져 있는지 찾고 있다. 내 긴 다리로는 1분만에 1킬로미터를 갈 수 있다.

"아, 안토니아는 원래 그래. 익숙해지게 돼. 우리가 어렸을 때 우리 가족들이 같이 휴가를 보내지 않았다면 나는 안토니아를 보자마자 민주주의자라고 불렀을지도 몰라. 하지만 안토니아는 결코 그렇지 않아. 그보단 시저에 가깝지, 아니면…… 뭐였지, 대통령? 필요에 의해 위장한 독재자."

"걔는 술대접에 든 개똥이야."

내가 말한다.

"대체 그게 무슨 뜻이야?"

카시우스가 웃는다.

나롤 삼촌이라면 대답해 줄 수 있을 텐데.

"응? 아, 요크톤에서 하이레드가 이런 말을 쓰는 걸 들은 적이 있어. 와인에 빠진 파리라는 뜻이야."

카시우스가 코웃음친다.

"하이레드? 내 보모 중 하나가 하이레드였어. 나도 알아. 이상한 일이지. 브라운을 썼어야 하는데. 하지만 그 여자는 내가 잠들려고 할 때 이야기를 들려줬어."

"좋네."

"난 건방진 아줌마라고 생각했어. 어머니에게 그 여자가 닥치고 나를 내버려 뒀음 좋겠다고 말씀드렸어. 늘 좀 슬프게 끝나는, 계곡이니 재미없는 로맨스니 하는 것들이 등장하는 이야기만 하려고 했거든. 우울해지게 만드는 사람이었어."

"네가 불평했을 때 어머니는 뭐라고 하셨어?"

"어머니? 하! 꿀밤을 먹이며 누구에게나 배울 점이 있다고 하시더군. 심지어 하이레드한테도. 우리 부모님은 진보적인 척하기를 좋아하시거든. 난 혼란스러웠어. 하지만 요크톤이라니. 줄리언은 네가 요크톤 출신이란 걸 믿을 수 없어 했어."

그는 고개를 절레절레 흔든다.

어둠이 내 안으로 돌아온다. 이오를 생각해도 떨칠 수가 없다. 내 고귀한 임무와 그에 따라 허용되는 일들을 생각해도 죄책감이 사라지지 않는다. 통로 때문에 죄책감을 느끼지 말아야 하는 사람은 오직 나뿐이지만, 로크를 제외하면 죄책감을 느끼는 유일한 사람이 나인 것 같다. 나는 내 손을 보며 줄리언의 피를 기억한다.

카시우스가 갑자기 남서쪽 하늘을 가리킨다.

"대체 저게 뭐지?"

깜빡이는 메드봇 수십 개가 공중에 떠 있는 올림푸스 성에서 쏟아지듯 내려온다. 웅웅거리는 소리가 멀리서 들린다. 프록터들이 먼 남쪽 산악지대로 불붙은 화살처럼 메드봇을 따라간다. 무슨 일이 일어났는지 몰라도 한 가지는 확실하다. 남쪽에서 카오스가 일어나고 있다.

내 부족은 계속 성 안에서 잠을 자지만, 우리는 높은 성에서 정문에 딸린 건물로 옮겼다. 타이투스의 무리들과 부딪치지 않기 위해서다. 안전을 위해 우리는 우리가 요리를 한다는 것을 비밀로 한다.

북쪽 고지대의 호숫가에서 우리 부족을 만나 저녁 식사를 한다. 전부 하이드래프트는 아니다. 카시우스와 로크는 하이드래프트이지만, 17번째 이상으로 뽑힌 사람은 없다. 퀸과 레아는 미드드래프트고, 나머지인 클라운, 스크루페이스, 위드, 페블, 시슬은 찌꺼기, 로우드래프트다. 기관의 찌꺼기들은 다른 컬러들에 비하면 초인이지만 카시우스는 좀 거슬려 한다. 그들은 몸이 좋다. 회복력이 좋다. 의도가 있을 때가 아니고선 같은 말을 두 번 하게 하는 법이 없다. 그리고 내 명령에 따르고, 심지어 내가 다음에 어떤 지시를 할지 기다리기도 한다. 그들의 출신 배경이 나만 못해서인가 보다.

나보다 똑똑하다. 그러나 나는 추정적 사고 시험 점수로 증명된, 남들에겐 없는 임기응변 능력이 있다. 사실 그건 아무래도 좋다. 내겐 유황 성냥이 있어서 나는 신과 같은 프로메테우스다. 내가 아는 한 안토니아나 타이투스에겐 아직 불이 없다. 그러니 나는 배를 채워 줄 수 있는 유일한 사람이다. 나는 우리 부족원들에게 각각 염소나 양을 한 마리씩 도살하라고 시킨다. 스크루페이스는 무임승차하려고 애쓰지만, 아무도 무임승차할 수는 없다. 그들은 내가 처음으로 칼로 염소 목을 딸 때 내 손이 떨리는 것을 눈치채지 못한다. 짐승의 눈에는 신뢰가 가득하고, 죽어 가면서는 아직도 나를 자기 친구로 생각하는 눈에는 혼란이 떠오른다. 염소의 피는 줄리언의 피처럼 따뜻하다. 목 근육은 질겨서 무딘 칼로 톱질하듯 잘라야 한다. 레아는 양을 처음으로 죽일 때 높게 소리를 지르며 나처럼 칼로 썬다. 나는 시슬의 도움을 받아서 가죽도 벗기라고 시킨다. 레아가 하지 못하자, 나는 레아의 손을 잡고 힘을 보태 주며 가죽 벗기는 것을 돕는다.

"아빠가 너 대신 고기도 잘라 줘야 돼?"

시슬이 비웃는다.

"닥쳐."

로크가 말한다.

"레아는 자기 싸움은 자기가 할 수 있어, 로크. 레아, 시슬이 너에게 질문을 했어."

레아는 나를 보며 눈을 깜빡인다. 큰 눈에는 혼란이 떠올라 있다.

"다른 질문도 해 봐, 시슬."

"타이투스가 우리를 궁지에 몰아넣으면, 그때도 소리를 지를 거야? 어린애 같이."

시슬은 내가 자기에게 원하는 행동이 뭔지 알고 있다. 레아에게 염소를 데려다 주기 30분 전에 내가 부탁한 일이다.

나는 레아를 향해 시슬 쪽으로 고개를 까닥해 보인다.

시슬이 추궁한다.

"너 울 거야? 눈 닦아……."

레아는 으르렁거리며 시슬에게 달려든다. 둘은 서로 얼굴에 주먹질을 하며 굴러다닌다. 곧 시슬이 레아의 목을 쥔다. 로크는 내 옆에서 동요한다. 퀸이 로크를 뒤로 끌어낸다. 레아의 얼굴은 보라색이 된다. 레아는 양손으로 시슬의 손을 치다가 정신을 잃는다. 나는 시슬에게 고맙다고 고개를 끄덕여 보인다. 짙은 얼굴의 시슬은 천천히 고개를 끄덕인다.

다음 날 아침, 레아는 어깨를 더 쫙 펴고 있다. 용기를 내 로크의 손을 잡기도 한다. 그녀는 우리들보다 자기가 요리를 더 잘한다고도 주장한다. 그건 사실이 아니다. 로크도 시도해 보지만 별로 나을 게 없다. 걔들이 만든 음식을 먹는 것은 섬유질이 많고 건조한 스폰지를 삼키는 것 같다. 퀸도 말은 그럴싸하게 하지만 레시피를 생각해 내지 못한다.

성에서 6킬로미터 떨어진 우리 캠프의 주방에서 염소와 사슴 고기를 요리한다. 불과 연기가 보이지 않도록 협곡 안에서 밤에 한다. 우리는 양은 죽이지 않고, 안전하게 북쪽 요새에 모아 둔다. 음식과 함께 우리 부족에게 양들을 더 많이 데려올 수도 있지만, 음식이란 요긴한 만큼 위험하기도 하다. 타이투스와 한패인 살인자들이 우리에게 불, 음식, 깨끗한 물이 있다는 걸 알게 된다면……

나는 로크와 함께 남쪽으로 정찰을 다녀오다가 작은 나무 숲에서 소리가 나는 것을 듣는다. 기어서 가까이 다가가 보니 끙끙거리며 난도질하는 소리가 난다. 늑대 무리가 염소를 잡아먹고 있으리라 생각하고 수풀 틈으로 훔쳐보니 타이투스의 군인들 넷이 사슴 시체 주위에 쭈그리고 앉아 있다. 그들의 얼굴은 피투성이고, 죽은 사슴 고기를 칼로 베어 내는 눈은 어둡고 굶주려 있다. 5일 동안 불 없이, 5일 동안 맛없는 베리를 먹으며 지낸 그들은 벌써 야만인이 되어 있다.

"쟤들한테 성냥을 줘야 돼. 여기 있는 돌은 불꽃이 튀지 않아."

로크가 나중에 내게 말한다.

"아냐. 우리가 성냥을 주면 타이투스의 권력이 더 커질 거야."

"그게 지금 이 시점에서 중요해? 계속 날고기를 먹으면 쟤들은 병들 거야. 벌써 병들었어!"

"그래서 바지에 똥을 싸겠지. 그보다 더 나쁜 일들도 있어."

내가 내뱉는다.

"말해 봐, 대로우. 타이투스가 권력을 잡고 마르스가 강해지는 게, 대로우가 권력을 잡고 마르스가 약해지는 것보다 더 나빠?"

"누구한테 더 좋은 건데?"

내가 화를 내며 묻는다.

그는 고개를 절레절레 흔들 뿐이다.

"배 좀 앓아보라고 하지 뭐. 자기들이 자초한 거니 고생하게 내버려 두자."

카시우스의 의견이다.

우리 부대는 동의한다.

나는 내 부대가 좋다. 찌꺼기들, 로우드래프트들이다. 그들은 하이드래프트만큼 자격이 있거나 좋은 교육을 받지는 못했다. 대부분 내가 음식을 주면 잊지 않고 고맙다고 인사를 한다. 처음에는 그러지 않았다. 그들은 타이투스를 따라가서 신나게 한밤중에 도끼를 휘두르고 다니지 않았다. 그들은 우리를 따른다. 카시우스는 태양만큼이나 카리스마가 있고, 그의 빛 속에서 내가 드리우는 그림자는 자기가 무슨 일을 하는지 알고 있는 것으로 보이기 때문이다. 그 그림자는 모른다. 나처럼 그 그림자는 광산에서 태어났다.

그렇지만 내게 어떤 전략이 있는 것 같아 보이긴 한다. 나는 협곡 아래의 물에 잠긴 지하실에서 찾아낸 디지슬레이트에 우리 영역의 지도를 만들게 한다. 그러나 내 슬링블레이드와 칼 몇 자루, 날카로운 막대기들 말고는 아직 우린 무기가 없다. 그래서 우리가 가진 전략은 정보를 수집하는 것에 기반할 수밖에 없다.

우스운 것은, 어떻게 되어 가는지 아주 조금이라도 알고 있는 부족은 단 하나뿐이다. 우리도 아니고, 안토니아 부족도 아니다. 타이투스 부족은 결코 아니다. 그건 바로 세브로의 부족인데, 세브로가 지금쯤 늑대들을 입양한 게 아니라면 부족원은 세브로 혼자

310

라고 나는 거의 확신한다. 우리 하우스에서는 가족끼리 함께하는 만찬은 없다. 가끔 세브로가 밤에 늑대 가죽을 덮어 쓰고 언덕을 달리는 게 보인다. 카시우스가 가장 잘 표현했는데, '마치 환각제를 먹은 털북숭이 꼬마 악마 같은' 모습이다. 로크는 나무가 우거진 고지대에서 늑대가 아닌 무언가가 울부짖는 소리를 들은 적도 있다고 한다. 세브로는 어떤 날에는 평범한 사람처럼 돌아다닐 때도 있다. 퀸을 제외한 모든 사람들을 다 욕한다. 세브로는 퀸만은 예외로 하고, 욕 대신 고기와 먹을 수 있는 버섯을 준다. 퀸은 카시우스를 좋아하지만, 세브로는 퀸을 좋아하는 것 같다.

우리는 그녀에게 세브로에 대한 이야기를 해 달라고 하지만 퀸은 말하지 않는다. 퀸은 충직하다. 어쩌면 그래서 퀸을 보면 고향 생각이 나는지도 모른다. 퀸은 늘 재미있는 이야기를 잘하는데, 대부분 분명 열심히 꾸며낸 거짓말들일 것이다. 내 아내 안에 있었던 것과 같은 생명의 불꽃이 퀸의 안에도 있다. 퀸은 고블린을 '세브로'라고 부르는 마지막 사람이다. 세브로가 사는 곳을 아는 유일한 사람이다. 우리는 그렇게 정찰을 다니면서도 세브로가 잠자는 곳이 어디인지 흔적조차 찾지 못했다. 어쩌면 고지대 너머에서 사람 목을 베고 다닐지도 모른다. 나는 타이투스가 세브로 뒤를 밟는 염탐꾼을 보냈다는 건 알지만, 성공했을 것 같지는 않다. 그들은 나조차 미행하지 못했다. 나는 타이투스가 그걸 못마땅해 한다는 걸 알고 있다.

"덤불 속에서 뒹굴거리는 것 아닐까. 우리가 서로 다 죽이길 기다리면서 말이야."

카시우스가 낄낄 웃는다.

레아가 절뚝거리며 성으로 돌아오자 로크는 카시우스와 나를 찾는다.

"그들이 때렸어. 심하지는 않지만, 배를 걷어차고 하루 종일 모은 걸 가져갔어."

"누가? 누가 때렸어?"

카시우스가 발끈한다.

"상관없어. 중요한 건 걔들이 배가 고프다는 거야. 그러니까 눈에는 눈, 이에는 이는 이제 그만해. 계속 이럴 순 없어. 타이투스의 애들은 굶주리고 있어. 걔들이 어떻게 할 것 같아? 젠장, 거대한 짐승은 불과 음식이 필요해서 고블린을 사냥하고 있어. 우리가 그냥 불과 음식을 타이투스에게 주면, 우린 하우스를 통합하고 예의를 유지할 수 있어. 어쩌면 안토니아까지도 자기 부족을 데리고 의논하러 올지 몰라."

로크가 말한다.

"안토니아? 의논?"

카시우스가 크게 웃는다.

"정말 그렇게 된다 해도, 제일 강한 건 타이투스일 거야. 그리고 그건 아무것도 해결해 주지 못해."

내 말에 로크는 긴 머리를 잡아당긴다.

"아. 그래. 그건 네가 견딜 수 없는 거지, 다른 사람이 권력을 갖는 것. 좋아 그럼. 빅수스나 폴룩스한테 얘기해. 꼭 그래야 한다면 그놈들의 대장을 해치워. 하지만 하우스를 치유해, 대로우. 그렇지 않으면 다른 하우스가 찾아올 때 우린 질 거야."

여섯 번째 날에 나는 로크의 조언을 받아들인다. 타이투스가 습격하러 나간 것을 알고, 나는 위험을 무릅쓰고 성에서 빅수스를 찾기로 한다. 불행하게도 타이투스가 생각보다 일찍 돌아온다.

"활발하고 원기왕성해 보이네."

성의 돌로 된 복도 안에서 빅수스를 찾기 전에 타이투스가 말한다. 타이투스는 큰 몸으로 내 길을 막는다. 어깨가 거의 벽과 폭이 비슷하다. 내 뒤에 다른 사람이 있는 것도 느껴진다. 빅수스, 그리고 두 명 더 있다. 가슴이 덜컥한다. 이건 멍청한 짓이었다.

"어디 가는 중인지 물어봐도 될까?"

"우리 정찰 지도와 지휘실의 큰 지도를 비교해 보고 싶었어."

나는 주머니에 디지슬레이트를 넣고 왔기 때문에 이렇게 거짓말을 한다.

"아, 정찰 지도와 큰 지도를 비교해 보고 싶었다…… 마르스를 위해서겠지, 고귀한 대로우?"

"마르스를 위하지 그럼 누굴 위하겠어? 우린 다 같은 편이잖아?"

"아, 우린 같은 편이지. 빅수스, 우리가 같은 편이면, 우리가 대로우의 지도를 공유하는 게 제일 좋을 것 같지 않아?"

타이투스는 마음에 없는 웃음을 터뜨린다.

"그게 최선이겠지. 버섯. 지도. 다 똑같아."

빅수스가 작은 레아를 공격했구나. 눈빛이 흐리멍텅하다. 갈가마귀 눈 같다.

"응. 그러니까 내가 대신 봐 줄게, 대로우."

타이투스는 내 정찰 지도를 낚아챈다. 내가 막을 수 있는 방법이란 없다.

"얼마든지. 동쪽 끝에 적들이 불을 피웠고 남쪽 드넓은 숲에 적들이 있을 것 같다는 걸 알아둬. 네 마음대로 습격해. 바지를 내리고 있을 때 잡히지만 말고."

타이투스는 코를 킁킁거린다. 내 말을 듣고 있지 않았다.

"우리가 다 공유하고 있으니 말인데, 대로우."

타이투스는 내 목에 가까운 쪽에서 다시 코를 킁킁거린다.

"너한테서 왜 나무 태운 연기 냄새가 나는지도 공유해 주겠어?"

나는 어찌할 바를 모르고 굳어 버린다.

"꼼지락거리는 것 봐. 거짓말을 꾸며대는 걸 봐. 난 네가 속임수를 쓰는 걸 냄새 맡을 수 있어. 너한테서 땀처럼 흐르는 거짓말 냄새를 맡을 수 있어."

타이투스는 역겹다는 듯한 목소리다.

"달아오른 여자처럼 말이야."

폴룩스가 냉소적으로 말한다. 그는 내게 미안하다는 듯 어깨를 으쓱해 보인다.

"역겨워. 정말 나쁜 놈이야. 가증스럽고, 계집애 같은 놈이야."

빅수스가 조롱한다. 나는 내가 왜 빅수스가 타이투스에게서 등을 돌리게 만들 수 있다고 생각했는지 모르겠다.

"넌 작은 기생충이야. 복종하고 싶지 않아서 남들의 의욕을 갉아먹지. 고결한 내 아이들이 굶주리길 기다리면서 말이야. 넌 가증스러운 존재야. 우리 척추 속의 벌레야."

타이투스가 말한다. 뒤에 있는 아이들이 거리를 좁혀 오고 있다. 타이투스는 거대하다. 폴룩스와 빅수스는 몸집은 잔인하고 거의 나만 하다.

나는 아무렇지도 않게 어깨를 으쓱해 보인다. 내가 걱정하지 않는다고 생각하게 만들려고 노력한다.

"그건 해결할 수 있어."

내가 말한다.

"음?"

타이투스가 묻는다.

"해결책은 간단해, 친구. 너희 아이들을 집으로 데려 와. 매일 세레스를 습격하지도 마. 그러다간 다른 하우스에서 쳐들어와서 너희를 다 죽여 버릴 거야. 일단 그렇게 하고 나서 불과 음식 이야기를 해 보자."

"넌 네가 우리에게 이래라 저래라 할 수 있다고 생각해, 대로우? 하고 싶은 말이 그거야? 네가 그 멍청한 시험에서 더 높은 점수를 받았다고 네가 더 낫다고 생각해? 프록터들이 너를 먼저 골라서?"

빅수스가 묻는다.

"쟤는 그렇게 생각해. 자기가 프라이머스가 될 자격이 있다고 생각하지."

타이투스가 키득거린다.

빅수스의 호전적인 얼굴이 내 얼굴로 다가온다. 한 단어 한 단어에 경멸을 담아 내뱉는다. 온화할 때는 잘생긴 얼굴이었는데, 이제 그는 잔인하게 입술을 까뒤집으며 입 냄새를 풍긴다. 나를 훑어보며 자기는 내가 별 것 아니라고 생각한다는 인상을 주려 한다. 업신여기듯 코웃음을 친다. 나는 내 얼굴에 침을 뱉으려 그가 머리를 움직이는 걸 본다. 나는 그냥 내버려 둔다. 가래가 내 얼굴을 때리고, 뺨을 따라 내 입술 쪽으로 흐른다.

타이투스는 늑대 같은 미소를 지으며 지켜본다. 눈이 번득인다. 빅수스는 격려를 얻으려 타이투스를 본다. 폴룩스가 다가온다.

"넌 건방진 좆같은 놈이야. 그러니 너에게서 그걸 떼어내 주겠어, 굿맨…… 네 좆."

빅수스가 말한다. 코가 거의 내 코에 닿을 정도다.

"아니면 날 보내줄 수도 있지. 네가 문을 막고 있는 것 같은데."

빅수스는 자기 주인을 보며 웃는다.

"오호! 자기가 겁을 먹지 않았다는 걸 보여 주려고 하고 있어, 타이투스. 싸움을 피하는 거야."

그는 흐리멍덩한 금빛 눈으로 나를 본다.

"난 결투 클럽에서 너같이 건방진 애들을 1000명은 박살냈어."

"정말이야?"

나는 믿지 못하겠다는 듯이 묻는다.

"나뭇가지를 꺾듯 꺾어 버렸지. 그러고는 걔들 여자친구를 데리고 놀았어. 자기 아버지들 앞에서 엄청나게 망신을 줬지. 너 같은 애들을 질질 짜는 쓰레기들로 만들었어."

"아, 빅수스. 빅수스, 빅수스, 빅수스. 나 같은 애는 없어."

나는 한숨을 쉰다. 내 목소리에서 분노와 공포는 느껴지지 않게 한다.

나는 타이투스를 돌아보고 눈을 확실히 맞춘 다음, 춤을 추듯 불쑥 내 헬다이버 손을 휘둘러 빅수스 목의 정맥 부분을 큰 망치와 같은 힘으로 친다. 이것으로 끝장이지만, 나는 쓰러지는 빅수스를 팔꿈치, 무릎, 다른 손으로 친다. 빅수스가 더 발을 단단히 딛고 서 있었다면, 처음 한 방으로 목이 두 동강 났을 것이다. 그러나 중력이 낮은 이곳에서 빅수스는 옆으로 빙글 돌아 수평으로 떴다. 땅으로 떨어지면서 잇따르는 내 공격을 맞으며 몸을 떤다. 빅수스의 눈이 멍해진다. 내 뱃속에서 공포가 떠오른다. 내 몸은 너무나 강하다.

타이투스와 다른 아이들은 갑작스런 폭력에 너무 놀라 나를 막지 못한다. 나는 그들이 뻗은 손을 피해 복도를 달려간다.

나는 죽이지 않았어.

나는 죽이지 않았어.

제24장

타이투스의 전쟁

나는 빅수스를 죽이지 않았다. 그러나 하우스를 통합할 수 있는 기회를 죽였다. 나는 탑의 나선 계단을 마구 뛰어 내려간다. 뒤에서 고함 소리가 들린다. 나는 타이투스의 활기없는 학생들 옆을 지나간다. 그들은 강에서 창으로 잡은 날생선을 나눠 먹고 있다. 그들이 내가 무슨 짓을 했는지 알면 나를 넘어뜨릴 수 있다. 여자아이 두 명이 내가 지나가는 걸 지켜보고, 자기들의 리더가 외치는 소리를 듣고 너무 늦게 움직인다. 나는 그들의 손을 지났고, 탑의 낮은 게이트하우스를 지나 성의 주 광장으로 들어갔다.

"카시우스!"

나는 우리 부족이 자는 성의 게이트하우스를 향해 외친다.

"카시우스!"

그는 창밖으로 고개를 내밀고 내 얼굴을 본다. 그가 외친다.

"오, 젠장. 로크! 벌어졌어! 찌꺼기들을 깨워!"

타이투스의 남자 아이 셋, 여자 아이 하나가 마당을 가로질러 나를 쫓아온다. 그들은 나보다 어리지만, 벽에 서 있던 파수꾼 여자 아이 하나가 나를 막으러 온다. 카산드라다. 짧은 머리에 금속 조각을 엮어 넣어 짤랑거린다. 카산드라는 도끼를 들고 손쉽게 8미터 높이 난간에서 뛰어내린다. 내가 계단까지 가기 전에 나를 잡으려고 달려온다. 약해지는 빛을 받아 그녀의 황금 늑대 반지가 빛난다. 그녀는 아름답다.

그때 내 부족 전체가 게이트하우스에서 몰려나온다. 그들은 임시변통으로 만든 짐, 칼, 숲에 떨어진 나뭇가지로 만든 몽둥이를 들고 있다. 그러나 그들은 나를 향해 오지 않는다. 영리한 그들은 협곡 아래로 이어지는 긴 경사로로 통하는 성의 거대한 겹문을 연다. 열린 문으로 안개가 쏟아져 들어오고 그들은 안개 속으로 사라진다. 퀸만 남는다.

마르스에서 제일 빠른 퀸. 그녀는 자갈 위를 가젤처럼 뛰어 나를 도우러 온다. 그녀의 몽둥이가 빙글빙글 돈다. 카산드라는 퀸을 보지 못한다. 퀸이 미소를 지은 채 달려오자 긴 금빛 포니테일이 차가운 밤공기 속에서 펄럭인다. 옆에서 카산드라를 급습해, 전력으로 몽둥이를 휘둘러 무릎을 친다. 골드의 강한 뼈에 나무가 부딪혀 부러지는 소리는 크게 울린다. 카산드라의 비명소리도 크다. 다리가 부러지지는 않지만, 그녀는 자갈 위에 쓰러진다. 퀸은 기세를 늦추지 않고 내 옆으로 달려오고, 우리는 함께 타이투스의 무리에게서 멀어진다.

협곡 아래에서 다른 아이들과 만난다. 바위투성이 언덕들 너머에 있는 북쪽 요새를 향해 안개가 짙게 깔린 고지대를 걷는다. 습기가 머리에 붙어 머리끝에 진주처럼 방울로 맺힌다. 자정이 한참 지나서야 요새에 도착한다. 골짜기 위로 술 취한 마법사처럼 비스듬히 기울어져 있는 횅뎅그렁하고 아무것도 없는 탑이다. 이끼가 두꺼운 회색 돌을 덮고 있다. 안개가 난간을 뒤덮고 있고, 우리는 하나뿐인 탑의 처마 안의 새들을 잡아 첫 끼니를 먹는다. 대단한 탈출이었다. 어두운 밤에 나는 새들의 날개 소리를 듣는다. 우리의 내전은 시작되었다.

불행히도 타이투스는 어리석은 적이 아니다. 그는 우리가 생각했던 대로 우리를 찾으러 나오지 않는다. 나는 그가 여기로 찾아와 북쪽 요새를 포위하려고 하기를 바라고 있었다. 그의 부대가 돌벽 안의 우리의 불을 보고, 고기가 익으며 기름이 지글거리는 냄새를 맡길 바랐다. 물만 있다면 우리가 모아 놓은 양들로 몇 주, 몇 달도 버틸 수 있을 것이다. 우리는 매일 밤 포식할 수 있었다. 그러면 그들은 무너졌을 것이다. 타이투스를 버렸을 것이다. 하지만 타이투스는 불이 나의 무기란 걸 알기 때문에, 우리가 누리는 사치를 자기 아이들이 보지 못하도록 우리를 피한다.

타이투스는 자기 부족원들이 생각할 시간이 없도록 가만히 내

버려 두지 않는다. 광란과 전쟁은 사람의 감각을 마비시킨다. 그래서 그들은 여섯 번째 날부터 세레스 하우스를 습격하고, 타이투스는 용감한 행동과 폭력에 주는 트로피로서 뺨에 피로 자국을 낸다. 아이들은 그 자국을 자랑스레 하고 다닌다. 우리는 몰래 찾아가서 덤불과 평원의 높은 잔디 속에서 그들의 전쟁 파티를 지켜본다. 가끔 우리는 포보스 근처 남쪽 고지 꼭대기에 올라갈 때도 있다. 거기서 우리는 세레스 하우스를 포위하는 것을 목격한다.

세레스 하우스 주위에 음침한 왕관 같은 연기가 떠오른다. 사과나무들이 쓰러져 있다. 말을 훔쳤다. 타이투스의 습격자들은 마르스 성에 불을 가져가기 위해 올가미 밧줄을 던져 성벽의 횃불 하나를 얻기까지 한다. 그들이 집에 돌아가기 전에 세레스의 기수들이 물통을 들고 추격해 온다. 그러자 타이투스는 화가 나서 날카롭게 소리를 지르고, 세레스의 말들이 날 듯 다가와 물로 불을 끈 다음 빙 돌아 다시 세레스로 간다. 자기 최고의 병사인 빅수스와 함께 타이투스는 창처럼 만든 나뭇가지로 말 한 마리를 뒤집는다. 말에 타 있던 아이가 안장에서 떨어지고 폴룩스가 그녀를 덮친다. 그들은 그날 노예 두 명을 더 잡고, 타이투스는 말은 자기가 갖는다.

기관에 들어온 지 여덟 번째 날에 나는 카시우스와 로크와 함께 고지대에서 포위를 지켜보았다. 오늘 타이투스는 올가미 밧줄을 들고 세레스 하우스 벽 아래를 빼앗은 말을 타고 다니며 궁수들에게 자기와 말에게 활을 쏴 보라고 도발하고 있다. 어느 불쌍한 여자 아이가 활을 들고 더 잘 겨냥해 보려고 머리를 밖으로 내민다.
화살을 귀까지 잡아당기고 조준을 한 다음 화살을 날리려는 찰나
타이투스가 올가미 밧줄을 위로 던진다. 밧줄은 펄럭이며 올라간
다. 여자 아이는 몸을 뒤로 뺀다. 너무 느렸다. 올가미 밧줄이 그녀
의 목에 걸리고, 타이투스는 말을 걷어차 벽에서 멀어지며 밧줄을
팽팽하게 당긴다. 친구들이 달려들어 아이를 잡는다. 꽉 붙잡지만,
목이 부러지기 전에 놔줄 수밖에 없다.

타이투스가 그녀를 거칠게 벽 위에서 끌어내려 환호하는 일행
들에게 끌고 가자 그녀의 친구들의 비명이 평원에 울려 퍼진다.
카산드라는 그녀를 차서 무릎 꿇린 다음 스탠더드를 써서 그녀를
노예로 만든다. 불타는 작물의 연기가 황혼 속으로 피어오른다. 프
록터들 몇 명이 큰 와인 병과 희귀한 별미가 담긴 그릇을 들고 날
아다니고 있다.

"그리고 폭력적인 마음은 가장 거친 불꽃을 지피나니."

로크가 무릎에 얼굴을 댄 채 웅얼거린다.

"타이투스는 대담해. 그리고 이런 걸 좋아해. 지나치게 좋아해."

나는 경의를 담아 말한다. 내가 빅수스의 목을 쳤을 때 타이투
스의 눈은 빛났다. 카시우스는 고개를 끄덕인다.

"사람을 죽일 정도지."

카시우스도 동의하지만, 그는 뭔가 다른 뜻으로 한 말이다. 나는
카시우스를 본다. 그의 목소리는 거칠게 날이 서 있다.

"그리고 쟤는 거짓말쟁이야."

"그래?"

내가 묻는다.

"쟤는 프라이엄을 죽이지 않았어."

로크는 조용해진다. 우리보다 작은 로크는 한쪽 무릎을 땅에 대고 앉아 있으니 어린아이 같아 보인다. 긴 머리는 포니테일로 묶고 있다. 고개를 들며 신발 끈을 묶자 그의 손톱에 묻은 흙이 튄다.

"쟤는 프라이엄을 죽이지 않았어."

카시우스가 한 번 더 말한다. 우리 뒤의 언덕에서 바람이 신음한다. 오늘은 밤이 천천히 찾아온다. 카시우스의 뺨에는 그늘이 져 있다. 그래도 그는 잘생겼다.

"프라이엄을 타이투스 같은 괴물과 맞붙게 했을 리는 없어. 프라이엄은 지도자이지 군대 장군이 아니야. 프라이엄이라면 우리 찌꺼기들 같은 쉬운 상대와 붙었을 거야."

나는 카시우스가 어떤 논리를 세웠는지 안다. 타이투스를 바라보는 모습을 보면 알 수 있다. 그의 눈 속의 차가움을 보니 사냥감을 따라가는 살무사의 시선이 떠오른다. 기분이 좋지 않지만 나는 카시우스가 생각하고 싶어 하는 방향으로 이끌어 가며 깨물기를 유도한다. 로크는 내가 카시우스와 주고받는 말이 좀 이상하다는 걸 눈치 채고 내 쪽으로 고개를 기울인다.

"그리고 타이투스에겐 다른 사람을 붙였겠지."

내가 말한다.

"다른 사람."

카시우스는 고개를 끄덕인다.

그는 줄리언을 생각하고 있다. 말로 하지는 않는다. 나도 마찬가지다. 그의 마음속에서 점점 심해지도록 내버려 두는 게 낫다. 내친구가 우리의 적이 자기 형제를 죽였다고 생각하게 하자. 빠져나갈 방법이 생겼다.

"피는 피를 낳고 피를 낳고 피를 낳고……."

로크는 긴 평원과 낮은 지평선에서 춤추는 불꽃을 향해 부는 바람 속으로 말한다. 그 너머에는 춥고 어두운 산들이 웅크리고 있다. 산꼭대기에는 이미 눈이 쌓였다. 숨이 막힐 듯 멋진 풍경이지만 로크의 눈은 내 얼굴을 떠날 줄을 모른다.

나는 타이투스의 노예들이 별로 효과적인 동맹이 아니라는 것을 작은 기쁨으로 여긴다. 철저히 세뇌된 레드들과는 거리가 먼 이 신참 노예들은 고집 센 녀석들이다. 그들은 명령에 복종하지 않으면 졸업 후 치욕을 당한 자의 낙인을 받을 위험을 감수해야 한다. 하지만 그들은 일부러 타이투스가 요구하는 것 이상도, 이하도 하지 않는다. 이것이 그들의 반란이다. 그들은 타이투스가 싸우라는 곳에서 싸우라는 상대와 싸운다. 퇴각해야 할 때조차 계속 싸운다. 타이투스가 보여 주는 베리라면 독이 있는 것을 알면서도 따서 모은다. 돌을 쌓으라고 하면 돌무더기가 쓰러질 때까지 쌓는다. 하지만 적의 요새로 가는 문이 열려 있는데 타이투스가 들어가라고 하지 않으면 그냥 서서 엉덩이나 긁는다.

노예가 늘어나고 세레스의 곡물과 과수원을 완전히 쑥대밭으로 만들었지만, 폭력에는 제법 능한 타이투스의 세력은 다른 일을 시도할 때면 측은할 정도다. 남자 아이들은 얕은 변소나 나무 뒤에서, 혹은 세레스 하우스 학생들의 물을 오염시키려고 강에다 대변을 본다. 여자 아이 하나는 물에 대변을 본 다음 강에 빠지기까지 했다. 그녀는 자기 배설물 속에서 마구 버둥거렸다. 코미디였지만, 세레스 학생들 말고는 웃는 일이 드물어졌다. 그들은 높은 벽 뒤에 앉아 강에서 물고기를 잡고 오븐에서 구운 빵을 먹고 양봉장에서 얻은 꿀을 먹는다.

웃음에 대한 응답으로 타이투스는 남자 노예 하나를 정문 앞으로 끌고 나온다. 키가 크고 코가 길고 아가씨들에게 짓궂은 미소를 짓는 아이다. 그는 이게 다 게임이라고 생각하고 있다. 타이투스가 귀를 하나 자르기 전까지는. 그는 어린 아이처럼 어머니를 부르며 운다. 전함을 지휘하는 일은 결코 없을 것이다.

프록터들은 폭력을 제지하지 않는다. 세레스 하우스의 프록터조차 마찬가지다. 메드봇들이 올림푸스에서 내려와 상처를 지지거나 심한 머리 외상을 치료할 때면 그들은 두셋씩 모여서 하늘에 떠서 지켜본다.

기관이 시작된 지 21일째 날, 타이투스의 부하들이 쓰러진 나무로 높은 정문을 부수려 하자 세레스 학생들은 빵을 한 바구니 쏟는다. 포위자들은 음식을 차지하려 서로 싸우는데, 알고 보니 면도칼을 넣어 구운 빵이었다. 오후까지 비명 소리가 계속 난다.

타이투스는 밤이 되기 직전에 응수한다. 귀를 하나 잘린 남자 아이를 포함한 최근에 잡은 노예 다섯 명을 데리고 정문 쪽으로 1.6킬로미터 가까이 간다. 그는 긴 몽둥이 네 개를 들고 앞장서서 노예들을 이끌고 행진한다. 성벽에서 올가미 밧줄로 끌어내린 여자 아이를 제외한 다른 노예들에게 몽둥이를 하나씩 준다.

그는 세레스 정문을 향해 깍듯이 절을 하고, 노예들에게 손을 흔들어 보이며 여자 아이를 때리라고 명령한다. 여자 아이는 타이투스처럼 키가 크고 강력해서, 불쌍하게 여기기가 쉽지 않다. 처음에는.

노예들은 처음에는 여자 아이를 조심스럽게 때린다. 그러자 타이투스는 복종하지 않으면 평생 그들을 따라다닐 수치를 이야기한다. 그들은 더 세게 휘두른다. 여자 아이의 금빛 머리를 겨냥한다. 그녀의 고함 소리는 진작에 잦아들었고 피가 금빛 머리카락에 엉겨붙었지만 그래도 때리고 또 때린다. 타이투스는 지겨워지자 다친 여자 아이의 머리를 잡고 자기 캠프로 돌아간다. 그녀는 사지를 축 늘어뜨린 채 질질 끌려간다.

우리는 고지대의 우리 자리에서 지켜본다. 평원으로 뛰어내려 가려는 카시우스를 레아와 퀸이 함께 붙잡아 겨우 말린다. 나는 카시우스에게 쟤는 살 것이다, 몽둥이는 쇼에 불과하다고 말한다. 로크는 씁쓸하게 잔디에 침을 뱉고 레아의 손을 잡는다. 레아가 로크에게 힘을 주는 것을 보니 묘하다.

다음 날 아침에 우리는 타이투스의 응답이 폭행만이 아니었다는 걸 알게 된다. 우리가 우리 성으로 돌아간 뒤, 타이투스는 어두운 밤에 몰래 나와서 입에 재갈을 물리고 묶은 여자 아이를 세레스 정문 앞 두꺼운 잔디 속에 숨겨 놓았다. 그리고 여자 부하 하나를 시켜 밤에 세레스에서 잡혀 온 노예인 척 비명을 지르도록 시켰다. 그녀는 강간과 폭행을 호소하며 비명을 질렀다.

잡혀 있던 세레스 아이는 자기가 잔디밭 속에서 안전하다고 생각했을지도 모른다. 프록터들이 자기를 구해 주고, 어머니와 아버지가 있는 집으로, 승마 레슨과 강아지와 책이 있는 집으로 돌아갈 수 있을 거라고 생각했을지도 모른다. 하지만 새벽에 가짜 비명 소리 때문에 분노한 세레스 아이들이 말을 타고 세레스 요새에서 뛰쳐나와 그녀를 구하러 타이투스의 임시 캠프로 달려갔다. 그녀는 말발굽에 짓밟혔다. 그녀의 박살난 몸을 올림푸스로 나르기 위해 메드봇이 뒤에서 내려오는 소리를 듣고서야 아이들은 자신들의 어리석음을 깨닫는다.

그녀는 돌아오지 않는다. 그런데도 프록터들은 개입하지 않는다. 나는 그들이 왜 존재하는지조차 잘 모르겠다.

나는 집이 그립다. 물론 라이코스지만, 댄서, 마테오, 하모니와 함께 안전하게 지냈던 곳도 그립다.

곧 더 이상 노예를 얻을 수 없게 된다. 세레스 하우스는 이제 어두워지면 밖으로 나오지 않고, 높은 벽에는 보초를 세운다. 벽 밖의 나무는 전부 다 베었지만, 긴 벽 안에는 곡물과 과수원이 더 있다. 아직도 빵을 굽고, 성벽 안에는 아직도 강이 흐른다. 타이투스는 그들의 땅을 무참히 공격하고 남은 사과를 가져오는 정도밖에 하지 못한다. 거의 다 바늘과 말벌 침이 들어 있는 사과였다. 타이투스는 실패했다. 그리고 전쟁에 실패한 독재자라면 다 그렇듯, 그의 눈은 안쪽으로 향한다.

제25장
부족 전쟁

30일째가 되고, 먼 곳에서 피운 불의 연기 말고는 다른 하우스가 있다는 증거를 본 적이 없다. 세레스 하우스의 병사들은 우리 땅의 동쪽 경계쯤을 돌아다닌다. 타이투스의 부족이 우리 성 안으로 퇴각했기 때문에 걔들은 버젓이 말을 타고 활보한다. 우리 성. 아니, 그곳은 가축 우리가 되었다.

이른 아침에 카시우스와 함께 우연히 알게 되었다. 네 개의 첨탑에는 아직 안개가 감돌고 있고, 빛은 우리 음지 기후의 음울한 하늘을 잘 꿰뚫지 못하고 있다. 조용한 아침이라 돌벽 안에서 나는 소리가 깡통 속에서 동전이 울리는 소리처럼 메아리친다. 타이투스의 목소리다. 그는 부족원들에게 일어나라고 욕을 하고 있다. 일어나는 아이들은 몇 없는 모양이다. 누군가 타이투스에게 닥치

라고 욕한다. 놀랄 일도 아니다. 침대는 성 안의 유일한 진짜 편의
시설이고, 나태함을 조장하기 위해 갖다 놓은 것이 분명하다. 우리
부족에겐 그런 시설이 없다. 우리는 타닥거리는 모닥불 주위 돌바
닥에서 몸을 웅크리고 옹기종기 모여 잔다. 아, 침대를 다시 가질
수만 있다면.

카시우스와 나는 게이트하우스로 이어지는 기울어진 흙길을 살
금살금 걸어간다. 안개가 너무 짙어서 앞이 잘 보이지도 않는다.
안에서 소리가 더 들려온다. 노예들이 일어난 모양이다. 기침 소
리, 투덜거리는 소리, 몇 번의 고함 소리가 들린다. 삐걱거리는 소
리가 길게 울리고 쇠사슬이 덜그럭거리는 소리가 나는 걸 보니 대
문을 열고 있다. 카시우스는 나를 길 옆으로 끌어당기고, 우리는
노예들이 느릿느릿 지나가는 동안 안개 속에 숨는다. 흐릿한 빛
속의 그들의 얼굴은 핼쑥하다. 볼이 푹 들어가 있고, 머리카락은
더러워졌다. 그들의 상징 주위에는 진흙이 묻어 있다. 타이투스는
내가 몸 냄새를 맡을 수 있을 정도로 가까이 지나간다. 나는 그가
또 연기 냄새를 맡을까 걱정되어 갑자기 몸이 굳어지지만 냄새를
맡지는 못한다. 내 옆의 카시우스는 조용하지만 나는 그의 분노가
느껴진다.

우리는 살금살금 길을 따라 돌아와 노예들이 힘들게 일하는 것
을 비교적 안전한 숲 속에서 지켜본다. 똥 묻은 것을 문질러 닦고
날카로운 엉겅퀴 덤불에서 베리를 뒤지는 그들은 골드가 아니다.
귀가 없는 아이들이 한두 명 있다. 목에 커다란 보라색 멍이 든 것

빼고는 내 공격에서 회복된 빅수스가 걸어다니며 긴 막대기로 노예들을 때린다. 시험이 균열이 간 하우스를 통합하는 거라면 나는 실패하고 있다.

새벽이 아침이 되고 따스한 햇살과 함께 식욕이 생길 때, 카시우스와 나는 몸을 오싹하게 만드는 소리를 듣는다. 비명 소리다. 화성의 높은 탑에서 비명 소리가 난다. 영혼을 어둡게 만드는 종류의 비명이다.

내가 라이코스에서 어린 아이였을 때, 어머니가 월계관 축제날에 돌로 된 우리 가족의 식탁에서 내게 수프를 주고 계셨다. 아버지가 돌아가신 지 1년 뒤였다. 둘 다 아직 열 살도 안 되었던 형과 리애나가 내 옆에 앉았다. 하나뿐인 식탁 위의 전구가 계속 깜빡거려서, 엄마는 팔꿈치 아래 말고는 어둠 속에 계셨다. 그때 비명 소리가 들려왔다. 거리가 멀고 우리 동굴 거주지가 구불구불해서 크게 들리지는 않았다. 나는 지금도 국자 속의 국물이 흔들리던 모습, 그 소리를 들은 어머니의 손이 떨리던 것이 생생히 기억난다. 비명. 고통이 아닌 공포의 비명이다.

"쟤가 여자 아이들한테 대체 무슨 짓을 하는 거지……. 저놈은 짐승이야."

밤이 찾아와 성에서 돌아오면서 카시우스가 말한다.

"이건 전쟁이야."

이렇게 대답하지만, 이 말은 내 귀에조차 공허하게 들린다.

"이건 학교야!"

카시우스가 일깨워 준다.

"만약 타이투스가 우리 아이들에게 하면 어떻게 해? 레아에게 나…… 퀸에게?"

나는 아무 말도 하지 않는다.

"우린 걔를 죽이겠지. 우린 걔를 죽이고, 걔 성기를 잘라서 걔 입에 처넣을 거야."

카시우스가 나 대신 대답한다. 나는 그가 타이투스가 줄리언에 게 어떤 짓을 했을지도 생각하고 있다는 걸 알 수 있다.

카시우스는 투덜거리지만, 나는 그의 팔을 잡고 성 반대 방향으로 끌고 간다. 대문은 밤에는 잠가 놓는다. 우리가 할 수 있는 일은 없다. 나는 다시 무력감을 느낀다. 어글리 댄이 내게서 이오를 빼앗아 갔을 때처럼 무력하다. 하지만 지금의 나는 다르다. 나는 주먹을 쥔다. 나는 그때의 나 이상이다.

북쪽 요새로 돌아오는 길에 허공에서 빛나는 것이 보인다. 피치너가 내려오고 금 그래브부츠가 빛난다. 그는 껌을 씹으며 우리의 사악한 시선을 보자 심장 부분을 잡는다.

"젊은 친구들, 내가 대체 무슨 짓을 했길래 그런 눈길을 받아야 하나?"

"걔는 여자 아이들을 동물 다루듯 하고 있어요! 골드들을 개처럼, 핑크처럼 다루고 있어요."

카시우스의 분노는 부글부글 끓고 있다. 목에 힘줄이 서 있다.

"걔가 그들을 핑크처럼 다루고 있다면, 그건 이 작은 세상에서 그들의 가치는 우리의 큰 세상에서 핑크들이 갖는 가치보다 나을 게 없기 때문이지."

"농담이시겠죠. 그 애들은 골드지 핑크가 아니에요. 걔는 괴물이라고요."

카시우스는 이해하지 못한다.

"그럼 네가 남자라는 걸 증명해. 못하게 해라. 걔가 하나하나 살해하고 있는 게 아닌 이상, 우리는 알 바 아니다. 모든 상처는 나아. 심지어 그런 상처도."

"그건 거짓말이에요. 사라지지 않는 것들도 있어요. 결코 바로잡을 수 없는 것들도 있어요."

내가 말한다. 나는 결코 이오의 상처에서 회복되지 못할 것이다. 그 고통은 영원히 계속될 것이다.

"그런데도 우리는 걔한테 전사들이 더 많다는 이유로 아무것도 안 하고 있어."

카시우스가 내뱉는다.

한 가지 생각이 떠오른다.

"그건 해결할 수 있어."

카시우스가 나를 돌아본다. 그가 타이투스 이야기를 할 때 그의 눈 속에 떠오르는 죽음을 내가 보았듯, 그는 내 목소리 속의 죽음을 들었다. 이것은 우리가 공유하는 묘한 점이다. 우리는 불과 얼음으로 만들어졌다. 누가 불이고 누가 얼음인지 확신이 들지 않긴

하지만 말이다. 그렇지만 우리는 우리가 원하는 것 이상으로 양
극단의 지배를 받는다. 그래서 우리가 마르스다.

"너 계획이 있구나."

카시우스가 말한다.

나는 차갑게 고개를 끄덕인다.

피치너는 우리 둘을 보며 씩 웃는다.

"그럴 때도 됐지."

그 계획은 한때 남편이었던 사람만이 할 수 있는 양보부터 시작
한다. 카시우스는 내가 자세히 이야기해 주자 웃음을 멈추지 못한
다. 다음 날 퀸마저도 피식 웃는다. 그리고 퀸은 사슴처럼 데이모
스 탑으로 달려간다. 안토니아에게 내 공식적인 사과를 전하기 위
해서다. 안토니아의 답변을 받은 다음 성 북쪽의 퓨러 강 근처
에 있는 우리 보급품 은닉처에서 나와 만나기로 한다.

카시우스는 로크와 내가 낮에 보급품 은닉처에 간 동안 타이투
스가 공격을 시도할 경우에 대비해 우리 새 기지를 남은 부족원들
에게 경비하게 한다. 퀸은 오지 않는다. 황혼이 찾아온다. 어둠에
도 불구하고, 우리는 퀸이 데이모스 탑으로 갔을 만한 길을 따라
간다. 데이모스 탑까지 간다. 울창한 숲으로 둘러싸인 낮은 언덕
지대에 있는 탑이다. 타이투스의 부하 다섯이 탑 아래에 느긋하게
앉아 있다. 로크가 나를 잡고 숲의 덤불 속으로 끌어내린다. 그는
50미터 떨어진 나무에 빅수스가 높은 가지에 앉아 숨어서 기다리

고 있는 것을 가리킨다. 퀸을 잡았을까? 아냐, 너무 빨라서 잡히지 않았을 거야. 누가 우릴 배신했나?

우리가 요새로 돌아오니 새벽이다. 더 피곤했던 적이 분명 있었을 텐데 기억이 나지 않는다. 잘 맞는 신발을 신었는데도 발은 온통 물집투성이고, 햇빛을 많이 받아서 목의 피부가 벗겨진다. 뭔가 잘못되었다.

레아가 요새 정문에서 나를 맞는다. 그녀는 로크를 안고 내가 마치 자기 아버지라도 되는 듯한 눈으로 나를 본다. 평소처럼 소심하지가 않다. 새 같은 레아의 몸은 공포가 아닌 분노로 떨리고 있다.

"넌 그 추잡한 놈을 죽여야 돼, 대로우. 걔의 빌어먹을 불알을 잘라 버려야 해."

타이투스.

"무슨 일이 있었어?"

나는 둘러본다.

"레아. 카시우스는 어디 있어?"

레아가 내게 이야기해 준다.

타이투스는 탑에서 돌아오던 퀸을 잡았다. 그들은 퀸을 때리고, 귀를 하나 잘라 여기로 보냈다. 내게 보낸 것이었다. 그들은 퀸이 내 여자라고 생각했고, 타이투스는 자기가 내 성깔을 안다고 생각했다. 그들은 원했던 반응을 얻었다. 내게서 얻은 게 아니었을 뿐.

망을 보던 카시우스는 다른 아이들이 잘 때 빠져나와 타이투스에게 도전하러 성으로 갔다. 이 똑똑한 젊은이는 타이투스의 부족을 몇 주만에 집어삼킨 이 광기 속에서 수백 년에 걸친 골드의 명예와 전통이 살아남았을 거라고 오만하게 생각했다. 사령관의 아들은 틀렸다. 그리고 그는 자신의 가문이 이렇게 중요하지 않게 여겨지는 것에 익숙하지 않았다. 현실 세계였다면 그는 안전했을 것이다. 이 작은 세계에선 그렇지 않다.

"그래도 살아는 있겠지."

내가 말한다.

"그래, 살아 있다, 이 픽시야!"

셔츠를 입지 않은 카시우스가 요새 바깥으로 비틀비틀 걸어 나온다.

"카시우스!"

로크는 숨을 헉하고 내쉰다. 그의 얼굴이 갑자기 창백해진다.

카시우스의 왼쪽 눈은 부어서 떠지지도 않는다. 입술은 터졌다. 갈비뼈는 포도처럼 보라색이다. 오른쪽 눈은 피투성이다. 탈구된 손가락 세 개가 나무 뿌리처럼 삐져나왔고, 어깨가 이상하다. 다른 아이들은 정말 슬퍼하며 그를 본다. 카시우스는 사령관의 아들이었다. 그들의 빛나는 기사였다. 지금 그의 몸은 망가졌고, 그들 얼굴에 떠오른 표정, 창백해진 피부는 그들은 아름다운 사람이 훼손된 것을 한 번도 본 적 없다는 사실을 내게 말해 준다.

나는 본 적 있다.

카시우스에게서 오줌 냄새가 난다.

카시우스는 장난처럼 넘겨 보려 애쓴다.

"내가 걔한테 도전했더니 그들이 나를 엄청 두들겨 패더군. 삽으로 머리 옆부분을 때렸어. 그러곤 빙 둘러서서 내게 오줌을 싸더라. 그 다음엔 날 더러운 탑에 묶었지만 폴룩스가 좋은 녀석답게 날 풀어 줬어. 필요할 경우에 대문을 열어 주겠다고 약속도 했어."

"난 네가 그렇게 멍청하다고는 생각 안 했는데."

내가 말한다.

"물론 멍청하지, 왕의 기사가 되고 싶어 하잖아. 그리고 그들이 하는 일이라곤 결투뿐이지."

로크가 중얼거린다. 그는 긴 머리를 흔든다. 포니테일로 묶은 가죽 끈에서 흙이 떨어진다.

"우릴 기다렸어야지."

"지난 일은 지난 일이야. 계획대로 하자."

내가 말한다.

"좋아. 하지만 때가 되면, 타이투스는 내 거야."

카시우스가 코웃음친다.

제26장

머스탱

카시우스의 일부가 사라졌다. 내가 처음 만났던 무적의 소년은 어딘지 모르게 달라졌다. 모욕이 그를 바꾸어 놓았다. 하지만 어떻게 바뀐 건지는 잘 모르겠다. 나는 그의 손가락을 바로 펴 주고 어깨를 고치는 걸 돕는다. 그는 고통 때문에 쓰러진다.

"고마워, 형제."

그가 내게 말하고 내 머리를 양손으로 잡고 일어선다. 날 형제라고 부르는 건 처음이다.

"난 시험에 실패했어."

나는 그의 말을 부인하지 않는다.

"정말 바보처럼 성에 들어갔어. 여기가 다른 곳이었다면 그들은 날 죽였을 거야."

"적어도 목숨을 잃진 않았잖아."

내 말에 카시우스는 키득거린다.

"그냥 자존심만 상했지."

"잘됐네. 그건 네가 잔뜩 가지고 있는 거니까."

로크가 미소 지으며 말한다.

"걜 되찾아 와야 돼."

카시우스의 찡그린 표정은 로크를 보았다가 나를 보며 사라진다.

"퀸. 타이투스가 퀸을 자기 탑으로 데리고 올라가기 전에 되찾아야 돼."

"되찾을 거야."

되찾고말고.

카시우스와 나는 내 계획대로 동쪽으로 간다. 전에 갔던 것보다 더 멀리 간다. 우린 북쪽 고지대를 벗어나지 않지만, 아래의 탁 트인 평원이 보이는 높은 산마루를 따라 간다. 우리의 긴 다리는 우리를 동쪽으로 빠르게, 멀리까지 데려다 준다.

"남동쪽에 말 탄 사람 하나."

내가 말한다. 카시우스는 보지 않는다.

습한 협곡을 지나가다 어두운 호수가 있어 어린 사슴 가족 맞은편에서 물을 마신다. 우리 다리에는 진흙이 잔뜩 묻어 있다. 벌레들이 찬 물 위를 돌아다닌다. 나는 물을 마시려 몸을 굽힌다. 손에 닿는 흙이 기분 좋다. 나는 머리를 한 번 담근 다음 카시우스를 따라 오래되어 가는 양고기를 먹는다. 소금이 필요하다. 단백질을 많이 먹으니 배가 당겨온다.

"성에서 동쪽으로 얼마나 온 것 같아?"

내가 카시우스 뒤쪽을 가리키며 묻는다.

"아마 20킬로미터 정도. 가늠하기 힘들군. 더 멀리 온 것 같지만 다리가 지쳐 있어서."

그는 몸을 쭉 펴고 내가 가리키는 곳을 본다.

"아, 알았어."

얼룩진 머스탱을 탄 여자 아이가 협곡 가장자리에서 우리를 지켜보고 있다. 그녀는 긴 막대를 천으로 싼 것을 안장에 묶어 두었다. 어느 하우스인지는 모르겠지만 나는 그녀를 본 적이 있다. 어제 일처럼 기억한다. 내가 마테오가 태웠던 조랑말에서 떨어졌을 때 나를 픽시라고 불렀던 아이다.

"쟤 말을 타고 돌아가고 싶어."

카시우스가 말한다. 그는 왼쪽 눈으로는 볼 수 없지만 그의 허세는 돌아왔다. 조금 지나치게 강하게 돌아왔다.

"어이, 달링!"

그가 부른다.

"윽, 갈비뼈가 아프군, 말 멋진데! 어느 하우스야?"

나는 걱정이 된다.

소녀는 10미터 거리로 다가오지만, 소매와 컬러의 천을 꿰매 상징을 가려놓았다. 얼굴에는 블루베리 즙과 동물 지방을 섞은 것으로 대각선을 세 개 그려 놓았다. 우리는 그녀가 세레스 아이인지 아닌지도 모른다. 나는 아니길 바란다. 그녀는 남쪽 숲, 동쪽, 심지어 먼 북동쪽 고지대에서 왔을 수도 있다.

"안녕, 마르스."

그녀는 우리 재킷의 상징을 보고 의기양양하게 말한다.

카시우스는 애처롭게 절을 한다. 나는 하지 않는다.

"음, 멋지군. 안녕…… 머스탱. 상징 멋지군. 말도."

나는 돌 하나를 찬다. 나는 그녀에게 말을 지녔다는 것은 드문 일이라는 걸 알게 한다.

그녀는 작고 섬세하다. 그녀의 미소는 그렇지 않다. 우리를 조롱하는 미소다.

"이런 후미진 곳에서 뭐하고 있어? 곡식이라도 수확해?"

나는 내 슬링블레이드를 툭 치고는 우리 성 남쪽으로 손짓해 보인다.

"집에 충분히 있어."

그녀는 내 형편없는 거짓말을 듣고 웃음을 참는다.

"그렇겠지."

카시우스는 엉망이 된 얼굴로 억지로 미소를 짓는다.

"솔직히 말할게. 넌 눈부시게 아름다워. 분명 비너스 하우스일 거야. 네 안장에 매단 천으로 싼 게 뭔지 모르겠지만 그걸로 날 때리고 너희 요새로 데려가 줘. 나를 다른 사람과 공유하지 않고 매일 밤 따뜻하게 해 주겠다고 약속하면, 내가 너의 핑크가 되어 줄게."

그는 비틀거리며 한 걸음 나간다.

"그리고 매일 아침."

그녀의 머스탱이 뒤로 네 걸음 가자 그는 그녀의 말을 훔치려는 시도를 포기한다.

"너 정말 매력덩어리인데, 미남. 손에 쇠스랑을 든 걸 보니 일류 전사이기도 한가 봐."

그녀는 눈 하나 깜박이지 않는다.

카시우스는 그렇다는 뜻으로 가슴을 불쑥 내민다.

그녀는 카시우스가 이해할 때까지 기다린다.

그가 얼굴을 찌푸린다.

"그래. 으음. 우리 근거지에는 신이랑 관련 있는 것외에는 연장이 아무것도 없었으니까. 그러니까아아아…… 너희들은 세레스 하우스는 벌써 만나 봤구나."

그녀는 가소롭다는 듯 안장 위에서 몸을 앞으로 기울인다.

"너희에겐 농작물이 없어. 농작물을 가진 사람들과 싸울 뿐이고, 더 나은 무기가 있었다면 가지고 다닐 테니까 그것도 없는 게 분명해. 그러니까 세레스도 이 근방에 있는 거구나. 작물이 있으려면 아마도 숲 근처 저지대일 것 같네. 아니면 다들 이야기하는 저 큰 강 근처거나."

하트 모양을 한 그녀의 얼굴에서 눈은 웃고 있고 입은 비뚜름한 미소를 짓고 있다. 너무나 금색이라 태양빛을 받아 반짝거리는 머리카락은 묶어서 등 뒤로 늘어뜨렸다.

"그래서, 너희들은 숲 속에 있어? 아마 북쪽 고지대겠지. 아, 재미있다! 너희 무기가 어느 정도로 나빠? 분명 말은 없겠고. 정말 가난한 하우스네."

"빌어먹을."

카시우스가 애써 내뱉는다.

"넌 자부심이 상당한 것 같다."

나는 슬링블레이드를 어깨에 얹는다.

그녀는 한 손을 들고 꼼지락거린다.

"조금. 조금. 저 미남이 가져야 할 정도의 자부심보다는 더 많이 있지. 쟨 말이 너무 많아."

나는 그녀가 눈치 채는지 보려고 체중을 발끝에 싣는다. 그녀는 말을 뒤로 움직인다.

"자, 자, 리퍼, 너도 내 안장에 뛰어올라 보려고 하는 거야?"

"널 안장에서 떨어지게 하려는 것뿐이야, 머스탱."

"진흙에서 한번 굴러 볼까? 너희 성이 어디 있는지 단서를 더 주면 내가 너를 나랑 같이 말을 타게 해 주겠다고 약속하는 건 어때? 탑은? 외곽지역은? 난 친절한 주인님이 될 수 있어."

그녀는 장난스럽게 나를 아래위로 훑어본다. 그녀의 눈은 여우의 눈처럼 반짝거린다. 이것은 그녀에겐 아직 게임이다. 그녀의 하우스는 아직 예의 바른 곳이란 뜻이다. 그녀를 실제로 관찰하니 부럽다. 카시우스의 말은 거짓말이 아니었다. 그녀는 매력적이다. 하지만 난 그녀를 머스탱에서 끌어내리는 편이 더 좋겠다. 내 발은 지쳐 있고 우리는 위험한 게임을 하고 있다.

"너 몇 번째 드래프트였어?"

나는 좀 더 주의를 기울일 걸 그랬다고 생각하며 묻는다.

"너보다 높아, 리퍼. 머큐리가 널 무척 원했지만, 드래프터들이 너를 제일 먼저 뽑지는 못하게 했어. 너의 분노 수치 때문이었어."

"네가 나보다 높았다고? 그럼 넌 머큐리는 아니구나. 나 대신 남자애를 골랐으니까. 그리고 넌 주피터도 아니야. 거기선 괴물 같은 애를 뽑았으니까."

나는 나보다 먼저 선택된 사람이 또 누가 있나 기억하려 해 보지만 생각이 나지 않아서 미소를 짓는다.

"네가 그렇게 허영을 부리지 않았더라면 난 네가 어느 하우스인지 몰랐을 텐데."

그녀의 검은 튜닉 아래 칼이 있는 것을 알아차리지만, 난 아직도 드래프트에서 그녀를 본 기억이 나지 않는다. 관심을 갖지 않았다. 카시우스가 늘 여자애들을 보는 걸 생각하면 카시우스라면 아마 기억하겠지만, 지금은 그도 퀸과 퀸의 귀밖에 생각할 수 없나 보다.

우리 일은 끝났다. 우리는 머스탱을 두고 갈 수 있다. 그녀는 나머지는 알아서 짐작해 낼 수 있을 정도로 똑똑하다. 하지만 말이 없으면 가는 게 문제가 될 수 있고, 머스탱에게 정말 이 말이 필요할 것 같지는 않다.

나는 지루한 척한다. 카시우스는 주위의 언덕들을 계속 살핀다.

나는 무언가를 알아차린 것처럼 갑자기 움찔 놀란다. 나는 말의 앞 발굽 쪽을 보며 카시우스의 귀에 "뱀이다."라고 속삭인다. 카시우 스도 그쪽을 보고, 이 순간 그녀는 본의 아니게 움직인다. 이게 속 임수라는 걸 알면서도 말발굽을 보려고 몸을 앞으로 기울인다. 나 는 10미터를 껑충 뛴다. 나는 빠르다. 그녀도 빠르지만, 그녀는 아 주 조금 균형이 흔들려서 말을 뒤로 가게 하려면 몸을 뒤로 빼야 한다. 말은 빠르게 뒷걸음질 쳐 진흙으로 들어간다. 내가 그녀에게 뛰어들어 강한 오른손으로 그녀의 긴 머리를 잡자마자 말은 속도 를 낸다. 그녀를 안장에서 끌어내려 하지만 그녀는 완강하다.

돌돌 말린 금발이 손에 한 줌 남는다. 머스탱은 달리고 있고, 그 녀는 웃으며 머리가 뽑혔다며 욕을 한다. 그때 카시우스의 쇠스랑 이 날아오더니 말을 넘어뜨린다. 그녀와 말은 진흙 잔디밭에 쓰러 진다.

"빌어먹을, 카시우스!"

내가 소리 지른다.

"미안해!"

"죽인 걸 수도 있어!"

"알아! 알아! 미안해!"

나는 혹시 목이라도 부러졌나 보러 달려간다. 그렇게 되면 끝장 이다. 머스탱은 움직이지 않는다. 나는 맥박을 짚어 보려고 몸을 숙였다가 칼날이 내 허벅지를 베는 것을 느낀다. 이미 거기 가 있 는 내 손은 머스탱의 손목을 뒤틀어 칼을 떼 낸다. 나는 칼을 뺏고 그녀를 누른다.

"네가 날 진흙에 굴리고 싶어 하는 걸 알고 있었어."

그녀의 입술이 히죽 웃는다. 그러더니 키스라도 하려는 듯이 입술을 오므린다. 나는 움찔한다. 그녀는 키스 대신 휘파람을 불고, 계획은 조금 더 복잡해진다.

말발굽 소리가 들린다.

우리 말고 모두가 말을 가지고 있다.

그녀는 윙크를 하고, 나는 상징을 덮은 천을 뜯어낸다. 미네르바 하우스다. 그리스인들이라면 아테나라고 불렀겠지. 역시. 언덕마루에서 말 17마리가 협곡 아래로 질주해 온다. 아이들은 스턴파이크를 들고 있다. 스턴파이크는 대체 어디서 구했지?

"뛸 시간이야, 리퍼. 내 부대가 오고 있어."

머스탱이 놀린다.

뛸 수는 없다. 카시우스는 호수에 뛰어든다. 나는 머스탱을 뛰어넘어서 진흙 속을 달려 카시우스를 뒤쫓는다. 둑에서 몸을 날려 카시우스처럼 물에 뛰어든다. 나는 수영을 못하지만 금세 헤엄치는 요령을 익힌다.

미네르바의 기수들은 작은 호수의 한가운데로 헤엄쳐 가는 카시우스와 나를 놀린다. 여름이지만 물은 차갑고 깊다. 황혼이 찾아온다. 팔다리에 감각이 없다. 미네르바 아이들은 계속 호수 주위를 돌며 우리가 지치기를 기다린다. 우린 지치지 않을 것이다. 나는 주머니에 듀로백 세 개를 넣어 두었다. 공기를 불어 넣어 카시

346

우스에게 두 개 주고 한 개는 내가 쓴다. 물에 떠 있는 데 도움이 되고, 미네르바 아이들 중엔 우리를 만나러 수영하고 싶은 아이는 없는 것 같으니 우린 일단은 안전하다.

"지금쯤이면 로크가 불을 붙였을 거야."

몇 시간 정도 떠 있다가 내가 카시우스에게 말한다. 그는 상처와 추위 때문에 상태가 좋지 않다.

"로크는 붙일 거야. 믿음…… 굿맨…… 믿음."

"우리도 집에 다 와 가야 할 때고."

"음, 그래도 내가 세웠던 계획보다는 잘 돼 가고 있어."

"지루해 보이는데, 머스탱! 들어와서 수영이나 하자."

나는 이를 덜덜 떨어가며 외친다.

"그러다 저체온증 걸리게? 난 멍청하지 않아. 나는 마르스가 아니라 미네르바에 있다는 걸 기억해! 난 너희 성의 난롯가에서 몸이나 덥히는 게 낫겠어. 보여?"

그녀는 호숫가에서 웃는다. 그녀는 우리 뒤를 가리키며 키 큰 남자 아이들 셋에게 재빨리 뭐라 말한다. 그중 한 명은 옵시디언만큼이나 커 보인다. 어깨가 거대한 적란운 같다.

굵은 연기 기둥이 먼 곳에서 솟아오른다.

드디어.

"어떻게 저 바보들이 테스트를 통과했지? 우리 성 위치가 드러나잖아."

내가 크게 묻는다.

"돌아가면 저놈들을 자기 오줌에 빠뜨려 죽여 버릴 거야. 안토니아만 빼고. 걘 그러기엔 너무 예쁘니까."

카시우스는 더 큰 소리로 말한다.

우리의 이가 딱딱 맞부딪힌다.

18명의 기수들은 마르스 하우스가 멍청하고, 말이 없고, 준비도 안 되어 있다고 생각한다.

머스탱이 우리에게 외친다.

"리퍼, 미남, 너희는 두고 가야겠다! 내가 너희 스탠더드를 가지고 돌아오기 전에 물에 빠져 죽지 않도록 애써 봐. 너희는 내 예쁜 보디가드가 될 수 있어. 똑같은 모자도 씌워 줄게! 하지만 생각을 더 잘하는 방법부터 가르쳐 줘야겠다!"

그녀는 기수 15명을 데리고 달려간다. 말에 탄 거대한 골드는 그녀의 거대한 그림자처럼 그녀 옆에서 달린다. 그녀의 부하들은 함성을 지르며 따라간다. 우리에게도 일행을 남겨둔다. 스턴파이크를 든 기수 두 명이다. 우리의 농기구들은 호숫가 진흙에 놓여 있다.

"무, 머스탱은 세, 섹시해."

카시우스가 떨면서 말한다.

"걘 무, 무, 무서워."

"우, 우리 어, 어머니가 새, 생각나."

"너, 너 좀 이, 이상해."

카시우스는 고개를 끄덕인다.

"그러니…… 계, 계획은 머, 먹히고 있는 것 같아."

잡히지 않고 호수에서 빠져나갈 수 있다면 말이지만.

밤이 본격적으로 찾아오고, 어둠과 함께 안개 낀 고지대의 늑대 울부짖음도 들려온다. 듀로백을 오래 쓰니 작은 구멍이 나서 공기가 새고 우린 가라앉기 시작한다. 아침이 올 때까지는 버텨 줄지도 모르겠지만, 남아 있는 아이들은 한가롭게 불가에 앉아 있는 것은 아니다. 그들은 어둠 속에서 조용히 돌아다녀서 우리는 걔들이 어디 있는지조차 모른다. 우리 동료들처럼 멍청하게 자기 성안에 틀어박혀 집안싸움이나 하고 있을 수는 없나?

난 다시 노예가 될 것이다. 진짜 노예는 아닐지 모르지만 상관없다. 난 지지 않을 것이다. 난 질 수 없다. 내가 여기서 가라앉으면, 내 계획이 실패하게 놔두면 이오는 아무 이유 없이 죽은 게 된다. 하지만 나는 어떻게 하면 적들을 이길 수 있는지 모르겠다. 그들은 영리하고 상황은 내게 굉장히 불리하다. 이오의 꿈이 나와 함께 어두운 호수로 가라앉고, 나는 결과와 상관없이 호숫가로 헤엄쳐 가려는 참인데 말들이 무언가에 겁을 먹는다.

그리고 비명이 터져 나온다.

무언가가 울부짖는 소리에 공포가 내 척추를 타고 흐른다. 이건 늑대가 아니다. 내가 생각하는 그것일 리는 없다. 스턴파이크가 공기를 가르자 푸른빛이 번쩍인다. 남자 아이가 한 번 더 비명을 지르며 욕한다. 칼이 그를 찌른다. 누가 그를 도우러 달려가자 푸른 전기 불꽃이 또 튄다. 한 명이 쓰러지는 가운데 검은 늑대가 이미 쓰러진 다른 사람 옆에 서 있는 게 보인다. 다시 어두워진다. 정적, 뒤이어 올림푸스에서 내려오는 메드봇의 구슬픈 웅웅거리는 소리.

귀에 익은 목소리가 들린다.

"이제 됐어. 물 밖으로 나와, 물고기들."

우리는 첨벙거리며 호숫가로 나와 진흙 위에서 헐떡거린다. 가벼운 저체온증이 왔다. 죽지는 않겠지만 진흙을 짚은 내 손가락의 움직임은 느리다. 내 몸은 작업하는 드릴보이처럼 떨린다.

"고블린, 이 사이코패스. 너 맞아?"

내가 부른다.

네 번째 부족이 어둠 밖으로 슥 나선다. 그는 자기가 죽인 늑대의 가죽을 입고 있다. 가죽은 머리부터 정강이까지 덮고 있다. 정말 작은 녀석이다. 검은 전투복의 금색 부분에는 진흙을 칠해 놓았다. 얼굴에도 진흙을 발랐다.

카시우스가 무릎으로 기어와 세브로를 껴안는다.

"아, 너, 너는 아, 아름다워, 고블린. 아, 아름다운, 아름다운 사, 람, 이야. 그리고 냄새 나."

고블린이 카시우스 어깨 너머로 묻는다.

"얘 버섯이라도 먹었어? 만지지 마, 픽시 같은 놈."

그는 부끄러운 표정으로 카시우스를 밀어낸다.

"이 두, 둘은 주, 죽였어?"

내가 떨면서 묻는다. 나는 그들 위로 몸을 숙이고 내 옷 대신 입으려고 그들의 마른 옷을 벗긴다. 맥박이 느껴진다.

"아니. 죽였어야 되나?"

세브로가 나를 향해 고개를 갸우뚱해 보인다.

내가 웃는다.

"왜, 왜 내가 네 지, 집정관이라도 되는 것처럼 물어? 규칙은 너도 알잖아."

세브로는 어깨를 으쓱한다.

"넌 나랑 비슷해."

그는 경멸하는 눈으로 카시우스를 본다.

"그리고, 그런데도 넌 재랑도 비슷하지. 그래서, 나는 얘들을 죽여야 해?"

그는 대수롭지 않다는 듯 묻는다.

카시우스와 나는 놀란 눈빛을 주고받는다.

"아, 아, 아니."

미네르바 아이들을 데리러 메드봇이 도착하는 순간 우리는 의견 일치를 본다. 더 이상 게임을 할 수 없을 정도로 심하게 다쳤다.

"그래서, 늑대 가, 가죽을 덮어쓰고 여, 여기까지 와서 대, 대체 뭘 하고 있었더, 던 거야?"

카시우스가 묻는다.

"로크는 너희들이 동쪽으로 갈 거라고 했어. 계획은 아직 진행 중이라면서."

세브로가 퉁명스럽게 대답한다.

"미네르바 아, 아이들이 성까지 갔어?"

내가 묻는다.

세브로는 잔디에 침을 뱉는다. 달 두 개가 그의 어두운 얼굴에 기괴한 그림자를 드리운다.

"내가 그걸 대체 어떻게 알아? 여기 오는 길에 걔네들을 마주쳤어. 하지만 너는 손을 쓸 수가 없어. 이건 잘못되면 끝나는 계획이야."

세브로가 우리를 도와주고 있는 건가? 물론 그의 도움은 우리의 부족함을 나열하는 것부터 시작한다.

"미네르바 아이들이 성까지 가면, 타이투스를 박살내고 우리 영역을 차지할 거야."

"응. 그게 중요하지."

내가 말한다.

"그리고 우리 스탠더드도 가져갈 거고……."

"그, 그건 어쩔 수 없이 감수해야지."

"……그래서 나는 성에서 스탠더드를 훔쳐서 숲 속에다 묻어 뒀어."

내가 그 생각을 했어야 하는데.

카시우스가 웃기 시작한다.

"네가 훔쳤다고. 그걸 그냥 훔쳤다고. 미친놈이야. 넌 정말 미쳤어. 100번째로 선택됐는데. 최고로 미쳤어."

세브로는 짜증이 난 것 같다. 기분이 좋지만, 짜증이 난 것 같다.

"그렇다 해도, 우리는 그들이 우리 영역을 떠날 거라고 보장할 수는 없어."

"너의 제, 제, 제안은?"

내가 묻는다. 지금도 몸이 떨리지만 약도 오른다. 진작 우릴 도와주지 않고.

"걔들이 타이투스를 해치운 다음에 그들을 몰아낼 수 있는 힘을 길러야지. 뻔하잖아."

"그래. 그, 그래. 알겠어."

나는 몸의 떨림을 부르르 떨쳐 낸다.

"하지만 어떻게?"

세브로는 어깨를 으쓱한다.

"미네르바 스탠더드를 빼앗아야지."

"자, 잠깐. 어떻게 하면 되는지 알아?"

카시우스가 말한다.

세브로는 코웃음을 친다.

"내가 그 동안 내내 뭘 하고 있었을 것 같아, 이 매끈한 개똥 같은 놈아? 덤불 속에서 딸딸이나 치는 줄 알았어?"

카시우스와 나는 서로 마주 본다.

"비슷해."

내가 말한다.

"응, 그런 줄 알았어."

카시우스도 맞장구친다.

우리는 미네르바의 말을 타고 고지대 동쪽으로 간다. 나는 말을 잘 못 탄다. 물론 카시우스는 잘 타기 때문에, 나는 그의 멍든 가슴팍을 아주 잘 붙잡는 방법을 익힌다. 우리 얼굴은 진흙으로 칠했다. 밤이면 그림자처럼 보일 테니, 그들은 우리 말, 파이크, 상징을 보고 자기 편이라고 생각할 것이다.

미네르바 성은 야생화와 올리브 나무가 퀼트 천처럼 알록달록한 구릉지에 있다. 내리막으로 펼쳐진 풍경 위로 달들이 밝게 빛난다. 머리 위의 울퉁불퉁한 나뭇가지에서 올빼미가 운다. 넓게 뻗은 그들의 사암 요새에 다다르자, 대문 위 성벽에서 우리를 부르는 목소리가 들린다. 늑대 가죽을 덮어 쓴 세브로는 보여 주기 적절한 모습이 아니라서 탈출을 위해 망을 보기로 한다.

"마르스를 찾았어. 어이! 이 문 좀 열어."

내가 위를 향해 외친다.

"암호."

경비가 흉벽에서 느긋하게 묻는다.

"가슴엉덩이머리!"

내가 외친다. 세브로가 전에 왔을 때 들었던 암호다.

"좋아. 버지니아와 대원들은?"

경비가 묻는다.

머스탱인가?

"걔들 스탠더드를 빼앗았어! 그 바보들은 말조차 없어. 성을 통째로 뺏을 수 있을지도 몰라!"

경비가 미끼를 문다.

"끝내주는 소식이군! 버지니아는 악마야. 쥰이 저녁을 만들었어. 부엌에 가서 좀 먹고 괜찮으면 나한테로 와. 지루해서 재밌는 이야기가 필요해."

대문은 끽 소리를 내며 아주, 아주 천천히 열린다. 마침내 우리가 나란히 들어갈 수 있을 정도로 넓게 열리자 나는 웃는다. 카시우스와 나를 맞는 경비병조차 없다. 그들의 성은 다르다. 더 건조하고 깨끗하고 덜 억압적이다. 1층의 사암 기둥 사이에 정원과 올리브 나무들이 있다.

우유가 든 컵을 든 여자 아이들 둘이 지나가서 우리는 그림자 속에 숨는다. 그들은 적들이 먼 곳에서 볼 수 있는 횃불 같은 것은 없고 작은 양초만 들고 지나간다. 그래서 우리가 돌아다니기 수월하다. 카시우스가 묘한 표정을 지어 보이고 그들을 따라 계단을 올라가는 척하는 걸 보니 여자 아이들은 예뻤던 모양이다.

내게 미소를 지어 보이고 나서 그는 주방 소리가 나는 쪽을 향하고, 나는 지휘실을 찾아 나선다. 지휘실은 3층에 있다. 창밖으로는 어두운 평원이 보인다. 창문 앞에 미네르바의 지도가 있다. 내 하우스 성 위에 불타는 깃발이 펄럭인다. 무슨 뜻인지는 모르지만 좋은 것일 리는 없다. 다이아나 하우스는 미네르바 남쪽의 드넓은 숲 속에 있다. 발견된 것은 그게 다.

그들은 성과를 기록하는 자기 나름의 점수판을 가지고 있다. 팍스라는 이름의 사람은 끔찍한 악몽으로 보인다. 그는 혼자 노예

여덟 명을 잡았고, 메드봇이 학생 아홉 명을 데려가게 만들었다. 옵시디언처럼 덩치가 큰 아이가 팍스겠거니 하고 짐작한다.

지휘실 어디에도 스탠더드는 없다. 우리와 마찬가지로 그들 역시 스탠더드를 아무 데나 굴러다니게 놔두지는 않았다. 괜찮다. 우리 식대로 찾으면 된다. 마침 카시우스가 피운 불이 창문 밖으로 새나오는 냄새가 난다. 미네르바의 작전실은 참 예쁘다. 마르스 것보다 훨씬 예쁘다.

난 모든 걸 다 부순다.

지도를 파괴하고 미네르바 석상을 훼손한 다음엔, 내가 발견한 도끼를 사용해 길고 아름다운 작전 테이블에 마르스의 이름을 새긴다. 그들을 혼란스럽게 하기 위해 다른 하우스의 이름을 새기고 싶은 유혹도 들지만, 나는 그들이 이게 누가 한 짓인지 알길 원한다. 이 하우스는 너무 잘 조직되고 질서정연하고 제정신이다. 그들에겐 리더, 습격대, 경비(순진한 경비), 요리사, 올리브 나무, 따끈한 우유, 스턴파이크, 말, 꿀, 전략이 있다. 미네르바 놈들. 거만한 돼지들. 그들도 좀 더 마르스 하우스 같은 기분이 들도록 하자. 그들도 분노를 느끼게 하자. 카오스.

고함 소리가 들린다. 카시우스가 지른 불이 번진다. 여자 아이 하나가 작전실로 달려든다. 내가 도끼를 쳐들자 그 아이는 기절할 뻔 한다. 그녀를 해치는 건 의미가 없다. 우린 포로를 쉽게 잡을 수는 없다. 그래서 나는 슬링블레이드와 스턴파이크를 다 꺼낸다. 내 얼굴은 진흙으로 덮여 있다. 내 금발은 헝클어져 있다. 나는 무시무시한 모습이다.

"네가 쥰이야?"

내가 으르렁댄다.

"아…… 아니…… 왜?"

"넌 요리할 줄 알아?"

그녀는 공포에도 불구하고 웃음을 터뜨린다. 그때 남자 아이 세명이 모퉁이를 돌아온다. 두 명은 나보다 체격이 크지만 키는 더 작다. 나는 분노의 신처럼 소리를 지른다. 아, 그 애들은 허둥지둥 도망간다.

"적들이다! 적들이다!"

그들이 외친다.

"탑에 있어!"

나는 계단을 내려가며 그 애들을 혼란스럽게 하려고 계속 고함친다.

"꼭대기 층! 사방에! 너무 많아! 수십 명이야! 수십 명! 마르스가 왔다! 마르스가 왔어!"

연기가 퍼진다. 그들의 비명도 번진다.

"마르스다! 마르스가 왔다!"

그들이 외친다.

남자 하나가 내 옆을 급히 지나간다. 나는 그의 옷깃을 잡고 창밖 마당으로 던져서 모여 있는 미네르바 아이들을 흩뜨린다. 주방에 간다. 카시우스의 불은 나쁘지 않다. 주로 기름과 덤불이다. 여자 아이 하나가 두드려가며 끄고 있다.

"쥰!"

내가 부른다. 그녀는 내 쪽을 돌아보다 스턴파이크에 닿아 전기에 근육이 마비되며 몸을 떤다. 이렇게 그들의 요리사를 훔쳤다.

카시우스는 쥰을 어깨에 둘러메고 정원을 달리는 나를 발견한다.

"어떻게 된 거야?"

"얘가 요리사야!"

내가 설명한다.

카시우스는 숨쉬기도 힘들 정도로 웃어 댄다.

미네르바 아이들은 카오스에 빠져 막사를 뛰어다닌다. 그들은 적이 자기들 탑 안에 있다고 생각한다. 자기들의 시타델이 불타고 있다고 생각한다. 마르스가 총공격을 개시했다고 생각한다. 카시우스는 나를 끌고 마구간으로 간다. 일곱 필이 남아 있다. 우리는 건초 더미에 양초를 던진 다음 여섯 마리를 훔쳐서 연기와 패닉이 요새를 뒤흔드는 동안 대문으로 말을 타고 나온다. 나에겐 스탠더드가 없다. 우리 계획대로다. 세브로는 요새에 숨겨진 뒷문이 있다고 했다. 우리는 무너지는 요새를 탈출하려는 아주 절박한 누군가가, 스탠더드를 지키려는 누군가가 뒷문을 이용해 탈출할 거라 예상했다. 맞아들어 갔다.

2분 후 세브로가 온다. 늑대 가죽을 덮어쓰고 울부짖으며 온다. 멀리서 적들이 스턴파이크를 들고 그를 잡으러 뛰어온다. 이제 말이 없는 건 그들이다. 그리고 그들은 세브로의 진흙투성이 손에서 빛나는 자신들의 올빼미 스탠더드를 다시 찾을 길이 없다. 의식을 잃은 요리사를 내 안장에 얹은 채, 우리는 별이 빛나는 밤하늘 밑을 달려 전쟁으로 박살이 난 우리의 고지로 돌아온다. 우리 셋은 웃고 환호하며 울부짖는다.

제27장

분노의 하우스

포보스 탑에서 레아, 스크루페이스, 클라운, 시슬, 위드, 페블과 함께 있는 로크를 만난다. 우리에겐 말이 여덟 필 있다. 호수에서 훔친 말 두 마리, 성에서 훔친 말 여섯 마리다. 우리는 계획에 말을 추가한다. 카시우스, 세브로와 나는 메타스 강을 가로지르는 다리를 건넌다. 적 정찰병이 머스탱에게 경고하려고 북쪽으로 말을 마구 달린다. 정찰병이 사라지자 안토니아가 이끄는 훔친 말을 탄 다른 아이들은 북쪽으로 돌아간다. 말이 없는 로크는 남쪽으로 돌아간다.

진흙을 바르지 않은 말은 내 말뿐이다. 이 말은 색이 밝다. 그리고 나도 밝은 모습이다. 나는 미네르바의 황금 스탠더드를 왼손에 들고 있다. 안전하게 숨길 수도 있었다. 하지만 그들은 우리가 가지고 있다는 것을 알 필요가 있다. 훔친 건 세브로지만, 세브로는 들고 가고 싶어 하지 않는다. 그는 날이 흰 칼을 너무 좋아한다. 내 생각에 그는 칼에다 대고 속삭이며 이야기를 하는 것 같다. 카시우스는 스탠더드를 드는 것 외에 다른 할 일이 있다. 그리고 그가 든다면 그가 리더로 보일 것이다. 그건 좋지 않다.

말을 타고 저지대를 지나는 동안 죽음 같은 침묵이 흐른다. 안개가 나무들 주위에서 배어 나온다. 나는 안개를 가르고 간다. 카시우스와 세브로가 내 양 옆에서 간다. 이제 들리지도 보이지도 않지만, 어디선가 늑대들이 울부짖는다. 세브로가 마주 울부짖는다. 말이 겁을 먹어서 나는 말에서 떨어지지 않으려고 애를 쓴다. 두 번 떨어진다. 어둠 속에서 카시우스의 웃음소리가 들린다. 내가 이 모든 걸 이오를 위해, 반란을 시작하기 위해 하고 있다는 걸 계속 기억하기가 어렵다. 오늘 밤에는 게임처럼 느껴진다. 어떤 의미에선 게임이기도 하다. 드디어 내가 재미를 느끼기 시작했으니까.

우리 성은 빼앗겼다. 성벽에 불빛이 있는 걸 보니 알 수 있다. 언덕 위의 성은 협곡 위로 높이 솟아 있다. 안개로 덮인 어둠 속에서 횃불들이 묘한 후광을 만들고 있다. 내 말의 발굽은 젖은 잔디 위를 부드럽게 쿵쿵 밟고, 오른쪽으로는 메타스 강이 한밤중의 아픈 아이처럼 걸걸걸 소리를 낸다. 카시우스가 그쪽에 있지만 보이지는 않는다.

"리퍼!"

머스탱이 안개 속으로 고함친다. 장난치는 목소리가 아니다. 그녀는 40미터 떨어진 곳, 성으로 올라가는 경사로가 시작되는 부분에 있다. 그녀는 안장 머리 위로 팔을 꼰 채 몸을 앞으로 기댄다. 옆에는 기수 여섯 명이 있다. 나머지는 성 안에 주둔하고 있을 것이다. 그렇지 않다면 내 귀에 소식이 들어왔을 것이다. 나는 그녀 뒤의 남자 아이들을 본다. 팍스는 너무나 커서, 거대한 손에 든 파이크가 왕이 드는 홀처럼 보인다.

"안녕, 머스탱."

"물에 빠져 죽진 않았군. 그게 더 쉬웠을 텐데."

그녀의 재빠른 얼굴은 어둡다.

"넌 정말 절대 용납할 수 없는 놈이라는 거 알고 있어?"

성 안에 있던 그녀는 자신의 분노를 표현할 말을 알지 못한다. 그녀가 내뱉는다.

"강간? 신체 절단? 살인?"

"난 아무것도 안 했어. 프록터들도 아무것도 안 했고."

"그래. 넌 아무것도 안 했겠지. 그런데 넌 이제 우리 스탠더드를 가지고 있고, 미남은 안개 속 어딘가에 있겠지? 어디 한번 네가 리더가 아닌 척 해 봐. 네 책임이 아닌 척 해 보라고."

"타이투스 책임이야."

"그 덩치 큰 개자식? 그래. 팍스가 때려눕혔어."

그녀는 자기 뒤의 괴물 같은 아이 쪽으로 손짓해 보인다. 팍스의 머리는 짧고, 눈은 작고, 턱은 흠집이 하나 난 발뒤꿈치 같이 생겼다. 그가 탄 말은 개 같아 보인다. 맨 팔뚝은 바위에 살을 발라 놓은 것 같다.

"난 이야기하러 온 게 아니야, 머스탱."

"내 귀를 자르러 왔어?"

그녀가 말한다.

"아니. 고블린이 그랬어."

그때 그녀의 부하 하나가 비명을 지르며 안장에서 떨어진다.

"이게 무슨……."

기수 하나가 웅얼거린다.

그들 뒤에서는 칼들에서 벌써 피가 떨어지고, 세브로가 미친 사람처럼 울부짖는다. 안토니아가 데려온 포보스 탑 주둔군 절반이 훔쳐서 검은 진흙을 칠한 말들을 타고 북쪽 언덕에서 내려오면서 세브로의 울부짖음에 합세한다. 그들은 안개 속에서 광인처럼 울부짖는다. 머스탱의 병사들은 뱅뱅 돈다. 세브로가 한 명을 더 쓰러뜨린다. 그는 스턴파이크를 쓰지 않는다. 갑자기 프록터들이 우글거리는 하늘에서 메드봇이 비명을 지르며 내려온다. 프록터들은 전부 구경하러 내려왔다. 독한 술을 한 아름 든 머큐리가 제일 뒤에서 온다. 그는 동료들에게 술병을 던져 준다. 우리는 그들의 이상한 모습을 보려고 모두 하늘을 올려다본다. 말들은 계속 달린다. 시간이 잠시 멈춘다.

"싸움판으로! 싸움판으로."

피부색이 짙은 아폴로가 하늘에서 놀린다. 그의 금색 가운을 보니 그는 자다가 방금 일어났다.

머스탱이 소리치며 명령을 내리고 전략을 펴자 카오스가 찾아온다. 정문에서 기수 네 명이 지원하려고 경사로로 내려오고 있다. 내 차례다. 나는 미네르바의 스탠더드를 땅에 콱 꽂고 분노의 소리를 지른다. 뒤꿈치로 말을 찬다. 말이 앞으로 달려나가 나는 떨어질 뻔한다. 말이 촉촉한 흙 위를 달려가자 내 몸이 떨려온다. 강한 왼손으로 고삐를 잡고 슬링블레이드를 꺼낸다. 울부짖자 다시 헬다이버가 된 기분이다.

내가 마구 돌진해 가는 걸 보고 적들은 흩어진다. 그들을 혼란스럽게 만드는 것은 분노이다. 세브로의 광기, 마르스의 미친 야만성이다. 기수들은 한 명만 빼고 흩어진다. 팍스는 자기 말에 뛰어올라 내게로 돌진한다.

"팍스 오 텔레마누스"라고 고함을 지르며 무엇에 홀린 듯한 타이탄은 입에 거품을 문다. 나는 뒤꿈치로 말을 차고 울부짖는다. 그러자 팍스가 내 말에 태클을 건다. 그의 어깨가 내 말의 갈비뼈를 친다. 말은 비명을 지르고 내 세상은 뒤집힌다. 나는 안장 위로 날아올라 말 머리를 넘어서 땅에 쾅 떨어진다.

멍해진 나는 말발굽 자국이 무수히 난 들판에서 비틀거리며 무릎으로 일어선다.

광기가 들판을 집어삼켰다. 안토니아의 세력은 머스탱의 측면을 공격한다. 그들의 무기는 원시적이지만, 말은 충분히 충격적이다. 미네르바 병사들 몇이 안장에서 날아간다. 다른 병사들은 버려진 자기들의 스탠더드를 향해 말을 몰지만, 카시우스가 안개 속에서 전속력으로 나타나 스탠더드를 들고 남쪽으로 간다. 적 둘이 카시우스를 추격해서 그들의 세력이 분산된다. 안토니아의 탑에서 온 병사 여섯이 말들이 달릴 수 없는 숲 속에서 그들을 덮치려고 기다리고 있다.

내 머리를 향해 파이크가 날아와서 반사적으로 몸을 숙인다. 슬링블레이드를 들고 일어나 손목을 향해 휘두른다. 너무 느리다. 나는 삼촌이 버려진 광산에서 가르쳐 준 쿵쿵거리는 패턴을 떠올리며 춤을 추듯 움직인다. 리핑 댄스는 물 흐르듯 내 동작을 연결해 준다. 무릎에 슬링블레이드를 휘두른다. 골드의 뼈는 부러지지는 않지만, 맞은 아이는 그 힘 때문에 안장에서 떨어진다. 나는 옆으로 돌아서 다시 치고, 또 치고, 말발굽 부분을 쳐서 말굽 위의 돌기를 부러뜨린다. 말은 쓰러진다.

다른 스턴파이크가 나를 찌르러 들어온다. 나는 끝부분을 피하고 나의 레드 손으로 스턴파이크를 빼앗아 나를 공격하는 다른 아이에게 전기가 흐르는 끝부분을 갖다 댄다. 그 아이는 쓰러진다. 산이 그 아이를 옆으로 밀치더니 나를 향해 달려온다. 팍스다. 내가 혹시 바보일까 봐, 개는 으르렁거리며 내게 자기 이름을 말한다. 그의 부모는 그를 배에 구멍을 내고 옵시디언 상륙 부대를 쓸어 넣을 수 있는 사람으로 키웠다.

"팍스 오 텔레마누스!"

그는 거대한 파이크를 자기 가슴에 치고 머리가 북실북실한 클라운을 세게 쳐서, 내 친구는 4미터 뒤로 날아간다.

"팍스 오 텔레마누스."

"……는 좆 빠는 놈이다!"

내가 놀린다.

말의 옆구리가 내 등을 쿵 쳐서 나는 괴물 같은 아이 앞으로 비틀비틀 걸어간다. 난 끝장이다. 그는 파이크를 쏠 수도 있었다. 그 대신 그는 나를 안는다. 자기 이름을 계속 소리 지르는 황금 곰의 포옹을 받는 것과도 같다. 등에서 두둑 소리가 난다. 맙소사. 내 두 개골을 조이고 있다. 어깨가 아프다. 빌어먹을. 숨을 쉴 수가 없다. 이런 힘은 처음이다. 오, 신이시여. 얘는 끔찍한 오우거다. 그러나 뭔가 울부짖고 있다. 수십 명이 울부짖는다. 등이 부러지는 것 같다.

팍스는 자신의 승리를 외친다.

"난 너희 대장을 잡았다! 너희에게 오줌을 싸겠다, 마르스! 팍스 오 텔레마누스가 너희 대장을 꺾었다! 팍스 오 텔레마누스!"

눈앞이 시꺼메지더니 흐려진다. 그러나 내 안의 분노는 흐려지지 않는다.

기절하기 전 마지막 남은 분노를 짜낸다. 치사한 행동이다. 팍스는 정직하다. 나는 무릎으로 그의 포도알을 납작하게 으깬다. 두 개 다, 최대한 여러 번 친다. 하나. 둘. 셋. 넷. 팍스는 얼빠진 표정을 짓더니 쓰러진다. 나는 프록터들이 환호하는 것을 들으며 진흙탕에 쓰러진 그의 위에서 기절한다.

세브로는 전투 후에 우리 죄수들의 주머니를 뒤지며 이야기를 들려 준다. 팍스와 내가 서로를 끝장낸 뒤, 로크가 레아와 내 부족을 데리고 협곡 안을 기습했다. 술책이 뛰어난 머스탱은 성 안으로 대피했고 전사 여섯 명만으로 아직 성을 지키고 있다. 그녀가 잡은 마르스의 죄수들은 스탠더드로 건드리기 전까지는 그녀의 것이 되지 못한다. 쉽지 않겠지. 우리는 그녀의 부하 11명을 잡았다. 로크는 그들을 노예로 만들려고 우리 스탠더드를 파낸다. 우리는 우리의 성을 포위할 수 있지만(높은 벽을 넘을 방법은 없다.) 세레스나 다른 미네르바에서 언제 찾아올지 모른다. 만약 그렇게 되면 카시우스가 미네르바의 스탠더드를 세레스에게 주기로 했다. 내가 리더로서의 위치를 굳히는 동안 카시우스에게 다른 할 일을 주는 것이기도 하다.

로크와 안토니아가 나와 함께 머스탱과 정문에서 협상하기로 한다. 나는 금이 간 갈비뼈를 돌보며 절룩거린다. 숨을 쉴 때 아프다. 정문에 도착하자 로크는 내가 가장 중요해 보이도록 한 걸음 물러선다. 안토니아는 찡그리며 코에 주름을 잡더니 결국 자기도 물러선다. 머스탱은 전투 때문에 피투성이가 되어 있고 예쁜 얼굴에서 미소는 찾아볼 수 없다.

"프록터들은 이걸 다 보고 있었어. 그들은 저기……서 일어난 일들을 봤어. 전부 다……."

머스탱은 통렬하게 말한다.

"타이투스가 한 일이지."

안토니아는 지쳐서 느릿느릿 말한다.

머스탱은 나를 본다.

"다른 사람은 안 했어? 여자 아이들이 울음을 그치질 않아."

"아무도 안 죽었어. 나약한 애들이지만, 괜찮아질 거야. 일어났던 일들에도 불구하고 골드 재고품은 줄지 않았어."

안토니아는 짜증을 낸다.

"골드 재고……. 어떻게 그렇게 차가울 수가 있어?"

머스탱이 중얼거린다.

안토니아는 한숨을 쉰다.

"어린애 같으니. 골드는 차가운 금속이야."

머스탱은 믿을 수 없다는 듯 안토니아를 올려다 보다 고개를 절레절레 흔든다.

"마르스. 섬뜩한 신이야. 너흰 이런 일에 잘 맞지? 잔혹 행위? 지난 세기들. 암흑 시대."

나는 골드로부터 도덕성에 대한 강의를 들을 생각은 없다.

"우린 네가 성을 비워 줬으면 해. 너희 애들을 데리고 가, 우리가 잡은 애들과 너희 스탠더드도 돌려줄게. 노예로 만들지 않을게."

언덕 아래에서는 세브로가 우리 스탠더드를 들고 붙잡은 아이들 옆에 서 있다. 세브로는 언짢아 하는 팍스를 말 털로 간지럽히고 있다.

머스탱은 내 얼굴을 손가락으로 찌른다.

"여긴 학교야. 너도 알지? 너희 하우스가 어떤 룰에 따라 움직이든 간에 여긴 학교야. 하고 싶은 대로 무자비하게 굴어. 하지만 한계란 게 있어. 이 학교, 이 게임에서 너희가 할 수 있는 일엔 한계가 있다고. 너희가 잔혹하게 굴수록, 프록터들에게, 너희가 한 일을, 너희가 어떤 일들을 할 수 있는지 알게 될 어른들에게 너희는 더 멍청해 보일 거야. 괴물들이 소사이어티를 이끌길 그들이 원할 것 같아? 누가 괴물을 견습생으로 원하겠어?"

나는 아우구스투스가 목 매달린 내 아내를 살무사처럼 무감각한 눈으로 보던 게 떠오른다. 괴물이라면 자기를 닮은 학생을 원할 것이다.

"그들은 선견지명이 있는 사람들을 원해. 사람들을 이끄는 사람을 원한다고. 사람들을 베어 넘기는 사람이 아니라. 일에는 한계란 게 있어."

머스탱은 계속 이야기하지만 내가 쏘아붙인다.

"빌어먹을 한계 같은 건 없어."

머스탱의 턱이 팽팽해진다. 그녀는 앞으로 어떻게 될지 이해하고 있다. 결국 우리의 끔찍한 성을 돌려주는 것은 그녀에게 아무 손실도 주지 않을 것이다. 성을 지키려고 하면 손해를 볼 것이다. 심지어 높은 탑에 끌려간 여자 아이들 같이 될 수도 있다. 그녀는 전에는 그 생각은 해 본 적이 없다. 나는 그녀가 떠나고 싶어 한다는 걸 알 수 있다. 그녀를 괴롭히는 것은 그녀의 정의감이다. 왠지 몰라도 그녀는 우리가 대가를 치러야 한다, 프록터들이 내려와서 개입해야 한다고 생각한다. 아이들 대부분은 이 게임을 그렇게 생각한다. 젠장, 카시우스는 함께 정찰하면서 그 얘기를 백 번은 했다. 하지만 게임은 그런 것이 아니다. 인생이 그렇지 않기 때문이다. 삶에서 신들이 내려와 우리에게 정의를 나눠 주는 일은 없다. 강자가 한다. 이것이 그들이 우리에게 가르치고 있는 것이다. 권력을 얻는 데 따르는 고통 뿐 아니라 권력이 없는 상태에서 오는 절박함, 골드가 아닐 때 느끼는 절박함.

"우리한테 세레스 노예들을 줘."

머스탱이 요구한다.

"아니, 걔넨 우리 거야. 그리고 우린 걔네를 우리 마음대로 부릴 거야."

그녀는 한참이나 나를 바라보며 생각한다.

"그럼 우리한테 타이투스를 줘."

"안돼."

머스탱이 쏘아붙인다.

"우리가 타이투스를 가질 거야. 안 그러면 협상은 없어."

"넌 아무도 못 가져."

그녀는 안 된다는 말에 익숙하지 않다.

"난 그들이 안전하다는 보증을 원해. 타이투스가 대가를 치르길 원해."

"네가 원하는 건 털끝만큼도 상관없어. 여기서는, 넌 네가 가질 수 있는 걸 갖는 거야. 그게 교훈의 일부야. 타이투스는 마르스 하우스 소유야. 걔는 우리 거라고. 그러니 부탁인데 어디 한번 빼앗아 보시지그래."

나는 슬링블레이드를 꺼내 끝을 땅에 꽂는다.

"타이투스는 정의의 처벌을 받을 거야."

로크가 머스탱을 안심시키려 한다.

나는 이글거리는 눈으로 로크를 돌아본다.

"닥쳐."

그는 말을 하지 않았어야 한다는 걸 알고 시선을 내린다. 상관 없다. 머스탱의 눈은 안토니아나 로크를 보고 있지 않다. 레아와 치피오가 머스탱의 부대를 무릎 꿇려 놓은, 시슬이 위드와 함께 팍스 위에 앉아 번갈아가며 간지럽히고 있는 협곡 아래를 보지도 않는다. 그녀의 눈은 칼날을 보고 있지 않다. 오직 나만을 보고 있다. 나는 몸을 앞으로 기울인다.

"만약 타이투스가 어린 레드 여자 아이를 강간했다면, 넌 기분이 어떨 것 같아?"

머스탱은 어떻게 대답해야 할지 모른다. 법에는 대답이 있다. 아무 일도 없을 것이다. 그녀가 아우구스투스 같은 원로 가문의 소유가 아니라면 강간이 아니다. 그때도 그녀에게 저지른 범죄가 아니라 그녀의 주인에게 저지른 범죄가 된다.

나는 조용히 말한다.

"이제 둘러봐. 여기엔 골드가 없어. 난 레드야. 넌 레드야. 누군가가 권력을 충분히 갖기 전까지는 우린 모두 레드들이야. 그때가 되면 우리에게 권리가 생겨. 우리의 법을 만들 거고."

나는 몸을 다시 뒤로 하고 목소리를 높인다.

"이 모든 것의 요점은 그거야. 네가 지배하지 않는 세상을 두려워하게 만드는 것. 보안과 정의는 주어지는 게 아니야. 강자가 만드는 거지."

"넌 그게 사실이 아니길 바라야 해."

머스탱이 조용히 말한다.

"왜?"

마치 자신이 해야 할 말이 유감스럽다는 듯이 그녀의 얼굴이 우울해진다.

"여기엔 너 같은 남자애가 있거든. 내 프록터는 그를 자칼이라고 불러. 걔는 너보다 똑똑하고 잔인하고 강하고, 우리가 다들 짐승처럼 행동하고 다닌다면 걔는 우리를 자기 노예로 만들고 이 게임에서 승리할 거야."

그녀의 눈이 내게 애원한다.

"그러니 제발, 얼른 진화해."

제28장

내 형제

나는 마르스 성 안에서 처음으로 불을 피울 때 미네르바 아이가 가진 성냥을 쓰는 척한다. 쥰은 임시 감옥에서 풀려나, 곧 내 부족이 모은 염소와 양과 허브로 우리에게 푸짐한 식사를 차려 준다. 내 부족은 몇 주 만에 처음 식사하는 척 한다. 다른 아이들은 너무 배가 고파 그 거짓말을 믿는다. 미네르바 부대는 진작 집으로 돌아갔다.

"이제 어쩌지?"

다른 아이들이 광장에서 식사하는 동안 나는 로크에게 묻는다. 탑 속은 지금도 더럽고, 불빛은 때를 더 잘 보이게 할 뿐이다. 카시우스는 퀸을 보러 가서 지금 나는 로크와 단둘이 있다.

타이투스의 부족은 여기저기 조용히 모여서 앉아 있다. 여자 아이들은 남자 아이들 중 일부가 하는 짓을 봤기 때문에 남자 아이들에게 말을 하지 않는다. 모두 고개를 숙이고 먹는다. 수치심이 있다. 안토니아의 부족은 내 부족과 함께 앉아 타이투스 부족을 노려본다. 눈에 역겨움이 가득하다. 배를 채우면서도 배신도 한다. 사소한 실랑이 몇 건은 이미 말다툼에서 주먹다짐으로 진행했다. 나는 승리하면 그들이 하나가 될 거라 생각했지만 그렇게 되지 않았다. 분열은 어느 때보다 심한데, 지금은 나는 정의 내릴 수가 없다. 이걸 고치는 방법은 딱 한 가지인 것 같다.

로크는 내가 듣고 싶은 대답을 말해 주지 않는다.

"프록터들은 개입하지 않아. 우리가 정의를 다루는지, 다룬다면 어떻게 다루는지 보고 싶으니까, 대로우. 이 상황이 알아낼 수 있는 우리의 더 깊은 특성이니까. 우리가 법을 어떻게 운영하느냐?"

"훌륭해. 그래서 어떻게 하지? 타이투스를 채찍으로 때려? 죽여? 법은 그런 거잖아."

"그럴까? 아니면 그저 복수에 불과할까?"

"네가 시인이잖아. 네가 알아내."

나는 성벽 아래로 돌 하나를 찬다.

"계속 지하실에 묶어 둘 수는 없어. 그건 너도 알지. 묶어 놓으면 우린 이 무기력한 상태에서 결코 앞으로 나아갈 수 없고, 개를 어떻게 할지 결정하는 사람은 네가 되어야 해."

"카시우스가 아니고? 걔가 결정권을 얻었다고 생각하는데. 게다가 타이투스는 자기 몫이라고 선언하기도 했잖아."

나는 카시우스와 리더십을 나누고 싶지 않지만, 그가 아무 가능성 없이 기관을 졸업하길 원하지는 않는다. 나는 그에게 빚을 졌다.

　로크는 기침을 한다.

　"자기 몫이라고 했다고? 그 말도 굉장히 야만적인데?"

　"그럼 카시우스는 아무 역할도 맡으면 안 된다?"

　로크는 내 팔에 손을 얹는다. 좁은 얼굴이 긴장한다.

　"나는 카시우스를 형제처럼 사랑하지만, 안 돼. 카시우스는 이 하우스를 이끌 수 없어. 그런 일이 있고 나서는 안 돼. 타이투스의 아이들은 카시우스 말에 복종할지는 몰라도, 존중하지 않을 거야. 카시우스가 실제로는 더 세다고 해도, 자기들보다 더 세다고 생각하지 않을 거야. 대로우, 걔들은 카시우스에게 오줌을 쌌어. 우린 골드야. 우린 잊지 않아."

　그가 옳다.

　나는 좌절감에 머리를 잡아당기며 로크가 까다롭게 굴기라도 한 것처럼 노려본다.

　"넌 이게 카시우스에게 얼마나 큰 의미인지 몰라. 줄리언이 죽고 나서…… 카시우스는 성공해야만 해. 이제까지 있었던 일만으로 기억될 수는 없어. 그러면 안 돼."

　내가 왜 이렇게 배려하지?

　"카시우스에게 얼마나 의미가 있는지는 털끝만큼도 상관없어."

　로크는 내가 했던 말을 따라하며 미소를 짓는다. 내 이두박근

위의 그의 손가락은 짚처럼 가늘다.

"그들은 절대 카시우스를 두려워하지 않을 거야."

여기서는 공포가 필요하다. 카시우스도 알고 있다. 그렇지 않고 서야 그가 승리의 자리에 빠질 리가 있을까? 안토니아는 내 곁을 떠나지 않았다. 대문을 열어 준 폴룩스도 마찬가지다. 그들은 내 권력과 연결되려고 내 몇 미터 거리에서 어정거린다. 세브로와 시슬은 다 알고 있다는 듯한 미소를 지으며 그들을 지켜본다.

"너도 그래서 여기 있는 거야, 이 획책꾼 족제비야? 영광을 나누려고?"

나는 로크에게 묻는다.

그는 어깨를 으쓱하고 레아가 가져다 준 양 다리를 물어뜯는다.

"집어치워. 난 먹으러 온 거야."

지하실에 있는 타이투스를 찾아간다. 미네르바 아이들은 그의 탑에서 노예 여자 아이들을 목격하고 타이투스를 묶고 피투성이가 되도록 때렸다. 그것이 그들의 정의다. 내가 타이투스 앞에 서자 그는 미소를 짓는다.

"습격하면서 세레스 하우스 아이들을 몇이나 죽였지?"

내가 묻는다.

"내 불알이나 빨아."

그는 피 섞인 침을 뱉는다. 나는 피한다.

나는 그를 걷어차고 싶은 것을 간신히 참는다. 오늘은 벌써 팍스와 싸웠다. 타이투스는 뻔뻔스럽게도 무슨 일이 있었는지 묻는다.

"이제 내가 마르스 하우스를 지배해."

"더러운 일은 미네르바에 하청 주고? 날 마주하기 싫었어? 전형적인 골드 겁쟁이군."

나는 그가 두렵다. 이유는 모르겠다. 그렇지만 나는 한쪽 무릎을 꿇고 그의 눈을 바라본다.

"넌 멍청이야, 타이투스. 넌 진화하지 못했어. 첫 번째 시험 이상으로 발전한 게 없어. 넌 이 모든 게 다 폭력과 살인이라고 생각하지. 얼간아. 이건 전쟁이 아니라 문명에 대한 게임이야. 군대를 가지려면 먼저 문명이 있어야 돼. 넌 그들이 원했던 대로 곧바로 폭력으로 갔어. 그들이 마르스에겐 아무것도 안 주고 다른 하우스엔 온갖 자원을 준 이유가 뭐라고 생각해? 우린 미친듯이 싸우고, 너처럼 홀랑 다 타 버리게 되어 있었던 거야. 하지만 난 그 시험을 통과했어. 이제 나는 영웅이야. 강탈자가 아니야. 그리고 너는 던전에 갇힌 오우거에 불과하지."

"오, 만세, 만세! 난 상관 안 해."

그는 묶인 손으로 박수를 치려 해 본다.

"몇 명이나 죽였지?"

"충분히 죽이지 못했어."

그는 커다란 머리를 기울인다. 그의 머리에는 기름이 끼었고 흙이 묻어 색이 짙다. 마치 금발을 검은색으로 염색하려 한 것 같다. 그는 흙을 좋아하는 것 같다. 손톱 밑에도 흙, 윤이 나는 그의 피부에도 흙이다.

"머리를 부수려 했어. 메드봇이 오기 전에 죽이려고. 하지만 메드봇은 언제나 워낙 빨라서."

"왜 그들을 죽이고 싶었지? 난 그게 무슨 의미가 있는지 이해가 안 돼. 너와 같은 족속이잖아."

그는 비웃는다.

"너는 상황을 바꿀 수도 있었는데, 개자식."

그의 큰 눈은 내 기억보다 더 차분하고 슬프다. 나는 그가 자기 자신을 좋아하지 않는다는 걸 깨닫는다. 그는 어딘지 지나치게 애절한 면이 있다. 그가 가지고 있다고 내가 생각했던 자존심은 자존심이 아니라 그저 경멸이었다.

"넌 내가 잔인하다고 하지만, 넌 성냥과 요오드를 갖고 있었어. 내가 네 냄새를 맡기 전까지는 몰랐다고는 생각하지 마. 우리는 굶주렸고, 넌 네가 발견한 걸 리더가 되는 데에 사용했어. 그러니까 나한테 도덕에 대한 강의는 하지 마, 이 뒤통수치는 개자식아."

"그러면 넌 왜 거기에 대해 아무것도 안 했어?"

"폴룩스와 빅수스는 널 두려워했어. 다른 아이들도. 그리고 자는 동안 고블린이 죽일 수 있을 거라고 생각했어. 겁먹지 않은 사람이 나 하나뿐인데 어떻게 해?"

"넌 왜 겁먹지 않았지?"

그는 크게 웃는다.

"넌 그저 슬링블레이드를 든 남자애에 불과해. 처음엔 난 네가 용감하다고 생각했어. 우리의 시각이 비슷하다고 생각했지. 네가 나랑 비슷하다고 생각했어. 네 눈 속의 차가움을 보고 나보다 더 한 줄 알았어. 하지만 넌 차갑지 않아. 넌 이 머저리들을 아껴."

그는 피투성이 입술을 핥는다.

나는 두 눈썹을 가운데로 모은다.

"왜 그렇게 생각하지?"

"간단해. 넌 친구들을 만들잖아. 로크. 카시우스. 레아. 퀸."

"너도 마찬가지지. 폴룩스, 카산드라, 빅수스."

타이투스의 얼굴이 격렬하게 일그러진다. 그는 침을 뱉는다.

"친구? 걔들이랑 친구라고? 그 골드놈들이랑? 그들은 괴물이야. 영혼이 없는 개자식들이야. 그들은 전부 식인종들에 불과해. 그들 도 나와 똑같은 짓을 했지만…… 후아."

"네가 노예들에게 왜 그런 짓을 했는지 아직도 이해가 안 돼. 강간 말이야, 타이투스. 강간."

그의 얼굴은 조용하고 잔인하다.

"그들이 먼저 했어."

"누구?"

하지만 그는 듣고 있지 않다. 갑자기 그는 내게 그들이 '그녀'를 데려가서 자기 앞에서 '그녀'를 강간했다는 이야기를 하고 있다. 그리고 그놈들은 일주일 후에 돌아와서 다시 강간했다. 그래서 그 는 그들을 죽였다. 머리를 깨뜨렸다.

"난 그 우라질 괴물들을 죽였어. 이제 그들의 딸들이 그녀가 당했던 일을 당해야지."

난 얼굴을 얻어맞은 기분이다.

오 맙소사.

온몸이 싸늘해진다.

끔찍하군.

나는 비틀비틀 뒤로 물러선다.

"너 대체 왜 그래?"

타이투스가 묻는다. 내가 골드였다면 눈치 채지 못했을 것이다. 낯선 말에 그냥 조금 혼란스러워 했을 것이다. 나는 골드가 아니다.

"대로우?"

나는 복도로 걸어간다. 멍한 상태로 움직인다. 다 맞아 들어간다. 증오. 혐오. 복수. 식인종들은 자기 종을 먹는다. 그는 그들을 식인종이라고 불렀다. 폴룩스, 카산드라, 빅수스…… 그들은 어떤 종인가? 그들의 종. 골드. 지독하다고 하지 않고 우라질이라고 했다. 타이투스는 우라질이라고 했다. 그런 말을 하는 골드는 없다. 그리고 리퍼의 낫이 아니라 슬링블레이드라고 불렀다.

오 맙소사.

타이투스는 레드다.

제29장

화합

댄서는 내가 타이투스 같이 되지 않기를 원했다. 그는 하모니 같다. 복수의 존재다. 타이투스를 수장으로 해서 반란을 일으키면 몇 주 안에 실패할 것이다. 더 나쁜 것은, 만약 타이투스가 계속 이런 식으로 불안정하게 갔다간 나까지 위험해진다. 댄서가 거짓말을 했거나, 조각된 다른 레드가 있다는 걸, 골드의 가면을 쓴 레드가 또 있다는 걸 몰랐던 모양이다. 얼마나 더 있을까? 아레스가 여기, 소사이어티에, 기관에 심어 둔 레드는 몇 명일까? 천 명이든 단 한 명이든 상관없다. 타이투스의 불안정함은 골드로 조각된 모든 레드들을 위험하게 만든다. 그는 이오의 꿈을 위험하게 만든다. 나는 그건 견딜 수 없다. 타이투스가 아이들 몇을 죽일 수 있게 하기 위해 이오가 죽은 건 아니다.

나는 해야 할 일을 결심하며 무기고에서 흐느낀다.

나의 손에 피가 더 묻게 되었다. 타이투스는 미친 개이고 처리되어야 하기 때문이다.

아침에 나는 그를 하우스 앞 광장으로 끌어낸다. 그들은 어젯밤 연회를 벌이고 남은 것들을 치웠다. 나는 노예들까지도 불러내 지켜보도록 한다. 프록터들 몇 명이 높은 곳에서 떠다닌다. 그들 뒤에 메드봇이 떠 있지 않은 것은 프록터들의 말없는 동의일 것이다.

나는 타이투스를 그의 예전 부족들 앞 땅에 대고 누른다. 그들은 조용히 지켜본다. 그들 위의 공기에는 안개가 떠 있고, 아이들은 불안한 듯 발로 마당의 차가운 자갈을 긁고 있다. 슬링블레이드의 듀로스틸을 통해 내 손에 냉기가 스며든다.

나는 이유를 나열한다.

"나는 강간, 신체 절단, 같은 하우스 동료 살인 미수의 범죄를 저지른 타이투스 오 라드로스에게 사형을 선고한다. 선고할 권리를 놓고 나와 경쟁할 사람이 있나?"

나는 먼저 위의 프록터들을 올려다본다. 한 명도 아무 소리도 내지 않는다.

나는 잔인한 빅수스를 쳐다본다. 그의 멍은 아직 없어지지 않았다. 내 눈은 다음으로 카산드라를 향한다. 카시우스를 구해 주고 우리를 위해 대문을 열어 준 우락부락한 폴룩스도 본다. 그는 로크 옆에 서 있다. 여기선 충성도가 잘도 바뀌는군.

내 충성도도 이렇게 바뀔 줄이야. 나는 골드를 죽였다는 이유로 레드를 죽게 만들 것이다. 그는 나처럼 땅을 팠다. 그는 나와 같은 영혼을 지녔다. 죽고 나면 계곡으로 가겠지만, 삶에서 그는 비탄 때문에 멍청하고 이기적이었다. 그는 이것보다는 나았어야 했다. 레드들은 타이투스보다 낫다. 그렇지 않나?

타이투스의 부족은 침묵을 지킨다. 그들의 죄책감은 그들의 리더와 묶여 있다. 그가 죽으면 죄책감도 사라질 것이다. 내 자신에게 하는 말이다. 다 잘될 거야.

"나는 구형에 반대한다. 그리고 너에게 결투를 신청한다, 이 똥 같은 놈아."

타이투스가 말한다.

"받아들이겠다, 굿맨."

나는 간결하게 절을 한다.

"그러면 관습에 따라 칼을 주문하고 결투해."

로크가 말한다.

"그렇다면 나는 곧은 칼. 휘지 않은 걸로."

타이투스가 내 슬링블레이드를 보며 말한다.

"좋을 대로."

그러나 내가 앞으로 나서자 내 팔꿈치에 손이 와 닿고, 내 친구가 뒤에서 가까이 다가오는 것이 느껴진다.

카시우스가 차갑게 속삭인다.

"대로우, 쟤는 내 거야. 기억해?"

나는 아는 척을 하지 않는다.

"부탁이야, 대로우. 내가 벨로나 가문의 명예를 지키게 해 줘."

나는 로크를 본다. 로크는 안 된다는 뜻으로 고개를 가로젓고, 카시우스 뒤에선 안토니아도 고개를 흔든다. 하지만 여기의 리더는 나다. 그리고 나는 내 위치를 인정하는 내 친구에게 약속을 했던 게 사실이다. 그는 요구가 아닌 부탁을 하고 있어서, 나는 그의 부탁을 고려해 보고 받아들이는 쇼를 한다. 곧은 날의 칼을 검사답게 든 카시우스가 앞으로 나서고 나는 옆으로 물러선다. 추한 무기이지만 카시우스는 돌로 갈아서 날카롭게 해 두었다.

타이투스는 낄낄 웃는다.

"작은 왕자로군. 신나는군. 결투가 끝나면 기꺼이 네 시체를 다시 오줌으로 적셔 주지."

타이투스는 싸울 운명을 타고났다. 진흙투성이 전장과 내전이 그의 운명이다. 나는 그가 오늘 얼마나 쉽게 죽을지 스스로 알고 있는지 궁금하다.

로크가 두 결투자 주위에 재로 큰 원을 그린다. 클라운과 스크루페이스가 무기들을 한 아름 들고 걸어 나온다. 타이투스는 닷새 전에 세레스 병사에게서 빼앗은 긴 브로드소드를 고른다. 금속이 돌 위를 긁는 소리가 뜰 안에 메아리친다. 그는 시험해 보려고 칼을 한 번, 두 번 휘둘러 본다. 카시우스는 움직이지 않는다.

"벌써 바지에 오줌 지리고 있어? 너무 조바심치지 마, 빨리 끝내줄 테니."

로크는 필요한 절차를 밟고 결투 시작을 선언한다.

카시우스는 빨리 끝내 주지 않는다.

추한 칼날들끼리 부딪히는 소리는 귀에 거슬린다. 거칠게 쨍그 렁거린다. 칼날이 이가 빠진다. 갈린다. 그러나 살을 만나면 어쩌 면 그렇게 조용한지.

타이투스가 헐떡이는 소리만 들린다.

"넌 줄리언을 죽였어. 벨로나 가문의 줄리언 오 벨로나."

카시우스가 조용히 말한다.

그는 타이투스의 다리에서 칼날을 뽑아 다른 곳에 밀어 넣는다. 그리고 잘라낸다.

타이투스는 웃으며 힘없이 흔들린다. 이쯤 되니 애처롭다.

"넌 줄리언을 죽였어."

한 번 말할 때마다 칼로 한 번 찌른다. 내가 더 이상 보지 못하 게 될 때까지 그는 반복한다.

"넌 줄리언을 죽였어."

하지만 타이투스는 이미 죽은 지 오래다. 퀸의 얼굴에 눈물이 흘러내린다. 로크는 퀸과 레아를 데리고 사라진다. 내 군대는 조용 하다. 시슬은 자갈에 침을 뱉고 페블의 어깨를 감싼다. 클라운은 평소보다도 더 낙담한 모습이다. 심지어 프록터들조차 아무 말도 하지 않는다. 뜰 안을 가득 채운 것은 카시우스의 분노, 그의 착한 형제에 대한 잔인한 애도이다. 그는 정의를 위한 것, 그의 가문과 하우스의 명예를 위한 것이라고 했다. 그러나 이건 복수이고, 정말 공허하게 느껴진다.

나는 서늘함을 느낀다.

이건 내가 맞았을 운명이었다. 나의 불쌍한 형제, 타이투스가 아니라…… 그의 본명이 그거였는지조차 알 수 없지만. 그는 이보다는 더 나은 삶을 누려야 했다.

울음이 나온다. 군대를 밀어 헤치고 걸어가는 내 가슴 속에 분노와 슬픔이 차오른다. 로크 앞을 지날 때 로크는 나를 본다. 얼굴이 마치 죽은 사람 같다.

"그건 정의가 아니었어."

그는 내 눈을 보지도 않고 중얼거린다.

나는 테스트에 불합격했다. 그가 옳다. 그건 정의가 아니었다. 정의는 감정에 좌우되지 않고, 공정하다. 내가 형을 내렸다. 내가 집행했어야 했다. 그러는 대신 나는 복수와 앙갚음에 허가증을 내주었다. 암을 도려내지 못했다. 나는 더 악화시켰다.

"적어도 애들이 카시우스를 다시 두려워하게 되긴 했어. 하지만 네가 잘한 건 그것 하나뿐이야."

로크가 말한다.

불쌍한 타이투스. 나는 강 근처의 작은 숲 근처에 그를 묻어 준다. 계곡으로 그를 빨리 데려다 주길 바란다.

그날 밤 나는 잠을 이루지 못한다.

그들이 다치게 한 것이 그의 아내, 여동생, 어머니, 누구였는지 나는 모른다. 그가 어느 광산 출신인지도 모른다. 그의 고통은 나의 고통이다. 내 고통이 교수대에서 나를 무너뜨렸듯, 그의 고통은 그를 무너뜨렸다. 하지만 나는 두 번째 기회를 얻었다. 그의 기회는 어디 있었을까?

나는 죽음으로 그의 고통이 사라졌기를 바란다. 나는 그가 죽기 전까지 그를 사랑하지 않았다. 그리고 그는 죽어야 했지만, 그래도 내 형제다. 그래서 나는 그가 계곡에서 평화를 찾길 기도한다. 언젠가 그를 다시 만나서 형제로서 포옹하고, 내가 그에게 했던 일을 그가 용서하는 날이 오길 기도한다. 나는 꿈을 위해, 우리 동족을 위해 그랬으니까.

내 이름 옆에 바가 세 개 나타났고, 프라이머스 손에서 더 가까운 곳에 떠 있다.

카시우스도 올랐다.

하지만 프라이머스가 될 수 있는 건 한 명뿐이다.

잠을 잘 수가 없어서 카산드라와 불침번 당번을 바꾼다. 총안이 있는 벽 주위에 안개가 감돌아서 우리는 벽 둘레에 양들을 묶어 두었다. 적들이 오면 양들이 울 것이다. 풍부하고 연기 향이 섞인 묘한 냄새가 난다.

"오리 고기 로스트 먹을래?"

돌아보니 피치너가 내 뒤에 서 있다. 가느다란 눈썹 위로 헝클어진 머리를 하고 있고 오늘은 금 갑옷 없이 금색 줄무늬가 있는 검은 튜닉만 입고 있다. 그는 오리 고기를 한 조각 건넨다. 오리 냄새를 맡으니 배에서 꾸르륵 소리가 난다.

"우리 모두는 당신에게 화가 나 있어야 마땅해요."

내 말에 그는 놀란 얼굴이다.

"그렇게 말하는 꼬맹이는 보통 왜 화가 나지 않았는지 설명하려고 운을 떼는 건데."

"당신과 프록터들은 모든 걸 다 볼 수 있죠?"

"네가 똥 닦는 것까지도."

"그리고 커리큘럼의 일부이기 때문에 당신은 타이투스를 막지 않았죠."

"진짜 질문은 왜 우리가 너를 막지 않았느냐는 거겠지."

"타이투스를 죽이는 걸요."

"그래, 꼬마야. 타이투스는 군대에서 가치가 있었을 거다. 그렇게 생각하지 않냐? 우주선단을 이끄는 집정관 감은 아닐지 몰라. 하지만 부관으로는 어땠을까, 펄스실드에 불길이 쏟아지는 가운데 스타셸의 부하들을 이끌고 적들의 대문을 통과하는 부관이 되었겠지. 넌 아이언 레인을 본 적 있냐? 궤도에서 사람들을 내려 보내 도시를 함락시키는 걸 아이언 레인이라고 한다. 걘 그걸 해야 할 사람이었어."

나는 대답하지 않는다.

피치너는 튜닉의 검은 소매로 입술의 기름을 닦는다.

"인생은 인간이 만든 학교 중 가장 효율적인 곳이다. 옛날에는 아이들에게 고개를 숙여 절을 하게 하고 책을 읽게 했지. 뭐 하나

388

라도 가르치려면 긴 세월이 필요했다."

그는 자기 머리를 톡톡 두드려 보인다.

"하지만 이제는 위젯과 데이터패드가 있고, 우리 골드들에겐 연구를 대신 해 줄 낮은 컬러들이 있다. 우리는 화학이나 물리학을 연구할 필요가 없어. 컴퓨터가 있고 다른 사람들이 있으니까. 우리가 공부해야 하는 것은 인간이다. 지배하기 위해서는 우리는 정치학, 심리학, 행동 과학을 연구해야 해. 절박한 인간이 서로에게 어떻게 반응하는지, 어떻게 무리를 형성하는지, 군대가 어떻게 기능하는지, 어떻게, 왜 실패하는지. 그런 건 여기 말고 다른 데에선 배울 수가 없어."

"아뇨, 목적은 이해해요. 내가 죽게 되지만 않으면, 실수를 했을 때 더 많은 걸 배워요."

내가 작은 목소리로 말한다. 내가 순교자가 되려고 했을 때 얼마나 많은 걸 배웠던가.

"좋아. 실수를 많이 해라. 넌 충동적인 더러운 꼬맹이야. 하지만 여기는 성장하는 곳이니까. 배우고. 이건 인생이다…… 하지만 메드봇, 두 번째 기회, 가상의 시나리오가 있는 인생이지. 첫 번째 테스트였던 통로는 필요와 감정이 대립할 때를 시험하는 거였다. 두 번째는 부족 간의 갈등이었고. 그리고 정의에 대한 시험이 있었고. 이제 앞으로 테스트들이 더 있을 거다. 두 번째 기회들도 더 있고, 새로운 교훈들도 배우고."

"우리 중 몇 명까지 죽어도 괜찮죠?"

내가 갑자기 묻는다.

"그런 걱정은 하지 마라."

"몇 명이나."

"매년 품질 관리 위원회에서 한도를 정해 주지만, 자칼이 벌인 일에도 불구하고 아직 넉넉하다."

피치너는 미소를 짓는다.

"자칼…… 메드봇들이 남쪽에서 들끓던 밤에 있었던 일인가요?"

"내가 걔 이름을 말했나? 아이쿠."

그는 씩 웃는다.

"나는 메드봇들이 아주 효과적이라고 말하려던 건데. 거의 모든 상처를 다 치료해. 하지만 카시우스가 자기 형제를 죽인 사람이 진짜 누군지 알아내도 그렇게 효과가 있을까?"

가슴이 덜컥 한다.

"줄리언을 죽인 사람은 벌써 죽였어요. 아까 제대로 안 보고 있었나 보네요."

"물론이지. 물론이지. 머큐리는 네가 똑똑하다고 생각해. 아폴로는 네가 건방지다고 생각하고. 그는 정말 너를 안 좋아해."

"마음대로 하라지."

"오, 그래도 그보다는 더 신경을 써야 할 거다. 아폴로는 고자질을 잘하거든."

"그렇군요. 어떻게 생각하세요? 당신이 내 프록터잖아요."

"난 네가 옛날 사람 같다고 생각한다."

그는 나를 지켜보며 성벽에 기댄다. 성 밖의 밤 공기엔 안개가 자욱하다. 깊은 곳에서 늑대 한 마리가 울부짖는다.

"난 네가 밖에 있는 저 짐승 같다고 생각한다. 무리의 일원이지만 깊은 슬픔과 외로움을 느끼고 있어. 그리고 나는 그 이유를 짐작할 수가 없다, 이 녀석아. 정말 재미있잖니! 즐겨! 살면서 지금처럼 좋은 때가 없다."

"당신도 똑같아요. 외롭죠. 마치 세브로처럼 늘 농담하고 헐뜯는 말만 하지만 그건 가면에 불과해요. 다른 사람들과 외모가 달라서 그런 것 아닌가요? 아니면 혹시 가난하세요? 왠지 몰라도 당신은 아웃사이더예요."

그는 짖듯이 웃는다.

"내 외모? 그게 무슨 상관이지? 아도니스 같지 않다고 내가 브론즈라고 생각하냐?"

그는 몸을 앞으로 기울인다. 내가 하려는 말이 뭔지가 그에게 정말 중요하기 때문이다.

"당신은 못생기고 돼지처럼 먹죠, 피치너. 하지만 그냥 조각가에게 가서 다른 사람들처럼 외모를 고치면 되는 데도 당신은 신진대사 촉진제를 씹어요. 그들은 당신 배를 순식간에 날씬하게 해줄 수 있는데."

피치너의 턱 근육이 씰룩거린다. 분노인가?

그가 갑자기 화난 목소리로 말한다.

"내가 왜 조각가한테 가야 되는데? 난 맨손으로 옵시디언을 죽

일 수 있어. 옵시디언을. 말과 협상에서 실버를 이길 수 있어. 그
린이 꿈만 꾸는 수학을 할 수 있어. 내가 왜 내 외모를 바꿔야 하
는데?"

"외모가 당신 발목을 잡으니까요."

"내 출신은 미천하지만, 나는 중요해. 중요한 사람이라고. 난
골드야. 인간의 왕이야. 나는 남들에게 맞추기 위해 나를 바꾸지
않아."

길고 날카로운 그의 얼굴이 어디 한번 부인할 테면 해 보라고
나를 도발하고 있다.

"그게 사실이라면 왜 신진대사 촉진제를 씁죠?"

그는 대답하지 않는다.

"그리고 왜 겨우 프록터나 하고 있죠?"

피치너가 쏘아붙인다.

"프록터는 명망 있는 자리다, 꼬마야. 드래프터들이 투표를 해
서 자기 하우스를 대표해 달라고 뽑은 거야."

"하지만 사령관은 아니죠. 선단을 이끌지도 않고요. 소함대를
지휘하는 집정관조차 아니에요. 당신이 할 수 있다고 하는 일들을
할 수 있는 사람들이 몇이나 되죠?"

그는 분노가 가득한 얼굴로 아주 조용히 말한다.

"적어. 아주 적어."

그는 올려다본다.

"미네르바 스탠더드를 빼앗은 데 대한 상으로 무얼 받고 싶냐?"

"그건 세브로가 받아야 할 거 아닌가요?"

나는 대화가 끝나간다는 걸 이해한다.

"너에게 넘겼어."

나는 말과 무기와 성냥을 요구한다. 그는 퉁명스럽게 알았다고 하고 올라가려고 돌아선다. 묻고 싶은 게 하나 남았다. 나는 떠오르기 시작하는 그의 팔을 잡는다. 내 신경에 충격이 온다. 산성 바늘이 손과 팔을 꿰뚫고 지나가는 것 같다. 숨이 턱 막힌다. 1초 정도 허파가 기능을 하지 못한다.

"지독하군."

나는 기침을 하고 땅에 쓰러진다. 그는 펄스아머를 입고 있다. 발생기는 보이지도 않는다. 펄스실드와 비슷하지만 옷 자체에 심어져 있다.

그는 미소 짓지 않고 기다린다.

"자칼. 자칼 얘길 하셨죠. 미네르바 여자애도 걔 얘길 했어요. 걔가 누구죠?"

"대총독의 아들이다, 대로우. 그리고 그에 비하면 타이투스는 울보 꼬마야."

다음 날 아침, 큰 말들이 평지에서 풀을 뜯고 있다. 늑대들이 작은 암말 한 마리를 쓰러뜨리려 한다. 흰 종마가 재빨리 다가와 발로 차서 늑대 한 마리를 죽인다. 나는 그 말을 고른다. 다른 아이들은 그 말을 콰이터스라고 부른다. '최후의 일격'이란 뜻이다.

이 말을 보니 안드로메다를 구했던 페가수스가 떠오른다. 우리가 라이코스에서 불렀던 노래 가사에 말들이 등장한다. 이오는 말을 타 볼 기회가 있었으면 좋아했을 것이다.

며칠 후에야 아이들이 말 이름을 콰이터스라고 지은 것은 타이투스의 죽음에서 내가 맡은 역할을 놀리는 거였다는 걸 깨닫는다.

제30장

다이아나 하우스

한 달이 지난다. 타이투스의 죽음 후 마르스 하우스는 강해진다. 힘은 하이드래프트가 아니라 찌꺼기들, 내 부족, 미드드래프트들에게서 나온다. 나는 노예 학대를 불법화했다. 세레스 노예들은 빅수스를 비롯한 다른 몇 명이 주위에 있으면 아직 겁을 내지만, 우리에게 음식과 불을 공급해 준다. 다른 일에는 별 쓸모가 없다. 포위될 경우에 대비해 염소와 양 50마리를 성 안에 모아 두었다. 땔감도 넉넉히 갖췄다. 하지만 물이 없다. 세면장의 펌프는 첫날 이후에 물이 끊겼고, 포위당했을 경우 물을 저장할 수 있는 통이 하나도 없다. 나는 이것이 과연 우연일까 하는 생각이 든다.

우리는 대야에 방패를 박아 넣고 투구를 사용해 우리의 높은 성 아래 협곡을 흐르는 강물을 퍼온다. 나무를 베고 속을 파내 물을 담을 구유를 만든다. 돌을 치우고 우물을 파지만, 진흙 아래까지 깊이 팔 수가 없다. 그래서 우리는 벽에 돌과 나뭇가지로 욕조 같은 걸 만들어 물탱크로 써 보려 한다. 늘 샌다. 그래서 우리는 구유를 쓸 수밖에 없다. 우리는 포위되면 안 된다.

탑은 더 깨끗해졌다.

타이투스에게 일어난 일을 보고 난 뒤, 나는 카시우스에게 칼 쓰는 법을 알려 달라고 부탁한다. 나는 지나치게 빨리 배운다. 곧은 칼 쓰는 법을 배운다. 나는 슬링블레이드는 쓰지 않는다. 그건 벌써 내 몸의 일부같이 되었다. 그리고 중요한 것은 레이저와 비슷한 곧은 칼을 쓰는 법을 배우는 게 아니라, 곧은 칼이 나를 어떻게 공격해 올지를 배우는 것이다. 나는 카시우스가 휜 칼에 맞서 싸우는 법을 배우는 것도 원하지 않는다. 만약 줄리언 일을 알게 된다면, 휜 칼이 내 유일한 희망이다.

크라바트는 칼만큼 능숙하게 익히지 못한다. 발차기가 안 된다. 그래도 기도를 파괴하는 법은 배운다. 그리고 손을 적절히 쓰는 법도 배운다. 더 이상 풍차같이 주먹을 마구 날리지 않는다. 어리석은 방어도 하지 않는다. 나는 치명적이고 빠르지만, 크라바트가 요구하는 절제력은 마음에 들지 않는다. 나는 효율적인 전사가 되고 싶은 것뿐이다. 크라바트는 내면의 평화를 가르치려고 하는 것 같다. 그건 가망이 없는 일이다.

그러나 이제 나는 카시우스처럼, 줄리언처럼 두 손을 공중에 들고, 언제나 공격을 하거나 내려오는 공격을 막을 수 있도록 팔꿈치를 눈높이로 든다. 가끔 카시우스가 줄리언 이야기를 하면 나는 어둠이 솟아오르는 것을 느낀다. 프록터들이 지켜보며 웃고 있을 것을 생각한다. 나는 사악하고 남을 조종하는 놈으로 보일 것이다.

나는 카시우스, 로크, 세브로, 내가 서로 적이라는 걸 잊는다. 레드와 골드. 나는 어느 날 내가 그들을 전부 죽여야 할지도 모른다는 것을 잊는다. 그들은 나를 형제라고 부르고, 나도 그들을 같은 방식으로밖에 생각할 수 없다.

미네르바 하우스와의 전쟁은 작은 부대들끼리의 소규모 접전의 연속이 되고, 어느 쪽이 분명한 승자라고 할 만한 큰 이득을 양쪽 모두 얻지 못한다. 머스탱은 내가 원하는 불리한 싸움은 감수하지 않을 것이고, 그들을 심하게 괴롭힐 수도 없다. 그들은 내 병사들처럼 영광이나 폭력에 쉽게 유혹되지 않는다.

그래도 미네르바 아이들은 나를 잡고 싶어 안달이 나 있다. 팍스는 나를 보면 미친 사람으로 변한다. 머스탱은 안토니아에게 나를 넘기는 대가로 상호 방어 조약을 맺고, 말 열두 마리, 스턴파이크 여섯 개, 노예 열한 명을 주겠다는 제의까지 했다. 적어도 안토니아의 주장에 의하면 그렇다. 나는 이게 거짓말인지 아닌지 모르겠다.

"너는 네가 프라이머스가 될 수 있다면 나를 곧바로 배신할 거잖아."

내가 그녀에게 말한다.

꼼꼼하게 손톱을 관리하는 그녀를 내가 방해하자 그녀는 짜증스럽게 대답한다.

"그렇지. 하지만 너도 예상하고 있으니까, 이건 진정한 의미의 배신은 아니야, 자기야."

"그럼 왜 제안을 받아들이지 않았지?"

"아, 찌꺼기들은 널 우러러 봐. 이 시점에서 그랬다간 큰일 날 거야. 네가 뭔가 실패를 한 다음이라면 혹시 모르지. 너에게 안 좋은 시기가 온다면."

"아니면 값이 더 올라가길 기다리는 거든가."

"바로 그거야, 자기야."

우리 둘 다 세브로는 언급하지 않는다. 나는 그녀가 아직도 나를 건드렸다간 세브로가 자기 목을 벨까 봐 두려워한다는 걸 알고 있다. 그는 이제 늑대 가죽을 입고 나를 따라다닌다. 가끔은 걸어 다닌다. 가끔은 작은 검은 말을 탄다. 그는 갑옷은 좋아하지 않는다. 늑대들은 세브로가 자기 무리의 일원이라도 되는 듯이 가끔 다가온다. 우리가 염소와 양들을 가둬 놓아서 늑대들이 굶주리게 되었기 때문에, 세브로가 죽이는 사슴을 먹으러 오는 것이다. 페블은 우리가 동물을 잡으면 늘 늑대가 먹을 음식을 성벽 밖에 놔두고, 서너 마리씩 몰려오는 늑대들을 어린아이처럼 구경한다.

"내가 쟤네 리더를 죽였거든."

내가 왜 늑대들이 따라다니는 거냐고 묻자 세브로가 대답한다. 그는 나를 위아래로 살피다 늑대 가죽 속에서 짓궂게 씩 웃는다.

"걱정 마, 네 가죽은 내 몸엔 안 맞을 거야."

나는 세브로에게 찌꺼기들을 넘겨 주고 명령을 내리도록 했다. 세브로가 좋아할 사람이 있다면 그들뿐일 거라고 생각했기 때문이다. 그는 처음에는 그들을 무시한다. 그러다 천천히, 밤에 들려오는 섬뜩한 울부짖는 소리가 늘어나기 시작했다는 것을 나는 눈치 챌 수 있다. 다른 아이들은 그들을 하울러라고 부르고, 세브로의 감독 하에 며칠 밤을 보내고 나자 모두 검은 늑대 가죽을 입는다. 모두 여섯 명이다. 세브로, 시슬, 스크루페이스, 클라운, 페블, 위드다. 걔들의 수동적인 얼굴이 이빨이 난 쩍 벌어진 늑대 입 안에서 밖을 내다보고 있는 것 같은 모습이다. 나는 조용한 일을 처리할 때 그들을 쓴다. 그들이 없었다면 내가 아직까지 리더 자리를 지킬 수 있었을지 모르겠다. 내 군인들은 내가 지나가면 자기들끼리 험담을 속삭인다. 옛 상처가 아직 아물지 않았다.

내겐 승리가 필요하지만 머스탱은 전투에서 만나지지 않고, 미네르바 하우스의 30미터 높이 벽은 처음에 그랬던 것처럼 쉽게 통과할 수는 없다. 세브로는 작전실에서 서성이며 이 게임을 멍청하게 디자인했다고 한다.

"우리가 서로의 벽 안으로 들어갈 수 없다는 건 알았을 것 아냐. 그리고 잃어선 안 될 아까운 전력을 내보낼 만큼 멍청한 사람들도 없고. 특히 머스탱은 그래. 팍스라면 그럴지도 모르지만. 팍스는 얼간이야. 몸은 신과 같지만, 얼간이고 네 불알을 원해. 네가 걔 불알 하나를 터뜨렸다고 들었는데."

"두 개 다."

카시우스가 제안한다.

"페블이나 고블린을 투석기에 태워서 벽 위로 날려 보내자. 물론 투석기부터 찾아야겠지만……."

나는 머스탱과 벌이고 있는 이 전쟁에 진절머리가 난다. 남쪽이나 서쪽 어딘가에서 자칼이 힘을 기르고 있다. 어딘가에서 내 적, 대총독의 아들이 나를 파괴할 준비를 하고 있다.

"우린 이걸 잘못된 각도로 바라보고 있어."

내가 세브로, 퀸, 로크, 카시우스에게 말한다.

작전실에는 우리 다섯 명이 전부다. 가을바람이 죽어 가는 나뭇잎 냄새를 싣고 불어온다.

"오, 부디 너의 지혜를 나누어 줘. 듣고 싶어 죽을 지경이야."

카시우스가 웃으며 말한다. 그는 의자를 몇 개 모아 놓고 퀸의 다리를 베고 누워 있다. 퀸이 그의 머리를 가지고 장난친다.

"이 학교는 얼마나 됐지, 300년 이상 존재해 왔나? 모든 경우의 수가 다 일어났던 곳이야. 우리가 직면한 문제들은 극복하라고 디자인된 것들이야. 세브로, 요새는 빼앗을 수 없다고 했지? 프록터들도 분명 그걸 알 거야. 그럼 우리는 패러다임을 바꿔야 해. 우린 동맹이 필요해."

"누구에게 맞설? 가상적으로라도."

세브로가 묻는다.

"미네르바에게."

로크가 답한다.

"멍청한 생각이야. 미네르바 성은 전략적으로 중요하지 않아. 가치가 없어. 전혀. 우리에게 필요한 건 강에서 가까운 땅이야."

세브로가 투덜거리더니 칼을 닦아서 검은 소매 속에 넣는다.

"우리에게 세레스의 오븐이 필요하다고 생각하지 않아? 난 빵이 좀 먹고 싶은데."

퀸이 말한다.

우리 모두 마찬가지다. 고기와 베리만 먹고 살았더니 근육과 뼈만 남았다.

"이 게임이 겨울까지 이어진다면 그렇지. 하지만 이 요새들은 무너지지 않아. 멍청한 게임이야. 그러니까 우리는 걔들의 물에 대한 접근성과 빵이 필요해."

세브로는 주먹 관절을 꺾는다.

"우리에겐 물이 있어."

카시우스가 말한다.

세브로는 불만스러운듯 한숨을 쉰다.

"우리는 물을 가지러 성 밖으로 나가야 되잖아, 멍청아. 진짜로 포위되면? 물을 보충하지 않으면 닷새 버틸 거야. 동물 피를 마시면 일주일. 우리에겐 세레스의 요새가 필요해. 그리고 그 농부놈들은 자기 목숨을 지킬 싸움 실력도 없지만, 요새 안엔 좋은 것들이 있지."

"농부놈들? 하하하."

카시우스가 깔깔 웃는다.

"다들 이야기 그만해."

내가 말한다. 다들 이야기를 멈추지 않는다. 그들에게 이건 놀이다. 게임이다. 그들에겐 긴박하고 절박한 필요가 없다. 우리가 낭비하는 모든 순간은 자칼이 힘을 키우는 순간이다. 머스탱과 피치너가 하는 자칼 이야기에는 왠지 무서워지는 구석이 있다. 아니면 그가 내 적의 아들이라서 그런 걸까? 나는 그를 죽이고 싶어져야 하는데, 나는 그의 이름을 생각하면 달려가 숨고 싶어진다.

내 리더십이 사라지고 있다는 신호라서 나는 일어나야 한다.

"조용히 해!"

내가 말하자 마침내 그들은 말을 멈춘다.

"우린 지평선에서 불을 본 적이 있어. 전쟁이 자칼이 돌아다니는 남쪽을 휩쓸고 있어."

카시우스는 자칼을 생각하며 낄낄 웃는다. 그는 자칼이 내가 만들어 낸 유령이라고 생각한다.

"그만 좀 웃어. 모든 게 다 웃기기만 해? 이건 그냥 지독한 농담이 아니라고. 네 형제가 죽은 것도 오락거리라고 생각하지 않는다면 말이야."

내가 카시우스에게 쏘아붙인다.

그 말을 듣자 카시우스는 입을 다문다.

"우리가 뭐든 하기 전에, 우린 미네르바 하우스와 머스탱을 제거해야 돼."

"머스탱, 머스탱, 머스탱. 내 생각엔 넌 그냥 머스탱이랑 그거하고 싶은 거야."

세브로가 코웃음 친다. 퀸이 반대하는 소리를 낸다.

나는 세브로의 옷깃을 잡아채 한 손으로 들어올린다. 그는 도망가려 하지만 내가 더 빨라서, 세브로는 땅에서 60센티미터 높이에서 대롱거린다.

"다신 그러지 마."

나는 그를 내 얼굴 가까이로 내리며 말한다.

"알았어, 리퍼. 금지어로 할게."

그의 반짝거리는 눈이 내 눈 한 뼘 앞에 있다. 나는 그를 내려놓고 그는 옷깃을 바로잡는다.

"그러면 동맹을 맺으러 드넓은 숲으로 가는 거, 맞지?"

"응."

카시우스가 일어나 앉으며 크게 말한다.

"그러면 즐거운 여행이 되겠네! 우리가 한 부대가 되어 가자!"

"아냐. 나랑 고블린만 갈 거야. 너는 안 가."

내가 말한다.

"지루해. 같이 갈래."

"넌 여기 남아. 여기서 네가 할 일이 있어."

"그거 명령이야?"

그가 묻는다.

"응."

세브로가 대답한다.

카시우스는 나를 노려본다.

"네가 나에게 명령을 내린다고? 혹시 네가 잊었나 본데, 나는 내가 하고 싶은 대로 해."

그의 말투가 묘하다.

"그럼 우리 둘 다 생명을 걸고 나가 있는 동안 안토니아에게 통제권을 넘기겠다는 말이야?"

카시우스의 팔을 잡은 퀸의 손에 힘이 들어간다. 퀸은 내가 눈치채지 못하는 줄 안다. 카시우스는 퀸을 돌아보며 미소를 짓는다.

"물론이지, 리퍼. 물론 난 여기 남을 거야. 네가 제안한 대로."

세브로와 나는 드넓은 숲이 보이는 남쪽 고지대에 캠프를 만든다. 불은 피우지 않는다. 우리 정찰병과 다른 하우스 아이들이 밤이면 이 언덕 지대를 돌아다닌다. 둥근 유리 돔 뒤로 해가 질 때, 먼 언덕에서 말 두 마리의 실루엣이 보인다. 태양빛이 유리 돔을 통과하며 보라색, 빨간색, 핑크색의 석양이 생긴다. 요크톤 위를 날며 보았던 시가지가 생각난다. 해가 지고 나와 세브로는 어둠 속에 앉아 있다.

세브로는 이게 멍청한 게임이라고 생각한다.

"그러면 왜 참가하는 거지?"

내가 묻는다.

"여기가 어떨지 내가 알 수가 없었잖아? 내가 팜플렛이라도 받은 줄 알아? 너는 빌어먹을 팜플렛 받았어?"

그는 짜증을 내며 묻는다. 그는 뼈로 잇새를 쑤시고 있다.

"멍청해."

그렇지만 셔틀에서 그는 통로가 뭔지 알고 있는 것 같았다. 나는 그렇게 말한다.

"난 몰랐어. 그리고 넌 이 학교에서 필요한 모든 지독한 기술을 다 알고 있는 것 같아."

"그래서? 너희 어머니가 침대에서 끝내준다면, 너는 어머니가 핑크일 거라고 생각해? 누구나 적응하는 거야."

"멋지군."

내가 투덜거린다.

그는 요점을 말하라고 한다.

"너는 탑에 숨어들어가 우리 스탠더드를 훔쳐서 묻었어. 지킨 거지. 그리고 미네르바의 스탠더드도 훔쳐냈어. 하지만 너는 프라이머스가 되기 위한 바는 하나도 못 얻었어. 이상하지 않아?"

"아니."

"진지하게 대답해."

그는 어깨를 으쓱한다.

"내가 무슨 말을 할 수 있겠어? 누가 날 좋아한 적은 한 번도 없어. 나는 너나 네 애인 카시우스처럼 예쁘고 키 크게 타고 나지 않았어. 내가 원하는 걸 얻으려면 싸워야 했지. 그런다고 해서 내가 호감형이 되는 건 아니야. 못된 꼬마 고블린이 될 뿐이지."

나는 내가 들은 이야기를 전해 준다. 세브로는 마지막으로 드래프트된 아이였다. 피치너는 세브로를 원하지 않았지만 드래프터들이 우겼다. 세브로는 말없이 어둠 속에서 나를 지켜본다.

"너는 가장 작기 때문에 뽑혔어. 가장 약해 보여서. 점수는 형편없고 너무나 작았지. 그들은 다른 로우드래프트들을 뽑은 것과 같은 이유로 너를 뽑았어, 너는 통로에서 죽이기 쉬운 아이일 테니까. 그들은 어떤 아이를 위해 거창한 계획을 세워 놓았고, 너는 희생양이었지. 너는 프라이엄을 죽였어, 세브로. 그래서 그들은 너를 프라이머스로 만들어 주지 않으려는 거야. 내 말이 정확해?"

"정확해. 나는 예쁜 개를 죽이듯 그를 죽였어. 빠르고 쉽게."

그는 뼈를 땅에 뱉는다.

"그리고 넌 줄리언을 죽였지. 내 말이 정확해?"

우린 통로 이야기를 다시는 하지 않는다.

아침에 우리는 고지대를 등지고 고지대 기슭의 작은 언덕들로 간다. 초원에 드문드문 나무들이 서 있다. 미네르바의 부대가 가까이 있을까 봐 우리는 말을 전속력으로 몬다. 숲에 도착할 때쯤 먼 곳에서 부대 하나가 보인다. 그들은 우리를 보지 못했다. 남쪽 먼 곳에는 하늘에 연기가 자욱하다. 자칼의 영역 위로 까마귀들이 모인다.

나는 세브로와 더 이야기를 나누고 그의 삶에 대해 묻고 싶다. 그러나 그의 시선은 너무나 깊은 곳까지 파고든다. 나는 그가 나에 대해 묻고, 내가 타이투스를 꿰뚫어 보았듯 쉽게 나를 꿰뚫어 보는 것은 원하지 않는다. 묘하다. 이 아이는 나를 좋아한다. 나를 모욕하지만, 나를 좋아한다. 더 이상한 것은 나는 그가 나를 좋아하기를 간절히 바라고 있다. 왜일까? 로크와 카시우스를 포함해서도, 나는 우리 중에서 삶을 이해하는 것은 세브로 하나뿐이라고 느끼기 때문인 것 같다. 그는 아름답게 태어났어야 할 세상에서 못생겼고, 자신의 결점 때문에 죽도록 선택되었다. 그는 여러 가지 면에서 레드보다 나을 게 없다.

나는 그에게 내가 레드라고 말하고 싶다. 마음 한구석으로는 세브로도 레드일 거란 생각이 든다. 또 한편으로는 그는 내가 레드라는 걸 알면 더욱 존중할 것 같기도 하다. 나는 특권을 타고 나지 않았다. 나는 그와 비슷하다. 하지만 나는 말하지 않는다. 분명 프록터들이 지켜보고 있을 테니.

콰이터스는 숲을 좋아하지 않는다. 처음에는 덤불이 너무 무성해서 소드로 자르며 전진해야 한다. 하지만 곧 덤불은 줄어들고 우리는 갓트리들의 왕국에 들어선다. 다른 것들은 거의 존재할 수 없는 곳이다. 거대한 나무들이 빛을 가리고, 나무들이 빌딩처럼 높게 자라며 흙에서 에너지를 빨아먹은 뿌리가 촉수처럼 위로 뻗어 있다. 나는 다시 도시에 와 있다. 동물들이 분주히 돌아다니고 금속과 콘크리트 대신 나무 둥치가 시야를 가리는 곳이다. 하늘이나 태양은 없는 것처럼, 나뭇가지 때문에 어두운 이곳에 오니 나의 광산이 생각난다.

내 가슴팍만 한 크기의 낙엽이 발밑에서 말라 간다. 우리가 감시당하고 있다는 걸 알고 있다. 세브로는 좋아하지 않는다. 그는 살금살금 움직여 우리 등 뒤의 눈을 찾아내고 싶어 한다.

"그건 우리 목적을 무산시킬 거야."

내가 말한다.

"그건 우리 목적을 무산시킬 거야."

그가 놀린다.

우리는 강탈한 올리브와 염소 고기로 점심을 먹으며 잠시 쉰다. 숲속의 눈들은 내가 멍청해서 패러다임을 바꾸지 않을 거라 생각한다. 내가 그들이 지상이 아니라 내 머리 위 나무속에 있으리라고는 짐작도 못할 거라고 생각하나 보다. 그래도 나는 올려다보지 않는다. 얼간이들을 놀라게 하거나 내가 그들 속셈을 파악하고 있다는 걸 알려 줄 필요는 없다. 내가 아직 내 하우스의 리더라면, 나는 그들을 곧 정복해야 한다. 나는 그들에게 밧줄이 있어서 나무들 위에서 오갈 수 있는지 궁금하다. 아니면 나뭇가지 너비가 충분한가?

세브로는 지금도 칼들을 꺼내고 나무에 기어 올라가고 싶어 한다. 데려오지 말걸 그랬다. 그는 외교에 적합하지 않다.

마침내 누군가 내게 말을 건다.

"안녕, 마르스."

한 명이 말한다. 내 오른쪽에서도 똑같은 말이 들려온다. 멍청한 아이들이다. 이런 수법은 아껴 뒀다가 밤에 썼어야지. 이 숲 속이 깜깜할 때 사방에서 목소리가 들려오면 비참할 것이다. 말을 놀라게 만들 것이다. 다이아나 여신의 동물들은 곰, 멧돼지, 사슴이다.

우리는 곰과 멧돼지에 대비해 창을 가져 왔다. 조각가들이 아기 사슴만 만들자니 지겨워서 만들었을 무시무시한 곰인 거대한 블러드백들이 이 숲에 있다고들 한다. 우리는 숲 깊은 곳에서 블러드백들이 으르렁거리는 소리를 듣는다. 나는 콰이터스를 달랜다.

"내 이름은 대로우고 마르스 하우스의 리더야. 너희 프라이머스를 만나러 왔어. 아직 프라이머스가 없다면 너희 리더면 돼. 둘 다 없으면, 너희들 중 제일 배짱 좋은 친구에게 데려다 줘."

침묵.

"도와줘서 고마워."

세브로가 말한다.

나는 그를 향해 눈썹 하나를 추켜올리고, 그는 어깨를 으쓱할 뿐이다. 침묵은 어리석다. 자신들은 내 명령대로 움직이지 않는다고 내가 생각하게 만들려고 하는 것이다. 그들은 자기 일정대로 자기 할 일을 한다고. 기특하게도. 다 컸네. 그때 키 큰 여자 아이 둘이 먼 곳의 나무 뒤에서 나온다. 그들은 숲의 색깔과 비슷한 군복을 입고 있다. 등에 활을 메고 있다. 부츠에는 칼이 있다. 한 명은 돌돌 만 머리 속에 칼을 한 자루 넣어 둔 것 같다. 그들은 숲의 베리를 사용해 얼굴에 사냥하는 달을 그려 놓았다. 벨트에는 동물 가죽들이 매달려 있다.

나는 전쟁 중인 모습이 아니다. 머리에서 빛이 날 때까지 감았고, 얼굴은 깨끗하고, 상처는 가렸다. 검은 옷이 찢어진 곳은 꿰맸다. 모래와 동물 지방으로 빨아서 땀 얼룩까지 지워 냈다. 퀸과 레아가 모두 확인해 줬듯이 나는 지독하게 잘생겼다. 나는 다이아나 하우스를 위협하고 싶지 않다. 그래서 세브로를 데려온 것이다. 칼만 꺼내 들지 않으면 세브로는 우스팡스럽고 어린애 같아 보인다.

두 여자 아이들은 세브로를 보고 히죽 웃지만 나를 보자 어쩔 수 없이 눈매가 누그러진다. 아이들이 더 내려온다. 그들은 우리 무기 대부분을 뺏는다. 찾을 수 있는 것들을 뺏은 것이다. 그리고 털가죽으로 우리 얼굴을 덮어 요새까지 가는 길을 알 수 없게 한다. 나는 발자국 수를 센다. 세브로도 센다. 털가죽에서 썩은 내가 난다. 딱따구리 소리가 들리고, 피치너가 했다던 장난이 생각난다. 꽤 가까이 온 것 같아서 나는 비틀거리다 넘어진다. 덤불은 없다. 다시 빙글빙글 돌리더니 딱따구리들에서 멀어지는 방향으로 간다. 처음에는 난 이 사냥꾼들이 내 생각보다 똑똑한 것이 아닐까 걱정이 되지만 곧 그렇지 않다는 것을 깨닫는다. 딱따구리 소리가 다시 들린다.

"어이, 타마라, 애를 데려왔어!"

"데리고 올라오지 마, 이 멍청이들아!"

여자 아이 하나가 소리 지른다.

"쟤네한테 공짜로 정찰을 시켜 줄 순 없잖아. 대체 내가 몇 번이나 말해야…… 가만히 있어. 내가 내려갈게."

그들은 나를 어디론가 데려가 나무에 밀어붙인다.

남자 아이 하나가 내 어깨 너머로 말한다. 목소리가 느리고 나른하다. 마치 떠도는 칼날 같다.

"얘들 불알을 베어 내는 게 어때."

"닥쳐, 택터스. 그냥 노예로 만들어, 타마라. 여기에 외교 같은 건 없어."

"쟤 칼을 봐. 젠장, 리퍼의 낫이야."

"아, 그럼 얘가 걔구나."

"전리품을 나눌 때 저 칼은 내 거야. 다른 사람이 갖고 싶지 않다면 두피도 내가 갖고 싶어."

택터스의 말을 들어 보니 아주 불쾌한 남자 아이 같다.

"닥쳐, 너희 모두. 택터스, 그 칼 치워."

여자 아이가 쏘아붙인다.

그들은 내 머리에서 털가죽을 벗겨 준다. 나와 세브로는 나무들이 모여 있는 아주 작은 숲 속에 서 있다. 성은 보이지 않지만 딱따구리 소리는 들린다. 주위를 둘러보았다가 머리를 날카롭게 한 대 얻어맞는다. 깡마른 몸, 따분해 하는 눈빛, 수액과 빨간 베리즙으로 삐죽 세운 브론즈색 머리를 한 남자 아이다. 피부색은 오크꿀처럼 짙고, 광대뼈가 높고 눈이 깊어서 언제나 조롱하는 듯한 느낌을 준다.

"그래, 사람들이 리퍼라고 부르는 게 너구나. 넌 너무 예쁘게 생겨서 큰 피해를 주지는 못할 것 같은데."

택터스가 느릿느릿 말한다. 그는 시험 삼아 내 칼을 휘둘러 본다.

"얘가 지금 나한테 치근덕대는 건가?"

나는 타마라라는 여자 아이에게 묻는다.

411

"택터스, 꺼져! 고맙지만, 이젠 저리 가."

마르고 호전적인 여자 아이가 말한다. 나보다 머리가 짧다. 덩치 큰 남자 아이 셋이 그녀 옆에 서 있다. 그들이 택터스를 노려보는 눈을 보니 그의 성격에 대한 내 판단이 옳은 것 같다.

택터스는 세브로 쪽으로 손짓하며 말한다.

"리퍼, 넌 왜 피그미를 데리고 다녀? 네 구두를 닦아? 머리카락에 지저분한 게 있으면 떼어 주나?"

그는 다른 남자 아이들을 보며 키득거린다.

"혹시 집사인가?"

"저리 가, 택터스!"

타마라가 으르렁거린다.

"물론이죠. 가서 다른 아이들이랑 놀게요, 어머니."

택터스는 절을 한다. 그는 칼을 바닥에 던지고, 우리 둘만이 앞으로 벌어질 재미있는 일을 안다는 듯 내게 윙크한다.

"미안. 쟨 별로 예의가 바르진 않아."

타마라가 말한다.

"괜찮아."

"나는 타마라……야. 진짜 우리 가족 이름을 말할 뻔했네. 다이아나의 타마라야."

그녀가 웃는다.

"쟤들은?"

나는 남자 아이들에 대해 묻는다.

"내 보디가드들이야. 그리고 너는……."

그녀는 손가락 한 개를 든다.

"맞혀 볼게. 맞혀 볼게. 리퍼. 우린 네 얘길 들었어. 미네르바 하우스에서 널 전혀 안 좋아하더라."

세브로는 내가 악명 높다는 사실에 코웃음 친다.

그녀가 눈썹을 치켜 올린 채 묻는다.

"그리고 얘는?"

"내 보디가드."

"보디가드? 키가 이렇게 작은데!"

"그리고 너는 마치……."

세브로가 으르렁댄다.

"늑대들도 키는 작지."

나는 세브로가 욕하는 것을 끊으며 대답한다.

"여기선 늑대보단 자칼이 더 무서워."

내가 그 개자식에 대한 얘길 지어낸 게 아니라는 걸 알도록 카시우스를 데려올 걸 그랬나. 나는 자칼에 대해 묻지만 그녀는 내 질문을 무시한다. 타마라가 다정하게 말한다.

"설명을 좀 해 줘. 만약 누가 나한테 도살자 하우스의 리퍼가 내 숲의 공터에 서서 외교를 요청할 거라고 말하면, 나는 프록터들의 농담이라고 생각했을 거야. 네가 진짜로 원하는 게 뭐야?"

"미네르바 하우스를 잡고 싶어."

"그런 다음 여기 와서 미네르바가 아닌 우리와 싸울 수 있도록?"

보디가드 하나가 으르렁거린다.

나는 최대한 합리적인 미소를 짓고 타마라를 돌아보며 사실대로 말한다.

"물론이지. 나는 여기에 와서 너희를 꺾을 수 있도록 우선 미네르바부터 잡고 싶어."

그 다음으로는 이 멍청한 게임에서 승리한 다음 너희의 문명을 파괴하고 싶어.

그들은 웃는다.

"음, 너는 정직하구나. 하지만 별로 똑똑한 것 같지는 않아. 마르스답네. 내 말 좀 들어 봐, 리퍼. 우리 프록터 말이 너희 하우스는 몇 년 동안이나 우승을 못했대. 왜냐? 너희 도살자들은 마치 들불 같거든. 게임 초기에 너희는 손댈 수 있는 모든 걸 다 불태워. 파괴하고 소비하지. 스스로는 지속이 불가능하기 때문에 다른 하우스들을 파괴해. 하지만 더 이상 태울 게 없어지면 굶주리게 돼. 포위. 겨울. 기술 발전. 이런 게 화성의 폭력 충동과 그 유명한 분노를 죽여 버려. 그러니 말해 봐. 나는 그냥 느긋하게 앉아서 들불의 땔감이 떨어지는 걸 지켜볼 수 있는데, 왜 들불과 악수를 해야 하지?"

나는 고개를 끄덕이고 미끼를 제시한다.

"불은 유용할 수 있어."

"설명해 봐."

"너희가 지켜보는 앞에서 우리가 굶주릴지도 모르지. 하지만 너

414

희는 다른 하우스의 노예가 돼서 그걸 지켜볼래? 아니면 병력을 두 배로 늘리고, 잿더미를 쓸어 버릴 준비가 된 상태에서 튼튼한 요새에서 지켜볼래?"

"그걸로는 부족해."

"우리 합의를 어기지 않는 이상, 마르스 하우스는 다이아나 하우스에게 어떤 공격도 하지 않겠다고 개인적으로 약속할게. 내가 미네르바를 잡는 걸 도와주면, 나는 너희가 세레스를 잡는 걸 도와줄게."

"세레스 하우스……."

그녀는 자기 보디가드들을 보며 말한다.

"탐욕을 부리지 마. 너희 혼자 세레스를 잡으러 가면, 마르스와 미네르바가 둘 다 너희를 덮칠 거야."

그녀는 짜증이 난 듯 손을 내젓는다.

"그래, 그래. 세레스가 가까워?"

"아주. 그리고 걔들에겐 빵이 있어. 고기만 먹고 지낸 너희들에 겐 식단의 바람직한 변화가 아닐까."

나는 그녀의 부하들이 입은 가죽을 본다.

그녀가 체중을 발가락 쪽에 싣는 것을 보고 성공했다는 걸 알았다. 언제나 음식을 가지고 협상해야겠다고 나는 기억해 둔다.

타마라는 헛기침을 한다.

"내 병력을 두 배로 늘릴 수 있다는 말을 하고 있었던가?"

제31장

머스탱의 몰락

나는 전쟁을 위한 옷을 입고 말을 탄다. 모두 검은색이다. 헝클어진 머리를 염소 내장으로 묶었다. 팔뚝에는 전투에서 약탈한 듀로스틸 완갑을 찼다. 듀로스틸 흉갑은 검고 가볍다. 이온블레이드나 레이저가 아니라면 뭐든 다 막아 낼 것이다. 부츠는 진흙투성이다. 얼굴에는 검은색과 붉은색 선을 그었다. 등에는 슬링블레이드를 멨고, 온통 칼로 무장했다. 레아가 그린 붉은색 뼈의 X자 아홉 개와 늑대 열 마리가 콰이터스의 옆을 덮고 있다. 내게 당해 싸움을 못하게 된 적수들(보통 메드봇이 치료해서 전장으로 돌려보낸다.)의 수만큼 뼈로 된 X자를 그렸다. 늑대는 노예 숫자를 의미한다. 카시우스가 내 옆에서 달린다. 그에게선 빛이 난다. 그가 전리품으로 받은 듀로스틸은 그의 빛나는 소드처럼 밝게 광이 나 있다. 마

416

찬가지로 빛나는 머리카락은 제왕 같은 그의 머리 주변에서 황금 스프링처럼 튀어 오른다. 아이들이 그를 둘러싸고 오줌을 쌌던 건 마치 없었던 일 같다.

"나는 나 자신이 번개라고 믿어. 그리고 나의 우울한 친구, 너는 천둥이고."

카시우스가 진지하게 말한다.

"그럼 나는 뭐야? 바람인가?"

로크가 말에 박차를 가해 우리 옆으로 오면서 묻는다. 진흙이 날린다.

나는 코웃음 친다.

"넌 정말 헛소리를 잘해. 너는 섹시한 타입이야."

하우스가 우리 뒤에서 달려온다. 우리 성을 수비할 퀸과 준만 빼고 전부 나왔다. 이건 도박이다. 우리가 오고 있다는 걸 미네르바가 알 수 있도록 천천히 간다. 그들이 모르는 것은 내가 불과 몇 시간 전, 밤에 거기 다녀왔다는 것과 지금 세브로가 거기 있다는 사실이다. 내 손톱 밑에는 아직도 진흙이 끼어 있다.

미네르바의 정찰병이 바위투성이 언덕 위를 달려간다. 그들은 우리를 놀리는 척 하지만, 사실은 우리 전략을 파악하기 위해 우리 머릿수를 세는 것이다. 그러나 우리가 잔디가 높이 자라고 올리브 나무가 있는 그들 영역으로 들어가니 당황한 것이 확실해 보인다. 너무 당황해서 정찰병들을 성벽 안으로 철수시킨다. 우린 이제까지 이렇게 전력을 동원한 적이 없었다. 정찰병인 하울러들은 검은 말을 타고 검은 가죽을 까마귀 날개처럼 펄럭이며 모습을 훤히 드러내고 달린다. 하이드래프트 킬러들이 본체의 선두가 되어 달린다. 잔인한 빅수스, 우락부락한 폴룩스, 악의적인 카산드라 등, 타이투스 부족 아이들이 많다. 노예들은 자신을 잡은 주인들 옆을 달린다.

나는 카시우스와 안토니아와 나란히 앞장서 달린다. 오늘은 안토니아가 스탠더드를 지니고 있다. 성벽에는 궁수가 몇 명밖에 없어서, 나는 카시우스에게 혹시 모를 미네르바의 측면 매복 공격을 막으라고 한다. 그는 말을 몰고 달려 나간다.

미네르바의 요새를 큰 반지처럼 둘러싼 100미터 정도의 척박한 흙은 지난 주에 쏟아진 비로 진흙이 되어 있다. 거기는 킬링 필드다. 그 안에 들어서면 궁수들은 우리가 탄 말을 죽이려 할 것이다. 그래도 물러나지 않으면 우리를 죽이려 할 것이다. 두 하우스의 스무 필에 가까운 말들이 들판에 나와 있다. 카시우스의 부대는 불과 이틀 전에 미네르바 부대를 거칠게 공격해서 성 정문 앞까지 밀어붙인 적이 있다.

킬링 필드를 넘어서면 잔디다. 굉장히 높이 자란 잔디가 바다처럼 펼쳐져 있다. 세브로가 똑바로 서도 보이지 않는 곳도 있다. 우리는 진흙 바로 앞의 가을 야생화가 핀 초원에 멈춰 선다. 땅은 질척질척하고 콰이터스는 히힝 소리를 낸다.

"팍스!"

내가 외친다.

"팍스."

나는 정문이 육중하게 열릴 때까지 팍스를 부른다. 카시우스와 내가 들어갔던 날 밤에 열렸던 것처럼 육중하게 정문이 열린다. 머스탱이 말을 타고 나온다. 그녀는 진흙 위를 천천히 건너와서 우리 앞에 선다. 그녀의 눈이 모든 것을 파악한다.

그녀가 씩 웃으며 묻는다.

"결투하려는 거야? 지혜롭고 고귀한 미네르바의 팍스 대 피투성이 도살자 하우스의 리퍼?"

"너는 정말 말을 재미있게 하는구나."

안토니아가 하품하며 대꾸한다. 안토니아는 흙 묻은 자국 하나 없이 말끔하다.

머스탱은 그녀를 무시한 채 묻는다.

"우리가 우리 챔피언을 응원하러 나왔을 때 급습하려고 잔디 안에 아무도 안 숨겨 놓은 거 확실해? 불을 질러서 누가 있나 찾아봐야 하나?"

"우린 다 데리고 왔어. 우리 머릿수는 너도 알잖아."

안토니아가 대답한다.

"응. 나도 숫자 셀 줄은 알아. 고맙다."

머스탱은 그녀를 보지 않는다. 오직 나만 바라본다. 걱정하는 눈치다. 그녀는 목소리를 낮춘다.

"팍스가 널 다치게 할 거야."

"팍스, 불알은 좀 어때?"

나는 머스탱 머리 위로 외친다. 요새 안에서 갑자기 북소리가 울리자 그녀는 움찔하고 놀란다. 그런데 그건 북이 아니다. 팍스가 정문에서 나온다. 전투용 도끼로 방패를 두들기고 있다. 머스탱이 들어가라고 외치자 그는 개처럼 복종하지만, 계속 도끼로 방패를 두들긴다. 우리는 서로가 가지고 있는 노예 전부를 걸고 결투하기로 합의한다. 상당한 전리품이다.

"결투는 미남이 하는 줄 알았는데?"

머스탱이 말하더니 어깨를 으쓱한다.

"그 미친 애는 어디 갔어? 네 그림자라는…… 늑대 무리 데리고 다니는 애? 잔디 속에 숨어 있어? 나는 걔가 또 뒤에서 날 덮치는 건 싫은데."

나는 소리쳐 세브로를 부른다. 하울러들 틈에서 손 하나가 올라온다. 검은 늑대 가죽 밑에서 빼꼼 내다보는 얼굴들에는 모두 진흙칠을 했다. 하울러들 다섯 명이 다 있다. 퀸 한 명을 제외한 우리 전력은 전부 다 있다. 그래도 머스탱은 만족하지 못한다. 우리 부대는 진흙에서 600미터 뒤로 물러나라고 한다. 그녀는 우리가 선 곳에서 100미터 내의 모든 잔디를 다 태울 것이다. 잔디가 다 타고 나면 그곳이 격투장이 될 것이다. 그녀가 고른 사람 열 명과 내가 고른 사람 열 명이 결투할 원을 만들 것이다. 그녀의 나머지 전력은 요새 안에, 내 전력은 600미터 뒤에 있을 것이다.

내가 묻는다.

"날 못 믿어? 난 잔디 속에 사람을 숨겨 놓지 않았어."

"좋아. 그럼 화상 입는 사람은 없겠네."

아무도 화상 입지 않는다. 불길이 잦아들고 땅에는 재와 연기만이, 킬링 필드에는 진흙만이 남자 나는 내 부대를 뒤로 하고 나선다. 내 부하 열 명이 따라온다. 팍스는 여자 머리가 새겨진 방패를 도끼로 두들긴다. 여자의 머리카락은 모두 뱀이다. 메두사다. 나는 방패를 든 사람과 싸워 본 적이 없다. 그의 꽉 끼는 갑옷은 관절 부위를 제외한 전신을 덮고 있다. 나는 빨갛게 칠한 손에 스턴파이크를, 검게 칠한 손에 슬링블레이드를 든다.

아이들이 우리 주위를 둥글게 에워싸자 심장이 덜컹거린다. 카시우스는 나를 향해 손짓한다. 햇빛이 약한데도 그는 빛을 발한다. 그는 아이러닉한 미소를 짓는다.

"쉬지 말고 계속 움직여. 크라바트랑 비슷한 거야."

그는 팍스를 본다.

"그리고 넌 저 지독한 개자식보다 빠르잖아. 맞지?"

그는 윙크를 하고 내 어깨를 두드린다.

"맞지, 형제?"

"물론이지."

나도 윙크한다.

"천둥과 번개야, 형제. 천둥과 번개!"

팍스의 몸은 마치 옵시디언 같다. 키는 2미터 10센티미터를 훨씬 넘고, 끔찍한 검은 표범처럼 움직인다. .37그래브에서 그는 나를 30미터 이상 던져 버릴 수 있다. 그가 얼마나 높이 뛸 수 있는지 궁금하다. 나는 다리를 풀려고 뛰어 본다. 거의 3미터 정도 뛸 수 있다. 나는 그를 쉽게 뛰어넘을 수 있다. 땅에서는 아직 연기가 난다.

"뛰어라 뛰어, 이 메뚜기야. 네가 다리를 쓰는 건 오늘이 마지막이 될 테니까."

팍스가 으르렁거린다.

"뭐라고?"

내가 묻는다.

"네가 다리를 쓰는 건 오늘이 마지막이라고."

"이상한데."

내가 중얼거린다.

그는 나를 보며 얼굴을 찡그린다.

"뭐가…… 이상해?"

"너 목소리가 여자애 같아. 불알에 무슨 일 있었어?"

"이 자식이……."

머스탱이 그들의 스탠더드를 들고 얼른 다가와 여자 아이들은 멍청한 결투 따위 하지 않는다고 한다.

"이 결투는……."

"항복할 때까지."

안달이 난 팍스가 말한다.

"죽을 때까지."

내가 정정한다. 어떻게 하든 상관없다. 지금 나는 그들을 엿 먹이고 있는 것뿐이다. 나는 신호만 주면 된다.

"항복할 때까지."

머스탱이 결정한다. 그녀가 필요한 절차를 마치고, 막 결투가 시작되려는 찰나 하늘 위에서 팍 하는 소리가 연달아 난다. 프록터들이 올림푸스에서 내려오며 생기는 소닉 붐이다. 높이 뜬 산의 여러 탑에서 내려오고 있다. 오늘은 모두 자신들의 하우스 상징이 새겨진, 번쩍이는 금 투구를 쓰고 있다. 갑옷도 장관이다. 그들에겐 갑옷이 필요 없지만 옷을 잘 차려 입는 것을 좋아한다. 오늘은 테이블도 가지고 왔다. 그래브리프트가 달려 떠다니는 테이블로, 커다란 와인 병들과 음식이 담긴 접시들이 놓여 있다. 그들은 디너 파티를 즐길 셈이다.

내가 위를 향해 외친다.

"우리가 충분히 즐거운 오락이었으면 좋겠네요. 와인 좀 떨어뜨려 주실래요? 마신 지 너무 오래됐어요!"

"타이탄과 싸울 때 행운을 빈다, 작은 필멸자여!"

머큐리가 아래를 보고 외친다. 그의 동안은 유쾌하게 웃고 있다. 그는 보란 듯이 와인 병을 입에 가져간다. 와인이 조금 흘러, 400미터 위 하늘에서 내 갑옷으로 떨어져 피처럼 흐른다.

"우리가 저들에게 쇼를 보여 줘야 할 것 같군."

팍스가 우렁차게 말한다.

팍스와 나는 진짜 웃음을 주고받는다. 그들이 전부 구경하러 내려왔다는 건 일종의 칭찬이다. 넵튠(해왕성)이 메추라기 알을 삼키자 그녀의 투구에 달린 삼지창이 흔들린다. 그녀는 우리에게 싸우라고 외치고, 팍스의 도끼가 사악한 빗자루처럼 내 다리 쪽으로 날아온다. 그가 공중에서 나를 파리처럼 후려치려고 방패를 앞세워 들어오는 걸 보니 내가 뛰어서 피할 거라 생각하고 있다. 그래서 나는 물러섰다가 그가 도끼를 휘두르고 난 다음에 앞으로 돌진한다. 그도 움직이고 있지만, 그는 내가 위로 갈 거라 생각하고 위로 가고 있어 나는 그의 오른팔 바로 옆을 지나며 겨드랑이에 온 힘을 다해 스턴파이크를 꽂는다. 스턴파이크가 두 동강 난다. 하지만 온몸에 전기가 흐르는데도 그는 쓰러지지 않는다. 팍스가 손등으로 나를 아주 세게 쳐서 나는 원 밖으로 날아가 진흙에 처박힌다. 어금니가 부러진다. 입 안에는 진흙과 피가 가득하다. 목뼈를 다쳤다. 나는 벌써 뒹굴고 있다.

슬링블레이드를 들고 비틀거리며 일어난다. 온몸이 진흙투성이다. 나는 성벽 쪽을 본다. 미네르바 군대가 성벽에 다 모여 있다. 챔피언들이 싸우는 걸 보지 않을 수가 없는 것이다. 나는 이걸 노렸다. 신호를 보내도 된다. 지원군이 필요할 경우에 대비해 정문은 열려 있다. 우리의 가장 가까운 기수들은 600미터 거리에 있으니 너무 멀다. 그것도 내 계획대로다. 그러나 나는 신호를 보내지 않는다. 나는 오늘은 이기적인 승리라 할지라도 내 힘으로 얻은 승리를 원한다. 내 군대는 왜 내가 리더인지 알아야 한다.

나는 원 안으로 다시 들어온다. 할 수 있는 영리한 말이 없다. 그는 힘이 더 세다. 나는 더 빠르다. 우리가 서로에 대해 배운 건 그게 전부다. 이건 카시우스의 싸움과는 다르다. 예쁜 형식은 없다. 야만성만 있을 뿐이다. 그는 방패로 나를 후려친다. 도끼를 휘두르지 못하도록 나는 그에 가까이 붙는다. 방패가 내 어깨를 망가뜨리고 있다. 한 번 맞을 때마다 어금니로 엄청난 고통이 느껴진다. 그가 다시 방패를 들고 돌진해서 나는 위로 뛰면서 왼손으로 방패를 당기고 그를 넘어간다. 손목에서 칼을 꺼내 넘어가면서 그의 눈을 향해 찌른다. 칼이 빗나가 투구의 얼굴 가리개를 긁는다.

거리를 조금 두고, 나는 칼을 잡고 익숙한 속임수를 시도한다. 그는 날아오는 칼날을 거만하게 방패로 쳐낸다. 하지만 나를 보려고 방패를 내렸을 때는 나는 이미 공중에서 온 체중을 실어 그의 방패에 내려앉고 있다. 갑자기 일어난 일이라 그의 방패가 조금 내려간다. 나는 그의 헬멧에 진흙을 때려 넣는다.

그는 앞을 보지 못한다. 한 손에는 도끼, 다른 손에는 방패를 들고 있다. 어느 손으로도 얼굴 가리개를 깨끗이 닦지 못한다. 그럴 수 있다면 간단하겠지만, 하지 못한다. 나는 그가 도끼를 떨어뜨릴 때까지 그의 손목을 여남은 번 친다. 그리고 그 거대한 도끼로 그의 투구를 친다. 그래도 투구는 깨지지 않는다. 그가 휘두르는 방패에 맞서서 나는 거의 의식을 잃을 뻔한다. 나는 묵직한 도끼를 다시 휘두르고, 마침내 팍스가 쓰러진다. 나는 한쪽 무릎을 꿇고 숨을 헐떡인다.

그리고 울부짖는다.

그들 모두 울부짖는다.

울부짖는 소리가 미네르바의 땅을 가득 메운다. 먼 곳에 있는 내 부대의 울부짖음. 이 결투장을 만든 내 열 명의 하이드래프트 킬러들의 울부짖음. 킬링 필드에서 들려오는 울부짖음. 머스탱은 뒤에서 무시무시한 소리를 듣고 말을 돌린다. 그녀의 얼굴에 지독한 공포가 떠오른다. 미네르바, 아폴로, 주피터를 제외한 프록터들도 웃으며 울부짖는다. 킬링 필드 한가운데, 열린 정문 가까운 곳에 있는 죽은 말들의 뱃속에서 울부짖는 소리가 난다.

"진흙 속에 있다!"

머스탱이 외친다.

거의 맞는 말이다. 하지만 그녀는 골드처럼 생각한다. 세브로와 하울러들이 정문 근처까지 널려 있는, 불어 있는 말 시체의 꿰맨 배를 가르고 나오는 것을 보자 누군가 비명을 지른다. 그들은 악마가 태어나는 것처럼 부푼 내장과 갈라진 배 안에서 미끄러져 나온다. 다이아나의 최고의 병사들 열 명 정도가 그들과 함께 나온다. 머리를 삐죽 세운 택터스가 흰 암말의 뱃속에서 나온다. 그는 위드, 시슬, 클라운과 같이 달린다. 모두 느리게 움직이는 육중한 정문에서 50미터 이내에 있다.

미네르바 경비병들은 모두 성벽 위에 서서 결투를 구경했다. 그들은 느린 정문을 닫아서 갑자기 습격해 오는 악마 병사들을 막을 수가 없다. 세브로, 하울러들, 우리 동맹들이 닫히고 있는 문 안으로 들어갈 때까지 화살을 시위에 메기고 활을 겨누지도 못한다. 성 밖에서는 다이아나의 군인들이 나무를 탈 때 쓰는 밧줄을 써서 천천히 벽을 기어오를 것이다. 그래, 이제 반대편에서 휘파람 소리가 들린다. 그쪽 경비병이 발견한 것이다. 아무도 그를 도우러 가지 않을 것이다. 내 군대가 앞으로 나아간다. 다이아나에서 빌려와서 세브로 패거리 같은 옷을 입힌 가짜 하울러들까지도 전진한다.

우리는 몇 분 만에 미네르바 하우스를 파괴한다. 높은 곳에서 프록터들은 아직도 울부짖고 웃는다. 아마 취한 것 같다. 머스탱이 할 수 있는 것은 아직도 연기가 피어나는 진흙투성이 들판을 전속력으로 달려 도망가는 것뿐이다. 빅수스와 카산드라 등 열 몇 명이 말을 몰아 추적을 시작한다. 머스탱은 밤이 되기 전에 잡힐 것이고, 나는 빅수스가 포로들의 귀에 하는 짓을 봤기 때문에 콰이터스에 올라타 추적을 시작한다.

머스탱은 남쪽 작은 숲 앞에서 말을 버린다. 우리는 그녀가 되돌아올 경우를 대비해 말을 지킬 사람 세 명을 남겨두고 말에서 내린다. 카산드라가 숲으로 뛰어든다. 빅수스는 일부러 내 뒤를 따른다. 마치 내가 머스탱이 숨은 곳을 알기라도 하는 것처럼 말이다. 마음에 들지 않는다. 나는 빅수스와 카산드라와 함께 숲에 있는 게 싫다. 내 등에 칼을 꽂으면 만사 끝이다. 둘 중 누구라도 그럴 수 있다. 폴룩스와는 달리, 그들은 지금도 나를 미워하고, 내 하울러들과 카시우스는 먼 곳에 있다. 그러나 칼이 날아오지는 않는다.

나는 실수로 머스탱을 발견한다. 진흙 구덩이 안에서 금색 눈 한 쌍이 내다보고 있다. 나와 눈이 마주친다. 빅수스가 나와 함께 있다. 그는 그 지독한 암말을 길들일 생각을 하며 기대된다며, 그

녀에게 굴레를 씌우면 어떤 모습일지 보고 싶다고 하며 욕설을 내
뱉는다. 서서 덤불 속에 음흉한 시선을 던지는 그는 불이 나서 말
라 죽은 나무처럼 휘고 뒤틀리고 사악한 모습이다. 내가 이제껏
본 그 누구보다 체지방이 적어서, 팽팽한 피부 아래의 핏줄과 힘
줄이 다 드러난다. 혀로 완벽한 치아를 핥는다. 그가 나를 일부러
괴롭히고 있다는 걸 아는 나는 그를 진흙 구덩이에서 먼 쪽으로
끌고 간다.

이오가 소사이어티의 노예로 죽을 이유는 없었다. 그리고 머스
탱은 골드이긴 하지만, 그 어떤 굴레도 찰 이유가 없다.

제32장

안토니아

나는 이 테스트를 통과했다. 끝없이 계속되던 미네르바 하우스와의 전쟁은 마무리되었다. 그리고 나는 다이아나 하우스도 함정에 빠뜨렸다.

전쟁 전에 다이아나 하우스에겐 세 가지 선택이 있었다. 그들은 나를 배신하고 미네르바에 붙어서 우리 하우스를 노예로 만들 수 있었지만, 나는 기수가 있다면 막을 수 있도록 카시우스를 보냈다. 그들은 내 제안을 받아들일 수 있었다. 아니면 우리 성으로 가서 차지하려 할 수도 있었다. 만약 그들이 그랬다고 해도 나는 상관없었다. 그건 덫이었다. 안에 물을 전혀 남겨 두지 않았고, 우리가 쉽게 포위할 수 있었다.

이제 그들은 미네르바 요새를 차지했고 우리는 바깥 들판에 있다. 그들은 우리가 합의한 대로 할 수도 있다. 우리가 스탠더드를 갖고, 그들이 성과 아이들을 전부 갖는다는 합의였다. 하지만 나는 그들이 탐욕스러워질 거라는 걸 알고 있었다. 과연 그렇게 된다. 정문이 닫히고, 그들은 전략적으로 유리한 요새를 가졌다고 생각한다. 좋아. 그래서 내가 세브로를 안에 들여놓은 것이다.

곧 연기 기둥이 치솟는다. 그들이 미네르바 아이들을 노예로 만들고 벽에서 내 군대를 경계하는 동안 세브로는 저장된 식량을 태운다. 그리고 우물에 똥을 넣어 더럽힌 다음 하울러들과 함께 지하실에 숨는다.

다이아나 하우스는 이런 전쟁에는 익숙하지 않다. 그들은 숲을 완전히 떠나 본 적이 없었다. 그들이 나가떨어지길 기다리는 것은 어렵지도 않다. 사흘이 지나자 그들은 우리가 아직도 떠나지 않고 있다는 사실에 놀라는 것 같다. 우리는 말들을 데리고 성 북쪽과 남쪽에 캠프를 차리고, 그들이 밤에 빠져나가지 못하도록 사방에 모닥불을 피운다. 그들은 목이 마르다. 리더인 타마라는 나를 보려 하지 않는다. 그녀는 배신했다가 잡힌 것을 너무 부끄러워한다.

결국 나흘째 되는 날, 타마라는 집으로 돌아갈 수 있게 해 주면 미네르바 노예 열 명과 붙잡힌 우리 병사 전부를 주겠다고 제의한다. 나는 레아를 보내서 엿 먹으라는 전갈을 전한다. 레아는 어린 아이처럼 키득거리며 돌아온다. 그녀는 타마라의 절박함을 흉내내려고 머리카락을 젖히고 내 팔을 잡고 몸을 가까이 댄다.

"품위를 가져! 너는 네 말을 안 지키는 사람이니?"

그녀가 외친다.

닷새째 되는 날 밤 그들이 도망치려 하자, 우리는 그들을 전부 잡는다. 타마라만 빼고. 타마라는 말에서 떨어져 진흙탕에서 밟혀 죽었다.

"안장 밑이 잘려 있었어. 택터스일까?"

세브로는 깨끗하게 잘려 나간 가죽 끈을 내게 보여 준다.

"아마."

"걔네 어머니는 국회의원이고, 아버지는 집정관이야. 어렸을 때 만난 적이 있어. 뺨에 키스해 주지 않는다고 여자애를 때려서 반쯤 죽여 놨어. 미친 개새끼야."

세브로는 침을 뱉는다.

"넘어가자. 우린 아무것도 증명할 수 없잖아."

택터스는 다이아나와 미네르바 전부와 마찬가지로 우리의 노예가 된다. 심지어 팍스도 노예다. 나는 카시우스와 로크와 함께 말에 앉아 우리의 새로운 노예들이 미네르바 요새 곳곳에 나무와 건초를 쌓는 것을 지켜본다. 그들은 큰 불을 지르고, 우리 셋은 승리의 건배를 한다.

"이게 네 마지막 바가 될 거야. 그러면 네가 프라이머스야, 형제. 더 나은 선택이 있을 수가 없지."

카시우스가 내게 말한다. 그는 내 어깨를 두드린다. 그의 눈에서는 고통스러운 질투만이 보인다.

"높으신 각하, 우리의 잘생긴 친구의 이런 면을 보게 되리라고는 생각조차 못했는데. 겸손함이라니! 카시우스, 정말 너 맞아?"

로크가 말한다.

카시우스는 어깨를 으쓱한다.

"이 게임은 우리 인생 중 1년에 불과해. 더 짧을 수도 있지. 여기서 나가면 우리는 견습생이 되거나 아카데미에 들어가겠지. 그 다음엔 우리의 삶을 사는 거야. 난 우리 셋이 같은 하우스에 있었다는 게 기쁠 뿐이야. 결국 우리 모두 정당한 보상을 받게 될 거야."

나는 그의 어깨를 꼭 쥔다.

"동감이야."

그는 아직도 고개를 숙이고 있다. 다시 목소리를 찾을 때까지 우리 눈을 보지 못한다.

"나는…… 여기서 형제를 하나 잃긴 했어. 그 고통은 사라지지 않을 거야. 하지만 두 형제를 새로 얻은 기분이야."

그는 사납게 시선을 든다.

"친구들, 난 진심이야. 지독히도 진심이야. 우린 여기서 스스로를 자랑스럽게 해야 해. 다른 하우스들을 더 이기고, 게임에서 우승을 해야 해. 하지만 내 아버지는 함대의 우주선들에 탈 장교들을 필요로 하실 거야…… 너희들이 관심이 있을 경우의 이야기지만. 벨로나 가문은 언제나 우리를 더 강하게 만들 집정관들을 필요로 하거든."

그는 마치 우리에겐 더 나은 할 일들이 있다는 듯. 마지막 부분은 소심하게 말한다.

로크는 자기라면 사람들을 죽음으로 보내는 대신 직접 자기의 죽음으로 가겠다며 정치인들에 대한 건방진 말을 하고 있지만 나는 카시우스의 어깨를 한 번 더 잡고 고개를 끄덕인다. 내가 벨로나 가문의 집정관이 된다면 아레스의 아들들은 침을 질질 흘릴 것이다.

"그리고 걱정 마, 로크. 아버지께 네 시 이야기도 할 테니까. 아버지께선 언제나 전사 시인을 원하셨어."

카시우스가 웃는다.

"물론이지. 친애하는 벨로나 사령관께서 나는 비유의 장인이고 운율의 악당(rogue)이라는 걸 꼭 아시도록 해야지."

로크가 이야기를 꾸며낸다.

"로그 로크라니…… 맙소사."

내가 웃는 동안 세브로는 퀸, 다른 여자 아이와 함께 내가 본 적 없는 종류의 말을 타고 지나간다. 여자 아이는 머리에 가방을 뒤집어쓰고 있다. 퀸은 그녀가 플루토(명왕성) 하우스에서 온 사절이라고 한다.

그녀의 이름은 릴라스고, 세브로와 퀸은 그녀가 숲의 경계에서 기다리고 있는 것을 발견했다. 그녀는 카시우스와 이야기를 나누고 싶어 한다.

릴라스는 한때는 얼굴이 둥글었던 여자 아이다. 그녀의 볼은 예전에는 미소를 지었지만 이제는 아니다. 볼이 핼쑥하고 최근 화상을 입었고, 곰보 자국이 있으며 괴로워 보인다. 그녀는 굶주림을

433

경험했으며, 그녀에겐 나로선 무엇인지 알 수 없는 차가움이 있다. 나는 겁이 난다. 나를 바라보던 미키가 된 기분이다. 나는 그가 이 해하지 못하는 차갑고 조용한 것이었다. 그녀도 그렇다. 마치 지하 강에서 나온 물고기를 보는 것 같다.

릴라스가 천천히 하는 말이 공중에 떠다니는 듯하다.

"나는 자칼이 보내서 왔어."

"본명으로 부르지그래."

내가 제안한다.

"나는 너랑 이야기하러 온 게 아니야. 카시우스를 찾아왔어."

그녀는 감정을 조금도 드러내지 않고 말한다.

그녀의 말은 작고 말랐다. 발굽에 자국을 내두었다. 여벌의 옷을 가져와서 안장이 두툼하다. 석궁 한 자루 외에 다른 무기는 없다. 그들의 하우스는 산에 있나 보다. 더 춥기 때문에 옷이 더 많고, 길 이 험해서 말은 더 작은 것이다. 이게 눈속임용이 아니라면 말이 다. 나는 그녀에게 반지를 보여 달라고 한다. 흐느끼는 나무다. 명 왕성의 사이프러스다. 뿌리가 땅 속으로 스며든다. 그녀의 손가락 두 개가 없다. 잘려나간 부분을 지져서 막아 놓았다. 이온 무기가 있는 것이다. 움직일 때 머리카락에서 달그락거리는 소리가 난다. 그 이유는 난 모르겠다.

그녀는 마치 나와 자기 주인을 비교하듯 조용히 나를 본다.

내가 열등한가 보다.

"카시우스 오 벨로나, 내 주인은 리퍼를 원해."

그녀는 우리에게 뭐라 말할 틈을 주지 않고 말한다. 우리는 무척 놀란다.

"산 채로든. 죽은 채로든. 우린 상관없어. 리퍼에 대한 대가로, 너는 너희…… 군대가 쓸 이걸 50개 받게 될 거야."

그녀는 카시우스에게 이온블레이드 두 개를 던진다.

"네 주인에게 가서 직접 와서 나랑 상대하라고 해."

내가 말하지만 릴라스가 허공에 대고 말한다.

"나는 죽은 사람들과 말을 섞지 않는다. 내 주인은 리퍼를 찍었다. 겨울이 오기 전에 그는 죽게 될 거야. 한 명, 혹은 여러 명에 의해."

"엿이나 먹어."

카시우스가 대답한다.

그녀는 카시우스에게 작은 주머니를 던진다.

"네 결정을 도와주지."

그녀는 더 이상 말하지 않는다. 퀸은 눈썹을 치켜 올리고, 릴라스를 데리고 가며 당황스럽다는 뜻으로 어깨를 으쓱해 보인다.

나는 카시우스가 든 작은 주머니를 본다. 편집증이 나를 사로잡는다. 안에 뭐가 들었을까?

"열어 봐."

내가 말한다.

"아냐. 쟤는 제정신이 아닌 것 같아. 쟤가 우리를 감염시키게 할 필요 없지."

카시우스는 웃는다. 그렇지만 그는 주머니를 부츠 안에 넣는다. 나는 열어 보라고 소리 지르고 싶지만, 걱정할 것은 전혀 없다는 듯 미소를 지어 보인다.

"개는 어딘가 좀 이상했어. 인간 같아 보이지 않았어."

나는 대수롭지 않게 말한다.

"우리 영역의 굶주린 늑대 같아 보이던데."

카시우스는 이온블레이드를 휘둘러 본다. 날카로운 소리가 난다.

"적어도 이 두 자루는 손에 넣었네. 이제 너한테 제대로 결투하는 법을 가르쳐 줄 수 있겠다. 이건 듀로아머를 그대로 뚫고 들어가. 정말 위험한 물건이지."

자칼이 나에 대해 안다. 그렇게 생각하니 떨린다. 로크의 말은 더 심하다.

"개 머리에서 달그락거리는 소리 나는 거 들었어? 땋은 머리에 치아들을 달아 놨어."

로크의 얼굴은 하얗다.

우리는 자칼의 군대를 만날 준비를 해야 한다. 내 병력을 강화하고, 아직 남아 있는 위협들을 제거해야 한다. 드넓은 숲에 있는 다이아나 하우스의 잔당들을 파괴해야 한다. 그리고 세레스 하우스가 필요하다. 나는 카시우스에게 하울러들과 기수 열두 명을 붙여 다이아나 잔당을 파괴하러 보낸다. 나머지 병사들과 노예들은 우리 성으로 데려가 자칼을 맞을 준비를 한다. 아직 계획은 짜놓지 않았지만, 그가 찾아온다면 나는 준비된 상태로 그를 맞을 것

436

이다.

카시우스는 가운데 줄에서 말을 돌리며 웃는다.

"죽은 말 속에서 하룻밤을 보냈으니, 우리 하울러들은 악취만으로 그들을 드넓은 숲에서 쫓아낼 수 있을 거야! 고블린에게 공격을 시켜서 네가 잠자리에도 들기 전에 돌아올게."

세브로는 나 없이 가고 싶어 하지 않는다. 그는 카시우스가 다이아나 잔당을 해치우는데 왜 자신의 도움이 필요한지 이해하지 못한다. 나는 그에게 사실대로 말한다.

"카시우스의 부츠 속에 주머니가 하나 있어. 릴라스가 준 거야. 네가 그걸 훔쳐 줘."

그의 눈은 내 의사에 대해 판단을 내리지 않는다. 지금도 마찬가지다. 내가 무슨 일을 했길래 이런 충성을 얻었는지 궁금할 때도 있고, 과욕을 부려 선물 받은 말의 입 안을 봐서는 안 된다는 생각이 들 때도 있다.

카시우스가 드넓은 성에서 다이아나를 포위하는 동안, 내 군대는 고지대 마르스 성의 높은 벽 안에서 파티를 벌인다. 탑은 깨끗하고 광장은 유쾌하다. 심지어 노예들에게도 쥰이 만든 타임을 발라 구운 염소와 올리브 오일을 뿌린 사슴 고기를 준다. 나는 모든 것을 지켜본다. 노예들은 내가 지나가면 쑥스러워서 땅을 쳐다본다. 심지어 팍스도 그런다. 그의 이마에 새겨진 울부짖는 늑대가 그의 자존심을 구겼다. 택터스만이 나와 눈을 맞춘다. 그의 짙은 꿀색 피부는 퀸과 비슷하지만, 그의 눈을 보면 살무사 눈이 생각 난다.

그는 내게 윙크를 한다.

내가 팍스를 이긴 뒤, 나의 하이드래프트들은, 심지어 안토니아 까지도, 마침내 내 리더십을 전적으로 인정하는 것 같다. 미키가 나를 조각하고 나서 내가 길에서 어떤 대접을 받았는지 떠오른다. 나는 여기서 골드다. 내가 권력이다. 타이투스에게 사형을 선고한 이후 처음으로 이런 기분이 든다. 곧 피치너가 내려와서 내게 돌 에 있는 프라이머스 손을 줄 것이고, 다 잘될 것이다.

로크, 퀸, 레아, 그리고 이제 폴룩스까지 나와 함께 식사한다. 보 통 안토니아와 같이 앉는 빅수스와 카산드라조차 내게 와서 승리 를 축하한다. 그들은 웃으며 내 어깨를 두드린다. 안토니아의 노리 개인 치피오가 노예의 수를 센다. 많다. 안토니아 본인은 내게 오 지 않지만, 인정한다는 뜻으로 금빛 머리를 까닥여 보이긴 한다. 기적이 일어나긴 일어나는군.

나는 프라이머스다. 나는 금빛 바 다섯 개를 가지고 있다. 곧 피 치너가 와서 프라이머스 칭호를 부여할 것이다. 아침에는 세레스 하우스가 함락될 것이다. 그들은 머릿수가 우리의 3분의 1에도 못 미친다. 그들의 곡식으로 내 군대를 먹이고 그들의 기지를 작전 기지로 삼으면, 나는 네 개 하우스의 힘을 갖게 된다. 우리는 북쪽 에 남은 것은 뭐든 다 쓸어 버린 다음, 첫눈이 오기도 전에 남쪽으 로 내려갈 것이다. 그런 다음 자칼을 상대할 것이다.

우리가 파티를 지켜보는 동안 로크가 다가와 내 옆에 선다.

"나는 레아에게 키스를 할까 생각하고 있었어."

그가 갑자기 말한다. 나는 여러 모닥불 중 하나의 주위에서 미드드래프트와 웃고 있는 레아를 본다. 머리를 짧게 자른 레아가 우리를 한 번 보고, 로크가 그녀와 눈을 맞추자 요염하게 고개를 숙여 보인다. 로크는 얼굴을 붉히며 시선을 돌린다.

"난 네가 쟤를 안 좋아하는 줄 알았는데. 쟨 강아지처럼 널 따라 다니잖아."

내가 웃는다.

"음, 응. 처음에는 별로 흥미가 생기지 않았어. 쟤가 마치…… 가라앉지 않으려고 구멍 뗏목에 매달리듯 나를 따라다닌다고 생각했거든. 하지만…… 쟤는 성장했어…….."

나는 로크를 보고 웃는다. 웃음을 멈출 수가 없다.

우리는 금발 늑대 같은 모습이다. 우리는 기관을 시작할 때에 비해 살이 빠졌다. 더 더럽다. 머리는 길다. 흉터가 있다. 내가 다른 아이들 대부분보다 흉터가 많다. 난 붉은 고기를 너무 많이 먹는 것 같다. 어금니 하나가 갈라졌다. 하지만 나는 웃는다. 어금니가 더 이상 견디지 못할 때까지 웃는다. 나는 우리들이 사람이라는 것, 남에게 반하는 어린아이들이라는 걸 잊고 있었다.

"음, 첫 키스를 낭비하지 마. 내가 해 줄 수 있는 충고는 그것뿐이야."

나는 로크에게 레아를 특별한 곳으로 데려가라고 한다. 여기서 그에게, 혹은 그들에게 뭔가 의미가 있는 곳으로 데려가라. 나는 이오를 내 드릴로 데려갔다. 로런 형과 발로우는 그걸 가지고 농담을 했다. 드릴은 꺼져 있었고 환기가 되는 터널 안에 있어서 우리는 프라이수트를 입을 필요는 없었고 살무사만 조심하면 됐다. 그래도 이오는 흥분해서 땀을 흘렸다. 머리카락이 그녀의 얼굴과 목덜미에 붙었다. 이오는 내 손목을 너무나 세게 잡았고, 내가 자기 것이라는 것을 알았을 때에야 놓아 주었다. 내가 키스했을 때.

나는 씩 웃으며 로크의 엉덩이를 쳐서 행운을 빌어 준다. 나롤 삼촌은 그게 전통이라고 한다. 삼촌은 슬링블레이드의 넙적한 칼날로 나를 쳤다. 삼촌이 거짓말을 했던 것 같다.

그날 밤 나는 이오 꿈을 꾼다. 잘 때 이오 꿈을 꾸지 않는 경우는 잘 없다. 성의 높은 탑의 2층 침대는 비어 있다. 로크, 레아, 카시우스, 세브로, 하울러들은 사라졌다. 내 친구들은 퀸만 빼고 전부 사라졌다. 나는 프라이머스지만 너무나 외롭다. 불에서 탁탁 소리가 난다. 차가운 가을바람이 불어 들어온다. 버려진 광산 터널의 바람처럼 신음하고 나는 아내를 생각하게 된다.

이오. 침대에서 내 옆에 누운 그녀의 온기가 그립다. 그녀의 목이 그립다. 그녀의 부드러운 피부에 키스하고, 머리카락 냄새를 맡고, 나를 사랑한다고 속삭이는 그녀의 입을 맛보던 것이 그립다.

그때 발자국 소리가 들리고 이오는 사라진다.

레아가 공동 침실 문을 열고 뛰어 들어온다. 레아가 미친 듯이 이야기한다. 잘 이해할 수가 없다. 나는 일어나 그녀 앞에 우뚝 서서 진정시키려고 어깨에 한 손을 얹는다. 진정이 되지 않는다. 짧게 자른 머리카락 뒤에서 광기 어린 눈이 나를 본다.

그녀가 울며 말한다.

"로크! 로크가 크레바이스에 빠졌어. 다리가 부러졌어. 손이 닿질 않아!"

나는 급히 레아를 따라가느라 망토나 슬링블레이드조차 챙기지 않는다. 보초들을 제외하곤 성 전체가 잠들어 있다. 우리는 말들도 잊고 날듯이 정문을 나간다. 나는 보초 중 하나에게 와서 나를 도와 달라고 한다. 보초가 나를 도와주러 오는지 돌아보지는 않는다. 레아가 앞서 달리며 나를 협곡 아래로 이끌고, 북쪽 언덕을 올라 우리가 부족으로서 처음 불을 피웠던 고지대 계곡으로 들어간다. 안개가 짙다. 밤은 어둡다. 나는 내가 얼마나 어리석은지 깨닫는다.

함정이다.

나는 레아를 따라가는 것을 그만둔다. 레아에게 말은 하지 않는다. 그들이 뒤에서 덮칠 수도 있어서, 나는 엎드려서 안개 속에 숨을 수 있게 배수로로 기어간다. 양치식물로 몸을 덮는다. 이제 소리가 들린다. 소드의 소리, 발소리, 스턴파이크 소리다. 욕설. 몇 명이나 되지? 레아는 미친 듯이 내 이름을 부른다. 레아 혼자 있는게 아니다. 레아는 나를 그들에게 인도했다. 비뚤어진 빅수스의 목소리가 들린다. 카산드라의 꽃 냄새가 난다. 카산드라는 체취를 감추려 늘 꽃을 피부에 문지른다.

그들이 안개 속에서 서로를 부른다. 그들은 내가 함정인 것을 알아차렸다는 것을 깨닫는다. 어떻게 내 군대로 돌아가지? 움직일 엄두는 나지 않는다. 몇 명이나 있을까? 그들은 나를 찾고 있다. 뛰면 성까지 갈 수 있을까? 아니면 칼에 맞을까? 부츠 속에 칼이 두 자루 있다. 나는 칼을 꺼낸다.

"오, 리퍼!"

안토니아가 안개 속에서 부른다. 그녀는 내 위 어딘가에 있다.

"공포를 모르는 리더? 오, 리퍼. 숨을 필요 없어, 자기야. 우리는 네가 우리 왕인 것처럼 명령을 해 댔다고 해서 화내지 않아. 우리는 네 눈에 칼을 꽂을 정도로 화난 게 아니야. 전혀 그렇지 않아. 자기야?"

그들은 조롱하며 내 허영심을 부추긴다. 나는 허영심을 많이 가져 본 적이 없지만 그들은 이해하지 못한다. 부츠 하나가 내 머리 근처를 밟는다. 녹색 눈들이 어둠 속을 바라본다. 나는 그들이 나를 본다고 생각한다. 그들은 보지 못한다. 야간 안경이다. 누군가 그들에게 야간 안경을 줬다. 빅수스와 카산드라 소리가 들린다. 안토니아는 점점 안달이 난다.

안토니아가 한숨을 쉰다.

"리퍼, 나와서 놀지 않으면 대가를 치르게 될 거야. 어떤 대가냐고? 작은 레아의 목을 뼈가 드러날 때까지 베겠어."

레아의 머리를 낚아채자 비명 소리가 들린다.

"로크의 애인 말이야……."

나는 나가지 않는다. 젠장. 나는 나가지 않는다. 내 목숨은 내 것만이 아니다. 이오의 것이고, 내 가족의 것이다. 내 자존심이나 레아, 친구를 또 하나 잃는 고통을 피하기 위해서 던져 버릴 수는 없다. 그들이 로크도 데리고 있을까?

턱이 아프다. 나는 이를 악문다. 어금니가 비명을 지르는 듯하다. 안토니아는 하지 않을 거야.

못할 거야.

"자기야, 마지막 기회야. 안 나올래?"

묵직한 소리가 나고, 꾸르륵거리는 소리, 몸이 땅에 풀썩 쓰러지는 쿵 소리가 난다.

"안됐다."

나는 메드봇이 밤안개를 뚫고 내려오는 것을 보고 소리 없이 비명을 지른다. 내 손, 내 몸에 이렇게 큰 힘이 있는데도 나는 이것을, 그들을 막을 힘이 없다.

나는 그들이 사라졌다는 확신이 드는 새벽까지 움직이지 않는다. 메드봇들은 레아의 시체를 가져가지 않았다. 레아가 죽었다는 걸 내가 알도록, 레아가 살아남았을지도 모른다는 희망을 품지 않도록 프록터들은 시체를 그냥 놔두었다. 개자식들. 그녀의 시체는 연약하다. 둥지에서 떨어진 아기새 같다. 나는 레아에게 돌무덤을 만들어 준다. 돌무더기가 높긴 하지만 그래도 늑대들을 피하지는 못할 것이다.

로크의 시체는 찾지 못해서, 그가 어떻게 되었는지 알지 못한다.

내 친구는 죽었을까?

고지대에서 안토니아의 심복들을 피하기 위해 성 주위를 빙빙
돈다. 유령이 된 기분이다. 카시우스가 드넓은 숲에서 돌아올 때
지날 길목에서 눈에 띄지 않도록 덤불 속에 숨는다. 대낮이 되자
그가 말과 노예들을 끌고 앞장서서 돌아온다. 내가 덤불 속에서
나오자 그는 내게 인사하러 말을 앞으로 몬다.

"형제! 선물 가져왔어!"

그는 말에서 뛰어내려 나를 포옹한 다음 다이아나의 타페스트
리들 중 하나를 꺼내 내 어깨에 걸쳐 준다. 그는 몸을 뒤로 뺀다.

"너 유령처럼 창백해. 무슨 일이야?"

그는 내 머리에 붙은 나뭇잎을 떼어 준다. 아마 그때 내 눈 속의
슬픔을 본 것 같다.

일어난 일을 설명하는 동안 그의 뒤에서 세브로가 다가온다.

"나쁜 년."

카시우스가 중얼거린다. 세브로는 조용하다.

"불쌍한 레아, 불쌍한 레아. 레아는 다정한 아이였는데. 로크는
죽은 것 같아?"

"모르겠어. 정말 모르겠어."

"지독하군."

카시우스가 고개를 절레절레 흔든다.

"프록터가 안토니아에게 야간 안경을 준 게 분명해. 아니면 자
칼이 뇌물로 줬거나. 그것도 말이 돼."

444

세브로가 추측한다.

"그게 무슨 상관이야? 로크는 지금 다쳤거나 죽었을지도 몰라. 모르겠어?"

카시우스가 팔을 휘두르며 외친다. 그는 내 뒷목을 잡고 내 이마를 자기 이마에 댄다.

"우리는 반드시 로크를 찾아낼 거야, 대로우. 우리는 우리 형제를 찾을 거야."

나는 무감각함이 가슴에 퍼지는 것을 느끼며 고개를 끄덕인다.

안토니아는 우리 성으로 돌아오지 않았다. 그녀의 심복인 빅수스와 카산드라도 마찬가지였다. 그들은 나를 죽이는 데 실패하고 도망친 게 분명하다. 하지만 어디로 갔을까?

우리가 정문으로 들어오자 퀸이 양손을 번쩍 들고 우리를 향해 외친다.

"대체 다들 어디 갔는지 난 전혀 몰랐어! 너희가 돌아오기 전까지 노예 머릿수가 우리의 네 배였어. 하지만 괜찮아. 괜찮아."

무슨 일이 있었는지 우리가 말해 주자 그녀는 카시우스의 손을 꼭 잡는다. 레아 이야기에 눈물이 그렁그렁해지지만, 로크가 죽었다고는 믿지 않으려 한다. 그녀는 계속 고개를 가로젓는다.

"노예들을 써서 로크를 찾으면 돼. 아마 다쳐서 바깥 어딘가에 숨어 있을 거야. 그럴 거야. 그래야 돼."

우린 로크를 찾지 못한다. 전군을 동원했지만 흔적조차 없다. 우리는 작전실 긴 테이블에 둘러앉는다.

"아마 배수로 바닥에 죽어 있을 거야."

세브로가 그날 밤에 말한다. 나는 세브로를 때릴 뻔하지만 그 말이 맞다.

"자칼의 짓이야."

내가 중얼거린다.

"딱하게 됐군."

세브로가 말한다.

"뭐라고?"

"세브로 말은 자칼의 짓이라고 해도 달라질 건 없다는 거야. 우린 지금 자칼에게 아무것도 할 수 없어. 자칼이 널 죽이려 한다 해도, 우린 자칼을 해칠 수 있는 입장이 아니라는 거야. 우리 이웃부터 해결하자."

퀸이 말한다.

"멍청하긴."

세브로가 중얼거린다.

"놀라워라. 고블린이 반대를 하네. 할 말이 있으면 해, 피그미."

카시우스가 쏘아붙인다.

"내게 함부로 말하지 마."

세브로가 경멸조로 말한다.

카시우스가 키득거린다.

"네 키가 내 무릎까지밖에 안 온다고 해서 내 발에 오줌 싸지는 마."

"난 어느 모로 보나 너와 동등해."

세브로의 표정을 보니 당장이라도 카시우스의 눈에 칼이 날아들까 봐 겁이 나서 나는 갑자기 몸을 앞으로 뻗는다.

카시우스가 씩 웃는다.

"나와 동등해? 어떤 면에서? 출생? 아니면, 키. 외모, 지성, 돈? 그만할까?"

퀸이 카시우스의 의자를 세게 걸어찬다.

"너 대체 왜 그래? 그만해. 닥치라고."

퀸이 쏘아붙인다.

세브로는 땅을 바라본다. 나는 갑자기 그의 어깨에 손을 얹고 싶은 충동을 느낀다.

"무슨 말을 하려던 거였어, 세브로?"

퀸이 묻는다.

"아무것도 아니야."

"얘기해 봐."

"아무것도 아니라잖아."

카시우스가 키득거린다.

"카시우스."

그를 닥치게 할 수 있는 건 내 목소리뿐이다.

"세브로, 부탁해."

세브로는 한숨을 쉬고 나를 올려다본다. 분노로 뺨이 발개져 있다. 그는 어깨를 으쓱한다.

"자칼이 뭐든 자기 마음대로 하는데 여기서 빈둥거려선 안 된다고 생각했어. 날 남쪽으로 보내 줘. 말썽 좀 피우게 해 줘."

"말썽? 뭐할 건데, 자칼을 죽일 거야?"

카시우스가 묻는다.

세브로는 조용히 카시우스를 본다.

"응. 나는 자칼의 목에 단검을 꽂고 척추가 보일 때까지 구멍을 낼 거야."

긴장감 때문에 나는 불편할 정도다.

"진담은 아니겠지."

퀸이 조용히 말한다.

카시우스는 이마에 주름을 잡는다.

"진담이야. 그리고 틀렸어. 우린 괴물이 아니야. 적어도 너와 나는 괴물이 아니야, 대로우. 벨로나 집정관들은 한밤중에 암살하지 않아. 우리에겐 지켜야 할 500년의 명예가 있어."

"하찮은 거야."

세브로는 손을 흔들어 보이며 일축한다.

"핏줄이라는 거야."

카시우스는 코를 아주 살짝 치켜든다.

세브로의 입이 잔인하게 비뚤어진다.

"그런 말을 다 믿는다면 넌 픽시야. 너희 아빠가 명예를 지킴으로써 사령관까지 올라갔다고 생각해?"

카시우스가 비웃는다.

"기사도라고 부르는 거다, 고블린. 누군가를 냉혹하게 살인하려고 하는 건 옳지 않아. 특히 학교에서는."

"나는 카시우스와 동감이야."

내가 침묵을 깬다.

"그렇겠지."

세브로는 갑자기 나가려고 일어선다. 나는 그에게 어디로 가느냐고 묻는다.

"너희에겐 내가 필요 없는 것 같군. 감당할 수 있는 충고들만 듣도록 해."

"세브로."

"난 배수로를 찾아볼 거야. 다시 한 번. 하지만 벨로나는 그러지 않겠지. 소중한 무릎이 더러워질 테니까."

그는 조롱하듯 카시우스에게 절을 하고 나간다.

퀸과 카시우스, 나는 작전실에 남아 있는다. 카시우스는 여섯 시간 뒤 새벽이 오기 전에 잠을 좀 자야겠다고 하품하며 말한다. 퀸과 나는 둘만 남는다. 퀸은 머리를 짧고 삐죽삐죽하게 잘랐지만, 앞머리는 눈 바로 위까지 온다. 퀸은 남자애처럼 구부정하게 앉아 손톱을 만진다.

"너 무슨 생각하고 있어?"

그녀가 내게 묻는다.

"로크…… 그리고 레아."

머릿속에서 꾸르륵거리는 소리가 들린다. 그 소리와 함께 죽음의 모든 소리가 메아리친다. 이오가 죽었을 때. 자기 핏속에서 소리 없이 씰룩거리던 줄리언. 나는 리퍼고 죽음은 내 그림자다.

"그것뿐이야?"

"우리 눈 좀 붙여야 할 것 같아."

나가는 나를 지켜보는 퀸은 아무 말도 하지 않는다.

제33장
사과

카시우스가 한밤중에 나를 깨운다. 그는 조용히 말한다.

"세브로가 로크를 찾았어. 꼴이 말이 아니야. 따라와."

"어디로?"

"북쪽. 옮길 수가 없어."

우리는 성에서 두 달의 빛을 받으며 말을 달린다. 이른 겨울눈이 춤추듯 쏟아진다. 북쪽의 메타스로 향하는 우리 말의 발굽 밑에서 진흙이 빨아들이는 소리를 낸다. 물이 꿀럭거리는 소리와 나무에 바람 부는 소리만 들린다. 눈을 비벼 눈곱을 떼며 나는 카시우스 쪽을 본다. 그는 우리의 이온 소드 두 자루를 다 가지고 왔다. 나는 어떻게 된 일인지 깨닫고 가슴이 철렁 내려앉는다. 그는 로크가 어디 있는지 모른다. 하지만 다른 걸 알고 있다.

그는 내가 한 일을 알고 있다.

도망갈 수 없는 덫이다. 살다 보면 이런 때도 있는 것 같다. 마치 높은 곳에서 떨어지면서 땅을 바라보는 것 같다. 끝이 다가오는 걸 본다고 해서 그걸 피하거나, 고치거나, 막을 수는 없다.

우리는 20분 동안 더 말을 탄다.

"놀랍지 않았어."

카시우스가 갑자기 말한다.

"뭐가?"

"난 1년 넘게 줄리언은 죽을 운명이란 걸 알고 있었어."

눈은 소리 없이 떨어지고 우리는 함께 진흙 위를 달린다. 뜨거운 말이 내 다리 사이에서 움직인다. 진흙 위에서 한 걸음 한 걸음 걸어간다.

"줄리언은 시험을 망쳤어. 줄리언은 그들이 원하는 방식으로 아주 똑똑한 아이는 아니었어. 아, 걔는 착하고 감정이 풍부했지. 먼 곳에서도 슬픔과 분노를 감지할 수 있었어. 하지만 공감은 로우컬러들이 하는 거지."

나는 아무 말도 하지 않는다.

"변하지 않는 반목이 있어, 대로우. 고양이와 개. 얼음과 불. 아우구스투스와 벨로나. 우리 가문과 대총독 가문."

그의 말이 비틀거리고 그의 숨결이 안개가 되지만 그의 눈은 정면만을 바라보고 있다.

"하지만 불길한 징후였음에도 불구하고 줄리언은 대총독의 개인 도장이 찍힌 합격 통지서를 받자 흥분했어. 나나 다른 형제들이 보기엔 옳지 않았어. 줄리언이 합격할 만한 아이라고 생각해 본 적이 없거든. 난 줄리언을 사랑했어. 내 형제들과 사촌들은 모두 그랬어. 하지만 넌 줄리언을 만나 봤지. 응, 만나 봤어. 아주 똑똑한 아이는 아니었지만, 그렇다고 아주 멍청하지도 않았어. 바닥 1%에 속했을 리는 없어. 도태시킬 필요는 없었지. 하지만 걔의 이름은 벨로냐. 우리 적이 혐오하는 이름. 그래서 우리의 적은 관료 체계와 자기 직함, 적법한 권력을 이용해 착한 소년을 살해했어.

기관의 초대를 거절하는 건 불법 행위야. 그리고 줄리언은 너무나 신나 있었어. 우리들…… 어머니, 아버지, 형제들, 자매들, 사촌들과 다른 친척들은 줄리언에 대한 기대를 잔뜩 품었지. 줄리언은 정말 열심히 훈련했어."

그의 목소리는 조롱하는 어조가 된다.

"하지만 결국 줄리언은 늑대들의 밥이 되었지. 아니, 늑대 한 마리라고 해야 하나?"

그는 이글거리는 눈으로 내 눈을 보며 말을 세운다.

"어떻게 알았어?"

나는 어두운 물 너머를 바라보며 묻는다. 눈이 내려와 검은 표면 안으로 사라진다. 먼 곳의 산은 그림자 속의 돌더미에 불과하다. 강에서 꿀럭거리는 소리가 난다. 나는 말에서 내리지 않는다.

그가 경멸하듯 웃는다.

"네가 아우구스투스의 더러운 일을 했다는 걸? 난 널 믿었어,

대로우. 그래서 자칼이 보낸 걸 볼 필요가 없었어. 하지만 내가 드넓은 숲에서 자는 동안 세브로가 훔치려 했을 때, 나는 뭔가 있다는 걸 알았지."

그는 내 반응을 알아차린다.

"뭐야? 넌 네가 멍청이들과 어울려 지내고 있다고 생각했어?"

"가끔, 응."

"흠. 오늘 밤에 봤어."

홀로구나.

로크와 레아 때문에 나는 그 주머니를 잊고 있었다. 잊어버리고 있어서 다행이었다. 내가 그를 믿고 세브로에게 그걸 훔치라고 하지 않았다면 더 다행이었을 뻔했다. 어쩌면 그랬으면 카시우스는 그걸 버렸을지도 모른다. 어쩌면 상황이 달라졌을지도 모른다.

"뭘 봤어?"

내가 묻는다.

"네가 줄리언을 죽이는 홀로, '형제'."

나는 코웃음 친다.

"자칼이 가지고 있었어. 그의 프록터가 준 걸 거야. 그렇다면 이 게임은 조작되고 있다는 뜻이겠지. 자칼이 대총독의 아들이고, 그가 널 조종해서 날 제거하려 하고 있다는 건 너한텐 상관없나 보군."

그는 움찔한다.

"자칼이 대총독 아들인 걸 몰랐어? 네가 그를 만나면 알아볼 테니까 릴라스를 대신 보냈던 거라고 난 생각했는데."

"못 알아봤을 거야. 그 개새끼의 자식들을 만난 적은 없어. 그는 기관 전에는 아이들을 우리에게서 숨겼어. 우리 가족도 나를 그에게서 숨겼지……."

그의 눈이 먼 기억으로 빠져들며 목소리는 잦아든다.

"우린 함께 그를 이길 수 있어, 카시우스. 우리는 분열될 필요가 없어……."

"네가 내 형제를 죽였다는 이유로?"

그는 침을 뱉는다.

"'우리'란 없어, 이 무책임한 시팔놈아. 말에서 내려."

나는 말에서 내리고, 카시우스는 이온 소드 한 자루를 던진다. 나는 내 친구를 마주보고 진흙 위에 선다. 지켜보는 눈은 까마귀들과 달들뿐이다. 그리고 프록터들. 내 슬링블레이드는 안장에 있다. 날이 휘어 있긴 하지만, 이온블레이드 상대로는 무용지물이다. 카시우스는 나를 죽일 것이다.

"난 선택의 여지가 없었어. 너도 그건 알길 바라."

"넌 지옥에서 썩을 거다, 사람을 속이는 개새끼야. 넌 내가 널 형제라고 부르게 했어!"

"그럼 내가 어떻게 했어야 하지? 내가 통로에서 줄리언이 날 죽이게 했어야 하나? 너라면 그랬겠어?"

그 말에 그는 얼어붙는다.

"네가 줄리언을 죽인 방식 때문이야."

그는 잠시 조용하다.

"우린 왕자로 이곳에 왔고, 이 학교는 우리에게 짐승이 되라고 가르치는 곳이었어. 하지만 넌 올 때부터 이미 짐승이었어."

나는 씁쓸하게 웃는다.

"타이투스를 찢어발기던 너는 뭐였는데?"

"난 너랑은 달랐어!"

카시우스가 외친다.

"난 네가 그를 죽이게 해 줬어, 카시우스. 남자애들 열 몇 명이 네 얼굴에 오줌을 쌌다는 걸 우리 하우스가 기억하지 않게 하려고. 그러니 내가 괴물인 것처럼 대하지 마."

"넌 괴물이야."

그가 경멸하듯 말한다.

"아, 빌어먹을 주둥이는 닥쳐. 그냥 해치우자. 이 위선자야."

결투는 길지 않다. 나는 그와 몇 달째 연습해 왔다. 그는 평생 결투를 해 왔다. 칼날 소리가 흐르는 강 너머까지 메아리친다. 눈이 떨어진다. 진흙이 발에 묻고 철벅철벅 튄다. 우리는 숨을 헐떡인다. 숨결이 구름처럼 피어오른다. 칼날이 부딪히고 긁히며 팔이 떨려온다. 나는 그보다 더 빠르고 물 흐르듯 움직인다. 거의 그의 허벅지를 공략할 뻔하지만, 그는 이 게임의 수학을 안다. 손목을 슬쩍 튕겨 내 소드를 옆으로 움직여 낸 다음, 안으로 들어오며 이온 블레이드로 내 갑옷을 뚫고 내 배를 찌른다. 원래 이 칼은 즉시 상처를 지지고 신경을 파괴해 내게 상처를 주되 죽이지는 않는 칼이지만, 카시우스가 이온충전을 꺼 놓았기 때문에 나는 외부의 금속이 몸으로 미끄러져 들어오는 끔찍한 조임만 느낀다. 온기가 몸 밖으로 훅 빠져나간다.

숨 쉬는 것을 잊는다. 그랬다가 숨을 헉 하고 쉰다. 몸이 떨린다. 소드를 껴안는다. 카시우스의 목 냄새가 난다. 그는 가깝다. 내 머리를 잡고 나를 형제라고 부를 때처럼 가깝다. 그의 머리엔 기름이 끼어 있다.

나의 존엄은 사라지고 나는 개처럼 훌쩍거리기 시작한다.

욱신거리는 통증이 피어난다. 압력처럼 시작되고, 배에 들어온 온전한 금속이 고통스러운 공포가 된다. 나는 숨을 급하게 들이마시며 몸서리친다. 숨을 쉴 수가 없다. 배에 블랙홀이 있는 것 같다. 나는 신음하며 뒤로 쓰러진다. 고통이 있다. 그건 그거다. 이건 다르다. 두려움, 공포다. 내 몸은 이게 목숨이 끊어지는 거라는 걸 안다. 소드가 사라지자 비참한 고통이 시작된다. 카시우스는 피 흘리며 흐느끼는 나를 진흙탕에 버려 두고 간다. 나의 모든 정체성이 사라지고 나는 내 몸의 노예가 된다. 나는 운다.

나는 다시 어린아이가 된다. 상처를 잡고 몸을 웅크린다. 오 맙소사, 소름이 끼친다. 통증을 이해할 수가 없다. 통증이 나를 잡아먹는다. 나는 어른이 아니라 아이다. 날 더 빨리 죽게 해 줘. 나는 차디찬 진흙 속으로 가라앉는다. 벌벌 떨며 훌쩍인다. 어쩔 수가 없다. 몸이 멋대로 움직인다. 몸이 나를 배신한다. 금속이 내 창자를 뚫었다.

피가 빠져 나간다. 피와 함께 댄서의 희망, 아버지의 희생, 이오

의 꿈이 사라진다. 진흙은 어둡고 차갑다. 너무나 아프다. 이오. 이
오가 그립다. 집이 그립다. 이오의 두 번째 선물은 뭐였을까? 난
결코 알아내지 못할 것이다. 이오의 동생은 내게 말해 주지 않았
다. 이제 나는 고통을 안다. 아무것도 이런 고통을 느낄 가치는 없
다. 아무것도. 다시 노예가 되게 해 줘, 이오를 보게 해 줘, 죽게 해
줘. 이것만 아니면 돼.

4부

리퍼

라이코스의 할머니들은 사람이 살무사에게 물리면
상처에서 독을 전부 빨아내야 된다고 한다.
독은 사악하기 때문이다. 내가 살무사에게 물렸을 때
나롤 삼촌은 일부러 독을 조금 남겨 두었다.

제34장

북쪽 숲

극도의 고통이 있다.

그리고 밀실 공포증.

나는 아프고 상처 입었다.

고통은 꿈속에 있다.

어둠 속에 있다. 내 뱃속.

일어나서 부드러운 손에다 대고 비명을 지른다.

나는 누군가를 본다.

이오? 나는 그녀의 이름을 속삭이며 손을 뻗는다. 내 진흙투성
이 손이 그녀의 얼굴을 더럽힌다. 그녀의 천사 같은 얼굴. 그녀는
나를 계곡으로 데리고 가 주러 왔다. 그녀의 머리는 금색으로 변
해 있다. 나는 늘 그녀가 골드처럼 될 수 있을 거라 생각했다. 그녀

의 컬러는 황금빛 날개다. 그녀의 손에 레드의 상징은 없다. 그게 사라지는 데는 죽음이 필요했다.

눈과 비가 내리는 데도 나는 땀을 흘린다. 무엇인가 나를 보호해 준다. 몸이 떨린다. 내 진홍색 헤드밴드를 꼭 쥔다. 헤만서스를 잃어버렸다. 그게 언제였지? 내 머리엔 진흙이 묻어 있다. 이오가 진흙을 씻어 내 준다. 그게 언제였더라? 부드럽게 내 이마를 쓸어 준다. 나는 그녀를 사랑한다. 내 안의 무엇인가가 피를 흘린다. 나는 이오가 자기 자신에게, 누군가에게 말하는 소리가 들린다. 내겐 시간이 별로 없다. 시간이 있긴 있나? 내가 계곡에 있나? 안개가 있다. 하늘과 큰 나무가 있다. 불. 연기.

나는 떨며 땀을 흘린다. 지옥에서 썩어, 카시우스. 난 네 친구였어. 내가 네 형제를 죽였을지는 몰라도, 내겐 선택의 여지가 없었어. 너에겐 있었지. 오만한 자식. 나는 그를 증오한다. 아우구스투스를 증오한다. 그들이 함께 이오를 목매다는 게 보인다. 그들이 나를 조롱하고 비웃는다. 나는 안토니아를 증오한다. 피치너를 증오한다. 타이투스를 증오한다. 나는 증오한다. 나는 증오한다. 나는 불타오르고 화가 났고 땀을 흘리고 있다. 나는 자칼을 증오한다. 프록터들을. 나는 증오한다. 나는 내가 한 모든 일들 때문에 내 자신을 증오한다. 내가 한 모든 일들. 무엇을 위해? 게임에서 이기려고. 내가 하는 일에 대해 아무것도 알지 못할 사람을 위해 게임에서 이기려고. 이오는 죽었다. 내가 그녀를 위해 한 모든 일을 보러 그녀가 돌아올 것은 아니다.

죽었다.

그러곤 나는 깨어난다. 고통은 뱃속에 있다. 고통이 나를 꿰뚫고 지나간다. 하지만 이제 땀은 흘리지 않는다. 열은 내렸고, 감염되어 생겼던 벌겋고 곪은 선들은 사라졌다. 나는 동굴 입구 쪽에 있다. 작은 모닥불이 있고, 잠든 소녀가 코앞에 있다. 털가죽을 덮고 있다. 그녀는 연기 섞인 공기를 부드럽게 들이마신다. 헝클어진 그녀의 머리는 금발이다. 이오가 아니다. 머스탱이다.

나는 소리 없이 비명을 지른다. 난 이오를 원해. 왜 이오를 가질 수 없지? 왜 내 의지의 힘으로 이오를 살려낼 수 없지? 난 이오를 원해. 내 옆의 이 여자 아이를 원하는 게 아니야. 상처보다 더 아프다. 난 이오에게 일어난 일을 결코 바로잡을 수 없다. 내 군대를 부릴 수조차 없다. 이길 수 없다. 자칼은 고사하고 카시우스도 이길 수 없다. 나는 최고의 헬다이버였다. 여기서 나는 아무것도 아니다. 세상은 너무 크고 차갑다. 나는 너무 작다. 세상은 이오를 잊어버렸다. 그녀의 희생을 벌써 잊었다. 아무것도 남지 않았다.

나는 다시 잠이 든다.

일어나 보니 머스탱이 불가에 앉아 있다. 그녀는 내가 일어났다는 걸 알고 있지만 잠든 척 하게 둔다. 나는 눈을 감은 채 누워서 그녀가 허밍하는 것을 듣는다. 내가 아는 노래다. 꿈속에서 들었던 노래다. 내 사랑의 죽음의 메아리다. 사람들이 페르세포네라고 부르는 그녀가 불렀던 노래다. 이오의 꿈의 메아리를 골드가 허밍으로 부르고 있다.

463

나는 흐느낀다. 내가 신이 존재한다고 느낀 순간이 한 번이라도 있다면, 애절한 선율을 듣는 지금일 것이다. 내 아내는 죽었지만 그녀의 것 중 아직 남아 있는 것이 있다.

나는 다음 날 아침 머스탱에게 말을 건다.

"어디서 들은 노래야?"

나는 누운 채 묻는다.

그녀는 얼굴을 붉힌다.

"HC에서. 어린 여자 아이가 불렀어. 위로가 돼."

"슬퍼."

"세상 모든 것들은 다 슬퍼. 거의 다."

머스탱은 4주가 지났다고 말해 준다. 카시우스가 프라이머스다. 겨울이 찾아왔다. 세레스는 더 이상 포위된 상태가 아니다. 주피터의 군인들이 가끔 숲에 들어온다. 북쪽에서는 세력이 큰 주피터와 마르스가 전투하는 소리가 가끔 난다. 주피터는 서쪽, 마르스는 동쪽에 있다. 강이 얼어붙어서 그들은 강을 건너 서로 습격할 수 있다. 독수리들은 겨울이 되어 협곡 밖으로 나갔다. 굶주린 늑대들이 밤에 울부짖는다. 까마귀들이 남쪽에서 날아왔다. 하지만 머스탱이 아는 것은 정말이지 얼마 안 되고 나는 참을성을 잃어 간다.

"널 계속 숨 쉬게 하느라 조금 바빴단 말이야."

그녀가 내게 상기시켜 준다. 그녀의 스탠더드는 내 발 근처 담요 밑에 있다. 머스탱은 미네르바 하우스에서 마지막으로 남은 사람이다. 아직 굴레를 쓰지 않았다. 그리고 그녀는 나를 노예로 만들지 않았다.

"노예들은 어리석어. 그리고 넌 이미 불구잖아. 널 어리석게 만들 것까지는 없잖아?"

며칠 더 지난 뒤에야 난 걸을 수 있게 된다. 나는 솜씨 좋은 메드봇들은 어디 있나 생각한다. 분명 프록터들이 좋아하는 사람을 돌보고 있을 것이다. 나는 프라이머스를 따냈는데 그들은 주지 않았다. 나는 이제 왜 자칼이 승리할지 안다. 그들은 자칼의 경쟁 상대들을 제거하고 있다.

그 뒤로 몇 주 동안 머스탱은 나와 함께 숲 속을 염탐한다. 나는 뻣뻣한 몸으로 두텁게 쌓인 눈을 헤치고 돌아다니지만 힘이 돌아오고 있다. 머스탱은 자기가 발견한, 덤불 밑에 눈에 띄도록 놓아두었던 약 덕분이라고 한다. 친절한 프록터가 놓아 둔 것이다. 우리는 사슴을 보자 멈춰 선다. 나는 활을 꺼내지만 시위를 귀까지 당길 수 없다. 상처가 아프다. 머스탱이 나를 지켜본다. 나는 다시 시도한다. 몸속 깊은 곳에서 통증이 느껴진다. 화살을 날리지만 빗나간다. 그날 밤에는 먹다 남은 토끼를 먹는다. 맛이 이상하고 복통이 온다. 나는 이제 언제나 복통을 느낀다. 물도 문제다. 물을 끓일 도구도 요오드도 없다. 눈과 작은 개울뿐이다. 불을 지필 수 없을 때도 있다.

"넌 카시우스를 죽이거나 보냈어야 했어."

머스탱이 말한다.

465

"너는 그보단 더 고결한 사람일 거라 생각했는데."

내 말에 그녀는 미소를 짓는다.

"난 이기는 걸 좋아해. 가족력이야. 가끔은 규정집에 속이는 것도 들어가 있어. 스탠더드를 다시 찾을 때마다 바를 얻어. 그래서 남을 통해 다이아나 하우스에 몇 번을 빼앗겼지. 그리고 말을 타고 가서 다시 찾아왔어. 일주일만에 프라이머스가 됐어."

"교묘하군, 그런데도 너희 군대는 너를 좋아했잖아."

"누구나 나를 좋아해. 자, 이제 그 토끼나 먹어. 넌 면도칼처럼 말랐어."

겨울이 더 추워진다. 우리는 북쪽의 깊은 숲 속에 산다. 세레스에서 훨씬 북쪽이고, 내가 지내던 고지대에서는 북서쪽이다. 마르스 군인은 아직 한 명도 못 보았다. 봤으면 내가 어떻게 해야 할지 알 수가 없다.

"나는 너를 제외한 다른 모든 사람들에게서 숨어 지냈어. 덕택에 팔팔하게 잘 살아 있지."

그녀가 말한다.

"네 계획은 뭐야?"

그녀는 스스로를 놀리듯 말한다.

"팔팔하게 살아 있기."

"나보다는 더 잘하네."

"무슨 뜻이야?"

"너희 하우스에서는 누구도 널 배신하지 않았을 것 아니야."

"나는 너처럼 지배하지 않았으니까. 사람들은 이래라 저래라 시키는 걸 싫어한다는 걸 기억해야 해. 친구들을 하인처럼 대하면서도 그들에게 사랑받을 수는 있지만, 그들에게 너희는 하인이라고 말하면 그들은 널 죽일 거야. 어쨌거나, 넌 계급과 공포를 너무 믿었어."

"내가?"

"너 말고 누가 있어? 멀리서 봐도 딱 알겠던데. 네 임무가 뭔진 모르겠지만, 너는 그것만 염두에 뒀어. 아주 우울한 그림자를 드리우며 날아가는 화살 같았다고. 널 처음 만났을 때, 네가 원하는 게 뭐가 됐든, 그걸 얻으려고 내 목이라도 베리란 걸 알 수 있었어."

그녀는 잠시 기다린다.

"그나저나 네가 원하는 게 뭐야?"

"이기는 것."

"아, 집어치워. 넌 그렇게 단순하지 않아."

"넌 네가 날 안다고 생각해?"

작은 모닥불에서 석탄 조각이 딱 소리를 낸다.

"네가 잘 때 이오라는 여자 이름을 외친다는 건 알아. 여동생이야? 네가 사랑했던 여자애야? 네 이름처럼 컬러를 짐작하기 힘든 이름이야."

"나는 먼 행성에서 온 촌놈이라는 거 못 들었어?"

"사람들은 아무 말도 안 해 줬어. 별로 들은 게 없어. 아버지가 엄격하셔서."

그녀는 손을 흔들어 보인다.

"아무튼, 그건 상관없어. 중요한 건 아무도 너를 믿지 않는다는 거야. 네가 남들에게 하는 행동보다 너의 목표가 너에겐 더 중요하다는 게 뻔해서."

"너는 달라?"

"아, 아주 다르지, 친애하는 리퍼. 난 너보다 사람들을 더 좋아해. 너는 울부짖고 깨무는 늑대지. 나는 손에 주둥이를 대고 비비는 머스탱이야. 사람들은 나랑은 손을 잡을 수 있다는 걸 알아. 너랑? 젠장, 죽거나 죽이거나나겠지."

그녀가 옳다.

내게 부족이 있었을 때는 나는 잘해 냈다. 난 모두가 나를 사랑하게 만들었다. 그들이 먹고 살 것을 구하게 만들었다. 어떻게 하는지 나도 잘 몰랐으면서도 그들에게 염소를 죽이는 법을 가르쳤다. 내가 성냥을 창조하기라도 한 것처럼 그들에게 불을 주었다. 나는 그들과 비밀을 공유했다…… 우리에겐 음식이 있고 타이투스에겐 없다는 사실이었다. 그들은 나를 아버지 보듯 했다. 그들의 눈에서 그걸 봤던 게 기억난다. 타이투스가 살아 있었을 때 나는 선의와 희망의 상징이었다. 그랬다가 타이투스가 죽었을 때는…… 나는 그가 되었다.

"난 가끔 기관이 나를 가르치기 위해 있는 곳이라는 걸 깜빡할 때가 있어."

나는 머스탱에게 말한다.

그녀는 내게 고개를 갸웃해 보인다.

"우리가 살면서 더 많은 것을 요구해야 한다는 사실 같은 것을?"

그녀의 말이 내 마음에 와 닿는다. 다른 사람의 입술에서 그 말이 나왔던 때가 메아리친다. 더 많은 것을 요구하라. 권력 이상을. 복수 이상을. 우리에게 주어진 것 이상을.

나는 그저 그들을 이기는 게 아니라, 그들보다 더 잘 배워야 한다. 그래야 나는 레드들을 도울 수 있다. 나는 소년이다. 나는 어리석다. 그러나 내가 리더가 되는 법을 배울 수 있다면, 나는 아레스의 아들들의 요원 이상이 될 수 있다. 나는 내 동족들에게 미래를 줄 수 있다. 이오가 원했던 게 그거였다.

겨울이 깊어진다. 이제 늑대들은 굶주렸다. 밤이 되면 울부짖는다. 머스탱과 내가 사냥을 하면 늑대들을 겁을 주어 쫓아야 할 때도 있다. 하지만 황혼 무렵에 순록 한 마리를 잡자, 북쪽에서 늑대 한 무리가 내려온다. 그들은 어두운 유령처럼 숲에서 나타난다. 그림자들이다. 가장 큰 놈은 덩치가 나와 비슷하다. 털이 희다. 다른 늑대들의 털은 이젠 검은색이 아니라 회색이다. 이 늑대들은 계절에 따라 털 색깔이 바뀐다. 나는 그들이 우리를 둘러싸는 것을 지켜본다. 모두 각자 교활하게 움직이지만, 그러면서도 무리의 일원으로서 행동한다.

"우리는 이런 식으로 싸워야 돼."

나는 머스탱과 함께 늑대들이 다가오는 것을 지켜보며 말한다.

"그 얘기는 나중에 하면 안 될까?"

우리는 화살 세 개를 써서 늑대 무리의 우두머리를 죽인다. 나머지는 도망간다. 머스탱과 나는 큰 흰색 짐승의 가죽을 벗긴다. 그녀는 칼을 가죽 밑에 넣고 베며 고개를 든다. 추워서 코가 빨갛다.

"노예들은 무리의 일원이 아니니, 우린 노예들처럼 싸울 순 없어. 그게 중요한 건 아니지. 늑대들도 제대로 하고 있는 건 아니야. 우두머리에게 너무 의존해. 머리를 자르면 몸은 도망가."

"그러면 해답은 자율성이네."

내가 말한다.

"아마도."

그녀는 입술을 깨문다.

그날 밤에 그녀는 더 자세하게 설명한다.

"손이랑 비슷해."

그녀는 내 옆에 친근하게 앉는다. 우리 다리가 닿는다. 죄책감이 척추를 타고 올라올 정도로 가깝다. 순록이 익으며 동굴 안에 아늑하고 짙은 향이 가득 찬다. 밖에서는 눈보라가 몰아치고 늑대 가죽은 불 위에서 마르고 있다.

"손 쥐 봐. 제일 능숙한 손가락이 뭐야?"

그녀가 말한다.

"손가락마다 각자 잘하는 게 있는데."

"골치 아프게 굴지 마."

나는 엄지손가락이라고 말한다. 그녀는 엄지손가락만으로 막대기를 잡아 보라고 시킨다. 그녀는 막대기를 쉽게 빼앗아간다. 그러고는 엄지를 제외한 다른 손가락들만으로 잡아보라고 시킨다. 그녀가 한 번 비틀자 막대기는 빠져나간다.

"네 엄지가 네 하우스 멤버들이라고 생각해 봐. 다른 손가락들은 네가 정복한 노예들이야. 프라이머스나 지도자는 뇌야. 지독히 잘 맞아 들어가지 않아?"

그녀는 내가 쥔 막대기를 빼앗을 수 없다. 나는 막대기를 내려놓고 말하고 싶은 게 뭐냐고 묻는다.

"이제 그냥 스탠더드를 쥐는 것을 넘는 일을 하려고 해 봐. 네 엄지를 시계 반대 방향으로 움직이고, 다른 손가락은 가운뎃손가락만 빼고 시계 방향으로 움직여 봐."

나는 시키는 대로 한다. 그녀는 내 손을 보며 믿을 수 없다는 듯이 웃는다.

"젠장."

나는 그녀가 예를 들려던 것을 망쳐 버렸다. 헬다이버들은 손재주가 좋다. 나는 그녀가 따라하려고 해 보는 것을 지켜본다. 물론 그녀는 실패한다. 나는 이해한다.

"손은 소사이어티와 비슷해."

내가 말한다.

이것은 기관 안의 군대의 구조다. 계급은 간단한 일을 해내는 데는 좋다. 어떤 손가락은 다른 손가락들보다 더 중요하다. 특정한 일을 더 잘하는 손가락이 있다. 모든 손가락은 가장 높은 지위에 있는 뇌의 통제를 받는다. 뇌의 통제는 효과적이다. 엄지와 다른 손가락들을 협력하게 해 준다. 그러나 뇌 하나의 통제에는 한계가 있다. 모든 손가락이 중심이 되는 뇌와 교류하는 각자의 뇌를 지니고 있다고 상상해 보자. 손가락들은 복종하지만 독립적으로 기능한다. 그런 손으로는 어떤 일을 할 수 있을까? 군대가 무얼할 수 있을까? 나는 복잡한 패턴으로 막대기를 빙글빙글 돌린다. 바로 이런 거다.

그녀의 눈이 내 눈에 머무르고, 그녀는 설명하면서 손가락으로 내 손바닥을 쓰다듬는다. 그녀가 만지는 것에 내가 반응하기를 그녀가 원하는 것은 알고 있지만, 나는 억지로 다른 생각에 집중한다.

그녀의 이런 생각은 프록터들의 교훈의 일부는 아니다.

그들의 교훈은 무정부상태에서 질서로 가는 진화에 대한 것이다. 통제에 대한 것이다. 권력의 체계적 축적, 그 권력의 구조, 그리고 유지에 대한 것이다. 계급에 의한 지배가 최선이라는 것을 보여 주기 위한 모델이다. 소사이어티는 진화의 최종 형태, 유일한 답이다. 그녀는 방금 그 규칙에 엿을 먹였다. 최소한 그 한계를 보여주긴 했다.

내가 노예들의 자발적인 충성을 얻을 수 있다면 그로 인해 만들어진 군대는 소사이어티와는 전혀 다른 모습일 것이다. 더 나을 것이다. 만약 라이코스의 레드들이 정말로 월계관을 딸 수 있다고 생각했다면 훨씬 더 생산적이 되었을 것처럼 말이다. 혹은 스타크 루저에 탄 집정관이 자신의 천재성뿐 아니라 자기 밑의 블루 팀의 천재성도 활용할 수 있는 경우처럼.

머스탱의 전략은 이오의 꿈이다.

감전된 것처럼 나는 온몸에 충격을 받는다.

"왜 네가 잡은 노예들을 가지고 시도해 보지 않았지?"

그녀는 만져도 내가 반응하지 않자 손을 뺀다.

"해 봤어."

그 이후로 그녀는 그날 밤 내내 조용하다. 새벽쯤 되자 그녀는 기침을 하기 시작한다.

머스탱은 그 뒤로 며칠 동안 앓는다. 나는 그녀의 폐 속에서 액체가 부글거리는 소리를 듣는다. 골수와 늑대와 잎사귀를 내가 발견한 투구에 넣고 끓인 국물을 먹인다. 그녀는 죽을 것 같은 모습이다. 어떻게 해야 할지 모르겠다. 음식이 부족해서 나는 사냥을 한다. 하지만 사냥감은 드물고 늑대들은 굶주려 있다. 먹잇감들이 이 숲을 떠나서 우리는 작은 토끼들을 먹고 산다. 내가 할 수 있는 것은 그녀를 따뜻하게 해 주고 구름 속에서 메드봇이 내려오길 기다리는 것뿐이다. 프록터들은 우리가 어디 있는지 안다. 그들은 언제나 우리가 어디 있는지 알고 있다.

그 다음 주에 숲 속에서 사람이 지나간 자취를 발견한다. 두 명이다. 나는 음식을 훔칠 수 있을까 싶어 발자국을 따라가 보니 버려진 야영지가 나온다. 동물 뼈가 있고 잉걸불이 아직 뜨겁다. 그러나 말은 없다. 그렇다면 아마 정찰병들은 아닐 것이다. 노예가 된 뒤 서약을 깨고 치욕을 당한 자가 되기로 선택한 사람들이다.

지금은 그런 아이들이 많다.

한 시간 동안 숲 속에서 그들의 자취를 따라가다 보니 걱정이 된다. 그들은 크게 한 바퀴 돌아 익숙한 곳을 지나 우리 동굴로 갔다. 돌아왔을 때는 밤이다. 나와 머스탱이 같이 쓰는 집에서 웃음 소리가 들려온다. 활에 화살을 메긴다. 화살이 가늘게 느껴진다. 호흡을 가다듬기 위해 무릎을 꿇어야 한다. 상처가 아프다. 나는 숨을 헐떡이지만 그들이 머스탱을 데리고 있다면 시간을 더 줄 수는 없다.

우리 동굴을 시야에서 가려 주고 눈, 비바람을 막아 주는 얼어붙은 순록 가죽과 단단히 굳은 눈 벽 가장자리에 서면 그들 눈에 보이지 않는다. 안에서 불이 탁탁 소리를 낸다. 머스탱과 내가 하루 종일 만든 환기구에서 연기가 새어나온다. 남자 아이 둘이 앉아 우리의 남은 고기를 먹고 우리의 물을 마시고 있다.

그들은 더럽고 차림이 남루하다. 머리는 기름 긴 잡초 같다. 얼굴은 얼룩덜룩하다. 검은 여드름이 나 있다. 물론 한때는 아름다웠을 것이다. 한 명은 머스탱의 가슴팍을 깔고 앉아 있다. 내 생명을 구해 준 여자 아이는 재갈을 차고 속옷만 입고 있다. 그녀는 추워서 떤다. 남자 아이 하나는 목을 깨물려 피를 흘리고 있다. 그들은 그녀에게 그 상처에 대한 대가를 치르게 할 계획을 세우고 있다. 칼들이 빨갛게 될 때까지 불에다 달구고 있다. 한 명은 그녀가 벗고 있는 모습을 즐기고 있는 게 분명해 보인다. 그는 그녀가 자신의 쾌락을 위해 만들어진 장난감인 것처럼 그녀의 피부를 만지려

손을 뻗는다.

원시적이고 늑대 같은 생각이 든다. 나 자신도 놀랄 정도의 감정이 나를 휩쓴다. 내가 이 여자 아이에게 이런 감정을 가지고 있는 줄은 지금까지 모르고 있었다. 진정하고 떨리는 손을 멈추는 데 잠시 시간이 걸린다. 그의 손이 그녀의 허벅지 안쪽을 만지고 있다.

첫 번째 아이의 무릎을 쏜다. 칼을 잡으려 손을 뻗는 다음 아이를 쏜다. 조준이 정확하지 않다. 눈을 노렸는데 어깨를 맞힌다. 나는 고통스러워 울부짖는 아이들을 죽일 준비를 하고 가죽을 벗기는 칼을 들고 동굴 안으로 미끄러져 들어간다. 내 안의 인간적인 부분은 꺼져 있고, 나는 머스탱의 눈을 보고서야 멈춘다.

"대로우."

그녀가 부드럽게 말한다.

떨고 있는 지금도 그녀는 아름답다. 작고 쉽게 미소를 짓는, 내 생명을 구해 준 여자 아이다. 이오의 노래를 살아 있게 하는 밝은 눈을 지닌 사람이다. 나는 분노로 부르르 떤다. 내가 10분만 늦게 돌아왔더라면 오늘 밤 내 안에서 무언가가 영영 망가졌을 것이다. 나는 또 다른 죽음은 견딜 수 없다. 특히 머스탱의 죽음이라면 견딜 수 없다.

"대로우, 살려 줘."

그녀는 이오가 내게 사랑한다고 속삭였을 때처럼 속삭이며 다시 말한다. 내 가장 깊은 곳까지 파고든다. 나는 그녀의 목소리, 내 안의 분노를 견딜 수 없다.

입이 제대로 움직이지 않는다. 얼굴에 감각이 없다. 내 얼굴을 통제하는 분노가 자꾸 찡그린 표정을 짓는 것을 멈출 수가 없다. 나는 두 아이의 머리카락을 잡고 끌고 나가 머스탱이 나올 때까지 발로 찬다. 나는 눈 속에서 신음하는 그 둘을 버려 두고 머스탱이 옷 입는 것을 도와주러 들어간다. 뼈가 앙상한 어깨에 동물 가죽을 둘러 준다. 그녀가 너무나 약하게 느껴진다.

"칼 아니면 눈."

그녀는 옷을 입고 나서 남자 아이들에게 묻는다. 그녀는 떨리는 손으로 불에 달군 칼 두 자루를 들고 있다. 그녀가 기침을 한다. 그녀가 무슨 생각을 하고 있는지 알고 있다. 그냥 놔 주면 그들은 우리가 자는 동안 찾아와서 죽일 것이다. 둘 다 저 상처로 죽지는 않을 것이다. 죽을 정도였다면 메드봇들이 왔을 것이다. 서약을 깬 사람들에겐 메드봇이 오지 않는 걸까.

그들은 눈을 선택한다.

기쁘다. 머스탱은 칼을 쓰고 싶지 않았을 테니.

우리는 숲 가장자리의 나무에 그들을 묶고 다른 하우스가 그들을 찾아내도록 봉화를 피운다. 머스탱은 따라오겠다고 우겨서 내 내 기침을 하며 나와 함께 다녀온다. 자기가 없으면 내가 약속대로 하지 않을 거라고 생각한 것 같다. 제대로 맞췄다.

밤이 되어 머스탱이 잠들자 나는 그들을 죽이러 가려고 일어난다. 만약 주피터나 마르스가 그들을 발견하면, 그들은 우리가 어디 있는지 발설할 것이고 우리는 잡힐 것이다.

"그러지 마, 대로우."

내가 순록 가죽을 젖히자 그녀가 말한다. 나는 돌아본다. 그녀가 담요 밑에서 얼굴을 내밀고 나를 보고 있다.

"걔들이 살면 우리는 거처를 옮겨야 돼. 그리고 넌 지금도 아프잖아. 네가 죽을 거야."

여기는 따뜻하다. 피난처다.

"그러면 아침에 움직이자. 나는 보기보다 튼튼해."

그럴 때도 있다. 지금은 그렇지 않다.

아침에 일어나 보니 머스탱은 밤새 온기를 찾아 내 품안으로 웅크리고 들어와 있었다. 그녀의 몸은 너무나 약하다. 바람 속의 나뭇잎처럼 흔들린다. 그녀의 머리카락 냄새를 맡아 본다. 그녀는 부드럽게 숨 쉬고 있다. 얼굴에 소금 자국이 나 있다. 나는 이오를 원한다. 이게 이오의 머리카락, 이오의 온기였으면 좋겠다. 하지만 머스탱을 밀어내지는 않는다. 머스탱을 안으면 고통이 느껴지지만, 그건 과거에서 온 것이지 머스탱에게서 오는 것은 아니다. 그녀는 새로운 것, 희망찬 것이다. 마치 내 깊은 겨울의 봄과 같다.

아침이 되자 우리는 숲 속으로 더 깊이 들어가 암벽에 쓰러진 나무들과 단단한 눈으로 지붕을 달아 피난처를 만든다. 서약을 깬 아이들과 우리 동굴에 어떤 일이 생겼는지는 영영 알지 못한다.

머스탱은 기침이 너무 심해서 잠도 거의 자지 못한다. 그녀가 내 품 안에서 몸을 웅크리고 잘 때면 나는 그녀가 깨지 않을 정도

로 부드럽게 목덜미에 키스한다. 속으로 몰래 그녀가 깨기를 바라
기도 한다. 그저 내가 여기 있다는 걸 알려 주기 위해서. 그녀의 피
부는 뜨겁다. 나는 페르세포네의 노래를 허밍으로 부른다.

"난 가사는 기억이 안 나. 기억나면 좋겠다."

그녀가 내게 속삭인다. 오늘 밤에는 내 다리를 베고 누워 있다.

나는 라이코스를 떠난 이후 노래를 부른 적이 없다. 내 목소리
는 거칠고 다듬어지지 않았다. 천천히 노래가 흘러나온다.

> 들어 봐, 들어 봐,
> 태양의 분노가 잦아들던 것과
> 이삭이 너울거리던 것을 기억해
> 우리는 쓰러지고 쓰러지며
> 옳음과 그름의
> 애도를 노래하며
> 춤을 추었네
>
> 그리고
>
> 내 아들, 내 아들아,
> 나뭇잎들이 불이 되고 계절이 바뀔 때의
> 타오름을 기억해
> 우리는 쓰러지고 쓰러지며

가을 내내
조직을 만들려고
노래를 불렀네

그리고
계곡 아래에서
사신이 낫을 휘두르는 소리를 들어 봐,
사신이 휘두르는 소리를
사신이 휘둘러
계곡 아래에서
사신이 휘두르는 소리를 들으렴
겨울의 이야기는 끝이 났어

내 딸, 내 딸아,
비가 얼어붙고 눈이 죽였을 때의
추위를 기억해
우리는 쓰러지고 쓰러지며
그들의 겨울 노래에 맞추어
얼음 지옥에서
춤을 추었네

내 사랑, 내 사랑아

겨울이 봄의 하늘을 위해 죽었을 때의
울음을 기억해
그들은 으르렁거리고 또 으르렁거렸지
우리는 우리의 씨앗을 움켜쥐고
그들의 탐욕에 맞서서
노래의 씨를 뿌렸네

아들아, 내 아들아
골드가 철의 고삐로 지배하던 때의
사슬을 기억해
우리는 으르렁거리고 또 으르렁거렸지
몸을 비틀고 소리를 질렀어
우리의 것을 위하여,
더 나은 꿈이 있는 계곡을 위하여

그리고
계곡 아래에서
사신이 낫을 휘두르는 소리를 들어 봐,
사신이 휘두르는 소리를
사신이 휘둘러
계곡 아래에서
사신이 휘두르는 소리를 들으렴

겨울의 이야기는 끝이 났어

"이상해."

그녀가 말한다.

"뭐가?"

그녀는 펠트 천에 대고 피 섞인 기침을 한다.

"아버지는 이 노래 때문에 폭동이 일어날 거라고 하셨거든. 사람들이 죽게 될 거라고. 하지만 멜로디가 정말 부드러워. 시골에서 캠프파이어를 피워 놓고 노래를 부르곤 했어, 아버지가 우리를……."

또 기침을 한다.

"사람들…… 눈에 띄지 않게 하셨을 때. 오빠가…… 죽고 나서는…… 아버지는 다시는 나랑 노래를 부르지 않으셨어."

그녀는 곧 죽을 것이다. 시간문제다. 얼굴은 창백하고 미소엔 힘이 없다. 메드봇이 오지 않았으니 내가 할 수 있는 것은 하나뿐이다. 나는 약을 찾으러 그녀를 두고 나가야 한다. 주사약을 발견했거나 포상으로 받은 하우스가 있을 것이다. 곧 가야겠지만 그 전에 음식부터 마련해 주어야 한다.

그날 겨울 숲 속에서 혼자 사냥하는 나를 누군가 따라다닌다. 나는 새 흰 늑대 가죽을 입고 있다. 그들 역시 카무플라주를 하고 있다. 누구인지 보이지는 않지만 있긴 있다. 나는 내 활 시위를 고쳐야 하는 척 하며 뒤를 힐끗 본다. 아무것도 없다. 조용하다. 눈뿐이다. 앙상한 가지에 바람이 분다. 그들은 움직이는 나를 계속 따라온다.

딱 하는 소리가 들린다.

그들이 내 뒤를 지나간다. 피부로, 뼈로 느껴진다. 그래서 나는 나무 위로 올라가 다리 아래의 나뭇가지를 흔든다. 가지 위에 쌓인 눈이 떨어진다. 그 아래서 남자의 왜곡된 형태로 텅 빈 공간이 나타난다. 그는 나를 보고 있다.

"피치너?"

내가 부른다.

그의 풍선껌이 다시 딱 터진다.

"이제 내려오지, 자네."

피치너가 위쪽을 향해 짖는다. 그는 고스트클록과 그래브부츠를 끄고 눈 속으로 가라앉는다. 얇은 검은색 보온복을 입고 있다. 내가 껴입은 군복과 냄새나는 동물 가죽보다 두 배는 더 따뜻한 옷이다.

그를 보는 것은 몇 주만이다. 그는 지쳐 보인다.

"카시우스가 시작한 일을 마무리하려고 왔어요?"

나는 뛰어 내려가며 묻는다.

그는 나를 보더니 히죽 웃는다.

"몰골이 형편없군."

"당신도요. 부드러운 침대, 따뜻한 음식, 와인이 건강을 해치고 있나요?"

나는 위를 가리킨다. 겨울 나무의 뼈다귀 같은 가지 사이로 올림푸스가 희미하게 보인다.

그는 미소를 짓는다.

"데이터 판독에 의하면 9킬로그램이 빠졌다던데."

"젖살이에요. 카시우스가 이온 소드로 베어 냈어요."

나는 활을 꺼내 그를 겨눈다. 그가 펄스실드를 입고 있는지 모르겠다. 펄스 무기와 레이저를 제외한 다른 것은 다 막아 주는 갑옷이다. 그런 무기는 리코일 플레이트만이 막을 수 있지만 그것도 효과가 좋지는 않다.

"난 당신을 쏴야 돼요."

"네가 그럴 엄두가 날까. 나는 프록터라고, 인마."

나는 그의 허벅지를 쏜다. 화살은 눈에 보이지 않는 펄스실드에 부딪히기 전 속도가 느려지고, 실드는 무지갯빛으로 반짝거리고, 화살은 튕겨나가 땅에 떨어진다. 그러니 저들은 리코일 갑옷을 입지 않았을 때도 늘 실드를 착용하고 있는 거로군.

"성질부리긴."

그가 하품을 한다.

펄스실드, 그래브부트, 고스트클록. 그는 펄스피스트도 갖고 있는 것 같고, 그 유명한 레이저도 지녔을 것이다. 눈은 그의 피부에 닿자마자 녹는다. 그는 나무 뒤에 있는 나를 보았으니, 그의 눈에도 뭔가를 넣어 둔 것 같다. 열 감지와 야간 식별은 분명 장착했을 것이다. 뭔지 모를 작은 장치와 애널라이저 모드도 가지고 있다.

그는 내 체중을 알았다. 내 백혈구 수치도 아마 알 것이다. 스펙트럼 분석은?

그는 다시 하품을 한다.

"요즘 올림푸스에선 잠을 많이 못 자. 바쁘다."

"내가 줄리언을 죽이는 홀로를 자칼에게 준 건 누구죠?"

"흠, 넌 시간 낭비를 하지 않는구나."

그가 대답하며 어떤 행동을 하고, 우리 주위의 소리가 간힌다. 눈에 보이지 않는 5미터 크기의 구 바깥의 소리는 들리지 않는다. 그들에게 이런 장난감도 있는 줄은 몰랐다.

"프록터들이 자칼에게 줬다."

"누가요?"

"아폴로. 우리 전부. 그건 의미 없어."

이해가 되지 않는다.

"그들이 자칼을 선호하기 때문인 것 같네요. 맞아요?"

껌에서 딱 소리가 난다.

"늘 그렇듯이. 안됐지만, 넌 이기도록 허락 받지 않았는데 승승장구하고 있었지. 그래서⋯⋯."

나는 설명해 달라고 한다. 그는 방금 한 말이 설명이라고 대답한다. 그는 피로를 숨기려 콜라겐과 화장품을 쓰고 있지만, 그래도 눈 주위가 퀭하고 지쳐 보인다. 배가 더 나왔다. 팔은 여전히 가늘다. 뭔가 그를 걱정스럽게 하고 있다. 그의 외모 때문만은 아니다.

"허락 받는다?"

내가 다시 말한다.

"허락 받는다라고요. 이기도록 허락 받을 수 있는 사람은 없어요. 난 우리가 스스로 사다리를 올라 정상까지 가는 게 중요한 거라 생각했는데요. 그러면 내가 이기도록 허락 받지 않았다면, 자칼은 허락을 받았다는 뜻이네요."

"맞다."

그는 별로 즐거운 목소리가 아니다.

"그럼 아무것도 말이 안 되잖아요. 이 게임 전체를 타락시키는 거예요. 당신들이 규칙을 어겼어요."

나는 맹렬히 말한다.

골드 중 가장 뛰어난 자가 이겨야 하지만, 그들은 이미 승리자를 정해 놓았다. 기관을 망칠 뿐 아니라 소사이어티를 망치는 일이다. 가장 적합한 자가 지배한다. 그들은 그렇게 말한다. 지금 그들은 학생들끼리의 싸움에서 한쪽의 편을 들어서 자신들의 원칙을 배신하고 있다. 월계관과 똑같다. 위선이다.

"걔가 어떤 애길래요? 알렉산더가 될 운명을 타고 났어요? 카이사르? 징기스? 위건? 이건 말도 안 돼요."

"아드리우스는 우리의 친애하는 아우구스투스 대총독의 아들이야. 중요한 건 그것뿐이다."

"네, 그 말씀은 이미 하셨죠. 하지만 걔가 이겨야 될 이유는 뭔데요? 걔네 아버지가 중요한 사람이라는 이유만으로?"

"안타깝게도, 그렇다."

"더 자세히 말해 봐요."

그는 한숨을 쉰다.

"대총독은 우리가 자기 아들이 이겨야 한다고 동의할 때까지 우리 열두 명 전부를 비밀리에 협박하고 뇌물을 줬어. 내 진짜 상사들인 드래프터들은 궁궐, 우주선 등에서 게임을 낱낱이 다 지켜봐. 그들도 아주 중요한 사람들이야. 그리고 품질 관리 위원회도 고려해야 하고, 군주와 국회의원과 다른 총독들도 신경 써야 하지. 왜냐 하면 학교는 많지만, 그들 중 누구도 아무 때나 너희를 볼 수 있으니까."

"뭐라고요? 어떻게?"

그는 내 늑대 반지를 톡 친다.

"생체 측정 나노 캠이야. 걱정 마, 지금은 다른 걸 보여 주고 있으니까. 내가 잼필드를 켰고, 어차피 편집 목적으로 반나절 지연되거든. 언제나 어떤 드래프터나 흉터 입은 자도 게임이 끝난 후에 견습생으로 받아 줄지 결정할 목적으로 아무 때나 너희를 볼 수 있어. 아, 그들은 널 참 좋아하더라."

수천 명의 골드가 나를 지켜보고 있었다.

이미 차가웠던 내 몸 속이 죄어든다.

6번 선단의 사령관이자 카시우스와 줄리언의 아버지이고 마르스 하우스의 드래프터인 데메트리우스 오 벨로나는 내가 자기 아들 하나를 죽이고 다른 아들을 속이는 것을 지켜보았다. 나는 기가 완전히 꺾인다. 내가 타이투스에게 나도 레드이기 때문에 네가 레드인 걸 안다고 말했다면 어땠을까? 그들은 타이투스가 '우라질'이라고 말하는 걸 눈치챘을까? 내가 그는 레드라고 소리 내어 말했나, 아니면 생각만 했나?

"반지를 빼면요?"

"그럼 너는 사라지지, 우리가 전장에 숨겨 놓은 카메라에는 나오겠지만."

그는 윙크를 한다.

"아무한테도 말하지 마라. 만약 드래프터들이 대총독의 꿍꿍이를 알게 되면…… 난리가 날 거다. 분명 하우스들 사이에 긴장이 고조될 거고. 하지만 더 중요한 건, 아우구스투스 가문과 벨로나 가문 사이에 혈투가 일어날 거라는 점이야."

"그리고 그들이 뇌물이 오간 걸 알게 되면 당신도 아주 난처해지겠군요?"

"난 죽을 거야."

그는 미소를 지으려 해 보지만 실패한다.

"그래서 안색이 그렇게 안 좋군요. 곤경의 중심에 있으니까요. 나는 어떻게 해야 되죠?"

그는 무미건조하게 웃는다.

"널 좋아하는 드래프터들이 많아. 마르스 하우스 드래프터들은 네게 먼저 견습 제안을 하겠지만, 하우스 밖의 제안을 받을 수도 있다. 네가 죽으면 그들은 아주 불만스러워할 거야. 특히 마르스 하우스의 소드가. 그의 이름은 론 오 아르코스다. 분명 너도 이름을 들어봤겠지. 레이저 솜씨가 최고인 사람이다."

"나는, 어떻게, 해야, 되죠?"

내가 다시 묻는다.

"아무것도 하지 마. 살아남아라. 자칼의 길에서 피해라. 그렇지 않으면 주피터나 아폴로가 너를 죽일 거고, 나로선 그걸 막을 수 있는 방법이 없어."

"그들은 자칼의 경비견인 거군요?"

"그래. 다른 놈들과 더불어."

"그들이 나를 죽이면 드래프터들이 뭔가 잘못됐다는 걸 알게 될 텐데요."

"아니야. 아폴로는 다른 하우스를 써서 너를 죽이거나 우리가 직접 죽이고 나노캠 영상을 편집할 거야. 아폴로와 주피터는 어리석지 않으니 그들과 엮이지 마. 자칼이 마음대로 하게 두면 너에겐 미래가 있을 거다."

"그리고 당신에게도요."

"그리고 나에게도."

"이해해요."

내가 말한다.

"좋아, 좋아. 네가 이치를 파악할 거라 생각했지. 너를 좋아하는 프록터들이 많아. 심지어 미네르바도 널 좋아해. 처음에는 너를 싫어했지만, 머스탱을 놔 줬기 때문에 그녀는 올림푸스에 남아 있을 수 있었지. 그게 훨씬 덜 창피하거든."

"그녀가 올림푸스에 남아 있도록 허락 받았다고요?"

내가 순진하게 묻는다.

"물론이야. 기관의 규칙이다. 하우스가 패하면 프록터는 현실을 받아들이고 집으로 돌아가 드래프터들에게 뭐가 잘못됐는지를 설명해야 한다."

내 눈에서 갑자기 무언가 번쩍이는 것을 보자 피치너의 미소가 일그러진다.

"그러면 프록터의 하우스가 파괴되면, 떠나야 한다고요? 그리고 내가 죽길 원하는 건 아폴로와 주피터라고 하셨죠?"

"아니야……."

내 목소리에서 갑자기 위협조를 느끼고 그가 애원하듯 말한다.

나는 고개를 갸우뚱한다.

"아니라고요?"

그가 당황하며 말을 더듬는다.

"넌…… 그러면 안 돼! 방금 말했잖아, 빌어먹을 마르스 하우스의 소드가 널 견습생으로 원한다고. 다른 사람들도 있어. 국회의원들, 정치인들, 집정관들. 넌 미래를 원하지 않아?"

"난 자칼의 불알을 뜯어내고 싶어요. 그게 전부예요. 그러고 나서 견습할 곳을 찾아보죠. 내가 성공한다면 강한 인상을 줄 것 같은데."

"대로우! 합리적으로 생각해."

"피치너, 내 친구 로크와 레아가 대총독의 간섭 때문에 죽었어요. 내가 그의 아들 자칼을 내 노예로 만들면 그가 좋아할지 한번 보자고요."

"넌 레드처럼 미쳤구나!"

그는 고개를 절레절레 흔들며 말한다.

"넌 프록터들의 생계를 위협하고 있는 거야. 자기 위치에 만족하고 있는 사람들은 아무도 없어. 그들도 다들 승진을 바라고 있어. 네가 그들의 미래를 위협하면, 아폴로와 주피터가 내려와서 네 목을 벨 거야!"

나는 얼굴을 찡그린다.

"내가 그들의 하우스를 먼저 무너뜨리면 그렇게 못하죠. 내가 그렇게 하면 그들은 떠나야 되는 것 아니에요? 믿을 만한 사람이 규칙이 그렇다고 제게 말해 줬거든요."

나는 두 손을 모은다.

"지금 내겐 죽어 가는 다른 친구가 있고, 항생제를 구하고 싶어요. 좀 주실 수 있으면 정말 좋을 텐데."

그가 나를 빤히 바라본다.

"네가 이렇게 나오는데, 내가 왜 주겠냐?"

"왜냐하면 이제까지 당신은 정말 형편없는 프록터였거든요. 내게 줘야 할 포상들이 있잖아요. 그리고 당신 자신의 미래도 생각해야 하고."

그는 졌다는 듯 코웃음 친다.

"알았다."

그는 다리에 달린 약 가방에서 주사약을 꺼내 건네준다. 그의 손이 내 손에 닿을 때 펄스실드가 나를 아프게 하지 않는다는 걸 눈치 챈다. 그러면 그걸 끌 수도 있는 거구나. 나는 애정을 담아 그의 어깨를 두들겨 감사를 표한다. 그는 어처구니없다는 듯 눈알을 굴린다. 몸 전체에 실드가 꺼져 있다. 그리고 다시 커진다. 기계 장치가 달린 그의 손목에서 아주 작은 웅 하는 소리가 들린다. 이제 프록터들을 적으로 돌리게 됐으니, 알아 두면 좋을 일이다.

"그러면 넌 어떻게 할 거냐?"

"누가 더 위험해요? 아폴로와 주피터 중에. 솔직하게 말해 줘요, 피치너."

"둘 다 괴물 같은 사람들이야. 아폴로가 더 야심이 크다. 주피터는 단순해. 여기서 신 놀이를 하는 걸 즐길 뿐이야."

"그럼 아폴로부터. 그 다음엔 주피터를 박살낼 거예요. 그들이 사라지고 나면 누가 자칼을 보호하죠?"

"자칼."

그가 건조하게 말한다.

"그러면 그가 정말 이길 자격이 있는지 한번 알아보죠."

내가 가기 전에 피치너는 작은 주머니를 땅에 던진다.

"이제 와선 중요하지 않지만, 난 이걸 받았다. 네 친구들이 너를 버리지 않았다는 걸 네게 알려 주라고 하더군."

"누가요?"

"말 못 한다."

491

이걸 그에게 준 사람이 누구인지는 모르지만 그는 내 친구다. 상자 안에는 내 페가수스가 들어 있고 안에는 이오의 헤만서스 꽃이 들어 있기 때문이다. 나는 페가수스 목걸이를 목에 건다.

제35장

서약을 어긴 자들

　내 친구들이 내 편이다. 그들은 이걸로 어떤 의미를 전달하려는 걸까? 어떤 친구들이지? 아레스의 아들들? 아니면 이 수수께끼 같은 친구들은 더 일반적인 의미로, 내가 기관에서 잘해 내길 응원하는 사람들인 걸까? 그들이 페가수스의 의미를 아나? 아니면 그저 내가 그리워할지도 모르겠다 싶은 것으로 나와 재결합하려는 걸까?

　질문이 너무나 많지만 중요한 것은 하나도 없다. 게임 외부의 것들이다. 게임. 게임 말고 다른 게 뭐가 있나? 세상의 모든 진정한 것들, 내 모든 관계, 열망, 필요가 이 게임에 달려 있다. 내가 이 게임에서 이기는 것에 달려 있다. 이기려면 내게는 군대가 필요하지만, 노예들로 구성된 군대여서는 안 된다. 또 그럴 수는 없다.

나는 이제 반란군의 수장으로서 노예들이 아닌 추종자들이 필요하다.

인간을 노예로 만든 부당함에 의해서 인간이 자유로워질 수는 없다.

머스탱이 주사를 맞고 열이 내린 지 일주일 뒤, 우리는 북쪽으로 간다. 그녀의 기침은 멎었고 곧잘 짓는 미소가 돌아왔다. 가끔 쉬어야 할 때도 있지만, 곧 나보다 앞서 나갈 정도로 몸이 좋아진다. 머스탱은 자기가 나를 앞설 수 있다는 걸 일부러 보여 준다. 우리는 사냥감을 끌려고 최대한 시끄럽게 소리를 내며 움직인다. 불쾌할 정도로 크게 불을 지핀 지 엿새째 되는 날 밤, 우리는 처음으로 음식을 먹는다.

서약을 어긴 자들이 자신들의 소리를 물소리로 숨기며 개울을 따라 접근한다. 나는 즉시 그들을 좋아하게 된다. 우리의 불이 덫이 아니었다면 그들은 우리 몰래 급습했을 것이다. 하지만 이 불은 덫이고, 그 둘이 빛 속으로 걸어 들어오자 우리가 덮친다. 하지만 그들은 개울을 따라 올 정도로 똑똑했고, 어둠 속에 누군가를 숨겨둘 정도로 똑똑하기도 하다. 활에 화살을 메기는 소리에 이어 비명 소리가 들린다. 머스탱이 어둠 속에 있는 아이를, 내가 다른 둘을 맡는다. 늑대 가죽을 덮고 위에 눈을 덮어 쓰고 있던 나는 눈을 가르고 일어나 뒤에서 활로 때려 쓰러뜨린다.

그 뒤, 머스탱에게 맞은 아이가 우리 불가에 앉아 부어오른 눈을 만지는 동안 나는 그들의 리더와 이야기를 나눈다. 그녀의 이

494

름은 밀리아다. 키가 크고 버드나무처럼 말랐고, 얼굴은 말처럼 길고 어깨가 조금 구부정하다. 깡마른 몸에 누더기와 훔친 가죽을 걸치고 있다. 다치지 않은 다른 아이는 닥스다. 키가 작고 예쁘고, 손가락 세 개가 동상에 걸렸다. 우리는 여분의 모피를 그들에게 준다. 내 생각에 그게 대화를 완전히 바꿔 놓는 것 같다.

"우리가 너희를 노예로 만들 수 있다는 것 알지?"

머스탱은 스탠더드를 휘두르며 말한다.

"그러니 너희들은 게임이 끝났을 때 두 번 서약을 어긴 게 되고, 두 배로 기피 당할 거야."

밀리아는 아무래도 좋다고 생각하는 것 같다. 닥스는 그렇지 않다. 다른 아이는 그저 밀리아를 따를 뿐이다.

"그게 무슨 상관이람. 한 번이나 두 번이나 다를 게 뭐야. 무릎에 멍이 드는 것보다 수치를 당하는 게 낫지. 너 내 아버지 알아?"

밀리아가 말한다. 그들은 모두 마르스의 노예 마크를 지니고 있다. 나는 그들을 알아볼 수 없지만 반지를 보니 주노 하우스 아이들이다.

"난 네 아버지가 누구든 상관 안 해."

"내 아버지는 가우이스 오 트라추스야. 화성 남반구의 법무장관이라고."

그녀가 우긴다.

"그래도 난 상관 안 해."

"그리고 할아버지는……."

"상관 안 해."

"그럼 넌 바보야. 날 네 노예로 만들겠다고 생각한다면 두 배나 더 어리석은 거고. 난 밤에 널 베어 버릴 거야."

그녀가 느릿느릿 말한다.

나는 머스탱에게 고개를 끄덕인다. 그녀는 갑자기 스탠더드를 들고 일어나 밀리아의 머리에 댄다. 마르스 마크가 미네르바 마크로 변한다. 그리고 그녀는 미네르바의 마크를 지운다. 닥스의 눈이 커진다.

"내가 널 자유롭게 해 줘도? 그래도 날 벨 거야?"

내가 밀리아에게 묻는다.

밀리아는 어떻게 대답해야 할지 모른다.

"밀리, 넌 어떻게 생각해?"

닥스가 조용히 묻는다.

내가 자세히 설명한다.

"노예가 아니야. 때리지도 않아. 네가 야영장에서 똥을 눌 구덩이를 하나 파면, 나는 구덩이 두 개를 팔 거야. 누가 널 베면, 난 그들을 갈기갈기 찢어 버릴 거야. 자, 너는 우리 군대에 합류할래?"

"그의 군대야."

머스탱이 정정한다. 나는 얼굴을 찌푸리고 그녀를 돌아본다.

"그가 누군데?"

밀리아는 나에게 시선을 고정한 채 묻는다.

"그는 리퍼야."

서약을 깬 자들 열 명을 모으는 데 일주일이 걸린다. 내 생각으로는 이 열 명은 노예가 되고 싶지 않다는 걸 이미 명확히 표명했다. 그러니 그들은 제일 먼저 목적, 음식, 털가죽을 주는 사람, 부츠 굽을 핥으라고 시키지 않는 사람을 좋아할 가능성이 높다. 그들 대부분은 나에 대해 들어 봤지만, 내가 팍스를 물리칠 때 썼던 유명한 슬링블레이드를 가지고 있지 않아서 다들 실망한다. 팍스는 상당한 전설이 된 모양이다. 그들 말로는 마르스의 노예들이 주피터의 노예들과 싸울 때 팍스가 한 아이가 탄 말을 통째로 들어서 아르고스에 던져 버렸다고 한다.

우리 머릿수가 늘어나면서 우리는 더 큰 군대들에게서 숨는다. 마르스가 내 하우스이긴 해도, 로크가 죽고 카시우스가 적이 된 지금 내게 남은 친구는 퀸과 세브로뿐이다. 어쩌면 폴룩스도 내 친구일지 모르지만 그는 바람이 부는 대로 어디든 갈 쥐새끼 같은 놈이다.

내 하우스와는 있을 수 없다. 거기엔 내 자리가 없다. 내가 그들의 리더였긴 하지만, 그들이 나를 어떻게 바라보았는지 나는 기억한다. 그리고 지금은 내가 살아 있다는 걸 그들이 꼭 알아야만 한다.

마르스와 주피터 사이의 전쟁에도 불구하고, 튼튼한 세레스는 정복되지 않은 채 강가에 버티고 있다. 세레스의 높은 벽 안에서는 지금도 빵을 굽는 연기가 피어오른다. 세레스 주위의 평원에는 말을 탄 두 하우스의 군대가 얼어붙은 아르고스를 마음대로 건너며 돌아다닌다. 그들은 이제 낮게 충전된 이온 소드를 가지고 다니니, 서로 금속을 사용해 감전시키고 팔다리를 자를 수 있다. 소규모 충돌이 접전으로 번지면 메드봇이 비명을 지르며 날아다니면서 피를 흘리거나 뼈가 부러져 신음하는 학생들을 치료한다. 각 군의 대장들은 새 무기로부터 몸을 보호할 이온 갑옷을 입고 있다. 말들이 서로 충돌한다. 이온 화살이 날아다닌다. 고지대와 큰 아르고스 강 사이의 넓은 평원에서 노예들이 단순한 구식 무기로 서로 때린다. 구경하기엔 장관이지만 어리석은, 너무나 어리석은 짓이다.

나는 포보스 타워 앞 평원에서 갑옷을 입은 마르스와 주피터의 부대가 서로를 향해 전속력으로 돌진하는 것을 지켜본다. 깃발이 휘날린다. 말들이 두터운 눈을 짓밟는다. 금속의 두 물결이 서로를 향해 무너지자 갑옷 입은 장관이 충돌한다. 넓은 방패와 갑옷 위에 강렬한 전기가 흐르는 창이 부딪히며 번쩍인다. 반짝이는 소드들이 그와 비슷한 다른 칼들을 내려친다. 하이드래프트와 하이드래프트가 맞서 싸운다. 이 거대한 체스 시합에서 졸에 해당하는 노예들은 떼를 지어 서로에게 몰아닥친다.

너무 낡아서 프라이수트처럼 보이는 녹슨 진홍색 갑옷을 입은 팍스가 보인다. 그가 말을 넘어뜨리는 것을 보고 나는 웃는다. 그러나 그림 같은 완벽한 기사가 있다면 그건 팍스가 아니라 카시우스일 것이다. 이제 그가 눈에 들어온다. 그는 빛나는 갑옷을 입고 적들 사이를 질주하며 적들을 하나 하나 감전시킨다. 그의 소드가 불꽃의 혀처럼 번쩍이며 좌우로 웅웅 날아다닌다. 그는 잘 싸우지만, 그가 얼마나 어리석게 싸우는지를 보고 나는 충격 받는다. 창수들을 대동하고 당당하게 적진 한가운데에 뛰어들어 적들을 사로잡는다. 그러면 살아남은 부대가 다시 모여서 그에게 똑같이 공격한다. 어느 쪽도 상당한 이득을 보지 못하며 계속 그렇게 주고받는다.

내가 머스탱에게 말한다.

"멍청이들이네. 저 예쁜 갑옷과 소드 때문에 눈이 먼 모양이야. 난 알아. 만약 쟤들이 저렇게 서너 번 더 충돌하면 우리가 그냥 이기겠는걸."

"쟤들도 전략은 있어. 봐, 저쪽에서 쐐기 모양으로 진영을 만들잖아. 그리고 저쪽에서 측면을 공격하기 전에 페인트를 쓰고 있어."

"그래도 내 말이 맞아."

"그래도 네가 틀리진 않지."

그녀는 잠시 지켜본다.

"우리가 하던 작은 전쟁과 비슷해. 네가 보름달 뜬 날의 늑대처럼 사람들에게 울부짖으며 뛰어다니고 있지 않다는 것만 빼고."

머스탱은 한숨을 쉬고 내 어깨에 한 손을 얹는다.

"아, 그리운 옛 시절이군."

밀리아가 코에 주름을 잡은 채 우리를 지켜본다.

"전쟁을 이기는 건 전략이야. 계획이 전쟁을 이겨."

내가 말하자 머스탱이 내 뺨을 꼬집으며 놀린다.

"우우. 나는 리퍼라고 해. 늑대의 신. 전략의 왕. 넌 정말 사랑스럽다니까."

나는 찰싹 때려 머스탱을 밀어 낸다. 밀리아는 어이없다는 듯 눈알을 굴린다.

"그래서, 우리 전략이 뭔가요, 대감마님?"

머스탱이 내게 묻는다.

적과의 충돌을 오래 끌수록 프록터들이 나를 무너뜨릴 가능성이 커진다. 내가 떠오르는 것은 순식간에 이뤄져야 한다. 그녀에게 이 말은 하지 않는다.

"속도가 우리 전략이야. 속도와 극단적인 편견."

다음 날 아침, 마르스 하우스의 부대는 메타스 강의 다리가 밤새 쓰러진 나무들 때문에 막혀 있는 것을 발견한다. 예상대로 그들은 일종의 덫일 것을 두려워해 말을 돌려 성으로 돌아간다. 포보스와 데이모스에 있는 그들의 경비원은 우리를 보지 못한다. 그들은 내려다보고는 연기를 피워 다리 근처의 황량한 낙엽수림 안에 적이 없다는 신호를 보낸다. 우리는 컴컴한 새벽부터 다리에서 50미터 떨어진 숲 안에 엎드려 있었기 때문에 보지 못한 것이다. 서약을 어긴 자들은 모두 흰색이나 회색 늑대 가죽을 갖고 있다. 늑대들을 찾는 데 일주일이 걸렸지만, 더 잘된 일인지도 모른다. 사냥을 하면서 유대감이 생겼다. 내 병사 열 명은 지리멸렬한 놈들이다. 거짓말쟁이들, 이 게임에서 노예가 되느니 미래를 망치는 걸 선택한 못된 사기꾼들이다. 그래서 자존심이 강하고 실용적이지만 별로 명예로운 집단은 아니다. 딱 내게 필요한 부류들이다. 그들은 흰 새똥과 회색 찰흙으로 칠해서, 벌어진 늑대 입 속에서 숨결을 내뿜는 우리는 유령 같은 겨울 짐승의 모습을 하고 있다.

"쟤네들은 무시무시한 사람에게서 존중받는 걸 좋아해. 나도 그렇고."

밀리아가 전날 밤 내게 말했다. 목소리는 사시나무에 매달린 고드름처럼 차갑고 딱딱하다.

머스탱이 내게 속삭인다.

"마르스는 미끼를 물 거야. 저 하우스에 머리 좋은 사람들은 별로 안 남았어."

로크가 사라졌으니 그럴 만도 하다. 그녀는 눈 속에서 내게 가까운 자리를 골랐다. 아주 가까워서 그녀와 내 다리가 나란히 뻗어 있고, 엎드려 있기 때문에 옆으로 돌린 얼굴은 내 얼굴에서 한 뼘 정도 앞에 있다. 우리는 흰 늑대 가죽을 덮고 있다. 숨을 들이쉬면 그녀의 호흡 때문에 공기가 따뜻하다. 그녀에게 키스하는 것을 생각해 보는 것은 지금이 처음인 것 같다. 나는 그 생각을 떨쳐 버리고 이오의 장난스러운 입술 모습을 소환한다.

카시우스는 한낮에 다리 위로 쓰러진 나무들을 치울 부대를 보낸다. 매복을 우려해 대부분 노예로 구성된 부대를 보냈다. 사실 카시우스는 게임을 지나치게 영리하게 한다. 그는 주피터와 싸우고 있다고 믿고 있기 때문에, 그가 생각하는 매복은 다리를 치우고 나면 갑자기 기마 부대가 기습해 오는 형태다. 그래서 그는 말들을 강을 돌아 고지대 남쪽을 지나 포보스 근처의 다리 반대편으로 가게 한다. 드넓은 숲이나 평원에서 올 기마부대를 덮치기 위해서다. 1.5킬로미터 떨어진 곳의 높은 소나무에서 망을 보는 밀리아가 울부짖어 내게 이 움직임을 알려 준다. 움직일 때다.

우리 열 명은 울부짖거나 소리 지르지 않고 나뭇잎 없는 숲을 질주해 노예들에게 간다. 하이드래프트 네 명이 말을 타고 작업을 지켜본다. 그중 하나는 치피오다. 우리는 속력을 높인다. 황량한 숲 안을 더 빨리 달려 그들의 측면을 향한다. 그들은 우리를 보지 못한다. 우리는 흩어진다. 첫 공격을 하려고 서로 경주하듯 달린다.

내가 이긴다.

로우그래브에서 5미터 앞으로 뛰면서, 나는 미친 악마처럼 숲에서 날아와 무딘 소드로 치피오의 어깨를 공격한다. 그는 안장에서 떨어진다. 말들이 히힝 하고 운다. 머스탱은 스탠더드로 다른 하이드래프트를 잡는다. 흰색과 회색 그림자가 진 조용한 내 부대가 앞으로 전진한다. 서약을 어긴 자 두 명이 하이드래프트들의 말로 뛰어올라 곤봉과 무딘 도끼로 말에 탄 아이들을 공격한다. 나는 죽이지는 말라고 명령해 두었다. 4초 만에 끝난다. 말들은 주인이 어디 갔는지조차 모른다. 우리 부대는 말들을 지나 다리 위의 통나무를 치우는 노예들에게 간다. 머스탱이 여섯 명을 미네르바 노예로 만들고 나머지를 진압하는 것을 도우라고 명령할 때까지 노예들 중 절반은 우리 소리를 듣지도 못한다. 그제야 고함 소리가 나고, 마르스 노예들은 도끼를 우리 부대 쪽으로 돌린다.

미네르바에서 온 아이들은 머스탱을 알아보고, 머스탱이 마르스 상징을 지워 주자 자유가 된다. 마치 조류처럼 상황이 바뀐다. 노예 여섯 명이 우리 편이다. 그들은 화성의 다른 노예들과 씨름하며 머스탱이 그들을 미네르바 노예로 만드는 동안 붙잡고 있는다. 이런 과정을 거쳐 여덟 명이 된다. 열. 열하나. 한 명만 남아 말썽을 피운다. 그리고 그가 가장 탐나는 노예다. 팍스다. 다행히 그는 갑옷은 입지 않았다. 노동을 하러 온 거지만, 그래도 일곱 명이 달라붙어야 겨우 땅에 눌러 놓을 수 있다. 그는 으르렁거리며 자기 이름을 외친다. 나는 그에게 달려들어 주먹으로 얼굴을 친다. 우리 부대가 하나씩 하나씩 더 달려들어 총 열두 명이 유전자의 괴물을 내리누르고 있을 때까지 나는 침을 뱉고 웃는다. 머스탱이 마르스 상징을 지워 주자 그의 포효는 웃음소리로 바뀐다. 너무나 소리가 높아 마치 여자 아이 웃음소리 같다.

"자유우우우우!"

그가 포효한다. 그는 불구로 만들 사람을 찾아 벌떡 일어난다.

"대로우 오 안드로메두스!"

내 얼굴을 박살낼 준비가 된 그는 내게 고함을 지른다. 머스탱이 소리를 질러 진정시킨다.

"쟤는 우리 편이야."

머스탱이 말한다.

팍스의 거인 같은 얼굴에 미소가 활짝 떠오른다.

"정말이야? 대단한 소식이군!"

그는 나를 힘차게 포옹한다.

"자유우우우우, 형제들…… 그리고 자매들이여! 달콤한 자유!"

우리는 땅에 쓰러져 신음하는 치피오와 다른 하이드래프트들을 버려 둔다.

마르스의 기수들이 막힌 다리를 돌아서 돌아오기 전에 우리가 협곡의 숲 속을 질주해 북쪽의 작은 산으로 향하는 동안 포보스와 데이모스에서 연기 신호가 올라온다. 경비병이 이 광경을 전부 보았다. 그들은 분명 겁에 질려 있을 것이다. 1분도 안 되는 동안 일어난 일이다. 팍스는 멈추지 않고 여자 아이처럼 웃는다.

마르스 하우스는 갑자기 수가 줄어서 당황할 것이다. 그러나 내겐 그보다 많은 것이 필요하다. 나는 그들이 생각하는 나의 이미지를 결함이 있는 리더에서 초자연적인, 그들의 이해를 넘어서는 존재로 바꿀 필요가 있다. 나는 자칼처럼 될 필요가 있다. 이름이 없는 초인 말이다.

그날 밤, 나는 마르스 성 북쪽의 눈을 몰래 뚫고 간다. 기수들이 협곡을 순찰한다. 그들의 말발굽이 밤 잔디를 부드럽게 밟는다. 나는 말의 굴레가 어둠 속에서 땡그랑거리는 소리를 듣는다. 그들이 보이지는 않는다. 내 늑대 가죽은 내리는 눈처럼 희다. 머리 가죽까지 썼기 때문에, 나는 추운 지옥을 수호하는 존재 같은 모습이다. 암벽은 내 기억보다 가파르다. 눈 덮인 가파른 벽을 기어오르다 거의 떨어질 뻔한다. 성벽에 도착한다. 벽에서 횃불이 깜박인다. 바람이 불꽃을 흔든다. 머스탱이 곧 불을 지를 것이다.

나는 가죽을 벗어 둘둘 만다. 피부에는 석탄을 칠해 두었다. 금속 집게를 돌 사이 공간에 밀어 넣는다. 드릴을 기어오르는 것과 비슷하지만, 나는 힘이 더 세고 프라이수트를 입지 않았다. 올라가는 동안 페가수스가 내 가슴에 부딪히며 뛴다. 6분 뒤 꼭대기에 올라갔을 때는 숨조차 헐떡이지 않는다.

성곽 바로 밑의 돌을 잡고 매달린다. 나는 지나가는 보초의 소리를 들으며 매달려 있는다. 물론 노예다. 그리고 그녀는 어리석지 않다. 내가 성곽을 기어올라 넘어가는 것을 보고 내 목에 창을 들이댄다. 나는 마르스 반지를 보여 주며 손가락 하나를 내 입술에 댄다.

"내가 사람들을 호출하지 말아야 할 이유가 있어?"

그녀가 묻는다. 그녀는 예전에 미네르바 하우스였다.

"그들이 적을 감시하며 벽을 지키라고 했어? 물론 그랬겠지. 하지만 나는 마르스 하우스야. 이 반지를 봐. 난 적일 수가 없잖아?"

그녀는 얼굴을 찌푸린다.

"프라이머스는 성벽에서 침입자들을 감시하고 죽이거나 호출하라고 했는데……."

"여긴 내 집이야. 나는 마르스 하우스의 정당한 프라이머스야. 나는 너의 주인이고 나는 너에게 계속해서 침입자들을 감시하라고 명령하겠어. 반드시 따라야 해."

나는 윙크를 한다.

"네가 명령에 문자 그대로 정확히 따랐다는 걸 알면 버지니아가 기뻐할 거야. 맹세해."

그녀는 머스탱의 본명을 듣자 고개를 갸우뚱하더니 나를 본다.

"내 프라이머스가 살아 있어?"

"미네르바 하우스는 아직 쓰러지지 않았어."

그녀가 어찌나 환하게 미소를 짓는지 얼굴이 구겨질 정도다.

"음…… 그럼…… 여긴 네 집이 맞는 것 같아. 네가 들어오는 걸 막을 수는 없지. 나는 서약에 따라 명령을 지켜야 하니까. 잠 깐…… 나 너 누군지 알아. 네가 죽었다고들 하던데."

"내가 아직 숨 쉬는 건 네 프라이머스 덕택이야."

나는 그녀를 통해 노예들이 밤에 기지를 지키는 동안 하우스 멤 버들은 잔다는 걸 알게 된다. 노예들은 이게 문제다. 의무를 피할 방법을 너무나 찾고 싶어 하고, 비밀을 공유하는 것을 너무나 즐 긴다. 나는 그녀를 뒤로하고 그녀가 실수로 내 손바닥에 떨어뜨린 열쇠를 사용해 탑에 숨어 들어간다.

내 집을 몰래 돌아다니며, 카시우스를 찾아가고 싶은 유혹을 느 낀다. 하지만 나는 카시우스를 죽이러 온 것이 아니다. 폭력은 바 보들의 탈출구다. 나는 가끔 바보일 때도 있지만, 오늘은 똑똑한 것 같은 기분이 든다. 나는 스탠더드를 훔치러 온 것도 아니다. 그 건 지키고 있을 것이다. 아니, 나는 한때 그들이 나를 두려워했다 는 걸 상기시켜 주러 온 것이다. 내가 그들 중 최고라는 것. 나는 어디든 내 마음대로 간다는 것. 내가 하고 싶은 대로 한다는 것.

나는 모든 노예 보초들에게 같은 주장을 할 수는 있지만 그늘 속에 있는다. 나는 탑의 모든 문에 슬링블레이드를 새긴다. 신화를 만들기 위해 작전실에 들어가 커다란 테이블에 슬링블레이드를 새긴다. 그리고 루머를 퍼뜨리기 위해 카시우스의 의자에 두개골을 새기고 나무 의자 뒤에 칼을 꽂는다.

들어왔던 길로 나가면서 성 북쪽의 언덕이 활활 타오르는 것을 본다. 리퍼의 슬링블레이드 모양으로 쌓아 둔 덤불이 밤새 뜨겁게 타오른다.

세브로가 아직 마르스와 있다면 나를 찾아올 것이다. 그 작은 개자식의 도움은 유용하다.

제36장

두 번째 테스트

군대를 갖기 위해서는 군대를 먹일 수 있어야 한다. 그러니 나는 주피터와 마르스가 모두 군침을 흘리고 있는 세레스의 오븐을 손에 넣을 것이다.

우리에게 합류한 미네르바 하우스 아이들은 내 권위를 받아들이는 것이 완벽하게 이성적인 일이라고 생각한다. 내가 그렇게 믿고 싶어서가 아니라 정말이다. 그들은 몇 달 전에 내가 하울러들을 죽은 말 속에 숨겨 둔 것에 강한 인상을 받았고, 내가 팍스를 꺾었던 것도 기억한다. 하지만 그들이 내게 복종하는 단 하나의 이유는 머스탱이 나를 믿기 때문이다. 우리는 다이아나 하우스의 아이들은 일단 노예인 채로 둔다. 나는 그들의 신뢰를 얻어야 한다. 택터스는 이상하게도 유일하게 나를 믿는 걸로 보이는 사람이다. 그렇지만 저 말수 적은 녀석은 내가 한 달도 더 전에 죽은 말에 넣고 꿰매겠다고 할 때도 싱글벙글이었다. 내가 죽은 말에 넣고 꿰맨 다이아나 아이들이 두 명 더 있다. 다른 아이들은 걔들을 데드호시즈라고 부르고, 그들은 흰 말 털을 땋아서 달고 다닌다. 걔들은 좀 제정신이 아닌 것 같다.

숲과 고지대에는 딴 건 몰라도 늑대들은 참 많다. 우리는 새 멤버들에게 내 방식의 싸움을 훈련시키려고 늑대를 사냥한다. 화려한 기병 돌격은 없다. 말을 타고 빌어먹을 긴 창을 휘두르지도 않는다. 그리고 멍청한 교전 규칙 같은 건 당연히 없다. 모두 늑대 가죽을 갖게 된다. 가죽은 마르면서 악취를 풍기고, 우리는 썩은 부분을 벗겨낸다. 팍스만 빼고 모두 늑대가죽을 쓴다. 팍스가 쓸 만큼 큰 늑대는 없다.

"세레스 하우스는 포위에 익숙해."

머스탱이 말한다. 그 말이 옳다. 세레스는 밤에 깨 있는 병력이 낮보다 더 많은 것 같다. 그들은 기습 공격에 대비한다. 밤이면 성벽 아래에 여기저기 불을 피워 둔다. 어떻게 구했는지 그들은 이제 개를 가지고 있다. 개들이 성벽을 따라 돌아다닌다. 오래 전 마르스가 미네르바와 전쟁을 할 때, 내가 기습 공격을 시도하며 세브로를 화장실을 통해 들여 보내려고 시도했던 이래 물길에는 언제나 경비가 서 있다. 세브로는 그 일로 나를 용서하지 않으려 했다. 세레스 학생들은 이제 밖으로 나오지 않는다. 그들은 탁 트인 곳에서 힘이 더 센 하우스들과 싸우는 것의 위험함을 익혔다. 그들은 겨울 동안 틀어박혀 있다가, 다른 하우스들이 추위와 굶주림으로 약해지면 봄에 요새에서 나올 것이다. 강하고, 준비를 갖추고, 조직된 상태로 말이다.

하지만 그들은 봄까지 버티지 못할 것이다.

"그러면 우린 낮에 공격해?"

머스탱의 추측이다.

"당연하지."

가끔 나는 우리가 왜 말을 하는지 알 수 없을 때도 있다. 그녀는 내 생각을 안다. 미친 생각까지 읽어 낸다.

이 아이디어는 유난히 미친 생각이다. 우리는 북쪽 숲에서 도끼로 나무를 평평하게 만들고 하루 종일 연습한다. 팍스가 있어 이 계획이 가능하다. 나무 위에서 누가 균형을 제일 잘 잡는지 시합을 한다. 머스탱이 이긴다. 말상을 한 밀리아가 두 번째고, 그녀는 머스탱을 이기지 못해 씁쓸한 듯 침을 뱉는다. 내가 세 번째다.

마르스에 덫을 놓았을 때처럼 우리는 전날 밤 최대한 가까이 다가가 깊은 눈 속에 파고 든다. 이번에도 머스탱과 내가 짝을 이뤄 눈 밑에서 몸을 붙이고 눕는다. 택터스는 밀리아와 짝을 지으려 하지만 밀리아는 꺼지라고 말한다. 그는 팍스의 냄새 나는 겨드랑이 밑으로 기어들며 밀리아에게 투덜거린다.

"잘 생각해 봐. 난 너에게 잘해 주려고 했던 거야. 네 외모는 가고일의 사마귀 정도야. 이럴 때가 아니면 네가 언제 나 같은 사람이랑 누워 보겠어? 고마운 줄도 모르는 암퇘지 같으니."

머스탱과 다른 여자 아이들은 코웃음을 치며 조소한다. 밤의 고요함과 탁 트인 얼음 평원의 추위가 우리를 공격하고 우리는 이내 조용해진다.

아침이 되자 머스탱과 나는 껴안은 채 떨며 깬다. 새로 눈이 내려 우리가 더 깊이 묻혀서 계획이 실패할 위험이 생겼다. 하지만 바람은 견딜 만하고 눈이 공중에서 빙빙 돌며 날려 많이 깊지는 않다. 내가 제일 먼저 일어나지만, 움직이지는 않는다. 내가 하품을 하며 잠기운을 전부 털어낸 지 얼마 후에 나의 군대는 조직적으로 잠에서 깬다. 한 학생이 뒤척이고 투덜거리면 옆 사람이 깨고, 곧 눈 아래의 뱀 같은 얕은 터널에 같이 묻힌 골드들이 코를 훌쩍이고 기침을 해 댄다. 보이지는 않지만, 눈보라가 치고 바람 소리가 나는데도 그들이 일어난 것은 알 수 있다.

내 두꺼운 망토 바깥에는 얼음이 얼었다. 머스탱이 내 털가죽 안으로 따뜻한 손을 넣고 내 옆구리에 대고 있다. 그녀의 숨결이 내 목을 따스하게 해 준다. 내가 뒤척이자 그녀는 하품을 하고 몸을 뺀다. 고양이처럼 눈 밑에서 기지개를 켜며 몸을 조금 뗀다. 우리 사이로 눈이 떨어진다.

"지옥 같군. 비참한데."

밀리아의 짝인 닥스가 투덜거린다. 우리 눈 속 터널에서는 그의 모습이 보이지는 않는다.

머스탱이 나를 쿡 찌른다. 택터스가 팍스 겨드랑이 밑에 몸을 웅크리고 누운 모습이 살짝 보인다. 두 남자가 찰싹 붙어 있다가 연인처럼 잠에서 깨고, 얼음이 묻은 눈꺼풀을 떨며 눈을 열었다가 움찔하며 몸을 뗀다.

"둘 중 누가 로미오일까."

머스탱이 쉰 목소리로 속삭인다.

나는 키득거리고 우리 터널 지붕에 구멍을 낸다. 확인해 보니 말을 타고 이른 아침 정찰을 나온 먼 곳의 정찰병들 몇을 제외하고는 이 평원에는 24명으로 구성된 나의 부대뿐이다. 정찰병들은 문제가 아니다. 북쪽 강에서 불어오는 바람이 내 얼굴을 강하게 때린다.

"준비됐어? 아님 너무 추워?"

내가 은신처 안으로 머리를 다시 집어넣자 머스탱이 씩 웃으며 묻는다.

나는 미소 지으며 말한다.

"내가 널 처음 속였을 때 호수 속이 더 추웠어. 아, 옛날이여."

"너의 신뢰를 얻기 위한 내 큰 계획의 일부였단다, 애야."

그녀는 장난스럽게 웃는다. 그녀는 내 눈에서 걱정하는 기색을 발견하고는 내 허벅지를 잡고 다른 아이들이 들을 수 없게 가까이 다가온다.

"이 계획이 실패할 수 있다면 내가 여기서 너랑 같이 눈 속에 쭈그리고 앉아 있을 것 같아? 아니야. 하지만 난 추워서 죽을 지경이고 바람이 잦아들고 있으니까, 가자, 리퍼."

내가 카운트다운하고 우리는 일어선다. 우리 주위로 눈이 부스

512

러져 떨어지고 바람이 얼굴을 찌르는 가운데 우리는 평원에서 성
벽까지의 100미터를 전력 질주한다. 24명 모두. 다시 조용해졌다.
바람이 거칠게 분다. 우리는 긴 통나무를 나르고 있다. 우리 터널
속에서 통나무와 함께 밤을 보냈을 때처럼 나무에 찰싹 붙어 있
다. 무겁지만 우린 24명이고 팍스는 부모님에게서 말을 쓰러뜨릴
수 있는 유전자를 받았다. 숨이 차다. 다리가 화끈거린다. 깊은 눈
속에서 통나무가 우리 어깨를 짓눌러 이를 악문다. 길고 힘든 이
동이다. 성벽에서 외치는 소리가 들린다. 조용한 겨울 아침에 메아
리치는 외롭고 공허한 외침이다. 외침 소리가 더 들린다. 아직 몇
명 안 된다. 개 짖는 소리. 혼란. 화살 하나가 지나간다. 또 하나 더.
죽음을 품은 화살들이 날아가는데 세상이 어찌나 조용한지 놀랍
다. 바람이 다시 잠잠해졌다. 태양은 구름층 뒤에 숨어서 빛나고
우리는 아침의 따스함을 온몸으로 받는다.

  성벽에 도착했다. 석조 요새 너머에서, 그들의 탑에서 고함 소
리가 퍼진다. 신호하는 나팔 소리. 개 짖는 소리. 궁수들이 성벽 위
로 기대자 눈이 떨어진다. 내 손 옆 나무에 화살이 박히며 부르르
떨린다. 누군가 피투성이가 되어 쓰러진다. 닥스다. 팍스가 으르렁
거리고, 팍스, 택터스, 그리고 우리 중 가장 힘센 아이들 다섯 명
이 더 가세해 우리가 통나무에서 잘라 낸 긴 나무 기둥을 들고 끝
부분을 최대한 세게 벽에 틀어박는다. 그들은 각도를 유지하고 나
무를 들고 있다. 그 무게 때문에 포효하고 있다. 성벽 꼭대기까
지는 5미터 못 미치지만, 나는 이미 가느다란 나무 위를 뛰어 올라

가고 있다. 나무를 받치고 있는 팍스는 멧돼지처럼 끙끙거린다. 그
는 소리 지르고 으르렁거리고 있다. 머스탱, 밀리아가 내 바로 뒤
를 따른다. 나는 미끄러질 뻔 한다. 균형 감각과 헬다이버의 손의
도움으로 울퉁불퉁한 나무를 계속 기어오른다. 털가죽을 덮어쓴
우리는 늑대가 아닌 다람쥐 같은 모습이다. 화살 하나가 내 털가
죽을 뚫고 지나간다. 나는 흔들리는 나무 끝까지 올라가 벽에 기
대고 있다. 팍스와 아이들이 힘을 쓰며 목 뒷부분에서부터 소리를
지르고 있다. 머스탱이 다가온다. 나는 두 손을 모은다. 그녀는 달
려와 말안장에 달린 등자에 발을 넣듯 내 손에 발을 집어넣고, 나
는 5미터 위의 성벽 너머로 그녀를 날려 준다. 그녀는 귀신처럼 소
리 지르며 소드를 휘두른다. 밀리아가 똑같은 방법으로 벽을 넘어
가고, 그녀의 허리에 묶어 둔 밧줄이 대롱거린다. 그녀가 성벽 위
에 자리를 잡고, 나는 밧줄을 사용해 남은 5미터를 올라간다. 내
뒤에서는 나무가 아래로 쓰러진다. 나는 소드를 꺼낸다. 아수라장
이다. 세레스 하우스는 급습당했다. 그들은 성벽 위에서 적과 싸워
본 적이 없다. 그런데 우리 셋이 소리 지르며 칼을 휘두르고 있다.
분노와 흥분이 내 안에 가득 차고, 나는 나의 춤을 추기 시작한다.

그들에겐 활뿐이다. 그들은 몇 달 동안이나 소드를 써 본 적이
없다. 우리 소드는 날카롭지도 전기가 흐르지도 않지만, 차가운 듀
로스틸은 어떤 형태로든 무섭다. 개들이 가장 상대하기 어렵다. 나
는 개 한 마리의 머리를 걷어찬다. 다른 개 한 마리는 성벽 아래로
던진다. 밀리아가 쓰러진다. 밀리아는 개의 목을 물고 낑낑거리며

물러설 때까지 불알을 주먹으로 때린다.

머스탱은 누군가를 들이받아서 성벽 아래로 밀어 떨어뜨린다. 머스탱에게 화살을 겨누는 궁수를 내가 옆에서 들이받는다. 밖에서는 팍스가 내게 성문을 열라고 고함친다. 그는 전투를 하고 싶어 소리 지르고 있다.

나는 머스탱을 따라 세레스 성의 마당으로 내려간다. 그녀가 덩치 큰 세레스 학생과 싸우는 곳으로 성벽에서 뛰어내린다. 나는 팔꿈치로 그를 끝장내고 빵 요새를 처음으로 제대로 살펴본다. 이 성의 디자인은 낯설다. 마당에 여러 건물들이 연결되어 있고 빵을 굽는 거대한 탑이 있어서 내 뱃속이 요동친다. 하지만 내게 중요한 것은 정문뿐이다. 우리는 정문으로 달려간다. 뒤에서 고함 소리가 들린다. 우리가 싸우기엔 저쪽 머릿수가 너무 많다. 탑에서 서른 명 정도의 세레스 하우스 학생들이 우리에게 달려오는 가운데 우리는 정문에 도착한다.

"서둘러, 웅, 서둘러!"

머스탱이 소리친다.

밀리아는 성벽에서 적들에게 화살을 쏜다.

그리고 나는 정문을 연다.

"팍스 오 텔레마누스! 팍스 오 텔레마누스!"

그가 나를 옆으로 밀친다. 셔츠를 벗은 거대한 근육질의 팍스가 소리 지른다. 그는 머리에 수액을 발라 흰색으로 만들고 삐쭉 세워서 두 개의 뿔 모양으로 만들었다. 내 키만큼 긴 나무토막을 곤

봉으로 쓴다. 세레스 하우스 학생들은 움찔하며 물러선다. 발을 헛
디디는 아이들도 있다. 팍스가 우렁차게 외치며 다가오자 남자 아
이 하나가 비명을 지른다.

"팍스 오 텔레마누스! 팍스 오 텔레마누스!"

정신 나간 미노타우로스처럼 돌진하는 그는 별명은 원하지 않
는다. 그가 세레스 하우스 학생들 무리를 치자 박살이 난다. 남자
여자 아이들이 추수하는 날의 왕겨처럼 흩날린다.

미친 개자식 팍스의 뒤로 나머지 내 군대가 달려온다. 그들은
울부짖고 있다. 내가 시켜서도, 그들이 세브로의 하울러라고 생각
해서도 아니다. 내 군인들이 말 배를 가르고 나올 때, 그들이 정복
당할 때 가슴을 철렁하게 만들었던 소리가 그거였기 때문이다. 이
제는 그들이 전쟁을 미친 아수라장으로 만들며 울부짖을 차례다.
팍스는 자기 이름을 외치고, 시타델을 거의 혼자서 정복하며 내
이름도 외친다. 그는 한 남자 아이의 다리를 잡고 곤봉으로 사용
한다. 머스탱은 발키리처럼 전장을 누비며 정신을 잃고 누워 있는
사람들을 노예로 만든다.

5분 후에 오븐과 시타델은 우리 것이 된다. 우리는 정문을 닫고
울부짖으며 빌어먹을 빵을 먹는다.

나는 요새를 손에 넣는 것을 도와준 다이아나 하우스의 노예들
을 자유롭게 해 주고, 그들 하나하나와 함께 웃음을 나누는 시간
을 잠시 갖는다. 택터스는 어느 불쌍한 남자 아이의 등을 깔고 앉
아 그 아이의 머리를 여자 아이처럼 두 갈래로 땋는다. 나는 그만

하라고 그를 쿡 찌른다. 그는 내 손을 찰싹 친다.

"내 몸에 손대지 마."

그가 쏘아붙인다.

"뭐라고?"

내가 으르렁댄다.

그가 벌떡 일어난다. 그의 코는 내 턱까지밖에 오지 않고, 그는 우리 둘밖에 들을 수 없도록 아주 조용하게 말한다.

"내 말 들어, 잘 나가는 친구. 나는 발리 가문이야. 내 순수한 혈통은 정복 때까지 이어져 있어. 나는 내 일주일 용돈으로 너를 사고 팔 수 있어. 그러니 넌 이 시시한 게임에서 다른 아이들을 대하듯 내 위신을 떨어뜨리지 마, 학교에서나 잘난 척하는 놈아."

그리고 다른 사람들도 들을 수 있도록 큰 목소리로 말한다.

"난 내가 하고 싶은 대로 해. 나는 너를 위해 이 성을 탈취했고, 미네르바를 차지하기 위해 죽은 말 속에서 잤으니까! 난 좀 재미를 볼 자격이 있어."

나는 그에게 몸을 가까이 기울인다.

"큰 잔으로 세 잔."

그는 어이가 없다는 듯 눈알을 굴린다.

"대체 뭐라고 짖어 대는 거야?"

"너한테 그만큼의 피를 삼키게 만들겠어."

"흠, 힘 있는 사람이 옳은 사람이겠지."

그는 키득거리며 내게 등을 돌린다.

나는 분노를 조절하며 내 군대 멤버들에게 내 늑대 가죽을 입고 있는 한 그들은 다시는 이 게임에서 노예가 되지 않을 거라고 말한다. 만약 그게 싫으면 떠나면 된다. 아무도 떠나지 않지만, 그건 예상했던 바다. 그들은 이기고 싶어 하지만, 그들이 내 명령을 따르기 위해서, 나는 내가 높고 위대한 황제라고 생각하지 않는다는 걸 그들이 이해하기 위해서는 그들의 자부심 넘치는 마음으로 자신들이 존중받고 있다고 느껴야 한다. 그래서 나는 그들이 존중받고 있음을 분명히 알도록 해 준다. 학생 하나하나에게 다 다른 칭찬을 건넨다. 그들이 영원히 기억할 만한 말로써.

내가 비명 지르는 레드 10억 명을 이끌고 그들의 소사이어티를 파괴하고 있을 때조차 그들은 자기 아이들에게 마르스의 대로우가 어깨를 두들기며 칭찬을 해 줬다는 말을 하고 있을 것이다.

패배한 세레스 하우스의 학생들은 내가 내 군대의 노예들을 자유롭게 해 주는 것을 입을 딱 벌린 채 지켜본다. 그들은 이해하지 못한다. 그들은 나를 알아보긴 하지만, 왜 나 말고는 마르스 학생이 하나도 없는지, 왜 내가 권력을 잡고 있는지, 내가 왜 노예들을 풀어 줘도 된다고 생각하는지 이해하지 못한다. 머스탱은 그들이 계속 입을 벌리고 있는 동안 그 애들을 미네르바 하우스의 노예로 만들고, 이제 그들은 이중으로 헷갈려 한다.

"내게 요새 하나를 얻어 주면 너희들도 자유가 될 거야."

나는 그들에게 말한다. 그들의 몸은 우리 몸과는 다르다. 빵을 많이 먹고 고기를 적게 먹어 더 부드럽다.

"하지만 너희는 사슴 고기, 야생 동물 고기에 굶주려 있겠지. 내 생각엔 너희 식단엔 단백질이 부족할 것 같아."

우리는 나눠 먹기에 충분한 고기를 가져 왔다.

우리는 몇 달 전 세레스 하우스의 노예가 된 아이들을 자유롭게 해 준다. 많지는 않지만 거의 마르스 아니면 주노 하우스다. 그들은 이 새로운 동맹이 묘하다고 생각하지만, 몇 달 동안 오븐에서 중노동을 한 뒤라 덥석 받아들인다.

잠든 지 한 시간 후 나는 잠에서 깨고, 그날 밤은 불쾌하게 마무리된다. 눈을 깜박이며 떠 보니 머스탱이 내 침대 끝에 앉아 있다. 그녀를 보자 나는 그녀가 다른 이유로 왔다고, 내 다리에 얹은 그녀의 손이 뭔가 단순하고 인간적인 것을 의미하고 있다고 생각해 찌를 듯한 공포를 느낀다. 하지만 그녀는 내가 다시는 듣지 않길 바랐던 소식을 전한다.

택터스가 내 권위를 무시하고 밤에 세레스 노예 하나를 강간하려 했다. 밀리아가 그를 잡았고, 머스탱은 그녀가 택터스를 천 번 정도 칼로 베려는 것을 겨우 말렸다. 모두 일어나 무장한 상태다.

"상황이 안 좋아. 다이아나 학생들은 무장하고 택터스를 밀리아와 팍스에게서 뺏으려고 해."

"팍스와 싸울 정도로 화가 났어?"

"응."

"옷 입을게."

"부탁해."

나는 2분 후 세레스 작전실에서 그녀와 만난다. 테이블에는 이미 내 슬링블레이드가 새겨져 있다. 내가 한 게 아니다. 나보다 훨씬 훌륭한 솜씨다.

"어떻게 생각해?"

나는 머스탱 맞은편에 앉는다. 우리 둘뿐이다. 이럴 때 카시우스, 로크, 퀸 모두가 그리워진다. 특히 세브로가 아쉽다.

"내 기억이 맞다면, 타이투스가 이랬을 때 너는 우리가 우리 법을 만든다고 했어. 너는 타이투스에게 사형을 선고했지. 우린 지금도 그렇게 하는 거야? 아니면 더 편한 방법으로 하나?"

그녀는 내가 택터스를 놓아 줄 거라고 생각하고 있다는 듯이 말한다.

나는 고개를 끄덕여 그녀를 놀라게 한다. 내가 말한다.

"대가를 치르게 할 거야."

"이건…… 난 정말 화가 나."

그녀는 테이블에 올리고 있던 두 발을 내리고 몸을 앞으로 기울이며 고개를 가로젓는다.

"우리는 이보다는 나은 사람들이어야 하잖아. 비할 데 없는 자들이라면 그래야 하는 것 아니야? 더 약한 컬러들을 '노예'로 만들려는 충동은 초월해야지."

아이러니하게도 그녀는 양손으로 따옴표 표시를 해 보인다.

"이건 충동이랑은 상관없어. 권력의 문제지."

나는 화가 나서 테이블을 두드린다.

머스탱이 외친다.

"택터스는 발리 가문이라고! 정말 유서 깊은 가문이야. 그 개새끼는 얼마나 많은 권력을 원하는 거야?"

"나를 능가할 권력이라는 뜻으로 한 말이야. 나는 개한테 해서는 안 되는 일이 있다고 했어. 이제 걔는 자기가 원하는 거라면 뭐든 할 수 있다는 걸 증명하려 하는 거야."

"그러면 타이투스 같은 야만인은 아니라는 거네."

"너도 걔를 알잖아. 당연히 야만인이지. 하지만 아니야. 이건 작전이었어."

"흠, 그 영리한 놈이 널 난처하게 만들었네."

나는 테이블을 탁 친다.

"마음에 안 들어. 나 아닌 사람이 싸움을, 싸울 곳을 고르고 있잖아. 이러다간 우린 져."

"이길 방법은 없어. 우리에게 유리하게 만들 해결책은 없어. 어떻게 하든 누군가는 너를 증오할 거야. 그러니 가장 피해가 적은 방법이 뭔지 알아내는 수밖에 없어. 그렇지?"

"정의는 어떻게 하고?"

내가 묻는다.

그녀는 눈썹을 치켜 올린다.

"이기는 건 어떻게 하고? 그게 중요한 거 아니야?"

"너 나를 덫에 빠뜨리려는 거야?"

그녀는 씩 웃는다.

521

"그냥 시험해 본 거야."

나는 얼굴을 찌푸린다.

"택터스는 자기 프라이머스인 타마라를 죽였어. 타마라의 안장을 잘라 놓고, 타마라 위로 말을 몰았어. 사악한 놈이야. 걘 우리한테 어떤 벌을 받아도 싸."

머스탱은 다 예상했다는 듯이 눈썹을 추켜올린다.

"걔는 원하는 걸 보면 손에 넣는 거지."

"정말 존경스러워."

내가 투덜거린다.

머스탱은 생기 있는 눈으로 내 얼굴을 살피며 고개를 갸웃해 보인다.

"이런 일은 잘 없는데."

"뭐라고?"

"내가 네 생각을 잘못 읽었어. 이런 일은 잘 없는데."

"내가 택터스에 대해서 잘못 생각하고 있어? 걔는 정말 사악한 건가? 아니면 그저 앞서가는 것뿐인가? 얘가 이 게임을 더 잘 파악하고 있나?"

"이 게임을 파악하는 사람은 없어."

머스탱은 진흙투성이 부츠를 다시 테이블에 얹고 뒤로 기댄다. 길게 땋은 금발 머리가 어깨 밑으로 늘어진다. 벽난로에서는 딱딱 소리가 나고, 그녀의 눈길이 내 얼굴 위에서 춤을 춘다. 그녀가 저렇게 미소 지을 때면 나는 옛 친구들이 그립지 않다. 나는 그녀에게 설명해 달라고 부탁한다.

"아무도 규칙을 모르기 때문에, 아무도 게임을 파악하지 못해. 모두 다 다른 규칙에 따라 행동해. 인생과 비슷해. 어떤 사람은 명예가 보편적인 거라고 생각하지. 어떤 사람은 법에는 구속력이 있다고 생각해. 그렇게 어리석지 않은 사람들도 있고. 하지만 결국에는, 독으로 흥한 사람은 독으로 죽지 않니?"

나는 어깨를 으쓱해 보인다.

"동화책에서는 그렇지. 인생에서는 그들을 독으로 죽일 사람이 남지 않는 경우가 많아."

"세레스 하우스의 노예들은 눈에는 눈, 이에는 이를 원해. 택터스를 벌 주면 넌 다이아나 아이들을 열받게 만들 거야. 그들은 네게 요새를 탈취해 줬는데, 너는 그들에게 침을 뱉는 거니까. 그들에게 있어서 택터스는 네가 내 성을 빼앗을 때 말 뱃속에서 반나절 동안 숨어 있었던 사람이라는 걸 명심해. 코퍼 관료제처럼 억울함이 불어날 거야. 하지만 택터스를 벌 주지 않으면 너는 세레스 아이들을 전부 잃게 돼."

나는 한숨을 쉰다.

"그럴 수는 없어. 전에도 이런 시험에서 실패한 적이 있어. 타이투스를 죽게 만들면서 내가 정의를 실현하고 있다고 생각했지. 그건 잘못이었어."

"택터스는 아이언 골드야. 그의 혈통은 소사이어티만큼이나 오래됐어. 그들은 연민, 개혁을 질병으로 봐. 그는 곧 자기 가문이야.

그는 변하지도 배우지도 않을 거야. 그는 권력을 믿지. 다른 컬러는 그에게 사람이 아니야. 자기보다 못한 골드는 그에겐 사람이 아니야. 그는 자기 운명에 묶여 있어."

그러나 나는 골드처럼 행동하는 레드다. 아무도 자기 운명에 묶여 있지 않다. 나는 그를 바꿀 수 있다. 그럴 수 있다는 걸 나는 알고 있다. 하지만 어떻게 해야 바꿀 수 있지?

"내가 어떻게 해야 할 것 같아?"

내가 묻는다.

"하! 위대하신 리퍼. 언제부터 네가 다른 사람 생각에 신경을 썼다고?"

그녀는 자기 허벅지를 찰싹 친다.

"넌 그냥 '다른 사람'이 아니잖아."

그녀는 고개를 끄덕이더니 잠시 후에 말한다.

"나를 가르치던 플라이니라는 사람에게 이런 이야기를 들은 적 있어. 무시무시한 사람이었고, 이젠 정치인이 된 사람이니까 이 이야기는 많이 깎아서 듣도록 해. 지구에 한 사람과 낙타 한 마리가 있었대."

나는 웃는다. 그녀는 이야기를 계속한다.

"그들은 온갖 무서운 것들이 많은 거대한 사막을 건너고 있었어. 어느 날 사람이 야영지를 준비하고 있는데, 낙타가 이유 없이 사람을 찼대. 그래서 사람은 낙타에게 채찍질을 했어. 낙타의 상처가 감염되어, 낙타는 죽고 사람은 오도 가도 못하게 됐어."

"손. 낙타. 너의 비유법은……."

그녀는 어깨를 으쓱한다.

"군대가 없으면 너는 사막에서 오도 가도 못하게 되는 사람이야. 그러니 조심스럽게 행동해, 리퍼."

나는 세레스 여자 아이 나일라와 단둘이 이야기한다. 나일라는 조용한 아이다. 굉장히 영리하지만 육체적으로는 나약하다. 바들바들 떠는 새 같은, 레아 같은 아이다. 입술이 부어올랐고 피투성이다. 나는 택터스를 거세하고 싶어진다. 그녀는 다른 아이들처럼 사악한 채로 여기 오지 않았다. 하지만 한편 그녀는 통로를 통과했다.

"걔는 자기 어깨를 주물러 달라고 했어. 자기가 피를 흘려 이 성을 차지했으니, 자기가 내 주인이니까 시키는 대로 하라고 했어. 그리고 걔가 내게 하려 했던 건…… 음…… 너도 알지."

남자들은 백 세대에 걸쳐 이런 비인간적인 논리를 써 왔다. 그녀의 말을 듣고 생겨난 슬픔 때문에 고향이 그리워진다. 하지만 고향에서도 그런 일은 있었다. 어머니 손에 들린 국자 속의 수프가 떨리게 만들었던 비명 소리를 나는 기억한다. 내 사촌이 감마에서 항생제를 어떻게 얻었는지 기억한다.

나일라는 눈을 깜박이며 잠시 바닥을 바라본다.

"난 걔한테 나는 머스탱의, 미네르바 하우스의 노예라고 말했어. 머스탱의 스탠더드니까. 나는 걔한테 복종할 의무가 없었어.

개는 그냥 계속 나를 내리눌렀어. 난 비명 질렀고. 개는 날 주먹으로 때리고, 모든 게 흐릿해질 때까지 내 목을 잡고 있었어. 개 늑대 가죽 냄새도 희미해졌어. 그때 그 키 큰 밀리아라는 여자애가 개를 때려눕힌 것 같아."

그녀는 방 안에 다른 다이아나 군인들도 있었다는 말은 하지 않았다. 다른 아이들은 지켜보았다. 내 군대다. 내가 그들에게 권력을 주었더니 그들은 이렇게 사용한다. 내 잘못이다. 그들은 내 편이지만 사악하다. 그들 중 하나를 벌한다고 해서 바로잡을 수는 없다. 그들 스스로 선해지기를 원해야 한다.

"너는 내가 개한테 어떻게 하면 좋겠어?"

내가 묻는다. 나는 그녀를 위로해 주려 하지 않는다. 나는 그래야 할 것 같지만, 그녀는 그걸 바라지 않는다. 그녀를 보니 이비 생각도 난다.

나일라는 더러운 곱슬머리를 만지더니 어깨를 으쓱한다.

"아무것도."

"그걸론 부족해."

"개가 나한테 하려고 했던 일을 바로잡으려고? 옳게 만들려고?"

그녀는 고개를 절레절레 흔들며 양손을 옆구리에 얹는다.

"어떻게 해도 부족해."

다음 날 아침, 나는 세레스 광장에 내 군대를 소집한다. 열 명쯤은 절룩거린다. 골드의 뼈는 워낙 강해서 거의 부러지지 않기 때문에, 공격 받아 생긴 상처는 거의 다 외상이다. 나는 세레스 학생들과 다이아나 학생들이 분개하고 있는 걸 냄새 맡듯 눈치 챈다. 누구에게 초점이 맞춰진 분노이든 간에, 이것은 이 군대라는 몸을 잠식해 들어갈 암이다. 팍스가 택터스를 데리고 나와 무릎을 꿇린다.

나는 그에게 나일라를 강간하려 했는지 묻는다.

"전쟁 중에는 법은 침묵한다."

택터스가 느릿느릿 말한다.

"내 앞에서 키케로를 인용하지 마. 너한테는 사냥감을 찾는 백인 대장보다는 높은 기준이 적용되니까."

"최소한 그 말은 맞는 말이군. 난 영광스러운 유산을 지닌 자랑스러운 무리의 후손이고 너보다 우월해. 힘 있는 사람이 옳은 사람이야, 대로우. 내가 가질 수 있으면, 난 가지기도 해. 내가 정말 가진다면, 나는 가질 권리가 있어. 비할 데 없는 자들은 그렇게 믿어."

"권력을 잡았을 때 하는 행동을 보면 그 사람이 어떤 사람인지 알 수 있다."

나는 크게 말한다.

"헛소리 집어치워, 리퍼. 걔는 전리품이야. 내 힘으로 걔를 얻었어. 그리고 강자 앞에서 약자는 굽히는 법이야."

택터스는 그와 같은 사람들이 다 그렇듯 자신만만하다.

"나는 너보다 강해, 택터스. 그러니 난 널 내 마음대로 할 수 있지. 아닌가?"

그는 덫에 빠졌다는 걸 깨닫고 침묵을 지킨다.

"넌 나보다 우월한 가문 출신이야, 택터스. 내 부모님은 돌아가셨어. 내 가문은 나 하나뿐이야. 하지만 난 너보다 우월해."

그는 히죽 웃는다.

나는 그의 발치에 칼을 한 자루 던지고 내 칼을 꺼낸다.

"동의하지 않아? 부탁이니 네 걱정이 뭔지 말해 줘."

그는 칼을 집지 않는다.

"그러니, 힘에 의한 권력으로 나는 너를 내 마음대로 할 수 있어."

나는 강간은 결코 허용되지 않는다고 공표하고 나일라에게 어떤 벌을 주면 좋겠느냐고 묻는다. 그녀는 내게 전에 말했듯이 처벌을 원하지 않는다고 한다. 나는 그녀가 비난 받는 일이 없도록 아이들이 이 대답을 잘 듣도록 한다. 택터스와 무장한 택터스 편 아이들은 놀란 눈으로 그녀를 본다. 그들은 그녀가 왜 복수를 하지 않는지 이해하지 못하지만, 그래도 자기들의 대장이 처벌을 피했다고 생각하며 서로 잔인한 미소를 주고받는다. 그때 내가 말한다.

"하지만 나는 네가 가죽 채찍으로 스무 대 맞아야 한다고 하겠다, 택터스. 너는 이 게임의 영역을 넘어선 것을 얻으려 했어. 너는 네 한심한 동물적 본능에 굴복했어. 여기서 그건 살인보다도 더 용서받지 못할 행동이야. 나는 네가 50년 후에 이 순간을 회상할 때 수치심을 느끼고 네 나약함을 깨닫길 바란다. 나는 네 아들딸들이 네가 같은 골드에게 했던 짓을 알까 봐 두려워하길 바란다. 그때까지는 채찍 스무 대가 너의 벌이 될 거야."

다이아나 군인들 몇 명이 분노하며 앞으로 나서지만, 팍스가 도끼를 어깨에 얹자 그들은 나를 노려보며 뒤로 물러선다. 그들은 내게 요새를 주었는데 나는 그들이 제일 좋아하는 전사를 채찍질 하려 한다. 나는 머스탱이 택터스의 셔츠를 벗기자 내 군대가 죽어 가는 것을 본다. 그는 뱀처럼 나를 쳐다본다. 나는 그가 어떤 사악한 생각을 하고 있는지 안다. 나도 나를 태형한 사람들에 대해서 그런 생각을 했다.

나는 온 힘을 다해 그를 잔혹하게 스무 번 때린다. 그의 등에서 피가 흐른다. 팍스는 다이아나 군인들이 처벌을 멈추기 위해 달려들려는 것을 막느라 한 명을 도끼로 찍어 넘기다시피 한다.

택터스는 눈에 분노를 이글거리며 간신히 자기 발로 비틀거리며 걷는다.

"실수야. 큰 실수야."

그가 내게 속삭인다.

그때 내가 그를 놀라게 한다. 나는 그에게 채찍을 쥐어 주고, 그의 뒤통수를 손으로 잡아 그를 내 쪽으로 끌어당긴다. 나는 그에게 속삭인다.

"넌 불알이 잘려도 할 말이 없어, 이기적인 개새끼야. 이건 내 군대야."

내가 크게 말한다.

"이건 나의 군대야. 내 군대의 악은 너희의 악, 택터스의 악이기도 하고 그만큼 나의 악이기도 해. 너희 중 누구라도 이런 범죄를 저지를 때면, 불필요하고 비뚤어진 일을 저지를 때면, 그건 너희의 책임이고 나도 함께 책임을 지겠어. 너희가 악한 짓을 하면 우리 모두를 다치게 하니까."

택터스는 바보처럼 서 있다. 혼란스러워 하고 있다.

나는 그의 가슴을 세게 민다. 그는 비틀거리며 뒷걸음친다. 나는 그를 밀며 따라간다.

"난 무슨 말인지 모르겠어……."

내가 밀자 그는 웅얼거린다.

"왜 이래! 넌 내 군대의 한 사람 안에 네 거시기를 밀어 넣으려 했어. 그 짓을 하면서 나한테 채찍질도 하지 그래? 나도 다치게 하지그래? 이건 더 쉬울 거야. 밀리아가 널 칼로 찌르려 하지도 않을 거야. 약속할게."

나는 그를 다시 민다. 그는 주위를 둘러본다. 아무도 말이 없다. 나는 내 셔츠를 벗고 무릎을 꿇는다. 공기가 차다. 돌과 눈에 무릎을 댄다. 나는 머스탱과 눈이 마주친다. 머스탱이 윙크를 해 주자 나는 무슨 일이든 할 수 있을 것 같다. 나는 택터스에게 스물다섯 번 채찍질하라고 한다. 더 심하게도 맞아 봤다. 그의 팔은 약하고, 의지도 약하다. 그래도 따갑지만, 나는 다섯 번 맞은 다음 일어나 채찍을 팍스에게 넘긴다.

그들은 여섯 번부터 세기 시작한다.

"처음부터 다시 해! 저 똥개 같은 강간범이 때린 건 난 아프지도 않았으니까."

내가 외친다.

그러나 팍스가 때리는 건 정말 아프다.

내 군대는 소리 지르며 항의한다. 그들은 이해하지 못한다. 골드들은 이러지 않는다. 골드들은 서로를 위해 희생하지 않는다. 리더들은 주지 않고 받기만 한다. 내 군대가 다시 소리 지른다. 나는 그들에게 강간은 그렇게 편안해 했으면서 이게 더 나쁠 것이 뭐가 있느냐고 묻는다. 나일라가 이제 우리 중 하나가 아니란 말인가? 그녀는 전체의 일부가 아닌가?

레드들처럼. 옵시디언들처럼. 모든 컬러들처럼.

팍스는 살살 때리려 노력한다. 하지만 팍스는 팍스라서, 다 때리고 나니 내 등은 씹다 뱉은 염소 고기 같은 모습이 된다. 나는 일어선다. 흔들리는 것을 막기 위해 할 수 있는 모든 일을 다 한다. 별이 보인다. 마구 소리 지르고 싶다. 울고 싶다. 하지만 나는 누구든 몹쓸 짓을 하면(그게 무슨 뜻인지는 그들도 안다.) 내 군대 전체 앞에서 이렇게 내게 채찍질을 해야 한다고 말한다. 그들이 지금 택터스를, 팍스를, 내 등을 어떻게 보는지 나는 지켜본다.

"너희는 내가 제일 강해서 나를 따르는 게 아니야. 팍스가 제일 강해. 내가 제일 똑똑해서 나를 따르는 것도 아니야. 머스탱이 제일 똑똑해. 너희는 너희가 어디로 가고 있는지 모르기 때문에 나를 따르는 거야. 나는 알거든."

나는 택터스에게 내게 오라고 손짓한다. 창백해진 그는 갓 태어난 새끼 양처럼 혼란스러워하며 망설인다. 그의 얼굴에 공포가 떠오른다. 알지 못하는 것에 대한 공포다. 내가 기꺼이 감당한 고통에 대한 공포다. 그가 나와 얼마나 다른지 깨달으며 느끼는 공포다.

"겁내지 마."

나는 그를 끌어당겨 포옹한다.

"우리는 피를 나눈 형제야, 이 나쁜 놈아. 피를 나눈 형제."

나는 배우고 있다.

제37장

남쪽

"빌어먹을!"

머스탱이 작전실에서 내 등에 연고를 발라 주고 나는 비명을 지른다. 그녀는 손가락으로 내 등을 톡 친다.

"왜?"

나는 신음한다.

"권력을 잡았을 때 하는 행동을 보면 그 사람이 어떤 사람인지 알 수 있다. 너는 키케로를 인용한다고 택터스를 놀려 놓곤, 플라톤의 말을 내뱉었어."

그녀는 웃는다.

"플라톤이 더 옛날 사람이야. 플라톤이 키케로를 이겨. 아야!"

"그리고 피를 나눈 형제라는 건 무슨 말이었어? 아무 뜻도 없는 말이잖아. 차라리 솔방울 사촌이라고 하지 그랬어."

"같이 나눈 고통처럼 유대를 강하게 해 주는 건 없어."

"음, 그 고통이 여기 또 있네."

그녀는 상처에서 가죽 조각 하나를 끄집어낸다. 나는 다시 비명을 지른다.

"같이 나눈 고통이지……. 남이 주는 고통은 아니야. 미친……
아야야!"

내가 부르르 떤다.

"너 꼭 여자 아이 같은 소리를 낸다. 순교자들은 강한 줄 알았는데. 그렇지만 넌 미친 듯 짖어 댈 수도 있었어. 칼에 찔렸을 때는 열이 났겠지. 그나저나 넌 팍스에게 트라우마를 줬어. 걔 울고 있어. 아주 잘했어."

무기고에서 팍스가 훌쩍이는 소리가 내 귀에도 들린다.

"그래도 효과는 있었지?"

"물론이지, 메시아님. 널 숭배하게 만들었어."

그녀는 냉담하게 놀린다.

"광장에서 네게 바치는 우상을 만들고 있어. 너의 지혜를 애원하며 무릎을 꿇고 있어. 오, 위대하신 신이시여. 그 애들이 너를 좋아하지 않는다는 걸 깨닫고, 자기들이 못된 짓만 하면 언제든 널 채찍질할 수 있다는 걸 알아차렸을 때가 되면 나는 그때 웃을게. 자, 가만히 있어, 이 픽시야. 말 그만하고. 넌 날 짜증나게 해."

"있잖아, 졸업하고 나면 펑크가 되는 걸 고려해 봐. 네 손길 정말 부드럽다."

그녀는 히죽 웃는다.

"날 로즈 가든에 보내려고? 하! 우리 아버지가 핑크색이 될 정도로 불편해 하시겠는걸. 그만 좀 꽥꽥거려. 그렇게 나쁜 농담은 아니었잖아."

다음 날 나는 군대를 조직한다. 머스탱에게 세 명으로 구성된 팀을 여섯 개 만드는 임무를 맡긴다. 내겐 군인이 56명 있다. 절반 이상이 노예들이다. 나는 그녀에게 각 팀마다 가장 야심이 큰 세레스 아이들을 한 명씩 넣으라고 한다. 그들에게 세레스 작전실에서 내가 발견한 컴유닛 여덟 개 중 여섯 개를 나눠 준다. 원시적인 지직거리는 이어폰에 불과하지만, 내 군대에 내가 가진 적이 없었던 것을 부여해 준다. 즉 연기로 보내는 신호를 넘어서는 진화다.

"몽골 군단처럼 남쪽으로 무작정 가는 것 외에 다른 계획이 있을 거라 생각하는데……."

머스탱이 말한다.

"물론이지. 우린 아폴로 하우스를 찾을 거야."

내가 피치너에게 했던 약속에 충실한 작전이다.

그날 밤 세레스 하우스에서 여섯 개의 정찰팀이 각기 다른 방향으로 남쪽을 향해 달려 나간다. 내 군대는 겨울 해가 떠오르기 직전 새벽에 출발한다. 나는 이 기회를 낭비하지 않을 것이다. 겨울 때문에 하우스들은 요새 안에 처박혀 있다. 두터운 눈과 숨은 협곡 때문에 육중한 기마부대는 느리고 덜 유용해진다. 게임은 느려졌지만 나는 그렇지 않다. 마르스와 주피터는 죽을 때까지 서로 싸워도 난 상관없다. 나는 나중에 돌아가 둘 다 해치울 것이다.

남쪽으로 출발한 다음 날 해질녘에 이미 주피터가 정복한 주노 요새가 보인다. 서쪽, 아르고스 강의 지류 옆에 있다. 산들에 둘러싸여 있다. 그 너머로는 겨울을 맞은 매리너스 협곡의 6킬로미터 높이의 절벽이 있다. 정찰병들이 적 정찰대 세 팀과 기병대가 동쪽 숲의 가장자리에 있다는 소식을 가지고 온다. 자칼의 부하들인 플루토일 거라고 내 정찰병들은 생각한다. 말은 검었고 기수들의 머리도 검게 물들이고 있다. 그들은 머리카락에 뼈들을 엮어 넣고 있다. 말을 탈 때 대나무 풍경처럼 부딪히는 소리가 난다고 한다.

그 기수들이 누군지는 몰라도 결코 가까이 오지 않는다. 절대 내 덫에 빠지지 않는다. 여자 아이 하나가 이끈다고 한다. 그녀는 표백하지 않은 뼈를 꿰매서 달아 놓은 가죽을 덮은 은색 말을 탄다. 남쪽에서는 메드봇들의 솜씨가 별로 좋지 않은 모양이다. 내 생각에는 릴라스 같다. 남동쪽에서 더 큰 규모의 부대가 나타나 드넓은 숲을 따라 움직이기 시작하자 그녀와 정찰대는 남쪽으로 사라진다.

이들은 육중한 말들을 탄 진짜 군대다.

큰 부대에서 기수 한 명이 앞으로 나온다. 그는 아폴로의 궁수 깃발을 들고 있다. 긴 머리는 땋지 않았고, 남쪽 바다에서 불어 들어오는 겨울바람을 맞아 얼굴은 거칠다. 그의 이마에는 베인 흉터가 있는데, 두 눈을 모두 앗아갈 뻔한 상처였다. 망치로 두들긴 청동 같은 얼굴에 그 두 눈이 불타는 석탄처럼 나를 바라본다.

나는 내 군대에게 최대한 지치고 한심한 모습으로 보이도록 하라고 말한 다음 그를 만나러 앞으로 나간다. 팍스는 잘 하지 못한다. 머스탱은 비교적 평범해 보이게 하려고 그를 무릎 꿇게 한다. 그녀는 웃기려고 팍스의 어깨 위에 올라서고, 사절이 가까이 오자 눈싸움을 시작한다. 소란스럽고 멍청한 짓이고, 내 군대를 환상적으로 약하게 보이게 만든다.

나는 다리를 저는 척한다. 늑대 가죽을 던져 버린다. 떠는 척 한다. 내 한심한 듀로스틸 소드가 무기보다는 지팡이에 가깝게 보이게 한다. 그가 다가오자 나는 내 긴 몸을 구부리고, 장난치고 있는 내 군대를 한번 돌아본다. 망신스러워 하는 내 표정이 웃음 때문에 갈라질 뻔 한다. 억지로 웃음을 참는다.

그는 거친 돌 위로 강철을 끄는 것 같은 목소리를 지녔다. 유머는 전혀 없고, 우리는 전부 게임을 하는 십 대들이고 이 계곡 밖에서는 아직도 진짜 세상이 흘러가고 있다는 걸 조금도 인식하지 않는 듯하다. 남쪽에는 그들에게 그걸 잊게 만든 일들이 일어났던 것이다. 그래서 내가 나를 내세우지 않는 미소를 지어 보이자, 그는 미소로 화답하지 않는다. 그는 소년이 아닌 어른이다. 완전히 변한 사람을 보는 건 이번이 처음인 것 같다.

"너희는 북쪽에서 온 남루한 잔여 병력에 불과하군."

아폴로의 프라이머스인 노바스가 비웃는다. 그는 우리가 어느 하우스인지 맞춰 보려 한다. 나는 그가 세레스 스탠더드를 보게 만든다. 그는 눈을 깜박거린다. 그는 자신의 영광을 위해 그걸 원한다. 그는 56명으로 구성된 내 군대의 절반 이상이 노예라는 것을 눈치채며 기분 좋아한다.

"넌 남쪽에서는 오래 못 버틸 거야. 혹시 추위를 피할 은신처를 원해? 따뜻한 음식과 침대는? 남쪽은 거칠어."

"북쪽보다 심할 거라곤 생각 못 하겠는데. 거기엔 레이저랑 펄스아머가 있어. 프록터가 우리에게 등을 돌렸어."

"프록터들은 너희들에게 잘해 주려고 있는 게 아니야, 약한 녀석. 그들은 스스로 돕는 자들을 도와."

"우린 최선을 다해 스스로 도왔어."

내가 순하게 말한다.

그는 땅에 침을 뱉는다.

"어린애 같으니. 여기서는 징징대지 마. 남쪽에선 눈물에 귀를 기울이지 않아."

"하지만…… 하지만 남쪽이 북쪽보다 나쁠 순 없어."

나는 떨며 그에게 고지대에서 온 리퍼 이야기를 한다. 괴물이다. 짐승이다. 킬러다. 정말 정말 사악하다.

그는 내가 리퍼 이야기를 하자 고개를 끄덕인다. 그도 내 이야기를 들어는 본 것이다.

"너희 리퍼는 죽었어. 안된 일이야. 그 녀석과 싸우며 내 자신을 시험해 보고 싶었는데."

"그는 악마였어!"

내가 우긴다.

"여기에는 우리의 악마들이 있어. 숲에 사는 애꾸눈 괴물, 서쪽 산에 있는 더 심한 괴물. 자칼."

그는 연설을 계속하며 이야기를 털어놓는다. 노예가 아닌 용병으로 아폴로에 합류하게 해 준다고 한다. 절대 노예로 만들지 않겠다고 한다. 내가 자칼을 물리치는 걸 돕고, 북부를 다시 차지하는 것도 돕겠다고 한다. 동맹이 되자고 한다. 그는 내가 약하고 어리석다고 생각한다.

나는 내 반지를 본다. 아폴로 프록터가 내가 여기서 하는 말을 들을 것이다. 나는 내가 그의 하우스를 무너뜨릴 거라는 걸 그가 알길 원한다. 그가 나를 막고 싶어 한다면 지금 내가 하는 말로 나는 그를 초대한다.

나는 노바스에게 말한다.

"아니야. 우리 가족이 나를 수치스러워 할 거야. 내가 너희와 합류한다면 나는 그들에게 아무것도 아닌 존재가 될 거야. 안 돼. 미안."

나는 속으로 미소를 짓는다.

"우린 너희 땅을 지나가기에 충분한 식량이 있어. 너희가 우릴 보내 주면, 우린 결코……."

그가 내 뺨을 때린다. 그는 안장 앞머리 위로 나를 향해 몸을 숙인다.

"너는 픽시야. 떨리는 네 입술에 힘을 줘. 넌 너의 컬러를 망신시키고 있어. 너는 거인들 사이에 끼었고, 박살날 거야. 하지만 우리가 널 잡으러 가기 전에 어른이 되도록 해. 나는 아이들과는 싸우지 않아."

그때 머스탱이 그의 머리에 눈덩이를 던진다. 물론 그녀의 조준은 정확하고 그녀는 크게 웃는다.

노바스는 반응하지 않는다. 이동하는 그의 부대로 그를 태우고 가는 말만이 움직인다. 나는 그가 가는 것을 지켜보며 내 마음에 불안함이 스며드는 것을 느낀다.

"말 타고 집으로 가, 꼬마 궁수! 말 타고 엄마가 있는 집으로 가!"

택터스가 외친다.

노바스는 육중한 말 서른 마리의 부대에 다시 합류한다. 우리의 유일한 기병대는 정찰대다. 두껍게 쌓인 눈더미가 덩치 큰 말들을 느리게 만든다 하더라도, 이온블레이드와 이온 랜스로 전력 공격을 받는다면 우리 정찰대는 버틸 수 없다. 우리 무기는 아직도 듀로스틸이고, 아머는 듀로플레이트나 늑대 가죽에 불과하다. 나는 갑옷을 입지조차 않고 있다. 나는 내가 싸워야 할 곳에서 한동안은 싸우지 않을 계획이다. 우리는 세레스 요새를 점령하고 스탠더드를 얻은 이후 전리품을 손에 넣지 못했다. 프록터들은 나를 버렸지만 날씨는 나를 버리지 않았다. 보통 보병은 기병 앞에서 마른 밀알처럼 쓰러지지만, 두꺼운 눈이 우리를 보호해 준다.

우리는 그날 밤 강의 서쪽 강둑 위에서 야영한다. 산에 더 가깝

고 어두운 드넓은 숲의 앞에 있는 탁 트인 평원에서는 떨어진 곳
이다. 이제 아폴로의 중기병대가 우리가 잘 때 캠프를 습격하려면
어둠 속에서 얼어붙은 강을 건너야 한다. 그들이 우리가 약하고
쉽게 패배할 거라 생각한다면 시도할 거라는 걸 알고 있었다. 그
들은 비참하게 실패한다. 오만한 것들. 땅거미가 질 때, 나는 팍스
와 힘 센 아이들을 보내 우리 캠프 앞의 얇은 얼음을 부드럽게 만
들어 두라고 해 놓았다. 우리는 밤에 말의 비명, 몸이 물에 빠지는
소리를 듣는다. 메드봇이 인명을 구하러 윙윙거리며 내려온다. 이
아이들은 게임에서 제외된다.

우리는 내 정찰대가 아폴로의 성이 있다고 추측하는 곳을 향해
계속 남쪽으로 간다. 밤이 되면 잘 먹는다. 정찰대가 가지고 돌아
오는 동물들의 고기와 뼈로 수프를 만든다. 빵은 임시로 만든 꾸
러미에 보관하고 있다. 위대한 코르시카인이 말한 바 있듯이, '군
대는 배로 행군한다'. 그러나 한편, 그는 겨울에는 별로 잘 해내지
못했다.

행렬을 이끄는 내 옆에서 머스탱이 걷는다. 내 것만큼 두꺼운
늑대 가죽으로 몸을 싸매고 있지만, 키는 내 어깨에도 미치지 못
한다. 깊은 눈을 헤치고 걸을 때는 나와 보조를 맞추려고 애쓰는
그녀를 보면 거의 우스울 정도다. 하지만 내가 속도를 늦추면 머
스탱은 나를 노려본다. 속도를 맞추는 그녀의 땋은 머리가 위아래
로 흔들린다. 걷기 더 편한 땅에 도착하자 그녀가 내 쪽을 본다. 그
녀의 앙증맞은 코는 추워서 체리처럼 빨갛게 되었지만, 그녀의 눈

은 뜨거운 꿀 같다.

"너 요새 잠을 잘 못 자더라."

그녀가 말했다.

"내가 언젠 잘 잔 적 있어?"

"내 옆에서 잘 때. 숲에서 처음 일주일 동안은 비명을 질렀어. 그 이후로는 어린 아기처럼 잤어."

"너 날 다시 초대하는 거야?"

"난 너한테 가라고 말한 적 없어."

그녀는 잠시 기다린다.

"왜 갔던 거야?"

"너랑 있으면 정신이 산만해져."

그녀는 가볍게 웃더니 뒤로 가서 팍스 옆에서 걷는다. 나는 내 대답과 그녀의 말 때문에 혼란스럽다. 나는 내가 간다 해도 그녀가 어떤 식으로든 신경을 쓸 거라고는 한 번도 생각한 적 없었다. 멍청한 미소가 내 얼굴에 번진다. 택터스가 그걸 본다.

"잉꼬처럼 홀딱 반했군."

그가 콧노래처럼 말한다.

나는 그의 머리에 눈을 한 줌 던진다.

"한 마디도 더 하지 마."

"하지만 난 한 마디 더 해야 해, 진지한 말을."

그는 다가오더니 심호흡한다.

"네 골칫거리가 나를 발기하게 만드는 것처럼 너도 발기하게 만드니?"

그가 웃는다.

"너 진지한 말은 정말 못해?"

그의 날카로운 눈이 번쩍인다.

"아, 넌 내가 진지하길 원하지 않을 거야."

"순종적인 건 어때?"

그는 탁하고 손뼉을 친다.

"음, 난 목끈을 차는 걸 별로 좋아하지 않아서 말이야."

"너한테 목끈이 있어?"

나는 그의 노예 마크가 있어야 할 이마를 가리키며 묻는다.

"나한테는 목끈이 필요 없다는 걸 너도 알고 있으니 말인데, 우리가 어디로 가고 있는지 나한테 말해 줘도 좋을 것 같아. 그러면 나는 더…… 효과적이 될 거야."

그는 내게 도전하는 게 아니다. 작게 말하고 있기 때문이다. 우리 둘 다 채찍으로 맞은 이후, 그는 무서울 정도로 충실하게 나를 좋아한다. 미소와 코웃음과 웃음에도 불구하고, 나는 그의 순종을 얻었다. 그리고 그의 질문은 진심이다.

"우리는 아폴로를 무너뜨릴 거야."

내가 말한다.

"하지만 왜 아폴로지? 우리가 무작위로 아무 하우스나 하나씩 노리는 거야, 아니면 내가 알아야 할 게 있어?"

그의 어조를 들으니 나는 고개를 갸웃거리게 된다. 그를 보면 나는 언제나 일종의 거대한 고양이가 떠오른다. 무서울 정도로 대수롭지 않은 척 돌아다니는 태도 때문일지도 모른다. 그는 근육에 힘도 주지 않고 사람을 죽일 것 같다. 아니면 그가 소파 위에 웅크리고 자기 몸을 핥아 깨끗이 하는 모습이 상상되기 때문일지도 모른다.

"난 눈에서 본 게 있어, 리퍼. 정확히 말하면 자국이야. 발로 만든 자국이 아니었어."

그가 조용히 말한다.

"동물 발? 발굽?"

"아니, 친애하는 리더."

그가 가까이 다가온다.

"선 모양의 자국이었어."

나는 그의 뜻을 이해한다.

"아주 낮게 나는 그래브부츠였어. 말해 줘, 프록터들이 왜 우리를 따라오고 있는 거야? 그리고 왜 고스트클록을 입고 있는 건데?"

우리 반지 때문에 아무리 속삭여도 소용없다. 하지만 그는 아직 그걸 모른다.

"우리가 두려워서."

내가 대답한다.

그가 나를 지켜본다.

"네가 두려워서겠지. 너는 알고 나는 모르는 게 뭐야? 우리에게 말하지 않고 머스탱에게는 말하는 건 뭔데?"

"알고 싶어, 택터스?"

나는 그의 범죄를 잊지 않았지만, 마치 그가 형제인 것처럼 그의 어깨를 잡고 끌어당긴다. 나는 신체 접촉의 힘을 알고 있다.

"그러면 아폴로 하우스를 지독한 지도에서 쓸어 버려. 그때 말해 줄게."

그는 입술을 도둑고양이처럼 말며 미소를 짓는다.

"기꺼이, 리퍼."

우리는 계속 남쪽으로 가면서 평원은 피하고 강을 따라가고, 정찰대들이 적들의 정보를 컴으로 전해 주는 것을 듣는다. 아폴로가 모든 것을 다 통제하고 있는 것 같다. 자칼의 군대는 소규모 정찰대밖에 눈에 띄지 않는다. 그의 군인들에겐 뭔가 이상한 것, 마음을 서늘하게 만드는 것이 있다. 나는 벌써 천 번째 내 적에 대해 생각한다. 이름 없는 소년을 그토록 무시무시하게 만드는 게 뭘까? 그는 키가 클까? 몸이 호리호리할까? 덩치가 클까? 빠를까? 못생겼을까? 그의 평판, 그의 이름은 어떻게 얻은 것일까? 아무도 모르는 것 같다.

플루토 정찰대는 우리가 유혹하는 데도 절대 가까이 오지 않는다. 나는 주위 수 킬로미터 내의 아폴로 기병들이 전부 빛나는 세레스 깃발을 볼 수 있도록 팍스에게 높이 들라고 시킨다. 모두 영광을 차지할 기회임을 깨닫는다. 여러 기병대들이 우리에게 몰려온다. 정찰병들은 우리의 자존심을 빼앗고 자기 하우스에서 좋은 위치에 오를 수 있을 거라 생각한다. 그들은 어리석게도 셋씩, 넷씩 무리지어 오고, 우리는 세레스의 궁수들, 미네르바의 창수들, 눈에 묻어둔 창들로 그들을 해치운다. 조금씩 조금씩 우리는 늑대가 엘크를 괴롭히듯 그들을 괴롭힌다. 하지만 언제나 도망치게 해준다. 나는 내가 그들 문 앞에 도착했을 때 그들이 미친 듯이 화나 있길 원한다. 그들 같은 노예는 우리 속도를 늦출 것이다.

그날 밤, 팍스와 머스탱은 나와 함께 작은 불을 피워 놓고 앉아 학교 밖에서의 그들의 삶에 대해 이야기한다. 팍스는 한번 이야기를 시작하면 걷잡을 수 없는 아이다. 놀라울 정도의 에너지로 이야기에 등장하는 악당까지 포함해서 모든 것을 칭찬하며 말하기 때문에, 이야기를 들으면서도 절반 정도는 누가 착한 사람이고 누가 나쁜 사람인지 알 수 없다. 그는 아버지의 홀을 두 동강냈던 이야기, 옵시디언으로 오해 받아 우주 전투 훈련을 받는 아고게로 실려 갈 뻔했던 이야기를 한다.

"내가 늘 옵시디언이 되는 걸 꿈꿨다고 해도 될 것 같아."

그가 으르렁거리듯 말한다.

그는 어렸을 때 지구의 뉴질랜드에 있는 가족의 여름 저택에서 몰래 빠져나와 옵시디언들과 함께 '나고게'를 했다. 옵시디언들은 훈련 중에는 밤마다 불가피하게 나고게를 해야 했다. '아고게(고대 스파르타의 강압적이고 조직적인 교육——옮긴이)'의 식사가 형편없기 때문에, 훈련소에서 빠져나와 약탈하고 훔쳐야 했던 것이다. 그는 얼마 안 되는 음식을 놓고 그들과 함께 다투고 싸웠다. 그는 헬가를 만나기 전까지는 자기가 늘 이겼다고 말한다. 그가 헬가의 풍만한 몸매 비율, 두툼한 주먹, 풍만한 허벅지를 과장하며 떠드는 동안 머스탱과 나는 서로의 눈을 보며 웃음을 터뜨리지 않으려고 노력한다.

"큰 사랑이었네."

내가 머스탱에게 말한다.

"지구를 흔들 만한 사랑이지."

머스탱이 대답한다.

다음 날 아침 택터스가 나를 깨운다. 그의 눈은 새벽 얼음처럼 차갑다.

"우리 말들이 달아났어. 전부 다."

그는 말을 지키고 있던 세레스 아이들에게로 우리를 데려간다.

"아무도 아무것도 못 봤대. 말들이 있었다가, 다음 순간에 사라지고 없더래."

머스탱은 밤에 말들을 묶어 놓았던 밧줄을 집어 든다. 누군가 양쪽에서 잡아당겨서 끊었다.

"보기보다 힘이 셌네."

그녀가 수상쩍어하며 말한다.

"택터스?"

나는 그쪽으로 고개를 까닥해 보인다.

그는 대답하기 전에 팍스와 머스탱 쪽을 본다.

"발자국이 있어……."

"'하지만'."

그는 어깨를 으쓱한다.

"쓸데없이 말할 필요 있나? 내가 무슨 말할지 알잖아."

프록터들이 밧줄을 끊은 것이다.

나는 군대에게 무슨 일이 있었는지 말하지 않지만, 아이들이 추워서 가까이 모일 때 루머가 금세 퍼진다. 머스탱은 내가 말하지 않는 게 있다는 걸 알면서도 묻지 않는다. 내가 북쪽 숲에서 머스탱에게 준 약은 내가 그저 '발견'한 건 아니었으니까.

난 이 새로운 괴롭힘을 시험으로 생각하려고 애쓴다. 반란이 시작된다면 이런 일이 생길 것이다. 내가 어떻게 반응하지? 숨을 내쉬듯 분노를 내보내자. 분노를 흘려내고 움직이자. 나로선 말만큼 쉽지 않은 일이다.

우리는 동쪽의 숲 쪽으로 이동한다. 말이 없으니 이제 강 근처 평원에서 쓸 수 있는 수법이 없다. 정찰병들은 아폴로 성이 가깝다고 한다. 말 없이 어떻게 성을 손에 넣지? 빨리 움직일 수단이 전혀 없는 상태로?

밤이 되자 또 다른 괴롭힘이 드러난다. 세레스에서 가져와서 불위에 놓고 조리할 때 쓰던 수프 냄비들이 전부 다 금이 가 있다. 우리가 종이에 싸서 그토록 안전하게 보관해 왔던 빵에는 바구미가 가득하다. 저녁으로 빵을 먹으니 씨앗처럼 바스라진다. 드래프터들에게는 이게 불운한 사건들로 보일 것이다. 하지만 나는 그것이상이라는 걸 알고 있다.

프록터들은 내게 돌아가라고 경고하고 있다.

"카시우스는 왜 널 배신했어?"

바람에 날려 쌓인 눈더미 밑의 빈 곳에서 같이 자면서 그날 밤 머스탱이 내게 묻는다. 다이아나 경비병들이 나무 위에서 캠프 주위를 감시한다.

"거짓말은 하지 마."

"사실은 내가 걜 배신한 거야. 그게…… 내가 통로에서 죽여야 했던 아이가 걔 형제였어."

머스탱의 눈이 커진다. 잠시 후 그녀는 고개를 끄덕인다.

"나도 죽은 형제가 있어. 그건…… 같은 건 아니지. 하지만…… 그런 죽음에는 변화가 따라."

"넌 변했어?"

"아니. 하지만 내 가족을 바꿨어. 가끔은 내가 알아보지 못하는 사람들이 되었어. 그게 인생이겠지."

그녀는 이제야 깨달았다는 듯 말한다. 그녀는 갑자기 몸을 뒤로 뺀다.

"넌 왜 카시우스에게 네가 그의 형제를 죽였다고 말했어? 넌 그 정도로 미친 사람이야, 리퍼?"

"난 아무 말도 안 했어. 프록터들이 자칼을 통해서 알려 줬어. 홀로큐브를 줬거든."

그녀의 눈이 싸늘해진다.

"알겠어. 프록터들이 대총독의 아들을 위해 속임수를 쓰고 있는 거구나."

나는 그녀와 불의 온기를 뒤로 하고 오줌을 누러 숲에 들어간다. 공기는 차갑고 맑다. 올빼미들이 나뭇가지에서 우는 소리를 들으니 누가 나를 몰래 지켜보는 기분이다.

"대로우?"

머스탱이 어둠 속에서 말한다. 나는 휙 돌아선다.

"머스탱, 날 따라왔어?"

리퍼가 아니라 대로우라고 불렀다. 뭔가 잘못되었다. 그녀가 내 이름을 부르는 말투가, 나를 이름으로 불렀다는 것 자체가 이상하다. 마치 고양이가 멍멍 짖는 것 같다. 하지만 어둠 속에서 그녀의 모습이 보이지 않는다.

"뭔가 본 것 같아서."

그녀는 아직도 그림자 속에 있고, 목소리는 숲 속 더 깊은 곳에서 흘러나온다.

"이쪽이야. 보면 깜짝 놀랄 거야."

나는 그녀의 목소리를 따라간다.

"머스탱. 캠프를 떠나지 마. 머스탱."

"우린 벌써 떠났잖아, 자기야."

내 주위에는 나무들이 불길하게 위로 뻗어 있다. 나뭇가지들이 내게 다가온다. 숲은 조용하고 어둡다. 이건 덫이다. 머스탱이 아니다.

프록터들? 자칼? 누군가 나를 지켜본다.

무엇인가 나를 지켜보고 있는데 그게 어디 있는지 모를 경우, 합리적인 행동은 하나뿐이다. 패러다임을 바꾸고, 경기장을 평평하게 하려고 시도하는 것이다. 상대가 나를 찾아야 하게 만드는 것이다.

나는 갑자기 움직인다. 내 군대 쪽을 향해 전력 질주한 다음, 나무 뒤에 숨어서 기어올라가 기다린다. 칼을 꺼내 들고 던질 수 있는 자세를 취한다. 망토로 몸을 감싼다.

정적.

그리고 나뭇가지 부러지는 소리가 들린다. 무언가 거대한 것이 숲 속에서 움직인다.

"팍스?"

내가 아래쪽을 향해 말한다.

답이 없다.

그때 강한 손이 내 어깨에 닿는 것이 느껴진다. 남자가 고스트 클록을 끄고 허공에서 갑자기 나타나고, 내가 쭈그리고 앉아 있던 가지는 무게가 더해지자 휘어진다. 그의 턱은 대리석을 세공해서 만든 것 같고, 갑옷처럼 밝은 눈은 사악하게 반짝거린다. 아폴로 프록터다. 우리 아래에서 다시 거대한 것이 움직인다.

"대로우, 대로우, 대로우."

그는 머스탱의 목소리로 내게 혀를 끌끌 찬다.

"넌 가장 아끼던 꼭두각시이지만, 이건 네가 춰야 하는 춤이 아니야. 마음을 고쳐먹고 북쪽으로 가겠니?"

"나는……."

"거부한다고? 상관없지."

그는 나를 가지 아래로 세게 민다. 추락하며 다른 가지에 부딪힌다. 눈 속으로 떨어진다. 털가죽 냄새가 난다. 그리고 야수가 포효한다.

제38장

아폴로의 몰락

곰은 거대하다. 말보다 크고 마차 정도 크기다. 핏기 없는 시체
처럼 희다. 눈은 빨갛고 노랗다. 내 팔뚝 길이의 검은 이빨은 레이
저처럼 날카롭다. 내가 HC에서 본 곰들과는 전혀 다르다. 척추를
따라 빨간 줄무늬가 있다. 발 하나에 여덟 개씩 달린 발톱은 손가
락 같다. 조각가들이 장난으로 만든 것이다. 죽이게 할 목적으로
이 숲에 데려온 거다. 특히 나를 죽이게 하려고. 세브로와 나는 몇
달 전에 다이아나와 화해하러 갈 때 이것이 으르렁거리는 소리를
들은 적이 있다. 이제 이 녀석이 흘리는 침이 느껴진다.

나는 잠시 멍청히 서 있다. 곰은 다시 포효하더니 덤빈다. 나
는 몸을 돌려 달아난다. 평생 이렇게 빨리 달려 본 적이 없다. 날아
간다. 그러나 곰이 민첩함은 덜할지 몰라도 나보다 더 빠르다. 곰

이 덤불과 나무를 몸으로 뚫고 달리자 숲이 떨린다.

나는 거대한 갓트리 옆을 달려가 검은딸기나무에 뛰어든다. 내 발밑의 땅이 삐걱거리고, 나는 내 발밑의 나뭇잎과 눈이 부서지는 걸 느끼며 내가 어디에 서 있는지 깨닫는다. 나는 곰과의 거리를 두고 곰이 덤불을 헤치고 나오길 기다린다. 곰은 빠져나와서 내게 돌진한다. 나는 뒤로 껑충 뛴다. 곰은 날카롭게 소리 지르며 나무 창이 박혀 있는 함정의 바닥으로 떨어진다. 내가 뒷걸음치며 다른 덫에 걸리지 않았더라면 내 기쁨은 더 오래 갔을 것이다.

땅이, 아니 내가 뒤집힌다. 내 다리가 위로 휙 올라가고 나는 밧줄 끝에 매달려 공중으로 날아간다. 나는 아폴로 프록터가 두려워서 내 군대를 부르지도 못하고 몇 시간 동안 매달려 있다. 피가 머리에 몰려 얼굴이 따갑고 가렵다. 그때 어둠 속에서 익숙한 목소리가 들린다.

"이런, 이런."

아래쪽에서 조롱하는 소리가 들린다.

"가죽 벗길 짐승이 두 마리군."

내가 머스탱과 동맹을 맺었다고 하자 세브로는 능글맞게 웃는다. 캠프에서는 머스탱이 나를 찾을 수색팀들을 준비시키고 있다. 세브로의 악명은 북쪽 아이들 사이에 이미 퍼져 있다. 미네르바 아이들은 세브로를 두려워한다. 한편 택터스를 비롯한 데드호스들은 기뻐한다.

"아니, 내 말 배 친구 아냐! 왜 다리를 저는 거야, 친구?"

택터스가 느릿느릿 말한다.

"너희 어머니가 침대에서 날 거칠게 다뤄서."

세브로가 내뱉는다.

"허, 넌 발돋움을 해도 우리 엄마 턱에 키스도 못할걸."

"내가 키스하려던 곳은 턱이 아니었어."

택터스는 손뼉을 치며 깔깔 웃고 세브로를 끌어당겨 아주 불쾌한 포옹을 한다. 아주 괴상한 두 사람이다. 하지만 말 시체 속에서 같이 웅크리고 있었던 게 유대감을 주었나 보다. 소름끼치는 쌍둥이를 만든 셈이다.

"어디 있었어?"

머스탱이 옆에서 조용히 묻는다.

"잠시만."

내가 말한다.

세브로는 애꾸눈이다. 아폴로의 사절이 내게 경고했던 애꾸눈 악마가 세브로였구나.

"난 너희 하울러들은 어떤 부류의 미친 작은 친구들일지 늘 궁금했어."

머스탱이 말한다.

"작다고?"

세브로가 묻는다.

"기……분 나쁘라고 한 말은 아니었어."

세브로는 씩 웃는다.

"난 작은데."

그녀는 그의 어깨를 두드린다.

"음, 우리 미네르바 아이들은 너희가 유령이라고 생각했어. 넌 유령이 아니네. 그리고 혹시 네가 궁금했다면 말인데, 나는 진짜 머스탱이 아니야. 꼬리가 없잖아? 그리고, 아니."

그녀는 말하려던 택터스를 제지한다.

"네가 물어보려고 하고 있었으니 말해 주는데, 난 안장을 찬 적도 없어."

택터스는 정말 물어보려던 참이었다.

"차게 될 거야."

세브로가 내게 슬쩍 중얼거린다.

머스탱은 잠시 후 하울러들에 대해 이야기한다.

"난 걔들이 마음에 들어. 내가 키가 커진 기분이 들어."

"완벽해!"

택터스가 블러드백 가죽을 끙 하고 들어올린다.

"이것 봐. 팍스 체형에 맞는 걸 찾았어."

팍스가 땔감을 가져다 피운 큰 모닥불에 합류하기 전에, 세브로는 나를 옆으로 끌어당겨 담요를 내놓는다. 안에는 내 슬링블레이드가 들어 있다.

"진흙 속에서 발견하고 널 위해 잘 지켜 뒀지. 날카롭게 갈아 놨어. 무딘 블레이드를 쓰는 시기는 끝났으니까."

나는 그의 어깨를 친다.

"넌 친구야. 네가 그걸 알았으면 해. 게임 속 친구가 아니라, 이제 진짜 친구야. 여기서 나간 뒤에도. 너도 알지, 응?"

"난 바보가 아니야."

그래도 그는 얼굴을 붉힌다.

캠프파이어로 가서 그와 하울러들, 즉 시슬, 스크루페이스, 클라운, 위드, 페블은(내 옛 하우스의 찌꺼기들은) 내가 사라지고 나서 채 하루도 되지 않아 떠났다는 걸 세브로에게 듣는다.

"카시우스는 자칼이 널 데려갔다고 했어."

세브로는 바구미가 꿘 빵을 한 입 가득 씹으며 말한다.

"속에 든 견과류가 맛있네."

그는 몇 주 동안 음식 구경도 못한 사람처럼 먹는다.

우리는 드넓은 숲 안의 불가에 앉아 타닥거리는 통나무의 빛을 쬔다. 머스탱, 밀리아, 택터스, 팍스가 우리와 함께 눈 속의 쓰러진 나무에 기대앉는다. 우리는 짐승들처럼 모여 있다. 나는 머스탱 옆에 앉는다. 털가죽 아래에서 나와 그녀는 다리를 서로 얽고 있다. 블러드백 털가죽이 악취를 풍기며 불 위에서 타닥거린다. 기름이 불꽃 속으로 떨어진다. 마르고 나면 팍스가 입을 것이다.

세브로는 카시우스가 거짓말을 한 뒤 자칼을 추적했다. 내 작은 친구는 자세한 이야기는 하지 않는다. 그는 세세한 것을 싫어한다. 그는 그저 빈 눈구멍을 톡톡 치며 "자칼은 내게 빚이 있어."라고 말할 뿐이다.

"그때 그를 봤어?"

내 질문에 그는 너무나 솔직하게 말한다.

"어두웠어. 자칼의 칼을 봤어. 목소리조차 못 들었어. 산에서 뛰어내려야 했지. 한참을 떨어지고 나서야 내 무리에게로 돌아올 수 있었어."

그렇지만 나는 그가 다리를 저는 것을 보았다.

"우린 산 속에 있을 수는 없었어. 사방에 온통…… 자칼의 부하들이라서."

"하지만 산에서 기념품은 좀 챙겼지."

시슬은 어머니 같은 미소를 지으며 허리에 찬 머릿가죽들을 쓰다듬는다. 머스탱은 부르르 떤다.

남쪽은 카오스였다. 아폴로, 비너스, 머큐리, 플루토만 남았지만, 머큐리는 이제 정처없이 떠도는 방랑자들에 불과하게 되었다고 한다. 안된 일이다. 나는 그들의 프록터를 좋아했다. 그는 드래프트에서 나를 고를 뻔했다. 고를 수 있었다면 골랐을 것이다. 그랬다면 일이 어떻게 되었을까.

"세브로, 그 다리로 얼마나 빨리 달릴 수 있겠어? 예를 들어 2킬로미터라면."

다른 사람들은 내 질문에 당황하지만, 세브로는 어깨만 으쓱해 보인다.

"느려지진 않았어. 이런 로우그래브에서는 1분 30초 정도."

나는 나중에 그에게 내 아이디어를 말해 주어야겠다 생각한다.

"의논해야 할 더 중요한 일들이 있어, 리퍼. 네가 여기 이 친구의 덫에 걸려 숲 속에서 거꾸로 매달려 있었다고 들었는데."

택터스가 미소 짓는다. 그는 체구가 작은 시슬의 허벅지를 툭툭 두드린다. 그가 손을 계속 시슬의 허벅지에 대고 있자 그녀는 미소 짓는다. 그의 애정을 끌어낸 것은 두피 컬렉션인 모양이다.

"그 이야기는 슬쩍 안 하고 넘어갈 수 있을 거라 생각한 건 아니겠지?"

그가 생각하는 것만큼 우스운 일은 아닌데.

나는 내 반지를 만진다. 그들에게 이야기하면 그들의 사형 집행 영장에 서명을 하는 거나 마찬가지가 될 것이다. 아폴로와 주피터가 지금 내 말을 듣고 있다. 나는 머스탱을 보고 공허한 기분을 느낀다. 나는 그들이 조작한 이 게임에서 이기기 위해 머스탱을 잃을 위험을 감수할 것이다. 내가 좋은 사람이라면 나는 반지를 끼고 있을 것이다. 나는 비밀을 지킬 것이다. 하지만 세워야 할 계획, 무마시켜야 할 신들이 있다. 나는 반지를 벗고 눈 위에 얹는다.

"잠시만이라도 우리, 서로 다른 하우스에서 온 게 아니라고 생각하자. 다같이 친구로서, 반지를 벗고 이야기하자."

말도, 이동 수단도 없는 나는 이 주위 지역의 적들에 비해 유리한 점이 아무것도 없다. 새로운 교훈을 배워야 한다. 나는 스스로 내게 유리한 점을 만들어야 한다. 새로운 전략이다. 나는 그들이 나를 두려워하게 만든다.

나는 분열을 활용하는 전략을 짠다. 나는 내 군대를 여섯 개의 10인조 팀으로 나눈다. 각 팀은 나, 팍스, 머스탱, 택터스, 밀리아, 그리고 놀랍게도 밀리아가 추천한 나일라가 이끈다. 나라면 세브로에게 별도의 팀을 맡겼겠지만, 그와 하울러들은 다시는 내 곁을 떠나지 않으려 한다. 그들은 내 배의 흉터가 자기들 탓에 생긴 거라고 생각한다.

내 군대는 굶주린 늑대들처럼 아폴로의 영토에 들어간다. 우리는 그들의 성을 공격하지 않고 요새를 습격한다. 그들의 보급품 창고에 불을 지른다. 그들의 다리에 활을 쏜다. 식수원을 더럽히고, 포로들에게 거짓 소식을 들려 주고 도망가게 놔둔다. 그들의 염소와 돼지들을 죽인다. 그들의 배를 도끼로 부순다. 무기를 훔친다. 나는 아폴로에 의해 노예가 된 비너스, 주노, 바쿠스 하우스 아이들 외에는 죄수로 잡지 못하게 한다. 내 군대는 공포와 전설이 퍼져야 한다는 걸 그 무엇보다 잘 이해하고 있다. 그들은 원칙에 충실하다. 그들은 캠프파이어에 둘러앉아 서로 나에 대한 이야기를 주고받는다. 팍스가 우두머리다. 그는 내가 인간으로 변한 신화라고 생각한다. 내 군인들 중 상당수가 나무와 벽에 내 슬링블레이드를 새기기 시작했다. 그리고 부지런한 아이들은 우리가 전투할 때 입는 얼룩진 늑대 가죽으로 스탠더드를 만들어서 창끝에 단다.

세레스 등의 여러 하우스들의 노예들을 서로 섞어 여러 유닛을 만든다. 나는 그들의 충성이 조금씩 옮겨 가고 있다는 것을 안다. 그들은 세레스, 미네르바, 다이아나가 아니라 그들의 유닛 이름을 사용하기 시작한다. 덩치가 가장 작은 세레스 아이들 넷을 세브로와 함께 하울러에 넣는다. 빵 굽던 아이들이 마르스의 찌꺼기들처럼 정예 전사들로 변할 수 있을지 모르지만, 젖살을 빼줄 수 있는 사람이 있다면 그건 세브로다.

일주일 동안 공포가 아폴로를 갉아먹는다. 우리의 순위가 올라가고 그들은 내려간다. 자유 신분이 된 노예들이 성 안에 퍼진 두려움에 대해 말해 준다. 내가 그림자 속에서 피투성이 늑대 가죽을 덮어쓰고 나타나 불태우고 사지를 잘라낼까 봐 걱정하고 있다고 한다.

나는 아폴로 하우스는 두렵지 않다. 그들은 그 전략에 적응하지 못하는 멍청한 나무꾼들이다. 내가 두려워하는 것은 프록터들, 그리고 자칼이다. 내게 있어 그들은 하나다. 아폴로가 나를 죽이려다 실패한 이후, 나는 그들이 보다 직접적인 방법을 쓸까 봐 겁이 난다. 자다 눈을 떠 보니 내 척추에 레이저가 박혀 있다면? 이건 그들의 게임이다. 나는 언제든 죽을 수 있다. 나는 지금 아폴로 하우스를 파괴하고 더 늦기 전에 아폴로 프록터를 게임에서 제거해야 한다.

다음 날의 전략을 의논하기 위해 중위들과 함께 숲 속의 불가에 둘러앉는다. 우리는 아폴로 하우스의 성에서 불과 3킬로미터 정도 거리지만 그들은 감히 우리를 공격할 엄두를 내지 못한다. 우리는 깊은 숲 속에 있다. 그들은 우리가 두려워 성 안에 숨어 있다. 우리도 그들을 공격하지 않는다. 나는 제아무리 영리한 야간 공격을 해도 아폴로 하우스가 우릴 막을 거라는 걸 알고 있다.

논의를 시작하기 전에 나일라가 자칼에 대해 묻는다. 산 속에서 익힌 것들을 이야기하는 세브로의 목소리는 조용하다. 우리 모두 듣고 있다는 걸 깨닫자 목소리가 더 커진다.

"그의 성은 낮은 산악지대 어딘가에 있어. 높은 봉우리가 아니라 지하에 있어. 벌칸 근처야. 벌칸은 시작이 아주 좋았어. 빨랐지. 사흘째 날에 플루토에 집중 공격을 했어. 효율적인 놈들이야. 플루토는 준비가 되어 있지 않았지. 그래서 자칼이 장악했고, 깊은 터널 속으로 자기네 애들을 후퇴하게 만들었어. 벌칸은 자기들 대장간에서 만든 좋은 무기들을 들고 울부짖으며 찾아왔지. 다 끝나기 직전이었어. 자칼은 첫 주부터 노예가 될 뻔했지. 그래서 그는 터널을 무너뜨렸어. 아무 계획도, 출구도 없이. 자기가 게임에서 승리할 기회를 지키기 위해서 말이야. 자기 하우스 아이들 열 명이 죽었어. 하이드래프트들이 많았지. 메드봇은 한 명도 구하지 못했어. 40명이 어두운 동굴에 갇혔어. 물은 충분했지만 식량은 전혀 없었지. 거의 한 달 가까이 걸려서, 땅을 파고 탈출했어."

세브로가 미소를 짓자 나는 왜 피처너가 그를 고블린이라고 불렀는지 기억난다.

"뭘 먹었을 것 같아?"

자칼은 덫에 걸리면 자기 다리를 썹어 뜯어낸다. 어디서 이 말을 들었더라?

우리들 사이의 불이 타닥거린다. 나는 머스탱이 불편해하며 꼼

562

지락거릴 줄 알았는데, 자세한 이야기를 들으며 그녀가 보이는 반응은 분노, 순수한 분노다. 턱이 씰룩거리고, 얼굴이 창백해진다. 나는 담요 밑의 그녀 손을 잡지만, 그녀는 마주 잡아 주지 않는다.

"그건 다 어떻게 안 거야?"

팍스가 으르렁거린다.

세브로는 흰 칼 한 자루를 손톱으로 튕긴다. 밤공기 속으로 부드러운 땡 소리가 퍼진다. 소리는 숲 속으로 메아리치고, 나무에 튕겨 길 잃은 악절처럼 우리 귀로 돌아온다. 갑자기 숲의 소리가 모두 사라지고, 불가보다 먼 곳의 소리는 전혀 들리지 않는다. 내 심장이 목구멍으로 튀어나올 뻔하고 나는 세브로의 눈을 본다. 그는 택터스를 찾아야 할 것이다.

잼필드가 우리를 감싼다.

"안녕, 어린이들. 이렇게 밝은 불은 밤에는 위험하다. 그리고 너희는 강아지들처럼 서로 몸을 대고 웅크리고 있구나. 아니, 일어나지 마라."

어둠 속에서 목소리가 말한다. 음악 같은 목소리다. 경솔하다. 수 개월 동안 고생을 하고 나서 듣자니 괴상하게 들린다. 누구도 그런 목소리를 내지는 않는다. 그는 가볍게 걸어 들어와 팍스 옆에 앉는다. 아폴로다. 이번에는 곰은 안 데리고 왔다. 날이 보랏빛으로 번쩍이는 거대한 창만 한 자루 들고 있다.

"어서 오십시오, 아폴로 프록터."

내가 말한다. 감시병들은 우리 위 나무 속에서 프록터에게 화

563

살을 겨누고 있다. 나는 덫을 치우라는 뜻으로 손을 흔들어 보이고, 마치 전에 만난 적이 없다는 듯이 프록터에게 무슨 일로 왔는지 묻는다. 그가 존재한다는 것은 아주 간단한 메시지를 의미한다. '내 친구들이 위험하다.'

"집으로 돌아가라고 말해 주려고 왔다, 친애하는 노마드여."

그는 큰 와인병을 열고 모두에게 돌린다. 아무도 마시지 않는다. 세브로는 예외로, 술병을 꼭 붙든다.

"프록터는 개입하지 않게 되어 있잖아요. 규칙이 그래요. 무슨 권리로 여기 오셨죠? 이건 반칙인데요."

팍스가 당황하며 묻는다.

머스탱도 똑같이 묻는다.

프록터는 한숨을 쉬지만, 그가 뭐라고 하기도 전에 세브로가 일어나서 트림을 하더니 걸어간다.

"어디 가는 거냐? 멋대로 가지 마라."

아폴로가 쏘아붙인다.

"오줌 싸러요. 아저씨 와인을 다 마셨거든요. 여기서 쌀까요?"

그는 고개를 갸웃하며 자신의 작은 배를 만진다.

"똥도 쌀 것 같은데."

아폴로는 코에 주름을 잡더니 세브로는 무시하고 다시 우리 쪽을 본다.

"영향을 주는 것은 반칙이라 하기 어렵다, 내 거인 친구. 나는 그저 너희들이 잘 지내길 바랄 뿐이다. 어쨌거나 나는 너희들의 학업을 돕기 위해 여기 있는 사람이다. 너희 모두 북쪽으로 돌아가는 게 제일 좋다는 말을 하러 왔을 뿐이다. 그게 더 나은 전략이다. 거기서 치를 전쟁들을 다 치르고 힘을 강화한 다음에 팽창하는 것이 전쟁의 규칙이다. 약할 때 노출되면 안 된다. 네가 열등할 때 네 적들에게 싸우자고 밀어붙이면 안 된다. 너희에겐 말도, 은신처도 없고 무기는 빈약하다. 너희는 이런 식으로 공부해서는 안 된다."

그가 반지를 돌리며 우리 대답을 기다리는 동안, 따뜻하게 웃는 표정이 그의 아름다운 얼굴을 초승달 모양으로 가르고 있다.

머스탱이 놀리듯 격식을 차려 말한다.

"우리가 잘 되면 좋겠다고 신경 써 주시다니 친절하시군요. 정말이지, 아주 친절하세요! 마음이 따뜻해져요. 다른 하우스의 프록터이시라는 걸 고려하면, 정말 특별한 관심을 가져 주신 것이니까요. 하지만 말씀해 보시죠, 여기 와 계신 걸 우리 프록터도 알고 있나요? 마르스 프록터도 알아요?"

그녀는 말이 없는 밀리아 쪽으로 고개를 까닥해 보인다.

"주노 프록터는요? 존경하는 선생님, 지금 장난하십니까? 아니라면 잼필드는 왜 켜셨죠? 다른 사람들이 볼까 봐?"

아폴로의 미소는 여전하지만 눈이 싸늘해진다.

"아주 솔직하게 말하자면 너희 프록터들은 너희 어린이들이 무슨 수작을 꾸미고 있는지 모른다. 너에겐 기회가 있었다, 버지니아. 너는 졌어. 씁쓸해 하지 마라. 여기 이 대로우는 너를 정당하게 이겼어. 아니면 겨울을 함께 보내면서, 승리할 수 있는 하우스는 하나뿐이라는 것, 승리하는 프라이머스는 한 명뿐이라는 것을 잊고 만 거냐? 너희 모두 그렇게 눈이 멀었느냐? 이…… 소년은 너에게 아무것도 줄 수 없다."

그는 아이들 하나하나를 돌아본다.

"다시 한 번 말해 주지, 너희들은 풋내기들이니까. 대로우의 승리는 너희의 승리를 의미하지 않는다. 아무도 너희에게 견습직을 제안하지 않을 것이야. 그들은 너희의 성공에 대로우가 핵심이었다는 것을 볼 테니까. 너희는 그저 따를 뿐이다. 나폴레옹의 네이 장군이나 트로이 전쟁의 소 아약스처럼 말이지. 그런 사람을 누가 기억하겠나? 이 '리퍼'는 자기 스탠더드조차 없다. 너희를 이용하고 있다. 그게 전부다. 너희에게 망신을 주고, 이 첫해를 넘어서는 커리어를 얻을 기회를 망치고 있는 것이다."

"존경하는 프록터시여, 당신께서는 저희를 상당히 짜증나게 만들고 계시는군요."

평소에는 친절한 나일라가 말한다.

"그리고 너는 아직 노예다. 온갖 학대를 다 당할 수 있는 노예."

아폴로가 그녀의 마크를 가리킨다.

"저런 걸 입을 자격을 얻기 전까지 만이지요."

나일라는 머스탱의 늑대 가죽을 가리킨다.

"너의 충성심은 감동적이다만……."

그때 팍스가 끼어든다.

"내가 당신을 피투성이가 될 때까지 채찍질하게 해 주시겠어요, 아폴로? 대로우는 그렇게 했거든요. 채찍질하게 해 주시면 핑크처럼 복종하지요. 내 선조들의 무덤에 대고 맹세합니다. 텔레마누스와……."

밀리아도 야유한다.

"당신은 관료주의적 픽시에 불과해요. 부탁이니 꺼져 주시죠."

내 중위들은 충성스럽지만, 택터스와 세브로가 여기 불가에 같이 있었다면 대체 무슨 말을 했을지 생각하니 부르르 떨린다. 나는 몸을 앞으로 하고 아폴로를 내려다본다. 그래도 나는 그를 도발해야 한다.

"저희들 좀 도와주시죠? 그 충고를 당신 똥구멍에 처박고 꺼져 버려요."

공중에서 누군가 웃는 소리가 난다. 여자다. 다른 프록터들이 잼 필드 안에서 구경하고 있다. 연기 속에서 실루엣이 보인다. 몇 명이나 지켜보고 있지? 주피터? 웃음소리를 들어보니 어쩌면 비너스? 그렇다면 정말 좋을 텐데.

아폴로 얼굴 위로 불길이 깜박인다. 그는 화가 났다.

"내가 아는 논리는 이렇다. 겨울은 더 추워질 수 있다, 어린이들아. 밤이 추워지면 죽는 것들이 생긴다. 늑대라든가, 곰이라든가, 머스탱이라든가."

내겐 완벽하게 장황한 대답이 있다.

"아폴로, 만약 당신이 대총독의 아들이 이기게 만들기 위해 하

567

고 있는 일들을 드래프터들이 알게 되면 무슨 일이 생기나요? 만약 당신이 마치 저자 거리 조폭 두목처럼 게임에서 속임수를 쓴다면요."

아폴로는 몸이 굳어진다. 나는 계속 이야기한다.

"숲에서 그 멍청한 곰으로 나를 죽이려고 했을 때 당신은 실패했어요. 지금은 궁지에 몰린 바보답게 여기에 찾아와서 내 친구들을 위협하고 있어요. 내 친구들은 나를 배신한다는 생각은 조금도 없는데 말이에요. 정말 날 죽일 건가요? 드래프터들에게 영상을 보여 줄 때 당신이 편집을 할 수 있다는 건 알아요. 하지만 드래프터 전부에게 우리 전부의 죽음은 어떻게 설명할 생각이죠?"

내 중위들은 충격 받는 척한다.

나는 말을 이어간다.

"선단의 사령관이라든가, 특사라든가, 어느 다른 하우스의 드래프터라든가 하는 사람이 한 명이라도 알게 된다고 생각해 봐요. 대총독이 프록터들에게 돈을 주어 속임수를 쓰고, 자기 아들은 이기고 그들의 아이들은 지도록 경쟁을 제거했다는 걸 알게 된다고 생각해 봐요. 뇌물을 받은 프록터들이 치러야 할 대가가 있을까요? 대총독은요? 그들이 자기 아이들이 조작된 게임에서 죽어 간다는 사실에 관심을 가질까요? 당신이 능력 중시 주의를 파괴하는 대가로 돈을 받는다는 사실에는요? 가장 우수한 사람이 위로 올라가야죠. 아니면 가장 연줄이 좋은 사람이 위로 올라가야 할까요?"

아폴로의 턱이 팽팽해진다.

그는 다른 프록터들을 올려다본다. 그들은 현명하게도 투명한 상태를 유지한다. 그는 아마 제비뽑기를 통해 여기 내려와 속임수의 대표가 된 것이리라. 그가 말하는 동안 내 중위들은 침묵을 지킨다.

"어린이들아, 그들이 찾아낸다면 모두가 대가를 치러야 할 것이다. 그러니 아직 혀가 붙어 있을 때 입조심하거라."

그가 위협한다.

"안 그러면 어쩔 건데요? 당신은 뭘 어떻게 할 건데요?"

머스탱이 격하게 묻는다.

"다른 사람도 아니고 너라면 알 텐데."

그가 말한다. 그 말의 뜻은 모르겠지만, 이 위장은 이제 끝이 났다. 나는 세브로가 간 이후 몇 초가 흘렀는지 재고 있었다. 프록터들은 그러지 않았다. 나는 머스탱을 돌아본다.

"세브로가 2킬로미터를 달리는 데 시간이 얼마나 걸리지?"

"이런 중력에서는 1분 30초라고 했던 것 같아. 하지만 세브로는 거짓말을 좀 하니까, 아마 더 빠를 거야."

"여기서 아폴로 성까지 거리가 얼마나 되지?"

"아, 3킬로미터쯤, 조금 더 될 수도 있고."

"끝내주는군. 저기, 머스탱, 내가 제일 좋아하는 잼필드의 특징이 뭔지 알아?"

"아무 소리도 빠져나가지 않는다는 것?"

"아니, 아무 소리도 들어오지 않는다는 것."

아폴로가 잼필드를 끄자 울부짖는 소리가 들린다. 3킬로미터 이상 떨어진 곳의 성벽에서 들려온다. 아폴로 성이다. 먼 하늘에서는 메드봇들이 그쪽으로 날카로운 비명을 지르며 날아간다.

"비너스! 지켜보고 있지 않았어? 이 어리석은……."

아폴로가 텅 빈 하늘에다 대고 으르렁거린다.

"그 꼬맹이가 반지를 벗었단 말이야. 전부 다 반지를 벗었어! 반지가 없으면 못 봐! 잼필드 안에서도!"

투명한 여자가 외친다.

"이젠 다 다시 끼고 있으니 데이터패드를 꺼내서 뭐가 보이는지 나한테도 말해 줘요."

내가 말한다.

"이 건방진……."

아폴로가 두 주먹을 불끈 쥔다. 나는 움찔하며 물러선다. 머스탱과 팍스가 나와 아폴로 사이에 와서 선다.

"으흠."

팍스가 거대한 망치를 자기 가슴팍에 쿵 치며 큰 소리로 말한다. 그의 늑대 가죽 밑의 갑옷이 리드미컬하게 울린다.

"으흠!"

아폴로가 숲 밖으로 솟아오르고 다른 프록터들이 그를 따르자 눈이 흩날린다. 그들은 너무 늦을 것이다. 아무리 편집을 하고 간섭을 해도 아폴로 하우스의 전쟁은 시작되었고, 세브로와 택터스는 성벽을 점령했다.

내 중위들과 내가 전장에 도착하니 택터스가 칼을 입에 물고 가장 높은 탑을 기어오르고 있다. 100미터 높이 난간에 부주의한 그리스 챔피언처럼 서서 그는 바지를 내리고 아폴로 하우스 깃발에 오줌을 눈다. 그는 똥을 뚫고 기어서 그 깃발을 얻었다. 우리가 일주일 동안 잡은 노예들이 성의 약점인 커다란 화장실들에 대해 말해 주었고, 택터스, 세브로와 하울러들은 끔찍할 정도로 효율적으로 단시간 안에 거기로 파고들었다. 아폴로 하우스의 군인들은 똥을 덮어쓴 악마들에게 습격을 당해 잠에서 깼다. 오, 대문을 열어 주는 나의 정복군의 냄새는 정말 끔찍하다. 성 안은 카오스다.

높고 흰 성은 장식이 화려하다. 둥근 광장에는 웅장하게 솟은 높은 탑 여섯 개로 이어지는 웅장한 출입구가 여섯 개 있다. 광장 저쪽 끝에는 양과 소들이 있는 임시 외양간이 있다. 아폴로 경비병들은 그 안으로 퇴각했다. 그들의 동맹들이 그 뒤의 탑 출입구에서 쏟아져 나온다. 내 군대가 수적으로는 3대 1로 밀리지만, 내 군인들은 노예가 아닌 자유인들이다. 자유인들이 더 잘 싸운다. 그러나 내 침략군을 불리하게 만들 수 있는 것은 머릿수가 아니라 아폴로의 프라이머스 노바스다. 프록터는 그에게 자기의 펄스무기를 주었다. 보랏빛 불꽃을 튀기는 창이다. 다이아나의 데드호스 중 한 명에게 창끝이 닿자, 그 아이는 3미터 정도 뒤로 날아가 떨어진 뒤 톱니바퀴가 굴러 나오는 고장 난 장난감처럼 바닥에서 경련한다.

광장 입구 쪽인 게이트하우스 근처에 내 병력을 모은다. 아직 택터스처럼 탑 안에 있는 아이들이 많다. 나는 팍스, 밀리아, 나일라, 머스탱, 기타 서른 명을 데리고 있다. 적군 프라이머스는 자기의 병력을 모은다. 그의 무기 하나만으로도 우리를 겪을 수 있다.

"머스탱, 스탠더드 준비됐어?"

내가 묻자 내 등 흉갑 바로 아래 부분에 그녀의 손이 느껴진다. 나는 투구는 쓰지 않았다. 나는 머리카락을 가죽으로 묶었고, 얼굴엔 어둡게 검댕을 칠했다. 오른손에 슬링블레이드를, 왼손에는 짧게 한 스턴파이크를 들었다. 나일라가 세레스 스탠더드를 가지고 있다.

"팍스, 우리가 낫이야. 여자 아이들은 수확하는 농부야."

탑에 있던 내 부하들이 달려와 아래로 뛰어내려 전투에 가담하면서 울부짖는다. 사방에서 광장으로 쏟아져 들어온다. 그들의 물들인 늑대 가죽에서는 지독한 냄새가 난다. 내 부대와 아폴로 부대 사이의 자갈 바닥에는 눈이 발목 높이로 두껍게 쌓여 있다. 프록터들이 높은 곳에서 번쩍이며 떠서 펄스스피어가 내 군대를 얼른 끝장내기를 기다리고 있다.

"프라이머스를 잡아. 쟤를 내놓으라고 해."

머스탱이 내 귀에 속삭인다. 그녀는 키 크고 탄탄한 소년을 가리키며 내 엉덩이를 찰싹 친다.

"20미터 가서 멈춰, 팍스."

그는 내 명령을 듣고 고개를 끄덕인다.

나는 아군과 적군에게 포효한다.

"프라이머스는 내 거다! 노바스, 더러운 놈. 넌 내 거다. 오줌 먹는 달팽이 같은 쓰레기야."

슬링블레이드를 든 키 크고 광기 어린 침입자가 자신들의 프라이머스에게 외치자, 아폴로 군은 본능적으로 슬금슬금 뒤로 뺀다.

"나머지는 노예로 만들어!"

내가 울부짖는다.

그리고 팍스와 나는 돌진한다.

나머지도 나를 따라잡으려 애쓰며 몰려온다. 나는 팍스가 나보다 앞서 달리게 한다. 그는 전투용 도끼를 들고 고함을 지르며 노바스와 그의 보디가드들에게 돌진한다. 보디가드들은 주홍색 손바닥 자국이 있는 헬멧을 쓴 중무장한 남녀들이다. 그들은 미친 듯이 돌진하는 팍스를 막으려 창을 아래로 낮추고 곧장 팍스에게 향하며 적의 접근에 대비한다. 그들은 키 크고 늠름한 아이들로, 이미 오래 전에 너무나 오만해져서 무장한 팍스를 마주하면서도 자기가 위험에 처해 있다는 걸 이해하거나 두려움을 느끼지도 못하게 된 부류다.

그때 팍스가 멈춘다.

그리고 나는 속도를 늦추지 않고 뛰어올라 팍스의 손에 발을 디딘다. 나는 껑충 뛰고, 팍스는 나를 공중 10미터 높이로 띄워 준다. 나는 끔찍한 악몽에서 튀어나온 존재처럼 시종일관 울부짖으며 보디가드들에게 날아가 부딪힌다. 세 명이 쓰러진다. 창 하나가 우연히 내 배 쪽을 향해 오며 갈비뼈를 따라 긁는다. 내가 빙글 몸을

573

돌리자 삼지창이 내 머리가 있던 자리의 허공을 가른다. 나는 발을 모으고 수평으로 휘둘러 다리들을 걸어 쓰러뜨린다. 몸을 돌려 공격을 피하고, 회전을 멈추고 일어나며 대각선 방향으로 무기를 휘둘러 키 큰 아이 하나의 쇄골을 부러뜨린다. 나를 향해 날아오는 다른 창을 옆으로 쳐서 밀어내고 창을 따라 쭉 앞으로 나가 아폴로 하이드래프트의 얼굴을 무릎으로 찍는다. 그가 쓰러지고, 내 무릎이 걔 헬멧의 얼굴 가리개에 끼어서 나도 함께 쓰러진다. 나는 높은 곳에서 쓰러지며 미친 듯이 무기를 빙글빙글 휘둘러, 땅에 떨어질 때까지 다른 하이드래프트 세 명을 기절시킨다.

눈이 쌓인 바닥에 떨어진다. 나와 함께 쓰러진 하이드래프트는 코가 부러졌고 의식이 없지만, 헬멧에 박힌 무릎을 빼 보니 감각이 없고 피투성이다. 나는 창이 날아들 것을 예상하고 몸을 굴려 벗어난다. 공격은 없다. 나는 광기 어린 돌진 한 번으로 아폴로 군의 수뇌부를 박살냈다. 혼란의 중심에 나와 노바스만 남을 때까지 팍스를 위시한 내 군대가 강철 장막처럼 밀려들어 온다. 그는 키가 크고 강하다. 그가 잡은 창끝의 아크가 하울러의 방패를 박살낸다. 밀리아를 뒤로 날려 보내고 창으로 팍스의 팔을 잡아 팍스를 어린아이처럼 바닥에 쓰러뜨린다. 나는 키가 더 크고 더 강하다.

"노바스, 이 꼬마 계집애! 징징대는 핑크 새끼."

내가 외치며 다가가자 그는 눈을 번득인다.

그가 늑대 무리의 우두머리를 덮치는 엘크처럼 내 주위를 돌자 전장의 모든 사람이 동시에 숨을 들이쉰다. 우리는 서로에게 살금

살금 다가간다. 그가 먼저 덮친다. 나는 창끝을 피하고 빙 돌아가 그의 뒤로 간다. 그리고 슬링블레이드로 나무를 베듯 크게 한 번 휘둘러 그의 다리를 부러뜨리고 창을 뺏는다.

그는 어린아이처럼 신음한다. 나는 그의 가슴팍을 깔고 앉아 미키의 조각실에서 내 두 다리를 부러뜨리고 다시 만들었을 때 노바스처럼 신음하지 않았던 사실에 만족해서 의기양양해 한다. 나는 주위에서 소용돌이치는 혼란에도 불구하고 일부러 하품을 하는 척을 해 보인다.

머스탱이 전쟁의 고삐를 잡는다.

아폴로 하우스에서 단 한 명이 탈출한다. 여자 아이다. 빠르지만, 아폴로에서 중요한 아이는 아니다. 그녀는 아폴로 스탠더드를 지닌 채 가장 높은 탑에서 뛰어내려 땅까지 둥둥 떠서 내려온다. 거의 마법 같다. 그러나 그녀 주위의 공간이 일그러진 것이 보인다. 아폴로 프록터가 게임 안에서의 자기 자리를 지키는 것이다. 그녀는 말을 발견해 말이 없는 우리 군대로부터 달아난다. 팍스는 먼 곳에서 그녀에게 창을 던진다. 말의 목을 꿰뚫어 땅에 박을 수 있을 정도로 조준이 정확했는데 기이한 바람이 불어와 기적적으로 창을 옆으로 날린다. 결국 머스탱이 아폴로 마구간에서 말을 꺼내 시슬, 페블과 함께 그녀를 추적한다. 머스탱은 그녀를 자기 말 목덜미에 엎어 놓고 스탠더드로 그녀의 엉덩이를 두드리며 돌아온다.

정복한 성의 광장으로 머스탱이 빠른 걸음으로 들어오자 내 군대는 함성을 지른다. 우리는 이미 세레스 하우스 노예들은 자유롭게 해 주었다. 그들은 내 군대 안의 자리를 자기 힘으로 얻었다. 세브로와 택터스와 함께 높은 성벽에 있던 나는 머스탱에게 손을 흔든다. 우리는 태평하게 발을 달랑거리며 앉아 있다. 아폴로 프록터가 펄스스피어를 주며 개입했는데도, 아폴로 하우스는 30분도 안 되어 무너졌다.

아폴로 프록터는 하늘에서 주피터, 비너스와 함께 의논하고 있다. 그들은 아무 일도 없었다는 듯이 새벽빛을 받으며 반짝거리고 있다. 하지만 나는 그가 게임에서 나가야 한다는 걸 알고 있다. 스탠더드와 성을 빼앗겼다. 그는 이제 나를 해칠 수 없다.

"당신은 끝났어! 당신 하우스는 무너졌어!"

나는 아폴로를 조롱한다. 내 군대는 다시 한 번 함성을 지른다. 매리너스 협곡 서쪽 너머로 해가 떠오르는 가운데 나는 함성 소리와 겨울 공기를 마음껏 누린다. 저 목소리들 중 대부분은 노예가될 처지였지만, 그들은 자진해서 나를 따랐다. 곧 아폴로 하우스 아이들마저 나를 따르게 될 것이다.

나는 미친 듯이 웃는다. 승리의 불길이 내 혈관을 타고 뜨겁게 흐른다. 우리는 프록터 하나를 꺾었다. 하지만 주피터는 아직 나를 해칠 수 있다. 먼 북쪽에 있는 그의 하우스는 아직 멀쩡하게 우뚝 서 있다. 갑자기 분노가 치솟아 나를 압도하고, 더 어두운 감정도 뒤따른다. 그것은 오만함, 맹렬하고 광기 어린 오만함이다. 나는 펄스스피어를 집어 팔을 뒤로 젖히고 모여 있는 프록터들을 향해 최대한 세게 던진다. 내 군대는 이 건방진 행동을 지켜본다. 펄스스피어가 그들의 보호막을 뚫고 들어가자 세 명의 프록터들이 흩어진다. 그들은 나를 돌아본다. 그들의 눈에서 불길이 타오른다. 하지만 고작 창 한 번 던지는 것으로 나의 거친 감정이 충족되지는 않았다. 나는 책략이나 꾸미는 이 바보들을 증오한다. 내가 그들을 파멸시킬 것이다.

"주피터! 다음은 당신이야. 다음은 당신이라고, 이 개똥 같은 놈아!"

그러자 팍스가 내 이름을 외친다. 택터스도 따라 외치고, 곧이어 먼 곳의 탑에서 나일라가 외친다. 곧 정복한 이 성 전체에서, 마당에서 높은 성벽과 탑까지, 100명 정도가 내 이름을 외친다. 그들은 소드와 창과 방패를 두들기다 프록터를 향해 던진다. 무기 100정이 날아가서 펄스실드에 통 부딪히곤 다시 떨어져, 내 군대 중 상당수는 떨어지는 무기에 맞지 않으려고 허둥지둥 도망간다. 하지만 아름다운 광경이다. 자갈 위에 금속의 비가 내리는 달콤한 소리다. 그리고 그들은 다시 내 이름을 외친다. 프록터들에게 리퍼의 이름을 외치고 또 외친다. 이제는 그들은 우리가 누구와 싸우는지 알기 때문이다.

제39장

프록터들의 포상금

내 군대는 오전에도 푹 잔다. 나는 세브로 등 대여섯 명과 함께 성벽에 있지만, 딱히 휴식할 필요는 못 느낀다. 그들은 공간이 조금이라도 있으면 프록터들이 나를 죽일 기회를 잡을 수 있다는 듯이 가까이 서 있는다. 세브로는 아폴로 노예들 중 머큐리 학생들 다섯 명을 자유롭게 해 주었다. 그 아이들은 세브로 주위에 몰려서서 속도 게임을 한다. 서로 상대 주먹을 때리고 피해서 누구 손이 제일 빠른지 겨루는 놀이다. 내가 하면 너무 쉽게 이기기 때문에 나는 끼지 않는다. 어린이들끼리 즐겁게 놀게 두는 게 제일 낫다. 성을 차지하고 나자, 세브로와 택터스가 제일 힘든 일을 했는데도 아이들은 내가 경이로운 존재라고 생각한다. 머스탱은 이건 드문 일이라고 말해 준다.

"아이들이 너는 시대를 초월한 존재라고 생각하는 것 같아."

"이해가 안 되는데."

"너를 옛날 정복자들처럼 생각한다는 거야. 지구의 선단을 파괴하고 지구를 빼앗은 고대의 골드들 말이야. 그래서 너와 경쟁하지 않는 거라고 핑계 대고 있어. 헤파이스토스가 알렉산더와 경쟁하거나, 안토니우스가 카이사르와 경쟁할 수는 없는 거잖아?"

뱃속이 뒤틀린다. 이건 게임에 불과한데 그들은 나를 이토록 사랑한다. 반란이 시작되면 이 아이들은 내 적이 될 것이고, 나는 이들 대신 레드들을 이끌 것이다. 그 레드들은 얼마나 광신적이 될 것인가? 그 광신이 세브로, 택터스, 팍스, 머스탱 같은 존재들과 맞서 싸워야 할 때 도움이 되기는 될 것인가?

나는 머스탱이 성벽을 따라 내 쪽으로 살그머니 다가오는 것을 지켜본다. 머스탱은 발목을 삐어 아주 조금 절룩거리지만, 그래도 우아하기 그지없다. 그녀의 머리는 새집 같고 눈 주위에는 서클이 있다. 그녀가 내게 미소 짓는다. 아름답다. 이오처럼.

성벽에서는 드넓은 숲을 굽어볼 수 있고, 북쪽으로 화성의 고지대가 시작되는 것도 조금 보인다. 서쪽, 우리 왼쪽에서는 산맥이 우리를 노려본다. 머스탱이 하늘을 가리킨다.

"프록터가 온다."

내 보디가드들이 내 주위를 단단히 둘러싸지만, 찾아온 것은 피치너다. 세브로는 성벽 너머로 침을 뱉으며 말한다.

"우리의 회개한 탕부가 돌아왔도다."

피치녀는 미소를 지으며 내려온다. 그의 미소에서 탈진, 공포, 약간의 자랑스러움이 읽힌다.

"잠깐 걸을까?"

그가 얼굴을 찡그리는 내 친구들을 둘러보며 내게 묻는다.

피치녀와 나는 아폴로 작전실에 함께 앉는다. 머스탱이 불을 피운다. 피치녀는 그녀가 있는 것이 마음에 들지 않는 듯 회의적인 눈으로 그녀를 본다. 그는 거의 모든 일들에 자기 의견이 있다. 내가 아는 누구랑 비슷하다.

"너 일을 아주 복잡하게 만들었어, 청년."

"청년이라는 말은 쓰지 말기로 하죠."

내 말에 그는 고개를 끄덕인다. 입 안에 껌이 없다. 그는 내게 하고 싶은 말을 어떻게 해야 할지 모르고 있다. 그의 눈에 떠오른 걱정스런 빛을 보고 나는 단서를 얻는다.

"아폴로가 올림푸스를 떠나지 않았군요."

그는 내 짐작에 놀라 굳어진다.

"맞아. 아직 여기 있다."

머스탱이 와서 내 옆에 앉으며 묻는다.

"그게 무슨 뜻인 거죠, 피치너?"

피치너가 나를 보며 말한다.

"그냥 그렇다는 뜻이지. 그는 올림푸스에서 떠나야 했지만 떠나지 않았어. 일이 아주 복잡해졌어. 자칼이 이기면 아폴로는 짭짤한 보상을 받게 되어 있었거든. 주피터와 다른 프록터들 몇 명도 마찬가지야. 루나에 집정관 기사 자리 하나가 생긴다는 말이 있었다."

머스탱은 히죽 웃으며 내 쪽을 보며 말한다.

"그리고 이젠 그 가능성이 낮아지고 있는 거네요. 남자애 하나 때문에."

"그래."

나는 웃는다. 잼필드 안에서 웃음 소리가 울린다.

"그래서 어떻게 해야 되죠?"

내 질문에 피치너가 되묻는다.

"너 아직도 이기고 싶은 거지?"

"네."

"이기고 싶기 때문에 이러는 거냐? 넌 무슨 일이 있어도 견습직은 손에 넣을 거야."

그는 뭔가 다른 생각을 하고 있는 게 분명하지만 내게 묻는다.

나는 몸을 앞으로 기대고 손가락으로 테이블을 톡톡 두드린다.

"그들이 자기들의 게임에서 속임수를 써서는 안 된다는 걸 보여 주려고 이러는 거예요. 대총독은 자기 아들이 최고고, 운 좋게 태어났다는 이유만으로 나를 이겨야 한다고 말해서는 안 된다는 걸 보여 주려고. 이건 실력의 문제라고요."

피치너도 내 쪽으로 가까이 온다.

"아니야. 이건 정치다."

그는 머스탱을 흘낏 본다.

"너 쟤 좀 안 보낼래?"

"머스탱은 나랑 같이 있을 거예요."

그가 놀린다.

"머스탱이라니. 그래, 머스탱, 너는 대총독이 자기 아들을 위해 속임수를 쓰는 것에 대해 어떻게 생각하니?"

머스탱은 어깨를 으쓱한다.

"죽거나 죽이거나, 속거나 속이거나 아닐까요? 골드들은, 특히 흉터를 입은 비할 데 없는 자들은 그런 규칙을 따르는 것을 나는 자주 봐 왔어요."

"속거나 속이거나라. 흥미롭군."

피치너는 윗입술을 톡톡 친다.

"속이는 것에 대해선 아실 텐데요."

그녀가 말한다.

"넌 대로우와 내가 둘이서만 말을 나누게 해 줄 필요가 있어, 머스탱."

"머스탱은 있는다니까요."

"괜찮아. 너희 프록터에게 싫증이 나던 참이었어."

그녀가 아리송하게 말한다. 그녀는 나가며 내 어깨를 꼭 쥔다.

머스탱이 나가자 피치너는 나를 노려본다. 그는 주머니에 손을 넣고 망설이다가 무언가를 꺼낸다. 작은 상자다. 테이블 위에 던지더니 내게 열라고 손짓한다. 난 속에 뭐가 들었는지는 왠지 몰라도 알 수 있다.

"흠, 당신들 개자식들이 내게 줘야 할 포상이 좀 있죠."

나는 댄서의 칼 반지를 끼며 냉소적으로 웃는다. 관절을 씰룩거리자 칼날이 튀어 나온다. 손가락 끝에서부터 20센티미터까지 뻗는다. 다시 관절을 씰룩거리니 칼날은 다시 들어간다.

"통로를 하기 전에 옵시디언들이 빼앗은 것 맞지? 너희 아버지 것이라고 들었다."

"남한테서 들었다고요? 그들이 잘못 알고 있었네요."

나는 칼날로 작전실 테이블을 찌른다.

"헐뜯을 필요는 없잖아, 청년. 넌 견습직을 얻으러 여기 온 거야. 넌 해냈어. 네가 프록터들을 더 밀어붙이면, 그들은 널 죽일 거야."

나의 눈길이 휙 그의 눈으로 향한다.

"우리가 이 대화를 이미 나눴던 게 기억나는 것 같네요."

"대로우, 네가 하고 있는 짓은 무의미해! 무모하다고!"

"무의미해요?"

"네가 대총독의 아들을 이겼다 치자. 그러면? 그걸로 성취하는 게 뭔데?"

"전부 다!"

내가 쏘아붙인다. 나는 분노로 떨며 내 목소리가 차분해질 때까지 불을 노려본다.

"내가 이 학교에서 가장 뛰어난 골드라는 걸 증명하는 거죠. 그들이 하는 일이라면 뭐든 나도 할 수 있다는 걸 보여 주고요. 내가 왜 당신과 말을 섞고 있는 거죠, 피처너? 난 이 모든 걸 당신 도움 없이 했어요. 난 당신이 필요 없어요. 아폴로는 나를 죽이려 했는데 당신은 아무 일도 안 했어요! 아무것도! 그러니 내가 당신에게 빚진 게 뭐죠? 혹시 이런 거?"

나는 칼날을 편다.

"대로우."

"피치너."

나는 답답해서 눈알을 굴린다.

그는 테이블을 쾅 친다.

"나한테 바보 대하듯 말하지 마. 날 봐. 날 보라고, 이 잘난 척하는 꼬마 멍청아."

나는 그를 본다. 그는 배가 더 나왔다. 얼굴은 골드치고는 초췌하다. 뒤로 벗어 넘긴 머리는 노랗다. 그는 잘생겼던 적은 없지만, 지금까지 본 모습 중 오늘이 최악이다.

"날 봐, 대로우. 내가 가진 모든 것은 싸워서 쟁취한 것들이다. 나는 대총독 가족으로 태어나지 않았어. 나는 이보다 더 높이 올라가지는 못하지만, 사실은 더 많은 걸 얻었어야 마땅해. 내 아들은 더 많은 걸 얻어야 마땅하지만, 그럴 수도 없고 그러지도 않을 거야. 시도한다면 걔는 죽을 거다. 모두에겐 한계가 있어, 대로우. 넘어설 수 없는 한계 말이다. 네 한계는 내 한계보다 높지만, 네가 원하는 것만큼 높지는 않아. 그걸 넘어가면 그들이 너를 쓰러뜨릴 거다."

그는 부끄러운 듯 시선을 돌리고 불만 노려본다. 그의 아들. 몸과 머리, 눈의 색깔. 얼굴 생김새, 기질, 서로 이야기하는 태도. 이

584

제야 이걸 깨닫고 입 밖에 내다니, 나는 바보다.

"세브로의 아버지였군요."

그는 한동안 대답하지 않다가 애원조로 말한다.

"넌 세브로가 올라갈 수 있는 것보다 더 높이 갈 수 있다고 믿게 만들었어. 이봐, 넌 걜 죽일 거야. 그리고 너도 죽을 거고."

"그럼 우릴 도와줘요! 내가 아폴로를 상대할 때 쓸 수 있는 걸 줘요. 아니면 나와 함께 그들과 싸우면 더 좋겠네요. 다른 프록터들을 모아서 그들과 맞서는 거예요."

내가 그를 채근한다.

"못해. 난 못해."

나는 한숨을 쉰다.

"그러지 않을 거라고 생각했어요."

"내가 널 돕는 순간 내 커리어는 끝장이야. 내가 노예처럼 애써왔던 모든 것, 그 많은 것들이 다 위험에 처한다. 무엇을 위해? 그저 대총독에게 한마디 하기 위해."

"모두들 변화를 너무나 두려워해요. 당신을 보면 내 삼촌이 생각나요."

나는 이렇게 말하고 좌절한 그에게 진심으로 미소를 짓는다.

피치너는 일어나면서 투덜거린다.

"변화란 없을 거야. 결코 없을 거다. 자기가 있을 곳이 어딘지 모르면 넌 여기서 살아서 나갈 수 없을 거야."

그는 마치 손을 뻗어 내 어깨를 만지고 싶어 하는 것 같은 모습이지만 그러지는 않는다.

"젠장, 너를 잡을 덫이 벌써 준비되어 있어. 넌 덫으로 곧장 걸어 들어가고 있다."

"난 자칼의 덫을 상대할 준비가 되어 있어요. 아니면 아폴로의 덫도요. 누구 덫이든 상관없어요. 그들은 자기들에게 닥칠 일을 막을 수 없어요."

피치너는 잠시 망설이더니 말한다.

"아냐. 그들의 덫이 아니야. 여자애의 덫이지."

나는 그가 이해할 수 있는 방식으로 대답한다.

"피치너. 애매하고 짜증나게 넌지시 이중 의미를 말하며 날 바보 취급하지 말아요. 내 군대는 내 거예요. 내가 그들의 마음과 몸과 영혼을 얻었다고요. 이제 와서 내가 그들을 배신할 수 없듯, 그들 역시 이젠 날 배신할 수 없어요. 우린 당신이 이제껏 본 적 없는 집단이에요. 그러니 그만해요."

그는 고개를 가로젓는다.

"이건 너만의 싸움이야."

"네, 내 싸움이죠."

나는 미소 짓는다. 이제 내가 기다리던 때가 왔다.

"피치너, 힘내요."

나는 그가 문까지 가기 전에 말한다. 그는 멈춰서 뒤돌아본다. 나는 의자를 뒤로 차 던지고 그에게 성큼성큼 걸어간다. 그는 이상하다는 듯 나를 본다. 나는 손을 내민다.

"이 모든 것에도 불구하고, 고마워요."

그는 내 손을 잡는다.

"행운을 빈다, 대로우. 하지만 세브로를 잘 살펴 줘. 그 자식은 네가 간다면 어디든 따라갈 거야. 내가 무슨 말을 하든."

"잘 돌볼 게요. 약속해요."

내 헬다이버 손이 그의 손을 점점 더 세게 잡는다.

잠시, 아주 잠시일지는 몰라도 우리는 친구다. 그리고 그는 내 손의 악력에 얼굴을 찡그린다. 처음에는 웃지만, 곧 이해하고 그는 눈을 크게 뜬다.

"미안해요."

나는 그의 코를 부러뜨리고 그가 움직이지 않을 때까지 팔꿈치로 관자놀이를 친다.

제40장

패러다임

"피치너는 갔어?"

그녀가 내게 묻는다.

"창문으로 나갔어."

나는 아폴로의 흰 작전실 테이블 맞은편의 머스탱을 본다. 바깥은 눈보라가 심해졌다. 내 군대를 성 안의 불가, 따뜻한 수프 냄비 앞에 모여 있도록 하기 위해서라는 데는 의심의 여지가 없다. 어깨쯤까지 내려온 그녀의 말린 머리는 가죽 끈으로 묶여 있다. 다른 아이들처럼 그녀도 늑대 망토를 입었지만 그녀의 가죽에는 진홍색 줄무늬가 있다. 박차가 달린 진흙투성이 부츠를 테이블에 얹고 있다. 그녀가 정말 좋아하는 유일한 무기인 미네르바 스탠더드는 그녀 옆의 의자 위에 얹어 놓았다. 머스탱의 얼굴은 재빠르다.

놀리는 미소도, 기분 좋은 찡그린 표정도 금방금방 짓는다. 그녀는
내게 그런 미소를 지어 보이고 내가 무슨 생각을 하는지 묻는다.

"네가 언제 나를 배신할까 생각하고 있었어."

내 말에 그녀가 미간을 좁힌다.

"내가 그럴 거라고 생각해?"

"속거나 속이거나. 네 입으로 한 말이잖아."

"넌 날 속일 거니? 아냐. 날 속여서 네가 얻을 이득이 뭔데? 너
랑 나는 이 게임을 이겨 왔어. 그들은 이기려면 다른 사람들 모두
를 희생해야 한다고 우리가 믿게 만들려 했어. 그건 사실이 아니
고, 우리가 증명하고 있어."

나는 아무 말도 하지 않는다.

그녀는 생각에 잠겨 설명한다.

"난 널 믿어. 왜냐하면 네가 내 성을 빼앗고 나서 내가 진흙 속
에 숨어 있는 걸 봤을 때 넌 날 도망치게 했으니까. 그리고 너는
나를 믿어. 카시우스가 너를 죽게 내버려 뒀을 때 내가 널 진흙에
서 끌어내 줬으니까."

나는 대답하지 않는다.

"그러니까 답은 있어. 너는 위대한 일들을 할 거야, 대로우."

그녀는 절대 나를 대로우라고 부르지 않는다.

"어쩌면 너 혼자 하지 않아도 될지도 모르잖아?"

그녀의 말을 들으니 미소 짓게 된다. 그때 나는 벌떡 일어나 그
녀를 놀라게 만든다. 내가 명령한다.

"우리 군인들 데려와."

그녀는 여기서 쉬기를 고대해 왔다는 걸 나도 안다. 나 역시 마찬가지였다. 수프 냄새는 유혹적이다. 온기와 침대, 그녀와 보낼 조용한 시간도 유혹적이다. 하지만 정복은 그런 식으로 하는 게 아니다.

"우린 프록터들을 놀라게 해 줄 거야. 주피터를 잡을 거야."

"우린 프록터들을 놀라게 할 수 없어."

그녀는 반지를 톡톡 친다. 피치너가 만들었던 잼필드는 사라졌다. 반지를 아예 버릴 수도 있지만, 이건 우리의 보험이다. 프록터들이 여기저기서 편집을 좀 할 수는 있겠지만, 상식적으로 생각했을 때 그들이 영상에 지나치게 손을 대면 당연히 드래프터들이 의심하게 될 것이다.

"우리가 이 폭풍을 뚫고 갈 수 있다 해도, 주피터를 잡아서 얻을 수 있는 게 뭐야? 아폴로 하우스가 졌는데도 아폴로가 게임에서 떠나지 않았다면, 주피터도 마찬가지일 거야. 넌 그저 그들을 자극해서 참견하게 만들 뿐일 거야. 우린 지금 자칼을 잡으러 가야 돼!"

내가 이런 계획을 세우는 걸 프록터들이 지켜보고 있다는 걸 알고 있다. 나는 내가 어디로 가는지 그들이 알길 원한다.

"난 자칼을 잡을 준비는 안 되어 있어. 동맹이 더 필요해."

그녀는 미간을 좁힌 채 나를 바라본다. 그녀는 이해하지 못하지만, 상관없다. 곧 이해하게 될 것이다.

눈보라에도 불구하고 나의 군대는 재빨리 움직인다. 우리는 망토와 털가죽을 아주 두껍게 둘러써서 마치 눈 속에서 비틀거리며 움직이는 동물들 같다. 바람이 불고 눈이 쌓이지만 밤에는 별을 따라 이동한다. 내 군대는 불평하지 않는다. 그들은 내가 목적도 없이 끌고 다니지 않을 거라는 걸 안다. 내 새로운 병사들은 내가 가능하리라 생각했던 이상으로 노력한다. 그들은 나에 대해 들은 적이 있다. 팍스는 모두에게 반드시 나에 대한 이야기를 한다. 그리고 그들은 내게 좋은 인상을 주고 싶어 안달이 나 있어서 문제가 될 지경이다. 내가 걸어가면 내 주위의 행렬은 앞 사람을 따라잡거나 뒷사람을 따돌리려고 갑자기 속도를 두 배로 높인다.

눈보라가 사납다. 팍스는 마치 바람을 막아 주려는듯 늘 나와 머스탱 가까이에 선다. 그와 세브로는 늘 나와 제일 가까운 곳에 있으려고 서로 발가락을 밟으며 다툰다. 하지만 팍스는 내가 허락만 하면 불도 피워 주고 밤에 침대에 눕혀도 줄 것 같은 반면, 세브로는 내게 내 앞가림은 알아서 하라고 한다. 이제 세브로를 볼 때마다 세브로 아버지의 모습이 보인다. 그의 가족을 알고 나니 그가 예전보다는 더 약해 보인다. 그렇게 느껴야 할 이유가 없는데도. 나는 세브로가 정말로 암늑대 속에서 튀어나왔다고 생각하고 있었나 보다.

결국 눈이 그치고 순식간에 봄이 되어 프록터들이 장난을 치고 있는 것 같다는 내 의심을 확인해 준다. 프록터들이 전진하는 우리를 괴롭히기로 할 경우에 대비해 하울러들은 반드시 내내 하늘을 주시한다. 그들은 나타나지 않는다. 택터스는 프록터들이 남긴

이동 자국이 있나 살핀다. 하지만 조용하다. 적 정찰대도, 먼 곳에서의 전쟁 나팔 소리도 없고, 마르스의 고지대가 있는 북쪽 외에는 연기가 피어오르는 곳도 없다.

우리는 주피터를 향해 나아가며 불타고 망가진 성들의 공급 창고를 턴다. 바커스의 성에는 포도 주스가 든 항아리들이 있다. 와인이 아니라는 점에 세브로가 실망한다. 주노의 깊은 지하 창고에는 소금에 절인 소고기, 곰팡이 핀 치즈, 잎사귀로 싼 생선, 언제나 있는 훈제 말고기가 있다. 이 음식들이 행군하는 우리의 배를 든든하게 채워 준다.

나흘 동안 힘겹게 행군한 끝에 나는 낮은 산길에 있는 주피터의 삼중벽 성에 도착해 포위한다. 눈이 빠르게 녹아, 우리의 말들이 다니기에는 땅이 너무 질척거린다. 우리 캠프 가운데로 개울이 여럿 흐른다. 나는 행동 계획을 굳이 짜지 않는다. 나는 팍스, 밀리아, 나일라의 부대에게 내게 저 요새를 주는 사람은 상을 받을 거라고 말한다. 수비 세력은 아주 적고, 내 군대는 가끔 활로 엄호 공격을 해 가며 나무 경사로를 만들어 하루 만에 바깥 요새를 차지한다.

다른 세 부대는 자칼이 끼어들 경우에 대비해 다 함께 주변 지역을 정찰한다. 주피터의 주력 부대는 마르스의 성을 포위하러 갔다가 아르고스 강이 녹아 건너편에 고립되어 있는 것 같다. 그들은 강이 이렇게 빨리 녹을 거라고는 예상하지 않았다. 그러나 자칼의 부하들이나 프록터들이 올 조짐은 보이지 않는다. 피치너가

592

아폴로 성 감옥에 갇혀 있다는 걸 그들은 아직 모르는 걸까. 나는 그에게 음식과 물을 남겨 주었다. 그의 얼굴에는 내게 맞은 멍이 잔뜩 들었다.

포위한 지 사흘째 되는 날, 주피터 성벽에 백기가 올라간다. 중간 정도 키의 마른 남자 아이가 소심한 미소를 지은 채 주피터 성의 뒷문으로 나온다. 성은 높은 암석 지대 위에 있고, 거대한 두 암벽 사이에 끼어 있어서 삼중벽은 바깥으로 볼록한 곡선을 그리고 있다. 하울러들이 할 일이었겠지만, 그들은 이미 충분한 영광을 누렸다. 이번 포위는 아폴로와 싸울 때 잡은 병사들의 몫이다.

그 아이는 망설이며 정문 앞으로 걸어온다. 나는 세브로, 밀리아, 나일라, 팍스와 함께 가서 그를 만난다. 우리는 택터스와 머스탱 없이도 무시무시한 집단이다. 머스탱은 겉보기로는 기껏해야 당차 보일 뿐, 결코 무시무시하다고 할 수는 없지만 말이다. 밀리아는 악몽에서 튀어나온 것 같은 모습이다. 그녀는 택터스와 시슬처럼 트로피를 걸치고 다니는 버릇이 생겼다. 그리고 팍스는 자기가 잡은 노예 수만큼 거대한 도끼에 금을 그어 놓았다.

내 중위들 앞에서 그는 불안함을 드러낸다. 우리가 자신들을 못마땅하게 생각할까 봐 걱정하기라도 하는 듯 재빨리 미소를 짓는다. 손가락에는 주피터 반지를 끼고 있다. 반지는 헐겁고, 그는 배고파 보인다.

"이름은 루시언이야."

그는 남자다운 목소리로 말하려고 애쓴다. 팍스가 우두머리라고 생각하는 듯하다. 팍스는 큰 소리로 웃고 슬링블레이드를 든 나를 가리킨다. 루시언은 나를 보자 움찔 놀란다. 내가 리더라는 걸 잘 알고 있었을 것 같다.

"미소라도 주고받자는 거야? 할 말이 뭐지?"

내 질문에 그는 슬프게 웃는다.

"할 말은, 굶주림이야. 우린 3주째 쥐랑 물에 불린 날곡식밖에 못 먹었어."

나는 걔가 거의 딱할 정도다. 머리는 더럽고 눈에는 눈물이 고였다. 그는 지금 견습직을 얻을 기회를 포기하고 있다는 걸 알고 있다. 항복했다는 것으로 죽을 때까지 수치를 줄 것이다. 하지만 그는 배가 고프다. 다른 방어군 일곱 명도 마찬가지다. 이상하게도 그들은 노예가 아니라 전부 주피터 하우스다. 그들의 프라이머스는 노예 대신 약한 아이들을 남겨 두었다.

항복하고 성을 넘기며 그들이 내건 유일한 조건은 노예로 만들지 말아 달라는 것이다. 팍스만이 우리들과 마찬가지로 그들도 뭔가 명예로운 일을 해야 자유를 얻을 자격이 있다고 투덜대지만, 나는 그 아이의 요청을 받아들인다. 나는 밀리아에게 그들을 감시하라고 한다. 그들이 선동 행위를 하면 밀리아가 그들의 머릿가죽을 트로피로 삼을 것이다. 우리는 성 안 마당에 말을 묶는다. 바닥에 깔린 자갈은 더럽다. 높고 각진 탑이 위로 뻗어 절벽 속으로 들어간다.

구름을 뚫고 어둠이 스며든다. 산길로 폭풍이 오고 있어서 나는 전부 성 안으로 들여보내고 정문을 잠근다. 머스탱이 이끄는 부대는 성 밖에 있고, 정찰을 마치고 저녁에 택터스와 함께 들어올 것이다. 우리는 컴유닛으로 이야기하고, 택터스는 머리 위에 지붕이 있어 좋겠다고 우리를 욕한다. 그날 밤엔 비가 많이 내린다.

나는 식사하기 전 주피터 공동 침실에서 전투에 참가한 아이들이 먼저 침대를 차지하도록 챙긴다. 내 군대는 규율을 잘 지키지만, 따뜻한 침대를 위해서라면 자기 어머니한테라도 칼을 댈 것이다. 그들 대부분이 결코 익숙해지지 않는 것이 바로 땅바닥에서 자는 것이다. 그들은 매트리스와 실크 시트를 그리워한다. 나는 이오와 같이 쓰던 작은 침대가 그립다. 이젠 우리가 결혼해서 지낸 기간보다 이오가 죽은 뒤의 기간이 더 길다. 그 사실을 깨닫자 너무나 마음이 아파서 놀라게 된다.

난 이제 지구 나이로 열여덟 살인 것 같다. 확실하지는 않다.

굶주린 주피터 방어군들에게 우리의 빵과 고기는 천국과도 같다. 깡마르고 지쳐 보이는 루시언과 동료들이 어찌나 빨리 먹어 치우는지 나일라는 그들의 배가 터져 버릴 거라고 법석을 떤다. 그녀는 뛰어다니며 그들 한 명 한 명에게 훈제 말고기는 도망가지 않는다고 말한다. 팍스와 블러드백들은 가끔 나약한 그들에게 뼈다귀를 던진다. 팍스의 웃음은 전염성이 있다. 쿵 하고 터져 나왔다가 2초가 지나면 여성스러운 소리로 바뀐다. 팍스가 배를 잡고 웃을 때면 아무도 진지한 표정을 지을 수가 없다. 그는 다시 헬가 이야기를 한다. 나는 같이 웃으려고 머스탱을 찾지만, 그녀는 몇 시간 더 있어야 돌아올 것이다. 그것만으로 나는 그녀가 그립고, 오늘 밤 그녀가 내 침대에 들어올 것이고, 우리는 명절의 나롤 삼촌처럼 함께 코를 골 것이라는 걸 아는 나는 가슴 속이 조금 부푼다.

나는 밀리아를 테이블 상석으로 부른다. 내 군대는 주피터 작전실에 느긋하게 앉아 있다. 성을 정복한 뒤라 편안히 쉬고 있다. 주피터의 지도는 파괴되었다. 나는 그들이 무엇을 알고 있는지 짐작할 수가 없다.

"주피터 하우스를 어떻게 생각해?"

내가 밀리아에게 묻는다.

"난 노예로 만들어야 한다고 생각해."

나는 혀를 끌끌 찬다.

"넌 약속 지키기를 정말 싫어하지?"

각이 지고 잔인한 그녀의 얼굴은 정말 매 같다. 그녀의 목소리 역시 그와 비슷한 생물의 목소리 같다. 그녀가 쉰 목소리로 말한다.

"약속은 굴레에 불과해. 둘 다 깨라고 있는 거지."

나는 주피터 아이들을 내버려 두라고 말하지만, 곧이어 큰 소리로 우리가 주피터까지 오는 길에 약탈한 와인을 가져오라고 명령한다. 그녀는 남자 아이들 몇을 데리고 가서 바커스의 창고에서 약탈한 통들을 가져온다.

나는 바보처럼 테이블 위에 선다.

"나는 너희에게 취하라고 명령한다!"

나는 내 군대를 향해 크게 외친다. 그들은 나를 미친 사람 보듯 쳐다본다.

"취하라고?"

한 명이 묻는다.

"그래! 할 수 있겠어? 모두 이번 한 번만은 바보처럼 행동할 수 있겠어?"

나는 걔가 말을 더 하기 전에 끊어 버린다.

밀리아가 외친다.

"노력해 볼게. 노력할 거지?"

아이들은 환호성으로 답한다. 잠시 후 바커스의 주스를 마시며 나는 큰 소리로 주피터 아이들에게 권한다. 팍스가 비틀거리며 앞으로 나와 좋은 와인을 나누는 것에 반대한다. 팍스는 연기를 잘한다.

"너 지금 내 말을 반박하는 거야?"

내가 따진다.

팍스는 망설이지만 결국 거대한 머리를 끄덕인다.

나는 뒤에 찬 칼집에서 슬링블레이드를 꺼낸다. 습기 찬 작전실 공기 속에서 거친 소리가 난다. 100개의 눈이 우리를 향한다. 팍스는 취한 척 비틀거리며 앞으로 크게 한 걸음 내딛는다. 손을 도끼 자루에 얹지만 꺼내지는 않는다. 곧 그는 고개를 가로젓고 한쪽 무릎을 꿇는다. 그래도 나와 키가 비슷하다. 나는 칼을 다시 넣고 그를 일으켜 세운다. 나는 그에게 달리며 순찰을 돌라고 한다.

"순찰? ……폭풍우가 오는데?"

"내 말 들었지, 팍스."

끙 소리를 내며 블러드백들은 그를 따라 비틀거리며 벌을 받으러 간다. 그들은 모두 대본을 몰라도 자기 역할을 짐작할 수 있을 정도로 영리한 아이들이다. 나는 루시언에게 뻐기며 말한다.

"규율! 규율은 인간의 특성 중 가장 뛰어난 거야. 저런 거대한 야수조차 말이야. 하지만 쟤 말이 옳아. 오늘 밤엔 너희에게 줄 와인은 없어. 그건 너희들이 노력해서 얻어야 돼."

팍스가 없는 동안, 나는 이 요새를 차지하며 자유를 쟁취한 비너스과 바커스의 노예들에게 상징적으로 늑대 가죽을 주는 쇼를 한다. 상징적인 이유는 늑대를 찾을 시간이 없기 때문이다. 다들 웃고 분위기가 가볍다. 유쾌하고 떠들썩하지만 아무도 무기를 벗어 놓지 않는다. 아이들이 꼬드겨 나일라는 노래를 부른다. 천사 같은 목소리다. 그녀는 원래 화성의 오페라 하우스에서 노래를 부르고, 비엔나에서도 공연할 계획이었는데 기관이라는 더 좋은 기회가 찾아왔다. 일생일대의 기회. 사기도 이런 사기가 없다.

루시언은 다른 일곱 명과 함께 작전실 구석에 앉아서 우리 병사들이 테이블 위, 불 앞, 벽 앞에서 잠드는 척하는 것을 지켜보고 있다. 어떤 아이들은 침대를 뺏으러 살금살금 나간다. 코고는 소리가 귀를 간지럽힌다.

세브로는 당장이라도 프록터들이 몰려 들어와 나를 죽이기라도 할 것처럼 내 옆에 붙어 있다. 나는 세브로에게 취하라, 나를 내버려 두라고 말한다. 세브로는 내가 시키는 대로 곧 웃더니 긴 테이블 위에서 코를 곤다. 나는 잠든 병사들을 타 넘어 미소를 지은 채 루시언에게 간다. 나는 아내가 죽은 뒤로 한 번도 취한 적 없다.

루시언은 얌전하지만 나는 그에게 호기심이 생긴다. 그는 나와 거의 눈을 마주치지 않고, 어깨는 축 처져 있다. 하지만 그는 손을 결코 바지 주머니에 넣지 않고, 몸을 지키려 팔짱을 끼지도 않는다. 나는 마르스와의 전쟁이 어땠는지 묻는다. 내가 생각했던 대로 승리가 눈앞이라고 한다. 어떤 여자 아이가 마르스를 배신했다는 이야기를 한다. 내가 듣기엔 안토니아 같다.

빨리 움직여야 한다. 내게 독립적인 군대가 있긴 하지만, 내 하우스의 스탠더드와 성을 빼앗기면 무슨 일이 일어날지 모른다. 엄밀히 따지면 질 수도 있다.

루시언의 친구들은 지쳐 있어서 나는 침대를 찾아보라고 그들을 보내 준다. 그들은 문제가 아니다. 루시언은 남아서 나와 이야기한다. 나는 그를 작전실 테이블 쪽으로 초대한다. 루시언의 친구들이 나가면서 복도에서 머스탱 목소리가 들린다. 머스탱이 당당하게 방안에 들어온다. 밖에서는 천둥이 친다. 그녀의 젖은 머리가 엉겨 붙어 있다. 늑대 가죽은 흠뻑 젖었고, 부츠는 진흙 발자국을 남긴다.

내가 루시언과 있는 것을 보자 머스탱의 얼굴은 혼란 그 자체가 된다.

"머스탱, 자기야! 너 너무 늦은 것 같아. 바커스의 와인을 다 마셔 버렸어!"

599

내가 외친다. 나는 코를 골고 있는 병사들 쪽으로 손짓하며 윙크한다. 약 50명 정도가 남아 넓은 작전실 여기저기에서 자고 있다. 모두 명절의 나롤 삼촌처럼 취한 모습이다.

"지금 같은 때에 떡이 되도록 취하다니, 그것 참 아주 좋은 생각인 것 같네."

그녀가 묘한 말투로 대답한다. 그녀는 루시언을 보았다가 다시 나를 본다. 무언가 그녀 마음에 들지 않는 게 있다. 나는 그녀를 루시언에게 소개한다. 그는 만나서 정말 반갑다고 웅얼거린다. 그녀는 코웃음 친다.

"재가 어떻게 널 설득해서 노예로 만들지 않게 했어, 대로우?"

내가 하고 있는 게임을 그녀가 이해하고 있는지 모르겠다.

"나한테 자기 요새를 줬는걸!"

나는 어설픈 손짓으로 반쯤 부서진 벽의 돌 지도를 가리킨다. 머스탱은 자기도 합석하겠다고 한다. 복도에 있는 자기 부하 몇을 부르려 하지만, 내가 말을 끊는다.

"아니, 아니야. 나랑 루시언은 아주 좋은 친구가 되어 가던 중이었어. 여자들은 빠져 줘. 부하들 데리고 팍스 찾아와."

"하지만……."

"가서 팍스를 찾아."

내가 명령한다.

머스탱이 혼란스러워 하고 있다는 건 알지만, 그녀는 나를 믿는다. 그녀는 나와 루시언에게 어물어물 작별 인사를 하고 문을 닫는다. 그녀의 부츠 발소리가 천천히 사라진다.

"안 가는 줄 알았지 뭐야!"

나는 루시언을 보고 웃는다. 그는 의자에 등을 기댄다. 그는 정말 말랐고, 몸에 큰 부위가 하나도 없다. 금발 머리는 평범하게 깎았다. 손은 가늘고 손재주가 좋아 보인다. 그를 보니 내가 아는 누군가가 생각난다.

"예쁜 여자에게 나가라고 하는 사람은 잘 없는데."

루시언이 진심으로 미소 지으며 말한다. 정말로 머스탱이 예쁘다고 생각하는지 묻자 그는 얼굴을 조금 붉히기까지 한다.

우리는 한 시간 가까이 이야기를 나눈다. 그는 차츰 긴장을 푼다. 그의 자신감이 커지고, 곧 그는 어린 시절 이야기, 쉽게 만족하지 않는 아버지, 가족들의 기대에 대해 말한다. 하지만 이런 말을 하는 그는 측은한 모습이 아니다. 그는 현실적이다. 내가 좋아하는 성격이다. 이젠 이야기를 나눌 때 그는 내 눈을 피할 필요가 없다. 구부정하던 어깨도 좀 펴지고, 그는 기분 좋은 사람이 된다. 심지어 우습기까지 하다. 나는 대여섯 번 크게 소리 내어 웃는다. 밤이 깊어지지만 우리는 계속 이야기하고 농담한다. 그는 내가 신은 부츠를 보고 웃는다. 따뜻하게 하려고 동물 털가죽을 붙여 놓았는데, 눈이 녹은 지금은 너무 덥지만 나는 가죽을 입을 필요가 있다.

"그렇지만 너는, 대로우? 우린 계속 나에 대해서만 이야기하잖아. 이제 네가 얘기할 차례 같은데. 말해 봐, 넌 어떻게 해서 여기 들어오게 됐어? 뭐가 계기가 됐어? 너희 가문 이름을 들어 본 적

601

은 없는 것 같은데……."

"솔직히 말해서 네가 관심을 가질 만한 사람들은 아니야. 하지만 결국은 여자 아이 하나 때문인 것 같군. 그게 다야. 난 단순해. 내 생각도 단순하고."

루시언이 얼굴을 붉힌다.

"그 예쁜 애? 머스탱? 걔는 단순한 사람 같지 않던데."

나는 어깨를 으쓱한다.

"난 너한테 다 얘기했잖아! 알쏭달쏭한 퍼플 같이 굴지 마. 다 털어 놔!"

루시언이 우기며 못 참겠다는 듯 테이블을 친다.

나는 한숨을 쉰다.

"좋아. 좋아. 다 얘기해 줄게. 뒤에 저 꾸러미 보여? 저 안에 가방이 있어. 저 가방 좀 집어 줄래?"

루시언은 가방을 꺼내 내게 던진다. 가방은 테이블에 떨어지며 딸그랑 소리가 난다.

"네 손 보여 줘."

"내 손?"

그가 웃으며 묻는다.

"응. 손을 꺼내 봐. 부탁해."

나는 테이블을 두드린다. 그는 반응하지 않는다.

"손 줘 봐, 내가 생각하고 있던 이론이 있단 말이야."

나는 못 참겠다는 듯 테이블을 두드린다. 그는 손을 내민다.

"이게 네 이야기나 이론과 무슨 상관이 있어?"

그는 아직 미소를 짓고 있다.

"복잡한 거야. 보여 주는 게 더 빨라."

"알았어."

나는 가방을 열고 속에 든 것을 쏟아 낸다. 골드 상징 반지들이 테이블 위를 굴러다닌다. 루시언은 반지들이 굴러다니는 걸 본다.

"다 죽은 애들한테 있던 거야. 메드봇들이 구하지 못했던 애들. 어디 보자."

나는 반지들을 뒤진다.

"여기 주피터, 비너스, 넵튠, 바커스, 주노, 머큐리, 다이아나, 세레스…… 그리고 여기 미네르바도 있다."

나는 얼굴을 찡그리고 뒤진다.

"음. 이상하네. 플루토가 없네."

나는 그를 올려다본다. 그의 눈이 달라져 있다. 죽은 듯 조용하다.

"아, 여기 하나 있네."

제41장

자칼

그는 손을 뒤로 뺀다. 빠르다.

내가 더 빠르다.

나는 단검을 그의 손에 꽂아 테이블에 고정시킨다.

그는 고통으로 입을 딱 벌린다. 단검을 잡아당기는 그의 입에서 기묘하고 음산한 숨소리가 난다. 하지만 나는 그보다 덩치가 크고 칼을 테이블에 10센티미터 깊이로 박아 놓았다. 나는 큰 포도주 병으로 단검을 친다. 그는 뽑지 못한다. 나는 뒤로 기대 그가 애쓰는 것을 지켜본다. 그가 처음에 보였던 광기 어린 패닉에는 뭔가 원시적인 게 있었다. 회복되는 그에겐 분명 인간적인 면이 있었다. 그게 내 폭력적인 행동보다 훨씬 더 흉폭하고 차가운 것 같다. 그는 내가 봐 왔던 그 누구보다 빨리 침착함을 되찾는다. 호흡 한 번,

어쩌면 세 번 정도 후에 차분해진 그는 마치 나와 술을 마시고 있는 것처럼 의자에 등을 기댄다.

"흠, 빌어먹을."

그가 긴장한 목소리로 말한다.

"우리가 서로를 잘 알아야겠다고 생각했어. 자칼, 나는 리퍼야."

나는 나를 가리킨다.

"네 이름이 더 좋군."

그는 대답하고 숨을 한 번 쉰다. 또 한 번.

"언제부터 알았어?"

"네가 자칼이라는 걸? 어느 정도는 찍은 거였어. 네가 형편없다는 걸? 성에 들어오기 전부터. 싸우지 않고 항복하는 사람은 없어. 네 반지 중엔 맞지 않는 게 하나 있었지. 그리고 다음엔 손을 가리도록 해. 불안정한 울보들은 늘 손을 가리거나 손장난을 치지. 하지만 정말이지 너는 성공할 가능성이 없었어. 프록터들은 내가 여기로 온다는 걸 알고 있었어. 내가 여기로 온다는 걸 네게 말해 줘서 함정을 만들어 나를 무너뜨리려 했겠지. 그래서 너는 여기 숨어들어서, 내 뒤통수를 치려고 했겠지. 그들의 실수야. 너의 실수고."

그는 나를 지켜보다 고개를 돌려 맨 정신인 내 병사들이 땅에서 일어나는 것을 보고 얼굴을 찡그린다. 거의 50명이다. 나는 그들이 내 계략을 보길 바란다.

자칼은 자기 함정이 얼마나 헛되었는지 깨달으며 한숨을 쉰다.

"아. 내 군인들은?"

"어떤 애들? 너랑 같이 있던 애들, 아니면 성 안에 숨겨 놨던 애들? 지하실에 있었을까?아니면 바닥 밑 터널 속에? 난 지금 걔들이 미소 짓지도, 웃고 있지도 않다는 데 걸겠어. 팍스는 짐승이고, 혹시 몰라서 머스탱도 돕도록 보냈으니까."

"그래서 그녀를 보냈던 거군."

그리고 우리가 포도 주스를 마시고 취한 척하는 이유를 실수로 묻는 일이 없게 하려고.

팍스는 그들이 숨은 곳을 찾아냈을 것이다. 아직 천둥이 친다. 자칼이 병력의 상당 부분을 매복시켜 놓았길 바란다. 그러지 않았다면 일이 귀찮아진다. 그가 주피터 성을 가지고 있다면 아마 주피터의 군대도 가지고 있을 것이다. 주피터는 주노, 그리고 벌칸의 상당수도 보유하고 있다. 곧 마르스도 주피터의 소유가 될 것이다. 하지만 나는 자칼을 데리고 있다.

자칼은 손이 고정된 채 피를 흘리며 내 병사들에게 둘러싸여 있다. 그의 매복 공격은 무위로 돌아갔다. 그는 졌지만 무력하지는 않다. 그는 이제 루시언이 아니다. 마치 그의 손이 칼에 찔리지 않은 것만 같다. 그의 목소리는 흔들리지 않는다. 그는 화나지 않았다. 엄청나게 무섭다. 그는 분노를 터뜨리기 직전의 나를 연상시킨다. 조용하고 서두르지 않는다. 나는 내 병사들이 그가 당혹해 하는 것을 보길 원했다. 그는 차분해서, 나는 아이들을 내보낸다. 하울러들 열 명만 남긴다.

"우리가 대화를 나눌 거라면 내 손에서 이 단검을 빼 줬으면 해.

믿어질지 모르지만, 아프거든."

자칼이 내게 말한다. 그는 말은 장난스럽게 하지만 진심이다. 그의 의지에도 불구하고, 얼굴은 창백하고 몸은 충격으로 떨리기 시작했다.

나는 미소를 짓는다.

"너희 군대 나머지는 어디 있지? 그 여자 아이, 릴라스는 어디 갔어? 걔는 내 친구한테 눈알 하나를 갚아야 하는데."

"날 보내 주면 걔 머리를 쟁반에 얹어 가져다주지, 네가 원한다면. 사과를 빌려 주면, 걔 입에 넣어서 잔칫상의 돼지처럼 보이게 해 줄게. 네가 골라."

"그래! 그래서 너한테 그런 별명이 붙은 거지?"

나는 놀리듯 박수치며 말한다.

자칼은 후회스럽다는 듯이 혀를 끌끌 찬다.

"릴라스는 자칼이라는 발음을 좋아했어. 그게 굳어졌지. 그래서 내가 걔 입에 사과를 넣겠다는 거야. 자칼보다는 더…… 제왕 같은 이름이었으면 좋았겠지만, 평판이라는 건 저절로 커지는 법이라. 여기 작은 고블린과 그의 독버섯들처럼 말이야."

그는 세브로에게 고개를 끄덕여 보인다.

"'독버섯'이라니, 무슨 뜻이지?"

시슬이 묻는다.

"우리가 너흴 부르는 이름이야. 리퍼와 고블린이 깔고 앉는 독버섯들. 하지만 이 작은 게임을 넘어선 곳에서 더 나은 이름을 얻고 싶으면, 여기 있는 덩치 큰 못된 리퍼를 죽이기만 하면 돼. 의식을 잃게 하지 말고, 죽여. 소드를 리퍼의 척추에 꽂으면, 너희는 사령관, 총독, 뭐든 될 수 있어. 내 아버지가 기꺼이 그렇게 만들어 주실걸. 아주 간단한 거야. 퀴드 프로 쿠오(라틴어로 '보상으로 주는 것'이라는 뜻 ―옮긴이)."

세브로는 양손에 칼을 쥐고 하울러들을 노려본다.

"그렇게 간단하지 않아."

시슬은 움직이지 않고, 자칼은 한숨을 쉰다.

"시도해 볼 가치는 있잖아. 솔직히 말하는데, 나는 전사가 아니라 정치꾼이야. 그러니 우리가 대화를 하려면 너도 뭐라고 말을 해야 돼, 리퍼. 넌 마치 동상 같아. 나는 동상 언어는 못해."

그의 카리스마는 차갑다. 계산적이다.

"너 정말 너희 하우스 멤버들을 먹었어?"

"어둠 속에 몇 달 갇혀 있다 보면 입에 와 닿는 건 뭐든 먹게 돼. 움직이고 있다 해도. 별로 대단하지는 않아. 더 사람 같았으면 좋았을 텐데, 짐승에 가깝더군. 그리고 누구라도 그렇게 했을 거야. 하지만 내 불쾌한 기억을 끄집어 내는 건 좋은 협상 방법이 아니야."

"우린 협상하고 있는 게 아니야."

"인간들은 언제나 협상을 하지. 그게 대화란 거야. 누군가에겐 무언가가 있고, 무언가를 알고 있지. 누군가는 무언가를 원하고."

그의 미소는 보기 좋지만, 그의 눈은…… 그는 뭔가 잘못되어 있다. 그가 루시언이었을 때와는 다른 영혼이 그의 몸에 들어간

것 같다. 나는 배우들을 봐 왔지만…… 얘는 다르다. 그는 마치 인간이 아닌 정도로까지 이성적인 것 같다.

"리퍼, 내 아버지가 네가 원하는 것은 무엇이든 다 주도록 만들게. 선단. 섹스할 핑크 한 부대, 네가 정복할 때 데리고 다닐 크로우들, 뭐든. 내가 올 한 해 이 시시한 학교에서 승리하면 너는 최고의 자리를 얻을 거야. 만약 네가 이기면, 학교를 더 다녀야 돼. 테스트를 더 거치고, 고생을 더 해야 돼. 네 가족은 돌아가셨고 가난하다고 들었어. 너 혼자 힘으로 위로 올라가기는 어려울 거야."

내게 가짜 가족이 있었다는 걸 거의 잊고 있었다.

"내 월계관은 내가 직접 만들 거야."

그는 짜증난다는 듯 혀를 찬다.

"리퍼, 리퍼, 리퍼. 너는 여기가 끝이라고 생각해? 아니야. 아니야, 굿맨. 하지만 네가 날 보내 준다면, 고생은……."

그는 자유로운 손으로 휙 쓸어 버리는 동작을 한다.

"사라지는 거야. 내 아버지가 네 후원자가 될 거야. 지휘권, 명성, 권력을 갖게 될 거야. 그냥 이것에만 작별 인사를 하고 (그는 칼을 가리킨다.) 네 미래가 시작되게 해. 우린 어린이로서 적이었어. 이제 어른으로서 동지가 되자. 넌 칼, 난 펜이 되는 거야."

댄서는 내가 이 제안을 받아들이길 원할 것이다. 내 생존이 보장된다. 나는 일약 출세하게 된다. 나는 대총독의 저택에 들어갈 것이다. 이오를 죽인 남자와 가까워질 것이다. 아, 받아들이고 싶다. 그러나 그러면 프록터들이 나를 패배하게 만들게 해야 한다.

나는 이 인간쓰레기를 이기게 하고, 그의 아버지가 미소 지으며 자랑스러워하게 해야 한다. 그의 끔찍한 얼굴에 거만한 미소가 퍼지는 것을 지켜봐야 한다. 안 돼. 그들은 고통을 느껴야 한다.

문이 열리고 팍스가 들어온다. 활짝 미소 짓고 있다.

"정말 좋은 밤이군, 리퍼! 이 쓰레기들을 우물 안에서 찾았어. 50명이야. 여긴 지하에 쥐구멍 같은 긴 터널이 있는 모양이야. 아마 거길 통해 이 성을 차지했겠지."

그가 웃는다. 그는 문을 쾅 닫고 테이블 끝에 앉아 먹다 남은 고기 조각을 씹는다.

"아주 축축했어. 하하! 걔들이 올라오게 내버려 뒀어. 아주 멋진 대학살이었어. 정말 멋졌어. 헬가가 봤으면 아주 좋아했을 텐데. 이젠 다 노예야. 머스탱이 지금 노예로 만들고 있는 중이야. 하지만 오오오, 머스탱은 심기가 좀 이상하던데."

그는 뼈를 뱉는다.

"하! 그럼 쟤가 걔야? 바로 그 자칼? 레드의 엉덩이처럼 창백해 보이는데."

그는 더 가까이서 지켜본다.

"젠장. 못으로 박아 버렸네!"

"쟤보단 네가 더 심하게 당했던 것 같아, 팍스."

세브로가 말한다.

"그야 그렇지. 내가 더 화려하게 당했어. 쟤는 브라운처럼 재미없는데."

"혀를 조심해, 바보야. 혀가 늘 붙어 있는 건 아닐 수도 있어."

자칼이 팍스에게 말한다.

"계속 건방지게 굴면 네 거시기도 계속 붙어 있지 않을걸! 하! 그것도 네 덩치만큼 작냐?"

팍스가 큰 소리로 말한다.

자칼은 놀림 받는 걸 좋아하지 않는다. 그는 말없이 팍스를 노려보다 뱀이 혀를 날름거리듯 다시 내게 시선을 돌린다.

"프록터들이 너를 돕고 있다는 걸 알았어? 그들이 나를 죽이려 했다는 것도?"

내 질문에 그는 어깨를 으쓱하며 말한다.

"당연하지. 내가 주는 포상은…… 평균 이상이니까."

"넌 속이는 걸 개의치 않아?"

"속거나 속이거나 아니야?"

전에 들어 본 얘기다.

"음, 이젠 널 돕지 않고 있어. 그러기엔 너무 늦었지. 이제 넌 너 스스로를 도와야 해."

나는 테이블에 칼을 한 자루 더 꽂는다. 그는 이게 어디에 쓰는 건지 안다.

"자칼은 덫에 걸리면 자유로워지기 위해 자기 다리를 물어뜯어 끊는다고 들었어. 그 칼은 이로 하는 것보다 쉬울 거야."

그는 빠르고 짧게, 마치 한 번 짖듯 웃는다.

"그럼 내가 내 손을 잘라내면, 나는 갈 수 있어? 정말이야?"

"문은 저쪽이야. 팍스, 속임수를 쓰지 않도록 손에 박힌 칼을 누르고 있어."

그는 다른 사람들을 잡아먹었지만 이건 하지 않을 것이다. 친구와 동맹들은 희생시킬 수 있지만 자기 자신을 희생할 수는 없을 것이다. 그는 이 테스트에서 실패할 것이다. 그는 골드다. 그는 두려워할 상대가 아니다. 작고 약하다. 자기 아버지와 똑같다. 나는 그의 부츠 속에서 플루토 반지를 찾아내 그의 손가락에 끼운다. 그들의 자랑거리가 포기하는 것을 그의 드래프터들과 아버지가 볼 수 있게 하기 위해서다. 그들은 내가 더 낫다는 걸 알게 될 것이다.

"프록터들이 날 밀어 주긴 했지만, 그래도 나는 꼭 이겨야만 해, 대로우."

"우리 기다리고 있어."

그는 한숨을 쉰다.

"말해 주지. 난 너랑은 다른 존재야. 손은 소작농의 도구야. 골드의 도구는 정신이지. 네가 더 나은 가문에서 자랐다면 이 희생이 내게 정말 별 의미 없다는 걸 알 텐데."

그리고 그는 베기 시작한다. 피가 솟기 시작하자 그의 얼굴에 눈물이 흘러내린다. 그는 톱질하듯 썰고 있고 팍스는 차마 보지도 못한다. 자칼은 반쯤 잘랐을 때 고개를 들어 제정신으로 미소를 지어 보인다. 나는 그가 완전히 미쳤다고 확신하게 된다. 그의 이가 딱딱 부딪힌다. 그는 웃고 있다. 나를, 이 상황을, 고통을 비웃고 있다. 나는 이런 사람은 처음 만나 본다. 이제 나는 미키가 나를 만났을 때 어떤 느낌이었는지 알겠다. 이건 사람의 몸뚱이에 든 괴물이다.

자칼이 절단을 더 쉽게 하려고 자기 손목을 부러뜨리려 할 때 팍스가 욕을 하며 이온블레이드를 건네 준다. 이거라면 한 번에 자를 수 있다.

"고마워, 팍스."

자칼이 말한다.

난 어떻게 해야 할지 모르겠다. 내 안에서는 정신 차리라는 비명이 울린다. 지금 자칼을 죽여야 한다. 목에 칼을 꽂아야 한다. 이런 사람은 놔주면 안 된다. 이런 사람에게 오줌을 싸고 다시 야생으로 돌려보내면 안 된다. 그는 카시우스를 훨씬 넘어서는 존재라서 웃고 싶어질 정도다. 하지만 나는 손목을 자르면 갈 수 있다고 했고, 그는 지금 자르고 있다. 맙소사.

다 끝났을 때, 손목 단면 상처는 거의 다 지져져 있다. 자칼의 얼굴은 눈처럼 창백하고, 벨트를 지혈대로 써서 꽉 묶었다. 한순간, 내가 그를 보내 주지 않을 거라는 걸 우리 둘 다 알고 있다.

그때 열린 창을 통해 왜곡된 형체가 들어오는 게 보인다. 내가 바랐던 대로 프록터들이 왔지만, 나는 정신이 분산되어 있고 준비가 되어 있지 않다. 작은 음파 기폭 장치가 테이블에 떨어지고 자칼이 그걸 한 손으로 잡을 때, 나는 내가 실수를 했다는 걸 알게 된다. 나는 프록터들에게 그를 도울 시간을 주었다. 모든 것이 느려지지만 나는 지켜보기만 할 수밖에 없다.

작은 기폭 장치를 든 손으로 자칼은 팍스의 이온블레이드를 위로 휘두른다. 내 덩치 큰 친구의 목에 칼날을 박는다. 나는 소리치며 앞으로 몸을 날리는데 자칼이 기폭 장치 버튼을 누른다.

장치에서 음파가 터져 나와 나는 방 건너편으로 날려간다. 하울러들은 벽에 처박힌다. 팍스는 문으로 날아간다. 컵, 음식, 의자들이 바람 속의 쌀알처럼 흩날린다. 나는 바닥에 쓰러져 고개를 흔들며 내 주위 상황을 파악하려고 한다. 자칼이 나를 향해 온다. 팍스가 귀와 목에서 피를 흘리며 비틀거리며 일어난다. 자칼이 내게 뭐라 말하고 칼날을 든다. 그때 팍스가 몸을 날린다. 자칼이 아닌 나를 향해서다. 그의 체중이 나를 깔아뭉개고, 그의 몸이 내 몸을 덮는다. 숨쉬기도 힘들다. 무슨 일이 일어나고 있는지 보이지 않지만, 팍스의 몸을 통해 느껴진다. 떨림. 경련. 자칼은 흙을 파헤치는 미친 동물처럼 맹렬히 팍스를 찌르고 있다. 팍스의 몸을 뚫고 쓰러진 나를 죽이려 한다. 총 열 번의 충격이 느껴진다.

그리고 아무것도 느껴지지 않는다.

피가 내 얼굴에 흐르고 내 몸에 따뜻하게 와 닿는다.

내 친구의 피.

나는 팍스를 움직이려 해 본다. 간신히 팍스 밑에서 빠져나온다. 자칼은 도망갔고 팍스는 피 흘리며 죽어 가고 있다. 내 귀 안에서 유령이 소리 지른다. 프록터들도 사라졌다. 하울러들이 비틀거리며 일어난다. 팍스를 돌아보니 죽어 있다. 입은 조용한 미소를 짓고 있다. 피가 돌을 따라 흐른다. 내 가슴이 메어 오고 나는 한쪽 무릎을 꿇고 운다.

그는 유언을 남기지 않았다. 작별 인사도 하지 않았다.

그는 내 위로 자기 몸을 던졌고 무참히 공격받았다.

죽었다.

충직한 팍스. 나는 그의 커다란 머리를 잡는다. 내 거인이 쓰러진 것을 보니 마음이 아프다. 그는 더 많은 것을 했어야 할 운명이었다. 엄청나게 단단한 몸 안에는 엄청나게 부드러운 마음이 들어 있었다. 그는 다시 웃지 못할 것이다. 구축함의 함교에 서지 못할 것이다. 나이트의 망토를 두르거나 사령관의 홀을 들지도 못할 것이다. 죽었다. 이렇게 되어서는 안 되었다. 내 잘못이다. 나는 그냥 빨리 끝냈어야 했다.

팍스는 멋진 미래를 가질 수 있었을 텐데.

세브로가 창백한 얼굴로 내 뒤에 선다. 하울러들은 일어나서 분노하고 있다. 네 명은 말없이 눈물 흘린다. 귀에서 피가 흐른다. 세상 전체가 소리 없이 고요하다. 우리는 들을 수 없지만, 늑대 무리는 사냥해야 할 시간이라는 걸 깨닫는 데에 말을 필요로 하지 않는다.

그는 팍스를 죽였다. 이제 우리가 그를 죽인다.

자칼의 핏자국은 탑의 좀 낮은 첨탑 중 하나로 이어진다. 거기서 광장으로 사라진다. 빗물에 씻겨 없어졌다. 우리 열한 명은 첨탑에서 아래쪽 벽으로 뛰어 내려 땅에 닿을 때 몸을 굴린다. 거기서 다시 광장으로 내려가고, 우리 중 추적자인 세브로가 앞장서서 뒷문을 지나 바위투성이 낮은 산으로 간다.

밤은 힘들다. 눈과 비가 옆으로 내린다. 번개가 번쩍인다. 천둥이 우르릉거리지만, 꿈속에서 듣는 것 같다. 나는 하울러들과 함께 한 줄로 달린다. 우리는 표적을 찾으며 가파른 절벽을 따라 달리고 어두운 바위 위를 구른다. 단단히 싼 내 부츠 때문에 걸음이 느리지만 발은 감싸 둬야 한다. 이런 일이 있었지만 그래도 내 계획은 아직 성공할 수 있다.

세브로가 어떻게 우리를 이끄는지 모르겠다. 나는 카오스에 빠져 있다. 내 마음속엔 팍스 생각뿐이다. 그는 죽어서는 안 되었다. 나는 자칼을 구석으로 몰아붙였는데 그가 탈출할 수 있게 했다. 머스탱이 그를 보던 눈길이 기억난다. 머스탱은 자칼을 알고 있었다. 그녀는 알고 있었고 내게 따로 이야기하고 싶어 했다. 그들의 관계가 무엇인지는 몰라도, 그녀는 내게 충직하다. 하지만 어떻게 아는 걸까?

세브로는 눈이 아직 무릎 높이까지 쌓여 있는 높은 산길로 우리를 데려간다. 발자국이 있다. 우리 주위로 눈발이 날린다. 내 몸은 식었다. 망토는 젖었다. 걸으면 슬링블레이드가 등에 부딪힌다. 신발은 질퍽거린다. 그리고 눈에 핏자국이 있다. 우리는 두 거친 봉우리 사이의 눈 덮인 오르막길을 마구 달린다. 자칼이 보인다. 그는 100미터 떨어진 곳에서 비틀거리고 있다. 그는 눈 속에 쓰러졌다가 다시 일어난다. 이만큼이나 왔다니 그는 강철 같은 사람이다. 우리는 그를 잡아서 죽일 것이다. 그가 팍스에게 한 짓 때문이다. 그는 나의 거인 친구를 찌를 필요가 없었다. 내 무리가 구슬프게 울부짖기 시작한다. 자칼은 돌아보더니 다시 비틀거리며 걸어간다. 그는 탈출하지 못할 것이다.

우리는 눈 덮인 오르막길을 전력 질주한다. 어두운 밤이다. 바람이 옆으로 분다. 나는 울부짖지만 음파 폭발 때문에 솜으로 싼 것처럼 먹먹하게 들린다. 그때 우리 앞에서 이상한 것이 나타나 시각을 왜곡한다. 형태가 보인다. 떨어지는 눈 때문에 윤곽이 보이는, 투명하고 뭐라 말할 수 없는 형태다. 프록터. 가슴이 덜컥 내려앉는다. 여기서 나를 죽이는구나. 피치너가 경고했던 게 이거구나.

아폴로가 망토를 끈다. 그는 헬멧 속에서 내게 미소를 지어 보이고 무언가를 부른다. 그의 말이 들리지 않는다. 그가 펄스피스트를 휘두르자 작은 폭음이 나고, 우리 무리 중 다섯 명이 언덕 아래로 날려 떨어진다. 세브로와 하울러들은 흩어진다. 고막이 요란하게 울린다. 귀가 건강해지지 않을 수도 있겠다. 다시 펄스피스트. 나는 몸을 날린다. 발에서 통증이 느껴진다. 나를 빙글 돌리더니 통증은 사라진다. 나는 일어나서 아폴로에게 달려간다. 그는 주먹으로 내게 힘의 왜곡을 쏜다. 나는 세 방을 피한다. 능숙하게 빙글 돌고 방향을 바꾼다. 나는 껑충 뛰어 소드로 그의 머리를 내려친다. 소드는 머리 위에서 멈춘다. 펄스실드는 레이저로밖에 뚫을 수 없다. 나도 알고 있었지만 쇼맨십이 필요했다.

아머 속의 아폴로는 아무 영향도 받지 않고 나를 지켜본다. 내

일행들은 언덕 아래로 날려갔다. 자칼이 산비탈에서 힘겨워하는 게 보인다. 이제 좀 더 강해진 것 같다. 왜곡이 그를 따라간다. 다른 프록터가 그에게 힘을 주고 있다. 비너스인 것 같다.

나는 미키의 칼에 베였을 때부터 쌓여 왔던 분노를 절규로 토해 낸다.

아폴로가 뭐라 말을 하는데 들리지 않는다. 나는 욕하고 칼을 다시 휘두른다. 그는 칼을 잡아 눈 속에 던져 버린다. 그의 주먹을 둘러싼 투명한 펄스실드가 내 얼굴을 때린다. 직접 닿지는 않지만 엄청난 고통을 신경계로 전한다. 나는 비명을 지르며 쓰러진다. 그는 내 머리카락을 잡고 들어올리고 우리는 폭풍 속으로 치솟는다. 그는 그래브부츠로 300미터 높이까지 올라간다. 나는 그의 손에 매달려 대롱거린다. 우리 주위에 눈이 소용돌이친다. 그는 내 다친 귀로 들을 수 있도록 주파수를 조정해서 다시 말한다.

"네가 확실히 이해할 수 있도록 쉽게 이야기하마. 우리는 너의 작은 머스탱을 데리고 있다. 네가 대총독의 아들을 다음에 마주쳤을 때 드래프터들이 전부 볼 수 있도록 지지 않으면, 난 머스탱을 파멸시키겠다."

머스탱.

처음에는 팍스. 이제는 불가에서 이오의 노래를 불렀던 여자 아이. 나를 진흙에서 끌어내 준 여자 아이. 연기가 감도는 우리 작은 동굴 안에서 내 옆에서 몸을 웅크리고 누웠던 아이. 자신의 선택으로 나를 따랐던 똑똑한 머스탱. 그런데 나는 그녀를 이런 곳으로 끌고 왔다. 난 이건 예상하지 못했다. 이런 건 내 계획에 없었다. 그들이 그녀를 데리고 있다.

가슴이 철렁 내려앉는다. 이런 일이 또 일어나선 안 돼. 아버지처럼. 이오처럼. 레아처럼. 로크처럼. 팍스처럼. 그들은 머스탱도 죽이지는 않을 것이다. 이 개새끼는 아무도 죽이지 않을 것이다.

"당신의 우라질 심장을 뜯어 버리겠어!"

그는 내 머리카락을 잡은 채 배를 때린다. 그의 얼굴은 '우라질'이라는 단어를 듣고 묘한 표정을 짓는다. 우리는 이제 공중에 높이 떠 있다. 아주 높다. 그는 나를 다시 때리고, 나는 목 매달린 사람처럼 대롱거린다. 나는 신음한다. 그러나 나는 숲 속에서 피치너의 어깨를 잡았을 때 배웠던 사실을 떠올린다. 아폴로가 내 머리카락을 잡고 있는데 내가 그의 펄스실드를 느낄 수 없다면, 펄스실드는 꺼진 것이다. 그리고 꺼지면 몸 전체에서 다 꺼진다. 그는 리코일아머로 몸 전체를 덮고 있지만 딱 한 군데는 예외다.

그가 한가한 목소리로 말한다.

"너는 멍청한 꼬마 꼭두각시라는 걸 난 이제는 알겠다. 미친, 화난 작은 꼭두각시. 넌 내 말대로 안 할 거지?"

그는 한숨을 쉰다.

"다른 방법을 찾아야겠다. 네 실을 자를 때가 됐어."

그는 나를 떨어뜨린다.

그리고 나는 그가 뻗은 손 바로 앞에 떠 있다.

털가죽과 천 밑에 아폴로 작전실에서 피치너를 공격하고 뺏은 그래브부츠를 신고 있기 때문에 나는 그 자리에 그대로 있다. 그리고 아폴로는 실드를 꺼 놓고 있다. 그리고 나를 열받게 했다. 그는 이해할 수 없다는 듯 나를 멍하니 바라본다. 나는 칼 반지의 날을 뽑아 그의 얼굴을 친다. 얼굴 가리개 속으로 칼날을 밀어 넣어 그의 눈을 그가 죽도록 위쪽 방향으로 네 번 찌른다.

"뿌린 대로 거두는 거야!"

나는 죽어 가는 그에게 외친다. 내가 느꼈던 모든 분노가 내 안에서 부풀어 오르고, 나의 눈을 멀게 하고, 손에 잡힐 듯한 맥박치는 증오로 나를 가득 채운다. 아폴로의 부츠가 꺼지고 그가 소용돌이 아래로 떨어지는 것을 보고서야 증오가 사라진다.

내 하울러들이 그의 시체 주위에 둘러서 있다. 눈이 빨갛다. 그들은 흉터를 입은 비할 데 없는 자의 피가 묻은 칼 반지를 끼고 내려오는 나를 지켜본다. 나는 그를 죽일 의도는 없었다. 그러나 그는 머스탱을 데려가지 말았어야 했다. 그리고 나를 꼭두각시라고 부르지도 말았어야 했다.

"그들이 머스탱을 데려갔어."

그들은 말없이 나를 지켜본다. 자칼은 더 이상 중요하지 않다.

"그러니 우리는 올림푸스를 장악한다."

그들이 주고받는 미소는 눈만큼이나 차갑다.

세브로는 키득거린다.

제42장

천상과의 전쟁

요새로 돌아가는 데 낭비할 시간이 없다. 나에겐 필요한 아이들이 있다. 군대를 통틀어 가장 강한 아이들이다. 작은 아이, 사악한 아이, 충성스럽고 재빠른 아이다. 나는 아폴로의 리코일아머를 훔친다. 금빛 판이 내 팔다리에 액체처럼 감긴다. 그의 그래브부츠를 세브로에게 주지만, 그가 신기에는 터무니없이 크다. 그래서 나는 내가 신은 그의 아버지의 부츠를 벗어 세브로에게 준다. 내가 신으면 발가락이 꽉 끼어서 아팠다. 나는 아폴로의 부츠를 신는다.

"이건 누구 거야?"

세브로가 내게 묻는다.

"아빠 거야."

"눈치 챘구나."

세브로가 웃는다.

"아폴로 지하 감옥에 갇혀 있어."

"멍청한 픽시 같으니!"

세브로가 또 웃는다. 묘한 부자 관계다.

나는 아폴로의 리코일아머와 함께 레이저, 헬멧, 펄스피스트, 펄스실드도 챙긴다. 세브로는 고스트클록을 얻는다. 나는 그에게 내 그림자가 되라고 말한다. 그리고 하울러들에게 벨트를 서로 묶으라고 말한다.

스타셸에서 그래브부츠는 양쪽 팔에 코끼리 한 마리씩을 든 사람을 띄울 수 있다. 나와 하울러들을 띄울 힘은 충분하다. 하울러들은 내 팔다리에 벨트를 묶어 매달려 있다. 우리는 소용돌이치는 눈보라를 뚫고 위로 또 위로 올라가 올림푸스까지 간다. 세브로가 다른 아이들을 나른다.

프록터들은 자기들을 위한 게임을 했다. 너무 오랫동안 심하게 밀어붙였다. 그들은 내가 위험한, 뭔가 다른 존재라는 것을 알았다. 조만간 내가 더 이상 견디지 못하고 그들을 쓰러뜨리러 올 거라는 사실을 알았어야 했다. 아니면 그들은 내가 아직 어린아이라고 생각하는지도 모른다. 바보들. 알렉산더는 처음으로 나라를 무너뜨렸을 때 어린아이였다.

우리는 폭풍을 뚫고 올라가 올림푸스의 경사면 위를 난다. 아르고스에서 거의 1.6킬로미터 높이에 떠 있다. 문이 없다. 우주선을 대는 곳도 없다. 경사면에는 눈이 덮여 있다. 빛나는 정상은 구름에 가려 있다. 나는 하울러들을 이끌고 가파른 경사면 꼭대기에 있는 뼈처럼 새하얀 시타델로 간다. 대리석으로 된 소드처럼 산에서 솟아나 있다. 하울러들은 벨트를 풀고 제일 높은 발코니로 뛰어내린다.

우리는 석제 테라스에 쭈그리고 앉는다. 여기서는 안개 낀 마르스의 땅, 미네르바의 바위투성이 언덕과 들판, 다이아나의 드넓은 숲, 내 군대가 주둔하고 있는 주피터의 산이 보인다. 나는 원래 저기에 있어야 했다. 이 바보들은 날 내버려 뒀어야 한다.

그들은 머스탱을 데려가지 말았어야 했다.

나는 금으로 된 리코일아머를 입고 있다. 이건 제2의 피부다. 나는 얼굴만 드러내 놓고 있다. 나는 하울러 하나에게 재를 받아 볼과 입에 바른다. 내 눈은 분노로 이글거린다. 어깨까지 오는 묶지 않은 금발은 헝클어져 있다. 슬링블레이드를 뽑아들고 단파 펄스피스트를 왼손에 든다. 레이저는 허리에 매달고 있다. 사용법을 모른다. 손톱 밑에 때가 끼어 있다. 왼손 새끼손가락과 가운뎃손가락은 동상에 걸렸다. 나는 악취가 난다. 내 망토는 시체답게 악취를 풍긴다. 가죽은 등 뒤에 매달고 있다. 흰 부분에 프록터의 피가 묻었다. 후드를 쓴다. 우리 모두 후드를 쓰자 늑대 같은 모습이 된다. 그리고 우리는 피 냄새를 맡았다.

드래프터들이 이걸 즐기지 않으면 난 죽은 목숨이다.

나는 하울러들에게 말한다.

"우린 주피터를 원해. 그를 찾아내 줘. 다른 사람들은 마주치게

되면 무력화시켜. 시슬, 너는 내 그래브부츠 신고 가서 추가 병력
을 데려와. 가."

나는 맨발이다. 펄스피스트로 문을 날려 버린다. 비너스가 실크
시프트 원피스를 입고 침대에 누워 있다. 불 가의 옷걸이에 걸린
아머에서는 눈 녹은 물이 떨어지고 있다. 그녀는 자칼을 도와주고
막 돌아온 것이다. 포도, 치즈케이크, 와인이 협탁에 놓여 있다. 하
울러들이 그녀를 잡아 누른다. 형식을 갖추기 위해 네 명이 덤볐
다. 우리는 그녀를 침대 기둥에 묶는다. 그녀는 충격을 받아 금빛
눈을 크게 뜬다. 말도 제대로 하지 못한다.

"이럴 순 없어! 나는 흉터가 있어! 흉터가 있다고!"

그녀는 겨우 이 말밖에 하지 못한다. 그녀는 이건 불법이고, 자
신은 프록터고, 우리는 프록터를 공격할 수 없게 되어 있다고 한
다. 우리가 어떻게 올라왔나? 어떻게? 누구 도움을 받았나? 내가
입은 갑옷은 누구 거고? 아, 아폴로 거구나. 아폴로 거야. 아폴로
는 어디 있지? 구석에 남자의 부드러운 옷이 있다. 그들은 연인
사이다.

"누가 널 도와줬지?"

"난 내 자신을 도왔어요."

나는 그렇게 말하고 그녀의 빛나는 손을 단검으로 톡톡 친다.

"다른 프록터들은 몇 명이나 남았죠?"

그녀는 말이 없다. 이런 일은 일어나지 않아야 했다. 이런 일은
전에는 없었다. 아이들은 올림푸스를 장악하지 않는다. 모든 행성

의 역사상 이런 일은 생각한 사람조차 없었다. 우리는 그래도 그녀에게 재갈을 물리고 반쯤 벌거벗은 그녀를 묶어 놓은 채 나온다. 추위를 맛보라고 창문은 열어 둔다.

하울러들과 나는 첨탑 쪽으로 살금살금 걸어간다. 시슬이 추가 병력을 데려오는 소리가 들린다. 택터스가 여기에 올라와 자신만의 독특한 분노를 펼칠 것이다. 밀리아와 나일라도 올 것이다. 내 군대가 머스탱을 위해, 나를 위해 올라온다. 우리를 속이고 우리 음식과 물에 독을 넣고 우리 말들을 묶어 둔 줄을 자른 프록터들을 잡으러 온다. 우리는 방마다 뒤진다. 냉수 목욕탕, 온수 목욕탕, 증기 욕실, 얼음 방, 목욕탕, 핑크들이 가득한 쾌락의 방, 홀로이머전 탱크를 뒤지며 프록터들을 찾는다. 우리는 목욕탕에서 주노를 쓰러뜨린다. 하울러들이 첨벙첨벙 들어가 그녀를 끌어낸다. 그녀에겐 무기가 없지만, 클라운의 팔을 부러뜨리고 다리로 그를 물에 빠뜨려 죽이려 하자 망토를 두른 세브로가 훔친 스코처로 그녀를 기절시킨다. 주노 역시 떠나야 했는데 가지 않았던 모양이다. 이들은 전부 규칙을 어긴다.

홀로이머전 방에서 벌칸을 찾아낸다. 구석에는 불이 탁탁 소리를 내며 탄다. 우리가 기계를 끌 때까지 우리가 들어온 것조차 모르고 있다. 벌칸은 연기가 자욱한 하늘에서 불 붙은 화살들이 날아다니는 가운데 카시우스가 성벽 끝에 서 있는 것을 보고 있었다. 다른 스크린에는 자칼이 눈 속을 비틀비틀 걸어서 산의 동굴로 들어가는 것이 나온다. 따뜻한 망토와 메드봇을 가지고 있던 릴라스가 그를 맞는다.

나는 프록터들에게 머스탱을 어디로 데려갔는지 묻는다. 그들은 아폴로나 주피터에게 물어보라고 한다. 그들은 관심이 없다. 나역시 관심을 가져서는 안 된다고 한다. 내 목이 달아나게 될 모양이다. 나는 그들에게 무엇을 휘두를 거냐고 묻는다.

"도끼는 내가 다 가지고 있어요."

내 군대는 묶인 프록터들을 데리고 미친 반인반늑대처럼 한 층한 층 내려간다. 하이레드들과 브라운 하인들과 입주 핑크들을 마주친다. 나는 그들에게 아무 신경도 쓰지 않지만, 광적으로 흥분한내 군대는 눈에 띄는 사람들마다 공격한다. 그들은 레드들을 쓰러뜨리고, 우리와 싸워 보려는 실수를 하는 그레이들은 완전히 없애버리다시피 한다. 세레스 남자 아이 하나가 레드의 가슴팍에 앉아상처 입은 주먹으로 얼굴을 마구 두들겨서, 결국 세브로가 그 아이의 목을 졸라 떼어 낸다. 택터스는 자신에게 발포하려 하던 그레이 두 명의 스코처를 피하더니 목을 부러뜨려 죽인다. 그레이일곱 명으로 구성된 팀이 나를 쓰러뜨리려 한다. 하지만 펄스실드가 그들의 스코처에서 나를 보호해 준다. 그들이 화력을 집중해서실드를 과열시켜야 나는 고통 받을 것이다. 나는 그들이 쏘는 것을 피하고 슬링블레이드로 쓰러뜨린다.

내 군대가 들어온다. 처음엔 느리지만, 4분마다 새로운 팀이 온다. 나는 불안하다. 더 빨라야 한다. 주피터는 우리를 파괴할 수 있다. 플루토, 남은 다른 프록터들도 마찬가지다. 내 군대는 내가 있다는 이유로 의기양양하다. 그들은 내가 불멸이고 막을 수 없는 존재라고 생각한다. 내가 아폴로를 죽였다는 이야기도 벌써 들었다. 도금된 넓은 복도를 무리지어 걸어가며 병사들 사이에서 별명이 물결처럼 퍼져나가는 소리가 들린다. 그들은 나를 신 도살자, 태양 살인자라고 부른다. 하지만 프록터들도 이 말을 듣는다. 우리가 잡은 프록터들, 학생들이 올림푸스를 침공한다는 것에 어리벙벙해진 프록터들조차도 이제 창백한 얼굴로 나를 바라본다. 그들은 자신들이 여러 해 전 탈출했다고 생각했던 게임의 일부라는 사실, 그리고 올림푸스로 오는 메드봇이 없다는 사실을 깨닫는다. 신들이 사실은 자기들도 내내 인간이었다는 사실을 깨닫는 걸 지켜보자니 재미있다.

나는 내게 필요한 것이 무엇인지 알려 주고 궁궐 안에 수십 명의 정찰병을 푼다. 벌써 내 계획이 내 아래의 복도에서 실행되는 것이 보인다. 주피터, 플루토, 머큐리, 미네르바가 남아 있다. 그들은 나를 잡으러 오고 있다. 아니면 내가 그들을 잡으러 가는 걸까? 나도 모르겠다. 나는 포식자 같은 기분을 느껴 보려 하지만 그럴 수가 없다. 내 분노는 차분해지고 있다. 복도가 계속 이어지며, 내 분노는 느려지고 공포에게 자리를 내 준다. 그들은 머스탱을 데리고 있다. 나는 그녀의 머리카락 냄새를 떠올려 본다. 이들은 내 아내를 죽인 사람에게서 뇌물을 받은 흉터 입은 자들이다. 심장 박동이 빨라진다. 분노가 돌아온다.

복도에서 머큐리를 만난다. 그는 히스테릭하게 웃으며 HC에서 나오는 야한 술자리 노래를 따라불러 가며 내 병사 여섯 명을 제압한다. 그는 목욕 가운을 입고 있지만 미친 사람처럼 춤추며 데드호스 세 명의 칼을 피한다. 나는 광산이 아닌 곳에서 그렇게 우아한 동작은 처음 보았다. 그는 내가 광산에서 일할 때처럼 움직인다. 분노와 물리학이 균형을 이루고 있다. 발로 차고, 팔꿈치로 찧고, 힘을 주어 무릎을 탈구시킨다.

그는 내 병사 한 명의 얼굴을 손으로 친다. 다른 병사의 허벅지를 찬다. 그리고 한 명을 뛰어 넘으며 몸이 거꾸로 뒤집힌 상태에서 그녀의 머리카락을 잡고, 착지한 뒤 그녀를 헝겊 인형처럼 벽에 처박는다. 그리고 남자 아이 하나의 얼굴을 무릎으로 치고, 소드를 쥘 수 없도록 여자 아이의 엄지손가락을 자른다. 나를 백핸드로 치고 춤추듯 후퇴하려 한다. 그는 레이저 솜씨가 엄청나지만 내가 그보다 더 빠르고 강하다. 그래서 내 얼굴로 그의 손이 날아올 때 나는 온 힘을 다해 그의 팔뚝을 때려 그의 뼈에는 금이 간다. 그는 비명을 지르고 춤추며 물러서려 하지만, 나는 그의 손을 잡고 팔이 부러질 때까지 주먹으로 친다.

그리고 상처 받은 그가 빙글빙글 돌며 멀어지도록 내버려 둔다.

복도에 나온다. 내 병사들이 그를 둘러싸고 있다. 나는 물러나라고 소리치고는 슬링블레이드를 든다. 머큐리는 아기 천사 같은 남자다. 작고 땅딸막하고 얼굴은 아기 같다. 뺨이 장밋빛으로 달아올랐다. 그는 술을 마시던 중이었다. 눈 위로 늘어진 곱슬머리를 뒤로 넘긴다. 나는 그가 나를 자기 하우스로 뽑고 싶어 했지만 드래프터들이 반대했던 게 기억난다. 지금 그는 깃털 펜을 든 시인처럼 레이저를 들고 있지만, 다른 손은 내게 맞아서 쓸모가 없다.

"넌 거칠군."

그가 아파하며 말한다.

"날 당신 하우스로 뽑았어야 했어요."

"난 그들에게 널 너무 몰아붙이지 말라고 했어. 하지만 그들이 귀를 기울였을까? 아니 아니 아니 아니 아니. 어리석은 아폴로. 자존심은 눈을 멀게 할 수 있어."

"소드도 마찬가지죠."

머큐리는 내 갑옷을 본다.

"눈을 찔렀어? 그럼 죽었니?"

누군가가 내게 그를 죽이라고 외친다.

"이런, 이런. 저들은 굶주렸군. 이 결투는 재미있을 것 같다."

나는 절을 한다.

머큐리도 예의를 갖춘다.

나는 이 프록터가 좋다. 하지만 머큐리가 레이저로 나를 죽이는 건 싫다.

그래서 칼을 칼집에 넣고 펄스피스트로 가슴을 쏘아 마비시킨다. 그리고 묶는다. 그는 아직도 웃고 있다. 하지만 그의 뒤쪽 복도 멀리서 주피터가 보인다. 아머를 전부 갖춰 입은 신과 같은 남자다. 구부러진 펄스섀프트와 레이저를 들고 돌진해 온다. 다른 무장한 프록터도 한 명 더 있는데 미네르바 같다. 우리는 후퇴하지만 그들은 우리 군대에 심각한 타격을 준다. 그들은 긴 복도에서 곧장 우리에게 돌진해, 곡식 속을 구르는 돌처럼 아이들을 쓰러뜨린다. 우리는 그들을 해칠 수 없다. 내 병사들은 왔던 길로 재빨리 되돌아가고, 계단을 올라 더 높은 층으로 갔다가 새로 도착한 아이들과 부딪힌다. 우리는 서로 엉켜 대리석 바닥에서 구르다가, 계단으로 올라오는 주피터와 미네르바를 피하려고 금으로 된 스위트룸을 달려간다. 주피터는 우리의 투박한 소드와 창이 그의 갑옷을 맞추고 튕겨 나가자 크게 웃는다.

내 무기만이 그를 해칠 수 있다. 이것으로는 부족하다. 주피터의 레이저가 내 펄스실드를 뚫고 허벅지의 리코일아머를 스친다. 나는 아파서 소리를 지르고 그에게 펄스피스트를 쏜다. 그의 실드는 펄스를 맞고 간신히 버텨 낸다. 그는 채찍처럼 내게 레이저를 휘두른다. 내 눈꺼풀을 스치며 자칫하면 나는 눈 하나를 잃을 뻔 한다. 작은 상처에서 피가 솟고 나는 분노로 포효한다. 나는 미네르바를 지나 그에게 날아가 펄스피스트로 그의 턱을 친다. 내 무기와 주먹이 망가지지만, 그의 금 헬멧이 찌그러지고 그는 비틀거린다. 나는 그에게 회복할 시간을 주지 않는다. 나는 소리를 지르면서 슬링블레이드를 빙글빙글 돌리며 난도질하고, 레이저로 어설프게 찔러 댄다. 미친 춤이다. 나는 익숙하지 않은 레이저로 그의 무릎을 꿰뚫는다. 그는 자기 레이저로 내 허벅지를 벤다. 아머가 상처 주위에서 닫히며 상처를 압박하고 진통제를 주입한다.

나는 그를 계속 밀어붙여 원형 계단 앞까지 간다. 그의 긴 칼날이 유연해지더니 올가미처럼 내 다리에 감긴다. 조여 들어와 엉덩이에서 내 다리를 잘라 버릴 참이다. 나는 최대한 빨리 그에게 달려든다. 우리는 계단에서 굴러 떨어진다. 그가 일어서고, 나는 그에게 덤벼 뒤로 쓰러뜨린다. 갑옷과 갑옷이 부딪힌다.

우리는 홀로이머젼 방으로 우당탕 들어간다. 불꽃이 튄다. 나는 그가 레이저로 내 다리를 잘라내지 못하도록 계속 소리 지르며 그를 민다. 레이저는 아직도 유연한 채로 살과 뼈를 감고 있다. 그는 균형을 잃고 뒷걸음질 친다. 나는 그를 잡고 창밖으로 나간다. 우리 둘 다 그래브부츠를 신지 않고 있어서, 우리는 30미터를 추락해 산 옆의 눈더미로 떨어진다. 우리는 가파른 경사면을 굴러 내려간다. 여기서 떨어지면 1.6킬로미터를 추락해 아르고스 강에 빠지는 거다.

나는 눈 속을 구르다 멈춘다. 겨우 일어선다. 그가 보이지 않는다. 먼 곳에서 그가 투덜거리는 소리가 들리는 것 같다. 우리는 둘 다 구름 속에서 갈피를 못 잡고 있다. 나는 쭈그리고 앉아 귀를 기울이지만, 아폴로에게 당한 이래 청력이 아직 회복되지 않았다.

"넌 이 일로 죽을 거다, 꼬마야. 네 자리가 어디인지 익혔어야지. 모든 것엔 질서가 있다. 너는 꼭대기에 가깝다. 하지만 네가 꼭대기는 아니다, 꼬마야."

주피터가 말한다. 마치 물속에서 들려오는 것 같다. 어디 있지?

나는 여기선 실력이 별 의미가 없다고 짤막하게 말한다.

"실력을 돈처럼 쓸 수는 없지."

"그래서 대총독이 이러라고 돈을 주는 거예요?"

먼 곳에서 울부짖는 소리가 들린다. 내 그림자다.

"앞으로 어떻게 할 생각이냐, 꼬마야? 우리 프록터들을 다 죽일 거냐? 우리가 널 이기게 하게 만들 거냐? 일은 그런 식으로 돌아가는 게 아니다, 꼬마야."

주피터가 나를 찾는다.

"곧 대총독의 크로우들이 우주선을 타고, 소드와 총을 들고 올 거다. 진짜 군인들이다, 꼬마야. 너는 꿈도 못 꿀 흉터를 지닌 사람들이다. 골드 특사와 기사들이 이끄는 옵시디언들이 온다. 너는 그냥 노는 거지. 하지만 그들은 네가 미쳤다고 생각할 거다. 그리고 너를 잡고, 상처를 주고, 죽일 것이다."

"그들이 여기 오기 전에 내가 이기면 되죠."

이게 모든 것의 열쇠다.

"드래프터들이 홀로를 볼 때까지 시간차가 있겠지만, 시간차가 얼마나 되죠? 당신들이 싸우는 동안 빌어먹을 홀로를 편집하는 건 누구죠? 우린 옳은 메시지가 나가도록 할 거예요."

나는 빨간 밴드를 머리에서 풀어 얼굴의 땀을 닦고 다시 머리에 묶는다.

주피터는 말이 없다.

"그러면 드래프터들이 이 대화를 보겠죠. 총독이 당신에게 돈을 주고 속임수를 쓰게 한다는 걸 알게 되겠죠. 내가 올림푸스를 습격한 사상 최초의 학생이라는 걸 보게 되겠죠. 그리고 내가 당신을 베어 쓰러뜨리고, 당신의 아머를 뺏고 당신을 알몸으로 눈 속을 걷게 만드는 걸 볼 거예요. 당신이 항복하면 그렇게 할 거예요. 그렇지 않으면 당신의 시체를 올림푸스 밖으로 던지고, 떨어지는 당신 위로 황금빛 오줌을 쌀 거예요."

구름이 걷히고 주피터는 내 앞 하얀 눈 위에 서 있다. 그의 황금 아머에서 붉은 피가 떨어진다. 그는 키가 크고 몸이 탄탄하며 폭력적이다. 여기는 그의 집이다. 그의 놀이터다. 아이들은 흉터를 얻기 전까지는 그의 장난감이다. 그는 역사 속의 하찮은 독재자들과 똑같다. 자기 변덕의 노예다. 이기심의 장인에 불과하다. 그는 소사이어티다. 타락에 젖은 괴물이지만, 자신의 위선은 전혀 보지 않는다. 그는 이 모든 부, 권력을 그의 권리라고 생각한다. 그는 속고 있다. 그들 모두가 그렇다. 하지만 나는 그를 앞에서 베어 쓰러뜨릴 수는 없다. 내가 아무리 잘 싸운다 해도 안 된다. 그는 너무 강하다.

그가 손에 든 레이저는 뱀 같다. 버튼을 누르면 딱딱해질 것이고, 길이는 1미터다. 그의 갑옷이 반짝인다. 서로를 마주 보고 선 가운데 아침이 온다. 그의 입술에 미소가 떠오른다.

"네가 내 하우스에 있었더라면 나름 성공했을 것이다. 하지만 너는 멍청하고 분노한 꼬맹이이고, 마르스 하우스다. 너는 아직 나처럼 죽일 수 없는데도 나에게 도전했다. 순수한 분노이자 순수한 어리석음이지."

"아뇨, 난 도전할 수 없어요."

나는 슬링블레이드와 레이저를 그의 발치에 던진다. 어차피 나는 레이저는 잘 쏠 줄도 모른다.

"그래서 나는 속이려고요. 해치워, 세브로."

내가 고개를 끄덕이자 땅에서 레이저가 기어오르더니 딱딱해지고, 주피터의 햄스트링을 꿰뚫는다. 그는 몸을 빙글 돌려 세브로의 정수리 60센티미터 위로 레이저를 휘두른다. 그는 성인들과 싸우는 것에 익숙하다. 눈에 보이지 않는 세브로는 주피터의 팔에 상처를 내고 무기를 뺏는다. 리코일아머가 출혈을 막으려고 상처를 향해 움직이지만 힘줄은 제대로 치료를 받아야 할 것이다.

주피터가 조용해지자 세브로는 아폴로의 고스트클록을 벗는다. 우리는 주피터의 무기를 뺏는다. 그의 아머가 맞을 사람은 팍스뿐이다. 가엾은 팍스. 그가 이 훌륭한 갑옷을 입었으면 정말 늠름했을 텐데. 우리는 주피터를 끌고 비탈길을 올라간다.

안에 들어가자 전세는 역전되었다. 내 정찰병들이 내가 찾으라고 한 것을 발견한 모양이다. 밀리아가 긴 얼굴에 만족스러운 웃음을 띤 채 내게 달려온다. 좋은 소식을 알려 주는 그녀의 목소리는 언제나처럼 낮고 느리다.

"무기고를 찾았어."

방금 노예에서 풀려난 비너스 하우스 아이들이 요란하게 뛰어간다. 그들의 펄스피스트와 리코일아머가 번쩍인다. 올림푸스는 우리 것이고 머스탱도 찾았다.

이제 우리는 정말 도끼를 다 가지고 있다.

제43장

마지막 테스트

주피터의 방 옆의 스위트에서 자고 있는 머스탱을 발견한다. 금발이 헝클어져 있다. 그녀의 망토는 내 것보다도 더럽다. 흰색이 아니라 갈색과 회색이다. 그녀에게선 연기와 굶주림의 냄새가 난다. 그녀는 방을 부수고 음식 그릇을 뒤집고 문에 단검을 꽂아 놓았다. 브라운과 핑크 하인들은 그녀와 나를 두려워한다. 나는 그들이 잽싸게 사라지는 것을 지켜본다. 내 먼 사촌들. 낯선 그들이 움직이는 걸 바라본다. 개미 같다. 감정이란 게 없어 보인다. 나는 마음이 아프다. 관점이란 건 참 몹쓸 것이다. 아우구스투스가 이오를 죽일 때 그의 눈에 비친 이오가 이랬다. 개미. 아니다. 그는 이오를 '레드 암캐'라고 불렀다. 그녀는 그의 눈에 개와 같았다.

"음식에 뭔가를 넣었나?"

내가 핑크 한 명에게 묻자 아름다운 소년은 땅을 바라보며 무어라 웅얼거린다.

"남자답게 말해."

내가 다그친다.

"진정제입니다, 주인님."

그는 나를 보지 않는다. 그건 그의 탓은 아니다. 나는 골드고 키도 30센티미터 더 크다. 훨씬 더, 엄청나게 힘이 세다. 그리고 난 미친 사람 같은 모습이다. 그는 내가 얼마나 사악하다고 생각할까. 나는 그에게 가라고 한다.

"숨어 있어라. 내 군대는 내가 로우컬러들로 장난치지 말라고 명령할 때 늘 말을 듣지는 않는다."

침대는 굉장히 크다. 침대 시트는 실크고 매트리스에는 깃털이 들어 있다. 기둥은 상아, 흑단, 황금으로 되어 있다. 머스탱은 구석 바닥에서 자고 있다. 우리는 숨어서 자야 한 지가 너무 오래되었다. 진정제를 먹은 상태로도, 완벽하게 편안히 누워 자면 안 될 것처럼 느껴졌을 것이다. 그녀는 창문을 깨려고도 시도했다. 깨지지 않아 다행이다. 여긴 높다.

나는 그녀 옆에 앉는다. 그녀의 코에서 나오는 숨결이 머리카락 하나를 흔든다. 그녀가 열이 났을 때 나는 그녀가 자는 것을 몇 번이나 지켜보았던가. 그녀는 몇 번이나 나와 같은 일을 했을까. 하지만 이제 열은 없다. 춥지도 않다. 내 배가 아프지도 않다. 카시우스가 남긴 상처는 나았다. 겨울은 끝이 났다. 밖에서 처음으로 피어나는 꽃들을 보았다. 나는 산기슭에서 한 송이를 꺾어서 망토 안에 숨겨 놓았다. 머스탱에게 주고 싶다. 머스탱이 깨어났을 때 입술 옆에 헤만서스가 있었으면 좋겠다. 하지만 꽃을 꺼내자 단검이 내 심장에 꽂힌다. 그 어떤 금속 칼날보다 아픈 칼이다. 이오. 이 고통은 영원히 사라지지 않을 것이다. 이런 게 원래 사라지는 고통인지도 모르겠다. 내가 느끼는 이 죄책감이 내가 빚진 것인지도 모르겠다. 나는 헤만서스에 키스하고 다시 집어넣는다. 아직은 안 된다. 아직은 안 돼.

나는 부드럽게 머스탱을 깨운다.

내가 옆에 있다는 걸 알기라도 하듯, 눈을 뜨기도 전부터 그녀의 얼굴에 미소가 번진다. 그녀의 이름을 부르고 얼굴에서 머리카락을 쓸어 내 준다. 그녀는 눈을 깜빡이며 뜬다. 홍채에서 금빛 얼룩이 나선형으로 돈다. 손톱이 갈라진, 굳은살이 박이고 더러운 손가락 옆에 그녀의 눈이 있으니 참 이상하다. 그녀는 내 손에 코를 비비고는 용케 일어나 앉아 하품을 한다. 주위를 둘러본다. 무슨 일이 일어난 건지 그녀가 파악하는 동안 나는 거의 웃을 뻔 한다.

"내가 꾼 용 꿈을 이야기해 주려고 했는데. 노래 부르기를 좋아하는 예쁜 보라색 용들이었어. 이렇게 네가 나를 압도하는구나. 나쁜 놈. 어떻게 된 거야?"

그녀는 손가락으로 내 갑옷을 튕긴다. 울리는 소리가 난다.

"난 화가 났어."

그녀는 낮게 신음한다.

"내가 위험에 처한 아가씨가 된 거구나? 젠장! 난 그런 여자들 싫은데."

나는 그녀에게 어떻게 됐는지 설명한다. 자칼은 우리에게서 벗어났다. 그가 릴라스와 함께 깊은 산 속에 숨어 있는 동안 그의 병력들이 마르스를 포위했다. 우린 그를 쉽게 찾을 수 있을 것이다.

"네가 원한다면 우리 군대를 데리고 가서 직접 그 개자식을 소탕해도 돼."

그녀는 히죽 웃더니 한쪽 눈썹을 치켜 올린다.

"좋아. 그런데 너 나를 믿을 수 있어? 내가 이 괴상한 군대의 프라이머스가 되고 싶어 할 수도 있잖아."

"난 널 믿을 수 있어."

"어떻게 알아?"

그녀가 다시 말한다.

이때 나는 그녀에게 키스한다. 나는 그녀에게 헤만서스를 줄 수는 없다. 그건 내 마음이고, 화성의 마음이다. 이 붉은 흙에서 자라난 유일한 것들 중 하나다. 그리고 그건 아직 이오의 것이다. 하지만 이 아이는, 그들이 그녀를 데려갔을 때는…… 나는 그녀가 비웃듯 웃는 모습을 다시 보기 위해서라면 무슨 일이든 했을 것이다. 어쩌면 언젠가는 내가 마음이 두 개가 되어 하나를 더 줄 수 있을지도 모른다.

그녀에게선 그녀의 냄새와 같은 맛이 난다. 연기와 굶주림이다.

우리는 떨어지지 않는다. 내 손가락이 그녀의 머리카락 속을 훑는다. 그녀의 손가락은 내 턱, 내 목을 따라 움직여 뒤통수를 만진다. 침대가 있다. 시간도 있다. 내가 이오와 처음 키스했을 때와는 다른 굶주림도 있다. 하지만 나는 감마의 헬다이버 다고가 버너를 깊이 빨았던 때를 기억한다. 버너는 밝게 타올랐지만 곧 꺼져 버렸다. 그는 '이게 너야.'라고 말했다.

난 내가 충동적이라는 걸 안다. 성급하다. 난 그걸 생각해 본다. 그리고 나에겐 온갖 것들이 가득하다. 열정, 후회, 죄책감, 슬픔, 갈망, 분노. 그런 것들이 나를 지배할 때도 있지만, 지금은 안 된다. 여기선 안 된다. 나는 내 열정과 슬픔 때문에 교수대에 매달렸다. 죄책감 때문에 진흙에 처박혔다. 나는 내 분노 때문에 아우구스투스를 처음 본 순간 죽였을 것이다. 하지만 지금 나는 여기에 와 있다. 나는 기관의 역사에 대해 아무것도 모른다. 그러나 나는 아무도 차지한 적이 없는 것을 내가 차지했다는 것은 안다. 나는 분노와 교활함, 열정과 격노로 차지했다. 똑같은 방식으로 머스탱을 차지하지는 않을 것이다. 사랑과 전쟁은 서로 다른 전장이다.

그래서 굶주림에도 불구하고 나는 머스탱에게서 몸을 뗀다. 말한 마디 없이 머스탱은 내 마음을 알아차리고, 그래서 나는 내가 옳다는 걸 알게 된다. 그녀는 기습적으로 내게 짧은 키스를 한 번 더 한다. 그 여운은 지나치게 길다. 우리는 함께 일어서서 나간다. 문까지 손을 잡고 간 다음 나는 그녀를 돌아본다.

"자칼의 스탠더드를 빼앗아 와 줘, 머스탱."

"네, 리퍼 경."

그녀는 장난스럽게 절을 하고 살짝 윙크를 하더니 가 버린다.

이곳은 정신없는 약탈의 장소다. 이 모든 카오스 속에서 세브로는 홀로 송신기를 찾아낸다. 우리의 감각 경험을 하드 드라이브에 저장해 놓았다가 드래프터가 어디에 있든 큐에 맞추어 전송해 주는 장비다. 스트리밍 피드는 아니라서, 드래프터들은 아직 오늘 있었던 일을 모른다. 반나절의 시간차가 있다. 딱 반나절이다. 나는 세브로에게 지시를 내리고, 내가 원하는 이야기를 재구성하는 작업을 시킨다. 나는 세브로 외에 다른 사람은 그 누구도 믿지 않는다.

아폴로 성의 지하 감옥에서 피치너를 데리고 오게 한다. 그는 올림푸스 식당의 의자에 기대어 앉는다. 내게 맞은 얼굴은 보라색이다. 바닥은 압축 공기로 되어 있어, 우리는 1.6킬로미터 높이에 그냥 떠 있는 것이다. 그는 두 발을 테이블에 올리고 입을 뒤틀며 미소를 짓는다.

"미친 아이로군. 네가 이길 확률이 높을 줄 알고 있었어."

그는 손가락으로 턱을 만지며 말한다.

나는 가운뎃손가락을 들어 인사한다.

"거짓말."

그도 가운뎃손가락을 들어 보이며 응수한다.

"더러운 놈."

그는 내 손을 잡으려 팔을 뻗는다.

"아직도 음식에 독을 탄 것, 아프게 한 것, 카시우스를 이용한 것, 숲 속의 곰, 엉터리 기술, 끔찍한 날씨, 암살 기도, 간첩 때문에 기분이 나쁘다고는 말하지 마라."

"간첩?"

"놀린 거야. 하! 아직도 어린아이군. 그러고 보니, 네 병사들은 어디 있지? 뛰어다니며 어리석게 마구 먹고, 샤워하고, 자고, 말썽 피우고, 핑크들과 놀고 있나? 애야, 이곳은 미인계다. 너의 군대를 쓸모없게 만들 미인계야."

"기분이 좀 좋아졌군요."

그는 윙크한다.

"내 아들이 안전하니까. 이제 어떻게 할 셈이냐?"

"벌써 머스탱을 보내 자칼을 상대하게 했어요. 그 다음에는 마르스 하우스로 갈 거예요. 그러면 다 끝이죠."

"우우. 그렇지 않을 텐데."

피치너는 익숙한 풍선껌을 터뜨리고 얼굴을 찌푸린다. 나는 그의 턱을 때렸다. 웃음이 난다. 세브로가 주피터를 쓰러뜨린 이후 나는 웃고 싶은 기분이었다. 그 빌어먹을 놈 때문에 내 다리에서 욱신거리는 통증이 느껴진다. 진통제가 있어도 걷기조차 힘들다.

"수수께끼 같이 말하지 말아요. 끝나지 않은 이유가 뭐죠?"

그의 거친 얼굴이 잠시 나를 살핀다.

"세 가지. 너는 독특한 녀석이야. 너와 자칼 둘 다. 누구나 언제나 이기고 싶어 하지. 하지만 너희 둘은 두드러진 괴짜들이야. 골드들은 이기려고 죽지는 않아. 우리는 우리 목숨을 너무나 귀중하게 생각하거든. 너희 둘은 그렇지 않아. 그건 어디서 온 거냐?"

나는 그가 나의 죄수이고 그가 나의 질문에 대답해야 한다고 말한다.

"끝나지 않은 게 세 가지 있다. 내 말을 들어 봐. 내 질문에 대답하면 그게 뭔지 알려 주마. 널 몰아가는 건 뭐냐?"

그는 한숨을 쉰다.

"일단, 굿맨, 첫 번째는 카시우스야. 걔는 너희 두 멍청이 중 한 놈이 쓰러져 죽을 때까지 너랑 결투를 꼭 해야만 되는 녀석이야."

난 그걸 두려워하고 있었다. 나는 피치너의 질문에 대답한다.

나는 자칼도 똑같은 것을 알고 싶어 했다고 말한다. 나를 몰아가는 건 무엇인가. 내가 즉각 할 수 있는 대답은 분노다. 한 목표에서 다음 목표로 나아갈 때 나를 몰아가는 것은 분노다. 내가 기대하지 않았던 일이 일어나면 나는 동물처럼 폭력으로 반응한다. 하지만 정말 깊숙한 곳의 원인은 사랑이다. 사랑이 나를 몰아간다. 그래서 그에게 조금은 거짓말을 해야 한다.

"내 어머니는 꿈을 갖고 계셨어요. 내가 우리 가문의 그 누구보다 위대한 사람이 될 거라는 꿈. 내 아버지의 이름 안드로메두스라는 이름보다 더 위대해질 거라는 꿈."

가짜 아버지, 가짜 가문이지만 요점은 다를 바 없다.

"난 벨로나가 아니에요. 아우구스투스도, 옥타비아 오 룬도 아니죠. 하지만 나는 그들 위에 서서 그들의 잘난 머리에 오줌을 싸고 싶어요."

나는 그가 이해할 수 있는 짓궂은 미소를 짓는다.

피치너는 좋아한다. 그도 언제나 그런 걸 원했지만, 혈통 없이 능력만으로 갈 수 있는 데에는 한계가 있다는 걸 알게 되었다. 그 좌절이 그의 상태이다.

"끝나지 않은 두 번째 것은 이거야."

피치너는 두 손을 휘둘러 보인다. 그는 무슨 말인지 이해한다. 그는 소리 내어 말하지 않고 있다. 나는 프록터를 죽였다. 대총독이 자기 아들이 이기게 하려고 프록터들에게 뇌물을 주고 협박했다는 증거를 가지고 있다. 족벌주의다. 신성한 학교를 조종한 것이다. 보통 뉴스가 아니다. 무언가를 박살낼 것이다. 어쩌면 대총독을 물러나게 만들 수도 있다. 기소되고, 처벌까지 되려나? 드래프터들은 피를 원할 것이다.

"대총독은 너의 피를 원할 거다. 이건 그에게 망신이 될 거고, 벨로나를 대총독으로 만들 가능성도 있어. 어쩌면 그게 카시우스의 아버지가 될 수도 있지."

피치너는 노예였던 내 군대의 병사들을 믿는 이유를 묻는다.

"그들은 내가 없었으면 자기들이 어떻게 됐을지를 봤기 때문에 나를 믿어요. 걔들이 자칼이 자기 대장이었으면 좋겠다고 생각할 것 같아요?"

"좋아. 넌 그들을 다 믿는구나. 그러면 세 번째 것은 없다. 내 실수였다."

내가 그게 무슨 뜻이냐고 압박하자 그는 한숨을 쉬더니 수그러든다.

"아, 네가 머스탱과 군대 절반을 보내 자칼을 상대하게 한 것 때문에 그랬지."

"그런데요?"

"정말 아무것도 아니야. 넌 걔를 믿잖아."

"아뇨. 말해요. 무슨 뜻이에요?"

"흠, 알았다. 꼭 알아야겠다면, 다른 방법으론 안 되겠다면 말해주지. 걔는 자칼의 이란성 쌍둥이야."

버지니아 오 아우구스투스. 자칼의 자매. 쌍둥이. 위대한 가문, 아우구스투스 씨족의 상속자. 이 모든 일이 시작되게 한 사람인 네로 오 아우구스투스 대총독의 유일한 딸. 자칼과 마찬가지로, 암살 시도를 막기 위해 대중의 눈을 피해 숨겨 놓고 기른 딸. 그래서 카시우스는 자기 가문의 가장 큰 경쟁자의 딸을 몰랐던 것이다. 하지만 내가 자칼과 함께 앉아 있었을 때 머스탱은 자칼을 알아보았다. 자신의 형제였다. 머스탱은 전부터 자칼의 정체를 알고 있었던 것인가? 그녀가 자칼이 누군지 알았으면서도 말하지 않았다고 하면, 무엇으로도 그녀의 침묵을 설명할 길이 없다. 가족이라는 답변을 제외하면. 가족이라는 것은 우정, 사랑, 방구석에서의 키스를 넘어서는 충성의 대상이 아닌가. 나는 내 군대의 절반을 자칼에게 보냈다. 나는 그에게 리코일아머, 그래브부츠, 고스트클록,

레이저, 펄스 무기들을 준 것이다. 그가 올림푸스를 차지하기에 충분한 장비들이다. 젠장.

프록터들은 다 알고 있다. 내가 그들 옆을 달려갈 때면 그들은 웃는다. 그들은 내 어리석음을 비웃는다. 내 안에서 분노가 자라난다. 뭔가를 죽이고 싶다. 나는 군대를 모은다. 그들은 성 전체에 퍼져서 음식을 먹고 즐긴다. 바보들. 바보들. 내 최정예는 필요한 곳에 있다. 세브로는 내가 맡긴 일을 하고 있다. 그게 제일 중요한 일이다. 나는 택터스에게 남쪽 저지대의 비너스과 머큐리 잔당들을 사냥하고 노예로 만들라고 시키고, 밀리아에겐 나일라와 함께 남은 군대를 모으라고 지시한다. 나는 지금 마르스 하우스로 가야 한다. 병사들이 모일 때까지 기다릴 수 없다. 내겐 신병이 필요하다. 아우구스투스 쌍둥이들이 찾아올 때는 그들은 나와 맞먹는 무기와 장비를 지니고 올 것이고, 병력은 더 많을 수도 있기 때문이다. 게임이 달라졌다. 나는 이런 일에 대비하지 않았다. 바보가 된 기분이다. 어떻게 개한테 키스를 했을 수가 있지? 어둠이 나의 마음을 삼킨다. 내가 개에게 헤만서스를 줬다면? 나는 그래브부츠를 신고 올림푸스 산에서 뛰어내리며 꽃을 발기발기 찢어 뿌려 버린다.

나는 하울러들만 데려간다. 꽃잎 조각들을 지나쳐 급히 날아 내려간다.

우리는 그래브부츠와 아머를 착용하고 펄스피스트와 펄스블레이드를 들고 간다. 마르스 하우스의 눈은 녹아 있다. 눈 대신 침략

자들의 발이 헤집은 진흙이 가득하다. 고지대는 안개에 싸여 있다. 흙과 포위의 냄새가 난다. 우리의 포보스와 데이모스 탑은 폐허가 되어 있다. 포위자들에게 주어진 투석기가 탑들을 공격했다. 내 옛 성의 벽에도 공격을 했다. 성의 앞면은 무너져 내렸고, 화살, 깨진 항아리 조각, 소드, 아머, 학생들 몇 명이 잔해와 함께 널려 있다.

100명 가까운 병력이 마르스를 포위하고 있다. 그들의 캠프는 나무가 있는 쪽 근처지만, 요새에서 출격해 나오지 못하도록 마르스 성 주위에 울타리를 쳐 놓았다. 양쪽 모두에게 있어 긴 겨울이었지만, 주피터, 아폴로, 플루토 하우스로 구성된 자칼의 포위군은 태양열 요리 솥, 휴대용 히터, 영양 공급 팩을 지니고 있다. 경사면 아래엔 높은 십자가가 성을 향해 몇 개 세워져 있다. 십자가에는 사람이 셋 매달려 있다. 까마귀들을 보니 시체의 상태를 알 수 있다. 마르스 하우스가 저항하고 있다는 기색은 우리 깃발뿐이다. 마르스의 늑대 깃발은 찢어지고 불에 그을렸다. 약한 바람을 맞으며 축 처져 있다.

하울러들과 나는 황금의 신처럼 하늘에서 내려온다. 우리의 누더기 같은 망토가 뒤에서 펄럭인다. 포위군이 우리가 선물을 더 가지고 오는 프록터들이라고 생각했다면, 그보다 더 큰 착각은 없었을 것이다. 우리는 쾅 하고 착지한다. 하울러들이 먼저 내려가고, 나는 맨 앞에 내려간다. 내가 등장하자 적들은 완전히 공포에 빠져 흩어진다.

리퍼가 집에 돌아왔다.

나는 하울러들이 우리 땅 위의 적들을 파멸시키게 한다. 몇 달 동안 나는 집에, 라이코스에 이렇게 가까이 와 본 적이 없었다. 내 부하들이 주위에서 내가 할 일을 하는 동안, 나는 몸을 굽혀 마르스 하우스의 흙을 한 줌 쥔다. 화성. 집. 그 동안 난 다른 깃발을 휘날렸지만 내 하우스가 그리웠다. 내 블레이드를 보고 나를 알아본 적들이 나를 공격하려고 달려온다. 나는 전혀 영향 받지 않고 걸어간다. 펄스아머가 내 방패다. 세브로와 하울러들이 내 소드 역할을 한다.

나는 세 십자가로 걸어가 올려다본다. 안토니아, 카산드라, 빅서스다.

배신자들. 지금은 뭘 하고 있지?

안토니아와 빅서스는 아직 숨은 붙어 있다. 나는 시슬을 시켜 그들을 내려 올림푸스에 데려가 메드봇들에게 치료받게 한다. 그들은 자신들이 레아의 목을 뻤다는 사실을 아는 채로 살아가야 할 것이다. 그게 그들에게 상처를 주길 바란다. 나는 언덕 아래에 잠시 서 있다. 아이들에게 내가 누구인지 큰 소리로 알린다. 하지만 마르스 깃발이 내려가고 그 자리에 급히 슬링블레이드를 그려 넣은 더러운 침대 시트가 올라가기 때문에 아이들은 이미 알고 있다.

"리퍼!"

내가 그들의 구원이기 때문에 그들은 외친다.

"프라이머스!"

누더기를 걸친 방어군은 더럽고 말랐다. 너무나 약해서 성 폐허

647

에서 들것으로 날라야 하는 아이들도 있다. 그럴 수 있는 아이들은 내게 와서 경례를 하거나 고개를 숙이거나 뺨에 키스한다. 그럴 수 없는 아이들은 내가 지나갈 때 내 손을 만진다. 다리가 부러진 아이들, 팔이 으스러진 아이들이 있다. 치료할 것이다. 우리는 다친 아이들을 데리고 올림푸스로 돌아간다. 앞으로 있을 전투에서 마르스 하우스는 쓸모가 없을 터라, 나는 플루토, 주피터, 아폴로 출신의 포위군을 사용할 것이다. 클라운과 페블을 시켜 포위군 전부를 마르스 스탠더드로 노예로 만든다. 거의 기억나지 않는 마른 남자 아이가 내게 스탠더드를 가져다준다. 그러나 그가 뼈만 남은 몸으로 나를 포옹하고 아플 정도로 세게 끌어안자 누구인지 깨닫는다.

내 가슴 속에서 부드러운 흐느낌이 메아리친다.

그는 말없이 나를 껴안는다. 그러자 그의 몸은 죽음을 맞을 때의 팍스처럼 떨린다. 다만 이 떨림은 고통이 아닌 기쁨에서 온 것이다.

로크가 살아 있다.

"내 형제. 내 형제."

그가 흐느낀다.

나는 그의 연약한 몸을 꽉 잡으며 말한다.

"난 네가 죽은 줄 알았어. 로크, 난 네가 죽은 줄 알았어."

나는 그를 움켜잡는다. 머리카락이 굉장히 가늘다. 옷 속으로 그의 뼈가 느껴진다. 그는 내 아머를 감싼 젖은 넝마 같다.

"형제. 난 네가 돌아올 거라는 걸 알고 있었어. 내 마음속으로 알고 있었어. 여긴 네가 없으니 텅 빈 것 같았어."

그는 무척이나 자랑스러워하며 내게 웃어 보인다.

"네가 오니까 정말 꽉 찬다."

다이아나 하우스의 프라이머스 말이 옳았다. 마르스 하우스는 들불이다. 그리고 굶주린다. 로크는 얼굴에 흉터가 있다. 로크가 고개를 절레절레 흔들고, 나는 로크가 내게 할 이야기들이 있다는 걸 안다. 어디에 있었는지, 어떻게 돌아왔는지. 하지만 나중에 들어야 한다. 그는 절뚝거리며 걸어간다. 귀가 하나뿐이고 지친 퀸이 그와 함께 간다. 퀸은 입 모양으로 고맙다고 말하고는 깡마른 시인의 등의 오목한 부분에 손을 댄다. 그 동작을 보니 그녀가 카시우스를 떠났다는 걸 알 수 있다. 그녀가 말한다.

"로크는 우리에게 네가 돌아올 거라 했어. 로크는 절대 거짓말하지 않아."

폴룩스는 만나 보니 아직도 유머러스하다. 목소리가 걸걸한 그는 나의 팔을 잡는다. 퀸과 로크가 하우스를 하나로 묶었다고 그는 말한다. 카시우스는 오래 전에 포기했다. 그가 작전실에서 나를 기다린다고 한다.

"죽이지 마…… 부탁이야. 걔 마음을 다 갉아먹었어. 걔가 너한테 한 짓이 걔의 마음을 다 갉아먹었다고. 우리도 다 알게 됐거든. 그래서 우린 걜 잠시 여기서 떨어진 곳에서 지내게 했어. 머리가 이상해진 거야. 우리에겐 선택의 여지가 없다는 걸 까먹는 거야."

폴룩스는 진흙 덩어리를 발로 찬다.

"그 개자식들은 나를 작은 여자애랑 같은 방에 넣었어."

"통로에서?"

"나를 작은 여자애랑 붙였어. 난 부드럽게 죽이려고 노력했어…… 하지만 죽질 않더라고."

폴룩스는 뭐라 투덜거리더니 내 어깨를 두드린다. 그는 시큰둥한 척 웃어 보려 한다.

"우린 고생을 했지만, 적어도 우린 레드는 아니잖아, 그렇지?"

그렇고말고.

그는 떠나고 나는 내 옛 성 안에 혼자 남는다. 내가 서 있는 이 자리에서 타이투스가 죽었다. 나는 탑을 본다. 타이투스가 있었을 때보다 지금이 더 나쁘다. 모든 게 다 더 나빠졌다.

젠장. 왜 머스탱은 나를 배신해야만 했을까? 그걸 알고 나니 모든 것이 어둡다. 삶에 그림자가 드리워진다. 그녀는 내게 말할 기회가 정말 많았다. 하지만 한 번도 말하지 않았다. 내가 자칼과 있었을 때 그녀가 나에게 뭔가 말하고 싶어 했다는 건 알지만, 아마 그냥 시시한 이야기나 하려 했을 것이다. 짤막한 소식 같은 것 말이다. 혹시 그녀가 나를 위해 자기 핏줄을 배신할까? 아니다. 그럴 거였으면 내가 군대 절반을 주기 전에 말했을 것이다. 그녀는 자기 스탠더드와 세레스 스탠더드도 가져갔다. 나와 전쟁을 벌일 게 아니라면 왜 그렇게 많이 가져갔겠는가? 마치 그녀가 이오를 죽인 것처럼 느껴진다. 그녀가 올가미를 거기 걸어 두었고 내가 발을 당긴 것 같다. 그녀는 자기 아버지의 딸이다.

그때의 연약하게 부러지는 느낌이 내 손에서 다시 느껴진다. 나는 이오를 배신했다.

나는 돌에 침을 뱉는다. 입 안이 말랐다. 오전 내내 아무것도 안 마셨다. 머리가 아프다. 나롤 삼촌은 불알을 떨어뜨릴 때가 되었다고 말하곤 했다. 카시우스를 만날 때가 되었다.

그는 마르스 하우스 테이블에 이온블레이드를 꺼내 놓고 내가 슬링블레이드 상징을 새겨 놓은 의자에 앉아 있다. 한쪽 무릎을 옛 하우스 깃발로 덮고 있다. 프라이머스 손이 그의 목에 걸려 있다. 그가 저 소드를 내 배에 찔러 넣은 뒤로 참 긴 시간이 흘렀다. 저 무기는 이제 바보 같아 보인다. 장난감, 옛 유물이다. 나는 이 방, 그의 칼을 한참 전에 뒤로 했고, 그의 손에서 벗어난 지 오래지만, 그의 눈을 보니 심장이 멎는 것 같다. 목구멍에서 죄책감이 검은 담즙처럼 치민다. 죄책감은 내 가슴을 채우고 나를 텅 비게 한다.

"줄리언 일은 미안해."

내가 말한다.

금빛 곱슬머리에 때와 기름이 엉겨 붙어 있다. 벼룩들이 머리를 집으로 삼았다. 그는 여전히 아름답고, 나는 결코 그처럼 잘생겨질 수 없을 것이다. 하지만 내가 더 훌륭한 사람이다. 그의 눈 속의 불꽃은 식었다. 그의 영혼에 필요한 것은 여기서 떨어진 곳에서 시간을 보내는 것이다. 몇 달 동안의 포위. 몇 달 동안의 분노와 패배. 몇 달 동안의 상실과 죄책감이 그를 카시우스로 만들어 주던 모든 것을 다 빼앗아 버렸다. 불쌍한 녀석. 나는 그가 딱하게 느껴진다. 거의 웃을 뻔한다. 그가 내 배에 소드를 꽂았는데, 내가 그를 동정하다니. 그는 한 번도 전투에서 패배한 적이 없다. 모든 프라이머스 중 유일하다. 하지만 그는 배지를 내게 던진다.

"네가 이겼어. 하지만 그럴 만한 가치가 있는 일이었니?"

카시우스가 묻는다.

"응."

내 대답에 그는 고개를 끄덕인다.

"망설이지 않는군…… 그게 너와 나의 차이점이야."

그는 소드를 내려놓고 내게 가까이 걸어온다. 그의 입에서 나는 악취를 맡을 수 있을 정도다. 나는 그가 나를 껴안을 거라고 생각한다. 나는 그를 껴안고 싶다. 사과하고 용서를 빌고 싶다. 그때 그가 주먹의 흉터를 뜯어내고 피를 빤 다음 내 얼굴에 뱉어 나는 놀란다.

그가 고급언어로 말한다.

"이건 피의 복수다. 우리가 다시 만나면, 너는 내 것이 되거나 나는 네 것이 된다. 우리가 다시 한 번 같은 방에서 숨을 쉰다면, 두 숨 중 하나는 멈출 것이다. 잘 들어라, 이 가증스러운 벌레야. 우리 둘 중 하나가 지옥에서 썩는 날까지, 우리는 서로에게 악마다."

내게 단 한 가지를 요구하는 공식적이고 차가운 선언이다. 나는 고개를 끄덕인다. 그리고 그는 나간다. 나는 그가 나가고 나서 잠시 떨면서 서 있는다. 심장이 가슴 속에서 묵직하게 요동친다. 엄청난 고통이다. 나는 이게 끝날 줄 알았지만, 모든 상처가 다 낫는 건 아니다. 모든 죄가 다 잊히는 건 아니다.

나는 화성 깃발을 들고 프라이머스 배지를 내 옷에 단다. 벽의 지도를 지켜본다. 내 슬링블레이드 깃발이 지도 위 모든 성 위에 휘날린다. 택터스가 올림푸스에서 머스탱의 공격에 대비하고 있는 동안 내 부하들이 다른 곳도 모두 장악했다. 슬링블레이드는 내 부족 람다의 L처럼 보인다. 내 형제, 자매, 삼촌, 어머니, 친구들이 아직도 고생하는 곳이다. 다른 세상에 있는 것 같이 느껴지지만, 그들의 상징, 우리 반란의 상징이, 전쟁 무기로 개조한 노동의 연장이, 골드의 모든 하우스 위에서 휘날린다. 한 곳만 빼고. 플루토.

나는 첨탑을 통해 성에서 나온다. 나는 라이코스의 레드 헬다이버다. 나는 마르스 하우스의 골드 프라이머스다. 그리고 나는 이 끔찍한 계곡에서의 마지막 전투를 하러 간다. 그 다음부터는 진짜 전쟁이 시작된다.

제44장

일어나라

내가 없는 동안 택터스가 지휘를 맡았다. 그는 잔인한 야수지만, 나의 잔인한 야수다. 그리고 그가 옆에 있으면 내 병력은 피바다를 만들어 낸다. 우리 갑옷은 반짝인다. 총 300명이다. 새로운 노예가 90명이다. 그들은 자유를 얻을 기회를 갖지 못할 것이다. 그래브부츠는 전원에게 돌아가지는 않는다. 갑옷도 마찬가지다. 그러나 모두 무언가는 갖고 있다. 데드호스들과 하울러들은 올림푸스 산 끝쪽에 함께 모여 있다. 그들은 1.6킬로미터 아래에 있는 가느다란 금색의 호를 바라본다. 우리의 적은 산 속에 있다. 머스탱과 자칼이 눈 덮인 봉우리에서 내려오면 그들에게 불리할 것이다. 우리가 있는 곳이 가장 높다. 내 병력의 나머지인 팍스가 이끌던 부대와 나일라의 부대는 황금 요새와 프록터들을 경비한다. 노예들도 함께 있다. 퍽스가 내 옆에 있었으면 좋겠다. 퍽스의 그림자 속에 있으면 늘 더 안전한 기분이 들었다.

나는 나일라와 밀리아를 비롯한 10여 명에게 고스트클록을 주고 자칼의 움직임을 찾아 산을 정찰하라고 시킨다. 머스탱이 자기 형제에게 어떤 정보를 알려 주었을지 누가 알랴. 그는 우리의 약점과 기질을 알 테니, 나는 가능한 모든 것을 다 바꾼다. 그녀가 아는 것은 전부 쓸모없어질 것이다. 패러다임을 바꾼다. 나는 내가 피치너를 때렸을 때처럼 그녀를 무자비하게 때릴 수 있을까 생각해 본다. 이오의 노래를 허밍으로 불렀던 여자 아이를? 절대 못 한다. 아직 난 마음은 레드다.

택터스는 한숨을 쉰다. 그는 떠 있는 산 가장자리로 내려다보려고 깡마른 몸을 내 앞으로 굽힌다.

"난 이게 정말 싫어. 기다리는 거. 하아. 망원경이 필요해."

"뭐?"

"망원경!"

그가 크게 말한다.

내 청력은 오락가락한다. 고막이 터지면 참 고약하다.

그는 머스탱 이야기를 하며 일단 엄지손가락부터 자르겠다고 한다. 난 대부분 알아듣지 못한다. 아마 알아듣기 싫어서일 거다. 그는 남의 내장을 땋아서 장식품을 만드는 부류의 아이다.

"저기 있다!"

금색 비행자가 구름을 뚫는 것이 보인다. 세 명이 더 따라온다.

나일라…… 밀리아. 머스탱…… 그리고 뭔가 하나 더 있다.

"기다려!"

나는 세브로와 하울러들에게 외친다. 그들은 내 명령을 되풀이하고, 머스탱은 이상한 것을 들고 온다.

"안녕, 리퍼."

머스탱이 내게 말한다. 나는 그녀가 착지하기를 기다린다. 그녀의 부츠가 순식간에 그녀를 땅에 내려준다.

"안녕, 머스탱."

그녀는 호기심 어린 미소를 지으며 둘러본다.

"밀리아가 그러는데 네가 알게 됐다더라. 그럼 지금 다 나 때문에 이러고 있는 거야?"

나는 혼란스럽다.

"당연하지. 아우구스투스와 안드로메두스 사이에 실랑이가 있을 거라 생각했어."

"이번엔 실랑이 없어. 너한테 선물을 가져왔어. 내 형제, 아드리우스 오 아우구스투스, 산 속의 자칼, 그리고 그의 스탠더드를 주지. 그리고 그는……."

그녀가 나를 배신했을 거라고 생각했다는 걸 깨달으며 그녀는 굳은 미소를 짓고 나를 바라본다.

"……무장 해제 됐어."

그녀는 묶이고 자갈을 찬, 알몸의 자칼을 떨어뜨린다.

"맙소사."

택터스가 말한다.

내가 이겼다.

드롭쉽들이 올림푸스에 오는 동안 머스탱은 내 옆에 서 있다. 그녀는 내가 자신의 충실함을 의심한 것에 대해 죄책감을 느끼지 말라고 말했다. 그녀는 자기 가족에 대해서는 말해 줬어야 했다. 마음속으로는 자칼을 자기 형제라고 생각하지 않는다 해도 말이다. 그녀가 진정한 형제라고 생각하는 그녀의 오빠는 카르누스라는 야수 같은 사람 손에 죽었다. 그는 카시우스의 형제다. 아우구스투스와 벨로나. 두 가문의 피의 복수의 역사는 길고, 그 두 물결이 부딪히는 역조가 내 다리를 잡아끄는 게 느껴진다.

그러나 질문은 남는다. 머스탱은 아버지의 딸인가? 아니면 이오의 노래를 흥얼거렸던 소녀인가? 답을 알 것 같다. 그녀는 골드가 될 수 있는, 되어야 하는 존재이다. 그러나 그녀의 아버지와 형제는 골드의 현재 상태다. 이오는 이게 이토록 복잡할 줄은 짐작하지 못했을 것이다. 골드들에겐 선량함이 있다. 여러 가지 면에서 그들은 인류 최고이기 때문이다. 하지만 동시에 그들은 최악이다. 이 사실이 이오의 꿈에 어떤 영향을 미칠까? 시간만이 알려 줄 것이다.

내 중위들이 옆에 와 선다. 머스탱, 나일라, 밀리아, 택터스, 세브로, 로크와 퀸까지. 우리는 팍스와 레아의 자리를 남겨 둔다. 내 군대가 그들 옆에 선다. 플루토 학생들에게 망신을 줄 필요는 없다. 그러고 싶지만, 그러지 않는다. 그들은 내 여섯 개의 팀 전체에 퍼져 있다. 우린 착륙 패드 맞은편의 넓은 마당에서 기다린다. 봄이라 눈이 빨리 녹고 있다.

세브로가 내 근처에 있다. 나를 보는 그의 눈에서 나는 미묘한 차이를 느낀다. 그가 테이프 편집을 마치고 나와 나누었던 대화는 짧고 무시무시했다. 그 이야기가 다시 내 귓속에서 울린다.

"눈 속에서 녹음한 오디오가 엉망이었어. 네가 아폴로에게 한 마지막 말은 알아들을 수가 없어서 삭제했어."

내가 마지막으로 했던 말 중 하나는 '우라질'이었다.

세브로가 아는 게 뭘까? 그는 자기가 아는 게 뭐라고 생각할까? 그가 그걸 지웠다는 건 덮어야 할 정도로 중요한 거라고 생각한다는 뜻이다.

아우구스투스 대총독과 벨로나 사령관, 아드리아투스 사령관, 기타 다른 고위 관리들이 잔뜩 찾아와, 셔틀을 타고 온 사람들은 총 200명이다. 모두 자기 수행단을 데리고 왔다. 디렉터는 우리들을 살피고, 프록터들의 꼴을 보고 웃는다. 나는 그들을 묶고 재갈을 채운 채로 두었다. 여기에 동정이란 없다. 내가 혹시 벌을 받지 않을까 하고 걱정했던 것은 씻은 듯이 사라진다. 피치너만이 묶이지 않은 채 서 있다. 만약 프록터들에게 주는 보상이 있다면 피치너가 받아야 한다. 그들은 이제 홀로를 봤다. 세브로가 신경 써서 잘 만들었다. 그는 내가 원하는 이야기를 이미 잘 알았다. 나는 몇 가지만 수정했을 뿐이었다.

클린터스 디렉터는 거친 산꼭대기 같은 얼굴을 한 자그마한 여자다. 그녀는 이렇게 귀한 곳에서 졸업식을 해 보기는 처음이라는 농담을 한다. 하지만 그녀는 이번이 마지막일 거라고 생각한다. 이것은 원래 이 게임을 하는 방식이 아니지만, 내 창의성과 교활함을 보여 주는 일이라고 한다. 그녀는 날 아주 좋아하는 것 같고, 애정을 담아 나를 '리퍼'라고 부른다. 사실 그들은 모두 나를 아주 좋아하는 것 같다. 경계하는 사람들도 있지만 말이다. 통치자들은 규칙을 깨는 사람들을 좋아하지 않는 경향이 있다.

"모든 하우스의 드래프터들이 너를 채용하고 싶어 야단이란다, 얘야. 처음 제안할 권리는 마르스가 가지고 있지만, 네가 선택하게 될 거야. 너에게 달려 있다. 리퍼가 고를 수 있는 게 잔뜩 있어!"

클린터스는 키득거린다.

숙적 벨로나와 아우구스투스는 둘 다 뱀을 보듯 나를 본다. 나는 그들 중 하나의 아들을 죽였고 다른 하나의 아들에게 망신을 주었다. 분명히 어색해질 것 같다.

예식이랄 것은 별로 없다. 수행원들은 떠들며 논다. 이건 형식에 불과하다. 진짜 졸업식은 아게아에서 열릴 것이다. 웅장한 페스티벌이 열리고, 하늘에 불이라도 지를 듯한 파티가 벌어지고, 군주가 직접 홀로프레젠스로 참가한다. 술, 댄서, 레이서, 불을 뿜는 사람, 쾌락용 노예, 인핸서, 스파이크더스트, 정치인들이 넘칠 거라고 머스탱이 말해 준다. 여기서 우리에게 있었던 일에 다른 사람들이 관심을 갖는다는 게, 그렇게 많은 골드들이 시시한 생물들이라는 게 이상하다. 그들은 흉터를 입은 비할 데 없는 자들의 표식을 얻는 게 무엇인지 아무것도 모른다. 돌로 된 차가운 방에서 아이를 때려 죽여야 한다. 하지만 그들은 우리를 축하할 것이다. 순간 나는 우리가 누굴 위해 싸우고 있는지 잊는다. 난 이것이 하찮은 것을 너무 사랑해서, 그 하찮은 것을 얻기 위해 지옥처럼 싸우는 경주라는 것을 잊고 있었다. 나는 그런 욕구는 이해하지 못한다. 기관은 이해한다. 전쟁은 이해한다. 하지만 나는 아게아에서 무엇이 찾아올지, 그 다음에 무엇이 올지는 이해하지 못한다. 어쩌면 내가 아이언 골드에 가까워서 그런지도 모른다. 비할 데 없는 자들 중 최상 말이다. 옛 선조들. 자신들의 지배에 맞서 일어선 행성에 핵폭탄을 떨어뜨린 자들. 난 대체 어떤 존재가 된 거지.

다 끝나자 클린터스 디렉터는 내게 배지를 달아 준다. 그녀는 윙크를 하고 내 어깨를 만진다. 그리고 우리는 해산한다. 이게 전부다. 게임은 끝났고, 우리를 집으로 태워다 줄 드롭쉽들이 오고 있다는 이야기를 듣는다. 부모들이 인정을 해 주거나 실망스러운 자녀와는 의절을 하려고 기다리고 있는 집으로. 이게 전부다. 그때까지 우리는 어슬렁거리며 이젠 정말 무의미하게 느껴지는 아머와 무기들을 달고 바보가 된 기분을 느낀다. 나는 내 슬링블레이드를 보며 이게 갑자기 얼마나 무용하게 되었나 생각한다. 마치 서로 축하하고 환호하거나 해야 될 것 같다. 하지만 침묵만이 흐른다. 승리자와 패배자들 모두에게 공허한 침묵이 흐른다.

나는 텅 비었다.

이제 뭘하지? 늘 공포와 우려가 있었고, 무기와 식량을 모아야 할 이유가 있었고, 해야 할 일이나 시험이 있었다. 이제 아무것도 없다. 우리의 전장에 부는 바람뿐이다. 잃어버린 것들, 배운 것들의 메아리만 남은 텅 빈 전장. 친구들. 교훈들. 곧 기억이 될 것이다. 나는 연인이 죽은 것 같은 느낌이 든다. 나는 울음이 그립다. 공허한 기분이다. 표류하는 것 같다. 나는 머스탱을 찾는다. 그녀는 지금도 나를 좋아할까?

그때 아우구스투스 대총독이 갑자기 내 팔꿈치를 잡고 다른 놀란 아이에게서 떼어 놓는다.

"나는 바쁜 사람이다, 리퍼."

그는 내 별명을 조롱한다.

"그러니 직접적으로 말하겠다. 너는 내 인생을 복잡하게 만들었다."

그가 나를 만지자 비명을 지르고 싶다. 그의 얇은 입은 아무 감정도 드러내지 않는다. 코는 곧다. 죽어 가는 태양 불로 만든 그의 눈엔 경멸이 담겨 있다. 정말 비할 데 없는 자답다. 남자답고, 피부가 억세고, HC에 나오는 바보들이나 나이트클럽들을 돌아다니는 픽시들처럼 광은 내지 않았다. 펑크가 향수 냄새를 풍기듯 그는 권력 냄새를 풍긴다. 나는 그의 얼굴이 박살난 퍼즐처럼 보이게 만들고 싶다.

"네."

나는 이렇게만 대답한다.

그는 히죽거리지도 미소를 짓지도 않는다.

"내 아내는 거지다. 그녀는 자기 아들이 이기게 도와 달라고 내게 애원했다."

"잠시만요, 걔가 도움을 받았나요?"

내가 묻는다.

그의 입이 부드러운 미소를 짓는다. 단순한 즐거움을 위해 아껴 두는 종류의 미소다.

"내가 관련되었다는 사실을 다른 사람들에게 알리지는 않고 있으리라 짐작한다."

나는 그를 박살내고 싶다. 그동안 그런 일들이 있었는데, 이제 그는 내가 협력하리라 기대한다. 자기에겐 당연한 일이라는 듯, 내가 그를 돕는 게 그의 권리라도 되는 듯 말이다. 나는 주먹 쥐었던 손을 푼다. 댄서라면 내게 무슨 말을 하라고 시킬까?

"걱정 마세요. 댁에서 일어나는 일들을 도와드릴 수는 없지만, 그 누구에게도 자칼이 아빠의 도움을 받았다고는 말하지 않을 겁니다."

그는 턱을 치켜든다.

"그를 그 이름으로 부르지 마라. 아우구스투스 가문의 남자들은 사자들이지, 썩은 고기나 먹는 벼룩에 물린 짐승이 아니다."

"그래도 머스탱에게 돈을 거셨어야 했습니다."

나는 일부러 그녀의 이름을 부르지 않는다.

그는 코 아래쪽으로 나를 본다.

"내게 내 가족에 대해 말하지 마라, 대로우. 이제, 물어볼 것은 너의 침묵의 대가로 내게 원하는 것이 무어냐는 것이다. 나는 선물은 받지 않는다. 나는 누구에게도 빚을 지지 않는다. 그러니 너는 한 가지 조건하에 돌봄을 받을 것이다."

"따님에게 접근하지 말 것?"

그는 날카롭게 웃어 나를 놀라게 한다.

"아니다. 멍청한 가문들은 피를 걱정하지. 나는 가문이나 선조들의 순수함에는 아무 관심이 없다. 그건 허영이다. 나는 힘에만 관심이 있다. 남자가 다른 남자들, 여자들에게 할 수 있는 게 무엇인가. 그리고 넌 그걸 가지고 있다. 권력. 힘."

그는 더 가까이 몸을 숙이고, 그의 동공에서 나는 이오가 죽어가는 것을 본다.

"내겐 적이 있다. 적들은 강하고, 많다."

"벨로나 가문이죠."

"다른 적들도 있지. 하지만 그래, 티베리우스 오 벨로나 사령관은 조카들이 50명이 넘는다. 자기 아이는 아홉이다. 그 카르누스라는 골리앗이 맏이이고, 카시우스를 가장 아끼지. 그의 씨는 강하다. 나의 씨는…… 그보다 약하다. 나는 티베리우스의 아들들을 다 합친 것만큼의 가치가 있는 아들이 있었지만 카르누스가 죽였다."

그는 잠시 말이 없다.

"이제 내겐 조카딸이 둘 있다. 남자 조카가 하나. 아들. 딸. 그게 전부다. 그래서 나는 견습생들을 수집한다.

내 조건은 이거다. 나는 너의 침묵의 대가로 네가 원하는 것을 주겠다. 네게 핑크, 옵시디언, 그레이, 그린을 사 주겠다. 아카데미에 지원할 때 스폰서가 되겠다. 너는 행성들을 정복한 우주선들을 항해하는 법을 배울 것이다. 자금과 후원을 대 주겠다. 너를 군주에게 소개시켜 주겠다. 나의 창기병, 부관, 집안 식구가 되면 너의 침묵의 대가로 이 모든 것을 주겠다."

그는 내 이름을 배신하라고 한다. 자신의 가족을 위해 내 가족을 버리라고 한다. 내 가족은 가짜 가족이고, 남들을 속이기 위해 만든 안드로메두스라는 가문이지만, 마음 한구석이 아프다.

예상하고 있었지만 뭐라 말해야 할지 모르겠다.

"아드님의 병사들 중 하나가 발설할지도 모릅니다, 각하."

그는 코웃음 친다.

"나는 네 중위들이 더 걱정이다."

나는 웃는다.

"제 군에는 진실을 아는 아이가 거의 없습니다. 그리고 아는 아이들은 절대 발설하지 않을 겁니다."

"믿음이 대단하구나."

"저는 그들의 대프라이머스이니까요."

나는 간단히 대답한다.

"진담이냐?"

그는 내가 중력만큼이나 기본적인 것을 잘못 이해하고 있다는 듯이 혼란스러워하며 묻는다.

"소년이여, 우리가 저 셔틀을 타는 순간 충성은 바스러진다. 네 친구 중 일부는 몰래 달의 군주들에게 배달될 거다. 거대 가스 행성의 총독들에게 가는 아이들도 있지. 심지어 루나에 가는 아이들도 있다. 그들은 너를 젊은 시절의 전설로 기억하겠지만, 그것뿐이다. 그리고 그 전설은 충성을 낳지 않을 거야. 난 네 자리에 서 보았다. 나는 여기서 승리했지만, 충성은 없어. 원래 그런 법이다."

"예전에 그랬던 법이겠죠."

나는 거칠게 말해서 그를 놀라게 한다. 하지만 나는 내가 한 말을 믿는다.

"나는 좀 다릅니다. 나는 노예가 된 아이들을 자유롭게 해 주었고 다친 아이들이 치료받게 해 주었습니다. 난 아이들에게 나이 많은 세대들은 이해할 수 없는 걸 주었어요."

그가 키득키득 웃어서 나는 짜증이 난다.

"이게 젊은이들의 문제다, 대로우. 너는 모든 세대가 똑같은 생각을 했다는 걸 잊은 거다."

"하지만 내 세대에게 있어 이건 진실이에요."

그가 아무리 자신만만해도, 내가 옳다. 그는 틀렸다. 나는 세상에 불을 지를 불꽃이다. 나는 사슬을 끊을 망치다.

"이 학교는 삶이 아니야. 이건 인생이 아니다. 여기서 너는 왕이다. 인생에선 왕이란 없다. 왕이 되려는 사람들이 많지. 하지만 우리 비할 데 없는 자들이 그들을 쓰러뜨린다. 너 이전에도 이 게임에서 이긴 사람들이 많았다. 그리고 그들 중 다수는 이 학교를 넘어 탁월한 존재가 되었다. 그러니 졸업하면 네가 왕이 되고, 충성을 바치는 사람들을 가질 거라고 생각하지 마라. 그러지 못할 테니까. 너에겐 내가 필요할 거다. 너에겐 기반, 네가 올라가도록 도와줄 후원자가 필요할 거다. 그러기에 나보다 나은 사람은 없다."

내가 배신하는 것은 내 가족이 아니라 내 동족이다. 학교는 그렇다 쳐도, 용의 날개 밑으로 들어가다니…… 그가 나를 꼭 껴안게 하고, 내 동족은 땀 흘리고 죽어 가고 굶주리고 불타는데 사치 속에 들어앉다니…… 내 마음이 찢어진다.

그의 골드 자녀 두 명이 우리를 지켜본다. 카시우스와 그의 아버지도 포옹을 나누고 나서 우리를 쳐다본다. 줄리언 때문에 눈물을 흘린다. 나는 여기가 아니라 내 가족들과 있었으면 좋겠다. 내 어깨에 얹은 형의 손을 느끼고, 어머니가 저녁을 차리시는 걸 보며 동생의 손을 잡고 싶다. 그게 가족이다. 사랑이다. 이 사람들은 영예, 승리, 가문의 자랑을 무척 따지지만 사랑에 대해서는 아무것도 모른다. 가족에 대해서도 모른다. 이건 가짜 가족이다. 그들은 그저 팀에 불과하다. 자존심의 게임을 하는 팀이다. 대총독은 자기 아이들에게 인사조차 하지 않았다. 이 용납할 수 없는 남자는 나와 대화하는 데 더 신경을 쓰고 있다.

"재미있군요."

내가 말한다.

"재미?"

그가 위협조로 묻는다.

"단어 하나가 삶의 모든 것을 바꿀 수 있다니 재미있군요."

나는 지어내서 말한다.

"전혀 재미있지 않다. 강철은 힘이다. 돈은 힘이다. 하지만 이 세상의 모든 것들 중, 말이 힘이다."

나는 잠시 그를 바라본다. 말은 그가 아는 것 이상으로 강한 힘이다. 그리고 노래는 더 강하다. 말은 정신을 일깨운다. 멜로디는 마음을 일깨운다. 나는 노래와 춤의 사람들 출신이다. 그는 내게 말의 힘을 말해 줄 필요가 없다. 그래도 나는 미소를 짓는다.

"너의 대답은 무엇이냐? '네'냐 '아니요'냐? 나는 다시 묻지 않을 것이다."

나는 흉터를 입은 비할 데 없는 자들 수십 명이 나와 이야기를 나누려고 기다리고 있는 쪽을 본다. 분명 후원이나 견습직을 제안하려는 것이다. 론 오 아크로스가 있다. 드래프터 마스크가 없어도 알아볼 수 있다. 레이지 나이트. 내게 페가수스와 댄서의 반지를 보내 준 남자. 완벽한 명예를 지닌, 화성에서 세 번째로 강력한 가문의 지도자. 저 남자에게선 난 배울 것이 있다.

"나와 함께 올라가겠느냐?"

나는 대총독의 목의 정맥을 본다. 그의 심박은 강하다. 나는 이오가 죽었을 때 사라져 가던 장송곡을 상상한다. 하지만 내가 그를 매달면 그는 우리의 노래를 받지 않을 것이다. 그의 삶은 메아리치며 울리지 않을 것이다. 그저 끝날 뿐이다.

"각하. 흥미로운 기회를 접할 수 있을 것이라 생각합니다."

나는 그의 눈을 들여다보며 그가 내 눈 속의 분노를 흥분으로 착각하길 바란다.

"무슨 말을 하는지 아느냐?"

그의 질문에 나는 고개를 끄덕인다.

"그러면 그 말을 해야 한다. 여기서, 지금. 내가 이 학교 최고의 학생을 얻었음을 모두 목격할 수 있도록."

그의 자존심에서는 악취가 난다. 나는 이를 악물고 이게 옳은 길이라고 스스로에게 다짐한다. 그와 함께라면 나는 올라갈 것이다. 나는 아카데미에 다닐 것이다. 선단을 이끄는 법을 배울 것이다. 이길 것이다. 내 자신을 벼려 소드로 만들 것이다. 내 영혼을 바칠 것이다. 언젠가 자유에 이를 때까지 부상할 수 있으리라는 희망을 가지고 지옥에 뛰어들 것이다. 나는 희생하고, 속박의 사슬을 깰 군대를 이끌 수 있게 될 때까지 내 전설을 키워 모든 세계들의 사람들에게 퍼뜨릴 것이다. 나는 한낱 아레스의 아들들의 대리인이 아니기 때문이다. 나는 아레스의 아들들의 계획 속의 한낱 전술이나 도구가 아니다. 나는 내 동족의 희망이다. 나는 속박당한 모든 사람들의 희망이다.

그래서 나는 그들의 방식대로 그 앞에 무릎을 꿇는다. 그는 그들의 방식대로 양손을 내 머리에 얹는다. 내 입에서 기어 나오는 말은 내 귀에는 깨진 유리 조각 같다.

"나는 내 아버지를 버리겠습니다. 나는 내 이름을 버리겠습니다. 나는 당신의 소드가 되겠습니다. 네로 오 아우구스투스, 나는 당신의 영광을 나의 목적으로 삼겠습니다."

지켜보던 사람들은 갑작스런 선언에 깜짝 놀란다. 다른 사람들은 부적절하다며 아우구스투스의 뻔뻔함을 욕한다. 대총독은 예의나 체면도 없단 말인가? 내 주인은 내 정수리에 키스하고 속삭인다. 나는 최선을 다해 나를 레드보다 날카롭고 골드보다 단단하게 만든 분노를 가둔다.

"대로우, 아우구스투스 가문의 창기병. 일어나라, 네가 맡을 임무가 있다. 일어나라, 네가 차지할 영예가 있다. 영광, 힘, 정복, 너보다 못한 자들에 대한 통치를 위해 일어나라. 일어나라, 나의 아들아. 일어나라."

〈끝〉

감사의 말

글쓰기가 머리와 마음으로 하는 일이라면,
지혜와 충고로 내 머리를 연마해 준
아론 필립스, 한나 보우먼, 마이크 브래프에게 감사드린다.
사랑과 충실함으로 내 마음을 지켜준
부모님, 누나, 친구들, 필립스 가족에게 감사드린다.
그리고 독자 여러분, 감사합니다.
이 책들을 끔찍이 사랑하시게 될 거예요.

옮긴이 | 이원열

전문 번역가 겸 뮤지션. 「헝거 게임」 시리즈, 「내 어둠의 근원」, 「슈트케이스 속의 소년」 시리즈, 「책 사냥꾼」 시리즈 등을 옮겼다. 록큰롤 밴드 원 트릭 포니스의 리더로 정규 1집 앨범 「Yalla Yalla」를 발표했다.

레드 라이징

1판 1쇄 펴냄 2015년 11월 27일
1판 3쇄 펴냄 2018년 10월 19일

지은이 | 피어스 브라운
옮긴이 | 이원열
발행인 | 박근섭
편집인 | 김준혁
책임편집 | 최고운
펴낸곳 | 황금가지

출판등록 | 2009. 10. 8 (제2009-000273호)
주소 | 135-887 서울 강남구 신사동 506 강남출판문화센터 5층
전화 | 영업부 515-2000 **편집부** 3446-8774 **팩시밀리** 515-2007
홈페이지 | www.goldenbough.co.kr

도서 파본 등의 이유로 반송이 필요할 경우에는 구매처에서 교환하시고
출판사 교환이 필요할 경우에는 아래 주소로 반송 사유를 적어 도서와 함께 보내주세요.
135-887 서울 강남구 신사동 506 강남출판문화센터 6층 민음인 마케팅부

한국어판 © ㈜민음인, 2015. Printed in Seoul, Korea
ISBN 979-11-5888-030-9 04840

㈜민음인은 민음사 출판 그룹의 자회사입니다.
황금가지는 ㈜민음인의 픽션 전문 출간 브랜드입니다.